《文学与文化》萃编

（2010-2020） 上

主　编·陈　洪

副主编·乔以钢　李瑞山

南开大学出版社

天　津

图书在版编目(CIP)数据

《文学与文化》萃编：2010—2020.上 / 陈洪主编；乔以钢，李瑞山副主编. —天津：南开大学出版社，2022.5
ISBN 978-7-310-06264-5

Ⅰ.①文… Ⅱ.①陈… ②乔… ③李… Ⅲ.①中国文学—文学研究—文集②中华文化—文集 Ⅳ.①I206—53②K203—53

中国版本图书馆 CIP 数据核字(2022)第 001021 号

版权所有　侵权必究

《文学与文化》萃编（2010—2020）上
WENXUE YU WENHUA CUIBIAN (2010—2020) SHANG

南开大学出版社出版发行

出版人:陈　敬

地址:天津市南开区卫津路 94 号　　邮政编码:300071
营销部电话:(022)23508339　营销部传真:(022)23508542
https://nkup.nankai.edu.cn

天津泰宇印务有限公司印刷　全国各地新华书店经销
2022 年 5 月第 1 版　　2022 年 5 月第 1 次印刷
240×170 毫米　16 开本　34.5 印张　1 插页　580 千字
定价:168.00 元

如遇图书印装质量问题,请与本社营销部联系调换,电话:(022)23508339

朝乾夕惕　不负初衷(代前言)

陈　洪

不知不觉间,《文学与文化》已走过了十二个春秋。传统的计时系统中,十二年为一纪(《尚书》孔传有"十二年曰纪"之说),所以似乎可以搞个刊庆之类的活动了。然转念一想,一纪毕竟有点少,还是做一个小结较为允当。

于是,翻检这几十本刊物,选编了这两册文集。

由于要选编,便须浏览;由于浏览,便重温了十二年前刊物的发刊词。

既然做小结,对照一下当年的初衷,似乎也是题中应有之义。

其发刊之词云:

《易·乾》:"九二,见龙在田,利见大人,吉。"

这似乎是量身定制的吉词:一元复始,紫气东来。在诸位"大人"——我们尊敬的朋友,和各位同仁的共同努力下,这本年轻的学术刊物(算起它作为集刊的时间,今年九周岁。从今迈入第二个九年,恰合"九二"之数)现身于繁茂的文化原野之上。

春风初沐,上上大吉。

这是一本以文学研究为主旨的刊物,而它的认军旗上,赫然闪现的是斗大的"文化"字样。

作为一本学术刊物,定位于"文学"与"文化"的联姻,是基于以下三个层面的考虑:

一、中国学术历来就有"文史哲不分家"的传统,因而作为本刊主要研究对象的中国文学,本身就有纠缠于思想史、社会史的特色,如果试图剥离出一个"纯"中国文学的话题,反而是费力不讨好的事情。

二、进一步讲,文学本是文化的重要组成部分,是与之血肉相连的有机体。从文化的背景、文化的视角观察文学现象；以文学为切入点考察文化，还原、构拟文学所生所在的"文化场"，都是题中应有之义，也都会有较之于"纯"文学、"纯"文化研究不同的收获。

三、本质上看，文学是人类所创造的符号世界中最为精微、复杂的一个系统，其意义的产生、价值的判定，都因更大的意义系统、价值系统而定，并随其变动而变动，这个更大的系统就是文化。

因此，"文学"与"文化"走到一起，绝非一时之兴起，更非赶所谓"文化热"之时髦，而是二者基因使然。

因此，我们标榜文学研究的文化角度、文化色彩，不是贴标签式的，不是套用某种模式的，不是僵硬排他的。

因此，我们有理由期待，二者的结合具有强盛的生命力，在众多作者的共同扶持下，"终日乾乾"，在不远的将来而"飞龙在天"，成为一本学术个性鲜明的好期刊。

若以此文为鉴，透析这两本"萃编"，自我感觉或差强人意。当然，这首先是"众多作者的共同扶持"的结果。不过，与编辑部诸位同人"终日乾乾夕惕若"的努力也是分不开的。编这两本集子，一为小结与纪念，二也算是对"利见大人"的感谢，同时包含一点点自我欣慰之意。

回看射雕处，何妨吟啸且徐行。

目　录

古代小说研究

从"林下"进入文本深处

——《红楼梦》的"互文"解读

陈　洪

一度显赫的"红学",近年来渐趋冷清。其中原因固然很多,但决定性的似乎要从研究路径方面寻找。所谓"红学",在很大程度上就是"寻根",即作品的故事由何而生。索隐派到历史中、政治中按图索骥;考证派到作者家世中、经历中考察原型。两派一度势成水火,遂有新红学、旧红学之称(如同佛教之有大、小乘,乃后来居上者所派定)。不过,如果我们深入一层,新、旧红学在研究理路上实有高度吻合、会通的地方。简言之,两派都认为小说的故事是真实生活的"拷贝",小说中的人物是现实中人物的"镜像"。区别只在于:是向历史中寻"拷贝"之原版、"镜像"之真人,抑或到作者身世中寻找。

毋庸讳言,两派皆有其合理性,但也皆有其合理之限度①。其实这属于文学理论的 ABC,但身处其中者往往当局则迷。而由于对所持方法之限度的忽视,以致花了大量功夫,路反而越走越窄。

其实,还有一条更宽广的道路。

一部文学作品的产生,有两个必不可少的前提:一个是文化／文学的血脉传承,一个是作者所在族群当下的生存状态(当然,前提条件要在创作主体的作用下方可体现到书写之中)。特别是对于长篇叙事文学来说,这两个前提和作品的关系可以用"皮之不存,毛将焉附"来形容。而文化／文学的血脉传承最直接的表

作者简介:陈洪(1948—　　),男,南开大学文学院教授。

① 称"索隐派"有其合理性,是因为:一则历史事件、人物有可能影响作家构思,二则我国古代文艺思想中也确有比附、影射的主张。称"考证派"有其合理性,是因为:一则作者的身世、经历肯定会影响其思想与创作,二则《红楼梦》是以家庭、爱情为题材的作品,作家的生活体验也必然会进入作品。问题在于合理性有其边界、限度,而且不能简单地排他。

现就是在作家使用的语词上。

本文就尝试从文化 / 文学血脉传承的角度来对《红楼梦》的深层内涵做一探索。

一

《红楼梦》阅读、赏析、研究中有一个百年大难题,就是如何认识、评价林黛玉与薛宝钗,也就是所谓"林薛优劣辨"。清末,邹弢在《三借庐笔谈》中讲述了一个有趣的故事:"许伯谦茂才绍源论《红楼梦》,尊薛而抑林,谓黛玉尖酸,宝钗端重,直被作者瞒过。……己卯春,余与伯谦论此书,一言不合,遂相龃龉,几挥老拳,而毓仙排解之,于是两人誓不共谈《红楼》。"那个时代谈论《红楼梦》,没有什么"先觉""叛逆"之类的视角或话题,所以"林薛优劣"几乎是人人要表态的问题。到了俞平伯的笔下,惟务折中,提出"双峰对峙,二水分流",主张春兰秋菊各极一时之秀。

作品中是怎么描写的呢? 我们不妨先胪列一下文本中的有关描写,然后,再来思考如何解读。

以作者口吻比较林薛二人,首推第五回的一段文字。这是薛宝钗刚刚来到贾府寄居之时:

> 如今且说林黛玉自在荣府以来,贾母万般怜爱,寝食起居,一如宝玉,迎春、探春、惜春三个亲孙女倒且靠后;便是宝玉和黛玉二人之间之亲密友爱处,亦自较别个不同,日则同行同坐,夜则同息同止,真是言和意顺,略无参商。不想如今忽然来了一个薛宝钗,年岁虽大不多,然品格端方,容貌丰美,人多谓黛玉所不及。而且宝钗行为豁达,随分从时,不比黛玉孤高自许,目无下尘,故比黛玉大得下人之心。便是那些小丫头子们,亦多喜与宝钗去顽。因此黛玉心中便有些恼郁不忿之意,宝钗却浑然不觉。①

这一大段林薛比较,字面上全是薛优于林:"年岁虽大不多,然品格端方,容貌丰美,人多谓黛玉所不及。""黛玉不及",看似已做定评,但其实不尽然。因为前面还

---

① 本文《红楼梦》的文本使用人民文学出版社 1982 年版,以后引文不再一一说明。

有一个限定:"人多谓。"这句话怎么理解?作者在这里说的是"众人"的看法。于是,就有两层意思存在了:一层是薛宝钗确有很多长处,像"容貌丰美、品德端方"等,这是表面的意思,读者一眼就能看出来;还有一层是较为隐蔽的,读者会有感觉,但不细想便不显豁,这就是薛宝钗会赢得一般舆论的好评。

我国古代对于个人与社会的关系历来有两种倾向,一种是"克己复礼"——约束自己的个性与欲望,使行为合乎礼法的要求,也就是遵从社会通行的规则。这是孔子提出的。但是孔子又强调,这一倾向走向极端就是"乡愿","乡愿,德之贼也":

> 子贡问曰:"乡人皆好之,何如?"子曰:"未可也。"(《论语·子路》)

孟子对此有更为激烈的论述,说明不讲原则赢得舆论好评对于社会道德的危害:

> 阉然媚于世也者,是乡原也……同乎流俗,合乎污世,居之似忠信,行之似廉洁,众皆悦之,自以为是,而不可与入尧舜之道,故曰"德之贼"也。(《孟子·尽心下》)

当然,不能说作者这里就是把薛宝钗判定为"乡愿"了——毕竟此时的薛宝钗还只是个少女。但文本的叙事口吻却略有把读者的感受朝这个方向引导的嫌疑,如"故比黛玉大得下人之心""人多谓黛玉所不及"。"得人心""人多谓",显然强调的是"人缘"。也就是说,薛宝钗一来,就在"人缘"上压倒了林黛玉。一般而言,在现实生活中对礼教反感的人、个性较强的人,都不会喜欢薛宝钗,根子就在这个地方种下。

不过,从整个文本来看,作者对待这两个形象的态度又不如此简单。后文的笔墨中,写薛宝钗善于笼络人心还有几处,不过贬斥的意味并不显豁。更多的毋宁说是刻画一个精明达理形象所必需。而在接下来的几十回书中,作者写黛玉、宝钗的重点更多放到了对学识与才情的加意渲染上。如"宝玉悟禅机",让钗、黛一起来与贾宝玉"斗机锋",二人的才学与悟性不相上下。还有一段是结诗社,让钗、黛来显扬各自的诗才。结果,咏海棠二人平分秋色,咏菊花黛玉夺魁,咏螃蟹宝钗称绝。从这些小地方看来,作者对黛玉、宝钗都极为欣赏,是把她二人当作旗鼓相当的形象来刻画的。更有趣的一段是二十回的"俏语谑娇音":

湘云走来,笑道:"二哥哥,林姐姐,你们天天一处顽,我好容易来了,也不理我一理儿。"……"他再不放人一点儿,专挑人的不好。你自己便比世人好,也不犯着见一个打趣一个。指出一个人来,你敢挑他,我就伏你。"黛玉忙问是谁。湘云道:"你敢挑宝姐姐的短处,就算你是好的。我算不如你,他怎么不及你呢。"黛玉听了,冷笑道:"我当是谁,原来是他!我那里敢挑他呢。"

三人斗嘴,薛宝钗虽不在场,却借史湘云之口使她出场——"你敢挑宝姐姐的短处,就算你是好的","我哪里敢挑他呢"。这样,薛宝钗在同龄人中的威信,特别是"无懈可击"的人格特点,便又一次得到了强化;同时,也表明薛的影子始终笼罩在林的心头,她的形象,不论她在场与否,总是在她们这几个小朋友的生活圈子里存在,并发挥着影响。

这一大段文字,使得"双峰对峙"的意味进一步得到增强。薛宝钗身上的笔墨虽不多,但表现力很强。而林黛玉则"物极必反",看似"小性"越来越厉害,其实从此开始出现转折,终至于"兰言解疑癖""互剖金兰语"①,而后林薛竟成知交。总体看,这三个女孩子的"群戏",作者的笔墨生动灵妙至极,而于彼此之间大多数场合是没有轩轾的。

现在我们可以得出一个结论:作为书中的主角,贾宝玉对薛宝钗的基本态度是喜爱加尊敬,对林黛玉的基本态度是怜爱加赞赏。作者曹雪芹的态度如何呢?在这一点上,可以讲,贾宝玉的态度就代表了作者的态度,亦即:(1)基本态度都是肯定的;(2)各有各的长处;(3)对林黛玉的欣赏、怜惜,乃至悲悯更多一些。

接下来会有一个问题:薛宝钗、林黛玉,乃至史湘云等,是不是作者现实生活中的人物?我们知道,有所谓"红学家"认定《红楼梦》是严格的"自叙传",所以得出了"曹雪芹最终娶了史湘云"这种类似关公战秦琼式的论断。其实,这真的是一个伪问题,既不可能证实,也不可能证伪,而且也没有什么意义。如果一定要认死理地问下去,那我的回答是:从曹雪芹生平遭际看,他不可能真实经过大观园那样的生活;倒是在文化传统中会给他塑造这样艺术形象的启发与灵感。②

---

① 《红楼梦》四十二回回目"蘅芜君兰言解疑癖",四十五回回目"金兰契互剖金兰语"。"兰言""金兰"皆出《易系辞》:"二人同心,其利断金;同心之言,其臭如兰。"显见是正面的褒词。

② 由于"曹雪芹自传"之说面临这个难以逾越的"坎",故又有"叔辈创作侄辈加工""二书合一"等弥缝之论。

实际上，薛宝钗与林黛玉的"双峰对峙，二水分流"，可以追溯到一种源远流长的"文化／审美"传统。

《世说新语·贤媛》篇中有一段影响广远的故实：

> 谢遏绝重其姊，张玄常称其妹，欲与敌之。有济尼者，并游张谢二家。人问其优劣，答曰："王夫人（谢道蕴——今按）神情散朗，故有林下风气；顾家妇清心玉映，自是闺房之秀。"①

这一佳话也见于《晋书》的《列女传》，文字小有异同：

> 初，同郡张玄妹亦有才质，适于顾氏。玄每称之，以敌道韫。有济尼者，游于二家。或问之，济尼答曰："王夫人神情散朗，故有林下风气；顾家妇清心玉映，自是闺房之秀。"

这里出现了两个相对待的人物——"王夫人"（即谢道韫）与"顾家妇"；同时也产生了两个相对待的评语——"林下风气"与"闺房之秀"。

这位被形容为具有"林下风气"的谢道韫，还有一段在民间知名度更高的故事，就是以"未若柳絮因风起"来咏雪，从而获得了"咏絮之才"的美名。② 而"咏絮"也把《红楼梦》与《世说新语》拉上了关系。《红楼梦》第五回写贾宝玉在太虚幻境观看《金陵十二钗正册》，见头一页上"有四句言词"，道是：

> 可叹停机德，堪怜咏絮才。玉带林中挂，金簪雪里埋。

"玉带林"显然是"林黛玉"的倒置，而"咏絮才"三个字便十分明确地把林黛玉与"林下风气"的谢道韫联系起来了；同时，前面两句以"咏絮才"与"停机德"相对举，也与"林下风气"与"闺房之秀"的对举产生了类似"同形同构"的关系。

我们不妨追问一句："林下风气"又是什么意思呢？

若仅从《世说新语》这一段文字看，"林下风气"就是"神情散朗"。可"神情散

---

① 《世说新语》引文据中华书局 1984 年版。

② 事见《世说新语·言语》，并见于《晋书·王凝之妻谢氏传》。

朗"又是什么意思呢？这很大程度上是可意会难言传了。不过我们可以把视野打开一些，从当时的思想文化背景来找答案。谈"林下风气"，离不开"魏晋风度"。我们都知道"竹林七贤"是魏晋风度的代表，而他们的另一称谓就是"林下诸贤"（《世说新语·赏誉》）。所以，"林下风气"就是竹林七贤们代表的风气。

"林"黛玉之"林"，经谢道韫而与"林下风气"有了关联，进而使得林黛玉的精神气质与"竹林"七贤有了若隐若现的关联。这里还有一个重要的旁证，就是作品里安排林黛玉住到"潇湘馆"，又别号"潇湘妃子"，且反复渲染林黛玉喜竹、比德于竹（"潇湘"喻指斑竹）。这都使得林黛玉之"林"与竹林七贤的"林"更清晰地关联起来——这在古代文化人通常的语境中，可不是什么偏僻而需要索隐的话语。

稍早于谢道韫时代的嵇康，是竹林七贤的领袖。《世说新语》形容嵇康是"爽朗清举"（与"神情散朗"相近），"若孤松之独立"，"肃肃如松下风"，也就是潇洒、脱俗、有独立人格。他提出了"越名教而任自然"的著名观点，把"自然"与"名教"对立起来。他又在《与山巨源绝交书》中，表达自己不愿入朝为官的意愿时讲，自己好比一头野鹿，"虽饰以金镳，飨以嘉肴，愈思长林而志在丰草也"。"长林丰草"，可以看作是"任自然"的象征性表达，与"林下"也有某种意味上的相通。刘义庆没有嵇康那么偏激，《世说新语》的《贤媛》篇赞美了谢道韫的"林下风气"，但也给"闺房之秀"留下了一定的空间。既称"闺房"，自然就不是"林下"的潇洒自在，一定程度上有"名教"约束的意味。刘义庆的基本态度是：高度赞赏谢才女的"林下风气"，但也肯定顾家妇的"闺房之秀"。

随着《世说新语》在士人阶层的广泛传播，"林下"逐渐成为了常见的文化符号。如"林下"这一意象，便在《全唐诗》中出现了246次。著名诗人多有吟及"林下"意象之作，如太白《安陆白兆山桃花岩寄刘侍御绾》："独此林下意，杳无区中缘。永辞绣衣客，千载方来旋。"乐天《老来生计》："老来生计君看取，白日游行夜醉吟。陶令有田唯种黍，邓家无子不留金。人间荣耀因缘浅，林下幽闲气味深。烦虑渐销虚白长，一年心胜一年心。"《狂吟》："亦知世是休明世，自想身非富贵身。但恐人间为长物，不如林下作遗民。"宋人同样喜用这一意象，如司马光《野轩》："黄鸡白酒田间乐，藜杖葛巾林下风。"邵雍《初夏闲吟》"林下一般闲富贵，何尝更肯让公卿"等等。其中意味大体相同，都是表现文人雅士疏离礼教羁勒、摆脱利禄枷锁、向往潇洒人生的情怀。

而《世说新语》设立的"林下风气"及"闺房之秀"这两种相对比的理想女性类型，其影响在后世逐渐超出了"贤媛"的范围，甚至形成了更普适的二元"文化／

审美"模式。

如明代万历年间的文坛领袖王世贞评论赵孟頫的书法作品道：

> 褚妙在取态，赵贵主藏锋；褚风韵遒逸飞动，真所谓"谢夫人有林下风气"；赵则结构精密肉骨匀和，"顾家妇清心玉映，自是闺房之秀"。①

这显然扩大了"世说"的"林下风气"的适用范围，而使其有了二元对待的一般审美模式的意义。

把"林下风气"继续用于人物品评，特别是用于杰出女性品评的，我们可以举出明末沈自征的《鹂吹集序》。《鹂吹集》是叶绍袁的夫人沈宜修的诗集，沈自征则是她的弟弟。《序》云：

> 吾姊之为人，天资高明，真有林下风气。古来女史，桓孟不闻文藻，甄蔡未娴礼法，惟姊兼而有之……独赋性多愁，洞明禅理不能自解免……良由禀情特甚，触绪兴思，动成悲惋。②

此文可注意的地方，首先是从"林下风气"的角度来赞美一位自己崇敬的女性；其次，作者把"林下风气"与"天资高明""赋性多愁""触绪兴思，动成悲惋"的形象联系到了一起。更可注意的是，作者虽高度称赞女性的"林下风气"，却又对"礼法"不能忘情，于是有"兼而有之"的理想。该文收辑在《午梦堂集》中。清前中期，《午梦堂集》因沈自征的外甥叶横山的刊刻，以及叶横山弟子沈德潜的揄扬，在文士中有相当广泛的传播与影响。

就在曹雪芹的时代——乾隆朝的中前期，朝廷推出了一部大书《石渠宝笈》，其中收有永乐名臣姚广孝的一篇跋文。跋文是题在赵孟頫的夫人管道昇所绘《碧琅庵图》上的，文曰：

> 天地灵敏之气，钟于文士者非奇；而天地灵敏之气，钟于闺秀者为奇。管氏道昇，赵魏公之内君也。贞静幽闲，笔墨灵异，披兹图，捧兹记，真闺中之秀，

---

① 王世贞：《跋赵子昂枯树赋真迹》，《弇州四部稿》卷一三一。
②《午梦堂集》，中华书局，1998 年，第 18 页。

飘飘乎有林下风气者欤！①

这里，既是以"林下风气"来赞美脱俗的女才子，也是把"林下风气"作为一种普适的审美标准来使用了。其中还有两点可注意，一是他提出的"天地灵敏之气所钟"的话语，至少可与《红楼梦》中贾雨村"天地清明灵秀之气所秉"的话语发生互文的关系；二是同时使用"闺中之秀"与"林下之风"来评价同一个女性，也就是所谓"灵异"与"贞静"同时体现于一个女人的身上，这典型地表现出男人们对"兼美"的期待。

这些，对于熟悉《红楼梦》的读者来说，难免不引起你更多方面的互文性联想。上面提到，曹雪芹在宿命性的判词——《金陵十二钗》正册第一篇中，便把林黛玉比作了有"林下风气"的谢道韫，"林下风气"与"林"黛玉之间的关联，应是毫无疑义的事情。而沈自征在以"林下风气"赞美自己崇敬的女性同时，又使用了"天资高明""多愁""悲惋"的形容词，这几乎可以看作是为林黛玉量身定制的。可以说，沈自征的"兼而有之"与《石渠宝笈》里"闺中之秀兼有飘飘乎林下风气"所表现出的价值观，便不失为解开曹雪芹"兼美之想"的一把钥匙——这都是流行于《红楼梦》同一时代的著作。

<h1 style="text-align:center">二</h1>

如果说，我们从《红楼梦》第五回的判词入手，通过互文的追索、分析，为小说中林黛玉的形象以及林薛相对待的关系，找到其文化／文学的血脉的话，那么，循此思路，继续通过互文研究的方法，就还能找到孳乳《红楼梦》的更多文化／文学的渊源。当然，这种方法的延伸几乎可以是无穷的，本文只能举出一些最为直接、最为明显的例子。

我们举出的第一部书是前面提到的《午梦堂集》。这是崇祯年间苏州吴江的叶绍袁所编的自家眷属的诗文。叶绍袁的妻子和三个女儿都是才情过人的诗人，但皆红颜薄命。女儿叶小鸾最称有才，十七岁临出嫁前早夭。随后其姊叶纨纨、其母沈宜修皆因哀伤过度而谢世。《列朝诗集小传》中并收母女三人的事迹。《午梦堂集》收集了叶绍袁一家的诗文，其中特别引人注目的是其妻女的诗词集六种。

---

① 《四库全书》子部八,《石渠宝笈》卷十四。

该书于崇祯九年初刊后,至清末不足三百年间,便有不同的刻本八种,抄本一种,传播很广。八种刻本,其一由著名诗话作者叶燮(叶燮即叶绍袁第六子)编刻,其一由乾隆年间文坛领袖沈德潜作序刊出,其一由晚清名士叶德辉刊刻,这几位都是能够影响文坛的人物,该书的流行与影响即此可见。这部书除了张扬女性的才华、惋惜她们不幸的命运之外,还有一部分奇特的内容,很可能对《红楼梦》产生过直接的影响。这就是其中详细记载的金圣叹的"无叶堂"构想。

叶小鸾去世后,叶绍袁无比哀痛,亟思能召回灵魂再见一面。当时金圣叹正伙同几个朋友热衷扶乩。叶绍袁便请来家中,为叶小鸾等招魂。金圣叹先后多次到叶宅,导演了几位亡灵到场"对话",其间发明出了"无叶堂"等话题,对当时及日后都有相当的影响。这些经过与金圣叹的话语均载入《午梦堂集》。读者虽大多不知与金氏有关,但他降神时托名于佛门"泐大师"却更容易耸动耳目。《红楼梦》的女性观以及若干具体笔墨,都可以看出金圣叹观点以及叶小鸾事迹影响的印痕。

《午梦堂集》中九次提到所谓"无叶堂",如:

> 无叶堂者,师于冥中建设,取法华无枝叶而纯真实之义。凡女人生具灵慧,凤有根因,即度脱其魂于此,教修四仪密谛。注生西方,所云天台一路,光明灼然,非幽途比也。俱称弟子,有三十余人。别有女侍,名纨香、梵叶、嬿娘、闲惜、提袂、娥儿甚多。

> 此是发愿为女者,向固文人茂才也。虔奉观音大士,乃于大士前,日夕廻向,求为香闺弱质。又复能文,及至允从其愿,生来为爱,则固未注佳配也。少年修洁自好,搦管必以袖衬,衣必极淡而整。宴尔之后,不喜侁俪,恐其不洁也。每自矢心,独为处子。嘻! 亦痴矣。今归我无叶堂中。①

综合其内容,金圣叹发明的这个"无叶堂"理想可以描述如下——这是凡尘之外的一个女性乐园,进入者都是有佛缘的才女之魂灵;主持其事的是半佛半仙的"泐大师",她既是乐园诸女性的精神导师,又是沟通女魂们与凡间的联系人、桥梁(实际是金圣叹幻想中的化身);无叶堂排斥男性,即使生前有亲属关系的"男

---

① 《午梦堂集》,中华书局,1998 年,第 519 页。

魂",也只有住在外堂的份;这个无叶堂还带有处子崇拜的色彩,对于叶小鸾则强调其婚前去世而来至此地,对於叶纨纨则强调"琴瑟七年,实未尝伉俪也";无叶堂中,诸才女魂灵都有婢女服侍,过着舒适的生活。

类似这样专为的女性设立的世外天堂,此前似乎没有见诸过文字描写。而在此后清代的长篇小说中,却先后出现于《金云翘》《女仙外史》《红楼梦》《镜花缘》等作品里。特别是《红楼梦》中的太虚幻境,上述无叶堂的特征几乎全都有所表现。考虑到林黛玉的形象与叶小鸾诸多相似之处(才高体弱、能诗、婚姻不谐等),考虑到《红楼梦》与《午梦堂集》其他方面的可比性,认为太虚幻境的构想很可能从无叶堂中得到过启发,恐怕也不能说成无稽之谈吧。

另外,"无叶堂"的构建(想象之中的)强化了两性差别的观念——不过是站在女性的立场上来强化的(男性只能停留在"外堂")。从这个意义上说,"无叶堂"观念的提出与传播,对清代文坛的"才女崇拜"潮流具有很强的"加温"作用,这也是影响《红楼梦》"堂堂须眉诚不若彼裙钗"的潜在因素。至于说其中表现出的处女崇拜,更是与《红楼梦》中褒处女贬妇人的"怪异"见解遥相呼应了。

这里举出的第二部书是《平山冷燕》。这是一部典型的"才子佳人小说",在文学史上至多算是二流半的作品。但在我们这个话题里,却有其特别的价值。自从曹雪芹借贾母之口贬抑才子佳人小说以后,人们多把《红楼梦》看作这类作品的对立面,是"拨乱反正"之作。其实,这只是问题的一个方面。若换个角度看,曹氏的议论恰好说明他读过不少才子佳人小说,对这类作品相当熟悉。其实《红楼梦》的直接源头之一恰在这些不起眼的作品中,只不过是化蛹成蝶,有了质的飞跃而已。我曾经写过一篇小文章,指出另一篇"才子佳人小说"《吴江雪》里的雪婆乃是《红楼梦》刘姥姥的"前身"。对于我们这个话题来说,《平山冷燕》有三点可注意。第一,不是一般地赞美少女的才情,而是一定要让她们"压倒须眉"。才女山黛才学不仅压倒满朝官员,还压倒了"才子"状元。作品写天子赐她一条玉尺,成为衡量天下人才分的"裁判长"。作者还借"才子"燕白颔之口叹服:"天地既以山川秀气尽付美人,却又生我辈男子何用!"第二,以两个隽才美女来对写,让二人才、美俱在伯仲之间;而其一名山黛,其一名冷绛雪——《红楼梦》则为林黛玉与薛宝钗,而薛宝钗的图谶以"雪"指代"薛",薛宝钗又嗜服"冷香丸"。第三,书中有一小丑似的纨绔子弟张寅,作诗出丑,与薛蟠作诗有隐约相似处。

第三部是《金云翘》。这是一部很有特色的小说,我曾专门写过一篇文章,讨论其中流露的清初汉族读书人"身辱心不辱"的复杂心态。这里提出它来,一则因为这是我国古代第一部以一个女性命运贯穿全书、以一个女性为唯一主人公的小说，而这位女性又是才情过人、性格刚毅，却又历经磨难的悲剧人物；二则因为其中有些笔墨似与《红楼梦》不无瓜葛。书中第二回写王翠翘梦遇刘淡仙，刘淡仙托断肠教主之名，请王翠翘题咏十首，为《惜多才》《怜薄命》《悲歧路》《哀青春》《苦零落》《苦相思》等，一一编入《断肠册》中。每一首均是对一个女性永恒之悲感主题的诠释，从而布下此一部"怨书"的基调，也成为王翠翘一生的预言。《红楼梦》的"太虚幻境""警幻仙子"，以及"金陵十二钗正副册"的思路，与此何等相似！

第四部是《纳兰词》。我把这部书提出来，是有点风险的。因为把纳兰性德与《红楼梦》联系起来，很容易被正宗的"红学家"讽为"索隐派"，讽为"荒诞不根"。清人传说乾隆皇帝指《红楼梦》所写为"明珠家事"，这当然是站不住脚的。但由此把纳兰性德与《红楼梦》的关系彻底割断，却也属因噎废食。纳兰性德作为清初影响最大的词人，又是著作宏富、交游广泛的学者，曹雪芹若是对他一无所知，那实在是不可思议的事情。何况纳兰与雪芹祖父曹寅有过从，有相赠诗词留存。我们特别要指出的有两点，一是纳兰作品中表现出的个人气质——看淡功名，多情哀怨，肝胆交友，忏悔人生，与曹雪芹笔下的贾宝玉颇有可比之处；二是其作品中与《红楼梦》意境乃至词语，相似、相同之处多多，假如理解为曹雪芹熟习纳兰词，深入骨髓，无意中自然流注于笔下，似乎也无甚不妥。

这样的例子颇多，我们只能举其中几个。有兴趣的朋友，不妨找来《纳兰词》，自己看看，再做出判断。如《摊破浣溪沙》：

> 林下荒苔道蕴家，生怜玉骨委尘沙。愁向风前无处说，数归鸦。半世浮萍随逝水，一宵冷雨葬名花。魂是柳绵吹欲碎，绕天涯。①

以"冷雨葬名花"与"林下道蕴家"相关联，其中"葬花""冷雨""林下""道蕴"等意象，以及整体的境界，与《红楼梦》之互文关联，有目者皆不待繁言也。其他如同调："人到情多情转薄，而今真个悔多情。"（《红楼梦》"情不情"之说）"方悔从前真草草，等闲看。"（《红楼梦》开篇忏悔之语）《念奴娇》："人生能几？总不如休惹、情条恨叶……愁多成病，此愁知向谁说？"《贺新郎》："便决计、疏狂休悔。但有玉人常照眼，向名花美酒拼沉醉。天下事，公等在。"如此等等，境界、意味也都与《红楼

---

① 《纳兰词笺注》卷二，上海古籍出版社，1995年，第139页。

梦》有相通之处。而集子中,"葬花"凡两见,"红楼"凡三见;其中更有将"红楼"与"梦"相关联者一处("今宵便有随风梦,知在红楼第几层?"《别意》六首之三)。

有鉴于此,王国维曾有一精辟论断:

> 自我朝考证之学盛行,而读小说者,亦以考证之眼读之。于是评《红楼梦》者,纷然索此书中之主人公之为谁,此又甚不可解者也。夫美术之所写者,非个人之性质,而人类全体之性质也……故《红楼梦》之主人公,谓之贾宝玉可,谓之子虚乌有先生可,即谓之纳兰容若、谓之曹雪芹亦无不可也……然诗人与小说家之用语其偶合者固不少,苟执此例以求《红楼梦》之主人公,吾恐其可以傅合者断不止容若一人而已。[1]

静安先生对《红楼梦》的理解超迈群伦之处甚多,可惜一蔽于繁琐之"曹学",二蔽于庸俗社会学,三蔽于炫奇索怪的"秦学"之流。

我们要举出的第五段文字是:

> 这李通判回到本宅,心中十分焦燥,便对夫人大嚷大叫道:"养的好不肖子! 今天吃徐知府当堂对众同僚官吏,尽力数落了我一顿,可不气杀我也!"夫人慌了,便道:"什么事?"李通判即把儿子叫到跟前,喝令左右:"拿大板子来,气杀我也!"说道:"你拿的好贼!他是西门庆家女婿。因这妇人带了许多妆奁、金银箱笼来,他口口声声称是当朝逆犯寄放应没官之物,来问你要。说你假盗出库中官银,当贼情拿他。我通一字不知,反被正堂徐知府对众数说了我这一顿。这是我头一日官未做,你照顾我的。我要你这不肖子何用!"即令左右雨点般大板打将下来。可怜打得这李衙内皮开肉绽,鲜血迸流。夫人见打得不像模样,在旁哭泣劝解。孟玉楼立在后厅角门首,掩泪潜听。当下打了三十大板,李通判吩咐左右押着衙内:"及时与我把妇人打发出门,令他任意改嫁,免惹是非,全我名节。"那李衙内心中怎生舍得离异,只顾在父母跟前哭泣衰告:"宁把儿子打死爹爹跟前,并舍不得妇人。"李通判把衙内用铁索墩锁在后堂,不放出去,只要囚禁死他。夫人哭道:"相公,你做官一场,年纪五十余岁,也只落得这点骨血。不争为这妇人,你囚死他,往后你年

---

[1] 王国维:《红楼梦评论余论》,载《中国历代文论选》第四册,上海古籍出版社,1980年,第518页。

老休官,倚靠何人?"……通判依听夫人之言,放了衙内,限三日就起身,打点车辆,同妇人归枣强县家里攻书去了。①

熟悉《红楼梦》文本的朋友一定会感到惊讶:这段文字和《红楼梦》中"宝玉挨打"一段太相似了!父亲为官场受窘而痛打儿子,儿子为"情义"甘愿忍受,母亲苦苦哀求……不但基本故事情节相似,连"年纪五十余岁,也只落得这点骨血……你囚死他,往后你年老休官,倚靠何人"的语言也相似乃尔。

而李衙内的故事影响到了曹雪芹,还可举出一些旁证。如孟玉楼嫁入李府后,李衙内原来的通房丫头玉簪瞧不起她的出身,加以嫉妒,便骂闲街挑衅,而孟玉楼一味容让。这一段的故事情节、人物关系,都和尤二姐嫁给贾琏后,与秋桐的关系有几分相似。再如孟玉楼为了自保,设计陷害陈经济的情节、情境,与王熙凤算计贾瑞一段,颇有神似处。

更有趣的是李衙内的名字——李拱璧。"拱璧"即"宝玉",如王世贞《题〈宋仲珩方希直书〉》:"百六十年间,学士大夫宝之若拱璧。"而类似用法历代不可胜数。

这些完全可以解释为"偶合",尤其是"拱璧"与"宝玉"。但是,多重"偶合"叠加到一起,意义就不同了。特别是就大端而言,《红楼梦》借鉴于《金瓶梅》已是不争的事实。在这样的前提下,李衙内的故事,李衙内的人物形象和贾宝玉的多方面近似就不能简单视为偶合了。

在中国小说史上,李衙内本身是个甚为微末的存在,但如果瞻其前观其后,从"互文"的视角看去,却又会发现他不容忽视的意义与价值。指出这些,并无意说曹雪芹抄袭了《金瓶梅》,而是要说明,所谓"没有《金瓶梅》便没有《红楼梦》",其真实含义恐怕要超出人们通常理解的程度。

三

一切文本都具有与其他文本的互文性,一切话语也都必然具有互文性,这已经是常识性的命题。但在文学批评、文学研究之中,如何通过互文性的视角展开工作,以期取得更有启发性的认识,却还是见仁见智颇有不同的。

---

① 这段引文用的版本是《皋鹤堂批评第一奇书金瓶梅》(吉林大学出版社,1994 年,九十二回,第1537 页),与《词话》本文字略有出入。有清一代,流行的主要是这个本子。

首先,对于"互文性"的认定,就有着宽狭不同的主张。而这几乎是运用这一理论解决问题的前提。如有的学者把互文性分为三种情况:第一是直接引语,或是重复出现的词汇、意象,也就是明显或有清楚标记的"互文";第二是典故,其出处指向"互文"关系,也就是较为隐蔽的"互文";第三是照搬,就是局部采取迻录、抄袭的手法,但不加以任何说明。持不同见解的理论家,则批评这种分类不当,第三种情况根本不能算作"互文"。

其次,利用"互文性"进行文本分析,终极目的何在?与中国传统的笺注之学、"无一字无来处"的阅读方式有何区别?

再次,这种批评、研究的意义与后现代的文本颠覆、作者死去的思路有何异同?它能给我们的研究带来哪些"正能量"?

本文不可能对这些话题做全面的讨论,却应该也必须说明自己的选择,以及选择的理由。

一种理论的有效性,主要的不是表现为自身形式的优美,而是解决问题的实际能力。因此,本文采用的"互文"视角乃基于以下三点考虑:

1."互文性"是一种客观存在,是由创作主体知识结构之形成及其创作使用语言符号之特性决定的。从这一视角观察、分析,不是去发明"互文",而是要揭示"互文",并做出有说服力的分析。

2.对于文学研究中,"互文性"的表现可以借鉴热奈特的说法而有所修正。也就是采取核心明确、边缘弹性的"广义互文"界定。"互文"的核心是相同语词、相同意象之间的关联。如前文揭示的"林下""红楼""葬花"等。稍微间接一些的则是通过典故发生的关联,如"潇湘 + 林"与"竹林"之间,便是由舜妃的典故连接起来。而更边缘一些的则是某些情节单元、结构方式的互仿,甚至某些"创意"的袭用。如"无叶堂"之于"太虚幻境",一系列"林下风气"与"闺房之秀"相对待的结构模式等,在本质上都是与意象、语词的"互文"并无二致的。

3."互文性"视角的运用,绝非是"掉书袋"式的炫学。其目的应是为了给文本找出赖以滋长的文化、文学血脉,从而更准确、更深入地理解文本的内涵,当然也给文学发展史的研究提供更为鲜活、具体的材料。

对于《红楼梦》的研究来说,这一视角的运用还有特殊的意义。

如前所论,长时间以来,《红楼梦》研究的基本思路出了问题。这一点,有见识的红学前辈也颇有自省之词,如俞平伯先生,如周策纵先生。周先生更是直接以《论〈红楼梦〉研究的基本态度》为题写成专文,指出:《红楼梦》研究,如果不在基本态度和方法上改进一番,可能把问题愈缠愈复杂不清,以讹传讹,以误证误,浪费无比的精力。事实正是如此,红学家们用的大部分气力都是在为小说寻找现实生活中的"底本"。索隐派是如此,考证派也是如此,甚至最近热闹起来的作者"新探",其隐含的目的也指向生活底本问题。而近百年的努力,并不能让"底本"变得逐渐清晰,而是陷入了一个又一个的怪圈,如作者的年龄、阅历与作品的故事情节不"匹配",各种"底本"之间的互相冲突,等等。甚至出现了《红楼》的"底本"与"侠女刺雍正"相交集,或是推演出类似"搜孤救孤"式的桥段。至于小说本身的艺术得失、思想文化内涵,反而被视为"红外线"嗤之以鼻。现在,我们从"互文"的视角看过去,原来《红楼梦》中的偌多内容——人物的关系、性格的基调、情节的设计、意象的营造,等等,都可以从文学的、文化的长河中找到血脉之由来。这便给沉迷于索隐、考证之中的朋友们一个有力的提示:"底本"绝不是全部,《红楼梦》的基本属性毕竟是文学,而非"自传",或是"他传"。

　　说到这里,《从"林下"进入文本深处》似乎已无剩义。不过,有一种有趣的现象还可附带讲两句。对《红楼梦》的"互文性"观照,为这部作品找到了向上的文学史、文化史关联;而循此思路,又可把类似的关联向下延伸,突破人为的古代文学、现代文学的鸿沟。不妨随便举一个例子。《红楼梦》的"双峰对峙、二水分流",我们从"林下之风"与"闺房之秀"的对待中看到了历史的脉络;而这一脉络却又向下伸展,如林语堂便把这种"各有各的好处"的观念用到自己的小说创作中,创建了一种"双姝模式"——《京华烟云》中的木兰与莫愁,《红牡丹》中的牡丹与素馨,《赖柏英》中的赖柏英与韩沁等,让每个男主人公都享受到"黛玉做情人,宝钗做妻子"的"人生至乐"。①

　　这种上下前后血脉贯通的现象,无疑对于我们深入剖析文本,以及讨论文学的传承流变,都是很有意义的材料。

(原载《文学与文化》2013 年第 3 期)

---

① 参见陈千里:《"女性同情"背后的"男性本位"——林语堂小说"双姝"模式透析》,《南开学报》(哲学社会科学版)2013 年第 3 期。

《隋唐演义》对《隋炀帝艳史》的袭用、整合与超越 *

雷 勇

在中国古代小说中,《隋唐演义》是一部争议较大的作品。褒之者认为它是隋唐历史题材小说的集大成者,是这类题材小说的代表作。贬之者则认为:"它的大部分是承袭前面隋唐系列小说而编写成的。因此,可以说,它的创造性是不大的,它的价值和成就也就很有限了。"① 的确,《隋唐演义》中的大量情节来自《隋史遗文》和《隋炀帝艳史》等小说,作者对此已有明确交待。如最早的刊印本《四雪草堂重订通俗隋唐演义》署"剑啸阁齐东野人等原本,长洲后进没世农夫汇编,吴鹤市散人鹤樵子参订"。其中,"剑啸阁"即《隋史遗文》编定者袁于令的阁名,"齐东野人"是《隋炀帝艳史》作者的署名,"长洲后进没世农夫"是褚人获的号。褚人获在《序》中也明确告诉读者,本书是"合之《遗文》《艳史》,而始广其事"②。值得注意的是,这部小说不仅后来居上,成为隋唐题材小说的代表作,而且使母本从此湮没无闻,尤其是其主要来源的《隋炀帝艳史》居然在很长一段时间不为读者甚至学者所知。那么,《隋唐演义》究竟从《隋炀帝艳史》中继承了什么,作者在袭用《隋炀帝艳史》时做了哪些处理,其创新之处何在,这些问题仍有必要做进一步的探讨。

一 情节的移植和袭用

《隋唐演义》和《隋炀帝艳史》的关系问题不少学者已做过研究,且已形成一种共识,即《隋炀帝艳史》是《隋唐演义》的一个重要素材来源,《隋唐演义》

作者简介:雷勇(1964—),男,陕西理工大学人文学院教授。

* 本论文为国家社科基金项目"隋唐历史的文学书写与现代传播"(项目号:13BZW060)的阶段性成果。

① 齐裕焜:《中国历史小说通史》,江苏教育出版社,2000年,第175页。

② 褚人获:《隋唐演义》,上海古籍出版社,2006年,第2页。

前六十回隋炀帝的故事主要来自《隋炀帝艳史》。张万钧、周树德在《隋炀帝艳史》校点本"前言"中指出:《隋唐演义》中的隋炀帝故事"可以说是完全采自《隋炀帝艳史》,几乎把其文字原封不动地搬到《隋唐演义》里去了。……我们不妨说,《隋炀帝艳史》是《隋唐演义》中炀帝故事部分的底本,没有《隋炀帝艳史》,便不会有《隋唐演义》的出现"。①欧阳健先生的《〈隋唐演义〉"缀集成帙"考》一文对《隋唐演义》的成书情况做了比较细致的分析,认为前六十六回中有十回袭用《隋炀帝艳史》,占15.15%,另有七回由《隋史遗文》和《隋炀帝艳史》二书的相关内容连缀而成,占10.6%。②蔡卿的《〈隋唐演义〉的成书过程小考》也认为"《隋唐演义》中关于隋炀帝的大部分故事都直接来自《隋炀帝艳史》中"。③为了更准确地了解《隋唐演义》对《隋炀帝艳史》的借鉴情况,这里先将两书的内容对照如下表1:

表1　《隋唐演义》与《隋炀帝艳史》内容对照表

《隋唐演义》		《隋炀帝艳史》	说　明
第一回	隋主起兵代陈 晋王树功夺嫡	杨广出生之异兆采自第一回;谋夺太子位之心理描写采自第二回	主要内容依据《隋史遗文》第一回
第二回	杨广施谗谋易位 独孤逞妒杀宫妃	独孤后妒宫女采自第一回;隋文帝宠幸宣华夫人采自第三回	主要内容依据《隋史遗文》第二回
第十九回	恣蒸淫赐盒结同心 逞弑逆扶王升御座	采用第三、四、五回的一些细节描写	主要内容依据《隋史遗文》第二十四回
第二十回	皇后假宫娥贪欢博宠 权臣说鬼话阴报身亡	据第五、六、七、九回编写	删:关于宣华夫人生病过程及隋文帝鬼魂斥责的细节 增:萧后扮宫女一段
第二十七回	穷土木炀帝逞豪华 思净身王义得佳偶	据第九、十、七回编写	增:许庭辅选美受贿一节;王义故事有较大改变,自宫一事被隋炀帝制止

---

① 齐东野人:《隋炀帝艳史》,张万钧、周树德校点,中州古籍出版社,1988年,第3页。
② 欧阳健:《〈隋唐演义〉"缀集成帙"考》,《文献》1988年第2期。
③ 蔡卿:《〈隋唐演义〉的成书过程小考》,《北京化工大学学报》2005年第2期。

《隋唐演义》	《隋炀帝艳史》	说　明
第二十八回　众娇娃剪彩为花 侯妃子题诗自缢	据第十三、十五回（前半部分）编写	增：姜亭亭献青丝帐一段
第二十九回　隋炀帝两院观花 众夫人同舟游海	合并十五（后半部分）、十六、十七（前半部分）回而成	增：袁紫烟射鱼一节
第三十回　赌新歌宝儿博宠 观图画萧后思游	抄自第十七回	增：众夫人游戏、作诗；炀帝看望生病的李夫人 删：关于开河的具体描写
第三十一回　薛冶儿舞剑分欢 众夫人题诗邀宠	薛冶儿舞剑一节抄自第十八回	增：众夫人题诗一节；薛冶儿舞剑一段有变化
第三十二回　狄去邪入深穴 皇甫君击大鼠	据第十九、二十、二十一回编写	
第三十四回　洒桃花流水寻欢 割玉腕真心报宠	据第十四、二十二、十一回编写	增：炀帝头痛昏迷不醒，众美人祈祷、朱贵儿割腕疗疾
第三十五回　乐永夕大士奇观 清夜游昭君泪塞	据第十一（开头）、二十二回编写	增：夜游的各种项目、昭君出塞曲；炀帝、朱贵儿定"来生缘"
第三十六回　观文殿虞世南草诏 爱莲亭袁宝儿轻生	据第二十五、二十六回编写	增：沙夫人小产、袁宝儿投水 删：1. 炀帝忌才：原本要加升虞世南官职，"后因他题诗敏捷，大胜于己，忽然又忌起才来，故连金帛也不曾赏赐" 2. 造龙舟、选殿脚女的具体描写；人物有变化
第三十九回　陈隋两主说幽情 张尹二妃重贬谪	据第十二回编写	增：张、尹二妃故事梦见陈后主的时间被移后
第四十回　汴堤上绿柳御题赐姓 龙舟内绛仙艳色沾恩	据第二十七回、二十八回（部分）编写	增：萧后述志；袁紫烟观天象
第四十六回　杀翟让李密负友 乱宫妃唐公起兵	张、尹二妃诱惑李渊一节采自第三十五回	
第四十七回　看琼花乐尽隋终 殉死节香销烈见	据《艳史》第三十二、二十九、三十九、四十回编写	增：炀帝最后一次聚会；杳娘被杀、袁宝儿之死；王义、沙夫人护赵王出逃
第四十八回　遗巧计一良友归唐 破花容四夫人守志	萧后从宇文化及一段采自第四十回	

　　从上表可以看出,《隋唐演义》前六十六回中与《隋炀帝艳史》有关的共十八回,《隋炀帝艳史》共四十回,被《隋唐演义》袭用的多达二十七回。这种袭用大体上有两种情况:

　　其一,直接抄录或据《隋炀帝艳史》相关情节编写。大体上有十二回,即第二十、二十七、二十八、二十九、三十、三十二、三十四、三十五、三十六、三十九、四十、四十七回。与对《隋史遗文》的整回抄录不同,《隋唐演义》对《隋炀帝艳史》的借用主要是摘编,小说前六十六回基本上是以《隋史遗文》为骨架,然后根据需要把《隋炀帝艳史》中相关的情节或文字摘出来插入总体结构中,原有的故事情节、结构顺序也相应地做了一些调整。这里以第二十回为例略作分析。

　　第二十回主要写了两件事,一是隋炀帝宠幸宣华夫人,二是隋炀帝与权臣杨素之间的矛盾,故事情节基本上都采自《隋炀帝艳史》第五、六、七、九回。这一回大致包括以下八个情节。(1)隋炀帝宠爱宣华夫人招致萧后妒忌,宣华被贬入冷宫。这个情节采自《隋炀帝艳史》第五回,炀帝与宣华夫人的对话有所删改,其中最重要的是增加了炀帝的这样一段表述:

　　　　炀帝叹息道:"情之所钟,生死不易。朕与夫人,虽欢娱未久,恩情如同海深。即使朕与夫人为庶人夫妇,亦所甘心,安忍轻抛割爱?难道夫人心肠倒硬,反忍把朕抛弃?"

这样的改写突出了炀帝多情、痴情的一面,可以说是《隋唐演义》重塑隋炀帝形象时的一个突出特点。(2)隋炀帝痴情难忘,萧后无奈召回宣华。这个情节也采自《隋炀帝艳史》第五回,但删改较多,《隋炀帝艳史》比较细致地描写了宣华夫人出宫后炀帝的一系列反常表现,小说中有一段将近五百字的描写,既写了炀帝的痴情,同时也交待了萧后建议召回宣华夫人的无奈,出于篇幅的考虑,褚人获将这一大段文字简化成一句话:"炀帝自宣华去后,终日如醉如痴,长吁短叹,眼里梦里,茶里饭里,都是宣华。"其他情节则基本照抄。(3)宣华夫人病逝。采自《隋炀帝艳史》第六、七回,原来的情节比较细致,交待了宣华夫人从生病到"奄然而逝"的全过程,而她生病的原因则是因为梦中被隋文帝斥责。《隋唐演义》把这些细节全部删除,只用了二十二个字就将宣华夫人之事作了交待:"未及半年,何知圆月不常,名花易谢,红颜命薄,一病而殂。"(4)萧后、炀帝后宫选美。采自《隋炀帝艳史》第七回,情节相同,文字上稍作了一些删节。(5)萧后装扮宫女以"博宠"。这个情节为作者新增。(6)炀帝与杨素垂钓、杨素责打宫女。采自《隋炀帝艳史》第六回,情节基本相同,文字上有所删节,另外删去韵文一篇、诗一首。(7)杨素被隋文帝阴魂追杀,病逝。采自《隋炀帝艳史》第九回,删掉了炀帝派御医探望等情节,文字更简洁。(8)隋炀帝点选宫女、兴修显仁宫。派许廷辅点选宫女之事为作者新增,修建显仁宫事采自《隋炀帝艳史》第九回,情节基本相同,但删除了大臣劝谏以及杀高颎、贺若弼的情节。

由上述分析可以看出,这回的主要情节都采自《隋炀帝艳史》,在《隋炀帝艳史》中这些情节比较分散,褚人获在将它们移植到《隋唐演义》中时都做了一定的删改和加工,比较典型的如删去了关于宣华夫人生病的一些文字,同时也对杨素的故事做了集中处理。这样一来,两人的故事在较短的篇幅中就已相对完整。小说中其他情节的处理也大致如此。

其二,采用部分情节。《隋唐演义》在取材上的一个特点是,前六十六回总体上是以《隋史遗文》为主,但涉及隋炀帝的内容时则比较偏重借用《隋炀帝艳史》中的文字,除上述十二回的大段抄录外,第一、二、十九、三十一、四十六、四十八回中都采用了一些《隋炀帝艳史》中的情节。如隋炀帝"蒸淫"宣华夫人一事在《隋史遗文》和《隋炀帝艳史》中都曾写到,《隋史遗文》第二十四回的描写十分简单,总共不到五十个字:"太子也不见他哀苦惊慌,取一个黄金小盒,封了几个同心彩结,差内侍赐与宣华夫人,到晚来就在宣华夫人阁中歇宿。"①《隋炀帝艳史》第五回也写了这件事,从炀帝送小金盒到"二人解衣就寝",足足写了两千七百余字,其中仅描写宣华夫人心理活动的文字就有近一千字。《隋唐演义》第十九回也着重突出了宣华夫人的心理活动,整段文字几乎全抄自《隋炀帝艳史》,与原文对比,《隋唐演义》仅仅少了二百余字。

二 审美趣味的变化与隋炀帝形象的重塑

《隋炀帝艳史》的主角是隋炀帝,他是历史上著名的"风流天子",同时也是一个臭名昭著的昏君,这决定了小说写法上的特殊性。该书《凡例》云:"炀帝为千古风流天子,其一举一动,无非娱耳悦目,为人艳羡之事,故名其篇曰《艳史》。"②从全书来看,《隋炀帝艳史》的取材有两个特点。其一,"单录炀帝奇艳之事"①。小说

---

① 袁于令:《隋史遗文》,宋祥瑞校点,北京大学出版社,1988 年,第 196 页。
②《艳史凡例》,齐东野人《隋炀帝艳史》,第 461 页。

叙事的中心始终是隋炀帝,描述的重点则是这个风流天子一生的奢靡生活,作品以大量篇幅揭示了隋炀帝"穷奢极欲,疟害生民"的种种罪行。其二,在隋炀帝事迹中,着重选择"有幽情雅韵者"②,描写的重点是隋炀帝的后宫生活,其中有欲的放纵,也有一些风雅的游戏,如清夜游、剪彩为花、西轩赌歌、宫中试马、清宵玩月等。《隋唐演义》中关于隋炀帝的描写延续了这种思路,但褚人获也按照自己的审美趣味对已有素材做了取舍。这主要体现在两个方面:其一,作者只对隋炀帝的风雅生活感兴趣,对表现隋炀帝奢侈生活的内容则不大关心,诸如巡边开市、开运河、造龙舟、造迷楼等,或被直接删除,或被大大压缩,或变成侧面描写,或用议论性文字加以概括。像"陶榔儿盗小儿"和麻叔谋吃小儿这样的故事,在《隋唐演义》中也仅在秦琼故事中作为一个插曲出现,明显被淡化了。其二,《隋炀帝艳史》中隋炀帝的故事"幽情""雅韵"并存,"小说也批判了炀帝以纵欲为特征的享乐主义人生观,如处女试春、车态怡君,但在具体的描写中作者不自觉地流露出了欣赏之情"③。而《隋唐演义》则更偏爱其中的"雅韵"之事,像美人赋诗、唱曲、骑马、舞剑等情节几乎一件不漏全部抄录,而对隋炀帝摧残、玩弄女性的情节则尽力剔除,如"任意车处女试春,乌铜屏美人照镜"(第三十一回)、"方士进丹药,宫女竞冰盘"(第三十二回)两回中的主要情节全都被舍弃。作者突出的是一种充满诗情画意的生活。如第四十七回的主要内容是"乐尽隋终",本来要写隋炀帝的"日夜荒淫",但作者着重突出的是"二十四桥"的月夜雅集。先赏沙夫人新词;再听李、花二夫人"妙音":"两人执象板,吹玉笛,发绕梁之声,调律吕之和,真个吹得云敛晴空,唱得风回珮转。"最匪夷所思的还是狄夫人所制的萤光灯:"亭前亭后,山间林间,放将起来。一霎时望去,恍如万点明星,烂然碧落,光照四围。"炀帝与众夫人陶醉在这样的艺术氛围中,"传杯弄盏,直饮到四鼓回宫"。对隋炀帝的这种生活作者颇为欣赏,这在字里行间也不时表露出来,如第三十一回开篇写道:"独诧天公使有才之女,生在一时,令荒淫之主,志乱心迷,每事令人欲罢不能。"第三十六回又说:"炀帝与萧后清夜畅游,历代帝王,从未有如此快活。"这里既有赞赏,又有一点艳羡,都表明了对隋炀帝这种风流生活的态度。在第三十一回总评中还出现了这样的话:"美人舞剑,娇娥咏诗,极趣极韵之事聚合一时。古

---

① 《艳史凡例》,齐东野人《隋炀帝艳史》,第 461 页。

② 《艳史凡例》,齐东野人《隋炀帝艳史》,第 462 页。

③ 彭知辉:《〈隋唐演义〉材料来源考辨》,《明清小说研究》2002 年第 2 期。

来天子风流,莫有过于此者,虽卒至败亡,可无遗恨。"饮酒赋诗、风花雪月、红袖添香,这正是文人理想中的生活。作者根据自己的想象对隋炀帝形象进行了重塑,因此使这个形象带上了明显的文人色彩,他是亡国之君,但在文人眼中,他更是一个风流倜傥、多情文雅的才子。

《隋唐演义》中的隋炀帝形象是比较复杂的。作为皇帝的隋炀帝无疑是失职的,无论作者对这个人物如何偏爱,都无法为他洗脱昏君、暴君的恶名。作者毫不隐讳地写了他的弑父、杀兄、乱伦,同时也写了他种种劳民伤财、穷兵黩武的暴行。小说第三十二回还安排了一个怪诞的情节,点明隋炀帝"是老鼠变的",并借皇甫君之口训斥道:"你这畜生,吾令你暂脱皮毛,为国之主,苍生何罪,遭你荼毒;骸骨何辜,遭你发掘;荒淫肆虐,一至于此!"这些都表明了作者对这个人物的基本态度。但是,在第三十四回我们又看到了这样一段话:

> 大凡人做了个女身,已是不幸的了;而又弃父母,抛亲戚,点入宫来,只道红颜薄命,如同腐草,即填沟壑。谁想遇着这个仁德之君,使我们时傍天颜,朝夕宴乐。莫谓我等真有无双国色,逞着容貌,该如此宠眷,设或遇着强暴之主,不是轻贱凌辱,即是冷宫守死,晓得什么怜香惜玉,怎能如当今万岁情深,个个体贴得心安意乐。所以侯夫人恨薄命而自缢身亡,王义念洪恩而思捐下体,这都是万岁感入人心处。

这是隋炀帝生病时美人朱贵儿的一番真情表白。"昏君""暴君"和"仁德之君"就这样矛盾地集于隋炀帝一身!

隋炀帝的故事在《隋炀帝艳史》中已基本成型,但在《隋唐演义》中这个形象发生了根本性变化。作者仍写他的"奇艳之事",但淡化了他和众多女子赤裸裸的性关系,尤其是摒弃了《隋炀帝艳史》中那些摧残女性的变态行为,而主要集中描写他们之间精神上的沟通、交流。因此,褚人获笔下的隋炀帝就有了以下几个特点。

首先是痴情。小说中多次强调,隋炀帝"平昔间在妇人面上做功夫的"(第三十九回),他以与美人厮混为乐,并将这种享受置于江山社稷之上。在女性面前,他基本上是以"情痴"的面目出现。他慕张丽华之色,灭陈后当即派人索取,得知张丽华被李渊所杀后当即表示:"这便是我失算,害了两个丽人。"事后还"恨恨的"道:"我虽不杀丽华,丽华由我而死。毕竟杀此贼子,与二姬报仇!"(第一回)当才貌俱佳的妃子侯夫人自杀身亡后,他"也不怕触污了身体,走近前将手抚着他尸肉之上,放声痛哭",事后还亲自作了祭文,"自家朗诵一遍,连萧后也不觉堕下泪来"(第二十八回)。他与宣华夫人的关系虽是一件乱伦的丑闻,但表现出来的痴情也同样很感人。当宣华夫人被迫离开时,他"终日如醉如痴,长吁短叹,眠里梦里,茶里饭里,都是宣华";宣华病亡后,他更是"终日痴痴迷迷,愁眉泪眼"(第二十回)。他用一片痴情对待身边的女性,同时也赢得了很多女子真心的爱。

其次是博爱。隋炀帝像贾宝玉一样生活在"温柔富贵乡"。在他身边,萧后、十六院夫人之外尚有无法计数的贵人、美人,而且只要他见到中意的女子,立即就会毫无顾忌地弄到身边。他优游于众多女性之间,欣赏着她们的美丽、才华,也享受着她们的温情。在小说第二十八回有这样一段对话:

> 炀帝笑道:"纣、幽二王,虽无君德,然待妲己、褒姒二人之恩,亦厚极矣!"沙夫人道:"溺之一人,谓之私爱;普同雨露,然后叫做公恩。此纣、幽所以败坏,而陛下所以安享也。"炀帝大喜道:"妃子之论,深得朕心。朕虽有两京十六院无数奇姿异色,朕都一样加厚,并未曾冷落一人,使他不得其所,故朕到处欢然,盖有恩而无怨也。"

沙夫人的话恭维中带有几分真诚的感激,而隋炀帝的得意之情也溢于言表,虽然都有点夸张,但也比较真实地道出了隋炀帝对众妃子、美人的态度。

第三是体贴。隋炀帝之所以能赢得众美人的欢心,最重要的原因是他的体贴,作者也一再强调"他是极肯在妇人面上细心体贴的"(第三十五回)。在第三十六回有一个十分感人的情节,隋炀帝与众妃子、美人清夜畅游,怀孕的沙夫人因"在马上驰骤太过"而堕胎。炀帝闻讯跌脚道:"可惜可惜,昨夜原不该要他来游的,这是朕失检点了。"说罢急忙宣太医前去诊治,接着自己也亲自前来看望。小说中有这样一段对话:

> 炀帝道:"妃子自己觉身子持重,昨夜就该乘一个香车宝辇,便不至如此。此皆朕之过,失于检点调度你们。"沙夫人含泪答道:"这是妾福浅命薄,不能保养潜龙。是妾之罪,与陛下何与?"一头说,不觉泪洒沾衾。炀帝道:"妃子不必忧烦,秦王杨浩,皇后钟爱,赵王杨杲,今年七岁,乃吕妃所生,其母已亡。朕将杨杲嗣你名下,则此子无母而有母,妃子无子而有子矣,未知

妃子心下何如？"

在这里，既有对沙夫人病情的关切，也有对其丧子之痛的同情和理解，同时还极有人情味地对她日后的生活做了安排，其细心、体贴的确让人感动，难怪此后沙夫人能义无反顾地为他抚养赵王，为隋室留住一脉。

在日常与众女子的相处中，隋炀帝也处处表现出了他的细心和体贴。第三十回写朱贵儿、袁宝儿等美人在西轩中赌唱新词，炀帝出来寻找袁宝儿，他"悄悄走来，将到轩前，听见众美人，说也有，笑也有，恐打断了他们兴头，遂不进轩，倒转过轩后，躲在屏风里面，张他们耍子"。贵为天子，却细心到害怕打断宫女的兴头，难怪她们会那样穷思竭虑地想出各种花样，以博取他的欢心。作者在第四十八回开头有这样一段议论：

> 自古知音必有知音相遇，知心必有知心相与，钟情必有钟情相报。炀帝一生，每事在妇人身上用情，行动在妇人身上留意，把一个锦绣江山，轻轻弃掷；不想突出感恩知己报国亡身的几个妇人来，殉难捐躯，毁容守节，以报钟情，香名留史。

这可以说是作者对隋炀帝一生的定评。

从全书总的情感取向看，作者是站在欣赏的角度来写这个人物的。他是皇帝，但更是风流才子。作为皇帝，他可以名正言顺地拥有众多女性，但在和她们交往时却倾注了真情。他用审美的眼光欣赏着她们，又用一片真诚关爱、体贴着她们，他既是这些女子美貌、才华的欣赏者，同时也是她们的保护神。正是因为这样，这个历史上臭名昭著的昏君、暴君在女性的视野中就变成了"仁德之君"。这是对历史的一种嘲弄，但从文学角度看却是一种进步和超越。

三　思想观念的转变与作品主题的深化

《隋炀帝艳史》叙事的中心始终是隋炀帝，描述的重点则是这个风流天子一生的奢靡生活。小说一开始就对本书的题旨做了这样的交待：

> 单表那风流天子，将一座锦绣江山，只为着两堤杨柳丧尽；把一所金汤

社稷,都因那几只龙舟看完。一十三年富贵,换了百千万载臭名。(第一回)

作品以大量篇幅揭示了隋炀帝"穷奢极欲,疟害生民"的种种罪行,如:西域开市,沿途郡县仓廪空虚,百姓疲惫;巡狩蓟北,填三千里御道,耗资无数;迁都洛阳,掘地为海,填土为山,大造宫苑,"不知坑害多少性命"(第十回);巡游江都,沿途建行宫四十九处,劳民伤财;开掘运河,三百多万生灵为之丧生;大造迷楼,弄得钱尽粮空,民不聊生。种种荒唐之举、酷虐之状,弄得国弊民疲,人不能堪,于是干戈四起,最终断送了锦绣江山。在炀帝死后作者用一首词对他的一生做了评价:

> 天子至尊也,因何事,却被小人欺?纵土木繁兴,荒淫过度,虐民祸国,天意为之。故一旦,宫庭兵变乱,寝殿血淋漓。似锦江山,如花宫女,回头一想,都是伤悲。(《风流子》,第四十回)

批判的态度十分鲜明。在《凡例》中作者有这样一段表白:

> 著书立言,无论大小,必有关于人心世道者为贵。《艳史》虽穷极荒淫奢侈之事,而其中微言冷语,与夫诗词之类,皆寓讥讽规谏之意,使读者一览知酒色所以丧身,土木所以亡国,则兹编之为殷鉴,有裨于风化者岂鲜哉?[1]

作者就是要借隋炀帝亡国的故事给读者以警示,从而达到劝诫的目的。

《隋唐演义》中对隋炀帝的恶行正面描写不多,但思考的深度却有所加强。作者笔下的隋炀帝是风流天子,但同时也是"昏君",他的特点是因沉溺于儿女私情而招致国家和个人的悲剧。作者肯定了帝王之情的合理性,但与此同时也揭示了情与政的矛盾。与普通人不同的是,帝王的感情生活带有明显的政治性,寄情声色势必会对朝政有所影响。为了自己的享乐,隋炀帝不断大兴土木,骚扰百姓。小说第二十七回对此有一段比较集中的描写:

---

[1]《艳史凡例》,齐东野人《隋炀帝艳史》,第461页。

　　炀帝荒淫之念日觉愈炽，初命侍卫许庭辅等十人，点选绣女；又命宇文恺营显仁宫于洛阳；又令麻叔谋、令狐达开通各处河道；又要幸洛阳，又思游江都。弄得这些百姓东奔西驰。不是驱使建造，定是力役河工，各色采办。各官府州县邑，如同鼎沸。

为营造显仁宫，"凡大江以南，五岭以北，各样材料，俱听凭选用，不得违误。其匠作工费，除江都东都，现在兴役地方外，着每省府、每州县出银三千两，催征起解，赴洛阳协济"，弄得"四方骚动，万姓遭殃"(第二十回)。为点选秀女，就派出十个太监"分往天下"。在贝州，"州中市宦村民，俱挨图开报"，窦建德之女被报在一等里边，"费了千金有余，方才允免"，为了不再受纠缠只好离家去外地躲避。介休也是如此。为免女儿入宫，这家送几千两，那家送几百两，夏家有个独生女儿，"把家私费完了，止凑得五百金，那差官到底不肯免，竟点了入册"。老百姓愤恨地说："这个瘟世界，那里说起，弄出这条旨意来！扰得大家小户，哭哭啼啼，日夜不宁。"(第二十六回)在小说第二十七回开篇作者有这样一段议论：

　　　　天下物力有限，人心无穷。论起人君，富有四海，便有兴作，亦何损于民。不知那一件不是民财买办，那一件不是民力转输？且中间虚冒侵克，那一节不在小民身上？为君的在深宫中，不晓得今日兴宫，明日造殿，今日构阁，明日营楼，有宫殿楼阁，便有宫殿上的装饰，宫殿前的点缀，宫殿中的陈设，岂止一土木了事？毕竟到骚扰天下而后止。

第三十七回再次议论道：

　　　　天下最荼毒百姓的，是土木之工，兵革之事；剥了他的财，却又疲他的力，以至骨肉异乡，孤人之儿，寡人之妇，说来伤心，闻之酸鼻。

具有至高无上权力的帝王之欲，如果没有有效的约束与限制，必将弄得民穷财尽，其后果是十分可怕的。《隋唐演义》的一个重要变化是用"再世姻缘"故事将隋炀帝和唐玄宗两个帝王联系起来，写了隋唐两朝的兴衰，总结历史经验和教训的意图十分明显。在小说第三回作者说道：国家的兴亡，"虽系天命，多因人事"，冥冥中虽然有一个"定数"存在,但只要统治者"能恐惧修省,便可转灾为祥"。作者继承了传统史学的道德理性精神,在因果轮回的荒诞形式中融入了"人事"决定兴亡的观念,使小说带上较强的反思意味。

值得注意的是,《隋唐演义》在袭用《隋炀帝艳史》情节的同时,还增添、改写了部分内容,这些更能体现作者自己的思考,也让作品的内涵更为丰富,思想更为复杂。这主要表现在两个方面:

首先,增加了一些妃子、美人殉节的情节,强调了"气节"。

袁宝儿是隋炀帝最为钟爱的美人之一,在众美人中她以憨著称。《隋炀帝艳史》第三十六回有一个情节,隋炀帝命虞世南草诏,虞世南一挥而就,袁宝儿"一双眼,珠也不转,痴痴的看着虞世南写字",宝儿叹服其才,"又见世南生得清清楚楚,瘦不胜衣,故憨憨的只管贪看"。炀帝看到后,命虞世南写诗一首嘲之,"使他憨态与飞燕轻盈并传"。这本是书中常见的趣事之一,在虞世南题诗后这件事也就没再提起。《隋唐演义》第三十六回袭用了这个故事,但却增加了一段。炀帝和宝儿开玩笑,说要把她送给虞世南做妾,宝儿听后"登时花容惨淡,默然无语",接着就投水自尽,"以明心迹"。被救后朱贵儿赞叹说"妇人家有些烈性也是的",而炀帝也表示要常穿被污的衣服,"以显美人贞烈"。这本是一段小插曲,但却不是可有可无的闲笔,作者有意为之,并为后面故事的发展埋下了伏笔。第四十七回写宇文化及等杀害炀帝,朱贵儿骂贼被害,接着小说中出现了这样一幕:

> 只见袁宝儿憨憨的走来,听见萧后千将军万将军在那里哭叫,笑向萧后道:"娘娘何苦如此?料想这些贼臣没有忠君爱主的人在里头,肯容万岁安然让位,同娘娘及时行乐了。"又对炀帝道:"陛下常以英雄自许,至此何堪恋恋此躯求这班贼臣?人谁无死,妾今日之死于万岁面前,可谓死得其所矣。妾先去了,万岁快来!"马文举忙把手去扯他,宝儿睁了双眼,大声喝道:"贼臣休得近我!"一头说,一头把佩刀向项上一刭,把身子往上一耸,直顶到梁上,窜下来,项内鲜血如红雨的望人喷来。一个姣怯身躯,直蠢蠢的靠在窗棂。

这段文字为褚人获所增。《隋炀帝艳史》中的袁宝儿并没有在隋炀帝遇害时殉主,相反,她也和萧后及众夫人、美人们一样,成了宇文化及的玩物。

其二,对"失节"行为的强烈谴责。在小说中,隋炀帝身边的女性被截然分成两个阵营,区分的标准就是她们在隋炀帝遇害时的表现。对"殉难"的朱贵儿、袁宝儿等尽情赞美,而对"失节"的后妃则极力丑化,尤其是萧后。小说第四十回特意安排了一个众女"述志"的情节,萧后公然宣称:"做男子反不如做女人,女人没甚关系,处常守经,遇变从权,任他桑田沧海,我只是随风转船,落得快活。"这可以说就是萧后此后行动的指南。因此,在炀帝被害后,她立刻投入了宇文化及的怀抱。在第五十回有这样一个"曹后辱萧后"的情节:

> 曹后喟然长叹道:"锦绣江山为几个妮子弄坏了,幸喜死节的殉难的,各各捐生,以报知己,稍可慰先灵于泉壤。"又问萧后道:"这三位夫人,既在聊城,何不陪娘娘也来巡幸巡幸?"韩俊娥答道:"不知他们为什么不肯来。"勇安公主笑道:"既抱琵琶,何妨一弹三唱?"此时萧后被他母子两个冷一句,热一句,讥诮得难当,只得老着脸强辩几句。……曹后道:"前此之心是矣,但不知后来贼臣既立秦王浩为帝,为何不久又鸩弑之?这时娘娘正与贼臣情浓意密,竟不发一言解救,是何缘故?"萧后道:"这时未亡人一命悬于贼手,虽言亦何济于事?"曹后笑道:"未亡人三字,可以免言!为隋氏未亡人乎?为许氏未亡人乎?"说到此地,萧后只有掩面涕泣。

讽刺、挖苦,无所不用其极。第五十一回写萧后去突厥投奔义成公主,这时隋炀帝之子赵王也逃难在此,拜见萧后时,赵王"两揖后,如飞往外就走"。沙夫人告诉他萧后是"大母","该行大礼才是",而赵王却说出这样一番话:

> 当年在隋宫中,他是我的嫡母,自然该行大礼。今闻他又归许氏,母出与庙绝,母子的恩情已断。况他又是失节之妇,连这两揖,在沙氏母亲面上,不好违逆,算来已过分了。

这些虽然都出自书中人物之口,但实际上代表的正是作者自己的思想观念。在《隋炀帝艳史》中,隋炀帝死时"殉难"的仅朱贵儿一人,宇文化及杀了炀帝之后,"自家遂移入禁院,占据六宫,日与萧后及十六院夫人恣行淫乱,月观、迷楼时时游幸。吴绛仙、袁宝儿一班美人,皆不时召御"(第四十回)。对此,"不经先生"在《隋炀帝艳史总评》中曾感叹道:"隋家臣子不少,到死国难时,止有许善心、独孤盛、独孤开远、王义、朱贵儿数人,何忠义之薄也!"①在《隋唐演义》中,"殉难"者的名单被大大扩大了,作者不仅渲染了朱贵儿、袁宝儿十分"壮烈"的死,而且十六院夫人中自杀、被害的有五位,其他夫人或为隋炀帝护孤,或为他守节,"失节"者仅三人而已。

　　由上述考察可知,褚人获在创作时的确对原来的素材做了较大加工,并在作品中寄寓了自己的情感。总的来看,小说通过隋炀帝亡国过程的展示,反映了对兴亡教训的总结,通过对个别人物、故事情节的改写,表达了自己的情感,显扬忠义、谴责"失节",忠义思想被大大强化、突出了。把作品放到作者生活的特殊"语境"中考察就会发现,他的歌颂忠义、贬斥"失节"都有更为深刻、复杂的意味。②

(原载《文学与文化》2017 年第 3 期)

---

① 不经先生:《隋炀帝艳史总评》,载丁锡根《中国历代小说序跋集》,人民文学出版社,1996 年,第 954 页。
② 参见拙文《失意文人的亡国记忆——关于〈隋唐演义〉思想倾向的思考》,《明清小说研究》2009 年第 4 期。

《金瓶梅》人物三论

陈 洪

《金瓶梅》一书,形象鲜活之人物,首推潘金莲,其次西门庆,其余李瓶儿、应伯爵、孟玉楼等,论之者皆夥颐。而一些作者落墨不多,甚或寥寥数笔的人物,往往为论者忽略。殊不知,其中也颇有意味深长、别具特色者,如蔡御史,如王招宣,如李衙内等。人弃我取,特分说如下。

千古“寻租”第一人——蔡御史论

首先说明,这个“第一人”指的是在中国文学形象的长廊中,最早的具有典型意义的“寻租者”。

《金瓶梅》情节的主干是西门庆的发家史,和主干紧紧缠绕在一起的是以潘金莲为主的妻妾们的命运史。如果把《金瓶梅》比作一棵大树的话,主干是西门庆的发家和纵欲,枝干是那些女性的命运,另外还有枝干上附着的大量小枝小叶——包括西门家族的亲友和婢仆,以及帮闲、伙计等等。这样就把这个大商人、高官、富豪、恶霸的大家庭写得有血有肉。而这棵大树是与其赖以生存的生态环境息息相关的,也就是说西门的家庭生活离不开社会活动。于是作者写官场。

为什么会有这本书?作者创作目的何在?是为了暴露官场而写西门的家庭,还是为了西门的家庭而涉及官场?这几乎是个鸡生蛋、蛋生鸡的无解问题。因为作品中对官场的刻画太用心了,和对西门家庭生活所用的力量毫无差别。我认为作者和官场必有很密切的关系。作者虽然不是一个高官(我不倾向于王世贞所作),但必定是一个与官场距离很近的观察者。所以他的观察十分细致和透彻,尤其是对官场“寻租”现象的描写,入木三分,若不是有某种亲身经历绝写不出

作者简介:陈洪(1948—),男,南开大学文学院教授。

来——"寻租",虽然是一个现代才有的名词,但是用来概括此书一些核心性内容却是毫不牵强。

"寻租"这个词用于政治经济学领域,是在 20 世纪的 70 年代,主要意思是:在不合理的政治制度下,某些特权脱离制约,利用行政力量造成产生超额经济利润的机会;而在此吸引下,企业家、商人等以行贿的手段得到这些机会,从而以非市场方式获利,导致收入的不合理分配。这种官商勾结扭曲市场的行为便称之为"寻租"。①当然,在经济理论界,这个概念还有广义、狭义之分,而在此我们不去细究。人类历史已经证明,封建特权与商品经济的遇合,是"寻租"现象的最佳温床。

由于我国的史学传统注重帝王将相的家谱,所以史料中对社会经济活动的记载往往轻轻带过。在这样的情况下,野史、笔记,乃至通俗小说反而承担了保存经济史料的重要责任。而在这方面,《金瓶梅》可以说是最有价值的一部。尤其是关于明代后期,一方面是商品经济的急剧膨胀,一方面是吏治的加速败坏,新兴的商人阶层出于逐利的本能,想方设法取得权力的庇佑,而官场的风气又使得"出让"权力成为共同的潜规则。这些,在所谓"正史"中很难看到的情状,却在《金瓶梅》中成为作品重要的组成部分,有相当生动、细腻的描写。

蔡御史的形象就在数次"寻租"过程中逐渐丰满起来。

第三十六回,写一个名叫蔡蕴的寒家子弟中了状元,立刻认太师蔡京做了干爹。蔡状元要回乡,太师的管家翟谦就提醒他可以顺路结交西门庆:

> 翟谦已预先和他说了:"清河县有老爷门下一个西门千户,乃是大巨家,富而好礼。亦是老爷抬举,见做理刑官。你到那里,他必然厚待。"②

这层关系前面也有伏笔:翟谦曾经委托西门庆给自己买了一个妾,西门庆由此搭上这条线,便上京给蔡京送礼。正好皇帝给了蔡京几个空头委任状,蔡京就把本是一介平民的西门庆封了五品理刑副千户——这也是一次权力的交易,不过不是直接与商业活动关联;由于这层关系,西门庆也就算是出于太师门下了。这里有趣的是翟谦为此写给西门庆的信:

---

① 参看邹薇:《寻租与腐败:理论分析和对策》,《武汉大学学报》(学社会科学版)2007 年第 2 期。
② 以下六段引文见于《金瓶梅词话》,第三十六回,人民文学出版社,1985 年,第 449–455 页。

> 新状元蔡一泉,乃老爷之假子,奉敕回籍省视,道经贵处,仍望留之一饭,彼亦不敢有忘也。

这一句"彼亦不敢有忘也",提醒西门庆投资是有回报的,把此事的钱权交易性质点得明明白白。

于是,蔡蕴拉着同行的安进士就来到了西门庆家里,西门庆竭尽所能地招待,令其喜出望外,临别时还各送厚礼:

> 蔡状元是金缎一端,领绢二端,合香五百,白金一百两。安进士是色缎一端,领绢一端,合香三百,白金三十两。

在《明史·食货志》中,身为正一品的宰相一个月的工资是 87 石米①,一石米在万历年间折合成现金大约是 7 钱银子,也就是说当时宰相理论上的"月工资"还不到 80 两银子。由此可见西门庆的"大方"了。

这里作者还使用了反讽的手法。蔡状元和西门庆在其府上宴会,请人唱曲,内容大都是讲人伦道德。他们也一本正经地高谈阔论。可是,转眼间酒罢宴散,他们私底下干些什么呢? 作品把安进士写成个同性恋:

> 原来杭州人,喜尚男风,(安进士)见书童儿唱的好,拉着他手儿,两个一递一口吃酒。

西门庆投其所好,特意安排这个书童"答应"安进士安歇。西门庆的曲意逢迎由此可见一斑。这番盛情令两位新贵十分感动,不住口地谢道:"此情此德,何日忘之!""倘得寸进,自当图报。" 但是,可以看出,刚刚踏入官场的蔡蕴,胆子还不够大,门道还不够精。例如,他初到西门宅的花园,作品描写:

> 以目瞻顾西门家园池花馆,花木深秀,一望无际,心中大喜,极口称美,夸道:"诚乃胜蓬瀛也!"

---

① 《明史·食货志》,《明史》卷八十二,中华书局,1974 年,第 2003 页。

"一望无际"云云,很有些刘姥姥进荣国府的味道。西门庆即便豪富,花园也到不了这样"无际"的程度。"无际"是寒家子弟蔡蕴眼中所见,所以才会"极口称羡"。作者看似无意的"称羡"二字,真切写出骤贵未富的蔡蕴心态,也预示了后面他的"寻租"的行迹。"胜蓬瀛"云云,虽是场面上的套话,但也显示出其有意讨好的心理,显示出他初入官场的青涩。

后面一个细节把这种青涩渲染得更加醒目。西门庆盛宴款待之后,给了蔡蕴的随从赏钱,留下他和安进士下棋听唱吃酒,吃到掌灯时分,西门庆始终不提送礼的话头,蔡蕴便沉不住气了,作品写道:

> 二人出来更衣,蔡状元拉西门庆说话:"学生此去回乡省亲,路费缺少。"西门庆道:"不劳老先生吩咐。云峰尊命,一定谨领。"

沉不住气,又无他法,只得张口讨要,大失"状元"体面。这种"没见过世面"的作派,还表现在见到西门庆礼物之后"受宠若惊"的表态上:"何劳如此太多!""此情此德,何日忘之!""倘得寸进,自当图报!"

这一回是刻画蔡蕴的第一笔,也是描写"寻租"活动的第一个环节。从西门庆的角度看,是他在"寻租"老手翟谦指教下的自觉"投资";从蔡蕴的角度看,则是官场新手开始进入"潜规则"逻辑轨道的"领悟"过程。

到了第四十九回,西门庆当年的"投资"果然就有了回报,而蔡状元则经过不到一年的官场历练,应对此类事情已由青涩进于圆融。

这个时候,新科蔡状元已经摇身一变,成为巡盐御史到江南巡查盐政,路过山东。"那时,东平胡知府,及合属州县方面有司军卫官员、吏典生员、僧道阴阳,都具连名手本,伺候迎接。帅府周守备、荆都监、张团练,都领人马披执跟随,清跸传道,鸡犬皆隐迹,鼓吹迎接。"西门庆更是先行而动,让家人出郊五十里迎接到新河口,并把蔡御史接到了自己家里。大张宴席之外,西门庆还找来两个妓女,和这位御史很斯文地讨论一些"文艺"问题。

这里,作者颇用了一些皮里阳秋之笔。

一是不经意间写出蔡某的"老练"。如西门庆请蔡御史代为邀请宋巡按,为使西门庆充分"领情",蔡特意渲染宋的固执:"头里他再三不来,被我学生因称道四泉盛德,与老先生那边相熟,他才来了。"而前文写宋巡按并无"再三不来"之事。又如宋巡按告辞后,西门庆觉得他有些冷淡,担心其遇事不肯通融,蔡御史便道:

"只是今日初会,怎不做些模样。"作者这里加了传神的一笔:"说毕笑了。"短短四个字,写出了蔡御史对自己已经谙熟官场潜规则的得意之情。相比于前文他初入官场时青涩情状的描写,官场的污染不言而自显。

这种变化还表现在其他细节中。前次西门庆招待时,请蔡状元点曲子,蔡点的都是当时的"主旋律"——孝敬思亲之类。虽有虚伪之嫌,却也表现出装门面的一面。这次席上,蔡御史直截了当点的都是艳曲。作者未加一词,细心的读者却不难品出意味。

二是写出蔡御史在诱惑面前的丑态。西门庆为蔡御史安排了两个妓女,先命她们陪酒下棋。下了两盘,蔡便声称"夜深了,不胜酒力了",并自顾"走出外边来"。西门庆没有察觉其"急色"的心理,看了看,"月色才上",便道:"老先生,天色还早哩。"蔡只得又"立饮一杯",随即道:"今日酒太多了,令盛价收过去罢。"一副猴急的模样跃然纸上。

三是写其虚文假醋。西门庆安排蔡御史嫖妓,蔡便拿古人的风流韵事来遮掩自己内心的些许不安:"恐我不如安石之才,而君有王右军之高致矣。"拿自己与一代名相谢安相比,已是大大不伦;而把目不识丁的西门庆比作王羲之,可谓荒诞绝伦了。待与妓女已经"铺陈衾枕,俱各完备"了,这个蔡御史忽然觉得自己的"风流"还没充分表现出来,便暗示对方索题,然后"乘兴"题写七绝一首。尾联为:"邂逅相逢天未晚,紫薇郎对紫薇花。""天未晚"分明映照着前面他口口声声的"夜深了",是不露痕迹的讽刺;而后一句拿状元与妓女作对,既是极辛辣的嘲讽,又表现出状元、御史的真实货色。

特别有意思的是,蔡御史还对西门庆讲:

> 贤公盛德盛情,此心悬悬。若非斯文骨肉,何以至此……倘我日后有一步寸进,断不敢有辜盛德。①

"斯文骨肉"用到西门庆身上,真是滑天下之大稽。而作者丝毫不动声色,完全是写实的笔调。而到了这个时候,"斯文骨肉"的西门庆便开始了毫不"斯文"的交易:

---

① 以下四段引文见于《金瓶梅词话》,第四十九回,人民文学出版社,1985年,第621–629页。

　　去岁因舍亲在边上纳过些粮草，坐派了些盐引，正派在贵治扬州支盐。望乞到那里青目青目，早些支放就是爱厚。因把揭帖递上去，蔡御史看了。上面写着："商人来保、崔本，旧派淮盐三万引，乞到日早掣。"

　　蔡御史是巡盐御史，负责管理盐业贩卖，比如允许何时何地可以以什么样的价钱贩卖食盐等。西门庆的意思说，我这里有三万引贩盐的额度，可不可以允许我的盐比其他家的盐早几天时间上市贩卖？

　　这里要简单解释一下明代的食盐专卖制度。[①]自明初，朝廷即实施食盐专卖。盐的生产是在朝廷的统一监督下进行，所有产品为官仓统管。商人是以粮换盐的方式从官仓获取盐货，再运往指定的地点销售，也就是"召商输粮而与之盐"。而商人以交纳粮食的"发票"换取食盐的"提货单"，这个"提货单"就称之为"盐引"。"盐引"上标明提货的数量与指定的销售地。可以说，这是相当成熟的专卖制度。但是，其中也有很大的腾挪空间。一是朝廷为了解决眼前的财政困难，往往不顾盐的实际产销量，多收粮食多开"发票"，使得"发票"兑换不到"提货单"，或是不能马上提到货，甚至有积压三五年乃至十余年的"旧引"；二是每年的盐货上市的各具体环节须经主管官员批准。这样，主持盐政的官员就有了很大的控制市场的权力。到了万历四十年以后，这种专卖制度出现了很大的问题，几乎不能运转下去，这和这种权力介入市场的状况有很直接的关系。

　　西门庆的要求包括了两个方面，一是保证他手里的"盐引"——提货单能正常提货，不要被拖延积压成为旧引，那样会损失资本的利息；二是特批提前提货，使他的盐比他人早进入市场，利用供求的不平衡牟取分外的利润。

　　由于西门庆先后在蔡御史身上的高额"投资"，令蔡无法不回报。何况此时的蔡已深谙官场门道，于是：

　　蔡御史看了，笑道："这个甚么打紧！""我到扬州，你等径来察院见我，我比别的商人早掣取你盐一个月。"

他的大方让贪心的西门庆都喜出望外，连说"十天就够了"。因为提前十天上市就足以大赚一笔了。

---

　　①《明史·食货四》，《明史》卷八十，中华书局，1974 年，第 1935–1947 页。

从西门庆前后两次的招待——特殊的投资，到蔡御史几次说出的报答的承诺，再到蔡御史使用权力为西门庆牟取市场竞争之外的超额利润，这一次完整的、典型的"寻租"过程就活灵活现地呈现在读者的面前了。

这里还可以说一点题外的话，在盐业史的领域内，通常认为"大量史料表明，所有这些(食盐的出售)价格都是由朝廷或朝廷命官确定的"①。显然，所说的"大量史料"没有包括《金瓶梅》。因为上述描写分明告诉我们，盐的价格是和市场供求有关的，是大盐商可以操纵的。

与这一"寻租"过程相纠结的，还有另一笔双重的钱权交易。

西门庆买官之后就有了两重身份，既是朝廷命官又是市场上的商人。作为商人，他需要"租借"官吏的公权力来牟利；而作为官员，他又把手中的权力"出租"给商人得到经济利益。

商人苗青谋杀了家主，侵吞了两千两银子的货物。事发后，他把货银全给了西门庆及其情妇，西门庆就开脱了他。后来，此事被曾巡按纠弹。西门庆除了求蔡京庇护外，又想到了蔡状元/蔡御史。正巧新任巡按宋御史与蔡御史同行，西门庆就通过蔡来买通宋。他先到蔡御史船上拜见，备言邀请宋御史之事。蔡御史为了报当年的恩情，也就爽快地答应了——按道理说，宋御史作为按临当地的主官，是不应有这样的私下会晤的。等到见过诸位地方官员之后，蔡御史就找到宋御史来下说辞：

> "清河县有一相识——西门千兵，乃本处巨族，为人清慎，富而好礼，亦是蔡老先生门下，与学生有一面之交。蒙他远接，学生正要到他府上拜他拜。"……宋御史令左右取手本来看，见西门庆与夏提刑名字，说道："此莫非与翟云峰有亲者？"蔡御史道："就是他。如今见在外面伺候，要央学生奉陪年兄到他家一饭。未审年兄尊意若何？"宋御史道："学生初到此处，只怕不好去得。"

宋御史的意思是，自己是当地最高长官(代天巡狩)，跑去见一个下级恐怕不太合适。蔡御史就说："年兄怕怎的？既是云峰分上，你我走走何害？"于是吩咐看轿，就把宋"挟持"到了西门府上。宋御史毕竟心有顾虑，在西门家草草吃了几口饭就

---

① 参看汪崇筼：《明清淮盐经营中的引窝、税费和利润》，《安徽史学》2003 年第 4 期。

要起身。西门庆想要行贿似乎都无从下手。若是直接送银子，宋御史是肯定不会收的。西门庆其实早想到这一层，当即命令手下，把两桌的金银酒器餐具，都装在食盒内，共有二十抬，叫下人送到宋御史住处。其中包括"两坛酒、两腔羊、两对金丝花、两匹缎红、一副金台盘、两把银执壶、十个银酒杯、两个银折盂、一双牙箸"。宋御史正在推让间，酒席已经被打包好送出门了。于是，宋御史做出不得已的样子，只好收下。等到蔡在西门家过夜、享受了"特别招待"之后，蔡御史欠西门庆的情就更多了。西门庆顺势说起这个人命官司，蔡御史爽快答道："这个不妨，我见宋年兄说，设使就提来，放了他去就是了。"后来蔡御史果然对宋御史提到这个案子，说这件案子是前任巡按留下的，你管它干什么。于是宋巡按就把这件案子一笔抹平！这个事件可说是前一个的"寻租"事件的延续，蔡御史的形象经此一次渲染，愈加复杂了。

　　作者对蔡御史形象不是简单地处理为脸谱化的"贪官"，而是恰如其分地多角度描绘。作者有一貌似闲笔的插曲，写西门庆纵欲亡身后，家里家外都是"树倒猢狲散"的态势，而蔡御史却到灵前祭奠，并拿出五十两银子，说是偿还当年的借贷。蔡御史为何如此，作者没有交代。但这一笔写得很自然，既非褒亦非贬，蔡的形象因此而更见丰满。

　　此前的文学作品写官场黑暗容或有之，写得如此确切、细致的，却是非《金瓶梅》莫属，而其中又以官商勾结的"寻租"描写最为细腻生动，最有时代色彩，也最具典型意义。蔡御史的形象虽着墨不多，却是文学长廊中十分有特色的一个，要而言之，在三个方面具有很高的艺术价值与认识价值。其一，作者纯用客观叙事的笔法，通过一系列细节的对比，写出了一个人物的变化。动态写人，这在我国古代小说中可说是凤毛麟角。其二，蔡御史身上浓缩了"寻租"官员几乎所有的元素——商人的先期"投资"，出让掌握在权力手中的商机，接受"性贿赂"，提供保护伞，"寻租"官员之间的权力"互借"，等等。其三，作者的讽刺、抨击都是通过客观叙事不动声色地表现出来的。蔡御史的所言所行毫无丑化的痕迹，而细体味，可丑可恶可悲实无以过之。这一点可视为开《儒林外史》之先河，某些方面甚或为后者所不及。

多情谁似贾宝玉——李衙内论

　　"《金瓶梅》中没有正面人物"，这是 20 世纪 50 年代以来十分流行的一种观点。这种看法有相当的道理，但也未免失之绝对。至少，古代最有影响的"金学家"张竹坡就有不同的意见。张竹坡认为，孟玉楼是作者最欣赏的人物形象，甚至寄托有作者自己的人生遭际与感慨。

他的理由之一是作者为孟玉楼设计了美好的收场，而这是其他人物都不能比的。在作品写到孟玉楼随李衙内远走他乡的时候，张竹坡批道："写玉楼得所托矣。""至此方结玉楼……是即所为仁也，是即所为孝也。"①且不论"仁""孝"之评是否贴切，他为孟玉楼庆幸终身有靠，所托得人的心情，还是显而易见的。

作品写李衙内和孟玉楼的姻缘，开始并不见出奇。李衙内名叫"李拱璧"，是个"一生风流博浪，懒习诗书"的公子哥。他偶遇孟玉楼，看上的也不过是孟的姿色。而孟玉楼看上他，一则是其家世，"田连阡陌，骡马成群，人丁无数，走马牌楼"；二则是"看见衙内生得一表人物"。孟为了终身有托，还把庚帖上的年龄改小了三岁。这些，可说是和全书写实、批判的笔调基本一致的。

二人成亲后，感情日笃，"每日燕尔新婚，在房中厮守，一步不离"。不料好事多磨，陈经济忽生非分之想，数百里路找上门来，企图讹诈、骗奸孟玉楼。孟玉楼出于自卫，设下计策陷害了陈经济。不想计谋败露，并连累到公公李通判。这里，作品出现了一个小高潮：

> 这李通判回到本宅，心中十分焦躁，便对夫人大嚷大叫道："养的好不肖子！今天吃徐知府当堂对众同僚官吏，尽力数落了我一顿，可不气杀我也！"夫人慌了，便道："什么事？"李通判即把儿子叫到跟前，喝令左右："拿大板子来，气杀我也！"说道："你拿的好贼！他是西门庆家女婿。因这妇人带了许多妆奁、金银箱笼来，他口口声声称是当朝逆犯寄放应没官之物，来问你要。说你假盗出库中官银，当贼情拿他。我通一字不知，反被正堂徐知府对众数说了我这一顿。这是我头一日官未做，你照顾我的。我要你这不肖子何用！"即令左右雨点般大板打将下来。可怜打得这李衙内皮开肉绽，鲜血迸流。夫人见打得不像模样，在旁哭泣劝解。孟玉楼立在后厅角门首，掩泪潜听。当下打了三十大板，李通判吩咐左右押着衙内："及时与我把妇人打发出门，令他任意改嫁，免惹是非，全我名节。"那李衙内心中怎生舍得离异，只顾在父母跟前哭泣哀告："宁把儿子打死爹爹跟前，并舍不得妇人。"李通判把衙内

①《皋鹤堂批评第一奇书金瓶梅》，第九十二回张竹坡批语，吉林大学出版社，1994年，第1537页。

用铁索墩锁在后堂,不放出去,只要囚禁死他。夫人哭道:"相公,你做官一场,年纪五十余岁,也只落得这点骨血。不争为这妇人,你囚死他,往后你年老休官,倚靠何人?"……通判依听夫人之言,放了衙内,限三日就起身,打点车辆,同妇人归枣强县家里攻书去了。①

这里有两个情节特别值得注意。一个是李通判痛责之狠:"雨点般大板打将下来,可怜打得这李衙内皮开肉绽,鲜血迸流。""把衙内用铁索墩锁在后堂,不放出去,只要囚禁死他。"另一个是李衙内的痴情。在生死关头,甚至还有不可知的后患(陈经济诳诈的罪名非同小可),他不顾父亲的淫威,当李通判要他"即时与我把妇人打发出门"的时候,他是:

> 心中怎生舍得离异,只顾在父母跟前哭啼哀告:"宁把儿子打死爹爹跟前,并舍不得妇人。"

这一段文字向来未曾被研究者注意,其实颇有独特的价值。

我国封建时代,儿女的婚姻向来要有父母做主。《礼记》对此有十分详细的规定,其中就有:

> 子甚宜其妻,父母不悦,出。子不宜其妻,父母曰"是善事我",子行夫妇之礼焉,没身不衰。
> 子有二妾,父母爱一人焉,子爱一人焉,由衣服饮食,由执事,毋敢视父母所爱,虽父母莫不衰。②

《大戴礼》则把"不顺父母"列为"七出"的第一条。③

这里的规定非常之严酷:明明是夫妻"甚宜",但只要是"父母不悦",便不带任何条件地——"出"。其中没有丝毫回旋的余地。第二条虽说的是侍妾,但对前者也有强化的意味。因为"父母爱一人,子爱一人"的对比效果十分强烈,于是突

---

① 这段引文用的版本是《皋鹤堂批评第一奇书金瓶梅》(吉林大学出版社,1994年),见第九十二回,第 1537 页,与《词话》本文字略有出入。有清一代,流行的主要是这个本子。

②《礼记·内则》,《礼记集说》,中国书店,1994年,第238页。

③《礼记集说》所引如此,今本《大戴礼》为"七去"。二者同义。

出了当事人情感的完全无价值。为《礼记》作注的金华应氏阐发道:

> 妾,虽吾所甚爱,不敢与父母所爱者敌;妻,虽吾所甚宜,不敢以父母不悦而留……妻、妾,吾所亲昵,亦唯父母是听——知有亲,而不知有己也。

"不知有己",揭示出一个残酷的事实:在礼法之下、在父母面前,个人主体地位是彻底丧失的,夫妻感情是没有任何意义的。

如此不近人情甚至灭绝人性的"礼",在两千多年里被视为天经地义,几乎没有遇到过挑战。即使是歌颂男女恋情的文学作品,即使突破了媒妁之言,却几乎没有胆敢正面描写子媳为情感对父母的抗争者。写这方面题材最为有名的是《孔雀东南飞》,其中描写了"父母不悦,出"的具体情形:

> 阿母谓府吏:"何乃太区区! 此妇无礼节,举动自专由。吾意久怀忿,汝岂得自由……便可速遣之,遣之慎莫留!"府吏长跪答,伏惟启阿母:"今若遣此妇,终老不复取。"阿母得闻之,捶床便大怒:"小子无所畏,何敢助妇语! 吾已失恩义,会不相从许。"府吏默无声,再拜还入户。举言谓新妇,哽咽不能语:"我自不驱卿,逼迫有阿母。卿但暂还家,吾今且赴府。不久当归还,还必相迎取。以此下心意,慎勿违吾语。"

在母亲"捶床大怒"之下,儿子只能"默无声",所能做的只有拿"不久当归还"的空话来安慰无辜的爱妻。诗歌以悲剧的结果来表达对专横的婆母的谴责,但也只限于含蓄地质疑而已。

在现实的生活中,类似的悲剧不知发生了多少,绝大多数都湮没无闻了。流传下来的都是借助于文学的力量,如陆游的《钗头凤》、沈复的《浮生六记》等。这些脍炙人口的作品,虽然写出了动人神魂的悲剧,但男主人公都是在礼法威压下退缩了,把沉重的悲剧命运放到了女性一人身上,最终把她们压垮。戴震讲:"上以理责其下,而在下之罪,人人不胜指数。人死于法,犹有怜之者;死于理,其谁怜之?"②正是揭示出个人在这种悲剧宿命面前的无奈。

---

① 衛湜:《礼记集说》卷六十九,四库全书本。
② 戴震:《孟子字义疏证》,《戴震集》,中华书局,1980年,第275页。

在这样的背景下,观照《金瓶梅》塑造的李衙内形象,其价值就很明显了。他为了自己的感情,正面反抗父亲的乱命;不仅是反抗,而且是在自己遭受酷刑,面临性命之忧的情势下——这样的形象,此前的文学作品中从未有过。同时,作者对这样的形象,这样的举动,显然是同情的,甚至可以说是赞扬的,因而为这一对苦命鸳鸯安排了光明的结尾:父亲终于退让了,二人离开是非之地,还乡继续共建爱巢。

空前,是李衙内这个形象的重要价值所在;而"有后"则是价值的另一个方面。

这所谓的"有后",是指这个形象对《红楼梦》的影响。

李衙内形象对《红楼梦》的影响,有较为明显的,也有虽隐约但足资旁证的。最明显之处是《红楼梦》第三十三回的宝玉挨打一节。宝玉为了和"唱小旦的琪官"的感情,得罪了忠顺王府,致使父亲贾政受了窝囊气,引出了痛打宝玉的激烈冲突。在下面的描写中,有这样一些细节:

(1)贾政听了这话,又惊又气,即命唤宝玉来……便问:"该死的奴才! 你在家不读书也罢了,怎么又做出这些无法无天的事来……如今祸及于我。"

(2)(贾政)咬着牙狠命盖了三四十下。

(3)王夫人连忙抱住哭道:"……我如今已将五十岁的人,只有这个孽障……"①

(4)(宝玉)长叹一声,道:"……便为这些人死了,也是情愿的。"②

这些细节都可以在前面引述的"李衙内挨打"段落里发现相当近似的影像。我们当然不会得出《红楼梦》模仿《金瓶梅》的简单结论,但"李衙内挨打"一节给曹雪芹留下深刻印象,影响到他的构思、写作,应该说几近定谳。

李衙内的故事影响到了曹雪芹,还可举出一些旁证:

一是孟玉楼嫁入李府后,李衙内原来的通房丫头玉簪瞧不起她的出身,又出于嫉妒、争风,便骂闲街,挑衅,而孟玉楼一味容让。这一段的故事情节、人物关系,都和尤二姐嫁给贾琏后,与秋桐的关系有几分相似。

二是孟玉楼为了自保,设计陷害陈经济的情节、情境,与王熙凤算计贾瑞一段,颇有神似处。

---

① 曹雪芹:《红楼梦》,第三十三回,人民文学出版社,2008 年,第 440–444 页。

② 曹雪芹:《红楼梦》,第三十四回,第 451 页。

三是李衙内的名字——李拱璧。"拱璧"即"宝玉",如王世贞《题〈宋仲珩方希直书〉》:"百六十年间,学士大夫宝之若拱璧。"这类用法历代不可胜数。

这些完全可以解释为"偶合",尤其是"拱璧"与"宝玉"。但是,多重"偶合"叠加到一起,意义就不同了。特别是就大端而言,《红楼梦》借鉴于《金瓶梅》已是不争的事实。在这样的前提下,李衙内的故事,李衙内的人物形象和贾宝玉的多方面近似就不能简单视为偶合了。

在中国小说史上,李衙内本身是个甚为微末的存在,但如果瞻其前观其后,却又会发现他不容忽视的意义与价值。

栋蛀梁朽国何堪——王招宣论

王招宣是《金瓶梅》中极为特殊的一个人物:他根本没有出过场——故事开始时他已经死了,但是他的名字却几乎伴随了西门庆以及潘金莲故事的始终。关于他的情节主要内容有,第一回介绍潘金莲身世时,提到她九岁卖到王招宣府,学会了"描鸾刺绣,品竹弹丝","做张做势,乔模乔样",直到十五岁离开——这一年王招宣死去。六十九回续上这一伏笔,写王招宣的遗孀林太太耐不住寂寞,与西门庆勾搭成奸。这里顺势穿插进王招宣的身世——"他祖爷太原节度邠阳郡王王景崇","世代簪缨,先朝将相"。接下来十分讽刺的一笔是王招宣的儿子王三官拜了西门庆做干爹。到七十八回,再写"西门庆两战林太太",而紧接下来就是七十九回西门庆的纵欲亡身。

招宣,并不是一个确定的职官名称,而是招讨使、招抚使、宣慰使、宣谕使一类官职的泛称。之所以作品中使用这个泛称,是因为这一类官职性质相近,隶属相同,职级近似。如《宋史·职官志》载,大都督府下属有宣谕使、宣抚使、招讨使、招抚使等,"招讨使,掌收招讨杀盗贼之事,不常置。建炎四年,以检校少保、定江昭庆军节度使张俊充江南路招讨使,定位在宣抚使之下、制置使之上,著为定制。""招抚使,不常置。建炎初,李纲秉政,以张所为河北招抚使,未及出师而废。绍兴十年,刘光世为三京招抚使,逾年而罢。""宣抚使,不常置,掌宣布威灵、抚绥边境及统护将帅、督视军旅之事,以二府大臣充。宣抚副使,不常置,掌贰使事。"[1]显然,在宋代,这是个临时性的但位高显要的职位。

---

[1] 《宋史·职官七》,《宋史》卷一六七,中华书局,1977年,第2472–2481页。

到了明代,这些名目依然存在,但实质却有了很大变化。据《明史·职官志》,天子"征行"之时,武官临时"兼领"的职衔中,"有招讨使、招安使(或云捉贼、招安、安抚使名者)"①,而地位一般在从五品到从三品之间②。若从作品安排的人际关系看,王招宣的地位是以明代制度为蓝本的。

至于书中所写王招宣的祖上王景崇,则是个历史上实有的人物——《金瓶梅》的一个特点就是把历史上的人物与虚构的人物混在一起编织故事,增强作品的历史真实感。有人统计,姓名与历史人物相同者,涉宋为 59 个,涉明为 85 个。③一般来说,高层人物多由宋代朝堂借来,下层人物重名者多为偶合——但王景崇是个例外。

早有研究者指出王景崇为唐代大臣,但这只是问题的一部分。《金瓶梅》中的王景崇其实杂糅了多种元素而成。首先,晚唐有重臣名王景崇,懿宗朝至僖宗朝任成德军节度使,并加开府仪同三司,封忠穆王,死于中和三年,其子王镕继承为节度副使知留后事。从"节度使"、官高位显而"封王",以及荫及后人等几个方面来看,《金瓶梅》中的王景崇确有他的影子。不过,比他略晚一些还有一个王景崇,名气也不小,欧阳修的《新五代史》有传。这一王景崇先后事后唐、后晋、后汉,做过宣徽使、左金吾卫大将军、岐阳节度使等。有趣的是,他被任命为"邠州留后",即代理邠州节度使,并因此爆发与朝廷的冲突,最终全家自焚。从"宣徽使"" 节度使"" 邠州留后"来看,他和《金瓶梅》的血缘也同样不可忽视。

晚唐王景崇的地位、荫泽,加上五代王景崇的 "宣徽使""邠州留后""节度使",就构成了小说中的王景崇。小说人物与历史人物这种种元素的高度密合,令我们感到惊讶。可以肯定,这多元素重合绝不是"偶然"所能解释的。

上述"王景崇"的历史材料主要见于《资治通鉴》,一般的饱学之士是不难接触到的。由《金瓶梅》为王景崇这个人物设定的身份细节,我们可以知道,《金瓶梅》的作者有一定的史学修养,而且对《资治通鉴》较为熟悉。

现在问题是,作者如此认真地写出王招宣这个特殊的人物、特殊的家世,到底为的是什么？可以肯定的是,这个人物出现在作品中,绝非只是为了让他的太太成为西门庆又一个泄欲的对象。那样的话,就不必开篇把潘金莲的出身安到王

①《明史·食货四》,《明史》卷八十,中华书局,1974 年,第 1935–1947 页。

②《万历野获编》卷三十"土官职名"有此类官职演变沿革的缕述。

③ 参看霍现俊等:《金瓶梅词话中明代同名同姓人物考》,载《金瓶梅文化研究》,群言出版社,2007 年,第 410 页。

府,再费恁多笔墨写他的先祖。要回答这个问题,我们还是看看作品写到这个人物时的具体笔墨。西门庆初次与林太太幽会,所见的招宣府是一派高贵气象:

> 只见里面灯烛荧煌,正面供养着他祖爷太原节度邠阳郡王王景崇的影神图,穿着大红团袖蟒衣玉带,虎皮交椅坐着观看兵书,有若关王之像,只是髯须短些。旁边列着枪弓刀矢。迎门朱红匾上"节义堂"三字;两壁书画丹青,琴书潇洒;左右泥金隶书一联:"传家节操同松竹;报国勋功并斗山。"①

庄严肃穆,格调高雅,特别是"有若关王"云云,以及"节义堂""传家节操"的字样,一本正经写来,让读者产生肃然起敬的感觉。这是全书之中很少有的氛围,而作者不吝辞费,后面又有两次类似的描写:

> (西门庆)至厅上叙礼。原来五间大厅,毬门盖造,五脊五兽,重檐滴水,多是菱花槅扇;正面钦赐牌额,金字题曰:"世忠堂",两边门对写着:"启运元勋第,山河带砺家。"厅内设着虎皮公座,地下铺着栽毛绒毯。②

> (西门庆)转过大厅,到于后边,进入仪门,少间住房,掀起明帘子,上面供养着先公王景崇影像,陈设两桌春台果酌,朱红公座,虎皮校(交)椅,脚下氍毹匝地,帘幙垂红。③

后面两处,再写"王景崇影像",再写牌匾与对联,又两写虎皮、公座,都到了看似重复的地步。以至于"崇祯本"加工时,把"供养着先公王景崇影像""虎皮""公座"都精简掉了。可是细玩上下文,词话本中的这种重复并非冗笔,实际上它在文本中起到的渲染、强调作用,正是作者的苦心所在,当读者看到后面林太太的所作所为,真不免要为作者迹近刻薄的这些笔墨忍俊不禁了。

总括前后有关王招宣的描写,可以归纳出对这个人物的以下认识。(1)他有着十分显赫的家世背景——祖上是开国元勋,其"君子之泽"荫及后人。(2)本人托祖上福,做过一段武官;短命早逝。(3)本人在世时,已是耽于声色——买进少

---

① 《金瓶梅词话》,第六十九回,人民文学出版社,1985年,第965页。

② 《金瓶梅词话》,第七十二回,第1027页。

③ 《金瓶梅词话》,第七十八回,第1174页。

女,教习弹唱。(4)去世后,妻子林太太不安于室,多方寻欢。(5)其子王三官,迷恋花柳,致使妻子多次寻死;遇事胆怯无用,只知惊恐躲藏;愚蠢痴呆,拜西门庆为义父;附庸风雅,装腔作势。(6)家世虽然烜赫,内里已然空虚——王三官嫖院要当掉皮袍来付费。

可以看出,这个没有出过场的王招宣,实际上联系着历史、现在与未来。在这样的联系中,产生出巨大的反差:创业与败家,威武与猥琐,节操与放荡,崇高与邪恶——历史的荣光已经彻底消散,现实的窳败已是不可挽回。

如果把这个人物放到作品的整体大格局中来看,就会看出作者特别的命意。作品所写官场人物大体分为五类:一类是权奸——卖官鬻爵,结党营私,把持政柄,是政局的污浊混乱的祸首;一类是暴发户式的贪官墨吏——不择手段贪赃枉法,与权奸相互勾结;一类是昏庸无能之辈——似无大恶,尸位素餐;一类是凤毛麟角的清正官员——秉持正义,孤掌难鸣,结局凄惨。这四类人物是一组共时性的存在,是令人痛心疾首、灰心丧气的官场现实。而王招宣则是第五类——祖上开基创业,一世之雄,而后人托福承荫却一代不如一代,致使门风堕落,破败在即。有了这一类,就把批判的锋芒加强了一层,揭示出当年的栋梁已经蛀空朽败,而大厦的倾圮已成大势。

写阀阅之家的衰败,思路、笔调都和《红楼梦》有可比之处,换言之这也是影响《红楼梦》的又一个方面。

作者塑造这一个特殊的形象,在艺术上也有可称道之处。一是不动声色的嘲讽,特别是写王景崇"有若关王之像,只是髯须短些"之类的笔墨,在若有若无之间解构了庄严。二是处处用王招宣的名字,然而上写王景崇,下写王三官,都有个形象、面目,唯独本人只是有名无"实",收到很好的虚实相生的艺术效果——当然,这一点未必是作者的自觉。

《金瓶梅》的价值何在,是近三十年来中国小说史领域颇有争议的问题。若就以上三个人物形象分析看,无论是文史相证的认识价值,还是人物刻画的多种手法,还有深隐而犀利的讽刺艺术,以及具体的谋篇布局、情节结构等,都有独到的地方,都达到了前所未有的高度,也都对后世小说艺术的发展产生了深远的影响。

（原载《文学与文化》2010年第1期）

曹雪芹考证的观念与方向
——兼及《金瓶梅》作者

欧阳健

  《红楼梦》的"曹学",口碑向来不佳;《金瓶梅》的"笑学",更是备受诋諆。但"笑学""曹学"依然是学术重镇,不可或缺,当务之急是廓清观念,端正方向。

  八十四岁高龄的袁世硕先生,在《文史哲》2013年第1期发表《接受理论的悖论》,向风靡世界的"接受美学"发起挑战,指出:"文学和文学史研究增加读者接受的维度,是应有之义,但丢开作者生产和作品表现的维度,就由一种片面性走向另一种片面性,而且是更大的片面性";接受美学过度突出接受的作用,以为作品经过接受才是真正的完成,作品的生命在于接受中,就把作家创作不仅创作出消费的对象(作品),也规定着消费的方式,为对象生产主体这一重要方面完全抛弃了,"不仅在理论上是片面的,就文学实际而言更加是片面的"。我以为,袁世硕先生的学术眼光和理论勇气,对解决"笑学""曹学"的种种纠结,具有拨乱反正的启迪意义。"一千个读者就有一千个哈姆雷特"的所谓"接受美学",摈弃以作者与文本为中心,片面强调读者对作品的主宰,在古代小说研究领域造成的负面影响,便是轻忽乃至蔑视对于作者的考证。刘世德先生在中国现代文学馆讲《〈金瓶梅〉作者之谜》,搬出"鸡蛋吃了就行了,何必非要知道是哪只母鸡下的呢"的话头,断言"关于《金瓶梅》的作者,仍然还是那五个字——兰陵笑笑生,此外,哪怕你再多说一个字,都是不能成立的",宣称"与其在《金瓶梅》作者的问题上耗费精力——那是'可怜无补费精神'的,还不如把目标转移到《金瓶梅》的思想、艺术、版本等等方面去,也许能够有更多的收获",就是最典型的话语表达。至于年轻学人热衷于"新方法",对考证越来越厌烦与不屑,更是普遍存在的顽症了。

作者简介:欧阳健(1941—),男,福建师范大学文学院教授。

　　"接受美学"信奉者不懂得,文学作品不是鸡蛋;不了解那只生蛋的鸡及其生存环境,研究便没有了立足的基点。章学诚说:"不知古人之世,不可妄论古人之辞也。知其世矣,不知古人之身处,亦不可以遽论其文也。"在人文学科领域,"知人论世"是最大的科学。要理直气壮地把包括"笑学"与"曹学"的作者研究当作一门最基本的学问来看待。

　　当然,由于年代久远,资料散佚,"笑学""曹学"悬而未决的问题很多,但相关信息仍是异常丰富的,绝不如刘世德所言,只有那"兰陵笑笑生"五个字是可靠的,别的都是没有"正面的、直接的、确凿可靠的证据"的伪科学。刘世德把《金瓶梅》作者问题,偷换成署名问题,说"《金瓶梅》作者的署名很简单,五个字——兰陵笑笑生",是不妥的。古代作品作者的确认,依据的是卷端的题署。什么叫卷端?卷端是版本的首页首行,下方就有作者的题署。现存《金瓶梅》的版本,无论内封、卷端都不题撰人,唯明刻本《金瓶梅词话》欣欣子序称:"窃谓兰陵笑笑生作《金瓶梅传》,寄意于时俗,盖有谓也。"见刘世德参与的文学所1962年版《中国文学史》明代文学第七章第三节:"《金瓶梅》作者的真实姓名和生平事迹都无可考。"小注云:"《金瓶梅词话》本欣欣子所载序文说作者是兰陵笑笑生。"

　　《红楼梦》的情况也是如此。所有的《红楼梦》古代版本,包括被认为是接近"原稿面貌"的脂砚斋本子,卷端一律不题撰人;各种版本的序言,也无一指明作者姓名。唯程伟元程甲本序曰:"作者相传不一,究未知出自何人,唯书内记雪芹曹先生删改数过。"他的依据便是《红楼梦》第一回缘起中,有"后因曹雪芹于悼红轩中,披阅十载,增删五次,纂成目录"的话。小说里的话语,人称"小说家言",你可以相信,也可以不相信。缘起固然交代了曹雪芹与《红楼梦》成书的关系,用的"披阅增删",何况前文还有"空空道人因空见色,由色生情,传情入色,自色悟空,遂易名为情僧,改《石头记》为《情僧录》,东鲁孔梅溪则题曰《风月宝鉴》"等话,又多出了空空道人、东鲁孔梅溪两人,情况就更复杂了。

　　但所有这些,都不妨碍我们认定:《金瓶梅》《红楼梦》"应该"有一个作者。因为它们不是天书,而是人写出来的。为减少不必要的口舌,冲淡不应有的情绪,不妨约定俗成,姑以"兰陵笑笑生"为《金瓶梅》作者,"曹雪芹"为《红楼梦》作者(或作者的笔名),将探寻《金瓶梅》作者称作"笑学",研究《红楼梦》作者称作"曹学",不就可以径直进入实质性的探讨了吗?

　　知人论世,当以"论世"第一,"知人"第二。探寻《金瓶梅》《红楼梦》的作者,可以有各种方案和途径。首先在弄清他所处的时代,其次才是具体的人选。这就是我所说的端正方向,理清思路。

1993 年,我在《明清小说研究》任上发起的“《红楼梦》大讨论”,是以台湾红学家刘广定先生的《细读原典,再研红学》打头的。我赞赏他引用柳存仁先生的话——“我们的推理,必须力求其观察仔细,处处跟着证据走,而不为个人的成见所蔽,并且要常常从和自己的假设相反的那一方面着想,不要一厢情愿地只是尽量为自己所希冀的方面辩护”,这种“不预设结论,不宥于成见”的学风,我以为是需要大力提倡的。2011 年,我在“杭州与《红楼梦》”研讨会上,又提出“包容曹雪芹‘异质思维’,激活《红楼梦》研探因子”的意见。土默热先生说“多歧为贵,和而不同”,我非常赞成。要懂得“相反相成”的道理,千万不要一听到不同声音,就“围剿”,就“讨伐”,就“封杀”。人的学养是有限的,不可能穷尽所有的知识。在提出自己的“异质思维”的同时,要尊重别人的“异质思维”,“从和自己的假设相反的那一方面着想”,即便证明对方也许是错了,仍要给以一定的学术史上的地位。

有了这样的态度,就可以讨论“笑学”与“曹学”的两种观点,或者两种思维方向了。

先说“笑学”。“笑学”的要义有二,或曰有两种“笑笑生观”。首先是“论世”,一种观点认为,笑笑生是嘉靖间人;一种观点认为,笑笑生是万历间人。其次是“知人”,主要的分歧为王世贞说与非王世贞说。笑笑生的候选人,有屠隆、徐渭、卢楠、李先芳、王稚登、汤显祖、冯梦龙、冯惟敏、贾梦龙、丁维宁等,新近又出现了白悦、蔡荣名,从“知人”方面讲,都是王世贞之外的人物;但从“论世”上分,仍然有嘉靖与万历之别。

周钧韬先生尝试着将两种“笑笑生观”融合起来,提出了时代背景“嘉靖说”,成书年代“隆庆说”,初刻本问世年代“万历末年说”,就将年代问题统一起来了;又提出作者“王世贞及其门人联合创作说”、《金瓶梅》成书方式“过渡说”,就将作者问题统一起来了。他认为《金瓶梅》既不是艺人集体创作,也不是文人独立创作,而是从艺人集体创作向文人独立创作发展的过渡形态,既大量保留对前人作品的移植、借抄,又开始直面社会大量撷取创作素材,实可概括古代小说演进的规律。这种尝试是有益的。

再说“曹学”。“曹学”的要义亦有二,或者说亦有两种“曹雪芹观”。首先是“论世”,一种观点认为,曹雪芹是康熙间人;一种观点认为,曹雪芹是乾隆间人。其次是“知人”,主要分野在曹寅家族说与非曹寅家族说,前者除“新红学派”认定曹寅之孙曹雪芹外,人选有曹宣、曹渊、曹颜、曹頫、曹天佑、曹若玮等,后者的人选则有洪昇、吴伟业、李渔、顾景星、谢三娘等。

两种"曹学"观的本质分歧，远比"笑学"要大。以曹雪芹为康熙间人，认他为反清复明的爱国志士，蔡元培谓《红楼梦》是"清康熙朝政治小说"，"吊明之亡，揭清之失，而尤于汉族名士仕清者寓痛惜之意"是也。曹雪芹是由明入清的，对明朝的灭亡、清朝的勃兴，有很深痛的真切的时代感受。而以曹雪芹为乾隆间人，则以《红楼梦》的主题为痛悼家族衰落，或揭发宫闱秘史。曹雪芹的友朋多是满人，有人甚至说《红楼梦》是"满族文学"。

两种"曹学"观念，导致两种研究方向。过去一讲索隐派，就嗤之以鼻，认为它"不科学"。什么是"隐"？《红楼梦》既是"真事隐去"，将隐去的事相"钩索"出来，不是很正常吗？"索隐"不是贬义词，它恰是传统文化的正宗。须知《红楼梦》不是"将真名隐去"，把曹家改成贾家；而是"将真事隐去"，所以要说是"满纸荒唐言"。土默热先生注意到甄士隐解《好了歌》的前一句："乱烘烘，你方唱罢我登场，反认他乡是故乡。"但我以为后一句"甚荒唐，到头来，都是为他人作嫁衣裳"更重要。《红楼梦》的作者应该是吴伟业、李渔、顾景星、洪昇一类的人，是吴伟业、李渔、顾景星、洪昇同一时代的人。

我对于曹雪芹问题，开初是持回避态度的，1993年起草花城版程甲本《红楼梦》前言时，曾与曲沐、陈年希先生商定：为减少行文难度，只谈《红楼梦》版本方面的事，别的一概不予涉及。6月10日结束定稿回到广州，曲沐先生已先行离去，花城出版社定要我在前言中添写有关作者的文字，只好在无人商量、又无任何资料的情况下，赶写了前言的第一段。大致意见是：探寻作者的关键，在于弄清它的成书年代。清代人一般都说《红楼梦》成书于康熙末年，从中国思想史和小说史考察，也许不无道理；探寻《红楼梦》作者，可以有各种方案和途径。如果仅仅因为曹雪芹姓曹，就一定得从曹氏中去寻觅，就不免会犯方向性的错误。[1]

1997年我去南京参加江苏省红学会，撰《重新面对袁枚》一文，以《随园诗话》为据，重申"其子雪芹撰《红楼梦》一部，备记风月繁华之盛"，并据李桓《国朝耆献类徵初编》卷百六十四《陈鹏年传》，论证康熙四十四年（1705）乙酉南巡时，两江总督阿山诬陈鹏年，得曹寅求情以免事件中出场的"幼子"，应该是生于1689年的曹颙，而《随园诗话》叙陈鹏年事后，紧接即叙雪芹撰《红楼梦》，则此雪芹应是曹寅长子[2]；再据《总管内务府为曹顺等人捐纳监生事咨户部文》，论证曹

①《红楼梦》（程甲本），欧阳健、曲沐、陈年希、金钟泠校注，花城出版社，1994年。

② 欧阳健：《重新面对袁枚》，《江苏教育学院学报》1999年第1期。

寅确有生于康熙十八年(1679)的长子曹顺,雪芹可能就是曹顺的字号。①又受刘冬、刘福勤先生启发,据《情史》卷七"诸姬著名者,前则刘、董、罗、葛、段、赵,后则何、蒋、王、杨、马、褚,青楼所称'十二钗'也",悟到《红楼梦》与《板桥杂记》《影梅庵忆语》一样,也是在秦淮名姝酿造的文学氛围中孕育出来的。②《红楼梦》创作的意绪内驱力,不起于家庭败落后对"繁华旧梦"的怀念,而起于"历过梦幻"后对"当日所有之女子"的追忆。书中之所以申说"万不可因我之不肖,自护其短,一并使其泯灭也",证明确有内在的联系。③

我的曹顺为《红楼梦》作者说,从两种"曹学"观的"论世"角度讲,是主张康熙间人的;但从"知人"角度讲,又可归于曹氏家族说。我既认可书中有自传成分,但又主张"吊明之亡,揭清之失"的时代感。认定曹雪芹开笔之时,就没有打算写成实录式的"自传",而是要奉献给读者一部真正的艺术创作。亘古罕有的艺术大师曹雪芹,以那特定时代特定境遇中培育蓄积起来的特定心绪特定经验为根基,充分继承和发扬古代小说创作传统,采用将真事隐去、假语村言的文学手法,在处理"红楼"题材时,实现了幻化、净化、诗化的三大飞跃,从而赋予《红楼梦》以真正艺术品的品格和无穷的、多义的、流动的思想内涵。④

尽管我至今对曹顺说仍然持有自信,以为解决了"论世""知人"要素的统一,解决了文献、文本与文化的统一,但并不认为它是完美无缺的,更不企求将其定于一尊,定要人家也接受我的观点。相反,我仍然乐观各种新的探索,而不取排拒心理。道理很简单,如果大家都墨守陈规,还有什么新发现?对于诸说的倡导者与信奉者来说,既要有自以为是的自信,又要有自以为非的虚心。随时准备坚持真理,随时准备修正错误。把握"自以为是"与自"以为非"的辩证法,就可能让学术研究少走弯路。

(原载《文学与文化》2013 年第 2 期)

---

① 欧阳健:《曹雪芹的时代》,《明清小说研究》1999 年第 1 期;欧阳健:《如何对待曹雪芹材料中的矛盾》,《南都学坛》1999 年第 5 期。

② 刘冬、欧阳健、刘福勤:《〈红楼梦〉研究三人谈——关于作者身世和研究思路等》,《明清小说研究》1998 年第 2 期。

③ 欧阳健:《曹雪芹》,海天出版社,1999 年。

④ 欧阳健:《〈红楼梦〉文本新诠》,《红楼》2000 年第 2 期、第 3 期。

《红楼梦》作者问题答客总问

蔡义江

客：虽然多数人都知道《红楼梦》是曹雪芹写的，可近年来仍一而再地出现别的说法。比如说小说的原始作者不是曹雪芹，而是曹頫，也有的说是曹渊，还有像《土默热红学》中说的是写《长生殿》的杭州人洪昇；说曹雪芹只不过是在他人原有小说基础上增删加工成书的人。这是为什么？

蔡：我知道这些情况，还不止你说的，还有说原作者是脂砚斋的、是吴梅村的、是顾景星（明末清初人）的，或者是曹氏大族中的某个人的，等等，一时也举不尽。但最早否定曹雪芹著作权且在红学界掀起过波澜的是三十年前的戴不凡。他在《北方论丛》1979 年第 1 期上发表了《揭开〈红楼梦〉作者之谜》的长文，提出原作者是"石兄"即"石头"，还考其真名为大家族中人曹某。但遭到了学界的广泛批评（我当时也写过与戴商榷的文章《脂评说〈红楼梦〉作者是曹雪芹》，收在文化艺术出版社《追踪石头——蔡义江论红楼梦》一书中），很少有人接受其新说。因为这种说法与其立论依据的脂评多处都直接抵触，难以自圆其说。

近年来提出原始作者的多种说法，除了指认各异外，他们最初的思路与戴不凡基本上是相同的：即把曹雪芹在小说楔子中虚拟石头撰书而自己扮演"批阅增删"者角色的虚构情节，当成了实录真事，所以实际上都是在考证这个撰书的"石头"究竟是谁。其实所谓"披阅十载，增删五次"，其真意就是"撰写十年，五易其稿"，这与《脂砚斋重评石头记·甲戌本·凡例》末尾题诗叹作者"十年辛苦不寻常"是同一个意思。脂砚斋还唯恐读者误把写到曹雪芹在悼红轩中"批阅""增删"等话当成实话，以为真的还另有什么"石头"撰写好的现成书稿，便特地加了眉批揭明说：

> 若云雪芹批阅增删，然后（则）开卷至此这一篇楔子又系谁撰？足见作者

作者简介：蔡义江（1934— ），男，杭州大学中文系，教授。

之笔狡猾之甚。后文如此处者不少。这正是作者用画家烟云模糊处,观者万不可被作者瞒弊(蔽)了去,方是巨眼。

很显然,这揭出曹雪芹是石上书的"批阅""增删"者的话是蒙人的,指明真正的"作者"就是雪芹自己。举"楔子"为例,其后半内容说的都是石头已成书之后才发生的事,如空空道人见石上书,向"石兄"诘问其价值,抄回来后,又由多人为书题名等,当然不可能是石头所撰。这样"狡猾"之笔后文还有不少,如叙事故事中忽插入以石头身份说的几句话。雪芹善画,故特以"画家烟云模糊处"作比,相当于今人惯说的"放烟幕"。所以,只要不故意曲解这段批语,石头撰书乃作者虚构情节,是可看得一清二楚的。

客:曹雪芹为什么要虚拟石头撰书呢?其意图何在?是不是为蔽人耳目,怕在政治上触犯忌讳?

蔡:不是的,完全不是。

如果怕此书在政治上有关碍,他就匿名或化名好了,用不着写出自己的真名来,说"披阅十载,增删五次,纂成目录,分出章回",等等。因为这样写,倘要追究责任,自己一点也推卸不掉。再说,脂评也不会不管作者顾虑,一再地揭出真相来。要知道脂砚斋是很怕书中在政治上有关碍、触忌讳的。他比作者的胆子还小,他该帮着作者打掩护才是。所以,虚拟石头撰书,完全不是为了要遮人耳目,而是另有用意。

《红楼梦》之前,从来没有人拿自己家庭的兴衰荣枯、自己的命运不济,以及由此产生的生活感受中令其最悲哀、惭恨、辛酸的事作长篇小说的主要创作素材。即使以前最优秀的作品,如《三国演义》《水浒传》《西游记》等都不是;戏曲如《西厢记》《牡丹亭》《长生殿》等也不是;至于大量的胡编乱造、不合情理、千篇一律的其他稗官野史、才子佳人小说就更不必说了。所以,虚拟石头撰书的用意,概括地说就是两点:第一,强调"满纸荒唐言"的小说中所蕴藏之"真";第二,说明故事取材的主要来源。两者是结合的、统一的。

此书几次强调故事是"亲见亲闻""亲身经历"的。若说是作者雪芹"亲闻",还问题不大;说"亲见",就成问题了;说"亲身经历",怕更难符事实了。因为与小说中贾府"烈火烹油,鲜花着锦"的气象略可仿佛者,是曹家的盛期,是雪芹出生前二三十年的事。而那时诸如曹寅"接驾"、江宁织造署修建行宫等许多盛事,都是听他奶奶等长辈说的。他自己怕是连曹頫"事败,抄没",大祸降临时的许多情况,都因为当时年纪实在太小而记不清了，还得听大人给他讲述。至于还综合了与自家相似的其他贵族家庭荣枯事作素材，更不能说是自己亲历的了。

作者特别想告诉读者：别看我编的风月繁华故事是荒唐的、虚构的，但其中却包含着许多实实在在的真事和真情实感。我虽没有亲身经历过，却的确有人经历过，比如我奶奶、家人、老婢仆，还有一些有过类似经历的人。他们给我提供了极丰富的创作素材，没有这些素材，我的《红楼梦》就写不成。我是在许多以往故事的基础上，经过选择、提炼、想象后才写出来的。所以我虚拟了一个原始作者石头，说此书就是它"亲身经历的一段陈迹故事"，只不过经我之手，花十年功夫，反复"批阅"（酝酿、构思），大加"增删"而已。

总之，我以为许多关于《红楼梦》著作权的新说，都与不了解曹雪芹虚拟石头撰书的真正用意有关。

客：除了脂砚斋说"若云雪芹批阅增删……"那条批语外，是否还有更明确地说《红楼梦》是曹雪芹撰写的真凭实据？

蔡：有的，当然有。还是先说脂评。有一条说：

　　余谓雪芹撰此书，中亦有传诗之意。（甲戌本第一回）

"雪芹撰此书"五字，说得明明白白。这就成了欲剥夺曹雪芹著作权者难以逾越的一大障碍。对付它，只有两种办法：第一，避而不谈；第二，加以曲解。如戴不凡当年为能曲解，就将此评校改成"余谓雪芹撰此书中（当漏：诗词）亦为传诗之意"。我不禁要问：怎么知道这句话中漏掉"诗词"二字？校补的根据是什么？是否以为补上这二字后句意才完整、语法更通顺？在我看来，这样的校补，既无根据，又不合情理，且把本来可通的话变得不可通了。比如我们说"他写的文章中也有讽刺意味"，是通的；若说成"他写的文章中的讽刺也有讽刺意味"，就不通了，话哪有这么说的！再说"撰者"，著述也；说"撰书""撰文"则可，作诗填词而称"撰诗词"的，从未听说过。

提到撰书和作诗的还有一条，批甲戌本第二回回前题诗（一局输赢料不真）的脂评说：

　　只此一诗便妙极！此等才情自是雪芹平生所长。余自谓评书非关评诗也。

明眼人一看便知,此评与前评同出一人之手。他心中很清楚,一部小说的好坏,虽与其中诗写得好坏有一定关系,但终究不是一回事。"撰此书"是主,附带有"亦有传诗意"。评者亦以"评书"为主,对诗有时不免要赞几句"妙极",但亦不过附带而已,不暇细评,故申明"非关评诗也"。此评首句"只此一诗便妙极"的言外之意,岂不等于说"别提小说本身写得有多好啦"!所指都是雪芹又有何疑!

脂评中只须稍加推理、分析,便可判断出《红楼梦》的作者就是曹雪芹的还有不少。因为至今仍有少数人否定脂评是雪芹亲友们所加,以为是后人伪造(其实根本不可能),后面有专文论及,此处就不再举例了。

客:脂评是在脂评抄本上的。听说这些抄本现存的还有许多种,经过多少专家鉴定,怎么伪造得出来呢?这且不说。那么,除脂评外,是否还有别的证据,可证明曹雪芹就是《红楼梦》的作者呢?

蔡:当然有,而且是无法推翻的证据。

清宗室诗人爱新觉罗·永忠是康熙十四子胤禵(因政治斗争失败,遭长期禁锢)的孙子,他著有《延芬室集》,其中有三首绝句是曹雪芹系《红楼梦》唯一作者的铁证。从诗题到诗都明确无误地表明了这一点,故全录如下:

因墨香得观《红楼梦》小说吊雪芹三绝句(姓曹)

传神文笔足千秋,不是情人不泪流。
可恨同时不相识,几回掩卷哭曹侯。

颦颦宝玉两情痴,儿女闺房语笑私。
三寸柔毫能写尽,欲呼才鬼一中之。

都来眼底复心头,辛苦才人用意搜。
混沌一时七窍凿,争教天不赋穷愁!

因为读了《红楼梦》便特意写了三首诗来"吊"曹雪芹,你想,雪芹是什么身份? 是此书的作者,还是仅为别人小说的增删者,这还用得着辨别吗? 落笔便以最大的热情、最高的级别来赞叹"传神文笔足千秋",难道这可以只指书中的那些诗词吗?你若读此书也流过泪,不妨想想是书中哪些地方。永忠与雪芹是"同时"人,比后者小十岁,他写诗时雪芹已过世四年。让他因"不相识"而抱憾不已,以致"几回掩卷"而"哭"的"曹侯"(犹言"曹君"),难道还可能是作者之外的什么人吗?

第二首也同样明白。宝、黛之恋的描写,"儿女闺房语笑私"的情节(如"意绵绵静日玉生香"等许多回),是故事的主干,是小说中极其重要而精彩的文字。永忠惊叹雪芹竟用一支笔便"能写尽",其他就不用提了。这里何尝有丝毫增删他人之作的痕迹。雪芹善饮,故有恨不能呼其共醉之想。

永忠与雪芹两家的盛衰遭遇,虽原因不同,却有一点相似,即先祖时皆曾风月繁华、煊赫一时,不久皆事败没落,到头都成红楼一梦,故读此书令他有"都来眼底复心头"的感触。他把小说写成归之于"辛苦才人用意搜"的结果,也就是说,小说是作者辛辛苦苦地用尽心思广泛搜罗诸家之事作为素材、综合构思而写成的。这是非常重要也最合情理的见解,这里说的是搜罗,绝对容不下增删他人现成书稿的意思。

永忠的信息来自曹雪芹周围的一帮小兄弟,如借书给他的墨香,名额尔赫宜,是敦敏、敦诚年轻的叔父,乾隆侍卫,雪芹死时他才 22 岁。永忠的三绝句上,还有位加批的瑶华道人,他批道:"此三章诗极妙!第《红楼梦》非传世小说,余闻之久矣,而终不欲一见,恐其中有碍语也。"瑶华,名弘旿,是乾隆的堂兄弟,永忠的堂叔,能诗画,政治上很谨慎。他也早听说《红楼梦》和作者不幸的身世了,唯恐小说会伤时骂世,故有"非传世小说"的认定和"其中有碍语"的担心,不敢读是怕惹祸。这也旁证了此书非由前人作品改成,否则,怕什么! 总之,从永忠的诗也可以看出不少知情人对此书的共同认知。

富察氏明义的《绿烟琐窗集》中《题红楼梦》七绝二十首的小序,又是一条硬证。序曰:"曹子雪芹出所撰《红楼梦》一部,备记风月繁华之盛。……惜其书未传,世鲜知者,余见其抄本焉。"话说得明白,毋庸赘言。他看到的抄本早在此书"不胫而走"之前,极可能是雪芹未改定稿,这且不说。只看他的姻戚关系,便知其言的可信度:明义是明琳的堂兄弟,而明琳是雪芹的好友,雪芹与郭敏等曾在其养石轩内欢聚,"呼酒话旧",而郭氏兄弟的小叔父墨香又是明义的堂姐夫。所以极有可能明义与雪芹是认识的。他的话不信,信谁?

《红楼梦研究》2010 年 3 月出了一期增刊,封面画着一个长脑袋的老者,旁题"顾黄公先生六十四岁像"。我十分奇怪:此公与《红楼梦》有什么关系? 略一翻看,才知道是一篇占增刊全部篇幅的考证长文,考《红楼梦》的作者是明末清初的顾景星。我当然没有耐心去读如此离谱的考证,却也看了它的第一页。他一开始便把《红楼梦》作者当成一个"谜",有这样的话:"说是曹雪芹吧,却又找不到足够的证据。"这是很有代表性的现象:所有否定曹雪芹著作权的人,都回避去谈我以上所举的那些无可辩驳的证据。说"找不到",恐怕是没有去找,或者不想去找吧?这些"证据",如今又不罕见;承该文作者眷顾,将拙著《红楼梦诗词曲赋评注》(今称《鉴赏》)也列为"主要参考资料",拙著中便编入了永忠、明义等人的诗,且说明其价值,如何视而不见?所以,我建议今后凡在《红楼梦》著作权上立新说者,首先应论证脂评、永忠、明义等有关文字为何不足取信;因为这个问题早已据充分可信的证据定论了,并不是一个"谜"。

(原载《文学与文化》2013 年第 2 期)

从王国维《红楼梦评论》之得失谈到《红楼梦》之文学成就及贾宝玉之感情心态

叶嘉莹

前　言

　　这一篇文稿,原是四十年前我对于王国维及其文学批评之研究中的一节,全部研究共分两大部分,第一部分为对王国维这一位人物的研究;第二部分为对于他的文学批评之研究。第一部分曾写为论文两篇,一篇题为《从性格与时代论王国维治学途径之转变》;另一篇题为《一个新旧文化激变中的悲剧人物——王国维死因之探讨》,此二文曾先后发表于《香港中文大学学报》第一卷第一期及第三卷第一期。至于第二部分,则其中有关《人间词话》的一章,曾发表于台湾书评书目出版社所出版的《文学评论》第一期,题为《人间词话中批评之理论与实践》;而其结论部分,则曾发表于香港之《抖擞》双月刊第十四期,题为《人间词话境界说与中国传统诗说之关系》。现在所发表者,则为第二部分中论王氏早期杂文一章中的一节,这一节的初稿原来与第一部分的全部,都是在 1970 年的暑期写出的,迄今已有四十余年之久。当年写作时,自己对于此节文稿感到不满意,一则因为当日草写此节文稿时,暑假已近结束,时间匆促,写得过于潦草;再则因为在讨论王国维以叔本华哲学来诠释《红楼梦》的得失之后,又以相当篇幅对《红楼梦》之文学价值及内容意义略加研讨,以为就文学价值言,《红楼梦》在对话和人物各方面叙写之成就,固早为众所共见,然而此书最大之成就,实不在此种叙写之技巧而已,更在于它在本质方面是对旧小说传统之一种突破,使之从不具个性的说故事的性质,转变为具有极强烈的文学感发之生命的、有深度有个性的创作。至于

作者简介:叶嘉莹(1924—　　),女,加拿大皇家学会院士,南开大学文学院教授。

就内容意义而言,则《红楼梦》中所写的宝玉对于仕宦经济之途的厌恶之情,以及灵石的不得补天之恨,实在也反映了旧日封建官僚的社会中,一些有思想有性情的读书人找不到理想之出路的一种感情心态。在讨论中,我曾经以《红楼梦》的文学成就,及贾宝玉的感情心态,来与词人中的李后主及诗人中的陶渊明相比较,以说明《红楼梦》这本小说无论就文学价值言,或内容价值言,都是既有着旧传统的根源,又能突破旧传统之限制的作品。如果忽视了这种传统的关系,而只就西方之哲学思想,或今日之理论来批评《红楼梦》,恐怕都极难真正掌握到这部小说的精神生命之所在。本文既是旧稿的改写,而且看法又有今昔之不同,所以行文之繁简,及前后之呼应,难免有许多不尽周至之处,因此在开端做此说明。

一 《红楼梦评论》之写作时代及内容概要

王静安先生的《红楼梦评论》一文最初发表于《教育世界》杂志,那是在清光绪三十年(1904)的时代,比蔡元培所写的《石头记索隐》早十三年(蔡氏索隐初版于1917年),比胡适的《红楼梦考证》早十七年(胡氏考证初稿完成于1921年),比俞平伯的《红楼梦辨》早十九年(俞氏文初版于1923年)。蔡氏之书仍不脱旧红学的附会色彩,以猜谜的方法为牵强附会之说,识者固早以为不可采信。至于胡氏之考证作者及版本,与俞氏之考订后四十回高鹗续书之真伪得失,在考证工作方面虽有相当之成绩,可是在以文学批评观点来衡定《红楼梦》一书之文艺价值方面,则二者可以说都并没有什么贡献。而早在他们十几年前的静安先生之《红楼梦评论》一文,却是从哲学与美学之观点来衡量《红楼梦》之文艺价值的。从中国文学批评的历史来看,在静安先生此文之前,中国从来没有任何一个人曾使用这种理论和方法,从事过任何一部文学著作的批评。所以静安先生此文在中国文学批评的历史中,实在可以说是一部开山之作。因此,即使此文在见解方面仍有未尽成熟完美之处,可是以其写作之时代论,则仅是这种富有开创意味的精神和眼光,便已足以使其在中国文学批评之拓新的途径上占有不朽之地位了。这正是我们为什么在正式讨论这篇论著前,先要说明其写作年代的原故。因为必须如此,才能明白这篇文章在中国文学批评之拓新方面的意义与价值。

根据《静安文集》自序,《红楼梦评论》一文乃是写作于他正在耽读叔本华哲学的年代,所以这篇论著乃是全部以叔本华的哲学及美学观点为依据所写的一篇文学批评。为了便于以后的讨论，现在先将全文主旨做一概略之介绍。①

《红楼梦评论》一文共分五章，首章为《人生及美术之概观》，以为"生活之本质何？欲而已矣"，而由"欲"所产生者，则唯有痛苦，所以"欲与生活与痛苦，三者一而已矣"。人生之本质既为痛苦，而美术之作品则可以"使吾人离生活之欲之痛苦"。至于美之为物虽又可分为优美与壮美之不同，而壮美之"存于使人忘物我之关系，则固与优美无异"。所以，"凡人生中足以使人悲者，于美术中则吾人乐而观之"。这种对人生及美术的看法，是静安先生衡量《红楼梦》的两大重要标准。于是第二章《红楼梦之精神》，即举出《红楼梦》之主旨"实示此苦痛之由于自造，又示其解脱之道不可不由自己求之"，而"解脱之道存于出世而不存于自杀，盖因自杀之人未必尽能战胜生活之欲者"。而出世之解脱则又有二种，"一存于观他人之苦痛，一存于觉自己之苦痛"，"前者之解脱宗教的也，后者之解脱美术的也"。"前者平和的也，后者悲感的也，壮美的也"，"此《红楼梦》之主人公所以非惜春、紫鹃而为贾宝玉者也"，所以《红楼梦》一书之精神主旨乃在写宝玉由"欲"所产生之苦痛及其解脱之途径。第三章《红楼梦之美学上之价值》，静安先生首先举出叔本华的三种悲剧之说，以为《红楼梦》正属于第三种之悲剧，足以"示人生最大之不幸非例外之事，而人生之所固有"②。而悲剧所表现者多为壮美之情，可以"使人之精神于焉洗涤"，最高之悲剧可以"示人生之真相及解脱之不可以已"，《红楼梦》正为此种之悲剧，其"美学上之价值正与其伦理学上之价值相联络"。于是第四章便继而讨论《红楼梦》之伦理学上之价值，主要在说明"解脱"为"伦理学上最高之理想"。然而，此一说法实在极难加以证明，所以静安先生乃设为疑难以自辩答，其大要盖谓世界与人生之存在，并无合理之根据，而当世界尽归于"无"，则可以"使吾人自空乏与满足、希望与恐怖之中出，而获永远息肩之所"。且世界各大宗教，皆以"解脱"为唯一之主旨，"哲学家如古代希腊之柏拉图，近世德意志之叔本华，其最高之理想亦存于解脱"。《红楼梦》正是"以解脱为理想者"，此即为《红楼梦》在伦理学上之价值。第五章为余论，主要在说明旧红学家之纷纷在《红楼梦》中寻找本事的考证，是一种错误的观念。因为"美术之所写者，非个人之性质，而人类

---

① 王国维：《红楼梦评论》，《静安文集》，《王观堂先生全集》第五册，文华出版公司(台北)，1968 年，第1628–1671 页。

② 王国维：《红楼梦评论》，《静安文集》，《王观堂先生全集》第五册，第 1648–1649 页。所谓三种悲剧之说，据王氏引叔本华之说云："第一种之悲剧，由极恶之人极其所有之能力以交构之者。第二种，由于盲目之运命者。第三种之悲剧，由于剧中之人物之位置及关系，而不得不然者。"

全体之性质也"。所以"考证本事"并不重要,而考证"作者之姓名与作书之年月"方为正当之考证途径。所以,《红楼梦》一书之价值并不在其故事之确指何人何事,而在其所表现之美学与伦理学上之价值。

二 《红楼梦评论》一文之长处与缺点之所在

从前面所介绍的全文概要来看,作为一篇文学批评的专著,《红楼梦评论》是有其长处也有其缺点的。先从这篇文章的长处来看,约可简单归纳为以下数点。第一,本文全以哲学与美学为批评之理论基础,仅就此一着眼点而言,姑不论其所依据者为哪一家的哲学或美学,在晚清时代能够具有如此的眼光识见,便已经大有其过人之处了。因为在当时的传统观念中,小说不仅被人目为小道末流,全无学术上研讨之价值,而且在中国文学批评史中也一向没有人曾经以如此严肃而正确的眼光,从任何哲学或美学的观点,来探讨过任何一篇文学作品,所以我们可以说这种睿智过人的眼光乃是《红楼梦评论》一文的第一点长处。第二,如我们在前面所言,中国文学批评一向所最为缺乏的便是理论体系,静安先生此文于第一章先立定了哲学与美学的双重理论基础。然后于第二章进而配合前面的理论来说明《红楼梦》一书的哲理精神之所在。再以第三章和第四章对此书之美学与伦理学之价值,分别予以理论上之评价。更于最后一章辨明旧红学的诬妄,指出新红学研究考证所当采的正确途径,是一篇极有层次及组织的论著,这在中国文学批评史上,也是前无古人的,所以批评体系之建立,乃是本文的第二点长处。第三,在《余论》一章中,静安先生所提出的辨妄求真的考证精神,使红学的研究能脱离旧日猜谜式的附会,为以后的考证指出了一条明确的途径,这是本文的第三点长处。

不过,尽管《红楼梦评论》一文有着以上的许多长处,可是它却无可挽回地有着一个根本的缺点,那就是完全以叔本华哲学为解说《红楼梦》之依据。本来,从哲学观点来批评一部文学作品,其着手的途径原是正确的。只不过当批评时,乃是应该从作品的本身及作者的生平和思想方面,来探寻作品中的哲学意义。此一哲学含义,与任何一位哲学家的思想虽大可以有相合之处,然而却不可先认定了一家的哲学,而后把这一套哲学理论全部生硬地套到一部文学作品上去。而静安先生不幸就正犯了此一错误。因此,在这篇论著中,虽也有不少精辟的见地,却可惜全为叔本华的哲学及美学所限制,因而遂不免有许多立论牵强之处。

第一个最明显的错误乃是他完全以"生活之欲"之痛苦与"示人以解脱之道"作为批评《红楼梦》一书之依据,甚且对宝玉之名加以附会说:"所谓玉者不过生活之欲之代表而已。"①这种说法从《红楼梦》本身来看,实在有着许多矛盾不合之处。首先,《红楼梦》中的"宝玉"决非"欲"之代表,静安先生指"玉"为"欲",不仅犯了中国旧文学批评传统之比附猜测勉强立说的通病,而且这种比附也证明了,他对于《红楼梦》中宝玉之解脱与叔本华哲学中绝灭意志之欲的根本歧异之处,未曾有清楚的辨别。叔本华的哲学虽然曾受东方佛教哲学的影响,可是因为东西方心性之不同,所以其间实在是有着许多差别之处的。而最根本的一点差别,则是东方佛教乃是认为人人皆具有可以成佛的灵明之性,这才是人性的本质,至于一切欲望烦恼,则是后天的一种污染。所以佛教的说法乃是"自性圆明,本无欠缺",其得救的方法只是返本归真,"直指本心,见性成佛"②。这与叔本华把宇宙人生一切皆归于意志之表现的说法,实在有很大的不同。《红楼梦》一书中虽表现有佛家出世之想,然而其实却并不同于叔本华之意志哲学。如果"宝玉"在《红楼梦》中果有象喻之意,则其所象喻的毋宁是本可成佛的灵明的本性,而决非意志之欲。如在《红楼梦》第二十五回"通灵玉蒙蔽遇双真"一节,作者便曾借着癞头和尚的口中说过:"那宝玉原是灵的,只因为声色货利所迷,故此不灵了。"③而且,在书中开端作者也曾叙述这宝玉原是经女娲氏锻炼之后遗在青埂峰下的一块未用的灵石,虽曾降世历劫,最后仍复回到青埂峰下。从这些记叙来看,则此"玉"之不同于叔本华的意志之"欲",岂不显然可见。再则静安先生全以"灭绝生活之欲""寻求解脱之道"为《红楼梦》一书之主旨所在,如此则宝玉之终于获得解脱,回到青埂峰下,岂不竟大似西方宗教性喜剧,这与全书的追怀悼念的情绪也显然有所不合。三则静安先生在第四章论及《红楼梦》之伦理学上之价值时,对于叔本华哲学之以解脱为最高之理想,也曾提出了疑问说:"夫由叔氏之哲学说,则一切人类及万物之根本一也,故充叔氏拒绝意志之说,非一切人类及万物各拒绝其生活之意志,则一人之意志亦不可得而拒绝……故如叔本华之言一人之解说,而未言世界之解脱,实与其意志同一之说不能两立者也。"④其后静安先生在其《静安文集》自序中,也曾提出过他用叔本华哲学来批评《红楼梦》之立论,其中原有疑问,

① 王国维:《红楼梦评论》,《静安文集》,《王观堂先生全集》第五册,第 1640–1641 页。

② 见《六祖法宝坛经》之《自序品》及《般若品》,商务印书馆(香港),1954 页,第 1、33 页。

③《红楼梦》第二十五回,人民文学出版社,1972 年,第 298 页。

④ 王国维:《红楼梦评论》,《静安文集》,《王观堂先生全集》第五册,第 1658–1659 页。

说:"去夏所作《红楼梦评论》,其立论虽全在叔氏之立脚地,然于第四章内已提出绝大之疑问。"① 既然静安先生也已经承认了叔本华之哲学本身就有着矛盾疑问之处,然则静安先生自己竟然想套用叔氏的哲学来评论《红楼梦》,则其不免于牵强附会的误解,当然也就从而可知了。

除去以上我们所提出的用叔本华哲学来解说《红楼梦》的基本的错误之外,这篇评论还有着其他一些矛盾疏失之处。其一是静安先生既把《红楼梦》的美学价值建立在与伦理学价值相联络相合一的基础之上,因此,当其以"解脱为最高之理想"的伦理学价值发生疑问而动摇之时,他的美学价值的理论基础当然也就连带着发生了动摇。何况静安先生于论及《红楼梦》之美学价值时,不过仅举叔本华的三种悲剧为说,而对于西方悲剧之传统,及美学中美(beauty)与崇高(sublime)之理论,也未能有更深刻更正确的理解和发挥。而且,静安先生写作此文时,对于曹雪芹之家世生平,以及后四十回为高鹗及程伟元之续作的事,也还完全没有认知,因此他在第三章所举出的第九十六回宝玉与黛玉最后之相见一节,当然便也决不能作为《红楼梦》一书美学价值之代表。凡此种种当然都足以说明静安先生以西方之哲学及美学来解说和批评《红楼梦》,在理论方面实在有着不少疏失之处。

总之,《红楼梦评论》一文在中国文学批评史上,其主要之成就乃在于静安先生所开拓出的一条有理论基础及组织系统的批评途径,而其缺点则在于过分依赖西方已有的成说,竟想要把中国的古典小说《红楼梦》完全纳入叔本华的哲学及美学的模式之中,而未能就《红楼梦》本身真正的意义与价值,来建立起自己的批评体系。其成功与失败之处,当然都是值得我们作为借鉴的。

三 对《红楼梦》本身之意义与价值的探讨

静安先生以叔本华之哲学来批评《红楼梦》的牵强错误,固已如上所述,于是我们就自然会引发出下面的两点问题。其一是《红楼梦》这部小说本身的意义与价值究竟何在?其二是以静安先生平日为学之审慎,何以在批评《红楼梦》时竟然陷于叔本华哲学之窠臼,虽明知其有矛盾疑问,而竟不能自拔,其致误之原因又究竟何在?以下我们就将对此二问题分别试加探讨。

---

① 王国维:《静安文集·自序》,《静安文集》,《王观堂先生全集》第五册,第 1547 页。

　　首先我们要讨论的,当然是《红楼梦》一书之意义与价值究竟何在的问题。多年来中外的学者对此已经有过不少讨论和争辩,本文既不是讨论《红楼梦》的专著,因此不想对之多加征引。何况《红楼梦》之意蕴丰富,大有"横看成岭侧成峰"之势,每一家的说法似乎都各有其体会之一得,我们也难以对之妄加轩轾。不过,整体地说起来,则无论是索隐一派之说,本事一派之说,或以西方哲学及文学体系立论的各家之说,自表面看来,他们的着眼和立说虽然各有不同,可是他们实在却有着一个共同的缺点,那就是要把《红楼梦》一书的意义与价值,完全纳入他们自己所预先制定的一种成见之内。因此,当然也就造成了对《红楼梦》一书之真正意义与价值的一种歪曲和拘限。本文既不想卷入以前诸家异说的纠纷之中,也不想更立新说,为《红楼梦》一书更多加一种新的歪曲和拘限。我们现在所要做的只是以最朴素客观的看法,对《红楼梦》一书的意义与价值略加说明。首先我们要讨论的是《红楼梦》何以有如此杰出的成就。第一点我们该提出的,就是《红楼梦》的内容意境,对于旧小说传统而言,有一种显明的突破。一般说来,中国旧小说大多取材于神话、历史或民间之传闻,即使是写社会人情的小说,作者也并无介入的感情,所写者只是观察和知解的所得而已。可是《红楼梦》一书则不然,它的取材乃是作者曹雪芹一段铭心刻骨的切身经历。然而此书却又决非肤浅的自传,作者之感情的介入,也并非偏狭盲目的发泄,而是透过切身的感受,表现了他对人间诸相的更深刻的观察和理解。惟其因为这个原故,所以这本小说才能具有极强烈的感发之生命,可以提供给不同的读者以不同的感受和联想。因而,批评者便也可以不同的观察角度,归纳出许多不同的结论。作为一部文学作品,能对读者具有如此强锐而丰富的感动和启发的作用,这当然是一种伟大的成就。而究其根本原因,则可以说是由于这部小说是取材于作者极深刻的感受和观察之所得之故。如果我们套用一句静安先生在《人间词话》中的评语来说,则这部小说之成就正是"以其所见者真所知者深也"。这一点应该才是此书何以能突破旧小说传统的主要原故。如果只就这一点成就而言,曹雪芹在小说方面的成就,与李后主在词一方面的成就是颇有着相似之处的。李后主也和曹雪芹一样,同是既有着过人的真纯深挚的感情,又曾经遭受到过人的悲哀惨痛的经历。曹雪芹既透过一己家族的盛衰,表现了人世的诸相;李后主也以其深锐的感受,透过自己家国的败亡,写出了人间无常的普遍的悲苦。因此李后主的词才使得"词"这种文学形式突破了歌筵酒席间的没有个性的艳歌性质,而达到了如《人间词话》中所说的"眼界始大,感慨遂深"的境界;正如曹雪芹的《红楼梦》,也突破了旧小说传统的没有个性的说故事的性质,而透过个人深锐的感受,表现了丰富的人生意蕴和人世诸相。不过,这种比较只是就他们相似的一点而言,并非全面之比较;如果全面比较起来,则曹雪芹与李后主实在也有着许多相异之点。首先,当然是二者所用以表现的文学形式之不同,李后主所使用的是篇幅极短的小词;曹雪芹所使用的则是卷帙浩繁的小说。前者只是主观抒情的性质;后者则是客观叙事的性质。前者的感慨之深便只能从其精神气象方面去做体会,而后者则可以把各种人物和场景都纳入作品之中。因此,曹雪芹所写的便不仅是一个人或一个家族的悲剧而已,同时更反映出了产生这一个悲剧的整个时代和社会的背景。这也就造成了李后主与曹雪芹的另一点主要的不同,那就是李后主对于过往的繁华,只有单纯的悼念而已,然而却既无反省又无观察,对于自己所原属的剥削统治阶层的思想情意,始终无法超越;可是曹雪芹则因为具有观察和反省的思辨,他的眼光遂有时可以突破他自己所属的阶层的限制,而更深入地见到了不同阶层不同利益的人与人之间的种种不平和矛盾。所以,后主词和《红楼梦》虽然都能以其强锐真挚的感受,突破了他们所使用的文学形式的旧有传统,为之拓展了一种更深广的意境,可是后主词所表现的便只是人世无常在感情方面的一点共相而已;然而《红楼梦》所表现的,便不只是感情方面的共相,同时还表现了人间世态在现实生活方面个别的诸相,这种对旧传统的突破和对自我的超越,是《红楼梦》一书的最可注意的成就。

以上我们所谈的,可以说是《红楼梦》这本小说之所以伟大的、在本质上的一些最重要的因素。此外,这一部小说在叙写的态度方面,也有一些非常值得注意的特色,我们也愿对这一方面略加分析。第一点可注意者,乃是作者在叙写时对于真与假的杂糅和对举。在本书一开端作者就曾说过"将真事隐去"及"用假语村言"的话,这种说法与中国一般旧小说的叙述习惯实在颇有不同,因为一般写小说的人总是要想尽量使人相信其所说者为真,常在故事一开端便写明"话说在某朝某年某地"如何如何,而《红楼梦》一书却在开端先说明已将真事隐去,使读者信其所说者为假。这种态度的表明,可能有三种原因。其一,正因为作者故事的取材与他自己亲身的经历有着密切的关系,所以才不得不先说一番真真假假的话,造成一段感情上的距离,然后才可以无所顾忌地发抒叙写。其二,则《红楼梦》一书中对于封建统治阶层的奢靡腐败的生活和剥削欺压的行为也确实有所不满,而作者却又恐怕因此而致祸,所以才不得不借着真真假假的话以造成一种与现实之间的距离以求免祸。因此,在书中一开端,除去真假的说明以外,作者就还曾特别提出说"上面虽有些指奸责佞贬恶诛邪之语,亦非伤时骂世之旨",又说"因毫不干涉时世,才从头至尾抄录回来问世传奇"①,其恐惧以文字召祸的心情是显然可见的。其三,《红楼梦》一书原不只是叙写故事而已,作者更想借着书中的故事来表现自己的一些理念,因此,书中的一些神话寓言,在事虽为假,然就理念言之则可以为真。而《红楼梦》一书也就在这种真假糅杂的叙写中,表现了它的丰美深刻的意蕴。这是本书的第一点特色。第二点可注意者则是《红楼梦》中透过宝玉所表现的,对其所归属之阶层既反抗又依恋的正反相矛盾的心理。所以书中在介绍主角宝玉出场时,便曾经用两首《西江月》词来描述他,说:"潦倒不通庶务,愚顽怕读文章,行为偏僻性乖张,那管世人诽谤。"②其所谓"庶务""文章"实在指的并不是一般的事务和诗文,而是专指谋求仕宦的做官的本领和取得科第的八股文。这里所提出的正是宝玉所归属的阶层对于一个子弟所要求的传统标准,可是宝玉对于这种要求却显然有着强烈的反抗。有一次贾雨村来了要会见宝玉,宝玉不愿见他,史湘云劝宝玉说:"也该常会会这些为官作宦的,谈讲谈讲那些仕途经济,也好将来应酬事务。"宝玉听了"大觉逆耳",马上请史湘云去"别的屋里坐坐吧,我这里仔细腌臜了你这样知经济的人",而且骂这些话是"混账话"③。宝玉之所以如此反对仕途经济之学,便因为他早已看清了在当时社会中这些为官作宦的都只是一些"国贼禄蠹",而徇私枉法草菅人命的会做官的贾雨村,当然便是一个典型的例证。再者宝玉一切行事都以自己纯真诚挚的心意感情为主,这种作风当然也大有违背于仕宦之家所讲求的伪善的礼教,所以宝玉便被他父亲贾政认为"不肖"。而第三十三回"不肖种种大承笞挞"一节写宝玉因为结交蒋玉函及金钏投井等事,被贾政打得几乎半死之后,在下一回写到黛玉来看他时,他却仍然对黛玉说:"我便为这些人死了,也是情愿的。"④则其反抗性格之坚强自可想见。

---

① 见《乾隆甲戌脂砚斋重评石头记》第一回,中华书局朱墨套版影印,1962 年,第 8 页上。按,此本于全书开端尚有《凡例》一节,其中所记叙者,尤可见作者恐惧召祸之心情,如第二段云"此书只是着意于闺中,故叙闺中之事切,略涉于外事者则简";第三段云"此书不敢干涉朝政,凡有不得不用朝政者,只略用一笔带出,盖实不敢以写儿女之笔墨,唐突朝廷之上也";第四段云"作者本意原为记述当日闺友闺情,并非怨世骂时之书矣,虽一时有涉于世态,然亦不得不叙者,但非其本旨耳,阅者切记之"。凡此种种叙述,其有意为此书开脱说明,以求免祸之用心,自属明白可见。关于甲戌脂评本之版本考证,请参看文雷:《〈红楼梦〉版本浅谈》,载《曹雪芹与〈红楼梦〉》,中华书局(香港),1977 年。

② 《红楼梦》第三回,第 36 页。

③ 《红楼梦》第三十二回,第 384 页。

④ 《红楼梦》第三十四回,第 404 页。

可是,另一方面则宝玉对于他所归属的这个阶层的家族和生活,却实在并不能与之彻底决裂。这一则因为事实上之有所不能,再则也因为感情上之有所不忍,三则也因为勇气方面之有所不足。因为这个旧传统的封建家族,虽然有其腐败堕落的一面,可是宝玉却曾生于斯、长于斯,这家族里面也有着他最亲近的、爱他也被他所爱的人物,因此宝玉对他所归属的阶层和家族,事实上是杂糅着既反抗又依恋的正反相矛盾之两重心理的。因此,书中介绍宝玉出场时的第二首《西江月》词,便还有着"天下无能第一,古今不肖无双"① 的话,这种口气一则虽可能是反讽,然而宝玉既不肯与"国贼禄蠹"之徒同流合污,则其终身自无出路可言,对于尊长的期望也可能确有一种无以为报之情。而也就正是这种既反抗又依恋的矛盾心理,才使得《红楼梦》这一部小说具有多种观察和叙写的角度,因而才表现出有善也有恶、有美也有丑、有可爱的一面也有可惜的一面之真正的人生世相,而并非仅只是按照某一种哲理或教条而编写出来的枯燥单调的故事,这是本书的第二点特色。第三点可注意者则是作者彷徨于出世与入世之间的矛盾的情绪,这种矛盾,即使仅在开端有关石头的寓言中,便已经表现出来了。首先作者曾介绍这一块石头说:"自经煅炼之后,灵性已通,因见众石俱得补天,独自己无材,不堪入选,遂自怨自叹,日夜悲号惭愧。"② 从这种冀望被选用的情绪来看,当然是属于入世之情,其后求茫茫大士渺渺真人将之携入红尘,这种要求当然也还是入世之情;然而最后这块石头于"历尽离合悲欢炎凉世态"以后③,却终于又回到原来入世以前的所在,把自己的经历写在石上,请空空道人抄录传世,于是空空道人遂"因空见色,由色生情,传情入色,自色悟空"④,这一段叙写当然就又表现得有出世的情绪了。至于写到红尘中的故事,又以听了跛足道人的"好了歌"当下便随之去出家的甄士隐为开始,其所表现的便似乎也仍是出世的情意。⑤ 可值得注意的是,这块石头既把自己的经历写下来,还求人抄录传世,便分明是不肯忘情;而甄士隐在遇见跛足道人前,在梦中也曾见一僧一道,又听那道人赞美这一段通灵

---

① 《红楼梦》第三回,第 36 页。

② 《乾隆甲戌脂砚斋重评石头记》第一回,第 4 页上。

③ 《乾隆甲戌脂砚斋重评石头记》第一回,第 6 页上。按,世所传之一百二十回本,将此数句改为"携入红尘,引登彼岸"云云,遂将书中原有的悲哀慨世之意大为削弱。

④ 《红楼梦》第一回,第 3—4 页。

⑤ 按,《红楼梦》一书之神话部分,既以"不得补天"的灵石之恨为开始;于红尘部分则以不求仕宦而却迭遭不幸,而终于随跛足道人出家的甄士隐,与热衷名利趋炎附势的贾雨村为对比,作者悲慨不平之愤激,正在言外。

宝玉的故事,以为其所以异于一般"风月故事"者,是因为那些故事"并不曾将儿女真情发泄"①,然则这一部发泄儿女真情的故事,岂不更是属于入世之情。何况作者在开端所说的"欲将已往所赖天恩祖德,锦衣纨裤之时,饫甘餍肥之日,背父兄教育之恩,负师友规训之德……编述一集,以告天下:知我之负罪固多,然闺阁中历历有人,万不可因我之不肖,自护己短,一并使其泯灭也"②,这一段话也决不是出世忘情的口吻。静安先生只看到书中某些出世的情绪,因此便联想到了叔本华之以灭绝意欲为人生最终之目的与最高之理想的悲观哲学。这从表面看来,虽然似乎也有可以相通之处,然而仔细一分析,就会发现其中实在有着极大的不同,那就是《红楼梦》所写的出世解脱之情,其实并非哲理的彻悟,而不过只是一种感情的发抒而已。小说中虽然表现了对于出世的向往追求,然而整个小说的创作的气息则仍是在感情的羁绊之中的。所以书中对于过去生活的怀思悼念,固然是一种情感的表现,即使是对于出世解脱的追求向往,也同样仍是一种情感的表现。作者既以其最纯真深挚之情,写出了入世的耽溺,也以其最纯真深挚之情,写出了出世的向往。耽溺的痛苦固是人生的真相:因痛苦而希求解脱也是人类共同的向往,真实的人生原就蕴含着真实的哲理,不过《红楼梦》所写的毕竟是人生而并非哲理,所以才会同时表现了入世与出世的两种矛盾的感情,这是《红楼梦》的第三点特色。

从以上的几点特色来看,《红楼梦》一书实在是以"真与假""正与反""入世与出世"多种相矛盾的复杂的笔法、态度、心理和感情所写出的一部意蕴极为丰美的杰作。然而也就正因其叙写时所采取之矛盾复杂的笔法过多,遂造成了读者要想分析和解说这部小说时的许多困难。何况更遗憾的一点是,作者曹雪芹生前并没能把这部伟大的作品完全写定完成,而且已完成的一部分也尚未定稿刊印,因此在早期的抄本中,遂出现了许多异文,其后高鹗和程伟元在续书时,又以自己的意思做了不少改动,当然也就造成了后来读者在追寻这部小说之含义和主旨时的更多的困难。如我们在前面所言,过去的"索隐""本事""哲理"诸派之说,其所以往往不免歪曲和拘限了《红楼梦》一书真正之含义与价值的原故,便正是因为有时迷失于此书之多种矛盾复杂的叙写中,而未能掌握其真正意蕴之本体,因此乃不免仅就其各人所见片面之一点而妄加臆测。索隐一派可能只看到了书中

---

① 《乾隆甲戌脂砚斋重评石头记》第一回,第10页上。
② 《红楼梦》第一回,第1页。

对清代政治和社会的一些不满之情，因此乃以其为影射清代之政治或寓有反清复明之意；本事一派可能只看到书中情事与某人某事的一些偶然暗合之处，于是遂不顾小说与历史二者性质之基本不同，而竟想以真人真事相比附；至于哲理一派，虽似较前二者为进步合理，不再以书外之事相牵合，而开始切实就小说本身之意蕴来做分析，可是也仍然不免各自有其迷失和局限，往往因为只看到了《红楼梦》之矛盾复杂之叙写角度中的某一点，于是便不惜将之夸大，来与自己所设想出的一点理念相牵附。即如静安先生便因为看到了《红楼梦》中对出世之向往的一点情意，于是便将此书牵附于叔本华之美学与哲学来为之解说；也有人因为看到了书中所强调之托喻对比的一点写法，于是便联想到西方宗教传统中乐园与凡世之对立的观念，以为作者对书中大观园之一水一石的描写，都有着很深的托意；又有人因为看到了书中对官僚和礼教之封建社会的一点反抗不满之情，于是便特别强调反抗斗争的观念，俨然把《红楼梦》看成了一部叙写阶层间斗争的政治小说。以上各种解说中所提出的意念，无疑地都是构成《红楼梦》一书之所以伟大丰美的一些重要成分，所以每一种论点可以说都有部分的正确性，只可惜这些论点却都不是《红楼梦》作者所要表现的真正主旨。这一则因为他们所说的论点都不足以笼罩书中全部的故事和情意；再则也因为在曹雪芹的时代，还不能明确地具有像他们所说的这种种哲学性或革命性的理念；三则更因为《红楼梦》一书所表现的强烈的兴发感动的力量，似乎可以提供给读者极多的启发和暗示，也决不像是一部先有某一种理念，然后再依照一种理念而写出的作品。因此，如果想要为《红楼梦》寻找出一个真正的主旨，也许首先我们该做的就是把这些理念都暂时撇开，而以最朴素最真率的眼光和态度，对小说自己本身的叙写做一番体会和观察。

说到小说自己本身的叙写，我们愿提醒大家注意，在《红楼梦》第一回，当作者写到空空道人在青埂峰下发现那块历劫的大石上面的记述时，在所记故事之后原来还题有一首偈语云：

无才可去补苍天，枉入红尘若许年。此系身前身后事，倩谁记去作奇传。①

很多人在看《红楼梦》时，于情节故事之外，虽然也曾注意到像"好了歌"所表现的

---

① 《红楼梦》第一回，第 2 页。

悲观出世的思想和"金陵十二钗"正副册的题词,以及《红楼梦》曲子所表现的对未来情事之预言和感慨,可是却往往忽略了开端的这一首短短的偈语。其实这一首开端的偈语,应该才是想要了解全书主旨的一个重要的关键。甲戌本《脂砚斋重评石头记》,在首句"无才可去补苍天"七个字旁边,便曾清清楚楚地写了一句批语说:"书之本旨。"又在第二句"枉入红尘若许年"七个字旁边,也写了一句批语说:"惭愧之言,呜咽如闻。"①以脂砚斋主人与作者曹雪芹关系之密切②和对于书中人物情事了解之深刻,这两句批语实在可以说是对书中主旨的分明漏泄。从这条线索去追寻,我们就会发现这一首偈语所写的通灵之石的不得补天之恨,实在也就是枉入红尘却一事无成的宝玉之恨。循此更加追索,我们就会发现宝玉之被目为"不肖""无能",原来正是因为他坚决不肯步入世人所认为有用的"仕宦经济"之途。而其不肯步入此一途径,则是因为他对于封建官僚的腐败社会有着深恶痛绝的厌恨。可是这种对封建官僚社会的深恶痛绝之情,却因为有所避忌,而不敢在书中做明白的表达,因此作者曹雪芹才不得不在故事的开端借用假想的"不得补天"的灵石来作为托喻。在这首偈语中,第一句指的是灵石,第二句指的是宝玉,就小说所写的"幻形入世"而言,则宝玉是假,而灵石方是真;可是如果就真正人世的生活而言,则宝玉方是真,灵石反而是假。此种喻假为真又将真做假的叙述,其实正是作者既想表达自己的愤激之情却又恐惧召祸而有心安排的一种寓托的手法。因此在第三句偈语,作者便用"身前""身后"将灵石与宝玉一起综合,暗示二者之原为一体。无奈大多数的读者却竟然都被作者的一番真假混杂的叙述瞒过,遂忽略了故事开端所暗示的全书主旨。其实,如果我们真正替宝玉这样的一个人想一想,我们就会知道以宝玉的性格思想,在当时封建官僚的腐败社会中,本来就是找不到出路的。这实在不仅是宝玉的一段深恨,也应该是作者的一段深恨。于是在对于"补天之用"的期望落空以后,宝玉以其真纯深挚的感情所追求的,便只剩下与其相知相爱之人能长相厮守的一点安慰,这也正是《红楼梦》中写宝玉与黛玉之间的感情能表现得如此刻骨铭心,与其他中国旧小说中所写的男女之情都有所不同的缘故。一般旧小说中的男女之情,多只是美色和情欲的爱悦和耽溺而已,而宝玉与黛玉之间,则别有一种知己相感之情意的存在。至于

---

① 《乾隆甲戌脂砚斋重评石头记》第一回,第 6 页上。

② 关于"脂砚斋"究为何人,虽至今仍为一待解决之问题,然其与《红楼梦》作者曹雪芹关系之密切,则殆无可疑。可参阅周汝昌:《红楼梦新证》之第 8 章"脂砚斋",北斗书屋(香港),1964 年,第 533–583 页;赵冈、陈钟毅:《红楼梦新探》之第 3 章第 2 节"脂砚斋与畸笏叟",文艺书屋(香港),1970 年,第 153–172 页。

宝玉对其他女子的关心,我们也可以感到他的关心只是多情,而并非滥情,所谓多情者,是对于天下所有美好的人与物自然兴起的一种珍惜赏爱之情,而决非肉体的自私的情欲。所以《红楼梦》中常写到,宝玉对于他所关心赏爱的女子,只要有为她们做事服务的机会,他便觉得有一种怡然自得之乐,而决无私欲之心,这是《红楼梦》中所写的感情的一种境界,与其他旧小说的公子佳人的俗套是有着极大的分别的。而且宝玉还不仅是对美好的女子关心而已,书中写他对于一些贫苦的人或被欺压的人,也都自然有着一份关切的同情。然而却也就正是由于他的情感之过于纯真善良,于是遂反而被充满残酷不平的现实社会目为愚傻疯颠,这当然是宝玉在不得"补天之用"以外的又一层悲哀。而其欲与相知相爱之人长相厮守的一点慰安,也终于在封建礼教的压迫之下被彻底地摧残,这当然是宝玉的又一层断肠碎心的长恨。而且,宝玉不仅与其所爱之人不能长保,即使是他所赖以庇护自己,使其能遁逃于自己所痛恨之腐败污浊的社会以外,而得适情任性以徜徉其中的一个理想境地——大观园,也同样不能长保。在所有的愿望、安慰和荫蔽都全部落空以后,于是作者遂在最后为宝玉安排了一个"悬崖撒手"的结局,表面看来似乎是了悟,从书中的神话寓言看来,也似乎是这块灵石又归回到了青埂峰下,然而如果就其偈语所揭示的写书本旨而言,则是其想用以"补天"的愿望却终于未能实现,他的"悬崖撒手"只不过表现了他对此残酷不平处处憾恨之人世的彻底绝望与彻底放弃而已。如果"青埂峰"的名字果然有谐音"情根"之意①,则这一则故事所表现的情感,实在大有如义山诗所写的"荷叶生时春恨生,荷叶枯时秋恨成"的绵绵长恨的意味。所以作者曹雪芹在此书开端叙述缘起之时,便又曾题有一首诗说:"满纸荒唐言,一把辛酸泪。都云作者痴,谁解其中味。"②这种辛酸之情,与诸家用以解说《红楼梦》的一些哲学的或革命的理念,当然有着极大的不同。不过在辛酸的体验中,当然也可能引起这些理念的感发,这正是伟大的文学作品之意蕴之可以具有丰富之感发力的最好的证明。

从这一则故事看来,其表面所写的虽然似乎只是宝玉一个人的悲剧,然而仔细想来,则其所写的实在是在封建官僚的虚伪不平的社会中,凡属真正有理想、有个性、有情感、有良知的人,所可能遭遇到的共同悲剧。只不过因为作者借用了

---

① 甲戌脂评本于"青埂峰"之名首次出现时,曾有朱笔眉批云:"自谓落堕情根,故无补天之用。"是以"青埂"为"情根"谐音之证。而就全书主旨言,则宝玉厌恶官场仕宦之诈伪,而耽溺于大观园内任真率性之生活,固正由其性情之真纯深挚。故批语云然,自非无故。

② 《红楼梦》第一回,第4页。

真真假假的一些托喻，把现实距离推远了一步，因此读者虽然也可以从书中感受到强烈的感动和共鸣，可是却把这一则悲剧故事与人生最切近的一点主旨忽略掉了。其实《红楼梦》所叙写的悲剧内容，其感情与思想所显示的某些心态，与古典诗歌中所显示的某些有理想有性情之传统读书人的心态，是颇有着相通之处的。因为在漫长的封建旧社会中，所谓读书人的出路，原只有仕宦之一途，然而在官僚腐败的社会中，则仕宦的官场却早已成为了争名夺利藏垢纳污的所在。因此，凡是有真性情真理想的读书人，当然便对于此种官场中的人物和行为觉得难以忍受，这正是中国传统思想之菁华的代表人物陶渊明之所以终于解除了印绶而决心归隐田园的主要缘故，所以陶渊明在其《感士不遇赋》中，就曾经明白表示过对当时社会的不满，发出了"自真风告逝，大伪斯兴，闾阎懈廉退之节，市朝驱易进之心"①的感慨。在《归去来兮辞》中则更坦率地说明了他的去职归田，是因为以他的真淳的性格，对于此种官场生活无法忍受，坚决地表示了"质性自然，非矫厉所得，饥冻虽切，违己交病"②的不肯妥协的决志。至于《红楼梦》中的宝玉，在德操方面虽也许不及陶渊明，可是他之所以受到讲求仕途经济的家人亲友们的劝责，被目为"古今不肖无双"的子弟，却也正是由于他也一样地具有"非矫厉所得"的真淳自然的天性，而且对于官场中的人物和行为，也同样有着"违己交病"的无法忍受的厌恶之情的缘故。而在长久的封建社会之专制和礼教的压迫下，一般士人即使有着愤激不满之情，却既没有改革的信心，也缺乏反抗的勇气。因此一些真正有理想有性情的传统读书人，在他们的心态中，便只有由愤激不满所造成的悲观绝望，而看不到一点改革的希望和解决的出路。在这种情形下，他们所能做的安排，便只有为自己寻一个退隐荫蔽之所，或者为自己寻一种感情上的慰安而已。陶渊明虽然以其过人的智慧和意志，坚持住"固穷"的操守，不惜付出劳苦的代价而选择了"躬耕"，因而找到了他自己退隐荫蔽的一个立足之点，然而在理想方面却依然看不到社会改革的出路，在感情方面也依然没有具体的慰安，于是便只有寄情于饮酒，在"欲言无予和，挥杯劝孤影"③的寂寞中，空怀着对《桃花源记》中公平朴素之社会的向往④和对《闲情赋》中柔情雅志之佳人的遐

---

① 《感士不遇赋·序》，《陶渊明全集》卷五，新兴书局（台北），1956 年，第 309–310 页。

② 《归去来兮辞·序》，《陶渊明全集》卷五，第 323 页。

③ 《杂诗》，《陶渊明全集》卷四，第 267 页。

④ 《桃花源记》，《陶渊明全集》卷六，第 337–340 页。

思①,藉之聊以自慰而已。至于《红楼梦》中的贾宝玉,则一向所过的既然是世家公子的依附寄托的生活,因此他所赖以自求荫蔽的"大观园"便也只能建筑在依附寄托之上,而完全没有独立的自我安排选择的能力,何况他所托身荫蔽的大观园,其存在又完全植根于他所深怀厌恶的封建官僚的社会基础之上。这种矛盾,当然是宝玉最大的悲剧,因此在他的心态中,不仅丝毫也看不到出路,而且连一个自己的立足点都并不存在,所以他最喜欢说的便是和所爱的人一同化作飞灰。而当他连唯一相知相爱之人也不能保有时,他对此污浊之社会与悲苦之人生当然也就更无眷恋,于是便只有借出家来寻求解脱了。所以《红楼梦》中所写的故事,表面上虽然真真假假扑朔迷离,然而基本上所表现的则是旧日专制封建的社会中,一般有理想有感情的读书人,在理想和感情两方面都找不到出路时的共同悲慨与共同心态。而这种深具中国传统特色的悲慨和心态,如果想完全借用西方哲学或文学之某一家的理论来加以分析解说,当然便都不免会产生偏狭扭曲的弊病了。静安先生用叔本华哲学来解说《红楼梦》所表现的牵强附会的缺点,便是这种尝试的一个失败的例证。

四 静安先生《红楼梦评论》一文致误之主因

静安先生之治学,一向原以谨严著称。然而在《红楼梦评论》一文中,他却有着许多立论不够周密的地方。造成这种情形的原因,主要大概可以归纳为以下数点。其一,就中国文学批评史的发展而言,在清朝光绪三十年的时代,中国既未曾有过像这样具有理论系统的著作,更未曾有人尝试过把西方的哲学美学用之于中国的文学批评。静安先生此文是在他所拓垦的洪荒的土地上建造起来的第一个建筑物,所以既发现了叔本华哲学与《红楼梦》所表现的某些思想有一点暗合之处,便掌握住这一根可以作为栋梁的现成材料,搭盖起他的第一座建筑来,而未暇于其质地及尺寸是否完全适合做详细的考虑。这种由拓荒尝试而造成的失误,当然是使得《红楼梦评论》一文立论不够周密的第一个原因。其二,则是由于静安先生之性格及心态,与叔本华的悲观哲学及《红楼梦》中悲剧的人生经验,都有着许多暗合之处,因此他对于叔本华的哲学和《红楼梦》这部小说,遂不免都有着过多的偏爱。李长之批评《红楼梦评论》一文,便曾特别提出过静安先生对《红

---

① 《闲情赋》,《陶渊明全集》卷五,第317页。

楼梦》之强烈的爱好，说："王国维把《红楼梦》看着是好作品，便比常人所以为的那样好法还更好起来。"①于是静安先生遂因自己性格和心态与之相近而产生的一点共鸣，把叔本华的哲学和《红楼梦》的悲剧，都在自己的偏爱的感情下结合起来，而写出了这一篇评论。所以，这一篇论文在理论方面虽有许多不够周密之处，可是另一方面，静安先生却恰好借着叔本华的悲观哲学及《红楼梦》的悲剧故事，把他自己对人生的悲苦绝望之情发挥得淋漓尽致。这种性格和心态的因素，实在才是使得静安先生不顾牵强附会而一厢情愿地以叔本华的悲观哲学来解释《红楼梦》，大谈其"人生"与"欲"及"痛苦"三者一而已矣，而且以为"解脱之道唯存于出世"的一个最基本的缘故。而静安先生之所以有如此悲观绝望之心态，便也正是因为他在自己所生活的腐败庸愚争竞屠杀的清末民初的时代中，同样也看不到希望和出路的缘故。关于这一点，我在以前所发表的《从性格与时代论王国维治学途径之转变》②及《一个新旧文化激变中的悲剧人物》③两篇文稿中，已经对之做过详细的讨论，所以不拟在此更加重述。

　　总之，每一个作者都会在自己的作品中流露出自己的感情心态，而每一种感情心态的形成，又都与作者之性格及其所生之时代有着密切的关系。才智杰出之士，虽偶然可以突破环境之限制，在作品中表现出对人世更为深广的观察和体会，但终究也仍不会真正超越历史的限度。如果以本文中所谈到的几个作者相比较的话，李后主虽然以其过人之深锐的感受能力，对人世无常之悲苦有着较深广的体认，在这一点上超过了只拘限于个人外表情事之叙写的另一个亡国的君主宋徽宗④，可是李后主毕竟是一个久已习惯于唯我独尊之地位的帝王，在他的思想意识中，他一向所过的奢靡享乐的生活，都是他本分之所应得，他所悲慨的只是这种享乐之生活不能长保的今昔无常的哀感而已。曹雪芹笔下的贾宝玉之胜过李后主的一点，则是他虽然也生长在富贵享乐的环境中，然而他却超越了自己阶层的限制，看到了不同阶层间的矛盾和不平。不过在现实生活方面，他却又毕竟依附于他所归属的官僚腐败的家族之上，并未能配合自己在思想意识方面的突破，而在生活实践方面也有所突破；至于陶渊明则不仅在思想意识方面有自我

----

① 李长之：《王国维文艺批评著作批判》，《文学季刊》创刊号，立达书局，1934 年，第 241 页。

② 见《香港中文大学学报》第 1 卷第 1 期，1973 年，第 61–96 页。

③ 见《香港中文大学学报》第 3 卷第 1 期，1975 年，第 5–48 页。

④ 按，王国维曾谓宋徽宗之《燕山亭》词"不过自道身世之感"[见《人间词话》第 18 则，商务印书馆（香港），1966 年，与《蕙风词话》合刊本，第 198 页]。

的觉醒，而且更能在生活实践方面，真正突破了他所厌恶的官僚腐败的社会阶层，而以躬耕的劳动找到了自己的立足之点。不过，陶渊明所完成的仅是"独善其身"的一种自我操守而已，对于真正有理想有性情之读书人在封建腐败之社会中所感受的困境，并没有什么改革和解决的帮助。因此，在陶渊明以后的一千多年的清代，这种没有出路的困窘的心态和悲观绝望的情绪，还一直存在于一些不甘心与腐败之官僚社会同流合污的有理想有性情的读书人之中。曹雪芹所写的"枉入红尘""无才补天"的宝玉，当然就是作者自己心态和感情的反映。关于这一方面，在香港中华书局出版的《曹雪芹与红楼梦》一书中，周汝昌和冯其庸的一些论文都曾对曹雪芹的时代家世与他的思想和创作的关系做过详细的探讨④，他们虽偏重强调曹雪芹的反叛性格，然而曹雪芹笔下的贾宝玉最后却只能以"悬崖撒手"为结束，则其困窘无出路之心态，实在并未能在现实生活中有所突破，这当然是《红楼梦》一书所受到的历史的局限。至于对《红楼梦》特别赏爱的王静安先生，则最后竟然以自沉结束了自己的生命，其心态之仍在悲观困窘之中，更复可知。其实静安先生所生之时代，正是中国旧日封建腐败之社会从崩溃走向新变的一个突破的转折点，不过旧的突破和新的诞生之间，当然会产生极大的矛盾冲突，甚至要经历流血的艰辛和痛苦。静安先生以其沉潜保守而缺乏反叛精神之性格在此激变之时代中，竟然以其深情锐感只体会了新旧冲突间的弊病和痛苦，而未能在艰辛扰乱之时代中瞻望到历史发展的未来趋势，他的局限实在并不只由于历史的限度，而更有其个人性格之因素在。这一点不仅是造成静安先生个人自沉之悲剧的主因，也是限制了他的文学批评只能做主观唯心的欣赏和评论，而不能透过历史的和社会的一些客观因素，对作品中意识心态的主旨有更深入之了解和批判的主要缘故。所以静安先生对于《红楼梦》中的悲观绝望之情，虽有极大极深之感动，然而却未能对书中的主旨做出更为客观正确的分析。如果说《红楼梦》意蕴的丰富正有如我们在前面所说过的"横看成岭侧成峰"之妙，则静安先生之"不识庐山真面目"，可以说就正是由于"只缘身在此山中"的缘故了。

从以上的讨论来看，静安先生用西方叔本华的哲学来解说《红楼梦》，其所以造成了许多疏失错误的结果，原来自有属于静安先生个人之时代及性格的许多原因在，我们当然不可以据此而否定一切用西方理论来评说中国文学的作品和作者。不过从《红楼梦评论》一文之疏失错误，我们却已经可以清楚地看到，以作

①《曹雪芹与〈红楼梦〉》，中华书局(香港)，1977年。

品来附会某一固定之理论，原来是极应该小心警惕的一件事。李长之就曾批评《红楼梦评论》一文说："关于作批评，我尤其不赞成王国维的硬扣的态度……把作品来迁就自己，是难有是处的。"①而现在一般文学批评的通病，却正是往往先在自己心中立定一项理论或教条，然后再勉强以作品来相牵附。这种文学批评，较之中国旧传统说诗人的愚执比附之说，从表面上看来虽似乎稍胜一筹，好像既有理论的系统又有进步的思想，然而事实上则东方与西方及古代与现代之间，在思想和感受方面原有着很多差别不同之处，如果完全不顾及作品本身的质素，而一味勉强地牵附，当然不免于错误扭曲的缺失。然则如何撷取西方的理论系统和现代的进步观点，为中国的古典文学做出公平正确的评价，这当然是今日从事文学批评者所当深思的课题和所当努力的方向。

后　记

　　本文原是四十年前我所撰写的《王国维及其文学批评》一书中的一节，近来有友人来信说，为了纪念《红楼梦》作者曹雪芹诞生三百周年，拟编印一册纪念文集，因此向我邀稿。我本不是红学家，兼之现在已年近九旬，精力日减，未能撰写新稿，遂将此一旧稿觅出，勉为应命。

　　我在当年撰写此一文稿时，曾经提出了我个人对于曹雪芹撰写《红楼梦》一书之本旨的一点体会，私意以为此书开端叙及空空道人在青埂峰下所发现的那一块顽石上的偈语"无才可去补苍天，枉入红尘若许年。此系身前身后事，倩谁记去作奇传"，实在乃是了解此书的关键所在，以为此一顽石的不得补天之恨也就是枉入红尘而一事无成的宝玉之恨。如此说来，则宝玉固应原有用世之念才对。然而书中所写的宝玉则是对于仕途经济之学表现了无比的痛恨，我想这种矛盾固应该是何以无数红学家都读到了此一开端之偈语却竟然并无一人愿依此立说来推求此书之本旨，而宁愿曲折比附来为之设为种种假说的缘故。而我则以为，宝玉之厌恶仕途经济之学与他之抱有用世之念原来并不互相矛盾，因为对人世疾苦之关心与国贼禄蠹的仕途经济之学，本来就是截然不同的两种性情与人格。而宝玉在对于仕途经济之学失望以后，遂一心想求得感情之慰藉。曹雪芹在开端乃又写了一段话，说"今风尘碌碌一事无成"，"我之负罪固多，然闺阁中历历有

---

　　① 李长之：《王国维文艺批评著作批判》，《文学季刊》创刊号，第 241 页。

人，万不可因我之不肖，自护己短，一并使其泯灭也"，因而此书中乃以大量笔墨去叙写了闺阁之中的人物与情事，遂使得其本有的"不得补天"之恨的用世志意之落空的主旨反而因此被读者所忽略掉了。何况作者对于其嫉世之本旨又有心欲以真假虚幻之说为之掩饰，私意以为这才正是使此书之本旨乃被掩没了的主要原因。不过纵然作者对宝玉用世之心做了有意的掩没，但在书中一些小节的叙写之处，还是曾经有过无心的流露。即如书中的第二十二回，在写到贾母为宝钗做生日时，贾母曾偶然提到了一个小旦扮起来像一个人，被史湘云指出说是像黛玉，因而引起了一场误会，宝玉想从中排解，却反而受到了两方的数落，宝玉因而想到"如今不过这几个人尚不能应酬妥协，将来犹欲何为"。如此看来，则宝玉原来曾经有过"欲有所为"之念，自是显然可见的。再如第三十四回中，作者写到宝玉因蒋玉函及金钏之事被贾政痛打以后，宝钗来探望他，宝玉见宝钗对他的怜惜之情，因而想到"我不过挨了几下打，他们一个个就有这些怜惜之态，既是他们这样，我便一时死了，得他们如此，一生事业，纵然尽付东流，也无足叹息了"。如此看来，则宝玉自然也是曾经有过要做出"一番事业"之理想的。而私意以为这也才正是中国传统读书人所共有的一种理想。曹雪芹自然也属于传统的读书人，他自然也有着同样的一番理想。而传统社会中之国贼禄蠹的行为自然也为有志的传统读书人之所共同嫉恨。所以我在前一篇文稿中乃曾提出说曹雪芹所写的"虽然只是宝玉一个人的悲剧，然而仔细想来，则其所写的实在原是在封建官僚的虚伪不平的社会中，凡属真正有理想、有个性、有情感、有良知的人，所可能遭遇到的共同悲剧"。以上所言，是我四十年前读《红楼梦》之一得，现在又从小说自身之叙写中，寻出了宝玉自我寻思的两段话，作为我读后一得之假想的一点补充。我的这些说法，是过去研读《红楼梦》之人之所未及，谨在此提出，向一些有兴趣探求《红楼梦》一书之主旨的朋友们求教。

（原载《文学与文化》2019 年第 3 期）

红学与"e考据"的"二重奏"

——读黄一农《二重奏:红学与清史的对话》

张昊苏

一

台湾学者黄一农先生提倡"e考据"方法经年,且在此方面卓有创获。在氏著《两头蛇:明末清初的第一代天主教徒》(台湾清华大学出版社,2005年;上海古籍出版社,2006年;以下简称《两头蛇》)一书的前言中,黄先生就已提出"e考据时代"的命题,强调电子技术对史学研究的影响,并将"e考据"研究方法贯彻到其研究中,通过大量前人未知、未见的新材料得出研究结论。2014年,黄先生经四年耕耘,再度推出《二重奏——红学与清史的对话》(台湾清华大学出版社,以下简称《二重奏》),嗣后又推出简体修订本(中华书局,2015年)。由于红学在现代学术中的特殊地位,《二重奏》之影响更大于前著。

《二重奏》全书分十三章,除首、末两章做了"e考据"方法论的探讨之外,其余各章则是运用此一方法,以考据红学史上的若干重要问题:包括曹家先祖之事迹、交游、世系、姻亲(第二至五章);《红楼梦》书中故事、人物涉及的可能原型(第六、七章);曹雪芹的相关记载及其交际网络(第八、九、十章);《红楼梦》的早期读者及禁毁、流传方式(第十一、十二章)等。对此,黄先生都在《二重奏》一书中做了翔实的考据。在大量新材料的基础上,或旧话题而见新观点;或开拓了新的研究视角和领域,都足见学术功力之深厚。在写作体例上,本书沿用了《两头蛇》的写作方式,精心制作了附录、图表及网络检索系统等,便于读者对相关背景有所认

作者简介:张昊苏(1994—   ),男,南开大学文学院讲师。

识,而又并不影响正文阅读,亦为一种创新。

从红学史的角度看,《二重奏》是难得的对索隐派与新红学两派均有平正态度的优秀著作。自胡适、周汝昌一脉学术大盛以来,新红学长期占据《红楼梦》研究的主流地位,而索隐派则被认为是"笨伯猜笨谜"而遭到否定。但是,由于新红学在认识论上与索隐派有先天的亲缘关系,当其发展到一定程度之时,就再度复归索隐派的窠臼。1982年,周汝昌在《什么是红学》中明确提出红学研究方法不同于一般小说研究,其核心为曹学、版本学、探佚学、脂学。在大部分红学家眼中,现有资料几乎竭泽而渔,故其考据罕有新的发现与进展,新红学也就由"考据红学"变为"探佚红学",即转向单纯运用推理方式来复原《红楼梦》的故事原型。——研究成果体现出考据为表,索隐为里的特质,但却讳言与索隐在认识论上的血脉关系。

对此,黄先生提出"理性且有节制的索隐"①,以表达其对《红楼梦》的认识,尽可能地在研究中保持客观矜慎的态度,以追求对《红楼梦》原型的还原——而这种还原,既需要对曹雪芹的家族展开深入考据(即"曹学"),同时也需要对可能发生关系的非曹家之人物与事件进行调查(即"索隐")。也就是说,《红楼梦》是"建立在曹家家事与清代史事间近百年的精采互动之上,而不只是胡适先生所主张的'是曹雪芹的自叙传'"②,因此小说中的原型,有的源于曹家,有的则源于相关家族。黄先生的核心观点是,曹学、索隐派等各有合理之处,取两者以互补,方能近真,因此现在研究中最要紧的在于以"e考据"的方法提升研究水准,在此基础上便可以生发出"新曹学"或"新新红学"。

从目前的反响看,对黄先生的批评似主要集中于"研究水准"亦即考据的具体命题上展开讨论。在黄先生的研究过程中,除欧阳健③、胡铁岩④ 等先生发表过针锋相对的论文以外,刘梦溪先生⑤、尹敏志先生⑥ 及高树伟兄⑦ 等亦在书评中

① 《二重奏:红学与清史的对话》,中华书局,2015年,第558页。本文所引,均为中华书局修订本。

② 《二重奏:红学与清史的对话》,第638页。

③ 《踏破铁鞋"龙二府"——黄一农先生"e考据"回应》(《河南教育学院学报》(哲学社会科学版)2014年第6期)、《众里寻他"凄香轩"——黄一农先生"E考据"再回应》(《明清小说研究》2015年第1期)。

④ 《对黄一农先生〈春柳堂诗稿〉若干考论的商榷》,《曹雪芹研究》2014年第3期。

⑤ 《红学研究的集成之作:读黄一农教授〈二重奏:红学与清史的对话〉》,首载台湾《清华学报》新45卷第1期(2015年3月)第145–151页;简体文本载《中华读书报》(2015年4月1日)。

⑥ 《红学"索隐派"的回归?》,《经济观察报》2015年9月26日。

⑦ 《读黄一农教授〈二重奏——红学与清史的对话〉》,豆瓣书评。

提出了若干具体批评,其聚焦点似乎更多地在一些具体问题的结论上。

但《二重奏》的价值不止乎此。在"红学"之上,"e考据"及其相关之文史范式转换方是黄先生的心力所寄。"e考据"者,今人多理解为用"e"的考据,即运用电子检索的方式进一步挖掘史料,以完成传统研究所不能达成的工作;相较之下,传统的完全不借助"e"的考据,似已不再被当代学人所使用。尽管部分学人可能讳言或未意识到这一点,但通过"e"以查阅馆藏目录、获取并检索全文、搜索期刊论文等展开研究,已成为今人习焉不察的基本功。然而,泛言考据用"e"较易,但此前既无"纸质考据"或"20世纪考据"一类的研究范式,则仅以时代或媒介之变谈"e考据"亦只属一种流行语,并没有理论建构意义。"e考据"既然并非完全抛弃传统媒介及研究方法,那么其理论若欲得以自立,就必须深入论证"e考据"本质上与以往考据的不同之处。对此问题学界亦自有评说,惜目前罕有具备真正学术批评意义的论文发表,未免给人以买椟还珠之感。

《二重奏》中提出:"希望在数位与传统相辅相成的努力中,将红学推向新的高峰,更期许能以具体成果建立一个成功案例,强有力地说服文史学界:文科的研究环境与方法正面临千年巨变,而在这波典范转移的冲击之下,许多领域均有机会透过e考据跃升至新的高度!"[1]书中亦同时提及"适之先生不知会否欣赏我的努力……相信胡先生在读到拙著的许多新发现时应该会极兴奋。"[2]足见,黄先生与胡适一样,同样是希望通过红学研究来谈具有普适性的研究方法问题,并希望在新的历史背景下达成文史学科研究的范式革命,这一革命的意义盖远高于某些具体问题的推进。昔者胡适与蔡元培论战,"新红学"虽大占上风,但蔡元培却以为不过是一城一地的得失,并未放弃索隐之说。足证唯有在认识论上对索隐派立论根据的彻底清算,方才是范式转变的根本之途。胡适在研究方法上的革命性与不彻底性,深刻影响着此后文史研究的突破与停滞,其学术史意义远超过某些具体之论点。因之,本文的讨论同样将尽量摆落对具体课题的考据(对此已有不少研究者撰文论及),而是将主要焦点聚集于《二重奏》的方法论意义上。由此,黄先生"e考据"范式的得与失,可以在一更抽象的理论境界得以展现。

此外还需说明的是本文所持的立场。此前已出现过持"数字历史"立场以衡

---

① 《二重奏:红学与清史的对话》,第13页。

② 《二重奏:红学与清史的对话》,"自序"第4页。

量"e 考据"的观点,认为这种"传统考据学的升级版"仍嫌保守。①确实,与新兴的"数字人文"相比,"e 考据"至多只能算"数字人文"的一小侧面。但考虑到传统文史之学的特殊性,这一看似微小的突破依然引发了许多立足于旧式感情上的质疑——而这种质疑亦并不能真正触及"e 考据"的核心理念。本文同样尝试立足于传统文史之学的内部立场,但希望用一种更富有学理的方式对黄先生"e 考据"的意义与局限性加以考量,探索其对文史之学特别是红学的可能影响。至于"e 考据"与"数字人文"的可能联系,乃至"数字人文"对传统学术的既成冲击,则并非本文关注的核心内容。②亦即,本文的讨论仅限于黄先生所论"e 考据"的相关范畴。③

二

首先,对于"e 考据"的效用问题,当有一番讨论。

从正面看,尽管《二重奏》的具体见解并未完全成为学界定论,但毫无疑问的是,在"e 考据"方法引导下所发掘的海量史料,已经大大推进了红学诸多课题的研究。在传统红学家一致认为红学已经"竭泽而渔"之时,黄先生再度发掘出大量不为人知而又极为重要的材料,并将其铺陈成一张具备有机联系的关系网,创见极多,足证功力之深。在新材料的基础上得出新的学术结论,并进而延展到对新红学、索隐红学的反思与会通,正是学术不断推进的标志。在正面提出"e 考据"治学的同时,《二重奏》又授人以渔,对具体的"e 考据"研究过程有所披露,自能接引后学。在这一方面讲,《二重奏》无疑是红学界具备范式意义的经典之作。在《两头蛇》《二重奏》两书的成功下,"e 考据"的价值,当可自立。

进一步说,黄先生提出"e 考据"的普适性,亦是敏锐地察觉到了当代学术研究方法之变。在考据领域,"e 考据"由于新方法所带来的高效率,亦几乎有代替

---

① 王涛:《挑战与机遇:"数字史学"与历史研究》,《全球史评论》2015 年第 1 期。

② 事实上,"数字人文"的理念更多的是以新兴领域冲击传统学科,其影响在于外部;而"e 考据"则力图用新的研究范式处理传统领域,其用力在于内部,二者在相当程度上并非同一维度的问题。

③ 此前的学术批评往往集中在"e 考据"可能导致的学术不端等方面。确实,不少所谓的"e 考据"(尤以某些学位论文为甚)只不过是通过捷径以掩盖腹笥的匮乏而已,这一方法可能产生的学术伦理问题需要特别注意。然同时应指出的是,电子查重推广以前的全文抄袭或许更烈,而"e 考据"的广泛运用正可提升学人寻根溯源的判断能力。故而,以部分粗制滥造之作来否定"e 考据",无异于因噎废食。

传统考据之势。当下，文史学界运用电子检索等方式进行科研者数量已极多，其具体理论虽仍嫌匮乏，却早已成为文史学界习用的研究方式。如果作为技术的"e 考据"需要加以排斥的话，那么学术必将沦为"绝圣弃智"的工具——民国时期，洪业就已提出"若以学者取用此类工具为病，则诚昧于学术进化程序也"[①]的精确论断，认为新的技术手段是提高效率，臻抵"深博"的重要工具。从这一技术角度来看，"e 考据"的方法亟需加以提倡。

长期以来，如何发现研究所须之资料都是学者不度与人的"金针"，阅读善本的困难亦极大局限了学术研究的进展。对此，学者或立足于常见之"核心材料"对"边角料"加以严厉拒斥，或一味高扬文献检索与秘籍运用之重要性，其实某种程度上皆属"文献不足"之特定背景下的应激举措。随着"e 考据"的兴起壮大，这一问题必将获得解决——大量"秘籍"既已随着电子化而成为易见之常用资料，上述提倡或拒斥亦将转而失却意义，而新的史料学与考据方法也必随之而生。"e 考据"始于资料，然必不止于资料，此乃"e 考据"提倡者的一大共识，其理论依据或在于是。

然而，仅有方法甚至不足以语方法论，自然更不及于范式。从目前来看，"e 考据"的效用还令人有若干疑惑，正是这些疑惑阻碍了人们对其范式意义的接受度：

其一，"e 考据"的理论、方法等尚无明确论定。尽管身在"e 时代"，但目前"e 考据"研究者仍更多的是处于单打独斗状态，对于诸多重要研究方法问题尚未及考虑。理论上，"e 考据"与上位的"数字史学"、下位的"传统考据"是何关系；方法上，电子资源应当在何处、如何检索，方可使效率最大化、遗漏最少；是否应当用文献学或信息管理的方式清理电子资源；电子资源与传统文献在研究中是何种关系、如何处理……问题诸多，却都暂时没有答案。这些问题或涉及对电子资源的实践与利用，或直接触及电子资源与已有研究方法的关系——无疑，这些问题应当是我们在进入"e 考据时代"以前应当首先解决的。如果仅是简单的"搜索一下"，显然不足以上升到方法论的高度。黄先生常年开设"e 考据"的课程、研习班，想来当对此问题有具体的论述。然而对于不能亲聆的一般读者而言，"e 考据"作为一种具有革命意义的范式，则有待于黄先生在著作中对其理论、方法进一步完善，《二重奏》在此方面的呈现还不足度人。

---

① 洪业：《引得说》，《中国索引》2006 年第 1 期，第 62 页。

其二，"e 考据"在材料发现上亦存不少局限性。较之传统搜集材料的方法，"e 考据"所得更丰，但这并不纯然是"方法"上的创新，而有赖于当下的技术条件等诸多方面。古人运用类书、目录，近代以来流行索引、总目，当代推广"全文检索"、数据库……这种文献检索方法的变迁及所获材料的后出转多，并非因检索者的聪明才智胜过古人，而是当下特殊的时代技术条件提供了新方法生成的土壤。"e 考据"之成立，最根本的原因是互联网技术的发展及各种电子数据库的建立。①如果史料并未做成可供检索的数据库，"e 考据"则无由开展。对于明清以来极为丰富的史料而言，限于技术因素，"e 考据"在当下也同样未必起到决定性意义——近代史学者利用档案进行研究，往往只能目验手抄，无由全文检索；黄先生面对《爱新觉罗宗谱》，也同样自承只得运用传统方法展开阅读。对于存留文献相对较少的上古、中古时期来说，在没有"e 考据"的情况下，依然可以个人之力阅读并摘录研究范围内全部可能有意义的材料。假设本无所谓"新材料"，"e 考据"的价值也就必将减弱。某种意义上说，"e 考据"在此类研究中起到的作用恐怕只是提升效率的"高级卡片"而已。因之，对于"e 考据"的方法论意义及其在材料挖掘过程中的效用及限度，当有更清醒的认识。

其三，"e 考据"与传统考据的关系暂未理清。传统考据学就已主张对材料竭泽而渔，只是因诸多客观因素而无法实现，故不得不依靠学者个人的勤奋与识力。从这一点上看，"e 考据"可说是传统考据的补充(而非颠覆)，技术手段有所更新，但在根本认识和方法上并未超出传统考据。碑刻、族谱、书画、外文等文献，同样亦为传统考据学家所关注的史料，只是黄先生所得数量更多、效率更高而已。故从反面言之，"e 考据"在完成检索之后，清理各种文献间的关系，并进而得出结论的过程，似亦以受传统之沾溉为多，并未表现出对传统考据的颠覆。黄先生亦曾在访谈中提出，"e-考据如果做到极致，事实上可以把 e 拿掉。但 e-考据所做的内容，很多传统考据都做不到"②，其所重在方法而非认识上。——然而，

---

① 对此问题，学界存在一定争论。程毅中《古籍数字化须以古籍整理为基础》(《光明日报》2013 年 4 月 30 日)提出了对古籍整理的重视，但尹小林《古籍数字化应以技术为突破口——兼与程毅中先生商榷》(《光明日报》2013 年 5 月 28 日)则基于数据库生产方的立场对个中困境进行了回应。本文则倾向认为，技术突破在"e 考据"的范式突进中作用更大，而古籍整理则更多是在具体操作层面发挥作用。限于篇幅，兹不详论。

② 《专访黄一农：〈红楼梦〉曾被禁因涉淫秽内容？》，搜狐读书(http://book.sohu.com/a/36360948_148927)。

令人遗憾的是,黄先生试图以"传统考据"为"e 考据"正名,恰好反面说明了"e 考据"的局限。如果"e 考据"只是"高效的传统考据",其与传统考据的根本差异性何在? 其范式意义究竟应如何认识? 这里不乏值得怀疑处:增添的材料有时只是"抽样作证"的辅助,其价值如何犹须研究者深入辨析,因其很可能亦正是前人经过辨析之后所拒斥的——对此,今人由于不熟悉当时的特殊语境,若不能很好地加以辨析,那么即使发现了新的材料,也很可能不过只是服务于旧结论乃至复归某种谬说,而"发现新材料"的核心价值也就遭到了主观的消解。——由"遥读"(Distant reading)而"误读",当代学术研究实不乏其例。如果没有成体系的理论方法,其结论的有限性可想而知。

其四,若认为考据的推进可以促进范式的转换,其理诚然,但考据本身却亦存在相当的限度,二者间的关系是或然而非必然的。首先,考据并非万能,即使网罗了全部现存材料,仍不代表能够保证问题的解决。对此,史学理论早已有深入探讨,此处不必赘言。而且,即使材料已经足够丰富,也并不能保证考据的正确。考据无法剔除、也不能剔除研究者的主体性;而主体既可能在研究中起到核心贡献,亦很可能成为正确结论的干扰。即以黄先生著作而论,其材料采撷不可谓不丰富,但小疵亦间有之,可说明"e 考据"并非万能。[1]其次,"e 考据"只是高效检索、运用现有材料的一种方法,并不会凭空增添材料。因此,不论电子技术多么发达,有限的材料也必将有一天被发掘殆尽。倘若一个学科仅依靠材料的新发现,而不能根据现有材料,运用新的视角以完成范式转换,那么这个学科就只是"新材料"的搬运工,其思想创见成分盖极罕,生命力也必不会太强。是以,考据得出的新结论是否一定可以指向范式转换,除极依赖于"不确定"之因素外,研究者的识力高下才是学术演进的根本推动力。溯之学术史,范式并非仅仅依靠新的材料及考据成果就可以建立的。即以胡适的学术为例,其"大胆假设,小心求证"并非只是一种考据方法,而是受到西学的影响,从而在学术之总体认识上达成了对清学的反动,从而发现新的问题并加以解决。若仅将其成功归于甲戌本等少数新材料,未免本末倒置。换言之,并非考据促进了范式转换,而是范式之变促进了考据的新发现。——库恩曾经指出,"由理论事先预期的发现都是常规科学的组成部

---

① 最具代表性者是黄先生对《春柳堂诗稿》作者张宜泉及其交游对象"龙二府"的相关考证,其研究思路与结论均存在重大失误,正是过度运用"e 考据"使然。对此问题,胡铁岩、欧阳健等先生都有专文批评,这一例证可以说明"e 考据"与"传统考据"在相当程度上是"殊途同归"的。

分,并不会产生新类型的事实"①,这一观点同样适合文史领域。

简而言之,上述诸疑惑主要来源于两点。其一是当下"e考据"理论方法建构的尚不完全。作为方法而论,这一点必将随着时间的变迁而逐渐走向完善,所值得进一步探索者唯有如何尽快缩短这一进程;而作为一种学术理论而言,则需要更深入的理论建构。其二则是黄先生"典范转移"的观点,这一期许较诸前者更进一步。"e考据"能否作为一种学术研究法的理论?基于上述的批评,"e典范"似尚存在不少局限性,所须的理论建构工作尚颇多。本文并无意深入探讨"e典范"的理论未来,此处仅属对其理论现状略加批评,并希望借此推进更深入的讨论。

是以,如仅论及"e考据"查找资料之有效性,其价值自可卓然成立;但若"e考据"仅限于此,则不过是技术手段的更新,目前还难言足以引发学术范式的转变。若然,那么"e考据"似仅需若干电脑技术人员就足以解决这一问题。早在乾嘉时代,阮元就已提出"为浩博之考据易,为精核之考据难"②,对只善于排比史料的炫博之作提出批评,而赞许能够解决核心问题的考据研究。而"精核"之所系,则在研究者的思辨能力、知识结构、攻坚精神等方面,并非仅借助海量检索就能做到。对此,则"e考据"似仍处在依存于成法的状态。材料环境之变对思想的影响如何,尚属未定之局。清人如此,"e时代"的今人亦然。"e考据"虽是推动学术进展的重要途径,但却并不是"一拳打倒顾亭林,两脚踢翻钱竹汀"的充分条件。放在学术史长时段中俯视,或许"e考据"更多地是缩短了走弯路的时间,而并不代表必然可以创建出一条研究新路(尤其是宏观概说"文史学界"的时候),二者之间,盖即"器"与"道"的关系。如果仅限于库恩所谓的"常规科学"领域,"e考据"已经做出大量的有效工作,然若欲进一步涉及"世界观的转变",那么目前的理论与实践还未能令人信服,"e考据"能否从"形而下"走入"形而上",需要更深入的理论建构与更多的个案分析来支撑。

三

对于上一节的批评,相信黄先生早已有所思考。在《两头蛇》《二重奏》两书中,黄先生都做出了若干理论建构的尝试。作为以"e考据"指导红学研究的个

① 托马斯·库恩:《科学革命的结构》(第四版),北京大学出版社,2014年,第52页。
② 阮元:《晚学集序》,载桂馥《晚学集》卷首,丛书集成初编本。

案,《二重奏》较好地做到了考据与理论的结合——"理性且有节制的索隐"之说看似是重弹旧调,其实对于旧的思维模式已有较大推进。概而言之,其在红学研究范式中之突破处至少有二:

首先,正视了新红学与索隐红学的关系。百年来,新红学与索隐红学长期对峙,看似水火不容,其实在本质上却多相通之处。部分红学研究者囿于门户之见,往往不加承认,亦不能以客观学术眼光看待对方,成为当下红学陷入困境的重要原因之一。《二重奏》对考证、索隐并无偏见,一以所爬梳之史料作为论定证据,承认两派各有其合理性及合理限度,这一态度无疑更加客观。

其次,在《红楼梦》的成书问题上,对其真实、虚构的两面均有认定。《二重奏》一书以清史证红学,其注重"真实"自不必言;而又言"……曹雪芹,遂起意从自己家族或亲友走过的这段波澜壮阔之历史当中,把较精彩的故事与人物改写铺陈为一部小说……而小说与真实之间也不必然有系统性的对应"①。与部分红学家尝试把《红楼梦》解作一部"无一事无来处"著作的倾向不同,黄先生对于小说的文学性尚存较清醒的认识,也正是这种认识保障了《二重奏》立论的分寸。对于后四十回的相关问题,黄先生近来也已提出了新的见解,相信亦将会是对旧说的巨大冲击。②

此二点在理论上并不新鲜,红学史家已多论及,但在红学特殊的发展背景下,红学研究者能够避免"当局者迷"则极难。无疑,《二重奏》一书固然仍不免过度立论之微瑕,但总体来看,其见解高出大多数"同行",堪称红学研究著作中的翘楚。

虽然如此,深受当代红学影响的《二重奏》,仍有几处理论上的思维盲点未能触及,这一定程度上也限制了其思想深度与范式意义。

其一,作为《红楼梦》研究的大前提,首先要讨论的仍然是"虚构"与"真实"的关系。《红楼梦》为虚构的文学作品,其虚构属性自然毋庸置疑;至于"真实"的成分,则需首先加以界定。——所谓"真实",如果理解为"有真实的原型,并非向壁虚造"的话,那么可能是自身或家族的亲历、亲见;可能是听闻长辈的见闻、经历;更可能是源于文学、文化长河中的经典著作。上述的"真实",在成为作者的原型之时,或已由于各种原因,存在"虚构"的成分;而作者将其写入文学作品,自然更

---

① 《二重奏:红学与清史的对话》,第640页。

② 见《专访黄一农:〈红楼梦〉曾被禁因涉淫秽内容?》。

难免再作艺术加工。因此,小说中的"真实",即使确有"原型"可寻,或亦只是一种相对的真实,究竟多大程度可资以还原历史真实,容有存疑处。若一味否定《红楼梦》文本的特殊性,仅以通常之文学批评言其虚构,自然未免偏于一曲:即令以《红楼梦》的艺术价值作为唯一研究目标,对"实"的研究也同样是凸显"虚"的重要法门。但作为"真事隐""假语存"的《红楼梦》,文本往往具有多义性、歧义性,显然具有"反考据"的特征。在此,对《红楼梦》进行考据或索隐的合法性依据为何? 即使合法,当如何自证其有效限度? 进而言之,这一考据或索隐对于理解《红楼梦》的文学特质和艺术成就有何帮助? ——换言之,即"红学"何以成为一种与附属于小说史之"《红楼梦》研究"不同的研究范式。前辈红学家们对该前提多有触及,其中或不乏精警论断,但却多流于口头,未能完全贯彻于研究中,且往往归于循环论证,也就无形中存在了被过度阐释、过度运用的可能性。这一问题,不惟黄先生未谈及,同时亦是当下红学界所未能解决者,其根源在于在全套的研究视野上仍存弊病,也就限制了研究的深度。作为个案研究,这一问题或可忽略;但若作为一种行之有效的范式,则似应对其有效性、有效限度、学术意义等加以更精密的界定。不然,过度"务实"即如过度"务虚"一样,都是不见红学大体的一曲之见。这一问题自不能苛求黄先生以《二重奏》一书之力彻底解决,但因其在《红楼梦》研究中至为重要,故仍须再度指出。

其二,从对《红楼梦》小说的性质来看,不论索隐红学还是新红学,都先验认为"本事"的存在,其后的研究只不过是"证实"其立论。兹以新红学为例,若溯源至胡适,其立论基础则主要有二,即《随园诗话》涉红记事与脂批本(主要是甲戌本)的相关内容,在两种材料皆被认为可靠的情况下,新红学才逐渐压倒索隐派红学而成为主流。但《随园诗话》的相关记事在当时本为可疑,黄先生更通过专章的讨论,提出《诗话》中的涉红叙述早已失去其重要性[1],指出其误导后世学者之处,自不足为证据;而脂批各本虽然影响甚大,但当代学者欧阳健等亦力言其伪,可成一家之说。脂本辨伪之说虽多粗疏,未足成为定谳,但应承认其中提出了颇多值得怀疑的问题,理应得到重视。换言之,至少在脂本真伪及其证据效力等问题彻底解决之前,"自叙传"说及基于其所得出之诸多论断只能是假设而非定论。同时,即使全盘承认脂本,也同样存在曹雪芹生年的问题——胡适之"增寿说"已被认为不能成立,而周汝昌"曹家雍正末乾隆初再度复苏"之说也至多只是

---

① 《二重奏:红学与清史的对话》,第407页。

一种假说——足证"自叙传"犹存若干内在矛盾及"一家言"性质。①《二重奏》虽未提脂批及相关内容，亦未墨守"自叙传"一家之说，但由于新红学"自叙传"的核心观点实际来源于斯，故该书相关考据及索隐的合法性几乎完全系于脂本所述内容的可靠性之上。在此基础上的研究，从逻辑上说不过是循环论证，属于"或然"而非"必然"。对于拒斥或怀疑其论证前提的红学流派而言，其研究并无逻辑上的说服力。刘梦溪先生在书评中言"不过一农兄长途跋涉、历尽艰辛的资料举证分疏，到头来也只能是各种关于'本事'猜测中的一种而已，终逃不出索隐派红学的终极局限，即所有一切发覆索隐都不过是始于猜测而止于猜测，无法得出确定不易的考实结论。"其说甚确，《二重奏》的根本局限也正在于此。事实上，《二重奏》虽以"红学"命名，但其核心实际为"曹学"乃至清史相关命题，此外直接涉及的"红学"问题并不甚多。所谓"二重奏"，未免给人以重"史"轻"文"的遗憾。黄先生自述称"如果把《红楼梦》的内容都去掉，这也是一部相当不错的清史著作"②，固然正面说明了其"征实"的学术价值；但却同时暗示读者，本书虽研究红学，但却并非以红学为安身立命之本——而这也正是"新红学"以来红学研究走入歧途的表现之一。黄先生的"新新红学"并未彻底跳出"新红学"的困境：精彩的清史研究未必需要与《红楼梦》扯上联系。

其三，正是由于上述两点所提出的问题，才导致了黄先生本书"范式革命"意义的削弱。《二重奏》中对红学考据具体问题、对《红楼梦》文本性质都不乏创见，但这些创见却无法转化为定论，即使成为定论也更多地在于清史层面，无法彻底转变《红楼梦》研究的视野，则其范式意义不免令人生疑。若"e考据"最终仍落脚于"猜测"，"相关性"不能令人信服地推出可能的"因果关系"，那么其效用到底大小如何？"e考据"究竟何以成为红学范式革命的推动力？如此，建立"新曹学"或"新新红学"的假说将存疑，而黄先生提出的以"e考据"应对文史学科"千年巨变"的理想更不免提前乐观。究其原因，从红学角度看，则是《二重奏》仅立足于现有成果继续向前推进，并未转过身来彻底清算此前红学存在的诸多困局（这一困境已非考据独力可解），由于根基不稳，因此所论尚未能臻及理想之境界。而从"e考据"的角度上看，则或许是《二重奏》的选题容有未当。《两头蛇》所探讨者为纯粹的史学问题，但《二重奏》所针对的对象《红楼梦》实为具有特殊性质的虚构文

---

① 详见应必诚：《周汝昌先生"新自叙说"反思》，《红楼梦学刊》2006年第3期。

② 见《专访黄一农：〈红楼梦〉曾被禁因涉淫秽内容？》。

学，所面对的认识论、方法论问题远较一般的史学问题为复杂，自然难免在研究中处处掣肘，虽下极大力气，却仍只是"猜测"而已。如果以发皇"e 考据"为根本目标，红学恐怕并非一个最有效的选择，倒是《两头蛇》对学界的说服力似乎更强一些。

<h2 style="text-align:center">四</h2>

本文的主要篇幅，都在质疑、反思《二重奏》中所涉及的诸多理论问题，但这却并不代表笔者对《二重奏》持否定的态度。相反，正是因为有感于《二重奏》所论问题的重要及其考据的精深，才引发出笔者上述的理论思考，并希望以此推动"e 考据"与红学的研究。本文中的批评之语，实欲以"正反合"的精神对本书的见解加以辩证，以推动这一问题的深化研究，尚希读者鉴之。

不妨复做申说如次：

《二重奏》以"e 考据"的方法发掘大量史料，颠覆了红学史料已"竭泽而渔"的误解，无疑对红学研究有极大推动。更值得重视的是，这种高效的研究方法已相当程度上与传统读书治学之法相违背。然而，这种史学方法在解决文学问题上却存在某些先天不足，导致其考据只是猜测而非定论，从而影响了"e 考据"作为文科普适方法的价值。可以看出，在红学研究方面，"e 考据"只是第一步，更重要的是如何认识与解读文本。

文学研究，其中的复杂性、模糊性、主观性远高于一般意义上的史料，由于文学的特殊性质，"本意还原"甚而被多数理论学派怀疑乃至否定。然而，与通常意义上的文学研究不同，主流红学长期以来则是试图运用史学方法解读《红楼梦》的问题，而相对忽视了其文学性尤其是虚构向度。忽略文学性看似仅影响对《红楼梦》的文学批评，实际上"认虚为实"产生的负面影响已极大误导了红学研究的方向，由于对文本本身未做辨析，实际上亦对考据颇多伤害。因之，新红学的困境是范式上的而非资料上的，其先天不足在于对《红楼梦》的小说性质缺乏认知，甚至有并不把《红楼梦》当小说看待者。在这种有局限性的认知下，资料越多，有时适足得出更加离题千里的结论。在重新认识《红楼梦》作为一部小说的文本性质之前，这一问题恐难得到根本性的解决。是故，当下来说，运用"e 考据"到底能发现和解决多少对红学研究具有决定性意义的命题，仍然是未定论的学术问题，因之在判定其学术史意义之前，犹有继续观望的必要。

解决这一理论问题,仅仅作为方法的"e 考据"或力有不逮,而需要归于在认识论有一番革新。陈洪师在《从"林下"进入文本深处——〈红楼梦〉的"互文"解读》①中指出,文学的产生,除了与"作者所在族群当下的生存状态"相关外,同时还受到"文化/文学的血脉传承"之影响。因此,由"互文性"视角发掘文本间的血脉关联,却并不像传统的笺注之学那样,强定甲乙先后的直接关系。这一见解重新唤起了对《红楼梦》虚构文学性质的研究,应属对百年红学的反拨。同时,这也恰好是利用大数据以建构文化网络的良好指导思想。类比于黄先生"红学"与"清史"的二重奏,"互文性"视角或可一定程度上类比为文化"古典"与历史"今典"的二重奏,亦即同时顾及到考现实之据与索文化之隐。

兹引一例言之:

与林黛玉相关联的"林下"意象别见于纳兰性德的《摊破浣溪沙》"林下荒苔道蕴家"中,而黄先生在《二重奏》又有专章探索纳兰家事与《红楼梦》的关系。如以"新红学"思维观之,将这些材料联系起来解读的尝试明显即"索隐"故技,不足为据,并将取《世说新语》以来"林下"一词的常见以驳其荒诞,说明该语与纳兰云云毫无关系。其实,这种"反索隐"恰是未脱"索隐习气"的负面影响。认为"林下"一词拥有源远流长的文化血脉,是一种寻找"文化底本"的工作;而认为"林下"一词与曹雪芹确有某种相关,是一种寻找"现实底本"的工作。二者在本质上具备一致性,其间的是非亦只被材料力度的强弱所决定。"文化底本"与"现实底本"、"家族自传"与"名门掌故"并非互斥,因多义兼容本是中国文学的常态,作者很可能接受身旁现实影响而选择文学取径,亦可能根据其文化底蕴而选择现实素材。其性质看似属于被论者贬低的"索隐",然若运用得当,则显是一种客观文学现象的揭示,不能因其不合于"曹家家事说"或"文学虚构说"而加以先验的否定。以红学而言,唯有承认"己方"方法之合理限度及"对方"方法之合理性,尝试抽出"考据""索隐""互文"各派的合理内核并将其融会贯通,方能生成更具说服力的研究成果。

然而,若欲证成这一客观的"互文"现象,仅举一二例证的说服力和普适性都嫌不足,这里就给了大数据发挥作用的可能空间。因《红楼梦》所涉问题甚为复杂,一味漫引"古典"易于空疏,一味深求"今典"则易于穿凿,唯有将可能之文化血脉与生活场景悉加还原,方能在分辨与综合中进一步理解《红楼梦》文本的虚实

① 陈洪:《从"林下"进入文本深处——〈红楼梦〉的"互文"解读》,《文学与文化》2013 年第 3 期。

互动关系。扬弃"自叙传",不强行坐实小说原型,而以"血脉"眼光看待之,或许能够更加充分地利用大数据的"相关性"。同时,以今典与古典进行"文史互证",亦足以尽可能地避免传统笺注之学长于征引文献而短于辨析关联的缺陷。对此,黄先生的"e 考据"只是迈出了第一步。

大数据在现代生活的应用中,既然讨论的是相关性而非因果关系,那么在文史之学的研究中,或许同样也应持有如此态度。在面对多样化的文本时,文献学界已经提出当用动态眼光观察多源多流的文本,发现"还原文献本来面目"的局限性。作为文史学界,尤其是文学界,则似也当用同样的眼光,持一种较为开放的态度来看待所研究的文本。库恩曾经指出:"就一个从事常规科学的人而言,研究者是一个谜题的解答者,而不是一个范式的检验者。在寻找一个特定谜题的解答时,虽然他会尝试许多不同的途径,放弃那些没有产生所要求的结果的途径,但他这么做时并不是为了检验范式……只有在范式不受怀疑的情况下,才有可能进行这种尝试。"①在此背景下,探讨"e 考据"仍然是传统考据学的内部改良,而结合了大数据思维的"e 互文"观念倒可能成为某种创新性的思维模式。

以笔者看来,《二重奏》的"新新红学"虽然仍在于检验、修正已有的新红学范式,不足以自立门户;但是在检验的过程中,黄先生实际上已经部分地摇动了考据—索隐间的门户之见,相信在此基础上亦可能开出重新解读《红楼梦》的研究新路。不过,重新梳理红学史的若干核心观念似乎还是必要前提。

最后仍欲再提的是,黄先生写作本书的目标在于期望从"e 考据"红学开出新的研究范式,其思路似乎是"e 考据"为"体","红学"为"用"。而笔者则以为,《二重奏》的"红学"更宜为"体",而"e 考据"宜于为"用"。即使"e 考据"成为了能够收集所有材料的"全景摄像头",不可避免的问题仍然是如何由博返约地处理文献,而这一过程则是由认识论的倾向性所决定的,文献方法本身并不构成革命。因此,红学的理论争鸣仍然是《二重奏》不得不面对的第一哲学。故笔者冒昧言之,设若黄先生注意到文学与史学关系的复杂性,而尝试暂退一步,沿着《两头蛇》的道路继续展开历史学的研究,或许能够在"e 考据"的方法论上再有新的突破。"文史互证"的观念并不新鲜,但却一直是学术史上言人人殊的泥潭。黄先生既然手持"e 考据"的利器,如单纯出于发皇"e 考据"方法起见,或许不若从事纯粹的考据学或历史学研究。涉足红学之后,由于文学尤其是红学本身的诸多特殊

---

① 托马斯·库恩:《科学革命的结构》(第四版),北京大学出版社,2003 年,第 120 页。

性,反而容易成为"扬短避长"之举,在彻底解决红学认识论问题之前,不易成为一种可获得广泛共识的研究范式。但即使是这样,《二重奏》中所体现的杰出创见,也是值得红学界乃至文学研究界所钦服的,红学界长期以来存在的门户之见,或可能在黄先生大著的冲击下有所改观,这足以为《二重奏》在红学史上争得重要席位。

（原载《文学与文化》2016 年第 3 期）

诗学与词学研究

谈中国旧诗之美感特质与吟诵之传统 *

叶嘉莹

我今天要跟大家谈的是吟诵。我们中国古典诗歌的吟诵传统在很长的一段时间里已经断绝了,以致现在很多人听到吟诵的声音都觉得很奇怪。其实我教书六十多年,过去也从来不曾教过我的学生吟诵。我曾在台湾几个大学里教过诗选、词选和诗词习作,但从来没有在课堂上给学生吟诵过。因为那时候我年轻害羞,觉得如果我吟出这些既不像唱歌也不像朗诵的稀奇古怪的调子会很不好意思,学生们恐怕也很难接受。后来我到了北美,讲古典诗词都要翻译成英文,当然就更没有办法给学生讲吟诵了。甚至到 1979 年我回国讲学,那时候也没有在课堂上吟诵过。我现在常常带学生们吟诵,一方面是因为年岁大了,不再像年轻时那么羞怯;另一方面则是因为我从理性上越来越觉得吟诵关系到我们中国文化的传统,它给中国文化带来的影响是很微妙而且很重要的,不应该让它从我们这一代断绝。

要谈吟诵,就必须从我们中国旧诗的美感特质谈起。由于我在国外多年,所以我知道,像我们今天所说的这种吟诵,只有中国才有。我听过日本人吟诗,也听过欧美人朗诵诗,那跟我们的吟诵是完全不一样的。最基本的差异,就是由于语言文字的不同。我们汉语语言文字最大的特点是独体单音。比如"花"是一个字,"草"是一个字,这就是"独体"。什么是"单音"呢?比如"花",英文是"flower",有好几个声音;而中文"花"字读音为 huā,只有一个声音。这种独体单音的语言特色,就很容易形成比较鲜明的节奏和对仗。日本人或欧美人尽管在读诵的时候也有声音轻重的分别,但他们的语言不能够形成像我们中国语言文字这样鲜明的节

作者简介:叶嘉莹(1924——),女,加拿大皇家学会院士,南开大学文学院教授。

* 本文根据叶嘉莹先生 2011 年 3 月 20 日、22 日、24 日在南开大学的三次讲演整理而成,经作者本人审阅同意。

奏和对仗。

谈中国诗歌体式的形成和发展当然要从《诗经》谈起，而《诗经》里边最主要的体式是四言体。当然，一些古书上还记载有一些更古老的谣谚，比如说《吴越春秋》上记载有一首《弹歌》："断竹，续竹，飞土，逐肉。"这首诗很简单，但两个字一句没有变化，读起来缺乏节奏感。而四个字一句的诗，像《诗经》的"关关雎鸠，在河之洲。窈窕淑女，君子好逑"，读起来就很有节奏感了。可见，要想有好的节奏感，每一句诗至少要有四个字才行。当然《诗经》里也有杂言的句子，像《豳风·七月》的"十月蟋蟀入我床下"，就是很长的八字句，但整体来看还是以四字句为主。《诗经》以四言为主，后来的诗歌逐渐又发展为五言和七言，这并非是由什么人来规定的，而是由我们独体单音的语言文字和我们吟唱诗歌的时候生理发音的本能决定的。晋朝的挚虞写过一篇《文章流别论》，他说"诗虽以情志为本，而以成声为节"，又说"雅音之韵，四言为正"。一个字构不成节奏，两个字和三个字也不容易形成节奏，到四个字就开始有节奏了。所以四个字一句，就成了我们诗歌语言的一个最基本的形式。什么叫"成声为节"呢？我们的传统诗歌特别重视语言的声律和节奏：四字句是二、二的节奏，如"关关雎鸠"；至于五字句则多是二、三的节奏，如"国破山河在"；而七字句则多是二、二、三的节奏，如"相见时难别亦难"。当然，实际上也不绝对如此，细分起来，七言也有二、五的停顿，五言也有二、二、一的停顿，其中可以有许多变化。总而言之，中国语言文字的特色决定了我们的诗歌特别重视节奏，不论创作还是吟诵，节奏都是最重要的，否则就算你唱出再美丽的调子，那也不是我们真正的诗歌吟诵的传统。

除了节奏之外，中国的语言文字在读音上也有特色。我们的文字虽然单音，而发音却是很微妙的，我们的一个音有平、上（shǎng）、去、入的"四声"。如果再严格些划分，则平上去入还可以各分阴阳，像广东话就可以分为八个音甚至九个音。四声之中还有平声和仄声的分别：阴平和阳平属于平声，上、去、入属于仄声。现代普通话的四声与古人的四声是不同的。按平仄来分，普通话的第一声是阴平，第二声是阳平，第三声是上声，第四声是去声。其中第一声、第二声属于平声，第三声、第四声属于仄声。普通话里边没有入声，但古代语音是有入声的。现在只有某些方言里还保存有古代入声字的读音，普通话里所有的入声字都已经分别进入平、上、去三声里边了，但我们应该知道，在唐宋诗词中这些字是入声字，而入声字是属于仄声的。如果不会发出正确的入声，可以尽量把入声字读成短促的去声的声调。去声虽不是入声，但也属于仄声，基本上还是可以保持原诗在声调上的美感的。

以上我所讲的，主要是中国语言文字与西方的一个重大区别，那就是我们不是拼音文字，我们的文字是独体单音的。这个特点造成了我们的古典诗歌与西方诗歌有所不同。接下来要讲的，是我们诗歌的缘起与西方的 poetry 也有很大的不同。我们讲古诗从《诗经》《楚辞》开始，然后是汉乐府、五七言古近体；而英文的 poetry 范围是更广的，它包括了 drama（戏剧）和 epics（史诗）。像《伊利亚特》《奥德赛》，也就是电影中的《埃及艳后》《木马屠城记》等故事，当初都是 epics，在西方都属于 poetry 的范围。那么，和西方的 poetry 相比，中国诗歌有什么特点呢？从我们最古老的典籍来看，《尚书·尧典》里边就记载有"诗言志，歌永言"的说法；但是也有人认为诗是抒情的，《毛诗·大序》就有"情动于中而形于言"的说法。那"情""志"是否有别？"情"里边可不可以包括"志"？"志"里边可不可以包括"情"？朱自清先生写过一本《诗言志辨》，他以为抒情与言志有别，他举了很多"言志"的例证，我们不妨来看一看：

> 颜渊、季路侍。子曰："盍各言尔志？"子路曰："愿车马衣轻裘与朋友共，敝之而无憾。"颜渊曰："愿无伐善，无施劳。"子路曰："愿闻子之志。"子曰："老者安之，朋友信之，少者怀之。"（《论语·公冶长》）

颜渊和季路是孔子的两个学生，有一天他们侍立在孔子身边，孔子就对他们说："你们何不讲一讲自己的志意呢？"子路就说："我愿意把我的车马、皮毛衣服都跟朋友共享，纵然他们把这些东西用坏了、穿破了，我也不觉得遗憾。"子路是个很慷慨豪放的人，他从内心里喜欢交朋友，并且关心他们。颜渊说："我做人的态度就是不伐善——不夸耀自己的好，不施劳——不把那些劳苦的事情推给别人去做。"然后子路就问孔子，说我们也要听一听老师的志意是什么。孔子就说："我要使年长的人都得到安养，我对我的朋友要待之以忠信，对年少的人我要关怀他们。"孔子师生在这里所谈的"志"，其实就是他们自己做人的理想和志意。《诗言志辨》还提到了《论语》里边的另一段：

> 子路、曾晳、冉有、公西华侍坐。子曰："以吾一日长乎尔，毋吾以也。居则曰：'不吾知也。'如或知尔，则何以哉？"子路率尔而对曰："千乘之国，摄乎大国之间，加之以师旅，因之以饥馑。由也为之，比及三年，可使有勇，且

知方也。"夫子哂之。"求,尔何如?"对曰:"方六七十,如五六十。求也为之,比及三年,可使足民。如其礼乐,以俟君子。""赤,尔何如?"对曰:"非曰能之,愿学焉。宗庙之事,如会同,端章甫,愿为小相焉。""点,尔何如?"鼓瑟希,铿尔,舍瑟而作,对曰:"异乎三子者之撰。"子曰:"何伤乎,亦各言其志也。"曰:"莫春者,春服既成,冠者五六人,童子六七人,浴乎沂,风乎舞雩,咏而归。"夫子喟然叹曰:"吾与点也!"(《论语·先进》)

孔子是一个很有人情味的人,他对学生们说:"我虽然比你们大那么一天两天,但你们不要在我面前胆怯不敢讲话。你们平时总是说自己有很多才华理想但没有人了解,可是假如有一天有人欣赏了你们的才华,你们能够有什么作为呢?"于是这几个学生就一个一个地谈他们的志意, 其中值得注意的是最后一个说话的曾晳。曾晳的名字叫点,当子路、冉有和公西华都谈过他们的志意之后,孔子问:"点,尔何如?"他正在弹瑟,把瑟放下说:"异乎三子者之撰。"他说,我的构想和他们三位不同。孔子说:"这有什么关系呢,说说自己的想法就是了。"曾晳说:"莫春者,春服既成。""莫(通'暮')春"就是晚春时节,天气已经暖和起来,可以把冬天穿的厚衣服脱去,换上轻便的单夹衣服了。他说,在这个时候,我和五六个成年人、六七个小孩子出去游春,我们可以在沂水边游一游水,在舞雩台上吹一吹风,然后大家吟着诗唱着歌就回来了。于是夫子喟然叹曰:"吾与点也!"——我赞成曾点说的这种生活啊。

所以"言志"的"志",其实也不一定非得是子路他们所说的政治事业。对人生的想法、做人的态度、理想的生活,都可以是你的"志"。所以,有的时候,"志"与"情"其实并没有什么根本上的严格分别。因此《诗·大序》说:

> 情动于中而形于言,言之不足故嗟叹之,嗟叹之不足故永歌之,永歌之
> 不足,不知手之舞之,足之蹈之也。

你说:"我很高兴。"可是觉得这还不足以表现出你的高兴,于是又加重口气说:"我真是高兴啊!"这就是"嗟叹之"了。但你还是觉得这仍不足以表现出你的高兴,所以你就像唱歌一样把你的高兴唱出来,"故永歌之"。唱出来还觉得不够,那你就"不知手之舞之,足之蹈之"了。很多人说我讲课喜欢比手划脚——当然没有划脚只是比手——其实我并不是有意的,有的时候我自己并不知道,在讲的时候手自

然就动起来了。为什么会这样呢？因为感情和手势是自然而然地结合在一起的。

　　所以我以为，朱自清先生一定要分别出什么是情什么是志，那未免太严格了。古代的读书人即所谓"士人"，他们以治国平天下为己任，在诗里边也就常常写政治理想之类的"志"。那么平民老百姓没有那种治国平天下的机会，尤其是妇人女子她们不会有那样的理想，所以他们在诗里边所写的"志"，常常也就是"情"了。其实还有一些诗，严格说起来不但与"志"没有关系，甚至与"情"也说不上有什么关系，那只是一种感觉。例如宋人有一首诗是这样写的：

　　　　雨来细细复疏疏，纵不能多不肯无。
　　　　似妒诗人山入眼，千峰故隔一帘珠。（杨万里《小雨》）

作者偶然看见雨中朦胧的远山很美丽，便用赞美的口气把它写下来，这同样也是"情动于中而形于言"。其实只要你内心有所动，不论是士人理想的"动"，还是悲欢离合的"动"，抑或偶然感觉的"动"，只要你内心一动，而且用语言把它表达出来了，那就是诗。所以《诗·大序》说：

　　　　诗者，志之所之也，在心为志，发言为诗。

"志之所之"的后一个"之"字是动词，意思是"往也"，就是说你的志要到哪里去。诗是内心情志的一种活动：如果只存在于内心，那就是志；如果你用语言把它表达出来，就成了诗。我现在引用的都是古人的理论和古人的语言，可是要想普及古诗和吟诵，就不能这样讲。如果给小孩子也这样讲，他们一定会听得一头雾水。可是实际上我现在讲这个课，主要的目的还是在于普及，而不是要讲什么高深精妙的学术义理。我过去曾经呼吁学诗应该从儿童和青少年时期就开始，我也曾尝试过如何把吟诵推广到儿童和青少年当中去。我在加拿大做过这方面的试验，教一些幼稚园的小朋友学诗，他们都是中国留学生的子弟。第一天上课我就问他们："今天你们的父母把你们送来学什么？"他们说："学诗。"我说："什么是诗呢？"幼稚园的小孩子哪里懂得什么是诗啊，你看看我、我看看你，都不吱声了。我就告诉他们说："你们不知道什么是诗，我今天就要给你们讲一个诗的故事。"于是我在黑板上写了一个"凵"字，问这是什么？他们一看就明白了，说这是嘴巴。我又写了"苦"，问这是什么？他们说是鼻子——嘴巴上边可不就是鼻子嘛。我说这回你们猜错了,这不是鼻子,这是从嘴巴里面伸出来的舌头。小朋友说不对不对,舌头没有分叉,你怎么画出四个叉来呢? 我说:"这你们就不明白了,中国的古人很聪明,非常有想象力:舌头是会动的啊,你说话它动不动?"他们说动啊。我又问:"你们吃饭时舌头动不动? "他们说动啊。我说:"所以古人在造字的时候就画出四个叉来表示它在动。"接着我又在黑板上写了"舌"字,问这是什么。一个孩子说:"这是舌头上有两片糖吗? "我说:"你又错了。'言'字上面的这一长一短的两横不是图画的象形,而是指示出一种事情的意思,下边一横代表一个平面,平面上边的一小横指示的是上边,所以'二'这个符号就是'上'字。那么现在是嘴巴上面有舌头,舌头的上面跑出来的是什么? 当然就是你所说的话了,所以这个'言'就是语言的'言'字啊。"

然后,我又在黑板上写了个"屮"字,小朋友都很踊跃,马上就说这是地上长着一棵树。我说你们又错了,这是人的一只脚。他们说不对,脚应该有五个趾头,怎么只有三个?我说:"这又是古人造字的聪明之处。画五个脚趾头不是太麻烦吗? 所以就简化成三个了。"这个字就是"志之所之"的那个"之"字。刚才我们说"之"是"往也",不就是用脚走路的意思吗? 我又问:"你们的脚会走路,你们的心会走路吗?"他们说不会,心怎么会走路呢?我就问一个小朋友:"你是从哪里来的啊? "他说从河南来。我说:"你的老家还有什么人? "他说有爷爷奶奶。我问:"你想他们吗?"他说想啊。我说:"你想老家的小朋友吗? 想和他们一起玩吗? "他说想啊。我说:"那么你的心现在就在走路了,它已经回到你的老家河南去了。"那么你们看,"屮"字下面加上一个"心"字是什么字? 这就是"志之所之"的"志"(志)字嘛!有的小朋友就问:"心字怎么是这个样子?我们看到的圣诞节盒子上的心是个♥形状的嘛。"我说:"那个'♥'很笨,太死板了,你看我们古人所造的这个'心'字多聪明,有内心室、外心房,还出来一条血管呢!这才是一颗生动活泼的心啊。"心的走路只在心里那是"在心为志",而当你把它用语言说出来的时候不就是"发言为诗"了吗? 于是,就有了这个"詩"字,这就是"诗歌"的"诗"了。

这样一讲,小朋友们就都明白什么是诗了。我又告诉他们,古人作诗其实是很简单的一件事,就是你内心想到了什么,眼前看到了什么,你就说什么。我给他们举了一个例子,那是杜甫的一首诗:

迟日江山丽,春风花草香。泥融飞燕子,沙暖睡鸳鸯。(《绝句二首》其一)

我给他们印了杜甫的画像和杜甫行踪的地图,告诉他们杜甫出生在河南的巩县,中年以后到了四川的成都,这首诗就是写成都春天美丽的风景。什么是"迟日"呢?在温哥华,冬天的太阳早晨八九点钟才出来,下午四点钟天就黑了;而夏天的太阳早晨五六点钟就出来了, 晚上八点钟还没有完全落下去。那么从春天到夏天,白天一天比一天长,太阳走得一天比一天慢,所以就叫"迟日"。什么是"春风花草香"呢? 我问小朋友:"你们闻见过什么花香啊? "小朋友有的说闻过桂花香,有的说闻过玉兰花香。我说:"那你们闻见过草香吗? "有一个孩子说闻见过。我问:"什么时候闻见草香?"他说:"我爸爸修剪草坪的时候我闻见草香了。"所以你看,小孩子对大自然是很有感觉的。我告诉他们,春天泥土松软了,小燕子也飞来了,沙滩上卧着一对一对的鸳鸯水鸟,这就是杜甫看到的成都美丽的春天景象。小朋友都听懂了,他们感觉诗很亲切,一点儿也不神秘陌生。于是我就对他们说:"你们的心不是也会走路吗?要是把你的心走的路说出来,你也可以作一首诗啊。杜甫看见的是成都的花草、燕子和鸳鸯,你们看见了什么呢?"有一个小朋友说他看见小松鼠了——温哥华有很多小松鼠。我说你怕不怕它? 他说不怕。我说那我就给你起一个头"门前小松鼠,来往不惊人",你回去续上后两句吧。下一个周六他们又来上课了,那个小朋友兴奋地告诉我他已经续上了后两句诗。我说:"写出来给我看看。"他才五岁,还不会写字呢,我说那你就念吧。他就念:"松鼠爱松果。"我说很好啊。下边他忽然跳出来一句:"小松家白云。"我问他:"小松是谁?是松树吗?"他说不是松树,是小松鼠的名字。那什么是"家白云"呢? 他说:"我抬头看见松鼠往天上的白云那里跑过去就不见了呀。"所以教小朋友学诗并不像一些人所想的那么难,我们只上了一堂课,小朋友不但知道了什么是诗,不但认识了杜甫,还自己作出诗来了。

再谈吟诵。我小时候是怎么学会吟诵的呢? 我也像那个小朋友,从很小就喜欢诗,从不会写字的时候就背诗。至于吟诵,并没有人特意教过我,那是环境造成的。我生在一个古老的家庭,我伯父吟诗,我父亲吟诗,甚至我伯母和我母亲没事时也小声地在那里吟诗。小时候我听惯了,也看惯了,所以等到稍微长大一点的时候我自己读诗也就拖长声音吟诵起来了。可是我们家每个人吟诵的调子都不大一样,每个人都有自己的调子。所以吟诗不是唱歌,没有固定的乐谱。小孩子刚开始学的时候你教他模仿一个简单的调子是可以的,但是主要的是叫他们多听,可以听那些用各种不同的调子吟诗的录音。听多了以后,就能够创造出自己的调子来。吟得对不对好不好,首先在于声音的节奏,在于节拍的快慢高低。而对这些要素的掌握,其实也并不是很复杂的一件事情,只要多听,自然就会对音调节奏慢慢熟悉起来了。要先教比较简单的调子,但可以给他们听各种变化的调子。吟诵不是唱歌,要符合中国古典诗歌的那些节奏及声音的缓急、音调的高低,掌握诗歌的节奏声律,要表现出中国语言文字的美感特质。

现在我们已经知道诗是"言志"的,是"情动于中而形于言"。那么,你的情怎样就"动于中"了呢?是什么使你的感情活动起来的?钟嵘的《诗品·序》里边是这样说的:

> 气之动物,物之感人,故摇荡性情,形诸舞咏。……若乃春风春鸟,秋月秋蝉,夏云暑雨,冬月祁寒,斯四候之感诸诗者也。嘉会寄诗以亲,离群托诗以怨。……凡斯种种,感荡心灵,非陈诗何以展其义?非长歌何以骋其情?

古人认为,能够使外物有所变化,从而引起你内心感动的,那是宇宙之间的阴阳二气,是它们的运行才产生了天地万物和四时晨昏。夏天阳气最旺盛,但从夏至日开始阳气就盛极而衰,阴气渐渐增生,慢慢地就天气寒冷、草木凋零了。到了冬至日,阴气盛极而衰,阳气又慢慢增生,于是天气逐渐变暖,草木逐渐茂盛。由于四季冷暖不同,所以大自然中的各种景象和草木鸟兽的形态也各不相同。而人的内心,也就随着外物的变化而引发了各种感动。而如果春夏秋冬四季景物的变化都能使你内心产生感动,那么人世间的悲欢离合岂不是更能使你感动吗?所以当你和好朋友聚会的时候,可以写一首诗,把你的欢喜寄托在诗里边;当你和亲人离别的时候,也可以写一首诗,把你的悲哀寄托在诗里边。

心中产生了感动就要"形于言",就想要作一首诗来表达,这是一种自然的要求。而"赋""比""兴",则是中国诗歌的三种最基本的表达方式。我们先看一首属于"兴"的作品:

> 关关雎鸠,在河之洲。窈窕淑女,君子好逑。(《诗·周南·关雎》)(吟诵)①

有一对雎鸠鸟在沙洲上一唱一和地叫,这外界的景物使人内心产生感动,联想到

---

① 此处原有吟诵示范,体例原因略去。下文中同类情况不再出注。

鸟类都有这样好的伴侣,我们人不是更应该有一个好的伴侣吗? 有人认为"窈窕淑女,君子好逑"就是苗条的女子男人都喜欢追求,这是完全不对的。现在大家都瘦身,所以认为苗条的就是美女,但《诗经》上说的不是"苗条"而是"窈窕"。这"窈窕"两个字都有个穴字头,有一种幽深的意思,那是一种内在的德行之美,有这种美的女子才是君子的好配偶。在这首诗里,作者是先看到外界的景物然后引起内心的感情,感发的途径是"由物及心",这种写诗的方法就叫做"兴"。下面是一首属于"比"的作品:

> 硕鼠硕鼠,无食我黍。三岁贯女,莫我肯顾。逝将去女,适彼乐土。乐土乐土,爰得我所。(《诗·魏风·硕鼠》)(吟诵)

这首诗的作者是内心先有了一种对剥削者不满的感情,然后找了一个大老鼠的形象来做比喻,这就是"比"的方法,感发的途径是"由心及物"。那什么是"赋"呢? "赋"的方法是直言其事,"即物即心",它不需要凭借雎鸠鸟或者大老鼠这些外物,而是直接把内心的感情表达出来。我们也举一首《诗经》里的诗例:

> 将仲子兮,无逾我里,无折我树杞。岂敢爱之? 畏我父母。仲可怀也,父母之言,亦可畏也。(《诗·郑风·将仲子》)(吟诵)

"将"是一个发声的语助词,读 qiāng。"仲子"是老二,古人排行伯仲叔季,这女孩子的男朋友排行老二,所以叫仲子。"将仲子兮"这四个字的句子里边就有两个字是语助词,这是有道理的。如果只叫"仲子",那很可能是他爸爸喊他,用不到什么语助词。而这"将仲子兮",就直接通过女孩子的口气来传达她对仲子的感情。这女孩子说:"仲子啊,你不要跳过我家的里门,你不要碰断我家的杞树。"又说:"难道我爱这棵杞树胜过爱你吗? 不是的,我是怕我父母责骂我呀。可是难道因为怕父母责骂我就不爱你了吗?我还是爱你的,可是父母的责骂我也很害怕呀。"一个恋爱中女孩子的矛盾心理就生动地表达出来了。直言其事而不借助外界的景物,通过说话的口吻来表现内心的感情,这就是"赋"的方法。

《周礼·春官·宗伯》有当时"乐语"教学的记录,其中说:

> 大司乐……以乐语教国子,兴、道、讽、诵、言、语。

"春官"是周朝的官制,"大司乐"就是掌管音乐的,"以乐语教国子",就是按着音乐,用有美丽声音的语言来教"国子"。"国子"就是周朝卿大夫的子弟,那时候平民一般还没有入学受教育的机会。当时的小孩子是怎样学习的呢?《周礼》有郑玄的注,他说:

> 兴者,以善物喻善事;道读曰导,导者,言古以剀今也;倍文曰讽;以声节之曰诵;发端曰言;答述曰语。

"兴"(xìng),就是兴起来了,一个开端,一个发生。教小孩子读诗,第一个让他们知道的应该是"情动于中而形于言",是兴发感动。郑玄说"兴"是用好的事物比喻好的人事,但是像《硕鼠》,不是用恶物比喻恶事吗?用老鼠来比喻剥削者。因为郑玄说"以善物喻善事",你就可以联想到以恶物喻恶事,诗里边有用好的东西来开篇的,也有用坏的东西来兴发感动的,比如说《诗经》里边的《硕鼠》《鸱鸮》等,都是以坏的东西比喻坏的事物。诗歌有一种联想,有一种感发,所以"道"是取导引之意,在这里念"导"。"导者,言古以剀今也",还要教小孩子有丰富的联想,你教给他的是古代的诗歌和情事,可是要让他联想到现在的事情。"倍文曰讽",这个"倍"通背书的"背","倍文曰讽"是"不开读之",就是不用打开简册来读,也就是背读。至于"诵",则是"以声节之",诗歌有一个节奏,有一个拖长声音的变化。"讽"指背读"无吟咏",至于"诵"则"非直背文,又为吟咏,以声节之为异"(《周礼注疏》贾公彦疏)。中国的吟诵最重要的是要有一个节奏。

中国古代从周朝开始就教小孩子懂得诗歌里边有一种兴发感动的作用,知道诗是可以背诵、可以吟咏的。"以乐语教国子",这个"乐语"是说你背熟了以后,将来还可以配合音乐来唱。"兴""道""讽""诵"后"言""语"又是什么呢?郑玄说"发端曰言;答述曰语",是不但把诗背下来了,而且会吟诵了,还要学会用诗来对答。周朝的时候分封了各诸侯国,而诸侯国办理外交的时候,都是赋诗对答,《左传》里有很多这样的记载。晋国公子重耳,他的父亲晋献公宠爱姬妾骊姬,而骊姬要拥立她所生的那个最小的儿子,所以要把晋献公原来的儿子都害死,她先把世子申生害死了,另外一个公子重耳就逃走了。他逃到秦国,秦穆公就接待了他,重耳就念了一首《河水》,用以赞美秦穆公,表示尊崇,秦穆公也赋了一首诗,"公赋《六月》",念的是《六月》这首诗。《左传》上还记载了一个故事,卫国有一个大臣叫孙蒯,他父亲孙文子得罪了卫国的国君卫献公,所以他就跑到自己的封地去了,而让他的儿子孙蒯到国君这里来,探察国君的态度。国君就招待请他喝酒,"使大师歌《巧言》之卒章"。《诗经·小雅》里面有一篇叫《巧言》,国君就让太师(懂音乐的人)唱《巧言》的最后一章。《巧言》最后一章有"彼何人斯,居河之麋。无拳无勇,职为乱阶"之句,是说什么呢? 是说孙蒯的父亲跑到自己的封地,难道想要造反吗?可是"大师辞",这个会音乐的太师不肯唱,"师曹请为之",师曹也是一个懂音乐的人,他说我来唱,结果他没有唱。《左传》上说:

> 初,公有嬖妾,使师曹诲之琴。师曹鞭之。公怒,鞭师曹三百。故师曹欲歌以怒孙子,以报公。公使歌之,遂诵之。

卫献公原来有一个宠爱的姬妾,师曹教她弹琴,弹得不好,"师曹鞭之",老师就拿鞭子抽了她,国君很生气,就"鞭师曹三百"。这个被鞭打的老师师曹想要报复国君,想要引起战争,所以"欲歌以怒孙子",让孙文子的儿子生气,来报复卫国的国君。"公使歌之,遂诵之",国君本来是叫他唱的,他不肯歌,他觉得歌也许孙蒯还听不懂,于是就朗诵。由此可见古代读诗还有这样种种的作用,当时小孩子都是学会了吟诵的。

接下来我们讲中国诗歌的另一个源流,那就是《楚辞》,其中最重要的一篇就是屈原的《离骚》。"离"字在古代与"罹"字是相通的,就是"遭遇到"的意思。"骚"是忧伤,烦乱,内心不平安。"离骚"是说遭遇到一种不幸的事情,使你忧伤烦乱,可译为"encountering sorrow"。我们现在讲《离骚》,要注意的是这篇作品在诗歌情意方面留给了我们一些什么样的传统。

《史记·屈原贾生列传》里司马迁赞美屈原说:"其志洁,故其称物芳。"因为屈原的内心所追求的都是高洁美好的事物,所以他的长诗《离骚》通篇所称述的都是那芬芳美好的事物。我现在简单摘录他的一些句子,如:"进不入以离尤兮,退将复修吾初服。"楚怀王被骗到秦国去,被拘留再也没有能够回来,就死在了秦国。屈原眼看到国家有这样的危险,怀王入秦不返,他没有办法挽救国家。"进不入",他被放逐了,从朝廷里边被赶走了。"离尤"就是遭遇责备。被放逐以后该怎么样呢? 这是我们做人真正要反省的一件事情,有人说反正我也倒霉了,就破罐子破摔,就此堕落下去了。可是真正的君子不是如此,《论语》上说"造次必于是,颠沛必于是",无论多么匆忙,无论多么慌乱,无论多么危险,应该持守住的,我一定要持守住。前几天我看到日本大地震的报道,在这样大的灾难之中,人民百姓居然表现得井井有条。说有一对中国的华侨夫妇在那边,中国派了救援队要接他们出来,他们的邻居——一个年老的日本妇女,平时帮他们照顾小孩子,非常要好,他们劝这个邻居的老妇人夫妇,你们跟我们一块儿撤离吧,我们国家有车、有船来接我们了,老妇人说我不能跟你们走,她不仅不走,而且把她仅有的食物,她所做的饭团送给这对夫妇的小孩子,就是在这样慌乱的时候有一种持守,在灾难中大家坐在那里都是有秩序的。有时候我们为了一点点事就争先恐后,人家的地震这么危险,反而能持守住,而我们是听到一点风声,大家就抢购食盐,结果食盐都卖光了。所谓"贫贱不能移,富贵不能淫",有的人是贫贱守不住,有的人是富贵守不住,他一富贵就忘其所以,胡作非为了,你没有一个真正的持守,不管是富贵,不管是贫贱,都守不住,而孟子说"贫贱不能移,富贵不能淫,威武不能屈",这才是持守。我们中国古代的传统文化本来是有这样一种美德。所以屈原说我在不幸之中要持守住我自己,"退将复修吾初服"。什么叫"初服"?是你刚刚穿上的衣服,没有污秽,没有脏乱,他说我不能够因为我遭遇到不幸就堕落下去,我要使我的衣服像原来一样的整齐,一样的洁白。屈原把自己的衣服写得非常美丽,他说"制芰荷以为衣兮,集芙蓉以为裳",我用美丽的芰荷做我的上衣,把美丽的芙蓉花做成我的下裳。"不吾知其亦已兮,苟余情其信芳",只要我的内心果然是美好的,你们不了解我那就算了吧。"兰生空谷,不为无人而不芳",芬芳是它的本性,是没有办法改变的。"高余冠之岌岌兮,长余佩之陆离",我要戴上一个高高的帽子,身上要有一个佩饰,"陆离"是修长的样子。"芳与泽其杂糅兮,唯昭质其犹未亏",那么芬芳,那么有光泽,我美好的品质是永远不会亏损的。"忽反顾以游目兮,将往观乎四荒。佩缤纷其繁饰兮,芳菲菲其弥章",我佩上缤纷的装饰,我的香气越来越散发出来了。就是说,我不因为没有人了解、欣赏,不因为被放逐就败坏我自己,我自己要更加美好,我自己要更加芬芳。"民生各有所乐兮,余独好修以为常",有的人追求金钱,有的人追求享受,目迷于五光十色,耳乱乎五音六律,大家都迷乱在其中,不知道自我的持守,盲目地去追求一些杂乱的事情,"余独好修以为常",可是不管你们追求什么,我只是保持我自己的清白,这是我的常态,我就是这样的一个人。

《诗经》影响我们的是赋、比、兴三种兴发感动的诗的作法,《楚辞》影响我们的是它的品质和情操:"余既滋兰之九畹兮,又树蕙之百亩。畦留夷与揭车兮,杂杜蘅与芳芷。冀枝叶之峻茂兮,愿竢时乎吾将刈。虽萎绝其亦何伤兮,哀众芳之芜秽。"真正有理想的人，尽管人家不了解，也要保持自己的芬芳。而且我岂不希望每个人都能够要好吗？我岂不希望每个人都能够芬芳吗？所以屈原说我希望能够培植养育出九畹的兰花，还要种出百亩的蕙草。每一块田地里我种上留夷、揭车、杜蘅、芳芷，这些都是香草。"冀枝叶之峻茂兮，愿竢时乎吾将刈"，我希望我所种的这些芬芳的花草能够长得高大茂盛，等到它们真的开出花来的时候，我就可以收获一大堆美丽的花朵了。可是没想到他的希望落空了，这些花都没有能够开出来，所以他又说"虽萎绝其亦何伤兮"，它们都枯萎了，它们都死去了，可是我现在还不是为我种的花枯萎死去而伤心，我所伤心的是什么？是"哀众芳之芜秽"，为什么这个国家就没有人种出一方美丽的花朵来呢？我一个人没有种出来就算了，只要有一个人种出来，也是好的。我种出来的花朵枯干了、死去了，你们只要有人种出来，我就是高兴的。我所悲哀的是"众芳之芜秽"，为什么所有的花卉竟然都枯萎了呢？除此以外，屈原还表现了一种品质，他说："日月忽其不淹兮，春与秋其代序。惟草木之零落兮，恐美人之迟暮。"天上的太阳和月亮走得那么快，一分钟也不肯停留。日月逝矣，时不我与，等到秋天来了，草都枯萎了，树叶都黄落了，生命就这样消逝了，所以你岂不应该恐惧吗？恐惧美人的迟暮。每个人都会衰老，每个人都会死亡，但是屈原说"恐美人之迟暮"，只有美人的衰老是值得悲哀的，如果美人衰老了，美消失了，那是可悲的。你以为他只是说一个女子的美丽吗？现在的女子拼命追求怎么样能够养生，怎么样能够保持年轻，怎么样消除皱纹，怎么能够把头发染黑，这是"恐美人之迟暮"。但是每个人都会迟暮，为什么美人的迟暮特别值得悲哀呢？曹丕的《与吴质书》说他的朋友应德琏："斐然有述作之意，其才学足以著书，美志不遂，良可痛惜。"如果一个人有著作的理想，但是没有著作的能力，那不可惜；如果有著作的能力，可是他从来没有著作的理想，这样的人白白荒废了一生，也不可惜。但是如果你既有著作的能力，也有著作的理想，为什么没有完成你自己呢？这才是一件值得痛惜的事情。"美人迟暮"不是说容颜之美，而是说一个人的才德之美。屈原有他的理想："吾令羲和弭节兮，望崦嵫而勿迫。""羲和"是中国古代的太阳神，每天驾着一个车，从东边上来，从西边下去。屈原说我想让天上的羲和把他所赶的车停一下，为什么你跑得那么快呢？"崦嵫"是西方的一个山，是日落之处。我请求天上的羲和，不要向崦嵫山跑得那么快，为什么呢？"路漫漫其修远兮，吾将上下而求索"，我要走的路，我所追求完成的理想，路还很远。"亦余心之所善兮，虽九死其犹未悔"，我心里以为美好的，我愿意这样做的，我就是为它经受多少挫折苦难，也不会后悔。李商隐的诗说"春蚕到死丝方尽,蜡炬成灰泪始干",因为吐丝是蚕的本能,它没有办法不把丝吐出来;蜡烛一定要烧完了才会熄灭,所以一个有美好的理想的人就为了他的理想去追求他的一生,就像蚕有丝不能不吐,就像蜡烛一直要烧下去,"皎洁终无倦,煎熬亦自求",这也是李商隐的诗。所以"亦余心之所善兮,虽九死其犹未悔",《离骚》所留给我们的是它里边的这种美好的情操、志意和修养。

那么《离骚》在形式上给我们留下的是什么呢?"帝高阳之苗裔"六个字,后面是一个"兮"字的发声;"朕皇考曰伯庸",还是六个字;"摄提贞于孟陬"是六个字,后面有一个"兮"字;"惟庚寅吾以降"又是六个字,所以它是六个字,中间有一个"兮"字,后面再有六个字,是这样的结构。而这样的句子太长了,我们后来的诗歌没有继承这种体式,而这种体式则影响了我们中国长篇的赋的作品,最可以作为代表的是王粲的《登楼赋》:"登兹楼以四望兮,聊暇日以销忧。览斯宇之所处兮,实显敞而寡仇。"六个字、六个字、中间有一个"兮"字,它有一个抑扬起伏,这是骚体的赋(吟诵)。此外,楚地的民俗信鬼神而好巫,巫是通鬼神的人,可以在人和鬼神之间沟通,所以楚地常常祭祀鬼神。《楚辞》里有一组作品,叫做《九歌》,都是祭祀鬼神的诗歌,其中有一篇《少司命》,有句云:

入不言兮出不辞,乘回风兮载云旗。悲莫悲兮生别离,乐莫乐兮新相知。
(吟诵)

据说楚地祭祀鬼神,如果迎接一个女神,就用男巫;如果迎接男神,就用女巫,异性相吸引。所以这些诗歌中就有很多表现爱情的句子。《少司命》是为了迎接少司命这个神而写的,说这个神仙来了,"入不言兮出不辞",当然他是个神仙,所以他什么时候来的,你也没有听到他讲话,他什么时候走的,你也没有听见他告别。他乘着风就来了,他车子上插着的旗子就是一缕一缕的白云。"悲莫悲兮生别离,乐莫乐兮新相知",说人世最悲哀的就是生别离,"生别"是与"死别"相对的,"死别已吞声,生别常恻恻",这是杜甫怀念李白的诗。《红楼梦》上黛玉死了以后,宝玉一直安不下心来,大家也不肯把黛玉死的消息告诉宝玉,忽然有一天,宝钗就告诉他说你不要想着你的林妹妹了,你的林妹妹早已经死了,宝玉一下子就昏过去了。贾府一家人就骂宝钗,宝钗说如果你不告诉他,他心里总是悬念着,永远不安定,你告诉他,他今天很难过,以后就放下来了,就是如此。所以"死别已吞声",那就完了,"生别常恻恻",他永远在悬念着,永远在怀念,不能断绝。死了就断了,所以说"悲莫悲兮生别离"。"乐莫乐兮新相知",人生最快乐的事情,就是你新发现一个知己。忽然间你发现一个人,他的话句句都打到你的心里,你的话也句句都打到他的心里,而且你们在刚发现彼此的时候,每天都在探寻,每天都在找一个机会来接触,所以"乐莫乐兮新相知"。这首诗的句式,前面三个字,中间有一个"兮"字,后面再有三个字。《离骚》的句子太长了,所以后来的诗用骚体的句式的不多,可是《九歌》中这样的句式是比较短的,这个形式给了我们后来诗歌一个很大的影响。楚汉之交的时候,项羽作了《垓下歌》,刘邦作了《大风歌》:

　　　力拔山兮气盖世,时不利兮骓不逝。骓不逝兮可奈何,虞兮虞兮奈若何。　　(《垓下歌》)

　　　大风起兮云飞扬,威加海内兮归故乡,安得猛士兮守四方。　　(《大风歌》)

那个时候流行的诗歌是楚歌的形式,《离骚》是楚骚的体式,是骚体,而《九歌》是楚歌的体式。楚骚的体式影响了后来的赋,楚歌是在秦汉之交的时候流行的体式。但是楚歌也不全是这么整齐的,并不都是三个字加一个"兮"字再加一个三字句,它也有很多的变化。别的体式,比如《九歌》里还有一篇《山鬼》,有以下的句式:"余处幽篁兮终不见天。""兮"字前面是四个字;《东皇太一》开篇则说:"吉日兮辰良,穆将愉兮上皇。""兮"字前后各两个字。楚歌的体裁,是"兮"字前边两个字、三个字或四个字,但对后世影响最大的是"兮"字前后各三个字的体式,不但《垓下歌》《大风歌》是如此的,易水送别所唱的"风萧萧兮易水寒,壮士一去兮不复还",也是楚歌的体式。后来像李太白一些长篇的歌行还在用这样的体式,它的影响也是久远的。

　　我要介绍中国古典诗歌的美感特质,而且要结合吟诵来介绍,所以我主要注重体式的演变与声音的节拍。诗歌的吟诵,除了平仄声调以外,中间有一种循回的呼应,比如"关关雎鸠,在河之洲,窈窕淑女,君子好逑",四句一个段落,"参差荇菜,左右流之,窈窕淑女,寤寐求之",它有一个循回的节奏。《离骚》虽然很长,但是当吟诵起来,也是有一个循回的节奏的,不过这种循回的节奏要多吟几次才能够体会。凡是长篇的作品,基本上每四句有一个循回,偶然有六个句子的,或者两个句子的,都是双数的句子有一个循回,所以长诗的吟诵,常常有一个节奏的循回。

我们是结合着中国诗歌体式的发展来讲吟诵的。前面举了例证《少司命》,在句法上,中间是语助词"兮",前后各三个字,可是当你读诵的时候,这个"兮"字的语助词是归到上面三个字一起的,"入不言兮——出不辞,乘回风兮——载云旗。悲莫悲兮——生别离,乐莫乐兮——新相知"。所以这就给我们后来七言诗的发展留下了一个基本的节奏,就是四、三的停顿。后来诗歌发展,最早结合了楚歌的体式,而把"兮"字慢慢减少了,其中最有名的作品,是张衡的《四愁诗》:

> 我所思兮在太山,欲往从之梁父艰。侧身东望涕沾翰。美人赠我金错刀,何以报之英琼瑶。路远莫致倚逍遥,何为怀忧心烦劳。(吟诵)

第一句有一个"兮"字,后面就没有"兮"字了。所以这首《四愁诗》就是尝试去掉"兮"字,代以其他的字的一篇作品,以后慢慢就形成了七言的格式。《四愁诗》是从楚歌体过渡到七言的一种作品。张衡是东汉人,再往下发展就到了东汉末年的三国时代。三国时代的曹氏父子,曹操写了四言诗、五言诗,曹植也写了很多的五言诗,而曹丕除了写五言诗以外,也写四言诗,更值得注意的,就是在那个时代,他创作出完整的七言诗《燕歌行》,这首诗完全不用楚歌的"兮"字作语助词,纯粹都是七个字一句的诗:

> 秋风萧瑟天气凉。草木摇落露为霜。群燕辞归雁南翔。念君客游思断肠。慊慊思归恋故乡。何为淹留寄他方。贱妾茕茕守空房。忧来思君不敢忘。不觉泪下沾衣裳。援琴鸣弦发清商。短歌微吟不能长。明月皎皎照我床。星汉西流夜未央。牵牛织女遥相望。尔独何辜限河梁。(吟诵)

曹丕这首诗是油然起兴的,很自然地从外界的景物把这份感伤都带出来了。当萧瑟的秋风吹起的时候,天气变凉了,草木都黄落了,白露为霜,小燕、大雁都离开了北方向南飞去。在这样萧瑟摇落的秋天,我想起我所爱的人,他在很远的地方,所以"念君客游思断肠",我就想你客游在外,一定有这种断肠的怀思。"慊慊"是内心有所怀思的样子,她说我想你一定是怀念故乡的,可是你为什么不回来呢?这是在家的妻子怀念远方的丈夫,是思妇之辞,我们中国一个永恒的主题。"贱妾茕茕守空房,忧来思君不敢忘",这个"忘"字是押平声的韵,念 wáng,"不觉泪下沾衣裳"。当我这样悲哀,哭泣流泪的时候,怎么样来表现我内心的悲哀,怎么样来纾解我的哀愁忧思呢?所以就"援琴鸣弦发清商",我就抚琴,发出来清商的音乐。一直到南唐中主的那首《摊破浣溪沙》,基本的情调仍然是如此的:"细雨梦回鸡塞远,小楼吹彻玉笙寒",女子怀念远方的丈夫,当她悲哀怀思的时候就吹笙。这里是弹琴,"短歌微吟不能长",我所弹的是短的琴曲,因为弹得很长就引起我更深重的悲哀。"明月皎皎照我床",抬头看见天上的明月,月圆而人不圆,大晏的词说"明月不谙离恨苦,斜光到晓穿朱户",明月不知道我怀思的悲哀与痛苦,斜光从月亮初升的东方到天末的西方,"斜光到晓穿朱户"。"明月皎皎照我床,星汉西流夜未央",星汉是天上的银河,它随着时间的流逝而变化,从前半夜,然后子夜,到后半夜,它在天上的方位慢慢地移动,每一天有每一天的移动,每一季有每一季的移动。"牵牛织女遥相望",天上相爱的牛郎织女,居然被阻隔着一条银河,所以李商隐说"人间从到海,天上莫为河",说我们人间已经有了这么多悲哀苦难的事情,天上为什么也还划上这一道阻拦呢?人间和天上同样的隔绝。"尔独何辜限河梁",人间有战争有离乱,我和我所怀念的人隔绝了,牛郎织女你们在天上,"何辜",你们有什么罪过,为什么你们也被一条银河给隔绝了?这是非常好的一首七言诗,而且是完整的七言诗,它摆脱了楚歌"兮"字的语尾助词。但它虽然摆脱了"兮"字,可是它每句都押韵,这还是受了楚歌的影响。从楚歌向完整的七言诗演进,形式是慢慢在演化。

　　七言诗发展到了曹丕,虽然有了完整的七字句,但是这种完整的七言诗当时并没有流行,因为七个字比较多,写作起来比较麻烦,所以接着楚歌体的影响,紧接着发展下来的是五言诗。五言诗主要是在汉代形成的,主要有几个原因,一个是因为当时民间流行一些歌谣,后来也有配合音乐来歌唱的,叫做乐府诗。汉武帝的时候,要"定郊祀之礼",祭祀天地山川,表示皇帝的大一统,天地山河都在我的管辖之内。那么要举行这个国家大典的时候,中间一定要有音乐,要有仪式,所以就成立了一个政府的组织,叫做"乐府",就是负责编制歌曲、排练音乐的这样一个官府。"采诗夜诵",乐府的官员到各地去搜集歌谣,所谓"有赵、代、秦、楚之讴",河北、河南、陕西、湖北、湖南等各个地方,把各地的歌谣乐曲都搜集起来,"以李延年为协律都尉"。这些歌谣有的是可以唱的,有的就是古谣谚,就是很简单的歌谣。所以乐府搜集这些歌谣,再加上汉朝朝廷里边一些文士大臣的作品,然后就找一个懂音乐的乐师,就是李延年,做协律都尉,叫他把这些歌谣配上音乐。所以我们就开始有了乐府,而乐府编订的那些诗就是乐府诗。李延年对中国诗体的演变有什么样的影响呢？《汉书》把李延年放在《佞幸传》，"佞幸"就是巧言令色谄媚皇帝，博得宠爱的人。李延年"身及父母兄弟皆故倡也"，他自己还有他的父母兄弟甚至姐妹，原来都是唱曲子的。"女弟得幸于上，号李夫人"，他的一个妹妹得到皇帝的宠幸，被称作李夫人。"延年善歌，为新变声。是时，上方兴天地诸祠，欲造乐，令司马相如等作诗颂。延年辄承意弦歌所造诗，为之新声曲"，所以除了赵、代、秦、楚之讴，同时也有文士大臣，像司马相如这些人作诗颂，都叫李延年给配上音乐，这就叫做新声曲。李延年不但会配乐，也会唱歌，而且他唱的曲子，与过去的四言诗还有楚歌都不一样，是一种"新变声"。李家有个美丽的女子，皇帝怎么知道的呢？因为李延年会唱曲子，有一天他就在汉武帝面前唱了一首歌曲：

　　　　北方有佳人，绝世而独立。一顾倾人城，再顾倾人国。宁不知倾城与倾国，佳人难再得！（吟诵）

汉武帝一听就动心了，问起李延年才知道那就是李延年的妹妹。李延年作"新变声"："北方有佳人"，五个字；"绝世而独立"，五个字；"一顾倾人城"，五个字；"再顾倾人国"，还是五个字；"宁不知倾城与倾国"，"倾城与倾国"前面多了三个字，变成八个字一句了，虽然是八字句，但是基本的语言还是五个字，那"宁不知"三个字读的时候，你可以很轻快地把它读过去，就如同是曲子里边的衬字，就是唱歌曲的时候在音节上作陪衬的字，一唱就带过去了。第二句的"立"，第四句的"国"，第六句的"得"，双数的句子押韵，这是节奏，隔一句押一个韵，所以《佳人歌》代表一个基本的五言诗的形成。不过，汉乐府搜集的曲子也有很多是地方歌谣，就不是那么完整的五字句了，有些是长短错落不整齐的句子。我们举一首最简单的，《上邪》：

　　　　上邪！我欲与君相知，长命无绝衰。山无陵，江水为竭，冬雷震震夏雨雪，天地合，乃敢与君绝。

这是中国很古老而写得非常动情的一首爱情诗。"我欲与君相知"，她说的还不是"相爱"，是"相知"，而人类最高的结合是心灵的契合，是你跟什么人在心灵之中找到一种共鸣。"我欲与君相知，长命无绝衰"，我愿意我们的感情永恒，我愿意我们的生命长久，我们永远地相爱。冯延巳写过一首《长命女》，说"一愿郎君千岁，二愿妾身常健，三愿如同梁上燕，岁岁长相见"，情意与此相近。"山无陵，江水为竭"，我们相知相爱的感情是永远不改变的，直到有一天山都崩倒了，直到有一天江水都枯干了，那是天地的大变，古人以为这是永远不会发生的事情，所以我们的爱情永远不改变。一直到哪一天？"天地合"，天地都崩塌了，那个时候我们的感情才断绝，天地永远存在，我们的感情就永远存在。像这么短的诗，而且句式参差错落，不好吟唱，所以在吟唱的时候，要有声有腔，可以把声拖长，可以用腔来补救。而且因为它太短了，收束得太突然，所以有时候吟诵还可以把末尾部分重复。（吟诵）

　　乐府诗里边当然也有很多都是五个字一句的，最有名的比如《江南曲》："江南可采莲，莲叶何田田，鱼戏莲叶间。鱼戏莲叶东，鱼戏莲叶西，鱼戏莲叶南，鱼戏莲叶北。"非常生动，这就是民间的歌谣。

　　乐府诗里边已经有相当完整的五言诗了。那有了五言诗以后，就出现了一组了不起的诗，就是《古诗十九首》。钟嵘《诗品》的主旨本来在"品"，就是品评，他把古代的诗人分成上品、中品、下品。比如说曹氏父子，弟弟曹植在上品，哥哥曹丕在中品，父亲曹操在下品。其实曹操的诗写得非常好，不过一个时代有一个时代的审美标准。汉朝的赵飞燕是瘦的，所以汉宫的女子，以至于"宫中多饿死"，因为她们都以瘦为美；唐玄宗宠爱了杨贵妃，杨贵妃是丰满的，大家又以丰满为美，美是受时代影响的。钟嵘的那个时代以辞采华丽为美，可是曹操的诗比较古朴，而曹植的诗最有文采，所以曹植在上品，钟嵘就是把诗人分成上中下三品。可是他最崇拜，在《诗品》里边置于卷首，评价最高的是《古诗十九首》。他说这《古诗十九首》"文温以丽"，它的语言、文字表现出来"温"的特色，中国一直以"中庸之道"、以平和为美。我们说《诗经》的好处是"国风好色而不淫，小雅怨悱而不乱"，就是说你的感情，不是像现在，男女之间，甚至于父母子女之间，争斗起来的那种穷凶极恶的样子，儿子可以把父母杀害，丈夫可以把妻子杀害，那真的是堕落，真的是败坏。古人的感情是"哀而不伤，怨而不怒"，是"君子绝交不出恶声"，这是我们的一种修养，我们现在丢掉了这种修养，这么浅薄，这么浮夸，这么凶恶，真的是堕落和败坏。所以我说我们讲诗，我们讲吟诵，那不但关系着诗歌，所谓"诗之教也"，是关系到我们整个的文化。而《古诗十九首》之所以好，因为它"文温以丽"，写得那么样的温文尔雅，而如此之美丽；"意悲而远"，它里面所表现的情意非常的悲哀，可是给你的感动是那样的长久，给你的联想是那样的丰富；"惊心动魄"，它用那么温和的语言,写出来让你惊心动魄,"可谓几乎一字千金",每个字都有千金之价,没有一个字不好的。《古诗十九首》这么好的诗,作者是谁呢?"人代冥灭",我们一个名字都不知道,是《昭明文选》把它们编选在一起,题作《古诗十九首》的。

《古诗十九首》是五言诗成立以后,在成熟的五言诗中最早而且最好,千古都没有人能够赶上的作品。第一首《行行重行行》:

> 行行重行行,与君生别离。相去万余里,各在天一涯。道路阻且长,会面安可知。胡马依北风,越鸟巢南枝。相去日已远,衣带日已缓。浮云蔽白日,游子不顾反。思君令人老,岁月忽已晚。弃捐勿复道,努力加餐饭。

离别是人之常情,有聚就有散,有会就有离。清初的陈祚明在《采菽堂古诗选》中说:"《十九首》所以为千古至文者,以能言人同有之情也。"因为它把我们每个人共有的感情写出来了,"人情于所爱莫不欲终身相守,然谁不有别离?以我之怀思,猜彼之见弃,亦其常也",哪一个人没有经历过别离?不管是生离还是死别,我们一定经历过别离。而且这首诗的起句也很有特色,后来的近体诗都有平仄,有起伏呼应,可是在《古诗十九首》的时代,还没有这种详细的分辨。"行行重行行",五个字接连都是阳平,但我们不嫌它平直单调,而觉得它很美好,就这样平着伸展出去,都是向前的,都是阳平声,"行行~~重行行~~",就好像看着一个人真的是越走越远了。"与君生别离",我跟你就这样硬生生地离别了。"相去万余里",现在彼此相距有一万里之遥,"各在天一涯(yí)",天各一方。"道路阻且长",如果道路只是长远,而是平坦的,那我们见面还是容易的,如果道路虽然是阻隔,可是不那么遥远,我们也还容易见面。可是道路是"阻且长",既艰难险阻,而且遥远,所以"会面安可知",哪一天能再跟你见面呢?这前面都是写离别的,越说越远,越说越是离别的久长,越是相见的艰难。而在这种种的叙事之中,忽然间有了一个回旋:"胡马依北风,越鸟巢南枝。"我们讲过赋比兴,"行行重行行,与君生别离。相去万余里,各在天一涯",这是赋;可是下面忽然间加入了"胡马"和"越鸟"两个形象,这是比。胡马,北方边疆的马,据说如果是从北方带到中原来的马,每到冬天北风来的时候,它闻到故乡的气息,就望北风而长啸悲鸣;"越鸟巢南枝",南方的鸟飞到北方,它在树上做巢,永远是向着南方的,因为它习惯于温暖的阳光。"胡马依北风,越鸟巢南枝",我们是越走越远了,可是以万物的本性来说,"人情同于怀土兮,岂穷达而异心",这是王粲的《登楼赋》里说的,人情都是怀念自己的故土的,难道你现在走了,就不再怀念你的故乡了吗?这中间拉回来一下,就有一个盘旋。胡马、越鸟都是怀念故乡的,难道你真的就不回来了吗? 可是你毕竟没有回来,"相去日已远,衣带日已缓",我因为怀念你而憔悴,而消瘦,柳永的词说"衣带渐宽终不悔,为伊消得人憔悴"。可是你走了连音信都没有,"浮云蔽白日,游子不顾反",太阳被浮云遮蔽了,你本来应该怀念我的,可是你被阻隔,游子居然就不想念故乡了,就不想要回来了。《西厢记》里崔莺莺送张生去赶考,说你"若见了异乡花草,再休似此处栖迟",所以这游子不肯回来,可能是因为"浮云蔽白日",所以才"游子不顾反"。"温柔敦厚,诗之教也",她没有责备埋怨,她说"思君令人老,岁月忽已晚",我一直是怀念你的,不但"衣带日已缓",而且"思君令人老",光阴消逝了,"岁月忽已晚",转眼之间,日复一日,年复一年,美人就迟暮了。"弃捐勿复道,努力加餐饭",这两句的解释有多种可能性。一种可以说,你把我抛弃了,而我不埋怨你,就不说了。《诗经》上有一首《氓》,说"氓之蚩蚩,抱布贸丝。匪来贸丝,来即我谋……以尔车来,以我贿迁",一个女孩子跟一个人相爱了,说你带着车来接我,我就带着我的嫁妆跟你去,结婚三年,"三岁为妇,靡室劳矣。夙兴夜寐,靡有朝矣。言既遂矣,至于暴矣。兄弟不知,咥其笑矣",结婚三年我为你付上了一切的劳动,而你却对我越来越粗暴了,她最后说什么?"信誓旦旦,不思其反",你当年对我山盟海誓的,现在你再也不会想到从前的誓言了,最后说"反是不思",你既然不再顾念旧日的感情了,"亦已焉哉",那我也就无话可说了! 这是中国古代的女子,这种委曲求全,这种隐忍的品德,所谓"哀而不伤,怨而不怒"。"弃捐",你把我抛弃了,就不再说这件事了。也有第二种可能,不是说你把我抛弃了,是因为我们离别的这件悲哀的事情,你不回来的这件痛苦的事情,"弃捐",我把它放下,就不再说了,因为说也没有用啊! 现在要做的是什么?"努力加餐饭",这也有几种可能。一种是说我要努力维持身体的健康,等着你回来,这是完全从女子的角度说的。可是也有可能是说我虽然在痛苦之中,我还祝愿你,希望你在外边健康,"努力加餐饭",这是《古诗十九首》里的感情。(吟诵)

《古诗十九首》里边还有一首很奇妙的诗,《东城高且长》:

> 东城高且长,逶迤自相属。回风动地起,秋草萋已绿。四时更变化,岁暮一何速。晨风怀苦心,蟋蟀伤局促。荡涤放情志,何为自结束。燕赵多佳人,美者颜如玉。被服罗裳衣,当户理清曲。音响一何悲,弦急知柱促。驰情整巾

带,沉吟聊踯躅。思为双飞燕,衔泥巢君屋。

要读古人的诗,你要知道作者的生平,写作的背景,可是《古诗十九首》我们都不知道啊!它说的是什么?我认为这是一首很妙的诗,一个是它的章法很妙,一个是它的句法很妙。"东城高且长",东面有一个城,那个城墙绵延得很长,而且非常的高,那代表了一种阻隔,一种隔绝,卡夫卡的小说《城堡》也写过城墙的阻隔。"逶迤自相属",那个城墙连绵不断,连成一片,而我是被围在城外的,在荒郊野外。"回风动地起",那种盘旋的旋风,从地面上吹起来,"秋草萋已绿",转眼之间秋天的草就黄了,为什么说"萋已绿"呢?杜牧之有一首诗,说"青山隐隐水迢迢,秋尽江南草未凋",是在凄凉之中,在将要枯干还没有枯干的时候,将要变黄还没有变黄的时候,那种转折的时候,使人哀伤,所以"秋草萋已绿"。"四时更变化,岁暮一何速",春夏秋冬四时的更替,没想到一年的岁暮,怎么这么快就到了呢?"晨风怀苦心,蟋蟀伤局促",《晨风》《蟋蟀》是《诗经》中两篇的篇名,它不是只慨叹光阴的消逝,不是只慨叹蟋蟀的声音,而反映了当时的环境。"晨风"是一种鹞鹰类的猛禽,出于《秦风·晨风》的"鴥彼晨风,郁彼北林。未见君子,忧心钦钦",说是晨风张开它的大翅膀,一下子就飞到北边的一片树林中去了,这是由鸟起兴,由此而想到了心中所思念的那个"君子"。这"君子"是谁?《毛传》说这是秦国人讽刺秦康公不能继承秦穆公的事业,不能任用贤臣的一首诗,所以"君子"指的乃是秦穆公那样的贤明君主。联系这个背景,"晨风怀苦心"就含有一种对国家政治的感慨了。为什么我所生活的时代如此黑暗?为什么我就没赶上那种君圣臣贤的好政治?"蟋蟀"出于《唐风·蟋蟀》的"蟋蟀在堂,岁聿其莫。今我不乐,日月其除",说蟋蟀已经躲进屋子里来叫了,说明时间已经到了九月暮秋,一年很快就要结束了,如果你还不及时行乐,你的一辈子很快也就这样白白过去了。《毛传》说这是讽刺晋僖公"俭不中礼",认为应该"及时以礼自虞乐"的一首诗。联系这个背景,则"蟋蟀伤局促"除了感叹生命的短暂之外,还包含一层何必如此自苦、不妨及时行乐的意思在内。既然不幸生活在这样的时代,无法实现自己的理想,而人生又是那么短暂,为什么不及时行乐呢?所以自然就有了接下来的两句"荡涤放情志,何为自结束",把你心中所烦恼的约束都放开,为什么这样自苦?这首诗有人断章在这里,说此上是一首,后面是另外一首了,因为它忽然间写到"燕赵多佳人,美者颜如玉",好像另外起了一个段落。可是我以为这是完整的一首,正因为我想要"荡涤放情志",所以想到了"燕赵多佳人"。男子有一个排忧解闷的办法,就是"醇酒妇人"，多饮酒，多近妇人，而女子是不可以有这样解忧的办法的，而男子可以。"美者颜如玉"，有这么美丽的女子，"被服罗裳衣"，她身上穿的是美丽的丝罗的衣服，"当户理清曲"，这个女子就坐在门前或窗前，弹奏一首动人的乐曲。"音响一何悲"，古人以为中国的古琴可以预示吉凶祸福，她的琴声就带着她内心的感情，可是这个琴声为什么这样的悲哀呢？"弦急知柱促"，她弹奏得这么急促，我知道她的琴弦柱排得很密，代表她那么多的哀伤。我们刚才讲到《上邪》，"我欲与君相知"，那不止是情欲上的相爱，是心灵相知！现在这里也是说，我不止是欣赏这个女子的"被服罗裳衣""美者颜如玉"，是我听到她的"音响一何悲，弦急知柱促"，是她的音乐，音乐所表现的她内心的心声感动了我。所以"驰情整巾带"，我人虽然没有去，但是我听到这样美丽的音乐，听到她的心声，我的感情就驰向她那里去了，我想要去见她，那就去好了，可是中国的古人真的很奇妙，"驰情整巾带，沉吟聊踯躅"，我还整整衣带，沉思吟想，是去还是不去呢？"踯躅"是徘徊不进，就是对于感情有一种节制，有一种蕴蓄，不是很简单就表现出来。最后一句就更妙了，"思为双飞燕，衔泥巢君屋"，我就盼望，我们能不能变成一对双飞的燕子，春天的时候在你家的屋梁上衔泥筑巢，住在一起。这就出了一个问题，既然已经是双飞燕，那你就有了伴侣了，应该是"思为单飞燕"，你才说我"衔泥巢君屋"，怎么"思为双飞燕"，还"衔泥巢君屋"呢？这种联想很奇怪。传说宋朝有一个女子写了一首词，说"此身愿化衔泥燕。一年一度一归来，孤雌独入郎庭院"，说自己是单飞的燕。可是这里说"思为双飞燕"，已经双飞燕了还想怎么样？所以这是很奇妙的，我以为这是诗人的本能直感。第一句说我要跟你在一起，"思为双飞燕"，然后第二句又一个联想，说我们两个一起筑巢在你们家的屋檐下，又做双飞燕，又筑巢在你家。所以有的时候诗很妙，它怎么会从"荡涤放情志"变到"燕赵多佳人"呢？而"燕赵多佳人"，也没有说马上就去相见，还"沉吟聊踯躅"，然后说"思为双飞燕"，又"衔泥巢君屋"。我认为这是一首很微妙的诗。

在近体格律诗形成以前，我们的五言古诗就有很好的作品。陶渊明是晋宋之间的人，而格律是齐梁之间才有的，所以陶渊明的时候还没有平仄跟格律。我们看他《咏贫士七首》其一：

> 万族各有托，孤云独无依。暧暧空中灭，何时见余辉。朝霞开宿雾，众鸟相与飞。迟迟出林翮，未夕复来归。量力守故辙，岂不寒与饥。知音苟不存，已矣何所悲。

"万族各有托",世界上千万的族类各有其托生之所:树长在山上,鱼游在水里;可是空中的一朵孤云,它既不在地,也不在天,既不在山,也不在水,那真是没有依靠的。陶渊明这是"比"啊,没有人写孤独比陶渊明这句诗写得更孤独的。而陶渊明的悲哀尚不止此,那孤云永远在那里吗?转瞬就不见了,"暧暧空中灭,何时见余辉","暧暧"是云影朦胧淡薄的样子,就在空中消逝了,所以孤云不只是如此的孤独,而且它的生命又如此之短暂,什么时候你再看到这个云影天光呢?人类孤独的悲哀,生命短暂的悲哀,陶渊明用这么两句就真是写到了极点。"孤云"是他第一个形象,如此之孤独,如此之短暂。那是诗人的想象,而更可注意的是他那种联想连接的跳跃,因为说到天上的云影消逝了,就想到天上的云霞,"朝霞开宿雾",第二天早晨太阳升上来了,雾就散开了。当朝霞冲破了宿雾的时候,"众鸟相与飞",林子里边的鸟就都飞出来了,一大群鸟一同出去觅食。从孤云想到朝霞,从朝霞想到众鸟,又从众鸟想到其中一只特殊的鸟,"迟迟出林翩",有一只鸟没有跟大家一起飞,它很晚才出来,别的鸟到傍晚黄昏才飞回来,而这只鸟"未夕复来归",天还没有昏黑就飞回来了,它飞出去得晚,飞回来得早,有这样一只不争食的鸟,他就想到不争食的人。"量力守故辙",每个人应该自己量力而为,各人有各人的能力,各人有各人追求的目标,要知道自己能做什么和不能做什么。陶渊明在晋朝其实是世家,他的曾祖父是长沙公陶侃,他的亲戚朋友都是做官的,可是陶渊明做了短期的官以后,马上辞官不做,回去种田了,这不是容易的一件事情。陶渊明留给他儿子一封信说:"性刚才拙,与物多忤。"说自己性格很刚强,不能够委曲苟合,所以"僶俛辞世",离开了仕宦之途回来种地,"使汝等幼而饥寒",让你们这些孩子从小就跟着我挨饿受冻,我对不起你们。但是我陶渊明不是块做官的材料,所以只能"量力守故辙"。"知音苟不存,已矣何所悲",既然没有人能理解,那也就算了吧!我没有办法改变我自己,我就是如此的。陶渊明的诗不讲求平仄,也不讲求对偶,但是他的形象以及章法的转折真是用得很妙。而在如此成熟美好的五言诗出现以后,于是中国的诗歌就又有了更进一步的发展。

我们刚才说《古诗十九首》,"行~行~重~行~行~",都是第二声的阳平,这在古诗中原是可以的,因为古体诗还没有对于平仄声调的反省,没有外加的格律,其声调全在诗人自己的掌控,而这种掌控的标准是极为微妙的。"行行重行行"一往无回,声调正与情意相应合,当然是好的。但也有失败的例证,即如有人就举例说"溪西鸡齐啼""后牖有朽柳","溪西鸡齐啼"都是第一声,"后牖有朽柳"都是第三声。但是像"溪西鸡齐啼""后牖有朽柳"这样的声音就不仅没有美感，而且是失败的。我们中国语言的特色，是独体单音，有四声的分别。陆机《文赋》就曾说"暨音声之迭代，若五色之相宣"，他说当我们写作的时候，声音的"迭代"，就是那种更替、起伏、变化，我们要让它像"五色相宣"，五颜六色要陪衬、搭配。刘勰也说"声转于吻，玲玲如振玉；辞靡于耳，累累如贯珠"，我们中国诗歌的创作，一直注重声调的抑扬变化。到了齐梁之间，因为佛经的翻译，人们开始注重声母、韵母的反切和四声的音调，就对于这种音节的反省越来越清楚了，于是就有了"四声八病"的种种说法，提出来四声要怎么配合。这与佛经的梵唱有很密切的关系，因为唱诵佛经，为了要念得正确，这样就对于我们中国语言文字的声音有了进一步的反省。初唐以后，就形成了四声声律的基本格式，才有了近体的格律诗。近体诗之平仄声律的形成，其实是把吟诵时声吻之间的自然需求加以人工化了的结果，格律的完成乃是为了配合吟咏诵读的需要。

大家现在觉得格律很复杂，但是我给大家做了一个非常简单的格式，你只要记住这个 A 式和 B 式，就可以运用自如，近体诗的格律就掌握了。下面"—"代表平声，"｜"代表仄声：

为什么形成了这样的格律，因为中国在反省之中，认为这个声音要有顿挫抑扬、起伏呼应才好。第二个字与第四个字的节奏停顿之处尤为重要，第一个字不十分重要，所以我们说"一三五不论"，因为第一个字是开端的字，它不是那个节拍的所在；第三个字不重要，因为它也不是节拍的所在；第二个字是重要的，第四个字是重要的，因为那是节拍所在。你只要记住这两个句式，就会作五言体的绝句了。基本的格式有平起（AB）、仄起（BA）两种。我们仍用"—"和"｜"两个符号来代表平声和仄声，如此我们若用符号来表示平起的五言律体绝句，它的格式基本就应是这样的：

```
—  —  —  ｜  ｜
｜  ｜  ｜  —  ｜
｜  ｜  —  —  ｜
—  —  ｜  ｜  —
```

从这个格式我们就可以清楚见到每一行顺读时第四字与第二字的平仄要相反，横读时前一行的第二和第四个字的平仄与后一行的平仄也要相反。而如果以每两句为一联，则第一联第二句的第二和第四个字要与第二联第一句的第二和第四个字平仄相同，我们也可从上面的格式清楚地看到。

现在我们从这些个符号所做成的格式来看，其中声调的抑扬顿挫以及前后呼应的作用就可以看得很清楚了，而这种声调的顿挫抑扬以及前后呼应就正是为了吟诵而形成的。所以我们在吟诵时虽可以有方言等种种不同，但在吟诵时却一定要掌握好其间节奏的顿挫和声调的抑扬以及前后的呼应，这才是吟诵的正统。"平平平仄仄，仄仄仄平平。仄仄平平仄，平平仄仄平"，这就是一首平起的五言律体绝句。第一句第二个字如果是平声，就叫平起，因为第二个字是停顿所在，而如果第二个字是仄声就叫仄起，AB就是平起的五言绝句。而如果一首诗的声律是"仄仄平平仄，平平仄仄平。平平平仄仄，仄仄仄平平"，这就是BA，是仄起的五言绝句了。七言也很简单，就在五言前面加两个字，如果头两个字是平声，就在它前面加两个仄声；如果头两个字是仄声，就在前面加两个平声。"平平仄仄平平仄，仄仄平平仄仄平。仄仄平平平仄仄，平平仄仄仄平平"，这就是平起的七言了。作诗不是很难，大家只要把两个基本的格式记住就可以了。但是除了平仄以外，我们中国还讲究对偶，"天对地，雨对风，大陆对长空"，词性相同，平仄相反，这就是对句了。于是，就又有了八句的律诗。至于八句的格律，则是前面四句的重复。律诗的八句分为首联、额联、颈联、尾联四联，律诗的额联两句和颈联两句，都需要对仗，首尾二联则不需要。每一联之内平仄要相对，各联之间平仄要相粘。后来七言律诗的发展更是把中国语言文字的特色——那种顿挫呼应、对称回环、腾挪变化的美感发挥到了极致，而吟诵注重节奏、声律，也是到了近体格律形成以后才特别讲求的，它既配合了格律的形成，在格律完成以后，又成为体会、悟入中国格律诗之精美堂奥的最佳办法，因此吟诵的传统和中国旧诗之美感特质一直结合有密切的关系。

吟诵例证

1. 五言平起律诗：

空山新雨后，天气晚来秋。明月松间照，清泉石上流。

竹喧归浣女，莲动下渔舟。随意春芳歇，王孙自可留。

（王维《山居秋暝》）

2. 五言仄起律诗：

　　牛渚西江月，青天无片云。登舟望秋月，空忆谢将军。

　　余亦能高咏，斯人不可闻。明朝挂帆席，枫叶落纷纷。

　　　　　　　　　　　　　　　（李白《夜泊牛渚怀古》）

3. 七言仄起律诗：

　　玉露凋伤枫树林，巫山巫峡气萧森。江间波浪兼天涌，塞上风云接地阴。

　　丛菊两开他日泪，孤舟一系故园心。寒衣处处催刀尺，白帝城高急暮砧。

　　　　　　　　　　　　　　　（杜甫《秋兴八首》其一）

4. 七言平起律诗：

　　昆吾御宿自逶迤，紫阁峰阴入渼陂。香稻啄余鹦鹉粒，碧梧栖老凤凰枝。

　　佳人拾翠春相问，仙侣同舟晚更移。彩笔昔曾干气象，白头今望苦低垂。

　　　　　　　　　　　　　　　（杜甫《秋兴八首》其八）

　　　　　　　　　　　　　　（原载《文学与文化》2012 年第 2 期）

一位有争议的诗人与一个被忽略的朝代

——金源诗人对白居易的接受及其诗史意义 *

尚永亮

唐代诗人白居易是一个易于引起争议的诗人①,金源一代则是一个常被人忽略的朝代,而当经过考察,发现这位受争议诗人在此一被忽略朝代竟获得了远超前代的接受境遇,并在诗学史上显示出特殊意义时,这便不只是一种简单的发现,而且是一种饶有余裕的兴趣了。

作为女真族建立的政权,金源一代(1115—1234)在思想文化方面有其特殊性。因其地域在北中国,其民族早期汉化程度有限,故与宋朝相比,文化水准相对低下。诚如《金文雅》编者庄仲方在序言中所说:"金初无文字也,自太祖得辽人韩昉而言始文;太宗入汴州,取经籍图书。宋宇文虚中、张斛、蔡松年、高士谈辈后先归之,而文字煨兴,然犹借才异代也。"② 由于"借才异代",不能不受到宋文化的深刻影响;更由于金初统治者采取了与北宋后期统治者实行的元祐党禁相反的文化政策,"褒崇元祐诸正人,取蔡京、童贯、王黼诸奸党,皆以顺百姓望"③,遂造成"苏学"北行的盛况。一时间,推崇宋诗,尤重苏东坡、黄山谷,成为其诗学的一大特点。

在经过四五十年的发展,进入金世宗大定(1161—1189)和章宗明昌、承安(1190—1200)年间之后,随着早期由宋入金者的渐次辞世,新生代开始步入文

作者简介:尚永亮(1956—),男,武汉大学文学院教授。

* 本文为国家社科基金项目"元和诗歌双向接受史的文化学考察"(项目号:01BZW018)的阶段性成果。

① 参见尚永亮:《"白俗"论之两宋流变及其深层原因》,《学术研究》2010年第5期。

②《金文雅》卷首,光绪辛卯江苏书局重刊本。

③ 刘祁:《归潜志》卷一二,中华书局,1983年,第136页。

坛,也随着整个社会"文治已极"①局面的日渐形成,金源诗风开始摆脱宋人影响,而向唐及唐以前回归,以致被称为"有周成康、汉文景之风"②。当然,由于文学传统的影响,前期形成的崇宋之风并未完全消退,用元好问的话来说,便是"百年以来,诗人多学坡、谷"③,只是比起早期学宋一边倒的情形,此时已有相当数量的诗人向唐诗回归,并形成崇宋与崇唐两股诗学思潮的抗衡。而对白居易的接受,便在这样一个大的诗学背景中渐次展开,白诗的浅白语言和平易风格,也开始摆脱宋人所谓"俗"的批评,成为对抗本朝尖新浮艳诗风的一件利器。

一　围绕白诗评价展开的一场争论

争论是由追步苏、黄的代表人物王庭筠(1156—1202)引起的。庭筠字子端,号黄华山主,其"文采风流,照暎一时。……诗文有师法,高出时辈之右"④。在当时颇具影响。王氏作诗尚奇险尖新,最尊黄庭坚,而对白居易诗则显加排斥。曾有诗云:"近来陡觉无佳思,纵有诗成似乐天。"⑤意谓因无佳思而写不出好诗来,纵勉强写得诗成,也只与轻俗浅易的白乐天诗相似。表面看来,似在为自己解嘲,但字里行间流露的,乃是对白诗颇不以为然的态度。

王氏这种轻视白诗的态度,倘稍加寻绎,即可看出其远源所在。早在北宋中期,伴随着苏轼"元轻白俗"论的流行,白居易诗即受到众多评家的批评和轻视,其中尤以陈师道、魏泰诸人为最。陈氏《后山诗话》有言:"学诗当以子美为师,有规矩故可学。退之于诗本无解处,以才高而好尔。渊明不为诗,写其心中之妙尔。学杜不成,不失为工。无韩之才与陶之妙,而学其诗,终为乐天尔。"魏泰《临汉隐居诗话》亦谓:"白居易亦善作长韵叙事,但格制不高,局于浅切,又不能更风操,虽百篇之意,只如一篇,故使人读而易厌也。"⑥这就是说,白居易诗既乏心中之妙,亦无横放之才,既局于浅切,又缺少变化,只能算是等而下之的角色。了解了

---

① 元好问:《通玄大师李君墓碑》,《遗山先生文集》卷三一,四部丛刊初编本。

② 王磐:《大定治绩序》,《国朝文类》卷三二,四部丛刊初编本。

③ 元好问:《赵闲闲书拟和韦苏州诗跋》,张金吾辑《金文最》卷二五,光绪二十一年重刻本。

④ 元好问:《中州集》卷三,中华书局,1959年,第145–146页。

⑤ 见王若虚《王子端云近来陡觉无佳思纵有诗成似乐天其小乐天甚矣予亦尝和为四绝》诗题所引(《滹南遗老集》卷四五,四部丛刊初编本)。

⑥《历代诗话》(上),中华书局,1981年,第304、327页。

宋人这种态度,便不难理解王庭筠何以会将自己无佳思时的作品比作白诗了。

王庭筠轻视白诗也有其现实原因。一般来说,金源诗人崇宋一派大致形成尚自然旷放与尖新奇险两种倾向,而尤以后者影响为大。这股追逐尖新奇险的诗学思潮最早由诗学黄庭坚的蔡珪发其端绪,而至王庭筠、李纯甫、雷渊等人达致高潮。由于王、李诸人才高名重,在当时极具影响力,遂导致诗坛争险逐奇,从者如风,刘祁《归潜志》卷八所谓"明昌、承安间,作诗者尚尖新","其诗大抵皆浮艳语",便是时风的真实写照。这里存在一个有趣的现象:最初是几位诗坛大佬倡导并推动了某种诗风,但当这种诗风成为一时的潮流后,遂使得早先的大佬也受其裹挟而难以自主了。换句话说,由于诗尚尖新浮艳,自然瞧不起平易浅白,但尖新之作不挖空心思便难以获得,而平易之作相对容易一些。只是要将这样的平易之作拿出手去,便必须对尚尖新的自己和流俗有一个交待,于是就有了王庭筠借白诗来自嘲的诗句。

对王庭筠这种尚尖新、轻白诗的态度,首先是赵秉文(1159—1232)予以明确批评。秉文字周臣,号闲闲,金代文坛举足轻重的大家。元好问《闲闲公墓铭》历数"自宋以后百年、辽以来三百年"间之党怀英、王庭筠、周昂、杨云翼、李纯甫、雷渊等一干名人,谓其"不可不谓之豪杰之士",然"若夫不溺于时俗,不汩于利禄,慨然以道德、仁义、性命、祸福之学自任,沉潜乎六经,从容乎百家,幼而壮,壮而老,怡然涣然之死而后已者,惟我闲闲公一人"。① 其评价不可谓不高。秉文早年与庭筠同趣,"宗尚眉山之体",以苏轼诗为效法对象。但到了后期,诗学趣尚发生转变,开始由崇宋转向学唐:"赵闲闲晚年,诗多法唐人李、杜诸公,然未尝语于人。已而,麻知己、李长源、元裕之辈鼎出,故后进作者争以唐人为法也。"② 由于赵秉文等人以唐人为法,遂不能不与王庭筠的诗学趣尚发生分歧,并进而与追步王庭筠的李纯甫(字之纯,号屏山居士)等人分道扬镳。刘祁《归潜志》载:

> 闲闲于前辈中,文则推党世杰怀英、蔡正甫珪,诗则最称赵文孺沨、尹无忌拓。尝云:"王子端才固高,然太为名所使,每出一联一篇,必要使人皆称之,故止是尖新。其曰:'近来陡觉无佳思,纵有诗成似乐天。'不免为物议也。李屏山于前辈中止推王子端庭筠,尝曰:'东坡变而山谷,山谷变而黄华,人难及也。'或谓赵不假借子端,盖与王争名;而李推黄华,盖将以轧赵也。"③

① 元好问:《闲闲公墓铭》,《遗山先生文集》卷十七,四部丛刊初编本。
② 刘祁:《归潜志》卷八,中华书局,1983年,第85页。
③ 刘祁:《归潜志》卷十,第119页。

从这则材料看,赵秉文在本朝所推崇的诗人主要是赵文孺和尹无忌(后因"避国讳"改名师拓),而对王庭筠的诗作并不看好,对他的贬白之作更有"不免物议"的批评。物议者,众人之非议也。细绎文意,王氏之所以被众人非议,要因盖有两点:一是追求"尖新"诗风,为赢得某些人的称赏而作诗,背离了诗之为诗的要义,却自命清高,瞧不起平易通俗的白诗,在诗学观上误入歧途。二是太过重名,"每出一联一篇必要使人皆称之",而当他意识到写出的句子不好、有可能得不到称赏时,便以"似乐天"来搪塞。看似自我解嘲,实则是一种矫情,是"太为名所使"的另一种表现。赵秉文的这段话,是否曾当着王庭筠的面讲过,不得而知,但作为在诗友间公开发表的议论,必然会传到王氏耳中,却应是没有疑义的。大概正是因了这种情形,时人才会有"赵不假借子端,盖与王争名"之说。是否争名,因材料阙如,难以妄断;所可认定者,赵与王、李二人在诗学取向上存在明显分歧乃是不争的事实。《归潜志》载:"赵闲闲尝为余言:少初识尹无忌,问:'久闻先生作诗,不喜苏、黄,何如?'无忌曰:'学苏、黄则卑猥也。'其诗一以李、杜为法。"① 据此而言,秉文早年即受到尹无忌崇唐抑宋诗学观的影响,而其后期由崇宋转向学唐,并对王庭筠之贬抑白诗深表不满,亦未尝不包含这种影响的因子。

　　另一位对王庭筠贬白诗作提出批评的是著名诗评家王若虚(1174—1243)。若虚字从之,号慵夫,"学博而要,才大而雅,识明而远"②。尤善辩难,笔锋甚锐。他一方面屡次对庭筠师法的黄庭坚大加鞑伐,认为"山谷之诗,有奇而无妙,有斩绝而无横放,铺张学问以为富,点化陈腐以为新,而浑然天成如肺肝中流出者不足也"③。另一方面对庭筠诽薄白诗的做法毫不假贷,极尽挖苦讽刺之能事。其《王子端云:"近来陡觉无佳思,纵有诗成似乐天。"其小乐天甚矣!予亦尝和为四绝》这样写道:

功夫费尽谩穷年,病入膏肓不可镌。寄语雪溪王处士,恐君犹是管窥天。
东涂西抹斗新妍,时世梳妆亦可怜。人物世衰如鼠尾,后生未可议前贤。
妙理宜人入肺肝,麻姑搔痒岂胜便。世间笔墨成何事,此老胸中具一天。
百斛明珠一一圆,丝毫无恨彻中边。从渠屡受群儿谤,不害三光万古悬。④

① 刘祁:《《归潜志》卷八,第86页。
② 李治:《滹南遗老集引》,《滹南遗老集》卷首,四部丛刊初编本。
③《滹南遗老集》卷三十九《诗话》。
④《滹南遗老集》卷四十五。

从诗题看,一句"其小乐天甚矣",便充满了论战的火药味;而从诗意看,更是针针见血,斩截痛快。第一首说庭筠不得作诗真诠,虽然功夫费尽,却已病入膏肓;他所见到的乐天,不过是以管窥天而已。第二首说他随波逐流,只知拾宋人余唾东涂西抹;他和他所处的时世与白居易及其生活的唐代相比,均已如鼠尾般衰败,怎么可以轻易地指摘前贤?第三首正面称赞白诗,认为其妙理宜人,直入肺肝,读来如麻姑搔痒,无比痛快;相比之下,王庭筠辈那些只重技巧的诗作实在不值一谈,他们对人事的认知如何能与看透世理且道尽人心中事的乐天相比!第四首进一步将白诗比作百斛明珠,内里与周边皆晶莹圆润,宛如日月星辰高悬万古,即使屡受群儿诽谤,也不会损害它的光芒。

综观四首诗,论敌明确,论题集中,作者嬉笑怒骂,义形于色,锋芒所向,势如破竹。同时,又有破有立,破立结合,所立者为白居易所代表的唐诗典范,所破者为王庭筠所代表的当世颓风。对于所立者,誉其为"妙理宜人""麻姑搔痒""百斛明珠""三光万古";对于所破者,贬其为"病入膏肓""以管窥天""东涂西抹""衰如鼠尾"。表面看来,这只是围绕白诗展开的一场争论,但就其实质而言,这场争论的目的无疑在借平易真朴之白诗针砭尖新浮艳之时风,并提倡一种正确的创作方向。就此而言,这场因王庭筠一首诗所引起的关于白诗的争论,在金源诗歌史上是具有一种拨乱返正的特殊意义的。

关于这场争论,本来在王若虚这里已经结束了。但若将视线稍作延伸,还可发现另一位看似置身事外实则身在事中的重要人物——元好问——发挥的作用。好问(1190—1257)字裕之,号遗山,"为一代宗匠,以文章伯独步几三十年"[①]。诗兼学唐宋,而在诗学观上,更接近赵秉文、王若虚等人。赵、王二人与王庭筠关于白居易诗的论争,元好问虽然没有直接参加,但却有着极明确的倾向性,并采用独特的方式扩大了这场论争的影响力和传播范围。理由如下:其一,元氏推崇白居易诗并曾给予极高评价(详见后文)。其二,元氏与王若虚关系密切并私心拥戴。《遗山集》卷八《别王使君丈从之》云:"谢公每见皆名语,白傅相看只故情。尊酒风流有今夕,玉堂人物记升平。泰山北斗千年在,和气春风四座倾。别后殷勤更谁接,只应偏忆老门生。"诗以"谢公""白傅"尊王,并誉之为"泰山北斗",足见王在元心目中地位之高。其三,元氏在其所编收录金源一代诗作的大型选本《中州

---

① 郝经:《遗山先生墓铭》,《遗山先生文集·附录》,四部丛刊初编本。

集》中，特意收入王若虚《王内翰子端诗"近来陡觉无佳思，纵有诗成似乐天"，其小乐天甚矣！漫赋三诗，为白傅解嘲》。① 这就在诗学观上表明了其不满王庭筠而支持王若虚的态度，并借助大型选本这一传播载体，使这场争论的传播范围超越作家别集而得以大大扩展。就此而言，元好问的做法不正是一种特殊意义上的参与吗？而且这种参与的效果，也是绝不亚于亲身参与论战的赵秉文、王若虚的。可以说，这场围绕白诗展开的争论，到了元好问这里才算画上了一个完整的句号。

二　崇白风潮与白陶并论

由于诗学祈向发生了由宋到唐的转变，不少金代文人在舍宋学唐的同时，也将目光投向了白居易。如曾为翰林供奉、自号西岩老人的刘汲即学白诗，所作"质而不野，清而不寒，简而有理，淡而有味，盖学乐天而酷似之"②。号称溪南诗老的辛愿也喜白居易，"年二十五始知读书，取《白氏讽谏集》自试，一日便能背诵"③。山东东路按察司知事贾照"嗜古学，尚友严子陵、陶渊明、白乐天、邵尧夫，号'四友居士'，故诗有'高风希四友，古学守三玄'之句"④。青年诗人高思诚"平生深慕乐天之为人，而尤爱其诗"，特意"葺其所居之堂，以为读书之所，择乐天绝句之诗，列之壁间，而榜以'咏白'，盖将日玩诸其目而讽诵诸其口也"⑤。至于文论大家王若虚，一方面给白诗以极高评价，谓"乐天之诗，情致曲尽，入人肝脾，随物赋形，所在充满，殆与元气相侔"⑥；另一方面，"文以欧苏为正脉，诗学白乐天，作虽不多，而颇能似之"⑦。在理论和创作两个层面均大力标举并效法白诗，极具影响力。⑧ 概览这些材料可知，金源诗坛喜爱白居易及其诗者颇有人在，有些人甚至达到了痴迷的程度。

在这股崇白风潮中，最值得重视的，是将白居易与陶渊明的相提并论。如前

① 载《中州集》卷六。按，此三诗即前引《滹南遗老集》卷四十五《王子端云："近来陡觉无佳思，纵有诗成似乐天。"其小乐天甚矣！予亦尝和为四绝》之前三首，诗题与《滹南遗老集》所载者略异。

②《中州集》（上）卷二，中华书局，1959年，第78页。

③《中州集》（下）卷十，第484页。

④ 元好问：《东平贾氏千秋录后记》，《遗山先生文集》卷三四，四部丛刊初编本。

⑤ 王若虚：《高思诚咏白堂记》，《滹南遗老集》卷四三，四部丛刊初编本。

⑥《滹南遗老集》卷三八《诗话》。

⑦ 元好问：《内翰王公墓表》，《遗山先生文集》卷一九。

⑧ 参见尚永亮：《论王若虚对白居易的接受及其得失》，《社会科学》2009年第9期。

引贾照即将陶渊明、白居易等人誉为同具高风之"四友"，予以称赏和效法。赵秉文《题郝运使荣归堂》则以"柴桑问路陶元亮，洛社休官白乐天"的偶对句式，将陶白对举；其《答李天英书》先以"冲澹"许白诗，继谓："太白、杜陵、东坡，词人之文也，吾师其词不师其意；渊明、乐天，高士之诗也，吾师其意不师其词。"① 由此而言，秉文看重陶、白的，不仅是其诗风的冲澹，而且是其品格意趣的高远。赵元《书怀继元弟裕之韵四首》其四明确声言："栗里愧渊明，香山惭乐天。二老已古人，相望云泥悬。"将陶、白"二老"作为典范，在与自我的比况中见出今人与古人的差距，也见出作者的深心推许。

与上述诸人的陶白并论相比，元好问对白居易与陶渊明的相关性论说更值得关注。在著名的《论诗三十首》第四首中，元好问论陶渊明诗云："一语天然万古新，豪华落尽见真淳。南窗白日羲皇上，未害渊明是晋人。"其下有一自注：

> 柳子厚，晋之谢灵运；陶渊明，唐之白乐天。②

谢灵运、陶渊明均为元好问极为推崇的诗人，这里将柳宗元、白居易分别与谢灵运、陶渊明作比，意谓柳谢一脉（此意在元氏《论诗三十首》之第二十首有专门申论，详后），白陶同源，则其论渊明之"天然""真淳"诸语，也自然一定程度地适合乐天。这不仅提高了柳、白的地位，而且清晰地勾勒出了文学史上两种不同诗风的传承线索。就此而言，元氏此论便已具有了与众不同的独特价值。

进一步看，元氏此论又不仅仅是一般性的文学评说，它还是对此前一个权威性说法的挑战。考察诗歌接受史可知，将唐代诗人与陶渊明联系起来加以评说并对后世产生深远影响的，首先当推宋人苏轼。《东坡题跋》卷二《评韩柳诗》有言："柳子厚诗在陶渊明下，韦苏州上；退之豪放奇险则过之，而温丽精深不及也。所贵乎枯淡者，谓其外枯而中膏，似淡而实美，渊明、子厚之流是也。"在这段话里，苏轼将柳宗元、韦应物与陶渊明相提并论，并通过对"外枯而中膏，似淡而实美"之"枯淡"诗风的分析，将"渊明、子厚之流"所代表的一个诗歌派别凸显出来。苏轼这一观点，一方面因其所具有的艺术眼光和深刻性，另一方面也因苏轼其人崇

---

① 以上诗文分见赵秉文《滏水集》卷七、卷一九，文渊阁四库全书本。

② 文渊阁四库全书本《遗山集》卷十一、四部丛刊初编本《遗山先生文集》卷十一。另据文渊阁四库全书本《御订全金诗增补中州集》卷六六、《御选金诗》卷二三、《元诗选》初集卷三《论诗三十首》第四首下自注为："柳子厚，唐之谢灵运；陶渊明，晋之白乐天。"

高的文化地位,几乎获得了后人的一致认可。如韩子苍的一段解释:"渊明诗,惟韦苏州得其清闲,尚不得其枯淡;柳州独得之,但恨其少遒尔。柳诗不多,体亦备众家,惟效陶诗是其性所好,独不可及也。"① 这段对苏轼语意有着深入体会的话,可以说是将东坡提出的陶柳同源论予以进一步申发的早期代表,而其对后世评家的相关态度也产生了不可忽视的深远影响。②

　　然而,柳、陶相似,毕竟主要表现在诗风层面,若从两位诗人之内在心性、生活态度等方面考察,柳与陶是颇有差异的;而且即就诗风来说,所谓"枯淡"亦仅为柳氏诗风的一个方面,远不能代表柳诗之冷峭、凄怨的主体风格。③ 如果换一个角度,从人生经历、诗心诗境诸方面看,柳宗元倒是与晋宋之际的谢灵运更具一致性。这种一致性,借用元好问《论诗三十首》第二十首的说法,便是:"谢客风容映古今,发源谁似柳州深?朱弦一拂遗音在,却是当年寂寞心。"这里所谓"寂寞心",是柳与谢的深层相通处,亦即前引元诗第四首下自注之"柳子厚,晋之谢灵运"的最好注脚。元好问这一看法,是与苏轼颇有差异的一种新的见解,它指出了不同文学家之间的别种关联和同一。就此而言,则苏轼在指出柳陶相似性的同时,便对柳陶间的相异性作了遮蔽,对柳谢间的相似性作了遮蔽,同时也对其他诗人如白居易与陶渊明间的相似性作了遮蔽。而元好问将陶谢白柳重作区分,使得柳谢一脉、白陶同源,便既可以视作对苏轼观点的驳正,也可以视作对文学史的某种解蔽和真相还原。

　　当然,对白居易与陶渊明间相似性的发现,并不始于元好问。早在北宋中后期,作为苏门弟子之一的张耒即看到了这一点。在《题吴德仁诗卷》中,张耒这样说道:"陶元亮虽嗜酒,家贫不能常饮,而况必饮美酒乎?其所与饮,多田野樵渔之人,班坐林间,所以奉身而悦口腹者盖略矣。白乐天亦嗜酒,其家酿黄醅者,盖善酒也。又每饮酒必有丝竹童妓之奉,洛阳山水风物甲天下,其所与游,如裴度刘禹锡之徒,皆一时名士也。夫欲为元亮,则窭陋而难安;欲为乐天,则备足而难成。德仁居二人之间,真率仅似陶,而奉养略如白,至其放达,则并有之。岂非贤哉!"④ 这段话以饮酒为话题,拈出陶白二人在生活情境上的似与不似,而归结点则是陶白同具的"放达"心性。就此而言,张耒关注的重点虽不是诗歌,但却在生活态度

----

　　① 何汶:《竹庄诗话》卷八"柳子厚"引,中华书局,1984 年,第 158 页。

　　② 参看尚永亮、洪迎华:《柳宗元诗歌接受主流及其嬗变——从另一角度看苏轼"第一读者"的地位和作用》,《人文杂志》2004 年第 6 期。

　　③ 参见尚永亮:《冷峭:柳宗元审美情趣和悲剧生命的结晶》,《江汉论坛》1990 年 9 期。

　　④《张右史文集》卷四七,《四部丛刊》初编本。

上将白与陶联结在了一起，从而在发生学的意义上成为元好问陶白同源观的远源。

此后，南宋人陈善针对黄庭坚就柳宗元、白居易诗与陶诗之关联的说法提出异议，他说："山谷尝谓：白乐天、柳子厚俱效陶渊明作诗，而惟柳子厚诗为近。然以予观之，子厚语近而气不近，乐天气近而语不近。子厚气凄怆，乐天语散缓，虽各得其一，要于渊明诗未能尽似也。"①从"语近"和"气尽"的角度比较柳、白与陶的关联，认为二人"各得其一"，而未能尽似陶。不过，"语近"多属外在语言层面的效法模拟，"气近"则属内在心性气格的自然相通，相比之下，白与陶的关联较之柳与陶的关联，无疑更深一层。就此而言，陈善的看法大致构成了元好问陶白同源观的近源。

元好问将白陶并举，关注点之一也是二人个体心性和生活态度的相似。元人陈栎《定宇集》卷七载陈氏与其甥吴仲文之答问，即涉及此一问题："问：元裕之云：柳子厚，唐之谢康乐；陶元亮，晋之白乐天。此说如何？答曰：谢康乐灵运，谢玄之后，袭封康乐公，以放旷不检束遭祸；柳子厚陷叔文之党，亦卒贬死，以之并说，亦自颇是。陶元亮忠义旷达，优游乐易，以白乐天比之，亦似之。但优游乐易相似，而论其至到处，乐天不能及渊明也。"细详文意，陈氏虽认为在"至到处""乐天不能及渊明"，但在"忠义旷达""优游乐易"一点上，却是充分肯定了白与陶间的相似性，肯定了元氏之论的眼光。

元好问将白陶并举同论，更重要的一点在于认识到了二人建基于文化人格相似性上的诗品类同。在《石洲诗话》中，清人翁方纲对元氏论陶白谢柳诗之关联曾有如下分析："盖陶、谢体格，并高出六朝，而以天然闲适者归之陶，以蕴酿神秀者归之谢，此所以为'初日芙蓉'，他家莫及也。"②"此实上下古今之定品也。其不以柳与陶并言，而言其继谢；不以陶与韦并言，而言其似白者，盖陶与白皆萧散闲适之品，谢与柳皆蕴酿神秀之品也。"③细绎翁氏之言，既高度称许元氏诗论，认为此为"上下古今之定品"，又对其不以陶与柳、韦并言而以陶、白并言的原因予以分析，可谓深中肯綮。质言之，在白与陶之间，既有个体心性和生活态度的相似，也有文化品格和诗心诗境的承接，较之苏轼的以柳继陶来，元好问的"陶渊明，晋之白乐天"，更着重其在"萧散闲适之品"上的同一，并在广阔的文化范围将

---

① 陈善：《扪虱新话》下集卷四"拟渊明作诗"条，中华书局，1985 年，第 86 页。
② 《石州诗话》卷七《元遗山论诗三十首》，《清诗话续编》，上海古籍出版社，1983 年，第 1496 页。
③ 《石洲诗话》卷八《王文简戏仿元遗山论诗绝句三十五首》，《清诗话续编》，第 1504 页。

白乐天视为陶之正传。就此而言,元氏之论既是对苏轼权威言论的一次挑战,是对白乐天地位的极大提高,也是对白诗理解的一个深化,是金源白居易接受史上的一个理论创举。联系到元好问《陶然集诗序》所谓"子美夔州以后、乐天香山以后、东坡海南以后,皆不烦绳削而自合,非技进于道者能之乎"的评说,可以看出,元氏将晚年白诗与后期杜甫、苏轼诗相提并论,誉之为"不烦绳削而自合""技进于道者",实在已是一个极高的评价了。由此一评价出发,不难解悟元氏将白陶并举的源于诗歌美学方面的原因。①

三　创作中的效白与发展

金源诗人对白居易的接受,还表现在诗歌创作层面对白诗的效法。这种效法,不妨从以下两个方面稍作说明。

其一是服膺白居易的闲适、知足思想,追步其平易诗风,在创作中表现出对白居易生活态度的深层理解和接受。

生活在金代中前期的王寂(1128—1194)首先引起我们的关注。寂字元老,河北玉田人,官至户部侍郎、礼部尚书。四库馆臣谓其"诗境清刻镂露,有戛戛独造之风,古文亦博大疏畅,在大定、明昌间卓然不愧为作者。金朝一代文士见于《中州集》者,不下百数十家,今惟赵秉文、王若虚二集尚有传本,馀多湮没无存,独寂是编,幸于沉埋晦蚀之馀复显于世,而文章体格,亦足与滹南、滏水相为抗行"②。就对王诗的整体评价而言,这段话是准确的;但就其对王诗风格的表述看,却略欠周全。翻阅《拙轩集》,王诗风格并不单一,既有清刻镂露者,也有豪迈奔放者,还有追奇逐险者,更有闲适平易者。大抵来说,其前期心性偏向豪迈一路,故诗风相对张扬;后期经生活磨砺特别是贬谪生涯,使其心性趋于内敛,诗风也趋于平易。除此之外,他对白居易生活态度的认同,也是导致其诗走向平易的一个要因。

效法白居易,关键在于汲取白氏的"知足"思想,追步白氏的"中隐"道路。在《易足斋》诗中,王寂这样表现自己的生活态度:

> 吾爱吾庐事事幽,此生随分得优游。穷冬夜话蒲团暖,长夏朝眠竹簟秋。

---

① 参见尚永亮:《元遗山与白乐天的诗学关联及其接受背景》,《文学遗产》2009 年第 4 期。
② 永瑢等:《〈拙轩集〉提要》,《四库全书总目》(下)卷一六六,中华书局,1965 年,第 1420 页。

一榻蠹书闲处看,两盂薄粥饱时休。红旗黄纸非吾事,未羡元龙百尺楼。①

独处幽庐,随分优游,穷冬夜话,长夏朝眠,充溢其中的"知足"思想与白居易可谓一脉相承。联系到白居易《春日闲居三首》其一所谓"陶云爱吾庐,吾亦爱吾屋。屋中有琴书,聊以慰幽独",《刘十九同宿》所谓"红旗破贼非吾事,黄纸除书无我名。唯共嵩阳刘处士,围棋赌酒到天明"的诗句,尤能见出王诗对白诗的承袭线索。与此相类,其《题中隐轩》诗更明确地表达了对白居易"中隐"生活的钦羡:

> 君不见严君平、梅子真,成都卜肆吴市门。万人如海一身隐,外听车马争驰奔。又不见介之推、屈大夫,绵山泽畔何区区。孤高与世冰炭,甘焚就溺捐微躯。两公朝市大喧噪,二子山林更牢落。混俗变姓良自欺,卖身买名何太错。我则愿师白乐天,终身衮衮留司官。伏腊粗给忧患少,妻孥饱暖身心安。况有民社可行道,随分歌酒陶馀欢。经邦论道不我责,除书破贼非吾干。折腰束带莫耻五斗粟,犹胜元载胡椒八百斛。一朝事败竟赤族,嗟尔安得为孤犊。尘靴汗板莫厌时,奔走犹胜李斯相秦印如斗。一朝祸起遭鞭枏,却思上蔡牵黄狗。况知富贵不可求,侥求纵得终身忧。不如中隐轩中日日醉,醉倒不省万事休。

在作者看来,严君平、梅子真、介之推、屈大夫的生活方式或"喧噪",或"牢落",均不及隐在留司官的白乐天来得优游自在,因而明确声言:"我则愿师白乐天。"将此诗与白居易《中隐》一诗相较,其意绪、情怀,对忧患和人生的理解,如出一辙。实际上,在白居易的《咏怀》《池上篇》等众多作品中,反复歌咏的一个主题,便是避祸远灾、知足而乐的"中隐"生活,这是饱经世事磨难、人生困境后对政治的一种自觉避离,也是中国文人达则兼济、穷则独善思想在生活层面的具体落实。王寂的诗,不过是将这些体验和道理换一种说法再予表述,不过是将其师法对象明确锁定为白居易而已。

王寂也有一些标明效法白诗的作品,如其《中秋月下有感戏效乐天》:

> 此夜十分满,中秋万古情。素娥应不老,苍鬓可怜生。追想欢呼处,翻成

---

① 王寂《易足斋》,《拙轩集》,文渊阁四库全书本。

叹息声。悲欢人自尔，月是一般明。

用语平易，诗意深透，颇肖白氏《中秋月》等写景感怀之作。他如《题香山寺》：

> 平生居士爱香山，百岁神游定此间。黄卷既能探妙理，青衫安用拭馀潸。
> 樱桃笑日艳樊素，杨柳舞风娇小蛮。尚想夜深携满老，幅巾来听水潺潺。

聊聊数语，即将白氏晚年读佛书、探妙理、拥美妓、游山水诸般情事囊括无遗。读这样的诗，即使没有开篇"平生居士爱香山"之句，亦足可看出其对白氏生活之艳羡，对其为人之推崇了。

再以赵秉文为例，他由学宋到学唐，除了"以李杜为法"，还能转益多师，广泛模拟李杜以外如王维、郎士元、韦应物、刘长卿、李贺、卢仝等唐人的诗作，而其中较引人注目的，便是他对白居易的态度。《归潜志》卷八引李纯甫为赵秉文集所作序云："公诗往往有李太白、白乐天语，某辄能识之。"话虽内含讥刺，但却从侧面反映了赵诗与白诗的关联。细阅赵秉文《滏水集》，多有涉及白居易及其诗者，或仰慕白氏为人而自抒怀抱："山川宛如昔，白傅不可见。"（《龙门》）或将渊明、乐天之作视为"高士之诗"而欲"师其意"（《答李天英书》）。① 其《仿乐天新宅》诗云：

> 吉凶翻覆两何如，新贵移来旧贵居。昨日弓刀围旧宅，今朝车马庆新除。
> 兔惊尚顾置中兔，鱼逸还寻罟下鱼。富贵贫穷皆有命，大都覆辙戒前车。②

诗以仿乐天诗为题，借宅第新旧间的更换，表现政治斗争导致的吉凶翻覆。类似主题，白居易诗中多有涉及，如："吉凶祸福有来由，但要深知不要忧。只见火光烧润屋，不闻风浪覆虚舟。名为公器无多取，利是身灾合少求。虽异匏瓜难不食，大都食足早宜休。"（《感兴二首》其一）两相比照，很可以看出二人对吉凶祸福之变化无常及知足安命、避祸远灾的共同认识和态度。

其二，学习白居易直面现实的精神，创作乐府讽谕诗，反映民生疾苦，揭露社会黑暗。

---

① 以上诗文分见赵秉文《滏水集》卷三、卷一九，文渊阁四库全书本。
② 《滏水集》卷四。

在这方面,那位曾双目失明而宣称"香山惭乐天"①的赵元(约 1215 年前后在世)最值得关注。《中州集》赵元小传称其"既病废,无所营为,万虑一归于诗,故诗益工。若其五言平淡处,他人未易造也"②。细阅该集所收赵元 34 首诗作,基本特点确是平易晓畅,深得白诗神髓。如其《读乐天无可奈何歌》:"凫胫苦太短,蚿足何其多。物理斩不齐,利剑空自磨。老跖富且寿,元恶天不诃。伯夷岂不仁,饿死西山阿。天意寓冥邈,人心徒揣摩。不如且饮酒,流年付蹉跎。酒酣登高原,浩歌无奈何。"③虽与白居易《无可奈何歌》诗体有别,但皆面对人生磨难和苦闷,说理述怀,自我排遣,其表现手法和基本情调是相当一致的。

赵元学白,不只是追求语言和诗风的相似,其更突出的表现在于,借鉴白氏新乐府的形式,作有多首反映民生疾苦的佳作,由此展示了与白氏现实关怀的深层相通。如列于第一篇的《邻妇哭》即是如此:

> 邻妇哭,哭声苦,一家十口今存五。我亲问之亡者谁,儿郎被杀夫遭虏。邻妇哭,哭声哀,儿郎未埋夫未回。烧残破屋不暇葺,田畴失锄多草莱。邻妇哭,哭不停,应当门户无馀丁。追胥夜至星火急,并州运米云中行。④

诗以"邻妇哭"为主线,极写其"儿郎被杀夫遭虏""烧残破屋不暇葺""并州运米云中行"的悲惨遭遇及所受赋役重压,读之令人叹息。而在表现形式上,虽受到《诗经》、古乐府民歌的影响,但其最接近的,莫过于白居易《新乐府》中最常使用的三、三、七言句式,重沓回环,一唱三叹。如将其与白氏标明"哀冤民"的《秦吉了》等相比,则其一脉相承的痕迹就更清晰了。

再如《修城去》《田间秋日三首》其一等,都是反映现实、哀愍民生、抨击官府的力作。前诗题下自注:"甲戌岁,忻城陷,官复完治,途中闻哀叹声,感而有作。"诗以"修城去,劳复劳,途中哀叹声嗷嗷"领起,通过对艰苦劳作的描写,一再放言揭露并怒喝:"一锹复一杵,沥尽民脂膏","城根运土到城头,补城残缺终何益!"⑤后诗仅四句:"好雨知时便放晴,天和酝酿作西成。秋收但得官军饱,未怕

---

① 《书怀继元弟裕之韵四首》其四,《中州集》卷五,中华书局,1959 年,第 266 页。

② 元好问:《中州集》卷五,第 265 页。

③ 《读乐天无可奈何歌》,《中州集》卷五,第 272 页。

④ 《邻妇哭》,《中州集》卷五,第 265 页。

⑤ 《修城去》,《中州集》卷五,第 267 页。

输租远十程。"① 表面是说不惧路远也要给官军输租送粮,实则正话反说,借以曲折展示秋收之际农人所受赋役重压。联系到元稹《田家词》所谓"农死有儿牛有犊,誓不遣官军粮不足",不难发现二者的相似性关联。

与赵元的《田间秋日》相比,萧贡(1158—1223)的《荒田拟白乐天》题旨更为显豁:"荒田几岁阙人耕,欲种麋荞趁晚晴。急手剪除荆与棘,一科才了十科生。"② 田荒已"几岁",显见战乱频仍,民不聊生;剪除荆棘,说明田荒之甚,劳作艰辛;然而就在此耕种阶段,便已有科税光顾,而且是"一科才了十科生",则官家赋税之繁,农人受压之重,便已不言自明了。诗为仿白之作,语言平易简洁,诗风朴质自然,而充溢着强烈的批判精神,实属受白诗影响而又有所提升的佳作。

元好问也有多篇表现现实、反映民生苦难的诗作。如《虎害》通过对山虎食人而官府无人过问的描写,真实地表现了"哀哀太山妇,叫断秋空云"的凄凉;《驱猪行》具体描述了黄台张氏庄豪猪毁稼、飞蝗害田、"天明垄亩见狼藉,妇子相看空泪流"的惨景;《宿菊潭》借作者与田父的对话表现官民关系,有指斥,有同情,而其最终目的,便是"教汝子若孙,努力逃寒饥";《雁门道中书所见》则通过城中"醉歌舞"和城外"愁肺腑"的比照,展示出社会的不公和诗人心理的落差,并深刻揭示了百姓苦难的根源在于"食禾有百螣,择肉非一虎"。元氏这些诗作,虽未标明效白的题名,但其反映现实的深度并不亚于白居易的《新乐府》,其所使用的语言和表现方法,也与白居易的讽谕诗一脉相承。

四　结　论

以上,我们从三个方面对白居易在金源一代的接受境遇作了一个梳理,倘稍加总结,大致可以看出这样几个要点:

其一,关于白居易及其诗作的评价,由王庭筠一首涉白诗作以及由此引发的一场争论拉开序幕,推向高潮;这样一个看似偶然实则具有某种必然性的事件,借助白居易这位有争议的人物,展示了金源一代宗唐宗宋两派在诗学旨趣上的对立,也表现了赵秉文、王若虚、元好问等宗唐诗人对尖新浮艳时风的针砭和对正确创作方向的探寻。就此而言,这场关于白诗的争论,在金源诗歌史上便具有

①《田间秋日三首》其一,《中州集》卷五,第267页。
②《荒田拟白乐天》,《中州集》卷五,第236页。

了一种拨乱返正的转折意义。

其二,白居易在金源中后期受人重视、追捧,以至被元好问视作陶渊明的正宗传人,其个体心性、文化品格乃至诗学意趣诸方面均获得新的理解和体认。从接受学的角度看,这既是一种新意义的发现,也是对以苏轼为代表的既有权威观点的驳正,或者说是对文学史的某种解蔽和真相还原。而这一点,应是这个常被人忽略之朝代中最不容忽视的问题之一。

其三,金源诗人对白居易的接受,不只体现在口头的争论和理性的评说,而且还表现为此期诗人在创作中对白居易闲适、讽谕两类题材的集中效法。这种情况,除其所具有的诗学层面的意义外,同时说明:知足、闲适的情怀与对社会的揭露、批判,这一内一外、自白居易开始突显化了的自我关怀和现实关怀两个维度,在金源诗人这里获得进一步呈现,并在一定范围构成其精神生活之常态。

当然,金源诗人之推崇白居易,与其说缘于明确自觉的理性,不如说缘于心灵的相通或某种艺术敏感更为准确。类似王若虚对"坦白平易,直以写自然之趣,合乎天造,厌乎人意"[1]之乐天诗的一再推举,元好问之"并州未是风流减,五百年中一乐天"[2]的宏观判断,"学诗二十年,钝笔死不神。乞灵白少傅,佳句傥能新"[3]的创作自述,都可作如是观。这里有生活态度的接近,有诗美追求的类同,有同乡之缘导致的亲和,有躬身实践的甘苦体悟。就此而言,白居易这位受争议的诗人在金源这个常被忽略的朝代,其接受境遇获得了出人意料的转变,也就不难理解了。

(原载《文学与文化》2013 年第 3 期)

---

[1]《高思诚咏白堂记》,《滹南遗老集》卷四十三。

[2]《感兴四首》其二,《遗山先生文集》卷十三。

[3]《龙门杂诗二首》其二,《遗山先生文集》卷一。

南宋诗学"中兴"的书画元素

张 毅

南宋孝宗即位后,陆、杨、范、尤"中兴四大诗人"和姜夔相继活跃于文坛,在文艺创作上表现出别样的情怀、兴味和格调,为南宋的诗学"中兴"注入了丰富的书画元素。陆游是有战士情怀而气质豪放的诗人和书法家,自领悟"诗家三昧"后,作诗讲究"诗外工夫",提倡"养气"和"江山之助",以善为悲壮的诗篇和醉墨淋漓的"草书歌",表现壮怀激烈的情怀。杨万里的诗歌创作在告别江西和唐人后,注重于自然兴感里汲取诗情画意,善于发掘有隽永滋味的日常生活小情趣,善于用类似折枝画的特写手法表现具有活泼生机的自然景象。范成大、尤袤和姜夔都是兼擅诗歌与书法的作家,他们诗歌创作的审美趣味与杨万里的"诚斋体"是一致的,但在书法的精通方面似更胜一筹。多才多艺的姜夔,除了诗词与书法造诣颇高外,还精于音乐,能自度曲,他虽然是终身未仕的落魄文人,却情韵格调颇高,引领文艺创作追求自然高妙的境界。

一

陆游是个性情中人,作诗具有善为悲壮的别样情怀。他认为诗文与书画创作的审美体验是相通的,常用诗的形式来谈论诗歌、书法和绘画。陆游的论诗诗除了言诗法外,以"工夫在诗外"的主张影响最大。诗外工夫主要指与作者性情相关的"养气",以及能激发作者创作灵感的"江山之助",这同样是他论书评画时所强调的,是其文艺思想的核心内容。

苏、黄文艺思想的影响在南宋前期还在持续,尤其是以黄庭坚为宗室的江西

作者简介:张毅(1957—),男,南开大学大学文学院教授。

诗派,在南北宋之际曾盛极一时,以至于后来的作诗者想自成一家,都有一个出入江西的学诗过程。陆游早年就曾拜曾几为师学习江西诗法,并由其所言"转语"悟入。他在《追怀曾文清公呈赵教授赵近尝示诗》里说:"忆在茶山听说诗,亲从夜半得玄机。常忧老死无人付,不料穷荒见此奇。律令合时方帖妥,工夫深处却平夷。人间可恨知多少,不及同君扣老师。"① 陆游得曾几亲传的"玄机",他在这首论诗诗里没有明说,但应当与吕本中所说的诗歌创作的"活法"有关。陆游在《吕居仁集序》中说:"某自童子时,读公诗文,愿学焉。稍长,未能远游,而公捐馆舍。晚见曾文清公,文清谓某,君之诗渊源殆自吕紫微,恨不一识面。"② 吕本中在诗歌创作中倡导"活法",要求作诗既遵循规矩,又要出于规矩之外;变化不测而不背离规矩。陆游在《赠应秀才》一诗中说:"我得茶山一转语,文章切忌参死句。知君此外无他求,有求宁踏三山路?"③ 诗里讲的"忌参死句"指悟"活法"而言。"活法"与"悟入"联系紧密,没有"悟入",所参前辈诗句就皆为死句。陆游在《示子遹》里说:

> 我初学诗日,但欲工藻绘。中年始少悟,渐若窥宏大。怪奇亦间出,如石漱湍濑。数仞李杜墙,常恨欠领会。元白才倚门,温李真自郐。正令笔扛鼎,亦未造三昧。诗为六艺一,岂用资狡狯?汝果欲学诗,工夫在诗外。④

这首论诗诗是陆游晚年对自己学诗历程的回顾,由早年作诗重视形式技巧和对江西诗学的继承,到后来对诗家三昧的有所领悟,以至于最终明白"诗外工夫"的重要。这是一条从有法到无法、从师法他人到自成一家的学诗道路,以"忌参死句"的"茶山转语"为转折的关键,故而有"换骨"的比喻和造"三昧"之说。在当时流行的诗学术语里,"换骨"与"饱参""中的"意思相同,都是指在诗歌创作中因某种机缘而"悟入",进入一通百通的出神入化之境。陆游在《读宛陵先生诗》里说:"李杜不复作,梅公真壮哉!岂惟凡骨换,要是顶门开。锻炼无遗力,渊源有自来。平生解牛手,余刃独恢恢。"⑤ 指出换骨的关键在于"穷源"的工夫要到家,若在学

---

① 陆游:《剑南诗稿校注》第 1 册,钱仲联校注,上海古籍出版社,2005 年,第 202 页。
② 陆游:《渭南文集》卷十四,《陆游集》第 5 册,中华书局,1977 年,第 2102 页。
③ 陆游:《剑南诗稿校注》第 4 册,第 2115 页。
④ 陆游:《剑南诗稿校注》第 8 册,第 4263 页。
⑤ 陆游:《剑南诗稿校注》第 7 册,第 3464 页。

诗过程中具备"渊源有自"的深厚学养,就有可能达到如庖丁解牛那种以无厚入有间的出神入化之境。陆游《示儿》云:"文能换骨余无法,学但穷源自不疑。齿豁头童方悟此,乃翁见事可怜迟!"①穷源是在作诗的源头活水处有所感悟,这种洞悉真性情的心灵感悟是获得创作自由的必要条件。陆游在《夜吟二首》里说:"六十余年妄学诗,工夫深处独心知。夜来一笑寒灯下,始是金丹换骨时。"②这就像本份衲子参禅,一旦"悟入"就如醍醐灌顶,性情全变,感觉与过去完全不同。

在陆游的诗学思想里,对后世影响最大的是"功夫在诗外"之说。他说的"诗外功夫",可落实为饱读诗书的养气功夫和行万里路的实际生活体验。他在《感兴》诗中说:"文章天所秘,赋予均功名。吾尝考在昔,颇见造物情。离堆太史公,青莲老先生。悲鸣伏枥骥,蹭蹬失水鲸。饱以五车读,劳以万里行。险艰外备尝,愤郁中不平。山川与风俗,杂错而交并。邦家志忠孝,人鬼参幽明。感慨发奇节,涵养出正声。故其所述作,浩浩河流倾。岂惟配诗书,自足齐韶頀。"③作为"诗外功夫"的基础,陆游认为诗人应致力于读书和养气,"气"之充沛与否直接影响作者的创造力和想象力。他在《次韵和杨伯子主簿见赠》中说:"终年无人问良苦,眼望青天惟自许。可怜对酒不敢豪,它日空浇坟上土。文章最忌百家衣,火龙黼黻世不知。谁能养气塞天地,吐出自足成虹霓。"④在提倡"养气"充实自身的同时,陆游主张用文艺抒发由悲愤填膺之气激荡出的豪情壮志,以为:"《诗》首《国风》,无非变者,虽周公之《豳》,亦变也。盖人之情,悲愤积于中而无言,始发为诗。不然,无诗矣。"⑤其《九月一日夜读诗稿有感走笔作歌》说:

　　我昔学诗未有得,残余未免从人乞。力屏气馁心自知,妄取虚名有惭色。四十从戎驻南郑,酣宴军中夜连日。打球筑场一千步,阅马列厩三万匹;华灯纵博声满楼,宝钗艳舞光照席;琵琶弦急冰雹乱,羯鼓手匀风雨疾。诗家三昧忽见前,屈贾在眼元历历。天机云锦用在我,剪裁妙处非刀尺。世间才杰固不乏,秋毫未合天地隔。放翁老死何足论,广陵散绝还堪惜。⑥

①　陆游:《剑南诗稿校注》第4册,第1791页。
②　陆游:《剑南诗稿校注》第6册,第3067页。
③　陆游:《剑南诗稿校注》第3册,第1433页。
④　陆游:《剑南诗稿校注》第3册,第1592—1593页。
⑤　陆游:《澹斋居士诗序》,《渭南文集》卷十五,《陆游集》第5册,第2110页。
⑥　陆游:《剑南诗稿校注》第4册,第1802—1803页。

用亲眼目睹"诗家三昧",形容灵感涌现时的创作自由状态。张元干在《跋苏诏君赠王道士诗后》里说:"文章盖自造化窟中来,元气融结胸次,古今谓之活法。所以血脉贯穿,首尾俱应,如常山蛇阵,又如风行水上,自然成文。……吾友养直,平生得禅家自在三昧,片言只字,无一点尘埃。"① 在文艺创作中,得自在"三昧"意味着思维有了突破性的飞跃,进入获得灵感后的头头是道的境界。陆游的创作经验表明,文艺创作灵感的获得,更多来自沸腾的现实生活和气象万千的江山之助。他在《解嘲》里说:"我生学语即耽书,万卷纵横眼欲枯。莫道终身作鱼蠹,尔来书外有工夫。"② 明确表明应于"书外"获取创作灵感。

有养气工夫和江山之助,文艺创作就能进入自由王国。陆游在《题庐陵萧彦毓秀才诗卷后》里说:"法不孤生自古同,痴人乃欲镂虚空。君诗妙处吾能识,正在山程水驿中。"③ 以为诗人应到生活和自然里寻觅诗情,所谓"文字尘埃我自知,向来诸老误相期。挥毫当得江山助,不到潇湘岂有诗"④。类似的表述,在陆游后期的诗歌里很多。他在《冬夜吟》里说:"今夜明月却如霜,竹影横窗更清绝。造物有意娱诗人,供与诗材次第新。"⑤ 其《龟堂东窗戏弄笔墨偶得绝句》云:"北庵睡起坐东厢,无事方知日月长。天与诗人送诗本,一双黄蝶弄秋光。"⑥ 他在《舟中作》里说:"沙路时晴雨,渔舟日往来。村村皆画本,处处有诗材。"⑦ 在陆游看来,诗画创作的源头是实际生活中的审美感受。如其《文章》所说:"文章本天成,妙手偶得之。粹然无疵瑕,岂复须人为!"⑧ 创作贵天成,也就是以自然兴感为本色。其《即事》云:"孤蝶弄秋色,乱鸦啼夕阳。诗情随处有,信笔自成章。"⑨ 一切都是那么自然,得来全不费功夫。

陆游的题画诗创作融入了较多的现实生活感受,在对画景的描述和画意的

---

① 张元干:《芦川归来集》,上海古籍出版社,1978 年,第 177 页。

② 陆游:《剑南诗稿校注》第 7 册,第 3826 页。

③ 陆游:《剑南诗稿校注》第 6 册,第 3020–3021 页。

④ 陆游:《予使江西时以诗投政府丐湖湘一麾会召还不果偶读旧稿有感》,《剑南诗稿校注》第 7 册,第 3474 页。

⑤ 陆游:《剑南诗稿校注》第 3 册,第 1218 页。

⑥ 陆游:《剑南诗稿校注》第 5 册,第 2342 页。

⑦ 陆游:《剑南诗稿校注》第 5 册,第 2577–2578 页。

⑧ 陆游:《剑南诗稿校注》第 8 册,第 4469 页。

⑨ 陆游:《剑南诗稿校注》第 7 册,第 3640 页。

体会中,带有更多作者情感和个性的色彩。如北宋名画家李公麟根据世间传唱的王维"阳关三叠"的诗意,画了一幅《阳关图》,对诗人伤离别的悲怆情感作了淡化处理。但陆游在《题阳关图》里说:"谁画阳关赠别诗?断肠如在渭桥时。荒城孤驿梦千里,远水斜阳天四垂。青史功名常蹭蹬,白头襟抱足乖离。山河未复胡尘暗,一寸孤愁只自知。"① 不仅在诗里强化了亲朋之间里离别时的断肠之痛,而且将这种离别的悲痛置于南宋那种山河破碎的现实中加以体会, 蕴含着非常强烈的爱国情怀。日有所思,夜则会有所想,在陆游的诗里有不少记梦之作,其《夜梦与数客观画有八幅龙湫图特奇客请予作诗其上书数十字而觉不复能记明旦乃追补之亦髣髴梦中意也》云:

> 高堂阅画娱嘉宾,巨幅小卷纵横陈。其间一图最杰作,命意落笔惊倒人。奇峰峭立插地轴,飞瀑崩泻垂天绅。寿藤老木幻荒怪,深潭危栈愁鬼神。忽然白昼起雷电,始觉异物蟠渊沦。阴云四兴诛老魅,甘树连夕苏疲民。岂惟陂泽苗尽立,已活亿万介与鳞。文章与画共一法,腕力要可回千钧。锱铢不到便悬隔,用意虽尽终苦辛。君看此图凡几笔,一一圆劲如秋筠。乃知世间有绝艺,天造草昧参经纶。吾言未竟且复止,剩发幽奥天公嗔。②

这是一首梦中题画之作,通过对一幅堪称杰作的图画作品的印象描述,从中体会其命意和用笔的精妙,由此得出"文章与画共一法"的结论。陆游还在对杜诗和杜甫画像的评论中,指出诗和画都重在表现作者的胸怀和神情。他在《读杜诗》中说:"看渠胸次隘宇宙,惜哉千万不一施。后世但作诗人看,使我抚几空嗟咨。"③认为不能简单地只把杜甫当作诗人看待。他在题画诗《草堂拜少陵遗像》里说:"清江抱孤村,杜子昔所馆。虚堂尘不扫,小径门可款。公诗岂纸上,遗句处处满。人皆欲拾取,志大才苦短。计公客此时,一饱得亦罕。阨穷端有自,宁独坐房琯?至今壁间像,朱绶意萧散。长安貂蝉多,死去谁复算?"④ 慨叹一代诗圣的贫贱身世,由杜甫在战乱中的遭遇,联系到自己的坎坷人生,对士人怀才不遇的命运更是感

---

① 陆游:《剑南诗稿校注》第 4 册,第 2022 页。
② 陆游:《剑南诗稿校注》第 3 册,第 1231 页。
③ 陆游:《剑南诗稿校注》第 2 册,第 2191 页。
④ 陆游:《剑南诗稿校注》第 2 册,第 723 页。

慨良多。陆游主张绘画必须传神,如果是人物画,必须画出其特有的个性风神和人生态度。他晚年有多首题写自己肖像而以"传神"命名的诗,如《题传神》云:"雪鬓萧然两颊红,人间随处见神通。半醒半醉常终日,非士非农一老翁。枥骥虽存千里志,云鹏已息九天风。巉巉骨法吾能相,难著凌烟剑佩中。"① 老骥伏枥、志在千里的理想,与现实中赋闲在家的非士非农之老翁神态形成对照。他在《自题传神》里说:"识字深村叟,加巾下版僧。担挑双草屦,壁倚一乌藤。得酒犹能醉,逢山未怯登。莫论明日事,死至亦腾腾。"② 尽管有点消沉,但在生活中依然保持乐观态度。其《赠传神水鉴》谓:"写照今谁下笔亲,喜君分得卧云身。口中无齿难藏老,颊上加毛自有神。误遣汗青成国史,未妨著白号山人。他时更欲求奇迹,画我溪头把钓缗。"③ 陆游以身报国的豪情至老不衰,尽管其晚年的生活如同隐居的山人和钓叟,但一直希望能以丹心照汗青。他晚年的这些自题肖像之作,是其情怀和人格的"传神"写照,诗与画的交融达到了如盐入水的境界。

陆游肝肠如火的别样情怀,在他的论书诗里亦得到充分的体现,达到了痛快淋漓的地步。其《题醉中所作草书卷后》云:"胸中磊落藏五兵,欲试无路空峥嵘。酒为旗鼓笔刀槊,势从天落银河倾。端溪石池浓作墨,烛光相射飞纵横。须臾收卷复把酒,如见万里烟尘清。丈夫身在要有立,逆虏运尽行当平。何时夜出五原塞,不闻人语闻鞭声。"④ 醉中作草,这是唐代怀素等草书大家开辟的书写风格,陆游的狂草创作则更进了一步,将其与战士的情怀联系在一起,以酒为旗鼓,以笔为飞刀、长矛,誓与逆虏一决胜负。他在《草书歌》里说:

> 倾家酿酒三千石,闲愁万斛酒不敌。今朝醉眼烂岩电,提笔四顾天地窄。忽然挥扫不自知,风云入怀天借力。神龙战野昏雾腥,奇鬼摧山太阴黑。此时驱尽胸中愁,槌床大叫狂堕帻。吴笺蜀素不快人,付与高堂三丈壁。⑤

这种抒写胸中豪气、壮气而提笔如提刀的"草书"歌,在陆游的《剑南诗稿》里有好多首,甚至连诗题都是一样的。战士自有战士的豪情,书家还有书家的气势。陆游

---

① 陆游:《剑南诗稿校注》第 5 册,第 2625 页。
② 陆游:《剑南诗稿校注》第 6 册,第 2973 页。
③ 陆游:《剑南诗稿校注》第 6 册,第 3149 页。
④ 陆游:《剑南诗稿校注》第 2 册,第 566 页。
⑤ 陆游:《剑南诗稿校注》第 3 册,第 1135 页。

在《醉中作行草数纸》里说：

> 还家痛饮洗尘土，醉帖淋漓寄豪举；石池墨渖如海宽，玄云下垂黑蛟舞。太阴鬼神挟风雨，夜半马陵飞万弩。堂堂笔阵从天下，气压唐人折钗股。丈夫本意陋千古，残虏何足膏碪斧；驿书驰报儿单于，直用毛锥惊杀汝！①

在以酒洗去征尘后，战斗的豪情依然不减，承醉提笔挥毫，在文艺创作中重新体验神挟风雨、气镇残虏的雄心壮志。即使是晚年远离战场，一人寂寞独处，也能在提笔之际风生水起，以"跌宕奔腾"的狂放线条，起雷鸣于无声之处。陆游在《晨起颇寒饮少酒作草书数幅》里说："衣食无多悉自营，今年真个是归耕。屏居大泽群嚣息，乍得清寒百体轻。桥北潦收波浅绿，槺西霜近叶微颓。一杯弄笔元无法，自爱龙蛇入卷声。"②写归耕后饮酒作草书的心态，虽然已无军中酣宴时的那种激动和兴奋，但依然喜爱草书线条如龙飞蛇走的气势和声响。其《草书歌》云："吾庐宛在水中沚，车马喧嚣那到耳。一堂翛然卧虚旷，蝉声未断虫声起。有时寓意笔砚间，跌宕奔腾作诙诡。徂徕松尽玉池墨，云梦泽干蟾滴水。心空万象提寸毫，睥睨醉僧窥长史。联翩昏鸦斜著壁，郁屈瘦蛟蟠入纸。神驰意造起雷雨，坐觉乾坤真一洗。小儿劝我当自珍，勿为门生书棐几。"③乡下的居所很安静，独处的环境很虚旷，蝉鸣已代替弩响，但作者挥笔作草时，依然有心空万象的胸怀和睥睨一切的豪情，依然能在神驰意造中笔起风雷而气高天下。

陆游的论书诗里回荡着爱国激情，他是伟大的爱国诗人，诗歌留存的数量在宋代首屈一指；他的书法作品也别具一格，尤其是他的行草书，以劲逸稚拙的体态和神驰意造的气格享誉书坛。他在《暇日弄笔戏书》里说："草书学张颠，行书学杨风。平生江湖心，聊寄笔砚中。"张旭草书的奇逸笔势，杨凝式行书的结体，对陆游的书法影响很大。他还虚心学习前贤苏轼、黄庭坚、米芾等书家的作品。除摩崖题名和碑记外，陆游现存的书迹主要是笔札和自书诗卷。他的传世名作《怀成都十韵诗》，以行书为主而加入章草的成分，用笔灵动而不失厚重，章法上字字独立，但通篇气势贯通。他的《自书诗卷》，用磅礴气势连结行书与草书，落笔时势从

---

① 陆游：《剑南诗稿校注》第 3 册，第 1597 页。

② 陆游：《剑南诗稿校注》第 5 册，第 2566 页。

③ 陆游：《剑南诗稿校注》第 6 册，第 3376 页。

天落，如银河泻地，着纸时若蛟龙入海，纵逸洒脱而有自家风神。他在《四日夜鸡未鸣起作》里说："放翁病过秋，忽起作醉墨。正如久蛰龙，青天飞霹雳。虽云堕怪奇，要胜常悯默。一朝此翁死，千金求不得。"① 其《睡起作帖数行》云："古来翰墨事，著意更可鄙。跌宕三十年，一日造此理。不知笔在手，而况字落纸。三叫投纱巾，作歌识吾喜。"② 陆游行草书气高天下的劲健和厚重，与其豪放悲壮的情怀和坚定自信是分不开的。

陆游不仅是"中兴"大诗人，也是南宋一流书法家，于书法艺术造诣颇深。他在《跋兰亭序》里说："观《兰亭》当如禅宗勘辨，入门变了。若待渠开口，堪作什么。识者一开卷已见精粗，或者推求点画，参以耳鉴，瞒俗人则可，但恐王内史不肯耳。"③ 陆游对晋人法帖有非常精深的研究和到位的认识。其《跋乐毅论》云："《乐毅论》横纵驰骋，不似小字；《瘗鹤铭》法度森严，不似大字。此后世作者所以不可仰望也。"④ 像苏轼一样气高天下的陆游，无论诗文还是字画，均被朱熹推为笔力劲健的表率。朱熹在《答巩仲至》的系列书信中说："放翁诗书录寄，幸甚。此亦得其近书，笔力愈精健。"⑤ "放翁笔力愈健。"⑥ "放翁得近书，甚健，谩知之。"⑦ "放翁老笔尤健，在今当推为第一流。"⑧ 在当时，陆游是被朱熹冠以"健笔"次数最多的大诗人兼书法家。

二

在中兴四大家里，杨万里、范成大和尤袤的文艺观比较接近，追求自然清新、雅逸脱俗的兴味，与稍后的姜夔是同路人。他们在文艺创作和批评中注重情趣和韵味，或是将生活兴致与自然灵性融为一体，或是在雅淡的韵味中透露出清新的趣味，形成一种可以称之为表现生活小情趣和自然灵性的创作风格。

---

① 陆游：《剑南诗稿校注》第 8 册，第 4500 页。

② 陆游：《剑南诗稿校注》第 3 册，第 1617 页。

③ 陆游：《陆游集》，中华书局，1977 年，第 2260 页。

④ 陆游：《陆游集》，第 2260 页。

⑤ 朱熹：《朱熹集》卷六十四，四川教育出版社，1996 年，第 3339 页。

⑥ 朱熹：《朱熹集》卷六十四，第 3342 页。

⑦ 朱熹：《朱熹集》卷六十四，第 3347 页。

⑧ 朱熹：《朱熹集》卷六十四，第 3354 页。

　　杨万里的文学思想有与陆游相同的地方,但在情调和风格方面有明显区别。他早年的学诗过程与陆游一样,也经历了一个出入江西而于生活和自然里"悟入"的阶段。他在《江西宗派诗序》里说:"江西宗派诗者,诗江西也,人非皆江西也。人非皆江西,而诗曰江西者何? 系之也。系之者何? 以味不以形也。东坡云:'江瑶柱似荔子。'又云:'杜诗似太史公书。'不惟当时闻者吪然,阳应曰诺而已,今犹吪然也。非吪然者之罪也,舍风味而论形似,故应吪然也,形焉而已矣。高子勉不似二谢,二谢不似三洪,三洪不似徐师川,师川不似陈后山,而况似山谷乎? 味焉而已矣。酸咸异和,山海异珍,而调腼之妙出乎一手也。似与不似,求之可也,遗之亦可也。"① 杨万里改造了吕本中的"活法"说而标举"诗味",以为学江西诗不能只效仿其形迹,而要从诗味上去领悟。其《诚斋荆溪集序》说:"戊戌三朝时节,赐告少公事。是日即作诗,忽若有寤。于是辞谢唐人,及王、陈、江西诸君子皆不敢学,而后欣如也。……自此每过午,吏散庭空,即携一便面,步后园,登古城,采撷杞菊,攀翻花竹。万象毕来,献予诗材。盖麾之不去,前者未雠而后者已迫,涣然未觉作诗之难也,盖诗人之病去体将有日矣。"② 在日常生活里发现诗情,杨万里由此感受到师法自然的喜悦。他在论诗诗《和李天麟二首》中说:

　　　　学诗须透脱,信手自孤高。衣钵无千古,丘山只一毛。句中池有草,字外目俱蒿。可口端何似? 霜螯略带糟。

　　　　句法天难秘,功夫子但加。参时且柏树,悟罢岂桃花? 要共东西玉,其如南北涯? 肯来谈个事,分坐白鸥沙。③

所谓"透脱"指能够透过词、意领悟到诗的"味外之味",是一种类似禅悟的具有创造性联想的美感直觉。杨万里在《送分宁主薄罗宏材秩满入京》里说:"要知诗客参江西,政是禅客参曹溪。不到南华与修水,如何传法更传衣? 吾家亲党子罗子,只今四海习凿齿。花红玉白几百篇? 塞破锦囊脱无底。"④ 诗味只能通过参悟领略,生活和自然中的美要靠直觉来把握,才能达到"透脱"的境界,才能无所依傍而自成一家。他在《下横山滩头望金华山四首》里说:"山思江情不负伊,雨姿晴态总成

---

① 杨万里:《杨万里集笺校》第 6 册,辛更儒笺校,中华书局,2007 年,第 3230–3232 页。

② 杨万里:《杨万里集笺校》第 6 册,第 3260 页。

③ 杨万里:《杨万里集笺校》第 1 册,第 199 页。

④ 杨万里:《杨万里集笺校》第 4 册,第 1995 页。

奇。闭门觅句非诗法,只是征行自有诗。"① 此时已不再是诗人觅诗句,而是诗句寻诗人了。其《读张文潜诗》云:"晚爱肥仙诗自然,何曾绣绘更雕镌?春花秋月冬冰雪,不听陈玄只听天。"② 从生活中获取诗情而师法自然,才能达到真正"透脱"的境界。

杨万里对生活和自然的诗意有所感悟之后,形成了以"兴味"为核心的创作观,不仅赋予传统诗学的"兴"义以新的蕴含,也对诗的审美趣味有独到的看法。他在《答健康府大军库监门徐达书》里说:"大抵诗之作也,兴上也,赋次也,赓和不得已也。我初无意于作是诗,而是物是事适然触乎我,我之意亦适然感乎是物是事。是触先焉感随焉,而是诗出焉,我何与哉?天也,斯之谓兴。或属意一花,或分题一草,指某物,课一咏,立某题,征一篇是已,非天矣。然犹专乎我也,斯之谓赋。至于赓和,则孰触之,孰感之,孰题之哉?人而已矣。出乎天,犹惧戕乎天,专乎我,犹惧强乎我,今牵乎人而已矣,尚冀其有一铢之天、一黍之我乎?"③ 杨万里在这里将诗歌创作分为三类:最底层的是应酬性的赓和之作,稍好些的是立题成篇的赋咏之作,最高层次的是出于自然的触物兴感之作。他在《应斋杂著序》里说:"至其诗,皆感物而发,触兴而作,使古今百家、万象景物皆不能役我而役于我。"④ 用"感物而发,触兴而作"来定义"兴",是为了强调诗歌创作出乎"天"的重要性,要尽量将杂有个人私欲的主观意念摒除掉,才有可能凭纯粹的直觉感悟到自然和生活中的美。他在《和段季承左藏惠四绝句》里说:

> 个个诗家各筑坛,一家横割一江山。只知轻薄唐将晚,更解攀翻晋以还。
> 遮莫蟠胸书似山,更饶落笔语如泉。阴何绝倒无人怨,却怨渠侬秘不传。
> 道是诗坛万丈高,端能办却一生劳。阿谁不识珠将玉,若个关渠风更骚?
> 四诗赠我尽新奇,万象从君听指麾。流水落花春寂寞,小风澹日燕差池。⑤

尽管触物兴感的诗歌创作,可以唐诗和魏晋时期的诗歌做榜样,于熟读久参中获得某种感悟;但最根本的还在于自己能直接于自然和生活中发现诗情,才有可能

---

① 杨万里:《杨万里集笺校》第 3 册,第 1356-1357 页。
② 杨万里:《杨万里集笺校》第 4 册,第 2111 页。
③ 杨万里:《杨万里集笺校》第 6 册,第 2841-2842 页。
④ 杨万里:《杨万里集笺校》第 6 册,第 3340 页。
⑤ 杨万里:《杨万里集笺校》第 3 册,第 1217 页。

领悟诗的味外之味。杨万里《读白氏长庆集》云："每读乐天诗,一读一回好。少时不知爱,知爱今已老。初哦殊欢欣,熟味忽烦恼。多方遣外累,半已动中抱。事去何必追?心净不须扫。"① 他在《与长孺共读杜诗》里说:"一卷杜诗揉欲烂,两人齐读味初深。斫肝枉却期千载,漏眼谁曾更再寻。"② 白乐天诗和老杜诗的味道,必须有真实的生活体验才能深入理解。杨万里《习斋论语讲义序》说:"读书必知味外之味,不知味外之味,而曰我能读书者,否也。《国风》之诗曰:'谁谓荼苦,其甘如荠。'吾取以为读书之法焉。夫食天下之至苦,而得天下之至甘。其食者同乎人,其得者不同乎人矣。同乎人者味也,不同乎人者非味也。不然,稻粱吾犹以为淡也,而欲求荠于荼乎哉?"③ 这种"必知味外之味"的读书法,也是杨万里去词去意的学诗法。他在《颐安诗稿序》里说:"夫诗何为者也?尚其词而已矣。曰善诗者去词,然则尚其意而已矣。曰善诗者去意,然则去词去意,则诗安在乎?曰去词去意而诗有在矣。然则诗果焉在?曰尝食夫饴与荼乎?人孰不饴之嗜也?初而甘,卒而酸。至于荼也,人病其苦也。然苦未既而不胜其甘,诗亦如是而已矣。"④ 用糖之甘而酸与荼之先苦后甘作比喻,认为一首诗的妙处不能只就字面意思里搜求,而应该透过词、意领悟其独特的隽永风味。

杨万里早年学诗遍参唐人和江西诸体,然而皆不得要领,最终悟到了必须从日常生活和自然风物里汲取诗材,要善于观察生活和师法自然。在告别江西和唐人后,杨万里的诗歌创作注重以自然兴感的方式汲取诗情画意,善于表现具有活泼生机的自然性灵。他欣赏的诗之"兴味"蕴含生活情趣,具有活泼、奇妙、风趣的美感和"味外之味"。如《冻蝇》:"隔窗偶见负暄蝇,双脚挼挲弄晓晴。日影欲移先会得,忽然飞落别窗声。"⑤ 再如《小池》:"泉眼无声惜细流,树阴照水爱晴柔。小荷才露尖尖角,早有蜻蜓立上头。"⑥ 前者写的是日常生活中观察到的小情趣,后者表现自然界充满灵性的生动景致,不仅观察入微,而且取景巧妙,类似当时流行的边角山水画和折枝花鸟画的构思。这在他的题画诗里表现得更为充分。如《题萧岳英常州草虫轴,盖画师之女朱氏之笔,二首》其二:

---

① 杨万里:《杨万里集笺校》第4册,第2066–2067页。
② 杨万里:《杨万里集笺校》第5册,第2211页。
③ 杨万里:《杨万里集笺校》第6册,第3176页。
④ 杨万里:《杨万里集笺校》第6册,第3332页。
⑤ 杨万里:《杨万里集笺校》第2册,第573页。
⑥ 杨万里:《杨万里集笺校》第2册,第408页。

笔端春草已如生,点缀虫沙更未停。浅着鹅黄作蝴蝶,深将猩血染蜻蜓。①

将蝴蝶、蜻蜓一类的飞虫点缀于春草之上,这种构图方式与"诚斋体"诗"小荷才露尖尖角,早有蜻蜓立上头"的景物描写高度吻合,属于以特定的视角聚焦于表现对象而将其放大的艺术表现手法。如《董主簿正道,壁间作水墨老梅一枝,宿鹊缩胫合半眼栖焉》诗:"斜枝饱风雪,疏花淡冰玉。一鹊忍清寒,居然伴幽独。"②由一鹊栖于水墨老梅枝上的画面描绘,营造出幽独的诗之意境。再如《题山庄草虫扇》:"风生蚱蜢怒须头,纨扇团圆璧月流。三蝶商量探花去,不知若个是庄周?"③由团扇所画的草虫,联想到庄周梦蝶的典故,补充了画面的诗意。在当时,折枝花鸟画的构图方式对山水小景画也有影响,如杨万里的《题文发叔所藏潘子真水墨江湖八境小轴》:

《洞庭波涨》:湖水吞天去,湖风送浪还。银山何处是?青底是君山。

《武昌春色》:花外庚楼月,莺边吴宫柳。我欲问废兴,春风独无口。

《庐山霁色》:彭泽收积雨,庐山放嫩晴。多情是瀑布,只作雨中声。

《海门残照》:万里长江白,半规斜日黄。焦山浑欲到,宛在水中央。

《太湖秋晚》:水气清空外,人空秋色中。细看千万落,户户水精宫。

《浙江观潮》:海涌银为郭,江横玉系腰。吴侬只言點,到老也看潮。

《西湖夏日》:四月曾湖上,荷钱劣可穿。归来开短纸,十里已红莲。

《灵隐冷泉》:小潘诗家子,解作无声诗。八境俱妙绝,冷泉天下奇。④

自北宋画家宋迪的《潇湘八境》出现后,各种"八境图"也就多了起来,所谓"境"指的是景点,是从特定视角观察到的风景,具有于整体中突出部分的艺术效果。在边角山水的构图中插入花鸟特写的画法在当时也比较流行。如杨万里的《晚寒题水仙花并湖山》:

---

① 杨万里:《杨万里集笺校》第 1 册,第 248 页。

② 杨万里:《杨万里集笺校》第 1 册,第 17 页。

③ 杨万里:《杨万里集笺校》第 2 册,第 490 页。

④ 杨万里:《杨万里集笺校》第 1 册,第 238–240 页。

水仙怯暖爱清寒,两日微暄懒欲眠。料峭晚风人不会,留花且住伴诗仙。水面无风也自寒,船门已幕更深关。莫将若下三杯酒,博与湖边几点山。炼句炉槌岂可无? 句成未必尽缘渠。老夫不是寻诗句,诗句自来寻老夫。①

无论是在山水画里加入花鸟,还是花鸟画以山水为背景,都能使画面顷刻间生动许多,充满自然的灵性。这种"无声诗"反映到题画诗里,就有如何用诗句捕捉江山妙境,如何展现自然灵性的问题。一种方式是根据画面展开联想,如杨万里的《戏题水墨山水屏》:"棹郎大似半边蝇,摘蕙为船折草撑。今夜不知何处泊? 浪头正与岭头平。"②由观山水画想到旅行。再如《题谢昌国金牛烟雨图》:"金牛烟雨最相关,老子方将老是间。不分艮斋来貌取,更于句里占江山。"③突出山水画可游可居的观感。另一种方式是再现画面的意境,如《寄题万安县刘元袭横秀阁》:"玉簪成阵雪成堆,秀气横空拨不开。楚岫苍寒五云外,赣江白写九天来。烟销日出皆诗句,月色波声唤梦回。早晚携家过高阁,寄诗聊当一枝梅。"④通过诗歌意象的组合,构成动态的山水图像,诗句皆是出自画中景色的描绘,属于对第二自然的审美表现。

在南宋"中兴四大家"里,杨万里、范成大和尤袤的文艺观比较接近,杨万里在题画诗里表达的"兴味",在范、尤二人的作品里也有体现。如范成大的《题徐熙杏花》:"老枝当岁寒,芳蕤春澹泞。雾绡轻欲无,娇红恐飞去。"⑤从杏花生长的环境入手,写杏花在和舒的春光里的自然舒展。再如《题赵昌四季花图》里的《海棠梨花》:"醉红睡未熟,泪玉春带雨。阿环不可招,空寄凭肩语。"⑥在对绘画作品的鉴赏中,表现诗人的才情与意趣,诗风清淡而兴味盎然。范成大的题画诗比较多,内容也较为丰富。他说:"许国无功浪着鞭,天教饱识汉山川。酒边蛮舞花低帽,梦里胡笳雪没鞯。收拾桑榆身老矣,追随萍梗意茫然。明朝重上归田奏,更放岷江万里

---

① 杨万里:《杨万里集笺校》第 3 册,第 1484 页。

② 杨万里:《杨万里集笺校》第 2 册,第 572 页。

③ 杨万里:《杨万里集笺校》第 1 册,第 286 页

④ 杨万里:《杨万里集笺校》第 2 册,第 733 页。

⑤ 范成大:《范石湖集》,富寿荪标校,上海古籍出版社,2006 年,第 351 页。

⑥ 范成大:《范石湖集》,第 356–357 页。

船。"① 于题画诗里表达归隐的愿望。其《净慈显老为众行化且示近所写真戏题五绝就作画赞》云："孤云野鹤本无求,刚被差充粥饭头。担负一槎牙齿债,钟鸣鼓响几时休。""冒雪敲冰乞米回,斋堂如海钵单开。众中若有知恩者,一粒何曾咬破来。""殿中泥佛已丹青,堂上禅师也画成。笑我形骸枯木样,无禅无佛太粗生。"② 在这几首为僧人写真所作的画赞里,透露出如"孤云野鹤"般的高逸情调。范成大在《题李云叟画轴兼寄江安杨简卿明府二绝》里说:

> 苍烟枯木共荒寒,篱落堤湾汹涨湍。归路宛然归未得,闲将李叟画图看。
> 新图来自雪边州,皴石枯槎笔最道。明府能诗如此画,为渠题作小营丘。③

称赞李叟山水画的寒荒萧疏气象与名家李成的画风相似,不仅能展现原画的优美意境,还充分表达自己的审美感受,这是范成大题画诗的特点。

尤袤的题画诗也是如此,他在《题米元晖潇湘图》里说:

> 万里江天杳霭,一村烟树微茫。只欠孤篷听雨,恍如身在潇湘。
> 淡淡晓山横雾,茫茫远水平沙。安得绿蓑青笠,往来泛宅浮家。④

据诗后的跋语,此诗作于"淳熙辛丑仲夏,梁溪尤袤观于秋浦"。方回在《跋遂初尤先生尚书诗》中说:"诚斋时出奇峭,放翁善为悲壮,然无一语不天成。公与石湖,冠冕佩玉,度骚媲雅,盖皆胸中贮万卷书,今古流动,是惟无出,出则自然。"⑤ 南宋中兴诗人无论风格倾向如何,均以兴味清远和自然天成为高格。

有别于杨万里而与陆游相同的地方是,范成大和尤袤还有较高的书法造诣。范成大的外祖父是蔡襄, 所以范成大的书法可谓有家学渊源。如周必大所说:

---

① 范成大:《画工李友直为余作〈冰天〉〈桂海〉二图,〈冰天〉画北使渡黄河时,〈桂海〉画游佛子岩道中也题咏》,《范石湖集》,第 184 页。
② 范成大:《范石湖集》,第 425 页。
③ 范成大:《范石湖集》,第 319 页。
④ 尤袤:《题米元晖潇湘图》(收入朱存理《铁珊瑚网》卷十一),卢辅圣主编《中国书画全书》第三册,上海书画出版社,1994 年,第 661 页。
⑤ 方回:《跋遂初尤先生尚书诗》,《桐江集》卷三,宛委别藏本。

"(范成大)公蔡氏所自出,故书法兼有真、行、草之妙,人争藏之。寿皇(孝宗)尤爱赏,相与极论古今翰墨,数被赐予。"① 周必大还说:"某伏蒙宠示三大字,雄遒结密,盖自莆阳外家,一变而入颜(真卿)、杨(凝式)鸿雁行矣。"② 范成大的行楷书《题山谷帖》,有师法蔡襄《澄心堂帖》的痕迹,但受苏轼、黄庭坚和米芾等人尚意书风的影响要更大些。范成大在《论学书须视真迹》里说:

> 学书须是收昔人真迹佳妙者,可以详视其先后笔势、轻重往复之法。若只看碑本,则惟得字画,全不见其笔法神气,终难精进。
> 学时不在旋看字本,逐画临仿,但贵行住坐卧常谛玩,经目著心久之,自然有悟入处。信意运笔,不觉得其精微,斯为善学。③

因为善于学习而能自成一体,范成大进入了南宋书法四大家之列。他在《论书》里说:"古人书法,字中有笔,笔中有锋,乃为极致。"④ 其《跋司马温公帖》云:"世传字书似其为人,亦不必皆然。杜正献(衍)之严整而好作草圣,王文正(旦)之沈毅而笔意洒落,欹侧有态,岂皆似其人哉?惟温公(司马光)则几耳,开卷俨然,使人加敬,邪僻之心都尽,而况于亲炙之者乎?"⑤ 这种细致公允的品评,反映了其深厚的书学功底。

除名列"南宋中兴四大家"外,尤袤在当时也有能书之名,但留存的是几段有关《兰亭叙》刻本的跋语。他说:"唐文皇初得此叙,命欧、褚、赵模、冯承素、韩道政、诸葛贞等拓本,以赐群臣,故传于世数本。欧阳公《集古》不录定武本,谓与王沂公家所刻不异。自山谷嘉定武本,以为'肥不剩肉,瘦不露骨',于是士大夫争宝之。其实或肥或瘦,皆有佳处。此本差肥而最有精神,号'唐古本',或云在永兴年。若定武,自有三本,独民间李氏本为胜,其余用李本再刻,益瘦细矣。"⑥ 又云:"《兰亭》旧刻,此本最胜。而世贵定武本,特因山谷之论尔。余在中秘,见唐人临本皆肥。以杨楏所藏薛道祖所题本验之,实唐古本也。而近世以此为定武,则误矣。

---

① 周必大:《范成大神道碑》,《文忠集》卷八十七,文渊阁四库全书本。
② 周必大:《与范致能参政第二书》,《文忠集》卷一九一,文渊阁四库全书本。
③ 范成大:《范成大佚著辑存》,中华书局,1983 年,第 145 页。
④ 范成大:《范成大佚著辑存》,第 146 页。
⑤ 范成大:《范成大佚著辑存》,第 138 页。
⑥ 尤袤:《跋汪逵藏本》(收入《兰亭考》卷六),《中国书画全书》第二册,第 595 页。

余凡见前辈所跋定武本，悉有依据，不敢臆断。其'湍、流、带、右、天'五字皆损。后有见余所尝见者，当自识之，难以笔舌辨也。"① 如此重视古本旧刻，其用意与范成大的"学书须视真迹"完全一样。

三

从某种意义上可以说，姜夔的诗学思想是杨万里重自然兴感的"兴味"说的延伸，他在《送〈朝天续集〉归诚斋，时在金陵》里说："年年花月无闲日，处处山川怕见君。箭在的中非尔力，风行水上自成文。"② 以"风行水上"称赞杨万里的"诚斋体"诗，用的是苏氏父子论文贵自然的说法。风水之喻蕴含着诗文创作要如水一般随物赋形的思想，追求能充分体现作者自得和风神的"自然高妙"之境。

姜夔在文学创作中主张"自得"和"精思"，他在《送项平甫倅池阳》里说："论文要得文中天，邯郸学步终不然。如君笔墨与性合，妙处特过苏李前。"③ 反对因袭则贵在自得。他在《诗集自叙》里说："诗本无体，三百篇皆天籁自鸣。""其来如风，其止如雨，如印印泥，如水在器，其苏子所谓不能不为者乎？"④ 如果能行于所当行、止于不可不止，那真可以说得"文中天"了。姜夔《白石道人诗说》云："大凡诗，自有气象、体面、血脉、韵度。气象欲其浑厚，其失也俗；体面欲其宏大，其失也狂；血脉欲其贯穿，其失也露；韵度欲其飘逸，其失也轻。"⑤ 这是用人的生命精神喻诗，将诗视为有自己气象、体面、血脉和韵度的文体。姜夔认为应在"精思"的基础上求"自得"，他说："诗之不工，只是不精思耳。不思而作，虽多亦奚为？"⑥ 精思其理而后行之，知先行后，这是姜夔"精思"论的实质所在，但由识而悟才是精思的目的，故姜夔强调悟入的重要。他说："文以文而工，不以文而妙，然舍文无妙，胜处要自悟。"⑦ 悟入是突破成法束缚的必经之路，惟有悟入才能自得精气神。他说："一家之语，自有一家之风味。如乐之二十四调，各有韵声，乃是归宿处。"⑧ 用

---

① 尤袤：《跋王厚之家藏本》（收入《兰亭考》卷六），《中国书画全书》第二册，第595页。

② 姜夔：《白石诗词集》，夏承焘校辑，人民文学出版社，1959年，第33页。

③ 姜夔：《白石诗词集》，第23-24页。

④ 姜夔：《白石诗词集》，第1页。

⑤ 姜夔：《白石诗词集》，第60页。

⑥ 姜夔：《白石道人诗说》，《白石诗词集》，第66页。

⑦ 姜夔：《白石道人诗说》，《白石诗词集》，第69页。

⑧ 姜夔：《白石道人诗说》，《白石诗词集》，第68页。

乐调的不同来喻示有自家风味的"自得"。

作为杨万里诗学思想的继承发挥,姜夔强调要在"精思"的基础上求"自得",提出了著名的四种高妙论:

> 诗有四种高妙,一曰理高妙,二曰意高妙,三曰想高妙,四曰自然高妙。碍而实通,曰理高妙;出自意外,曰意高妙;写出幽微,如清潭见底,曰想高妙;非奇非怪,剥落文采,知其妙而不知其所以妙,曰自然高妙。①

在诗的"四种高妙"里,理高妙、意高妙和想高妙都属于"精思"的范畴,唯自然高妙才是"自得"的境界。姜夔说:"《诗说》之作,非为能诗者作也,为不能诗者作,而使之能诗;能诗而后能尽我之说,是亦为能诗者作也。虽然,以我之说为尽,而不造乎自得,是足以为能诗哉? 后之贤者,有如以水投水者乎? 有如得兔忘筌者乎?"②强调造乎自得,是为了于诗的"四种高妙"中凸显自然高妙的重要性,与其书论中提倡用笔自然和风神之纵横萧散,在本质上是相通的。

由于强调"自得"的重要,以有规矩入,以不烦绳削而自合的无规矩出,遂成为姜夔书法理论的基本要求。他在《续书谱》中说:"真书以平正为善,此世俗之论,唐人之失也。古今真书之神妙,无出钟元常,其次王逸少。今观二家之书,皆潇洒纵横,何拘平正? 良由唐人以书判取士,而士大夫字画类有科举习气。颜鲁公作《干禄字书》,是其证也。矧欧、虞、颜、柳,前后相望,故唐人下笔应规入矩,无复魏晋飘逸之气。"③在谈唐人书法的应规入矩时,指出其缺乏晋人那种飘逸自得的风神。姜夔论真书时说:"点者,字之眉目,全藉顾盼精神,有向有背,随字异形。……丿(音瞥)、丶(音拂)者,字之手足,伸缩异度,变化多端,要如鱼翼鸟翅,有翩翩自得之状。"④为了达到"自得"的境界,姜夔主张博习而精思,他在《续书谱》中说:"真有真之态度,行有行之态度,草有草之态度。必须博习,可以兼通。"⑤这是一个由生入熟的过程。姜夔说:"米老曰:'无垂不缩,无往不收。'此必至精至熟然后能之。古人遗墨,得其一点一画,皆昭然绝异者,以其用笔精妙故也。"⑥熟能生

---

① 姜夔:《白石道人诗说》,《白石诗词集》,第68页。
② 姜夔:《白石道人诗说》,《白石诗词集》,第69页。
③ 姜夔:《续书谱·真书》,《书谱、续书谱》,浙江美术出版社,2012年,第100页。
④ 姜夔:《续书谱·真书》,《书谱、续书谱》,第106页。
⑤ 姜夔:《续书谱·行书》,《书谱、续书谱》,第136页。
⑥ 姜夔:《续书谱·真书》,《书谱、续书谱》,第110页。

巧,以至于用笔精妙而巧夺天工。书法的自然高妙,体现在能反映作者生命精神和气质的书之"血脉"与"风神"里。姜夔《续书谱》言书之血脉:

> 字有藏锋、出锋之异,粲然盈楮,欲其首尾相应,上下相接为佳。后学之士,随所记忆,图写其形,未能涵容,皆支离而不相贯穿。《黄庭》小楷与《乐毅论》不同,《东方画赞》又与《兰亭》殊指。一时下笔,各有其势,故应尔也。余尝历观古之名书,无不点画振动,如见其挥运之时。山谷云:"字中有笔,如禅句中有眼。"岂欺我哉! ①

又专论"风神"云:

> 风神者,一须人品高,二须师法古,三须笔纸佳,四须险劲,五须高明,六须润泽,七须向背得宜,八须时出新意。则自然长者如秀整之士,短者如精悍之徒,瘦者如山泽之臞,肥者如贵游之子,劲者如武夫,媚者如美女,欹斜如醉仙,端楷如贤士。②

书的"血脉"和"风神",其实就蕴含在能尽字之真态的笔迹中。姜夔说:"大令以来,用笔多失,一字之间,长短相补,斜正相拄,肥瘦相混,求妍媚于成体之后,至于今尤甚焉。"③用笔多失则血脉不通。在论到前人用笔时,姜夔说:"用笔如折钗股,如屋漏痕,如锥画沙,如壁坼。此皆后人之论,折钗股者欲其屈折圆而有力;屋漏痕欲其横直匀而藏锋;锥画沙者,欲其匀无起止之迹;壁坼者,欲其无布置之巧。然皆不必若是,笔正则锋藏,笔偃则锋出,一起一倒,一晦一明,而神奇出焉。常欲笔锋在画中,则左右皆无病矣。"④注重笔势则前后左右皆相呼应,如常山蛇阵头尾连贯。

不仅血脉贯通,而且有自然的风神,这是用笔的最高境界。姜夔在《续书谱》中论用笔之方圆时说:"方圆者,真草之体用。真贵方,草贵圆。方者参之以圆,圆

---

① 姜夔:《续书谱·血脉》,《书谱、续书谱》,第154页。
② 姜夔:《续书谱·风神》,《书谱、续书谱》,第161页。
③ 姜夔:《续书谱·真书》,《书谱、续书谱》,第110页。
④ 姜夔:《续书谱·用笔》,《书谱、续书谱》,第127页。

者参之以方,斯为妙矣。然而方圆曲直,不可显露,直须涵泳,一出于自然。"① 以为诗文笔墨出于自然方妙。其《续书谱》云:"有锋以耀其精神,无锋以含其气味。横斜曲直,钩环盘纡,皆以势为主。"② 强调要以笔锋传神。名帖真迹之可宝贵,就在于让人能于其笔画里领悟书家风神。姜夔说:"以此知《定武》虽石刻,又未必得真迹之风神矣。字书全以风神超迈为主,刻之金石,其可苟哉。"③ 姜夔对书法"风神"超迈的推崇,与其论诗主张"韵度"飘逸的思想是完全一致的,最终的审美指向是自然高妙。

（原载《文学与文化》2017 年第 3 期）

① 姜夔:《续书谱·方圆》,《书谱、续书谱》,第 156 页。

② 姜夔:《续书谱·草书》,《书谱、续书谱》,第 125 页。

③ 姜夔:《续书谱·临摹》,《书谱、续书谱》,第 142 页。

元人诗宗唐观念之演变 *

查洪德

元诗宗唐,是文学史研究者的共识,元明之际人瞿祐有"举世宗唐"①之说。元代诗学界对唐诗的热衷与关注,从元代诗学著作中可以强烈感受到。元代有多种唐诗学著作,金元之际就有元好问的《唐诗鼓吹》,入元则有辛文房《唐才子传》,杨士弘《唐音》,以及戴表元的《唐诗含弘》和李存的《唐人五言排律选》。方回的《瀛奎律髓》选唐宋律诗,也主张宗法杜甫,推崇盛唐。但元人宗唐,与明人宗唐有诸多不同。其不同之一,就是不专主盛唐。细考元人宗唐的情况,从共时角度看,元人宗唐是多元的;从历时角度看,从元初到元末,元人的宗唐观念也在演变。认识元代诗学之宗唐,必须从原始文献入手,对这些问题做深入具体考察,才能得出客观可靠的结论,认识其具体主张及其在中国诗学史上的价值,也才能很好连接起唐诗学从宋到明之间的链条。

元人作诗师法唐人,这可以从元代的诗法著作中得到明确具体的认识。这些书讲诗歌作法,标举诗作或诗句格范,所举多是唐诗。以《诗法家数》与《木天禁语》为例②,《诗法家数》举例诗 19 首,其中杜甫一人占 16 首,另外 3 首分别是皇甫冉 1 首、刘沧 2 首,都是唐人。《木天禁语》情况复杂,举例诗也有 19 首,其中唐诗 15 首,分别是杜甫 6 首,郑谷 2 首,李白、柳宗元、李端、刘禹锡、李商隐、吴融、崔珏各 1 首。唐以后有宋人王安石 1 首,元人王士熙、张雨各 1 首,另有无名氏 1 首不详时代。举诗句 64 例,其中唐人诗 49 例,作者不详者 9 例,以理推之,这 9 例也当多唐人之作。唐人以杜甫为主,有 24 例,李白、王维、贾岛有 2 例,其他唐

作者简介:查洪德(1957—),男,南开大学文学院教授。
* 本论文为国家社科基金项目"元代诗学通论"(项目号:13KZW006)的阶段性成果。
① 瞿祐:《鼓吹续音》,《归田诗话》卷上,《历代诗话续编》本,中华书局,1983 年,第 1249 页。
② 所用版本为张健编《元代诗法校考》,北京大学出版社,2001 年。

人有沈佺期、岑参、白居易、韩愈、李商隐、刘禹锡、张籍、王建、胡曾、杜荀鹤、景云、方干、曹松、吴融、耿纬、郑谷、于武陵（邺）、林宽，各 1 例，另有只署为晚唐人的 1 例。宋人则有林逋、苏轼、陈传道、王安国、梅尧臣、唐庚各 1 例。可见其取法唐诗之意，以及杜甫诗的典范意义。

清人王士禛曾说："宋元论唐诗，不甚分初盛中晚，故《三体》《鼓吹》等集，率详中晚而略初盛，揽之愦愦。杨士弘《唐音》始稍区别，有正音，有余响，然犹未畅其说，间有舛谬。"① 邓绍基先生发挥了这一观点，说："元人学唐的结果，使元诗也像唐诗那样万木千花。"邓先生说法比较稳妥，王士禛之说需要作比较大的修正。初盛中晚的概念形成于元，而不是一般理解形成于明代，很难说元人论诗不分初盛中晚。在元代中期，已经形成宗法李杜、推崇盛唐的取向。杜甫在元代具有一家独尊的崇高地位。

本文对元诗宗唐观念演进的基本走向做一梳理，而后考察元代诗学宗唐中一些独特的现象，使我们对元诗宗唐及相关问题有更为清晰准确的把握。

一　元诗宗唐观念演变的基本走向

元代诗学宗唐观念，可以看作是宋、金宗唐观念向明代诗学宗唐观念的过渡，但这过渡期的唐诗学有其独特的价值。价值之一是，元代有多元并且多彩的唐诗学讨论，有较高理论含量；价值之二是，元代的宗唐观念，既泛取各家，又突出盛唐，并奠定了李杜诗的典范地位。元诗宗唐观念既没有宋末宗晚唐靡弱之弊端，也没有明代宗盛唐绝对化之失，从后世看，其观点多中允可取。

诗坛的宗唐风气，兴起于金末宋季。入元之前，南北诗坛同倡宗唐，但南北宗唐旨趣不同。北方效法李杜，以改变金中期尖新之风。刘祁《归潜志》述金末情况说："赵闲闲晚年诗多法唐人李杜诸公，然未尝语于人。已而麻知几、李长源、元裕之辈鼎出，故后进作诗者，争以唐人为法也。"② 赵闲闲即赵秉文，金南渡后的诗坛领袖，麻九畴（知几）、李汾（长源）、元好问（裕之），是那个时代的代表性诗人。元好问说过"以唐人为指归"的话，曾学于元好问的王恽说："金自南渡后，诗学为

---

① 王士禛：《香祖笔记》卷六，上海古籍出版社，1982 年，第 121 页。
② 刘祁：《归潜志》卷八，中华书局，1983 年整理本，第 85 页。

盛，其格律精严，辞语清壮，度越前宋，直以唐人为指归。"① 实际上在金末，诗人宗法唐人，李杜之外，还有韩愈，即宗法李杜韩。而"格律精严，辞语清壮"，也不是李白、王维代表的盛唐风韵。金末的宗唐，倾向性是明显的，即多主杜甫、韩愈一路，这与北宋的影响有关。南方宗晚唐，在江湖诗风气影响下，多学贾岛、姚合，尽管遭到严羽和后来方回的批评，但大的风气未变。诗论家方回《瀛奎律髓》谈当时情况说：

> 乾淳以来，尤、杨、范、陆为四大诗家，自是始降而为江湖之诗。叶水心适以文为一时宗，自不工诗，而"永嘉四灵"从其说，改学晚唐诗，宗贾岛、姚合，凡岛、合同时渐染者，皆阴捋取摘用，骤名于时，而学之者不能有所加，日益下矣。名曰"厌傍江西篱落"，而盛唐一步不能少进。天下皆知"四灵"之为晚唐，而巨公亦或学之。②

宋末严羽也批评贬斥晚唐体，其《沧浪诗话》说："近世赵紫芝、翁灵舒辈独喜贾岛姚合之诗，稍稍复就清苦之风，江湖诗人多效其体，一时自谓之唐宗，不知止入声闻辟支之果，岂盛唐诸公大乘正法眼者哉！"③ 严羽的批评并没有改变诗坛走向，南方诗坛是在宗晚唐的风气下入元的。元初张之翰说到当时情况："近时东南诗学，问其所宗，不曰晚唐，必曰四灵；不曰四灵，必曰江湖。"④

需要特别明确的是，方回宗盛唐与严羽宗盛唐有诸多不同，但最根本的不同是，严羽宗唐是要强调诗人应各抒性情，方回宗盛唐则要在诗学领域重建和强调宗法观念。两种宗盛唐，具有根本不同的诗学指向和文化指向。不过，他们对元代诗学走向影响都不大。元初影响诗坛的，在北方是元好问及其后学，在南方则有江西的刘辰翁，在浙江则是脱胎于江湖的戴表元。

尽管南北论诗旨趣不同，但相同的是，南北诗坛都是在宗唐风气下入元的。

---

① 王恽：《西岩赵君文集序》，《秋涧先生大全文集》卷四十三，新丰文出版社《元人文集珍本丛刊》影印本，1985 年。

② 方回：《道上人房老梅》后批，《瀛奎律髓》卷二十翁卷，李庆甲《瀛奎律髓汇评》，上海古籍出版社，1986 年，第 771 页。

③ 郭绍虞：《沧浪诗话校释》，人民文学出版社，2001 年，第 24 页。

④ 张之翰：《跋王吉甫直溪诗稿》，《西岩集》卷十八，文渊阁《四库全书》本。

（一）元初南北宗唐旨趣之不同

元初诗坛情况，需要南北分别叙述。

在金末元初的北方，元好问是笼罩一代的诗人和诗论家。认识北方诗坛，必须从元好问说起。元好问在《杨叔能小亨集引》一文中说，金之后期，"贞祐南渡后，诗学大行。初亦未知适从，溪南辛敬之、淄川杨叔能以唐人为指归"①。如何理解他之"以唐人为指归"？一方面，论古体诗，他主杜甫、韩愈一路。该文所举杨弘道"以唐人为指归"的作品，是《幽怀久不写一首效韩子此日足可惜赠彦深》②，此诗学韩愈《此日足可惜赠张籍》。两诗都是长篇古体。可见他说的唐人是杜甫、韩愈等人，即钱钟书所谓唐人之开宋诗先河者。我们可以仅从一个角度分析韩愈与杨弘道的这两首诗，认识他们之所谓"唐"。唐代古体诗受律诗影响，成为入律的古风。韩愈是坚决反对古体入律的，写作古体诗，着意使其不合律，这首《此日足可惜赠张籍》就是如此。我们看其前八句："此日足可惜，此酒不足尝。舍酒去相语，共分一日光。念昔未知子，孟君自南方。自矜有所得，言子有文章。"平仄情况是："仄平仄仄仄，仄平仄仄平平。仄仄仄仄仄，仄仄仄仄平。仄仄仄仄仄，仄平仄仄平平。仄仄仄仄仄，平仄仄平平。"孤平、三仄尾，甚至还有两个五仄句。杨弘道这首诗尽管没有韩愈诗极端，但也是有意不合律之作，其前八句："幽怀久不写，郁纡在中肠。为君一吐之，慷慨缠悲伤。辞直非谤讦，辞夸非颠狂。流出肺腑中，无意为文章。"平仄情况是："平平仄仄仄，仄平仄平平。仄平仄仄平，平仄平平平。平仄平仄仄，平平平平平。平仄仄仄平，平仄平平平。"有三平尾、三仄尾、五平句。韩愈的作法为宋代欧苏等所继承。韩愈上承杜甫，下开苏轼，形成杜韩苏的系统。这正如清人所说："作古诗声调，须坚守杜、韩、苏三家法律。"③而由唐杜、韩到宋苏轼，都为当时北方诗坛所推尊，故元人虞集说："国初，中州袭赵礼部、元裕之之遗风，宗尚眉山之体。"④当然，元好问理解的唐诗，也不仅仅是此一路，他又说："情性之外不知有文字，幸矣学者之得唐人为指归也。"这符合一般人理解的唐诗风范。

元好问编《唐诗鼓吹》，是我们理解他唐诗观的重要文献。其书只选七律，选诗详中晚而略初、盛。研究者有统计，其共选唐人96家，诗597首。选中晚唐人

① 元好问：《杨叔能小亨集引》，姚奠中主编《元好问全集》（下），山西人民出版社，1990年，第37页。

② 杨弘道：《幽怀久不写一首效韩子此日足可惜赠彦深》，《小亨集》卷一，文渊阁《四库全书》本。

③ 陈仅：《竹林答问》，清镜滨草堂钞本。

④ 虞集：《傅与砺诗集序》，《傅与砺诗集》卷首，文物出版社影印《嘉业堂丛书》本，1982年。

许浑、薛逢、陆龟蒙、皮日休、杜牧、李商隐、谭用之等人作品为多,盛唐只选王维(8 首)、高适(1 首)、岑参(1 首)、张说(2 首)、崔颢(1 首)、李颀(2 首)数人,诗仅15 首。但元好问所选晚唐诗,不是一般人评判的精工雕琢格力卑弱者,而多选深沉伤乱之作,如韩偓《伤乱》:"故国几年犹战斗,异乡终日见旌旗。交亲流落身赢病,谁在谁亡两不知。"① 大不同于人们印象中韩偓诗的香艳。元好问本人诗作,研究者一般认为属杜、韩一路,同时也受晚唐影响。清人有言:"遗山诗,三分是韩、杜,三分是玉川,故其论诗曰:'万古文章有坦途,纵横谁似玉川卢。'推挹之至。"② 其《论诗三十首》论到的唐人很多,初、盛、中、晚唐都有,除对少数人如孟郊、陆龟蒙有批评外,大多是肯定和表彰的。元好问的主张,影响着元初北方的唐诗观。

元好问之后的著名诗人郝经、刘因,诗歌主张与诗歌创作都受元好问影响,但有趣的是,他们两人都批晚唐又学晚唐,特别是批李贺爱李贺,作诗受李贺影响。

入元,南方的诗学主张是多元的,宗唐观念也是多元的。

浙江一带沿宋而来的风气,诗人仇远表述为:"近体吾主于唐,古体吾主于《选》。"③ 他之所谓唐,并没有特指某一时段。宋人刘克庄的类似表述,可以帮助我们了解仇远的主张。刘克庄有赠"四灵"之一的翁卷诗,说:"非止擅唐风,尤于《选》体工。有时千载事,只在一联中。"④ 仇远所谓主唐,大致也如四灵之主晚唐。除浙江仇远等人外,元初还有明确提倡"四灵"晚唐体诗风的,如江西上饶徐瑞,有诗云:"永嘉诸老不可作,史传纷纭孰与评?一字不轻严衮钺,千年如见审权衡。"⑤ 所谓"永嘉诸老",指永嘉学派叶适,实指叶适所推举的"四灵"。

宋末严羽批晚唐倡盛唐,元初方回也主盛唐批晚唐。但两人心目中的盛唐却大不相同。严羽所说的盛唐诗,是但见性情,不见文字,是羚羊挂角,无迹可求;方回则是理性的诗学,既讲究诗法,又推崇浑成气象,主张"始不拘一家,终自成一家"⑥,认为"学问必取诸人以为善,杜陵集众美而大成"⑦。有趣的是,严羽《沧浪

---

① 钱牧斋,何义门评注,韩成武等点校:《唐诗鼓吹评注》,河北大学出版社,2000 年,第 86 页。

② 吴世常:《论诗绝句二十种辑注》引,陕西人民出版社,1984 年,第 68 页。

③ 方凤:《仇仁父诗序》,《方凤集》,浙江古籍出版社,1993 年,第 64 页。

④ 刘克庄:《赠翁卷》,《后村先生大全集》卷七,《四部丛刊》影印旧抄本。

⑤ 徐瑞:《刘元辅寄咏史诗六十首赋此为谢》,《松巢漫稿》卷二,《豫章丛书》本,江西教育出版社,2006 年。

⑥ 方回:《跋刘光诗》,《桐江集》卷四,上海古籍出版社《续修四库全书》本。

⑦ 方回:《刘元辉诗评》,《桐江集》卷五,上海古籍出版社《续修四库全书》本。

诗话》和方回《瀛奎律髓》这两部在后世影响很大的诗学著作,在元代几乎没有什么影响。方回之论大约不符合元代主流论诗宗趣,少有人提及。在被认为举世宗唐的元代,《沧浪诗话》也没有什么影响。《沧浪诗话》之搜集成编,《沧浪吟卷》的编辑成书,都到了元后期。元后期有严羽再传弟子黄清老,与其同年张以宁,以及黄镇成等人,承传发扬闽中严羽诗学,开启了元明之际的闽派诗。黄清老有《答王著作书》,阐扬严氏诗论,在当时影响颇大,编入多种诗法著作,题作《黄子肃诗法》《黄氏诗法》,或直接命名作《诗法》,在元明之际流行。今人张健编《元代诗法校考》、周维德集校《全明诗话》均编入,题作《诗法》。

元前期在南方影响很大的,首属刘辰翁的唐诗评点。欧阳玄谈到刘辰翁在当时的巨大影响,说:"宋末须溪刘会孟出于庐陵,适科目废,士子专意学诗。会孟点校诸家甚精,而自作多奇崛,众翕然宗之。"① 刘辰翁评点了众多唐人诗,有李贺、王维、孟浩然、韦应物、孟郊、李白、杜甫等,最先评点的是李贺,影响大的也数评李贺诗。庐陵文派推崇李贺、学李贺一直延续,直到元之后期依然如故,这是形成庐陵奇崛诗风的重要因素。可以说,刘辰翁诗学,是宋代江西诗学在元代的演变。时人程钜夫对此曾有论说:"自刘会孟尽发古今诗人之秘,江西诗为之一变,今三十年矣,而师昌谷、简斋最盛……"②

江西南丰人刘壎论唐诗比较独特,他于唐最尊杜甫,又取晚唐,认为诗人各有所长,一种诗体,有数家为胜。五古、七古、五律、七律,他分别标举若干家,他建议学诗者"混合陶、韦、柳三家以昌其五古,孰(熟)复少陵诸大篇以昌其七古,则又取法少陵五律以昌其五律,取牧、锡、浑、沧诸作以昌其七律"③。"牧、锡、浑、沧"即杜牧、刘禹锡、许浑、刘沧,都是晚唐诗人。刘壎是江西诗学后劲,但却推尊晚唐律诗,他想以此救江西末流生硬枯槁之病。

在这一时期,可以与刘辰翁并提的,是戴表元。他曾学诗于方回,但论诗旨趣与方回明显不同。他论诗倡导"唐风",可称元代前期宗唐诗论的代表。"唐风"概念,宋人唐庚、元初方回都用过(分别见唐庚《书三谢诗后》、方回《送罗寿可诗序》等),戴表元对其意蕴作了具体阐发。戴表元之所谓"唐风",是对唐诗整体风格、风貌的概括。倡导"唐风",即主张学诗泛取唐代各家而不名一家,融而为一,形成自我。后文详述。

---

① 欧阳玄:《罗舜美诗序》,魏崇武等校点《欧阳玄集》,吉林文史出版社,2009 年,第 83 页。

② 程钜夫:《严元德诗序》,《雪楼集》卷十五,文渊阁《四库全书》本。

③ 刘壎:《曾从道诗跋》,《水云村稿》卷七,文渊阁《四库全书》本。

诗论家赵文述当时诗坛情况说:"近世士无四六时文之可为,而为诗者益众,高者言三百篇,次者言骚言选言杜,出入韦柳诸家,下者晚唐、江西。"① 赵文的高下之评,未必人人认可。但元初诗坛的多元性,由此可见一斑。

从元初宗唐的多元,到元代中后期广取初盛中晚而以盛唐为主、李杜为宗,再到明代的专主盛唐,其变化的走向,可以从戴表元的《唐诗含弘》、杨士弘的《唐音》以及明代高棅《唐诗品汇》三部唐诗选本选诗观念的变化中体会。《唐诗品汇》选诗有九品之分,即正始、正宗、大家、名家、羽翼、接武、正变、余响、旁流。据研究者考察,这并非高棅的发明,而是借鉴了元代戴表元的《唐诗含弘》和杨士弘的《唐音》,其中接武、正变、余响、旁流四品取自《唐诗含弘》,正始、正宗则借鉴自《唐音》——《唐音》有正始、正音、遗响,《唐诗品汇》取其"正始",而变"正音"为"正宗"。② 比较元前期戴表元《唐诗含弘》、元中期杨士弘《唐音》和明代高棅《唐诗品汇》的品类名称,可以看出他们之间的差别,也可从一个方面认识宗唐观念的变化。戴表元的接武、正变、余响等,基本上不包含明显的褒贬倾向。元初有倡盛唐的,有倡晚唐的,有接续江西而推崇杜甫的(宗杜与宗唐或宗盛唐,在这一时期是不同主张),戴表元主张融汇各家而不主一家,故对唐诗各期各家不分别对待。我们可以看作是元初论诗多元中所取的平衡。《唐音》的正始、正音、遗响已经有褒贬倾向,但所谓正始、正音,并不以初盛中晚的世次分。这反映了元中期唐诗学的倾向性。这一时期主流诗论崇尚盛唐,取法李杜,但绝对没有明人宗法盛唐否定中晚唐的问题。到《唐诗品汇》,正式标举"正宗",明确以盛唐为正宗。当然,唐诗正宗意识,也不是到高棅才有。宋代真德秀《文章正宗》已标举文统正宗,元代虞集论诗以李杜为正宗,说:"唐人诸体之作,与代终始,而李杜为正宗。"③ 但虞集没有排斥其他唐人,也不独尊盛唐。虞集的唐诗学主张,可以作为元中期唐诗学的代表。不过,虞集的以李杜为正宗,与明人的以盛唐为正宗,是大不相同的。

(二)中期以李杜为宗、取法盛唐成为主流

元初论诗泛取各家的状况,到元中期有一定改变,在虞集等人倡导盛世诗风的影响下,逐渐形成宗李杜、主盛唐的唐诗学观念。宗法李杜的观念,在元初就

---

① 赵文:《诗人堂记》,《青山集》卷四,文渊阁《四库全书》本。

② 王顺贵:《〈唐诗品汇〉何以成为典范的唐诗选本——论元代三种唐诗选本与〈唐诗品汇〉的关系》,《文学遗产》2013年第2期。

③ 虞集:《傅与砺诗集序》,傅若金《傅与砺诗集》卷首,文渊阁《四库全书》本。

有。牟巘说："观水必于海,观其会也。李杜其诗之会乎?"① 元中期诗论以李杜为
盛唐诗人的代表,如学者柳贯所说："唐诗辞之盛,至杜子美兼合比兴,驰突骚雅,
前无与让。然方驾齐轨,独以予李太白,而尤高孟浩然、王摩诘之作。"② 柳贯论诗
推尊盛唐,柳贯诗也被认为是取法盛唐。元明之际的王祎《九灵山房集序》称："昔
者浦阳之言诗者二家焉,曰仙华先生方公、乌蜀先生柳公。方公之诗幽雅而圆洁,
柳公之诗宏丽而典则,大抵皆取法盛唐而各成一家言,用能俱有重名于当世。"③
方凤(仙华先生)是元初人,柳贯则活动在元之中期,他们都被认为是取法盛唐而
自成一家的。

辛文房的《唐才子传》和杨士弘的《唐音》,是元代两部重要诗学著作。《唐才
子传》成书于元成宗大德八年(1304),属元前中期。《唐音》的编撰,始于元顺帝至
元元年(1335),成书于顺帝至正四年(1344)。从时间说已进入元后期,但其反映
的诗学观念,则是中期。

《唐才子传》理论上高举盛唐的旗帜,以李杜为高标,说："昔谓杜之典重,李
之飘逸,神圣之际,二公造焉。观于海者难为水,游李杜之门者难为诗。斯言信
哉!"④ 但在具体的品评中,却明显表现出对晚唐诗的喜爱。《四库全书总目》谓其
"大抵于初盛稍略,中晚以后渐详"⑤,显示出主流话语与个人偏好之间的错位,
这种矛盾现象在元代中后期普遍存在。

《唐音》则高举盛唐的旗帜,同时有抑晚唐之意,反映了当时主流诗学的主
张。杨士弘之所以编《唐音》,是不满于唐以来的唐诗选本"大抵多略于盛唐而
详于晚唐"⑥,他要改变这种倾向,以盛唐为《正音》,该卷小序说："是编以其世
次之先后,篇章之长短,音律之和协,词语之精粹,类分为卷,专取乎盛唐者,欲
以见音律之纯,系乎世道之盛。"⑦ 元中期诗学领袖虞集对此大加赞赏,为其书
作序,高度肯定其选诗"以盛唐、中唐、晚唐别之",称其见识"度越常情远哉"⑧。
但其书并非"专取乎盛唐"。

---

① 牟巘:《仇山村诗集序》,《陵阳集》卷十二,文渊阁《四库全书》本。
② 柳贯:《跋唐李德裕手题王维辋川图》,《柳待制文集》卷十八,《四部丛刊》影印元刊本。
③ 王祎:《九灵山房集序》,李军等点校《戴良集》附录,吉林文史出版社,2009 年,第 384 页。
④ 辛文房:《唐才子传》卷二,周绍良《唐才子传笺证》,中华书局,2010 年,第 358 页。
⑤ 纪昀等:《四库全书总目》卷五十八,中华书局,1965 年,第 523 页。
⑥ 杨士弘:《唐音自序》,陶文鹏、魏祖钦整理点校《唐音评注》,河北大学出版社,2006 年,卷首。
⑦ 陶文鹏、魏祖钦整理点校《唐音评注》,第 74 页。
⑧ 虞集:《唐音序》,陶文鹏、魏祖钦整理点校《唐音评注》,卷首。

元中期，主流诗学之外的声音还是很强的。主流诗学与反对者之间的矛盾，在对《唐音》的评价上充分地显示出来。我们可以把庐陵诗学作为非主流诗学的代表。庐陵刘辰翁后学周霆震就猛烈批评《唐音》说：

> 近时谈者尚昇，糠粃前闻。或冠以虞邵庵之序而名《唐音》，有所谓始音、正音、遗响者，孟郊、贾岛、姚合、李贺诸家，悉在所黜；或托范德机之名选《少陵集》，止取三百十一篇，以求合于夫子删诗之数。一唱群和，梓本散行，贤不肖靡然师宗，以为圣人复起殆不可易。①

他不满于《唐音》之贬晚唐，其中应该特别不满于贬李贺。这是庐陵一派与虞集等人的分歧处；当然也可以理解为主张取法多样与宗法盛唐的分歧。庐陵诗学主张取法多样，批评一味模拟李杜、宗法盛唐。刘诜《与揭曼硕学士》说："一二十年来，天下之诗，于律多法杜工部《早朝大明宫》、夔府《秋兴》之作，于长篇又多法李翰林长短句。李杜非不佳矣，学者固当以是为正途。然学而至于袭，袭而至于举世若同一声，岂不反似可厌哉？"② 其所指，就是虞集等人代表的主流诗学。

《唐音》产生了广泛且持久的影响，其主盛唐的观念跨越晚元影响明初。宋讷《唐音缉释序》称其书："既镂梓，天下学诗嗜唐者争售而读之。可谓选唐之冠乎！"③ 胡缵宗说："自杨伯谦《唐音》出，天下学士大夫咸宗之，谓其音正、其选当。"④ 其书在明代不仅多次刊刻，而且出现了多种注本。这一切都说明其影响之大。胡震亨则把《唐音》看作宗唐观念之一大转关："自宋以还，选唐诗者，迄无定论。大抵宋失穿凿，元失猥杂，而其病总在略盛唐，详晚唐。至杨伯谦氏始揭盛唐为主，得其要领；复出四子为始音，以便区分，可称千古伟识。"⑤ 所谓"四子"，乃初唐王杨卢骆(其序为杨王卢骆)，其《凡例》言"四家制作，初变六朝"⑥。

以诗人虞集和杨士弘《唐音》为代表的主流诗学，在当时和以后影响很大，他们倡导的主盛唐的观念逐渐为诗坛接受。元明之际的谢应芳有诗说："金龟换酒

① 周霆震：《张梅间诗序》，《石初集》卷六，《豫章丛书》本，江西教育出版社，2006 年。
② 刘诜：《与揭曼硕学士》，《桂隐文集》卷三，新丰文出版社《元人文集珍本丛刊》影印本，1985 年。
③ 宋讷：《唐音缉释序》，《西隐集》卷六，文渊阁《四库全书》本。
④ 胡缵宗：《刻唐诗正声序》，《唐诗正声》卷首，明嘉靖何城重刻本。
⑤ 胡震亨：《唐音癸签》卷三十一，上海古籍出版社，1981 年，第 326 页。
⑥ 杨士弘：《唐音·凡例》，陶文鹏、魏祖钦整理点校《唐音评注》，卷首。

邀明月,玉麈论诗说盛唐。"① 可见元代中后期的情况。

(三)尊李杜而泛取各家,"铁体"风行又流派纷呈,是后期宗唐诗论的基本取向

元代诗坛的基本走向,可以概括为前中期的多源归一,和后期的多元竞胜。元代唐诗学也体现了这一走向。

前人讲元诗,多以为元中期出现了"元诗四大家",代表了元诗之盛。当然也有不同看法,有人认为,元末诗坛才是真正的繁盛期。清人顾嗣立有一个判断:"有元之文,其季弥盛。"还说:"有元之诗,每变递进,迨至正之末,而奇材益出焉。"② "奇材益出"带来了多元纷呈的局面。元之后期,虞集时代过去,影响最大的诗人是杨维桢,他以其特色鲜明但却不合正统的诗歌创作和诗学理论,冲击了元中期形成的主流诗论。杨维桢代表的"铁雅"诗派,以奇艳瑰异为特征,清代四库馆臣视之为元诗末流,说:"迨其末流,飞卿、长吉一派,与卢仝、马异、刘叉一派并合而为铁体,妖冶俶诡,如出一辙,诗又大弊。"③ "铁体"即铁雅诗派,在当时特别是在东南,笼罩一时,成为影响很大的流派。

讲元代诗派,一般只说铁崖派。流派纷呈,一般认为是到明代。入明即有所谓明初五派,其说见胡应麟《诗薮》:"国初,吴诗派昉高季迪,越诗派昉刘伯温,闽诗派昉林子羽,岭南诗派昉于孙蕡仲衍,江右诗昉于刘崧子高。五家才力,咸足雄踞一方,先驱当代。"④ 但稍作考察就会发现,所谓明初五派,其实是元末五派。这五派都形成并活动于元末。

吴中诗派成就最高者是高启(季迪,1336—1374),他与杨基(1326—1378)、张羽(1333—1385)、徐贲(1335—1380)并称"吴中四杰"。他们主要生活在元代,在明代生活的时间分别只有 6 年、10 年、19 年、14 年,且都死于非命。他们文学活动和诗歌创作,当然也主要在元代。以他们为代表的吴中派,无疑是元末诗派。越派,后人称或作浙派,以刘基(伯温,1311—1375)为代表,成员包括胡翰(1307—1381?)、苏伯衡(约 1329—1389)、宋濂(1310—1381)、王祎(1321—1372)等人。其实,这一派最著名的诗人应该是戴良(1317—1383),因为入明不仕,讲"明初五派"诗人不包括他。从生卒年就可明确看出,这一派诗人也是大部

---

① 谢应芳:《挽管伯龄》,《龟巢稿》卷十七,《四部丛刊》三编影印傅氏双鉴楼藏钞本。

② 顾嗣立:《元诗选》初集,中华书局,1987 年,第 1394、8 页。

③ 纪昀等:《唐诗品汇》提要,《四库全书总目》卷一百八十九,中华书局,1965 年,第 1713 页。

④ 胡应麟:《诗薮》续编卷一,上海古籍出版社,1958 年,第 342 页。

分时间在元代度过（其中刘基、宋濂在至元二十年应召至应天，进入朱元璋政权），其诗歌创作也主要在元代。越派无疑也是元末诗派。关于闽派，胡应麟"闽诗派昉林子羽"之说不完全准确。讲闽派诗，还应该包括早于林鸿（子羽）的黄清老（1290—1348）和张以宁（1301—1370），两人是元泰定四年丁卯（1327）科进士同年，又是同乡好友。他们是元代人，直接承宋末严羽之绪，是闽派诗的先导。故闽派也是元代诗派。岭南派代表诗人南园五先生孙蕡（1334—1390）、王佐（1334—1377）、黄哲（1334？—1376）、李德（生卒年不详，洪武三年荐为洛阳典史）、赵介（1344—1389），生活在元明之际。据孙蕡《琪林夜宿联句一百韵》序①，其南园诗社活动始于孙蕡十八九岁时。按 19 岁计，当在元顺帝至正十二年（1352），此时距元亡还有 16 年时间。到明初，这些人相继入仕，各奔东西，诗社活动也就中断。这个诗派的活动时间，也在元代。所以，明陈琏为赵介《临清集》作序说："当元季，吾郡有南园诗社，诸公赋咏，盛于一时。"② 视之为元代诗社。最后是江右诗派，其代表诗人刘崧（又作崧）（1321—1381），字子高，入明时已 48 岁，入明 13 年后去世，他的诗歌活动和创作，也在元代。从宋濂给他诗集写的序看，其成名并有影响，是在元代。宋濂述其学诗过程有四个阶段。第一阶段，读前人之作，从《诗》《骚》至唐宋诸家，"皆钻研考覈，穷其所以言。用功既深，精神参会，绝无古今之间"。这是书本功夫，诗内功夫，只是写好诗的基础。第二阶段，出与能诗者游，在豫章，"与辛敬、万石、周浈、杨士弘、郑大同"五位"负能诗名"者游，切磋砥砺，也开阔眼界。第三阶段，"复痛自策督"，再下创作功夫。第四阶段，畅怀远游，得江山之助，涤荡心胸，"刘君之诗，于是乎大昌矣"。③ 所有这一切，肯定是在元代，因为明洪武三年，他就举明经，授兵部职方郎中，出仕做官去了。又几年，就去世了。他的诗歌创作，主要在元代。

　　总之，所谓明初五派，其实是元末五派。这五派，特色与主张不同。今人王学泰有《以地域分野的明初诗歌派别论》一文④，对这五派作了考察和特色分析，可以参考。

　　杜贵晨评所谓明诗"莫盛国初"之说，以为"这个话只有一半是对的"，他说：

---

① 孙蕡：《西庵集》卷七，文渊阁《四库全书》本。

② 阮元：《（道光）广东通志》卷一百九十五《艺文略七》，清道光二年刻本。陈田《明诗纪事》甲签卷九有引。

③ 宋濂：《刘兵部诗集序》，黄灵庚主编《宋濂全集》，人民文学出版社，2014 年，第 496 页。

④ 王学泰：《以地域分野的明初诗歌派别论》，《文学遗产》1989 年第 5 期。

"以诗人论,固然有陈田所说明初有'犁眉、海叟、子高、翠屏、朝宗、一山、吴四杰、粤五子、闽十子、会稽二肃、崇安二蓝,以及草阁、南村、子英、子宜、虚白、子宪之流',彬彬称盛;但是,以诗作论,诸'诗家各抒心得,隽旨名篇,自在流出'的创作高峰期,大都在入明以前的元末乱世,入明后就在阵阵腥风血雨中化为强颜的欢笑或噤若寒蝉了。"① 在明初的政治恐怖与高压下,诗坛沉寂了,众鸟不鸣,也不会有什么派了。

元后期诗学,尽管流派纷呈,大的取向还是宗唐,只是所取唐人不同,或者说不分世次,泛取各家,如苏天爵所言:"夫自汉魏以降,言诗者莫盛于唐。方其盛时,李杜擅其宗,其它则韦、柳之冲和,元、白之平易,温、李之新,郊、岛之苦,亦各能自名其家,卓然一代文人之制作矣。"② 初盛中晚,各家各派,都可效法,而以李杜为宗。

当然由于《唐音》的流传,中期主流诗学观念之主盛唐贬晚唐,在元后期仍然有较大影响。是一部分人的主张,比如闽派,由此延之明初,直接开启了明代复古派诗学。只是与杨维桢刮起的李贺旋风相比,就相形见绌了。

二 相关的几种唐诗学现象和概念

在对元诗宗唐观念演变的基本走向作了大致梳理后,还需要对元代唐诗学中一些值得关注的现象进行别别考察,才能对元诗宗唐观念的发展变化有比较具体切实的了解。此外,一些在后世很有影响的唐诗学观念,出现在元代。今人对此不了解。不管从对元诗宗唐观念的考察,还是从中国诗学史的角度,都需要做出说明。

(一)唐诗初、盛、中、晚概念形成于元代,元人论唐诗多盛晚唐对举

清人王士禛说宋元论唐诗,不甚分初盛中晚。这一判断,不准确。先要说明,"四唐"概念形成于元代,而不是到明代的《唐诗品汇》。元初方回已有唐初、盛唐、中唐、晚唐的概念。盛、中、晚的概念多见于《瀛奎律髓》,其《桐江续集》卷二十八《题寒山拾得画像》有"我读寒山拾得诗,唐初武德贞观时"之句,其《文选颜鲍谢

---

① 杜贵晨:《明诗选》,人民文学出版社,2003 年,前言第 3 页。

② 苏天爵:《西林李先生诗集序》,《滋溪文稿》卷五,陈高华、孟繁清点校本,中华书局,1997 年,第 62 页。

诗评》卷二也用"唐初"概念①。同是元初人的龙仁夫也用"唐初"概念指称沈、宋，其《庐山外集序》言："唐初宋之问、沈佺期辈体尚疏"，却认为"许诗雄浑而不粗矿，秀丽而近自然，盖盛唐铮铮"。②显然，四唐概念在元前期已经形成。到元中期，李存编《唐人五言排律选》十卷，第一卷御制、第二卷(上下)试帖之后的八卷，鲜明地以初盛中晚四唐世次编排——"初唐"(卷三卷四)、"盛唐"(卷五卷六)、"中唐"(卷七卷八)、"晚唐"(卷九卷十)。这一点，王顺贵《〈唐诗品汇〉何以成为典范的唐诗选本》一文已经说明，不再详述。同时，元人论诗也并非不分初盛中晚，方回就分，他在《瀛奎律髓》中说："予选诗，以老杜为主。老杜同时人，皆盛唐之作，亦皆取之。中唐则大历以后，元和以前，亦多取之。晚唐诸人，贾岛开一别派，姚合继之，沿而下，亦非无作者，亦不容不取之。"③不仅分盛、中、晚唐，而且寓有明显的褒贬之意。又说："放翁诗出于曾茶山而不专用江西格，间出一二耳。有晚唐，有中唐，亦有盛唐。"④元人这方面的论述，给人印象深刻的，是盛唐与晚唐对举。尽管不同论者的诗学观念不尽相同，对晚唐诗的褒贬也不同，但不少论者将晚唐与盛唐对举。这种对举，在宋代严羽的《沧浪诗话·诗辨》中已有，说："论诗如论禅。汉魏晋与盛唐之诗，则第一义也；大历以还之诗，则小乘禅也，已落第二义矣。晚唐之诗，则声闻、辟支果也。"⑤其《诗体》部分"以时而论"，列举唐代有唐初体、盛唐体、晚唐体。方回论诗，给人很突出的感觉就是盛、晚唐对举，尊盛唐，批晚唐。如《学诗吟十首》其七："宋诗孰第一，吾赏梅圣俞。绰有盛唐风，晚唐其劣诸！"⑥《瀛奎律髓》中多有这种对举，如卷十五陈子昂《晚次乐乡县》诗后批："盛唐律诗体浑大，格高语壮。晚唐下细工夫，作小结裹，所以异也。"卷四十二李白《赠升州王使君忠臣》诗后批："盛唐人诗，气魄广大；晚唐人诗，工夫纤细。"卷二十翁卷《道上人房老梅》诗后评"四灵"："名曰厌傍江西篱落，而盛唐一步不能少进。天下皆知四灵之为晚唐，而巨公亦或学之。"⑦也有字面没有出现对举而实寓

① 方回：《桐江续集》卷二十八，文渊阁《四库全书》本；《文选颜鲍谢诗评》卷二谢惠连《秋怀诗一首》评，李庆甲集评校点《瀛奎律髓汇评》附录，上海古籍出版社，2005年，第1864页。

② 僧道惠：《庐山外集》卷首，北京大学图书馆藏元刻本。

③ 方回评，李庆甲集评校点《瀛奎律髓汇评》，第338页许浑《春日题韦曲野老村舍》评。

④ 方回评，李庆甲集评校点《瀛奎律髓汇评》，第181页陆游《顷岁从戎南郑屡往来兴凤间暇日追忆旧游有赋》后批。

⑤ 郭绍虞：《沧浪诗话校释》，人民文学出版社，2001年，第10页。

⑥ 方回：《桐江续集》卷二十八，文渊阁《四库全书》本。

⑦ 方回评，李庆甲集评校点《瀛奎律髓汇评》，第529、771、1484页。

对比之意者,如《瀛奎律髓》卷一张祜《金山寺》诗后批:"大历十才子以前,诗格壮丽悲感;元和以后,渐尚细润,愈出愈新,而至晚唐。"① 这类较多,不再列举。

其他人之论,如刘壎《水云村稿》的一段话,很值得注意:"小谿翁曰:昔在行都,访白云赵宗丞参诗法,因问何以有盛唐、晚唐、江湖之分。赵公曰:此当以斤两论。"② 可见在宋元之际,论诗以晚唐与盛唐对举,是很普遍的。到元后期,欧阳玄论诗也说:"六朝劣于汉魏,得其巧未得其拙也;晚唐愧于盛唐,亦得其巧未得其拙也。"③ 元明之际的王祎《九灵山房集序》说:"三百篇而下,莫古于汉魏,莫盛于盛唐。齐梁、晚唐,有弗论矣。"④ 在他看来,晚唐比之盛唐,如齐梁比之汉魏。这类列举,多推尊盛唐之论。

也有特别关注中唐的,如袁桷,他关注的是中唐诗的变与承,如说:"诗至于中唐,变之始也。"强调中唐之变。"李商隐诗号为中唐警丽之作,其源出于杜拾遗。晚自以不及,故别为一体。玩其句律,未尝不规规然近之也。"谈李商隐对于杜甫的由承到变和变中之承。⑤

(二)杜甫与李贺在元代是特别引人注目的两位诗人

杜甫是元代诗学的一个独特符号,其在元代诗坛的独特地位,上文已经涉及。元代诗法、诗格类著作直接以"杜"名者就有《杜律心解》《杜陵律诗五十一格》等,其他书中举例也多用杜诗。元代文人雅集,取前人诗句分韵赋诗,也多取杜。据统计,玉山雅集分韵赋诗 31 次,选用唐诗的有 18 次,其中用杜诗 13 次。可说明元人对杜甫的推崇。

元代诗论家多尊杜,但之所以尊杜却各不相同。元初北方元好问尊杜,其《论诗三十首》有"少陵自有连城璧"之句。⑥ 他之尊杜,与元末一部分人尊杜,是身处乱世,读杜甫丧乱诗有感于心,进一步崇拜杜甫诗的成就。他们心中,有一个伤乱的杜甫。元好问有《杜诗学》一书,其书不传,今存其自序《杜诗学引》,评杜诗云:"尝谓子美之妙,释氏所谓学至于无学者耳。今观其诗,如元气淋漓,随物赋形;如

---

① 方回评,李庆甲集评校点《瀛奎律髓汇评》,第 13 页。

② 刘壎:《诗说》,《水云村稿》卷十三,文渊阁《四库全书》本。

③ 欧阳玄:《娱拙集跋》,魏崇武等点校《欧阳玄集》,第 181 页。

④ 王祎:《九灵山房集序》,李军等点校《戴良集》附录,吉林文史出版社,2009 年,第 384 页。

⑤ 袁桷:《书汤西楼诗后》《书郑潜庵李商隐诗选》,李军等校点《袁桷集》,吉林文史出版社,2010 年,第 678、679 页。

⑥ 姚奠中主编《元好问全集》(上),山西人民出版社,1991 年,第 338 页。

三江五湖,合而为海,浩浩瀚瀚,无有涯涘;如祥光庆云,千变万化,不可名状。固学者之所以动心而骇目。及读之熟,求之深,含咀之久,则九经百氏,古人之精华,所以膏润其笔端者,犹可仿佛其余韵也。"① 则又显示,他对杜甫溶液九经百氏,化入诗中而无迹,表示特别的佩服。元中期著名诗人虞集等也尊杜,明人杨士奇就说:"百年之前赵子昂、虞伯生、范德机诸公,皆擅近体,亦皆宗于杜。"② 传说虞集有《杜律虞注》一书,后人考证为伪托,但明人杨士奇却认为其书不伪,为之作序,赞赏说:"伯生学广而才高,味杜之言,究杜之心,盖得之深矣。"③ 与元好问不同,虞集等人是把杜甫作为诗界权威形象来树立,以此强化主流意识。与虞集等人尊杜以强化主流相反,杨维桢尊杜,是强调诗歌的多样性,他说:"删后求诗者尚家数,家数之大,无止乎杜。宗杜者,要随其人之资所得尔。……虽然,观杜者不唯见其律,而有见其骚者焉。不唯见其骚,而有见其雅者焉。不唯见其骚与雅也,而有见其史者焉。此杜诗之全也。"④ 也有人尊杜,是崇尚杜甫的人格,如赵文《诗人堂记》载:"云隐山人钱有常,学道而好吟,绘李、杜、苏、黄像,置所居堂,又取唐宋诗佳句书于壁,而名其堂曰'诗人堂'。"赵文为作记,感慨于宋元易代的特殊时期,很多人以诗人自诩而无操守,"近世士无四六时文之可为,而为诗者益众……而夷考其人,衣冠之不改化者鲜矣。其幸而未至改化,葛巾野服,萧然处士之容,而不以之望尘于城东马队之间者,鲜矣"。他认为,这些写诗者不足以称为人:"今世诗多而人甚少"⑤,李杜苏黄是诗人榜样,更是"人"即人格榜样。

当然,更多的还是把杜甫作为诗人尊崇,如刘壎《隐居通议》论少陵句法:

> 或以豪壮,或以巨丽,或以雅健,或以活动,或以重大,或以涵蓄,或以富艳,皆可为万世格范者。今人读杜诗,见汪洋浩博,茫无津涯,随群尊慕而已,莫知其所从也。因摘数十联,表而出之。其他殆不胜书,姑举其概。善学者固可触类举隅矣。⑥

① 姚奠中主编《元好问全集》(下),山西人民出版社,1991年,第24页。
② 杨士奇:《杜律虞注序》,《东里续集》卷十四,文渊阁《四库全书》本。
③ 杨士奇:《杜律虞注序》,《东里续集》卷十四,文渊阁《四库全书》本。
④ 杨维桢:《李仲虞诗序》,《东维子文集》卷七,《四部丛刊》影印鸣野山房抄本。
⑤ 赵文:《诗人堂记》,《青山集》卷四,文渊阁《四库全书》本。
⑥ 刘壎:《杜少陵诗》,《隐居通议》卷七,清读画斋丛书。

学者吴澄论杜,也是诗人眼光:

> 　　杜为诗家冠冕,固亦以如此诗(按指杜甫《题李尊师松树障子歌》)而鸣于盛唐,况其集中如"黄四娘家花满蹊",如"南市津头有船卖",此类非一。盖杜诗兼备众体,而学之者各得其一长。①

需要注意的是,宗唐与宗杜不同,甚至曾一度矛盾。宋元之际,"四灵"、江湖学唐(学晚唐),江西一派宗杜。当时方回等人提倡宗杜批江湖诗派,而"四灵"、江湖都号称宗唐,"宗唐"与宗杜成为对立的概念。此外,宗杜与宗盛唐也不同。方回论诗,以为宋诗各派都从唐诗出,他推崇盛唐,宗法杜甫,但宗杜与宗盛唐异趣。宗盛唐形成了宋诗(梅尧臣等人)的盛唐风韵,宗杜形成了宋诗的"黄陈格高"(黄庭坚、陈师道等)。方回认为,这就是宋诗的两个基本走向,他说:"宋人诗善学盛唐而或过之,当以梅圣俞为第一;善学老杜而才格特高,则当属之山谷、后山、简斋。"② 其《学诗吟十首》之七说得更明确:"宋诗孰第一?吾赏梅圣俞。绰有盛唐风,晚唐其劣诸。……黄陈吟格高,此事分两途。"③ 这样的差异与矛盾,在入元后逐渐消失,言盛唐就包括杜甫,如刘壎《跋石洲诗卷》所言"李杜盛唐诸作"等。④ 例子不再多举。

　　元人论诗几乎都尊杜,但之所以尊杜,及所尊之杜却并不相同。从这一个独特视角,也可窥见元诗宗唐观念之演变。

　　李贺成为最受关注的诗人,恐怕只有在元代。可以这么说,只有能容得下杨维桢的时代,才可能容得下李贺。在整个元代,学李贺都是一个特殊的现象。邓绍基先生说:"元代诗坛学李贺之风不断,早期北方作家刘因开其端,还曾以人呼其'刘昌谷'而自豪;由宋入元的南方作家吾邱衍也有这种倾向。到了元末,杨维桢和他的'铁崖派',还有一批浙东诗人如陈樵、项调和李序等,掀起一股'贺体'旋风,明代胡应麟说:'元末诸人,竞学长吉。'(《诗薮》)……如果说文学史上有'李贺时代',那并不在中唐而在元末。"⑤ 邓先生的概括不一定完全准确,但大致如

---

① 吴澄:《题刘爱山诗》,《吴文正集》卷五十六,文渊阁《四库全书》本。

② 《瀛奎律髓》卷二十四,梅尧臣《送徐君章秘丞知梁山军》后评。

③ 方回:《学诗吟十首》其七,《桐江续集》卷二十八,文渊阁《四库全书》本。

④ 刘壎:《跋石洲诗卷》,《水云村稿》卷七,文渊阁《四库全书》本。

⑤ 邓绍基:《杨维桢诗歌的特点》,《邓绍基论文集》,社会科学文献出版社,2014 年,第 245–246 页。

此。

　　元前期北方两位重要诗人郝经、刘因都受李贺影响。郝经在学唐问题上有明显的矛盾，他理论上曾明确批晚唐，其《与撖彦举论诗书》说："近世又尽为辞胜之诗，莫不惜李贺之奇，喜卢仝之怪，赏杜牧之警，趋元稹之艳。"但就在同一篇文章中，他历数各种风格，而这些风格都是他赞赏的：

> 有沉郁顿挫之体，有清新警策之神，有震撼纵恣之力，有喷薄雄猛之气，有高壮广厚之格，有叶比调适之律，有雕锼织组之才，有纵入横出之变，有幽丽静深之姿，有纤余曲折之态……①

这些风格，多有近李贺者。他又有《长歌哀李长吉》诗，感叹"人间不复见奇才"②。刘因《述学》一篇，理论上也批晚唐，以为："效晚唐之萎靡，学温、李之尖新，拟卢仝之怪诞，非所以为诗也。"③但其自作深受李贺影响，诗风有时奇崛而雄健，瑰丽险怪，驰骋想象，或大气磅礴。如《登镇州隆兴寺阁》："太行鳞甲摇晴空，层楼一夕蟠白虹。天光日色惊改观，少微尽在青云中。初疑平地立梯磴，清风西北天门通。又疑三山浮海至，载我欲去扶桑东。雯华宝树忽开眼，拍肩爱此金仙翁。"④颇有李贺之风。

　　元后期杨维桢以其古乐府辞震耀诗坛，由于他效法李贺，诗坛也就流行李贺之风。他有《鸿门会》一诗，为其得意之作，他的学生吴复说他"酒酣时常自歌是诗，此诗本用贺体而气则过之"。他自己也说过："故袭贺者贵袭势，不袭其词也。袭势者，虽蹴贺可也；袭词者，其去贺日远矣。"⑤

　　元朝灭亡，再也不会有"李贺时代"。此后或有给予李贺高度评价的，如竟陵派钟惺等，但李贺再也不会形成元代那样的影响。

（三）古体宗汉魏近体宗唐之论贯穿元代始终，但各家主张不同

　　由宋入元的仇远有近体主唐、古体主《选》（即汉魏晋古诗）之论，邓绍基先生将戴表元的相关诗论概括为"宗唐得古"，认为"宗唐得古"是元诗一个最显著的

---

① 郝经：《与撖彦举论诗书》，《陵川集》卷二十四，《北京图书馆古籍珍本丛刊》影印明正德李瀚刊本。
② 郝经：《陵川集》卷八。
③ 刘因：《叙学》，《静修文集》卷一，丛书集成初编本。
④ 刘因：《登镇州隆兴寺阁》，《静修文集》卷七。
⑤ 杨维桢：《铁崖古乐府》卷一《鸿门会》诗后注，卷二《大数谣》吴复注语，四部丛刊景明成化本。

特点。元诗发展的历史，就是宗唐风气形成和衍变的历史。① 从文字表述说，近体主唐、古体宗汉魏的说法贯穿元代始终。但在相同的文字表述后，隐藏了各自不同的诗学主张。元初情况已如仇远所言，是延续宋末"四灵"诗风。到元中期，欧阳玄描述其情况说："我元延祐以来，弥文日盛。京师诸名公，咸宗魏晋唐，一去金宋季世之弊，而趋于雅正，诗丕变而近于古。"② 有趣的是，按此说，延祐时期宗魏晋唐，纠正了宋末宗魏晋唐的"季世之弊，而趋于雅正"。"元诗四大家"的平易正大诗风也是宗魏晋唐，欧阳玄评揭傒斯："公与清江范椁德机、浦城杨载仲弘继至，翰墨往复，更为倡酬。公文章在诸贤中，正大简洁，体制严整。作诗长于古乐府《选》体，律诗长句，伟然有盛唐风。"③ 元末，奇艳险怪、被明人斥为"文妖"的杨维桢也主魏晋唐，他说："我朝诗人往往造盛唐之《选》，不极乎晋魏汉楚不止也。"④ 虞集的弟子、元末赵汸评他人诗作，言其"远师汉魏，近宗盛唐，视他作，以为格卑不足法也"⑤。这里明确说魏晋盛唐诗以外的"格卑不足法"，如此说，在他看来，魏晋唐诗因"格高"而可法。同一口号，实际取法竟有如此多的差异。

（四）两个值得重视的唐诗学概念——盛唐气象与唐风

其一，盛唐气象。现在讲唐诗以及唐代其他艺术，"盛唐气象"是一个用得很普遍的概念。这一概念，因林庚先生的解读而影响更大。从诗学史角度进行探讨的，有王运熙先生《说盛唐气象》，今天讲"盛唐气象"概念的出处与发展，一般用王运熙先生之说。王先生考察"盛唐气象"，是从严羽论唐宋诗"气象"不同开始的，之后便说到明人。但严羽有"盛唐人气象"之说，并未形成"盛唐气象"这一概念，王先生是由严羽"唐人与本朝人诗，未论工拙，直是气象不同"⑥ 一语加以解说。其实，"盛唐气象"出自元人，元人用"盛唐气象"评诗，如胡炳文《与滕山癯》："胸有五车，眼空四海。清音挥麈，犹余西晋之风流；健句惊人，何啻盛唐之气象。"⑦ "唐诗气象"是"健"，区别于"西晋风流"的"清音"。元末王祎《张仲简诗序》

---

① 邓绍基：《元诗"宗唐得古"风气的形成及其特点》，《河北师院学报》1987 年第 2 期。

② 欧阳玄：《罗舜美诗序》，魏崇武等点校《欧阳玄集》，第 87 页。

③ 欧阳玄：《元翰林侍讲学士中奉大夫知制诰同修国史同知经筵事豫章揭公墓志铭》，《圭斋文集》卷十。

④ 杨维桢：《无声诗意序》，《东维子集》卷十一，《四部丛刊》景旧抄本。

⑤ 赵汸：《沧江书舍记》，《东山存稿》卷三，文渊阁《四库全书》本。

⑥ 王运熙：《说盛唐气象》，载《中国古代文论管窥》，上海古籍出版社，2014 年；原载《上海社会科学院学术季刊》1986 年第 3 期。

⑦ 胡炳文：《与滕山癯》，《云峰集》卷六，《元人文集珍本丛刊》影印明正德本，新丰文出版社，1985 年。

也以盛唐气象评诗:"仲简之诗,所谓温丽靖深而类乎韦柳者也。后之人读其诗,非惟知其人,虽论其世可也。仲简之乡先生文昌于公谓为有盛唐气象,嗟乎!公之言岂欺我哉?"① 当然,这里有一个矛盾:在王祎看来,张仲简诗"温丽靖深而类乎韦柳",属中唐气象,但"乡先生文昌于公谓为有盛唐气象"。我们无法了解他所谓"盛唐气象"的具体含义。

元代以气象论诗者很多,但没有详解盛唐气象的,我们可以参考宋人涉及"晚唐气象"的一段话,大致理解元人心目中的盛唐气象。宋何汶《竹庄诗话》引《雪浪斋日记》云:

> 为诗欲词格清美,当看鲍照、谢灵运;欲浑成而有正始以来风气,当看渊明;欲清深闲淡,当看韦苏州、柳子厚、孟浩然、王摩诘、贾长江;欲气格豪逸,当看退之、李白;欲法度备足,当看杜子美;欲知诗之源流,当看三百篇及楚词汉魏等诗。……予尝与能诗者论:书止于晋而诗止于唐。盖唐自大历以来,诗人无不可观者,特晚唐气象衰薾耳。②

元人对不同时代诗之气象的理解,应该受宋人影响。

其二,唐风。"唐风"的概念宋代已有,元初方回也曾使用。但真正引起人们注意,是由戴表元的阐发。戴表元之所谓"唐风",非某一唐人或某一时期唐人诗的风貌,而是对唐诗整体风格、风貌的概括。他说:"始时汴梁诸公言诗,绝无唐风,其博赡者谓之义山,豁达者谓之乐天而已矣。"③可见所谓唐风不指具体某位诗人、某一风格,而是泛取各家溶液而成的整体时代风貌,大致类似于我们今天所使用的"唐音"。他用酿蜜作比,其《蜜喻赠李元忠秀才》云:

> 酿诗如酿蜜,酿诗法如酿蜜法。山蜂穷日之力,营营村墟薮泽间,杂采众草木之芳腴,若惟恐一失,然必使酸咸甘苦之味无可定名,而后成蜜。若偏主一卉,人得咀嚼其所从来,则不为蜜矣。④

---

① 王祎:《张仲简诗序》,《王忠文集》卷五,明嘉靖元年张齐刻本。

② 何汶:《竹庄诗话》卷一,中华书局,1984 年,第 10 页。

③ 戴表元:《洪潜甫诗序》,李军等校点《戴表元集》,吉林文史出版社,2008 年,第 117 页。

④ 戴表元:《剡源集》卷二十四,文渊阁《四库全书》本。

戴表元所编唐诗选本《唐诗含弘》，可以帮助我们理解他之"唐风"观念。"含弘"一词，见于《易·坤》象辞："至哉坤元，万物资生……含弘光大，品物咸亨。"孔颖达疏："包含宏厚，光著盛大，故品类之物皆得亨通。"他要以"包含宏厚"的心胸眼界，涵容唐诗各家各派，以见唐诗之盛大。书的自序，表达了他对唐诗的认识：

> 世之评诗者曰"初日芙蓉"，又曰"弹丸脱手"。是则诗之为义，如丈人之承蜩，庖丁之解牛，工倕之斫轮，出乎自然以写其情性。若用意谿刻，遣调严险，想其胸中若有不能遽吐之物，则病于生涩；想其笔下若有不能遽达之旨，则伤于锻炼，均无取焉。中乎道者，其惟唐贤乎？唐诸名家之诗，养之渊然，按之冲然，婉缛而不流于绮靡，直往而不流于血气。不浅不深，非显非晦，登峰造极，有非人可得而及者。①

这是他心目中的唐诗，也是他心目中的唐风。

元诗宗唐观念有一个演进的过程，其中有不少我们需要了解但以往缺乏了解的东西。元人的唐诗观念中有不少有价值的东西，也是我们应该了解的。没有对元代唐诗学的真正了解，中国诗学史的一些概念，唐诗学发展的线索，就理不清。

（原载《文学与文化》2019 年第 3 期）

---

① 戴表元：《唐诗含弘》卷首，苏州图书馆藏清钞本，袁梅抄录。

论明代主流诗学的谱系选择

陈文新

明人对唐诗的推崇和对宋诗的贬抑是同一事实的两个侧面。由唐到宋是我国古代诗歌转变的关键时期。宋诗较多解说性、演绎性的表达方式,唐诗则将认识与感悟化合为一,南宋末年的严羽扬唐抑宋,"截然谓当以盛唐为法"(《沧浪诗话·诗辨》)。他在《沧浪诗话·诗评》中说:"唐人与本朝人诗,未论工拙,直是气象不同。"①自沧浪此论一出,分唐界宋,几成风气。"后人之论唐宋诗分别者,如张蔚然《西园诗麈》云:'唐诗偏近《风》,故动人易;宋诗偏近《雅》,故入人人难。'翁方纲《石洲诗话》云:'唐诗妙境在虚处,宋诗妙境在实处。'此二说就不限于气象一端,所以比较全面。大抵唐代作家较多纯粹之诗人,而宋之诗家则多为文人学士。翁方纲又谓'盛唐诸公全在兴象超诣','宋人之学全在研理日精,观书日富,因而论事日密。'以此分虚实,亦有见地。所以宋人诗不免以才学为诗,以议论为诗,而风格也就与《雅》近而与《风》远了。沧浪从气象来看,固然看出了宋人不及唐人处;同时也正因他只从气象来看,所以就看不到宋人自有宋人本色处。"②

前后七子是明代主流诗学的代表。他们于古诗推尊汉魏,于律诗推尊盛唐,其谱系意识受到严羽的显著影响,而其抗争对象首先是宋代主流诗学。

与宋人推崇理性有别,明代主流诗学关注的是有关诗歌创作的经验。经验规则取代理性规则,其表征是对前人艺术实践的信任,就七子派而论,他们信任的是汉魏(古诗)和盛唐(律诗)的艺术实践。前七子盟主李梦阳相信,汉魏和盛唐的艺术实践完美地遵循了某种艺术法则,尽管其作者也许未能明确地意识到;后人

作者简介:陈文新(1957—)男,武汉大学文学院教授。

① 严羽著,郭绍虞校释《沧浪诗话校释》,人民文学出版社,1983年,第27、144页。

② 郭绍虞为严羽《沧浪诗话·诗评》所写的"释",见严羽著、郭绍虞校释《沧浪诗话校释》,人民文学出版社,1983年,第145页。

如果想揭示或制定规则,就必须具体地考察汉魏古诗和盛唐律诗,从中发现秩序并遵循这种秩序,企图任意行事或另起炉灶是不成的。他在《答周子书》中指出:"文必有法式,然后中谐音度。如方圆之于规矩,古人用之,非自作之,实天生之也。今人法式古人,非法式古人也,实物之自则也。"(《李空同全集》卷六十一)他的意思是:法是客观存在着的事物的内在规律,任何一种艺术,都有其不可违背的"法"即规律;这种规律完美地体现在"第一义"的典范作品中,因此,在创作中必须严格地仿效前人的经典之作。以对创作经验的尊崇为出发点,李梦阳热心于从汉魏古诗和盛唐律诗中归纳技巧,以这种技巧来指导创作。其《再与何氏书》云:

> 古人之作,其法虽多端,大抵前疏者后必密,半阔者半必细,一实者必一虚,叠景者意必二。此予之所谓法,圆规而方矩者也。沈约亦云:"若前有浮声,则后须切响,一简之内,音韵尽殊,两句之中,轻重悉异。"即如人身,以魄载魂,生有此体,即有此法也。《诗》云"有物有则",故曹、刘、阮、陆、李、杜能用之而不能异,能异之而不能不同。(《李空同全集》卷六十一)

所谓"前疏者后必密,半阔者半必细,一实者必一虚,叠景者意必二",实际上是些经验标准,尽管李梦阳认定这是"物之自则"——事物内部所固有的规律。所以,如果说宋人以推理和实证来实行其理性原则, 李梦阳等则是以经验标准取代理性标准:他们首先选定汉魏古诗和盛唐律诗为诗的模特儿,然后从这模特儿身上发现规则。他们用经验规则取代了理性原则,习惯和传统构成这些规则的基础。

就对经验规则的发现和总结而言, 后七子之一的谢榛堪称明代主流诗学的代表。他的《四溟诗话》从不同层面、不同角度对不同类型的诗提出了种种规范。例如:

> 杜约夫问曰:"点景写情孰难?"予曰:"诗中比兴固多,情景各有难易。若江湖游宦羁旅,会晤舟中,其飞扬坎轲,老少悲欢,感时话旧,靡不慨然言情,近于议论,把握住则不失唐体,否则流于宋调,此写情难于景也,中唐人渐有之。冬夜园亭具樽俎,延社中词流,时庭雪皓目,梅月向人,清景可爱,模写似易,如各赋一联,拟摩诘有声之画,其不雷同而超绝者,谅不多见,此点景难于情也,惟盛唐得之。"约夫曰:"子能发情景之蕴,以至极致,沧浪辈未尝

道也。"(卷二)①

　　作诗本乎情景,孤不自成,两不相背。凡登高致思,则神交古人,穷乎遐迹,系乎忧乐,此相因偶然,著形于绝迹,振响于无声也。夫情景有异同,模写有难易,诗有二要,莫切于斯者,观则同于外,感则异于内,当自用其力,使内外如一,出入此心而无间也。景乃诗之媒,情乃诗之胚:合而为诗,以数言而统万形,元气浑成,其浩无涯矣。(卷二)

这是谈情景关系的。

　　李西涯曰:"诗用实字易,用虚字难。盛唐人善用虚字,开合呼应,悠扬委曲,皆在于此。用之不善,则柔弱缓散,不复可振。"夏正夫谓:"涯翁善用虚字,若'万古乾坤此江水,百年风日几重阳'是也。"西涯虚实,以字言之;子昂虚实,以句言之:二公所论,不同如此。(卷一)

这是谈虚实关系的。

　　律诗虽宜颜色,两联贵乎一浓一淡。若两联浓,前后四句淡,则可;若前后四句浓,中间两联淡,则不可。亦有八句皆浓者,唐四杰有之;八句皆淡者,孟浩然、韦应物有之。非笔力纯粹,必有偏枯之病。(卷三)

这是谈浓淡关系的。

　　在对经验规则的考察中,明代主流诗学提出了两大重要命题。其一,诗"贵情思而轻事实"。李东阳《麓堂诗话》说:"诗有三义,赋止居一,而比兴居其二。所谓比与兴者,皆托物寓情而为之者也。盖正言直述,则易于穷尽,而难于感发。惟有所寓托,形容摹写,反复讽咏,以俟人之自得,言有尽而意无穷,则神爽飞动,手舞足蹈而不自觉,此诗之所以贵情思而轻事实也。"②这里应该郑重指出,"情思"包含了"情感",但其含义又非"情感"二字所能取代,因为,它同时还强调了感觉和

---

① 本文引用《四溟诗话》,均据中华书局 1983 年版《历代诗话续编》本,其他地方不另出注。
② 本文引用《麓堂诗话》,均据中华书局 1983 年版《历代诗话续编》本,其他地方不另出注。

音乐效果。"比兴"与"情思"的联系指向对诗人感觉的关注,"手舞足蹈而不自觉"与"情思"的联系则表明情感、情绪与音乐相通,一旦进入诗的情感和情绪氛围,同样有聆听音乐时那种迴肠荡气的感受。李东阳的这一创获,显然李梦阳也是认可的。李梦阳在《缶音序》中说:"诗至唐,古调亡矣,然自有唐调可歌咏,高者犹足被管弦。宋人主理不主调,于是唐调亦亡。""夫诗,比兴错杂,假物以神变者也。难言不测之妙,感触突发,流动情思,故其气柔厚,其声悠扬,其言切而不迫,故歌之心畅而闻之者动也。"这里,李梦阳不是以"情"作为"理"的对立面,而是以"调"作为其对立面,这是一个不能忽视的用法。"情"是多层面的,理学家也有理学家的情。但"调"却强调"感触突发",由此导向对感觉和意象的捕捉;强调"流动情思","其声悠扬",由此导向对诗的音调节奏的关注。"情思"同时关涉文学语言和音乐语言,"情思"与议论事理和铺叙事实是格格不入的。并且,从诗与作者的关系看,所抒之"情"是可作伪的,即所谓"心声心画总失真",但所表达的"情思"却是不可作伪的,因为诗人的创作个性、创作风格无法矫饰。对此,李梦阳所见甚为真切。他在《林公诗序》中说:"夫诗者,人之鉴者也。夫人动之至必著之言,言斯永,永斯律,律和而应,声永而节。言弗暌志,发之以章,而后诗生焉。故诗者,非徒言者也。是故端言者未必端心,健言者未必健气,平言者未必平调,冲言者未必冲思,隐言者未必隐情。谛情、探调、研思、察气,以是观心无廋人矣。故曰诗者,人之鉴也。""言"不由衷是可能的,如热衷功名的人故作清高之论,性情怯懦的人故作豪勇之语;而"调""气"等则属于个性和风格范畴,是不能作假的,这些才真的是"人之鉴"。李东阳、李梦阳等人用"情思"而不用"情"来作为建立诗学的基础,其理论意义在于,一方面沟通诗、乐,另一方面又将诗与史区别开来,"史"强调的是"事实",诗关注的则是"情思"。①

其二,作诗"不可太切"。中国古典诗学中有"辞不尽意,意在言外","只可意会,不可言传"等说法。这里的"意",不是与逻辑思维联系在一起的"意义",而是富于情绪色彩的"意绪"。诗人的意绪,尤其是那些源于自由感觉的"意绪",如弥漫的烟雾,如"梅子黄时雨",要清晰地加以界定和阐释是困难的,甚至是不可能的。我们要完整地传达这种意绪,就应尽量避免涉于理路,就应尽量向读者提供含蕴丰富的意境,"排除思想分析而直入世界内部的特征"。由此出发,明代主流诗学反复强调:诗的表达不必"太切",因为"太切"就意味着作家有明晰的"意

---

① 参见拙著《明代诗学》,湖南人民出版社,2000年,第38—70页。

图"。谢榛《四溟诗话》说：

> 诗不可太切，太切则流于宋矣。(卷二)

王世贞《艺苑卮言》卷四说：

> 严(羽)又云："诗不必太切。"予初疑此言，及读子瞻诗，如"诗人老去""孟嘉醉酒"各二联，方知严语之当。又近一老儒尝咏道士号一鹤者云："赤壁横江过，青城被箭归。"使事非不极亲切，而味之殆如嚼蜡耳。

胡应麟《诗薮》内编卷五说：

> 杜题柏："霜皮溜雨四十围，黛色参天二千尺。"说者谓太细长，诚细长也，如句格之壮何！题竹："雨洗娟娟净，风吹细细香。"说者谓竹无香，诚无香也，如风调之美何！宋人《咏蟹》："满腹红膏肥似髓，贮盘青壳大于杯。"《荔枝》："甘露落来鸡子大，晓风吹作水晶团"，非不酷肖，毕竟妍丑何如？诗固有以切工者，不伤格，不贬调，乃可。

"诗言志"是中国诗学中的一个经典说法，在宋人的主流阐释中被理解为诗以作品所包含的作者意图为主。在这种言志观念笼罩下，文学批评强调的是"文以载道"的"道"、"有德者必有言"的"德"、"内容决定形式"的"内容"，强调的是作品背后的"意义""主题""中心思想"。宋人视野中的"诗言志"原则强调：诗歌是诗人思想感情的流露、表达或形象的写照。或者换一个说法，艺术作品实质上是把内在的变成外在的，它同时体现了诗人的知觉、思想和感情。所以诗的渊源和题材，是诗人自己的精神素质和内心活动；如果外部世界的某些方面，在诗人的感情和内心活动作用下，从事物转化成诗，那么它们也能成为诗的源泉和题材。由这一理论产生的评价诗歌成败的标准是：诗歌与诗人在写作时的意图、感情和真实的思想状态是否相符。这种理性原则在"不切"论中被明确地放弃了。①

作诗"不可太切"，就与外在景物的关系而言，旨在否定宋人的实证精神。在诗的写作中，为了获致某种韵味，诗应该或可以摆脱事实对它的束缚。如胡应麟

---

① 参见拙著《明代诗学》，湖南人民出版社，2000年，第267-286页。

《诗薮》外编卷四所说:"张继'夜半钟声到客船',谈者纷纷,皆为昔人愚弄。诗流借景立言,惟有声律之调,兴象之合,区区事实,彼岂暇计。无论夜半是非,即钟声闻否,未可知也。"或如谢肇淛《小草斋诗话》所说:"'夜半钟声到客船',钟似太早矣。'惊涛溅佛身',寺似太低矣。'黑云压城城欲摧,甲光向日金鳞开',阴晴似太速矣。'马汗冻成霜',寒燠似相背矣。然于佳句毫无损也。诗家三昧,正在此中见解。譬如摘雪中芭蕉以病摩诘之画,摘点画之讹以病右军之书,非不确,如画法书法不是在何!"中国的文人画努力达到忽略外在细节描写而捕捉事物气象、神韵的境界,而明代主流诗学也追求和认可这样的境界。

诗"贵情思而轻事实"着眼于确定诗的体裁规范,作诗"不可太切"着眼于确定诗与志、诗与景之间的关系。这两大命题是从汉魏古诗和盛唐律诗的经验事实中概括出来的。明代主流诗学具有"常识"诗学的特性。它立足于写作经验,与立足于理性精神的宋代主流诗学形成对比分明的两极。明代主流诗学所确定的谱系,旨在恢复汉魏古诗和盛唐律诗的传统而摒弃宋代主流诗学,其谱系选择不是为了深化学术,而是为了促进文学事业的发展。但无心插柳柳成荫,他们的创获为后人研究汉魏古诗和盛唐律诗提供了值得珍视的学术资源。

（原载《文学与文化》2010 年第 4 期）

王夫之的诗歌评选与唐诗观

蒋　寅

　　身为哲人和学者的王夫之（1619—1692），虽未将诗学作为毕生的事业，但他从十六岁就随叔父廷聘学诗，自称前后读古今人诗不下十万首，终因心思不在这方面，没有特别用功。明亡后潜心著书，二十八岁写成第一部著作《周易稗疏》四卷，以后兀兀穷年，著述不辍。年过不惑，王夫之重新留意诗学，并评选前代诗歌作品，编有《古诗评选》《唐诗评选》《宋元诗评选》和《明诗评选》。[①] 康熙十年（1671）前后完成《诗广传》[②]，这是他最初的诗歌研究专著，但内容侧重于文化批评。后来他又着力研究《诗经》的文学表现，撰为《诗译》一卷，提出不少有创见的诗歌理论。他对明代流行的李攀龙《唐诗选》、王世贞《艺苑卮言》及唐汝询《唐诗解》等都很熟悉，也受到不同程度的影响。从《明诗评选》引用钱谦益论汤显祖的文字看，他还读过《列朝诗集》[③]，并对程孟阳及其追随者钱谦益颇不以为然，故评明诗时常流露出对钱的不屑之意。广泛涉猎前代诗歌作品让他积累了不少诗歌史知识，对诗歌原理的理解和阐释因有相应的诗史知识支撑，而不至流于片面和主观武断。青木正儿说"他抨击拟古派，并轻蔑竟陵派，其激烈程度不下于钱谦益等人，但只是不分青红皂白大加挞伐，却丝毫不接触诗学上的理论问题"[④]，应该说不太符合实际情况。康熙二十七年（1688）七十岁时，王夫之开始整理自己的诗学研究成果，先将追忆平生往来友人之作撰为《南窗漫记》一卷；两年后又将自己

作者简介：蒋寅（1959—　），男，华南师范大学文学院教授。

① 有关王夫之之事迹与著述系年，系参考刘春建《王夫之学行系年》，中州古籍出版社，1989 年。

② 此据王孝鱼《诗广传》（中华书局，1964 年）"点校说明"之说。

③《明诗评选》卷二评汤显祖《边市歌》云："钱受之谓公诗变而之香山、眉山，岂知公自有不变者存。"（河北大学出版社，2008 年，第 78 页）按：钱谦益之说见《列朝诗集小传》丁集"汤显祖传"。

④ 青木正儿：《清代文学评论史》，杨铁婴译，中国社会科学出版社，1988 年，第 33 页。

论诗和时文的心得编为《夕堂永日绪论》内外编,对毕生的文学批评业绩做个总结。同时还陆续为几种诗选润饰评语,这些评语凝聚了他晚年对诗歌的许多见解,也贯注了《读通鉴论》所显示的进化论史观,以及《宋论》体现的其历史哲学中"即用以观体"的现象学方法。这一工作估计直到去世也未完成,所以今存三种诗选都没有序跋,不像是打算授梓的稿子,或许只是讲学和指示后学的讲义罢了。但这些著述已足以显示王夫之晚年颇用心于诗学,且以诗学为毕生学术的归结。历来对王夫之诗学的研究,一向注重美学和理论层面的问题,不太留意他的诗歌批评[①],不免影响到对王夫之诗学成就的全面认识。

一　悟性与通识

王夫之的诗歌史研究肇基于《诗经》,他的诗歌理论有相当一部分是萌生于《诗经》研究。他治《诗经》最大的特点,是将这部诗总集作为文学来研究。这在今天是再自然不过的事,但在那个举世"不以诗解诗,而以学究之陋解诗","以帖括塾师之识说《诗》"[②]的时代,将《诗经》从十三经的神龛移到诗歌史的殿堂里来,还是需要很大胆识的。《诗译》首先指出《诗经》与后代诗歌有着同样的文学特征,认为:

> 汉、魏以还之比兴,可上通于风雅;桧、曹而上之条理,可近译以三唐。元韵之机,兆在人心,流连泆宕,一出一入,均此情之哀乐,必永于言者也。[③]

因而在《诗经》与后世诗歌之间,就绝不存在不可逾越的圣凡高下界限:"卫宣、陈灵下逮乎《溱洧》之士女、《葛屦》之公子,亦奚必贤于曹、刘、沈、谢乎?"而"《谷风》叙有无之求,《氓》虫数复关之约,正自村妇鼻涕长一尺语。必谓汉人乐府不及《三百篇》,亦纸窗下眼孔耳"。[④] 职是之故,诗歌批评有必要打通古今,后世作诗者应该遵循《诗经》的韵律法度,而《诗经》的解释者也不可不参照后代诗歌的艺术经

---

① 对王夫之诗歌批评的研究, 有章楚藩《评王夫之〈唐诗评选〉》(《杭州师范学院学报》1993 年第 1 期)、涂波《王夫之诗学研究》(湖北人民出版社,2006 年)第二章"论王夫之选本批评",可参看。

②《诗译》,戴鸿森《姜斋诗话笺注》卷一,人民文学出版社,1981 年,第 20 页。

③《诗译》,戴鸿森《姜斋诗话笺注》卷一,第 1 页。

④《古诗评选》卷一,卓文君《白头吟》评语,河北大学出版社,2008 年,第 12 页。

验来理解《诗经》的艺术表现:

> 故艺苑之士,不原本于《三百篇》之律度,则为刻木之桃李;释经之儒,不证合于汉、魏、唐、宋之正变,抑为株守之兔罝。陶冶性情,别有风旨,不可以典册、简牍、训诂之学与焉也。①

因为这段话是在《诗经》研究和解释的语境下说的,所以更强调《诗经》有别于群经的抒情文学特征,不可简单地用史学和小学训诂的方式来对待,必须参考后代诗歌艺术手法的变化来解读。在这一点上,《诗译》对《出车》的解释可以说是一个成功的范例:

> 唐人《少年行》云:"白马金鞍从武皇,旌旗十万猎长杨。楼头少妇鸣筝坐,遥见飞尘入建章。"想见少妇遥望之情,以自矜得意,此善于取影者也。"春日迟迟,卉木萋萋。仓庚喈喈,采蘩祁祁。执讯获丑,薄言还归。赫赫南仲,猃狁于夷。"其妙正在此。训诂家不能领悟,谓妇方采蘩而见归师,旨趣索然矣。建旌旗,举矛戟,车马喧阗,凯乐竞奏之下,仓庚何能不惊飞,而尚闻其喈喈?六师在道,虽曰勿扰,采蘩之妇亦何事暴面于三军之侧邪?征人归矣,度其妇方采蘩,而闻归师之凯旋,故迟迟之日,萋萋之草,鸟鸣之和,皆为助喜。而南仲之功,震于闺阁,室家之欣幸,遥想其然,而征人之意得可知矣。乃以此而称南仲,又影中取影,曲尽人情之极至者也。②

王夫之论证《出车》"春日迟迟"一章为征人凯旋于道的想象之辞,理由虽不无迂阔之处(如谓采蘩之妇不至暴面于三军之侧),但举王昌龄《青楼曲》为参证③说明此诗的表现手法,却极有见地。日本学者赤塚忠认为《出车》是男女对唱的剧诗,"春日迟迟"以下四句为女主角唱,"执讯获丑"以下四句为男主角唱,固也可成一家之言④,但"赫赫南仲"终不太像是自述口吻,不如王夫之解作征人想象中

---

① 《诗译》,戴鸿森《姜斋诗话笺注》卷一,第1页。

② 《诗译》,戴鸿森《姜斋诗话笺注》卷一,第12—13页。

③ 此诗为王昌龄《青楼曲》二首之一,王夫之作《少年行》,疑为记忆之讹。

④ 赤塚忠:《〈皇皇者华〉篇与〈采薇〉篇》,《日本学者中国诗学论集》,蒋寅译,凤凰出版社,2008年,第77—78页。

的"室家之欣幸"为佳。

王夫之论诗的过人之处,就在于有这种托基于历史感的悟性和通识,就像他自己说的,"看古人文字,须有通明眼力作一色参勘,胸中铢两乃定"①。他评先唐古诗往往以《诗经》《楚辞》为参照系,评唐诗再以古诗为参照系,而评明诗则又以唐诗为参照系。总之,都将具体的诗歌作品放到前后的诗史流程中去考量,于是古诗、唐诗、明诗的异同得失在他的"通明眼力"下洞若观火。

在古诗、唐诗、明诗三种评选中,他似乎对古诗用功最深,显然他是比较喜欢汉魏六朝诗歌的。最欣赏的诗人是谢灵运,对江淹也情有独钟,而曹植、陶渊明都没得到他太高的评价。至于唐代,在他眼中几乎没什么值得全盘肯定的诗家。要说他的趣味和所持标准,那的确是非常独特的。但他终究对诗歌史做过通盘的研究,眼界较常人开阔,故能明流变、识大体,批评作家的眼光颇为犀利。比如论庾肩吾、庾信父子,说肩吾在宫体诗人中"特疏俊出群,贤于诸刘远矣,其病乃在遷尽无余,可乍观而不耐长言";同庾信相比较,"但子慎之所为遷尽者,情与度而已。子山承之,乃以使才使气,无乎不尽","子慎自近体之宗祊,子山乃古诗之螟子,两庾相因,升降所在"。② 这段话既有眼力又有见识,将他们父子的特点和诗史地位说得非常到位。又如他比较何逊和吴均,"顾仲言劲而密,叔庠劲而疏,两取方之,仲言之去古未远矣。唯其密也劲,在句而不在篇,字句自有余势。近不许叔庠入室,远不许子美升堂,正赖此尔"。③ 这也可以说见识很深,不光揭示两家诗风特点,尤其指出何逊诗歌艺术的要点所在,顺便对向来诗家常谈的杜甫学何逊做了一个翻案性的结论。

相比前代诗歌来,我认为他对明诗的批评更值得我们注意。《明诗评选》卷二评程嘉燧《走笔答赠胡京孺》云:"自与袁海叟联镳,必不寄时人篱下,其远祖则张谓、刘禹锡也。孟阳诗或从元白入,近体中如'谷雨茶、清明酒'一种死对,又投胎许浑。钱受之亦尔。似此者不多得也。"④ 这已延伸到明末诗坛程孟阳、钱谦益的创作,两人与明末和清初的诗坛都有极大的关系。卷六评李东阳《章恭毅公挽诗》又说:"语但平直,思实曲折;气不矜厉,神自凌忽。钱受之一流人那得到他津涘,

---

① 《古诗评选》卷五,江洪《旅泊》评语,河北大学出版社,2008 年,第 308 页。

② 《古诗评选》卷五,庾肩吾《游甒山》评语,第 309 页。

③ 《古诗评选》卷五,何逊《暮春答朱记室》评语,第 309 页。

④ 《明诗评选》卷二,河北大学出版社,2008 年,第 81 页。

'似我者死'而已矣。"① 李东阳是钱谦益《列朝诗集》中少有的给予好评的诗人之一,也是钱谦益人格和艺术上倾慕的楷模,但王夫之这里却彻底排除钱谦益与他的相似性,从根子上断绝了钱谦益入茶陵门下主客图的因缘。在这里,我们似乎看到一种与地域意识相关的判断,身为湖南诗人的王夫之绝不能容忍倡导宋元诗风的钱谦益与湖南的格调派唐诗传统沾上边。

王夫之不仅对湖南的诗歌传统极为自负,对自己的审美判断力也极其自负。自信自己的趣味超出时流而必不为其所赞同,所以再三表示对此的不屑。《明诗评选》卷五评皇甫濂《咏梅花》说:"真净极之作,俗目必不谓净。"② 评高叔嗣《三月二日交城大雪后》云:"密著,乃浅人必谓其疏远。"③ 评屠隆《彭城渡黄河》云:"疏甚,亦密甚,浅人不知其密。"④ 这种自负复自信的态度,使他勇于发表自己的独到见解,用于坚持异于俗论的批评立场。

二 寓诗史研究于作品批评

王夫之诗评最大的特点,是将诗选作为诗歌批评来做。除了他推崇的先唐诗外,对于唐诗、明诗(相信失传的《宋诗评选》也差不多),都是在整体评价不高的前提下肯定个别作品。大多数作品只是因为不犯什么病,不落什么套,或不失什么规矩而获得肯定评价,故而这些获得肯定的作品往往成为他借题发挥、批评诗史的对象。《明诗评选》尤其如此,凡文字较长的评语都是批评明诗的大段议论。最突出的例子莫过于评王世贞《闺恨》:

> 弇州记问博,出纳敏,于寻常中自一才士,顾于诗未有所窥耳。古诗率野似文与可、梅圣俞,律诗较宽衍,而五言捉对排列,直犯许浑卑陋之格;七言斐然可观者,则又苏长公、陆务观之浅者耳。宗、谢、吴、徐皆为历下所误,唯弇州不然。弇州诗品自卑,亦未尝堕嚣嚣咆哮白中。弇州与沧溟尤密,余不知当日相对论文时作何商量?沧溟一种万里千山、大王天子语,是赚下根人推戴盟主铺面;弇州既不染指,即染指亦不倚之为命。而沧溟言唐无五言

---

① 《明诗评选》卷六,第 353 页。
② 《明诗评选》卷五,第 280 页。
③ 《明诗评选》卷五,第 267 页。
④ 《明诗评选》卷五,第 288 页。

古诗,一句壁立万仞,唐且无之,宋抑可知已;弇州却胎乳宋,寝食宋,甚且滥入《兔园》《千家》纤鄙形似处。则王、李公标一宗,王已叛李,不知其又何以为宗也?弇州既浑身入宋,乃宋人所长者思致耳,弇州生平所最短者,莫如思致,一切差排,只是局面上架过。甚至赠王必粲,酬李即白,拈梅说玉,看柳言金,登高疑天,入都近日,一套劣应付,老明经换府县节下炭金腔料,为宋人所尤诋呵者,以身犯之而不恤。故余不知弇州之以自命者,果何等邪?故曰弇州于诗,未有所窥,倘有所窥,即卑即怪,亦自成一致也。大要为记问博,出纳敏,生我慢而不自惜,晨秦暮楚,即沧溟亦不能为之挽。然则虽曰王、李,其不相配偶者久矣。为存小诗一章,而论之如此。①

正如结语所说,这里存王世贞小诗一首,似乎只是为了做个借题发挥的张本。一大段议论简直就是全面分析王世贞诗才及与李攀龙言诗旨趣异同的一篇论文,其间既有诗体批评、风格批评,也有修辞评价和艺术渊源论,还包括李攀龙诗论,内容相当丰富,剖析更极细致。如此细致的作家批评,在近代文学批评论文出现之前,的确是很罕见的。卷五评王思任《薄雨》也是很典型的一例:

　　　　竟陵狂率,亦不自料遽移风化,而肤俗易亲,翕然于天下。谑庵视伯敬为前辈,天姿韶令亦十倍于伯敬,且下徙而从之,余可知已。其根柢极卑劣处,在哼着题目,讨滋味,发议论,如"稻肥增鹤秩,沙远讨兔盟"之类,皆是物也。除却比拟钻研,心中元无风雅,故埋头则有,迎眸则无,借说则有,正说则无。竟陵力诋历下,所恃以为攻具者,止"性灵"二字。究竟此种诗,何尝一字自性灵中来?靠古人成语,人间较量,东支西补而已,宋人最为诗蠹在此。彼且取精多而用物弘,犹无一语关涉性灵,况竟陵之鲜见寡闻哉?五六十年来,求一人硬道取性灵中一句,亦不可得。谑庵、鸿宝大节磊砢,皆豪杰之士,视钟谭相去河汉,而皆不能自拔,则沈雨若、张草臣、朱云子、周伯孔之沿竟陵门,持竟陵钵者,又不足论已。聊为三叹!②

卷六评袁宏道《和萃芳馆主人鲁印山韵》,以千余字的篇幅论袁宏道诗的安身立

---

①《明诗评选》卷七,第421–422页。

②《明诗评选》卷五,第314页。

命之处,通过与王、李、钟、谭比较,最终落实于用字一点:

> 诗莫贱于用字,自汉、魏至宋、元,以及成、弘,虽恶劣之尤,亦不屑此。王、李出而后用字之事兴,用字不可谓魔,只是亡赖偏方,下邑劣措大赖岁考捷径耳。王、李则有万里千山、雄风浩气、中原白雪、黄金紫气等字,钟、谭则有归怀遇觉、肃钦澹静、之乎其以、孤光太古等字,舍此则王、李、钟、谭更无言矣。钟、谭以其数十字之学,而诮王、李数十字之非,此婢妾争针线盐米之智,中郎不屑也。中郎深诋王、李,诋其用字,非诋其所用之字。竟陵不知,但用字之即可诋,而避中郎之所斥,窃师王、李用字之法而别用之,中郎不夭,视此等劣措大作何面孔邪?王、李用字,是王、李劣处;王、李犹不全恃用字以立宗,全恃用字者,王、李门下重儓也。钟、谭全恃用字,即自标以为宗,则钟、谭者,亦王、李之重儓,而不足为中郎之长龋,审矣。①

模式化在创作的师法上是与门户习气联系在一起的。正如前文所言,入一家门户,便是求得一种活套,就可以按题目需要填砌。门户在这个意义上成了捷径和熟套的代名词,也因此与饾饤、支借、桎梏等缺陷联系起来,而与风雅、独创性、才情等艺术的基本理念相对立,所谓"建立门庭,已绝望风雅"②,"立门庭者必饾饤,非饾饤不可以立门庭。盖心灵人所自有,而不相贷,无从开方便法门,任陋人支借也"③,都道尽门户之弊。王夫之因力拒模式化,凡是成为门户的前代作家都遭到他的贬斥。首当其冲的则是盛唐的李颀、杜甫和晚唐的许浑。

李颀在唐代诗人中成就并不算突出,但七律体格严整、声韵铿锵,夙为七子辈所师法,因而首遭殃及。《唐诗评选》评高适《同陈留崔司户早春宴蓬池》云:"盛唐之有李颀,犹制义之有袁黄,古文词之有李觏,朽木败鼓,区区以死律缚人。"④这里并没有直接评价李颀创作的得失,而仅以他成为广泛模仿的对象而痛加贬斥。《古诗评选》评鲍照《拟行路难九首》其五又说:"土木形骸,而龙章凤质固在。高适学此,早已郎当,况李颀之卤莽者乎?"⑤这里更进一步指出高适学李颀之

---

① 《明诗评选》卷六,第392页。

② 《夕堂永日绪论内编》,戴鸿森《姜斋诗话笺注》卷二,人民文学出版社,1981年,第137页。

③ 《夕堂永日绪论内编》,戴鸿森《姜斋诗话笺注》卷二,第120页。

④ 《唐诗评选》卷四,文化艺术出版社,1997年,第168页。

⑤ 《古诗评选》卷一,第53页。

失,而否定李颀的成就。《明诗评选》评林鸿《塞上逢故人》一首云:

> 子羽,闽派之祖也,于盛唐得李颀,于中唐得刘长卿,于晚唐得李中,奉
> 之为主盟。庸劣者翕然而推之,亦与高廷礼互相推戴,诗成盈帙。要皆非无
> 举,刺无刺,生立一套,而以不关情之景语,当行搭应之故事,填入为腹,率然
> 以起,凑泊以结,曰吾大家也,吾正宗也,而诗之趣入于恶,人亦弗能问之矣。
> 千秋以来作诗者,但向李颀坟上酹一滴酒,即终身洗拔不出,非独子羽、廷礼
> 为然。子羽以平缓而得沓弱,何大复、孙一元、吴川楼、宗子相辈以壮激而得
> 顽笨,钟伯敬饰之以尖侧,而仍其莽淡,钱受之游之以圆活,而用其疏梗,屡
> 变旁出,要皆李颀一灯所染。他如傅汝舟、陈昂一流,依林、高之末焰,又不
> 足言已。吾于唐诗深恶李颀,窃附孔子恶乡原之义,睹其末流,益思始祸,区
> 区子羽者流,不足诛已。①

以上都是从学李颀之失出发来贬低李颀的,《明诗评选》还从肯定其之所成的角度
来反证李颀的不足法。如卷二评王稚登《昔者行赠别姜祭酒先生》云:"有阑句,有
痕句,要不失为清莲法嗣,不入李颀恶道。"② 卷六评柳应芳《长干里看迎腊月春》
云:"真唐人最上风味,不为李颀以下魔轮所转。"③ 同卷评朱曰藩《隋堤柳》还说:
"此种非真有摩醯顶门正眼者不敢作。但试问无李颀、许浑恶诗以前无七言否?又
且问潘、陆、颜、谢时有七言否? 则知此是七言近体。"④ 在此,他又将李颀与许浑
相提并论,因为两人都以七律一体被明人奉为门户,而许浑在他眼里更是以恶诗
成为门户的一个荒谬典型,"七言今体,二百八十年屡变不一,要之出许浑圈缋者
无几"。⑤ 不过他对许浑的批评要比李颀细致具体得多。首先他认为许浑诗缺乏
自然生动之趣,如《古诗评选》评庾信《咏画屏风》之四云:"取景,从人取之,自然
生动。许浑唯不知此,是以费尽巧心,终得'恶诗'之誉。"⑥ 其次是认为许浑专作
死对,见于《明诗评选》评杨慎《感通寺》:"'见闻'二字死对中有活路,许浑一流不

---

① 《明诗评选》卷五,第234–235页。
② 《明诗评选》卷二,第67页。
③ 《明诗评选》卷六,第397页。
④ 《明诗评选》卷六,第376页。
⑤ 《明诗评选》卷六,徐贲《登广州城楼》评语,2008年,第347页。
⑥ 《古诗评选》卷六,第371页。

知,揉玉为泥,何望及此?"《明诗评选》卷六经常用许浑作为评价底线,以超越许浑来称赞明代诗人七律写作的成功。如称赞王逢年《虎山桥问渡入五湖》"命意求隽,以不落许浑为高,浑诗亦未尝不隽也"。①又评高启《丁校书见招晚酌》说:"高五言近体,神品也。七言每苦死拈,时有似许浑者。此诗傲岸萧森,不愧作家矣。"②同卷评刘基《越山亭晚望》也说:"犹在刘文房左右,未入许浑。"③或者说不是许浑所能到,如同卷称文徵明《月夜登阊门西虹桥》"潇洒成兴,许浑一派终无此标格"。④凡此都足以看出,王夫之的诗歌批评具有鲜明的现实指向性,不仅深中明代诗歌创作的弊端,更从艺术渊源上揭示造成这种弊端的病根,实质上仍贯穿着通识,是寓诗史意识于作家作品中的批评理念的体现。

三 对杜甫评价的改写

从对诗歌抒情本质的界定已可见,王夫之的诗歌观念很难包容杜甫那些批判现实的作品。两人的诗歌趣味差异更大:杜欲顿挫,王欲平易;杜欲沉郁,王欲轻灵;杜欲整炼,王欲疏畅;杜欲密致,王欲清空,几乎是针锋相对。不光如此,由于杜甫是明代诗坛最大的门户,就更招致王夫之的不满,平时论诗中几乎不放过任何一个非议杜甫的机会。《唐诗评选》评《同谷七歌》云:

> 七歌不绍古响,然唐人亦无及此者。其位置行住如谢玄使人,屐履皆得其任。俗子或喜其近情,便依仿为之,一倍惹厌。大都读杜诗、学杜者,皆有此病。是以学究幕客,胸中皆有杜诗一部,向政事堂上料理馒头、馓子也。⑤

《同谷七歌》在老杜集中本非上品之作,一般都认为杜甫夔州以后诗才臻炉火纯青的境界,而王夫之却偏说:"杜本色极致,唯此《七歌》一类而已。此外如夔府诗,则尤入丑俗。"他那好恶特异于人的评价标准由此可见一斑。

在《唐诗评选》中,一般批评家普遍推崇的杜甫作品,王夫之大多没什么好

---

① 《明诗评选》卷二,第382页。
② 《明诗评选》卷二,第342页。
③ 《明诗评选》卷二,第323页。
④ 《明诗评选》卷二,第360页。
⑤ 《唐诗评选》卷一,第27页。

评。而另外两种评选论及其他诗人的作品，却常拉杜甫做个垫背的，捎带着诋斥两句。如《古诗评选》评张华《荷诗》道："古诗出百字以上，即难自料理矣。世服务卖菜之益，故杜陵《奉先咏怀》《北征》诸作，以径尺落苏、齐眉赤苋为惠于窭人之腹。"① 这是说古诗长篇最难，过百字就不易掌握，杜甫《自京赴奉先县咏怀五百字》《北征》虽号为名篇，也只不过是世俗以长为贵而已。他不直接说杜诗有什么缺点，却说世俗之好没什么道理，便釜底抽薪地抹杀了杜诗的价值。《明诗评选》鉴于一代诗人皆以杜诗为不二法门，评语更通过批评学杜之失，间接地表达了对杜甫的否定性评价。其中既有基于自己的艺术观念而批评"诗史"及议论铺叙的例子，如评徐渭《沈叔子解番刀为赠》云："学杜以为诗史者，乃脱脱《宋史》材耳。杜且不足学，奚况元、白。"② 评汤显祖《南旺分泉》云："指事发议诗一入唐、宋人铺序格中，则但一篇陈便宜文字。强令入韵，更不足以感人深念矣。此法至杜而裂，至学杜者而荡尽。"③ 也有像评杨基《客中寒食有感》这样，借后人学杜之弊揭示杜诗本身的平庸性的大段议论：

蒙古之末，杨廉夫始以唐体杜学，救宋诗之失。顾其自命曰铁，早已搏撼张拳，非廓清大器。然其所谓杜者，犹曲江以前、秦州以上之杜也。孟载依风附之，偏窃杜之垢腻以为芳泽，数行之间，鹅鸭充斥；三首之内，紫（疑应作柴）米喧阗。冲口市谈，满眉村皱。乃至云"丈夫遇知己，胜如得美官"，云"李白好痛饮，不闻目有瘘；子夏与丘明，不闻饮酒过"，云"泪粉凝啼眼，珍珠压舞腰"（《雪中柳》），云"溪友裁巾帻，虚人作饭包"（《荷叶》），云"何曾费钱买，山果及溪鱼"，云"巴人与湘女，相逐买盐归"，云"清流曲几回，吃饭此山隈"，云"人情世故看烂熟，皎不如污恭胜傲"，云"他年大比登髦俊，应报新昌县里多"，云"先生种苎不种桑，布作衣裘布为裤"。如此之类，盈篇积牍，不可胜摘。呜呼，诗降而杜，杜降而夔府以后诗，又降而有学杜者，学杜者降而为孟载一流，乃栩栩然曰吾学杜，杜在是，诗在是矣。又何怪乎近者山左、两河之间，以烂枣糕、酸浆水之脾舌，自鸣风雅，若张、王、刘、彭之区区者哉？操觚者有耻之心焉，姑勿言杜可也。④

---

① 《古诗评选》卷四，第 201–202 页。

② 《明诗评选》卷二，第 74 页。

③ 《明诗评选》卷四，第 184 页。

④ 《明诗评选》卷六，第 346 页。

他认为明代虽举世学杜,但杜诗的真精神并未被揭示和认识,因而学者往往不得要领。就像他评杨慎《雨中梦安公石张习之二公情话移时觉而有述因寄》,称此诗"体兼韩杜。然为杜学者,必此乃有渊源。大骨粗皮、长鼻肥胫如老象者,不知取益于杜者也"。①为此他诫人不要轻言学杜,先弄清杜诗值得学的地方再说。

　　然而诗坛的现实如此,谈论明诗又怎么离得开杜甫呢?他要别人"姑勿言杜",自己却一而再、再而三地将明诗批评与杜甫联系起来。或者不如说,明诗与杜甫的关系,就是他明诗批评的立足点。当然,正像李颀和许浑一样,杜甫也很少作为正面的参照系出现,王夫之在批评中主要是用他做反面教材。具体地说,凡是为他首肯的作品,总会强调不是学杜。如评高启《郊野杂赋四首》:"苦学杜人必不得杜,唯此夺杜胎舍,以不从夔府诗入手也。"②评贝琼《庚戌九日是日闻蝉》:"必不可谓此为仿杜,自有七言以来,正须如此。仿杜者比多一番削骨称雄、破喉取响之病。"③评郑善夫《送吾唯可还三吴》:"如此更不恶于学杜矣,可疏不可恶故也。"④评王逢元《对酒》:"濯洗自将,得之刘播州,固自胜他糯装杜甫。"⑤评刘基《感春》:"悲而不伤,雅人之悲故尔。古人胜人,定在此许,终不如杜子美愁贫怯死,双眉作层峦色像。"⑥评王稚登《天平道中看梅呈陆丈》:"苍凉甚,然终不似学杜人怪怒挥拳也。吾愿欲苍凉者无宁学此。"⑦评薛蕙《春夜过时济饮》:"将意将神,亭亭不匮。不意杜学横流之时,得此雅制。"⑧即使承认是学杜,也不是学李梦阳那个杜。他评文徵明《忆昔》就说:"局法真从杜得,非李献吉所知。"⑨而且他坚信学杜要学得好,首先得避开杜甫的毛病。他在评杨维桢《送贡尚书入闽》时特别强调:

　　　　宋元以来,矜尚巧凑,有成字而无成句。铁崖起以浑成,易之不避,粗不

---

① 《明诗评选》卷五,第264页。
② 《明诗评选》卷五,第226页。
③ 《明诗评选》卷四,第348页。
④ 《明诗评选》卷四,第362页。
⑤ 《明诗评选》卷六,第363页。
⑥ 《明诗评选》卷四,第108页。
⑦ 《明诗评选》卷五,第378页。
⑧ 《明诗评选》卷五,第251页。
⑨ 《明诗评选》卷五,第360页。

畏重，洵万里狂河，一山砥柱矣。观其自道，以杜为师，而善择有功，不问津于夔府之杜。"苑外江头"，"朝回日日"诸篇，真老铁之先驱，又岂非千古诗人之定则哉?杜云"老节渐于诗律细"，乃不知细之为病，累垂尖酸皆从此得。老铁唯不屑此一细字，遂夺得杜家斧子，进拟襄阳老祖，退偕樊川小孙，不似世之学杜者，但得起咋醋眉、数米舌也。①

这里再度拈出杜甫的琐细之弊，说杨维桢独不屑于家常琐屑之词，而能踵老杜豁达洒脱一体，终成其浑灏跌宕的"铁崖体"。他甚至持这样的看法：真正善学杜诗学得到家，最后就看不出杜甫的痕迹。比如杨维桢《富春夜泊寄张伯雨》一诗：

> 春江大汛潮水长，布帆一日上桐庐。客星门巷赤松底，野市江郊净雪初。柱宿鸡笼山顶鹤，斗量鳖网坝头鱼。来青小阁在林表，故人张灯修夜书。

评曰："以此学杜，得墨外光，正不似杨孟载钝刀很斫也。"② 这是说此诗学杜能得神味之似，而不是刻意模拟，强求合迹。他心目中成功的学杜大体如是。

经他这么一通褒贬，有明三百年的学杜就彻底显示为一个荒唐的结果：刻意学杜而似的无非是下驷，上乘之作全不是学杜所致；善于学杜的结果是不似杜，而学杜最高境竟是不见杜诗痕迹。既然如此，诗家还有何必要学杜，而杜诗的典范性又何在?面对这样的疑问，别人或许还要犹豫、斟酌，而王夫之的回答绝对是直截了当的，杜诗就是没必要学。所以当他看到蔡羽尝"谓少陵不足法"时，就大喜终获知音。《明诗评选》卷四评其《早秋李抑之见过》"中庭绿荫徙"一句，称"妙句幽灵，觉杜陵'花覆千官'之句，犹其孙子。当林屋时，学杜者如麻似粟，不知拄杖落此老手中"③，评《钱孔周席上话文衡山王履吉金元宾》又说："但能不学杜，即可问道林屋，虽不得仙，足以豪矣。诗有生气，如性之有仁也。杜家只用一钝斧子死斫见血，便令仁戕生夭。先生解云杜不足法，故知满腹皆春。"④ 王夫之确确实实以他严厉的批判表暴了明代诗歌学杜的虚妄，同时也解构了杜甫诗的艺术价值和典范性，杜诗无尚崇高的评价在他的诗学中被改写，由此降落到历史的最

---

① 《明诗评选》卷五，第 330 页。
② 《明诗评选》卷五，第 333 页。
③ 《明诗评选》卷四，第 162–163 页。
④ 《明诗评选》卷四，第 164 页。

低点。①幸而他的著作不传于世,否则二百年间诗坛不知要掀起多大的波澜。

综上所论,王夫之的诗歌批评可以说是得失参半,既有深刻过人的诗歌史见解,也有观念狭隘、偏颇武断的作家、作品评论,其不足之处我另有专文分析,这里只想指出,无论如何,王夫之的诗歌批评是非常有个性、有独到见解的,对先唐诗歌的评论包含有不少精辟的见解,对唐诗的批评也贯穿着自己的理论思考,对明诗的批评则倾注了强烈的现实关怀,这使他的批评随处流露出真知灼见,只要我们认真挖掘,披沙拣金,就能总结出许多有价值的理论成果和艺术经验。

(原载《文学与文化》2011 年第 2 期)

①关于历代对杜甫的负面评价, 可参看蒋寅:《杜甫是伟大诗人吗——历代贬杜论的谱系》,《国学学刊》2009 年第 3 期;又收入《金陵生文学史论集》,辽海出版社,2009 年。

张惠言词学新论

孙克强

常州词派是继浙西词派之后产生影响最大的词学流派。张惠言则是后世公认的常州派的开派领袖。张惠言(1761—1802),字皋文,号茗柯。江苏武进(常州)人,著名的经学家、古文家,阳湖文派的领袖。张惠言作词较少,传世的词学理论文献也不多,通常见到的只有张惠言和其弟张琦所编《词选》及其中的评语及《词选序》,研究者所依据引用的大多也不出此范围。其实张惠言的词论文献并不仅仅如此。近年来,一些张惠言的词学文献相继被发现①,为深入研究张惠言的词学思想和理论批评提供了更好的条件。本文拟在新的文献平台之上,就有关张惠言词学的一些或失当的评论,或模糊的认识,或未曾关注的问题进行探讨,以期就教于方家。

一 张惠言开派地位的辨析

张惠言是常州派词家公认的开山宗主,对常州词派的形成起了至关重要的作用。常州词派这个以地域命名的词学流派,初起之时其成员都是常州籍人士。常州人陆继辂《冶秋馆词序》云:"皋文之弟宛邻,及左杏庄、恽子居、钱季重、李申耆、丁若士、家劬文相与引申张氏之说。于是尽发温庭筠、韦庄、王沂孙、张炎之复,而金元以来俚词、淫词叫嚣、荡佚之习一洗空之。吾乡之词始彬彬盛矣。自是二十余年,周伯恬、魏曾容、蒋小松、董晋卿、周保绪、赵树珊、钱申甫、杨劭起、董

作者简介:孙克强(1957—),男,南开大学文学院教授。

① 如《张惠言评山中白云词》。20 世纪 50 年代,吴则虞先生笺注张炎《山中白云词》时,曾使用过此本。近年来《张惠言评山中白云词》稿本被华东师范大学马兴荣先生发现,并辑录出张惠言的评语发表于《词学》杂志。此外从张惠言同时代朋友的转述中亦有所发现,有些论述还相当有价值。

子诜、董方立、管树荃、方彦闻又数十辈,皆溺苦为之,其旨益深远,而言亦益文,骎骎乎驾张氏而上。而倡之者则张氏一人之力也。"[1]这段话勾划出两代常州词人群体的面貌,以及其词学宗旨所在,"一人之力"之语高度评价了张惠言的作用和地位。后世词家或研究者论及常州词派的产生发展过程,大体持与陆继辂一样的认识:以为常州词派是由张惠言开派,董士锡、周济发扬光大,如蔡嵩云《柯亭论词》说:"常州派倡自张皋文,董晋卿、周介存等继之。"即是此谓。张惠言之于常州词派的作用和意义毋庸质疑,但后世论者往往将其夸大甚至加以附会,对此有必要加以分析。

在后人的认识中,张惠言具有创常州派、取浙派而代之的明确意识,如徐珂说:"浙派至乾嘉间而益敝,张皋文起而改革之,其弟翰风和之,振北宋名家之绪,阐意内言外之旨,而常州派成。"[2]有人认为张惠言之论皆与浙西词派相对立,浙派推崇南宋,张氏就有意标举北宋,如谭献云:"翰风(张琦)与哲兄(张惠言)同撰《宛邻词选》,虽町畦未辟,而奥窔始开。其所自为,大雅遒逸,振北宋名家之绪。"[3]更有人认为浙派尊崇南宋姜夔、张炎。张氏则反其道而行之,如汪稚松说:"《茗柯词选》,张皋文先生意在尊美成而薄姜、张。"[4]后世论者尤其是常州派的词家,出于完善常州词派传承系统的需要,对张惠言在常州派中地位的鼓吹实带有"追认"的意味。

事实上张惠言处于浙西词派笼罩词坛的中后期,本身不免受到时代风气的影响。加之张惠言并非词学专家,对词史、词学史的一些重要问题未必有系统深入的研究,所以上述诸说不免有拔高之嫌,特别是说张惠言具有常州词学开派树帜的明确意识,则更与史实难于相符。下面就从一些具体的问题考察张惠言的词学特点。

首先来看张惠言对南北宋词态度。清代词学史上,对待北宋、南宋词的态度,可以说是词学流派的的徽记,也是词家身份的标记。云间词派推崇晚唐五代北宋,轻视南宋;浙西词派则以推崇南宋为旗帜,以南宋建立起立派的根基,浙派甚至被称为南宋派。在浙派尚主盟词坛的形势下,如果张惠言特别标举北宋,或可认为他确有反潮流、反浙派的意图。然而事实上张惠言并没有像上述诸人所说的

---

① 陆继辂:《冶秋馆词序》,《崇百药斋文集》卷二。

② 徐珂:《清代词学概论》,大东书局,1926年。

③ 谭献:《复堂词话》,《词话丛编》,中华书局,1986年,第4009页。

④ 江顺诒:《词学集成》卷五引汪稚松语,《词话丛编》,中华书局,1986年,第3273页。

那样排斥南宋词,这一点在最能代表张氏词学思想的《词选序》中可以得到印证。在《词选序》中他将宋代词家分成二类。一类是"渊渊乎文有其质"者,共计八人:张先、苏轼、秦观、周邦彦、辛弃疾、姜夔、王沂孙、张炎。另一类是"荡而不反、傲而不理、枝而不物"者,共四人:柳永、黄庭坚、刘过、吴文英。第一类是代表宋词最高成就,值得效法的;第二类属"各引一端,以取重于当世",是应分析对待的。我们注意到,第一类中,北宋、南宋各有四人,并未显得厚此薄彼,特别突出某一时期。

　　其次来看他对待姜夔、张炎的态度。浙西派词学理论的一个重要内容是推尊南宋的姜、张。朱彝尊反复强调"姜尧章氏最为杰出","填词最雅,无过石帚"①,"词莫善于姜夔"②,"姜夔审音尤精"③。又说"不师秦七,不师黄九,依新声、玉田差近"(《解佩令·自题词集》),视姜张为词学典范。然而在张惠言的《词选序》中姜夔、张炎也赫然在"渊渊乎文有其质"者之列,同样具有典范地位。更值得注意的是张惠言似乎对南宋词人张炎表现出更多的偏爱,曾校批《山中白云词》④,这也是今天所知张氏批校的唯一词籍。

　　张惠言曾表示过对南宋词的推许,这也许更能说明问题,许宗彦《莲子居词话序》记云:

　　　　王少寇述庵先生尝言:北宋多北风雨雪之感,南宋多黍离麦秀之悲,所以为高。亡友阳湖张编修皋文为《词选》,亦深明此意。

王少寇述庵,即王昶,浙西词派的重要成员,后人评论他"述庵一生专师竹垞,其所著之书,皆若曹参之于萧何"。⑤王昶论词受朱彝尊的影响,独尊南宋是情理之中的事,耐人寻味的是许彦宗提到张惠言与王昶的看法相同,并把以南宋词为高的认识编进他的《词选》中,是尊南宋的同调。而将张惠言《词选》的宗旨看作宣扬南宋词风的,并非仅许宗彦一人,潘德舆持论亦是如此,他在当时颇为著名的《与叶生名沣书》中曾对张惠言的《词选》提出了批评:

---

　　① 朱彝尊:《词综·发凡》,上海古籍出版社,1978 年。

　　② 朱彝尊:《黑蝶斋诗余序》,《曝书亭集》卷四十。

　　③ 朱彝尊:《群雅集序》,《曝书亭集》卷四十。

　　④ 参阅吴则虞校辑《山中白云词》,中华书局,1983 年;马兴荣辑《张惠言评山中白云词》,《词学》14、15 辑合订本,华东师范大学出版社,2003 年。

　　⑤ 谢章铤:《赌棋山庄词话》卷一,《词话丛编》,中华书局,1986 年,第 3321 页。

> 窃谓词滥觞于唐,畅于五代,而意格之闳深曲挚则盛于北宋,词之有北宋。犹诗之有盛唐,至南宋则稍衰矣。张氏于北宋知名之篇,削之不顾,南宋尚何间焉。

潘氏对张惠言《词选》的指责主要是针对其对北宋词重视不够。潘德舆与许彦宗对张惠言《词选》的态度各不相同,一为批评,一为赞同,但从二人的评论中反映出张惠言轻北宋、重南宋的取法态度却是一致的。许、潘二人对张惠言的认识与后来常州词派后学如谭献、徐珂等人说法是大相径庭的。值得注意的是,许、潘二人与张惠言基本上属同时代人,而谭、徐等人却要晚得多。[①]在今存张惠言的词论材料中基本没有任何直接批评浙西词派的言论,而在他的词学主张中反倒能够看到许多承袭浙西派词论的例证,如尊姜、张,尚南宋等;也没有取浙派而代之、开宗立派意图的表述。这一点与后来的周济、陈廷焯等人形成了鲜明的对比。

虽然如此,张惠言在词学史的地位还是要充分肯定的。应该说张惠言是清代中后期词坛改变时代词风的先驱者。其一,张惠言对词体的认识,以及他独特的释词、论词的方法使词坛耳目一新,同时这种新的思想方法又与嘉道以后词坛要求变革的潮流相契合,张惠言所选编注释的《词选》中所表现出的词学思想给予同时代及后世词学家以启发。张惠言主张词学复古和尊体,"几以塞其下流,导其渊源,无使风雅之事惩于鄙俗之音,不敢与诗赋之流同类而风诵之也"[②],起到了对词坛积弱颓靡局面的批评的效果,客观上成为对长期主盟词坛的浙西词派的批评。其二,张惠言在浙派一统天下唯南宋是尚的风气之下,提出北宋与南宋应不分优劣,在当时是十分难能可贵的,实际上是开了打破南宋一统天下的风气,对后世词学家,特别是常州词派的词学家重新评价南北宋词,重新认识明末以来的南北宋之争都有重要意义。其三,张惠言虽无立派的明确意识,但他提出的"意内言外""比兴寄托"的词学主张对后世产生了重要的影响,常州词派的词论家无不以此作为论词的核心理论。以上这些正是后世对他的追认鼓吹之论能够产生社会认同效果的原因所在。因而张惠言在常州词派中的作用仍应予重视。此外,张惠言具有进士及第、翰林院编修、经学家和常州本邑先贤的多重身份,以及这

① 许宗彦称张惠言为"亡友",潘德舆(1785—1839)与张惠言(1761—1802)为同时人,而谭献(1832—1901)、徐珂(1869—1928)均晚出。

② 张惠言:《词选序》,《词话丛编》,中华书局,1986 年,第 1617 页。

些身份所显示的社会地位,遂使他成为常州词学家公推追举的最好的宗主人选。

二 "意内言外"意义的再认识

张惠言在《词选序》中所提到的"意内言外":

> 意内而言外谓之词。其缘情造端,兴于微言,以相感动。极命风谣里巷男女哀乐,以道贤人君子幽约怨悱不能自言之情,低回要眇以喻其致。
>
> 然其文小,其声哀,放者为之,或跌荡靡丽,杂以昌狂俳优。然要其至者,莫不恻隐盱愉,感物而发,触类条鬯,各有所归,非苟为雕琢曼辞而已。

"意内言外"是张惠言论词的核心范畴。张惠言还曾对友人陆继辂说:"许氏云:意内而言外谓之词,凡文辞皆然,而词尤有然也。"①可见张惠言以"意内言外"说词并非一时兴到之言。张惠言之后,"意内言外"成为常州词派标志性的理论范畴,几乎所有认同常州派词学理念的词家都标举此范畴,"意内言外"甚至成为常州派词家身份的标志。直至20世纪中期仍有不少词学家言必称"意内言外",可见其影响深远。然而"意内言外"又是一个招致非议的范畴,不少论者批评其内涵外延不清,混淆语言学和文体学的界域。对此应加以探析。

"意内言外"最早是西汉经学家孟喜解说《周易》之语,其《周易章句·系辞上传》云:"词者,意内言外也。"②许慎《说文解字》引来作为语言学领域"词"的诠释。在文体学领域以"意内言外"论词并不始于张惠言。南宋至清初皆有用例。南宋末年陆文圭的《词源跋》云:"词与辞通用,《释文》云:意内而言外也。意生言,言生声,声生律,律生调,故曲生焉。"③前人论词虽未将"意内言外"作为论词宗旨,但在词学批评和鉴赏中也不乏用例。如张炎《词源·离情》云:"离情当如此,全在情景交炼,得言外之意。"明代汤显祖评《花间集》中温庭筠词云:"温如芙蕖浴碧,杨柳挹青,意中之意,言外之言,无不巧隽而妙入。"①明末词学家徐士俊《古今词

---

① 陆继辂:《冶秋馆词序》,《崇百药斋文续集》卷三引。

② 《汉书·艺文志》著录有《易章句孟氏》二篇,或即孟喜《周易孟氏章句》,今已佚,清马国翰有辑本。参阅方智范:《论常州词派生成之文化动因》,《社会科学战线》1996年第4期。

③ 张惠言在《山中白云词》批本中,于陆文圭此《题辞》眉批:"真知词,真知玉田,故知宋元间宗风未坠。"可知张惠言的"意内言外"与陆文圭一脉相承。

统序》云："考诸《说文》曰：词者，意内而言外也。不知内意，独务外言，则不成其为词。"清初词家也有相似的用例，邹祇谟《远志斋词衷》云："阮亭常为予言，词至云间《幽兰》、《湘真》诸集，言内意外，已无遗议。"张惠言之前虽多有用例，但均无太大反响，唯张惠言之说影响甚巨。

许慎所释之"词"，本为语言学的范畴，与作为文学体裁的"词"风马牛不相及。张惠言借用古人解释文字之"词(辞)"的"意内言外"作为词体的诠释，比用不伦，因而张惠言用"意内言外"诠释词体，自然引起了后世的批评，如谢章铤云：

> 近人论词辄曰："词者，意内言外。"……盖乾嘉以来，考据盛行，无事不敷以古训，填词者遂窃取《说文》，以高其声价。殊不知许叔重之时，安得有减偷之学，而预立此一字为晏、秦、姜、史作导师乎。②

作为文学体裁的词滥觞于隋唐，兴盛于两宋，汉代有关"词"的解释显然与文体之词无法联系。然而张惠言"意内言外"之说却广为词坛接受，并成为常州词派的旗帜，这种现象并不能说明常州词派的理论家们普遍缺乏常识，反而使得我们觉得有必要对"意内言外"的内在机制，以及词论家们对"意内言外"的理解阐发作一些探讨。

张惠言所强调"传曰"，似有附经自显的意味。张惠言的"意内言外"是针对词坛上"放者为之，或跌荡靡丽，杂以昌狂俳优"，"苟为雕琢曼词"的积弊而提出，具有推尊词体的意图。正如郑文焯所说：

> 词者意内而言外，理隐而文贵，其原出于变风小雅，而流滥于汉魏乐府歌谣，皋文所谓"不敢同诗赋而并诵之"者，亦以风雅之馨遗，文章之流别，其体微，其道尊也。③

谢章铤亦指出："若意内言外之说，则词家敷衍古义以自贵其体也。"④张惠言的"意内言外"说乃其尊体说的重要内容。蒋兆兰《词说》云："《说文》云：词者意内而

---

① 汤显祖评《花间集》卷一，清抄本。
② 谢章铤：《赌棋山庄词话续编》卷五，《词话丛编》，中华书局，1986年，第 3569 页。
③ 郑文焯：《大鹤山人词话·四印斋本花间集跋》，《词话丛编》，中华书局，1986年，第 4334 页。
④ 谢章铤：《与黄子寿论词书》，《赌棋山庄文集》卷二。

言外也。当叔重著书之时，词学未兴，原不专指令慢而言。然令慢之词，要以意内言外为正轨，安知词名之肇始，不取义于叔重之文乎。"词乃"曲子词"的简称，自然不会与《说文解字》的释意有什么关系，但后世说词者往往乐于以词比附经传，其尊体之意显然。

　　细玩"意内言外"之义，乃从内容和形式二方面对词体进行了阐释。其"内""外"之分正是张惠言匠心所在之处，也就是说，张惠言是从"内"和"外"两个层面来阐释"词"这一特殊文体。综而论之，无论是解说《周易》，或是《说文解字》诠释字义，还是对词体的认识，其相通之处在于皆注意到了二个层面：内容和形式的关系。正如段玉裁解释"意内言外"所说："有是意于内，因有是言于外，谓之词。……意即意内，词即言外。言意而词见，言词而意见。意者，文字之义也。言者，文字之声也。词者，文字形声之合也。"①因而借"意内言外"来说词，确有其道理。况周颐亦云：

　　　　意内言外，词家之恒言也。《韵会举要》引《说文》作"音内言外"，当是所见宋本如是。以训诗词之词，于谊殊优。凡物在内者恒先，在外者恒后。词必先有调，而后以词填之。调即音也。亦有自度腔者，先随意为长短句，后繇以律。然律不外正宫、侧商等名，则亦先有而在内者也。凡人闻歌词，接于耳，即知其言。至其调或宫或商，则必审辨而始知。是其在内之徵也。唯其在内而难知，故古云知音者希也。②

刘熙载亦云："《说文解字》曰：意内而言外也。徐锴通论曰：音内而言外，在音之内，在言之外也。故知词也者，言有尽而音意无穷也。"③皆从内容和形式及其二者之间的关系来理解"意内言外"。考察张惠言"意内言外"的阐释也可从此两方面入手。

　　首先来看"意内"。张惠言的"意内言外"之说特别强调"意"的主导地位，他说的"意"乃特指之意，"《诗》之比兴变风之义，骚人之歌，则近之矣"，具有较浓的政治色彩，反对片面追逐形式的"雕琢曼辞"。他认为只要有"情"之意格在，即使"放之者为之，或跌荡靡丽，杂以昌狂俳优"，犹有可取之处，仍然"要其至者，莫不恻

---

　　① 段玉裁：《说文解字注·九篇上》，上海古籍出版社，1981年。
　　② 况周颐：《蕙风词话》卷四，《词话丛编》，中华书局，1986年，第4488页。
　　③ 刘熙载：《词概》，《词话丛编》，中华书局，1986年，第3687页。

隐盯愉,感物而发,触类条鬯,各有所归",其推重意格的意图十分明确。"意内"主
要体现在词的"比兴寄托",这个特点在《词选》中得到了充分的体现。《词选》是词
学史上第一部以思想内容为标准的词选,正如施蜇存先生所指出的:"自《花间
集》以来,词之选本多矣,然未有以思想内容为选取标准,更未有以比兴之有无为
取舍者,此张氏《词选》之所以为独异也。其书既出,词家耳目为之一新。"①与以
往的词选本相比,《词选》最大的特色是选词标准的思想性要求,即以"比兴寄托"
为选词标准。近年发现的《词选》之外的材料亦可证明这一点。张惠言的朋友陆继
辂记云:"皋文云:词以结兴为上,风神次之。北宋人惟淮海无遗憾。宛邻云:词有
比兴而无赋。"②"比兴"是张氏兄弟论词体特性的根本所在。饶宗颐先生有《张惠
言〈词选〉述评》一文,③其中第五节《张惠言嗜秦淮海》从《词选》选秦观词最多
(十首)以及董士锡论秦观、董毅《续词选》增选秦词七首等材料得出结论:"尊崇
淮海是张氏家学唯。"上引陆继辂之语不仅证实饶宗颐先生的推断,而且说明了
张惠言推崇秦观词的原因是"结兴为上"。陆继辂记述的另一条材料也值得注意:

> 仆年二十有一始学为词,则取乡先生之词读之,迦陵、弹指世所称学苏
> 辛者也;程村、蓉渡世所称学秦柳者也。已而读苏辛之。则殊不然已;而读秦
> 柳之词,又殊不然。心疑之,以质先友张皋文。皋文曰:善哉!子之疑也。虽
> 然词故无所为苏、辛、秦、柳也,自分苏、辛、秦、柳为界,而词乃衰。且子学诗
> 之日久矣,唐之诗人四杰为一家,元白为一家,张王为一家,此气格之偶相似
> 者也。家始大于高岑,而高岑不相似;益大于李杜,而李杜不相似。子亦务求
> 其意而已。许氏云:'意内言外谓之词。'凡文辞皆然,而词尤有然者。"④

这段话表现出张惠言对当时词坛上热衷模拟追求词体风格的风气的不满,张氏
认为,世俗所分的所谓苏、辛和秦、柳,仅仅是表面现象,不过是"气格之偶相似者
也",学词的根本在于"求其意",重"意内"。张惠言的这段话是其"意内言外"论词
的最好的注脚,是其重意格的词学思想的明晰的阐述。当然,无视词体风格的价
值正是张氏词学的偏颇之处。

① 施蜇存:《历代词选集叙录》,《词学》第六辑,华东师范大学出版社。
② 陆继辂记述张惠言之语,见《词家三昧》引,《合肥学舍札记》第三。
③ 饶宗颐:《文辙——文学史论集》,台湾学生书局,1991年。
④ 陆继辂:《冶秋馆词序》,《崇百药斋文续集》卷三引。

再来看"言外"，张惠言所说的"言外"指词体的特殊表现形式，张惠言认为词体语言为"微言"，"低回要眇"为其特征，这种特征是由两种因素决定的：首先因为"贤人君子"之情乃"幽约怨悱不能自言之情"，与一般痛快淋漓、豪迈宏大之情不同，需要一种特别的表现形式；其次，与其他文体相比，词的创作对效果有特别的要求，要更易"以相感动"，这种感动还是"低回要眇以喻其致"，所以特殊的效果需要特殊的形式。包世臣对张惠言所倡言的"意内言外"深有会心："袭词名者，盖意内言外之遗声也，然其时流传之章，委约微婉得骚人之意为多，与其诗大殊。盖其引声也细，其取义也切。细故幺而善感，切故近而善入。"①指出，从词体本体特点来看"引声也细""取义也切"，即谓与诗体相比词体的表现更加细腻真切；从接受的效果来看，"幺而善感""近而善入"，触动人的感情更快更深。可谓甚得张惠言之深意。

张惠言之后，"意内言外"成为词家言而必及的话题，然而各家所言又各有偏重，有偏重于"意内"者，亦有偏重于"言外"者。如项廷纪云：

> 词者，意内而言外也，意生言，言成声，声分调，亦犹春庚秋蝉，气至则鸣，不自知其然也。生幼有愁癖，故其情艳而苦，其感于物也郁而深，连峰巉巉，中夜猿啸，复如清湘夏瑟，鱼沉雁起，孤月微明，其窗窅夐幽凄，则山鬼晨吟，琼妃暮泣，风鬟雨鬓，相对支离，不无累德之言，抑亦伤心之极致矣。②

项氏所云"意内言外"，显然是由张惠言而来，项廷纪亦重"意内"，但他对"意内言外"释词的理解，已没有政治意味，将"意内"指为沉郁的思想感情，这种感情又产生于自己的个性和生平遭际。再如姚燮《叶谱滴竹露斋词序》："夫意内言外谓之词，必其意之纡回往复，郁焉而无由自达；以言之纡回往复者达之，然后谓之词。"亦偏重"意内"的沉郁缠绵、回环往复的感情特性。

强调"意内"者，重在思想感情的内涵，偏重"言外"者，则突出表现方式的独特性。如沈祥龙《论词随笔》："意内而言外曰词。词贵意藏于内，而迷离其言以出之，令读者郁伊怆快，于言外有所感触。"这里所说的"意内言外"，旨在强调词体表现方式的特性，即"意"不直露，要"迷离其言以出之"，以此来表现词与其他文

---

① 包世臣：《金筐伯竹所词序》，《艺舟双楫·论文》三。
② 项廷纪：《忆云词甲稿自序》，《清名家词》。

体的差异。又如张炳堃《倚晴楼诗余序》云：

> 宫商之声有五，文字之别累万，以累万之繁，配五声之约，高下低昂，思力靡举，翘乃参差变唱，曲折赴节，意内言外，滋润婉切，心巧手妍，镠铢精讨，乐章有府，比音成文，固风雅之余响，亦骚辨之苗裔也。

这里所说的"意内言外"，展示的是词体音乐文学的审美特色，更是重在"言外"之论。包世臣则指出津津乐道于"意内言外"的多为偏重于"言外"："意内而言外，词之为教也。然意内不可强致，言外非学不成。是词说者，言外而已，言成则有声，声成则有色，色成而味出焉。三者具，则足以尽言外之才矣。"[1]声、色、味皆为言外的效果。有关"言外"的探讨已由单纯的词的表现形式深入到词的文体特性，其内涵十分丰富。晚清的郑文焯对"意内言外"的阐释更有特点：

> 北宋词之深美，其高健在骨，空灵在神。而意内言外，仍出以幽窈咏叹之情。故耆卿、美成，并以苍浑造耑，莫究其托谕之旨。卒令人读之歌哭出地，如怨如慕，可兴可观。有触之当前即是者，正以委曲形容所得感人深也。[2]

郑文焯所展示的境界已将"意内"和"言外"融为一体，"苍浑造耑，莫究其托谕之旨"，正是艺术的极致。

从文体学的角度认识张惠言的"意内言外"更有意义。词是一种隋唐时期产生的配合燕乐的韵文形式，如何概括词体特征，历代词学家做出过不少努力，如在名称上出现了各种称谓："曲子词""乐章""琴趣""长短句""诗余"等等，可以看出各种名称皆试图从某个侧面概括词体的特点。在词学史上更常见的是用描述或比喻，尤其将诗词进行对比，试图将词体的特征概括出来。有从功能立论的，如南宋张炎《词源》说："簸弄风月，陶写性情，词婉於诗。盖声出莺吭燕舌间，稍近乎情可也。"清初许虬说："诗所不能尽者，词足以尽之；诗所足尽者，词又能不尽之，词所以留人心坎间而不去也。"[3]有从风格立论的，明人李东琪说"诗庄词媚"[1]。清初人曹尔堪更用比喻来比较诗词的不同风格："词之为体，如美人，而诗则壮士

---

① 包世臣：《月底修箫谱序》，江顺诒《词学集成》卷六引，《词话丛编》，中华书局，1986年，第3283页。
② 郑文焯：《大鹤山人论词遗札》，《大鹤山人词话》附录，《词话丛编》，中华书局，1986年，第4342页。
③ 许虬：《香严斋词话》引，刻本。

也;如春华,而诗则秋实也;如夭桃繁杏,而诗则劲松贞柏也。"②有从创作特色立论的,南宋沈义父《乐府指迷》说:"词之作难於诗。盖音律欲其协,不协则成长短之诗。"明末清初的陈子龙有"四难"之说:用意难、铸调难、设色难、命篇难,认为在这四个方面词体与诗体有着显著而深刻的差异。以上各种描述和比喻,虽然生动形象精彩纷呈,但皆缺乏文体特征的正面概括意义,还不具有范畴性质。南北宋之际的李清照,其《词论》指出"词别是一家",意在强调词是音乐文学,与诗文等其它体裁的书面案头的形式不同。"别是一家"虽然简练概括但仍不是正面表述。张惠言"意内言外"不仅具有高度的概括性,而且蕴含有丰富的对词体特性的认识。虽然以当今的学术眼光看,"意内言外"作为词体范畴来说仍不免有种种缺陷,但相比较而言,尚不失为当时词学史进程中最为精彩的的词体范畴。

三　张惠言批评方法之批评

　　张惠言解词论词具有独特的思路和方法, 往往想前人所未想, 发前人所未发。常州词派的这种特点赢得了许多赞成追随者,也招致了不少批评。常州词派兴盛于清代中后期的江南,其解词方法不仅有时代社会因素,而且有经学学术背景。常州词派与"常州学派"的关系十分密切。常州学派的主流是今文经学,其特点是经世致用,治经为现实政治服务,在治学方法上以微言大义解经。常州派词学家张惠言身为古文经学家,亦治今文经学。张惠言受今文经学的影响,析词、论词运用锤幽凿险的方法探求微言大义,形成了独特的词学景观。

　　张惠言的今文经学研究是从《易》学入手的,并受到清代古文经学家惠栋的启发和影响。支伟成《清代朴学大师列传》云:"先生尝见惠栋所注易学,好之,于是游心爻系,敷衍圣道。惟惠《易》遵虞翻之旨,兼参荀、郑,先生则专主虞氏。"③《虞氏易》即指汉末东吴时期的今文经学家虞翻的《周易注》。据《史记·仲尼弟子列传》说,孔子传《易》于商瞿,经六世传至秦汉之际的田何。《易》学在汉代分为今文经学和古文经学二派。古文《易》传授于民间,今文《易》学据《汉书·儒林传》等史籍所载:田何传丁宽,丁宽传田王孙,田王孙传孟喜。虞翻的《易》学即由孟喜而

---

① 王又华:《古今词论》引,《词话丛编》,中华书局,1986 年,第 606 页。

② 曹尔堪:《峡流词序》,徐喈凤《荫绿轩词》附《词征》引。

③ 支伟成:《清代朴学大师列传》,岳麓书社,1986 年。

来。虞翻的《易注》将八卦与天干、五行、方位相配合，推论象数，充分体现了今文经学的特点。张惠言于虞氏易学颇有心得，著有《周易虞氏义》九卷、《周易虞氏易消息》二卷、《虞氏易礼》二卷，又有《易候》一卷、《易言》一卷。又有《周易郑氏易》三卷、《周易荀氏九家义》一卷、《周易郑荀义》三卷、《易义别录》十四卷、《易纬略义》三卷、《周易条辨》二卷等，"皆以羽翼虞氏易者"①。与惠栋有所不同，张惠言的《易》学已逾出古文学为治经而治经的范围，而把经世致用的思想融进经学研究，把今文经与古文经结合起来。从这一点上看，张惠言与清代乾道年间出现的今文经学派有某种相同之处。

作为《易》学大师，张惠言论词多受《周易》的启发，前文提到的《词选序》中的"意内言外"之语即出于西汉孟喜《周易章句·系辞上传》。不仅如此，张惠言还将所体会到的虞翻易学的方法用之于词学。其《周易虞氏易序》说："翻之言易，以阴阳消息六爻，发挥旁通，升降上下……以物取类，贯穿比附，始若琐碎，及其沉深解剥，离根散叶，鬯茂条理，遂于大道，后儒罕能通之。"②张惠言解词亦体现了这种"贯穿比附"、"沉深解剥"的特点。曾直接受业于张惠言的宋翔凤评论其治词方法云：

> 先生（张惠言）于学皆有源流，至于填词，自得宗旨，其于古人之词，必缒幽凿险，求义理之所安，若讨河源于积石之上，若推经度于辰极之表。其自为词也，必穷比兴之体类，宅章句于性情，盖圣于词者也。③

"缒幽凿险"一语道出了张氏治词方法的关键。《词选》共选晚唐、五代、两宋词人44家、词作116首，并对其中41首进行了解析评论，并将所评之词全部认定为有寄托之作。张惠言析解词中的"比兴寄托"之意主要有两种类型：

其一，汲取前人已有的"寄托说"。如苏轼的《卜算子·缺月挂疏桐》一词，前人曾有不同的理解，例如黄庭坚说："语意高妙，似非吃烟火食人语，非胸中有万卷书，笔下无一点尘俗气，孰能至此！"④从作品的风格着眼，称赞此词高洁脱俗的意境品格。再如曾丰云："'缺月疏桐'一章，触兴于惊鸿，发乎情性也，收思于冷洲，

---

① 杨向奎：《论张惠言的〈易〉学理论》，《中国社会科学院研究生院学报》1990年第5期。

② 张惠言：《茗柯文编·二编》。

③ 宋翔凤：《香草词自序》，《清名家词》。

④ 黄庭坚：《跋东坡乐府》，《豫章黄先生文集》卷二十六。

归乎礼义也。黄太史相多大以为非口食烟火人语,余恐不食烟火之人口所出,仅尘外语,于礼义遑计欤。"①从作者的思想着眼,肯定其发乎情止乎礼的境界。南宋人鲖阳居士则认为此词是作者寄托之作,将词中景物一一以微言大意加以解索,指出其政治寓意。其言曰:

> 缺月,刺明微也。漏断,暗时也。幽人,不得志也。独往来,无助也。惊鸿,贤人不安也。回头,爱君不忘也。无人省,君不察也。拣尽寒枝不肯栖,不偷安于高位也。寂寞吴江冷,非所安也。此词与《考槃》诗极相似。②

如此一一对应指出寓意所在,割裂了全词的意境,因而鲖阳居士的解词方法受到了后人的批评,如王士祯《花草蒙拾》就说:"村夫子强作解事,令人欲呕。"张惠言《词选》在评析此词时全引鲖阳居士之说,认同鲖阳居士的朝政忠奸的"比兴寄托"的解说。

其二,创立寄托新说。《词选》中所选之词或原有"本事",词旨明确;或词作虽无"本事",但词的意绪明晰,历代的解读基本一致,皆与政治寄托无关。而张惠言却无视旧说,另标新解。如《词选》评辛弃疾《祝英台近·宝钗分》词云:

> 此与德祐太学生二词用意相似。"点点飞红",伤君子之弃。"流莺",恶小人得志也。"春带愁来",其刺赵、张乎。

所谓"德祐太学生二词",乃指《百字令·半堤花雨》和《祝英台近·倚危栏》。"德祐"为南宋末年恭帝的年号,此二词曾被认为是寄托之作。③张惠言将稼轩的此首《祝英台近》比作"德祐太学生"之词,亦视为君子小人之喻的寄托之作。然而稼轩的《祝英台近》在宋代已有"本事"记载,据张端义《贵耳集》下,此词乃逐吕氏女之事,本与朝政忠奸之寄托无涉。正如张德瀛《词徵》卷五所评:"据《贵耳集》云,吕婆,吕正己之妻。正己为京畿漕,有女事辛幼安,因以微事触其怒,竟逐之。今稼轩

---

① 曾丰:《知稼翁词集序》,汲古阁《宋金词七种》。

② 鲖阳居士:《复雅歌词》,《词话丛编》,中华书局,1986年,第60页。

③ 如《百字令·半堤花雨》,《词综》录此词后又引《湖海新闻》注:"三、四谓众宫女行,五谓朝士去,六谓台官默,七指太学上书,八、九谓只陈宜中在。'东风',谓贾似道;'飞书传羽',北军至也;'新塘杨柳',谓贾妾。"此《注》将德祐太学生的《百字令》解析为寄托之作。

桃叶渡词因此而作。是辛本非寓意,张说过曲。"谢章铤亦评:"词多发于尊前酒后,亦有不可庄论者。即如辛稼轩《祝英台近》,盖伤离之篇,本事见《贵耳集》,而皋文以为与德祐太学生同意,未审何据,学者当分别观之可也。"①张惠言无视辛弃疾这首《祝英台近》的"本事"记述,不言根据即认定其为寓于讥刺之意的寄托之作。

又如评欧阳修《蝶恋花·庭院深深深几许》一词:

> "庭院深深",闺中既以邃远也。"楼高不见",哲王又不寤也。"章台"、"游冶",小人之径。"雨横风狂",政令暴急也。"乱红飞去",斥逐者非一人而已,殆为韩、范作乎。

此词明代以来不乏评论,如明代沈际飞评末句:"情思举而荡漾无边。"②茅映评:"凄如送别。"③清初毛先舒评:"因花而有泪,此一层意也;因泪而问花,此一层意也;花竟不语,此一层意也;不但不语,且又乱落,飞过秋千,此一层意也。人愈伤心,花愈恼人。"④综上所评,皆视此词为深闺伤春之作,未有见出寄托之意的。而张惠言却把这首词认定为北宋庆历年间韩琦、范仲淹被贬的寄托之作。如此主观臆断最能体现张惠言解词的特点。

张惠言最为"惊世骇俗"也最具影响的词评是对温庭筠的重新评价。《词选序》中称"温庭筠最高,其言深美闳约",又评温飞卿《菩萨蛮·小山重叠金明灭》:"'照花'四句,离骚初服之意。"将温庭筠与备受后人敬仰的爱国诗人屈原等而视之。张惠言以温庭筠比屈原,以飞卿词比《离骚》,可谓发前人所未发。温庭筠在史传和笔记的记载中均以"无行文人"的形象出现,如《旧唐书》称其"士行尘杂",《唐才子传》称其"薄行无检幅"。对温庭筠的词,历代有褒有贬,褒之者称其"词极流丽,宜为《花间集》之冠"⑤,贬之者斥其"流为淫艳猥亵不可闻之语"⑥,从未有寄托的评论。如果客观地评其风格,五代人孙光宪所说的"香而软"⑦、宋代胡仔

① 谢章铤:《词话纪余》,《赌棋山庄全集·稗贩杂余》卷三。

② 沈际飞:《草堂诗余正集》。

③ 茅映:《词的》。

④ 毛先舒:《古今词论》引,《词话丛编》,中华书局,1986年,第608页。

⑤ 黄昇:《唐宋诸贤绝妙词选》卷一,中华书局,1958年。

⑥ 鮦阳居士:《复雅歌词序》,《新编古今事文类聚》续集卷二十四引。

⑦ 孙光宪:《北梦琐言》,《历代词话》引,《词话丛编》,中华书局,1986年,第1110页。

所说的"工于造语，极为绮靡"①、明代王世贞所说的"香而弱"②大致符合温词的实际。张惠言认定温词的寄托之意根据何在？考察词中的比兴寄托之意，是一个颇为复杂的研究过程，但仍有规律和方法可资借鉴。任二北先生指出："比兴之确定，必以作者之身世、词意之全部、词外之本事三者为准。"③叶嘉莹先生也提出三项衡量判断的标准："第一当就作者生平之为人来作判断；第二当就作品叙写之口吻及表现之精神来判断；第三当就作品所产生之环境背景来作判断。"④以任、叶二位学者的标准来考察飞卿词中有无"比兴寄托"之意，显然只能得出否定的结论。正如李冰若所论：

> 张（惠言）、陈（廷焯）评语，推许过当，直以上接灵均，千古独绝，殊不谓然也。飞卿为人，具详旧史，综观其诗词，亦不过一失意文人而已，宁有悲天悯人之怀抱？昔朱子谓《离骚》不都是怨君，尝叹为知言。以无行之飞卿，何足以仰企屈子。⑤

卢冀野亦云：

> 溯源温韦者，亦即附会温、韦之间，以为悉祖《离骚》。试问飞卿、端己之生平，果曾遭际何种奇冤极祸，一如屈大夫者耶？抑言之可以造于境遇之外，而情之可以真于摹拟之中耶？⑥

显而易见，温庭筠与屈原相比，生平经历、时代处境、思想性情均相去甚远，无论从任何角度考察，都无法得出温庭筠具有屈原一样的情操怀抱的结论，因而论定温词中的寄托之义实属牵强。

统观张惠言的析词解词方法，主要体现出两个特点：

其一，主观性。张惠言不用传统的"知人论世"，甚至无视词的"本事"，而多

① 胡仔：《苕溪渔隐丛话》后集卷十七。
② 王世贞：《艺苑卮言》，《词话丛编》，中华书局，1986 年，第 386 页。
③ 任二北：《词学研究法》，商务印书馆，1945 年。
④ 叶嘉莹：《常州词派比兴寄托之说的新检讨》，《清词丛论》，河北教育出版社，1997 年，第 187 页。
⑤ 李冰若：《栩庄漫记》，《花间集评注》引。
⑥ 卢冀：《温飞卿及其词余论》，见《温韦冯词新校》，上海古籍出版社，1988 年。

"以意逆志",想当然地下结论。从张惠言的评析来看,为"指发"其"幽隐"之义,他首先将这些作品全部认定为忠爱美刺的寄托之作,然后加以求证,即将词作的物象与寄托的事与情相联系,从而得出"比兴寄托"的结论。正如谢章铤所指出的:

> 究之《尊前》、《花外》,岂无即境之篇,必欲深求,殆将穿凿。……如东坡之《乳燕飞》、稼轩之《祝英台近》,皆有本事,见于宋人之记载。今竟一概抹杀之,而谓我能以意逆志,是为刺时,是为叹世,是何异读诗者尽去小序,独创新说,而自谓能得古人之心,恐古人可起,未必任受也。前人之记载不可信,而我之悬揣,遂足信乎? ①

其二,支离割裂的方法。张惠言解析作品往往词分句析,如对欧阳修《蝶恋花》和苏轼《卜算子》的评析皆为割裂全词的意绪,解释为句句有寓意。谢章铤对此批评云:"字笺句解,果谁语而谁知之。虽作者未必无此意,而作者亦未必定有此意,可神会而不可言传。断章取义,则是刻舟求剑,则大非矣。"②又云:

> 然而杜少陵虽不忘君国,韩冬郎虽乃心唐室,而必谓其诗字字有隐衷,语语有微辞,辨议纷然,亦未免强作解事。若必以此法求之于词,则夫酒场歌板,流连景光,保无即事之篇,漫与之作而不必与之庄论者乎? ③

张惠言借鉴治《易》的方法,用穿凿附会的方法论词,努力突出词中的"比兴寄托"之义,其目的正如谢章铤所指出的"张氏皋文之论词,以有怀抱、有寄托为归,将以力挽淫艳猥琐虚枵叫呶之末习,其用意远矣"④,是为了推尊词体,改变视词为"小道""不敢与诗赋之流同类野而风诵之"的地位。然而,由于张惠言解词过于牵强附会,难以服人,因而却受到后世的批评,如李冰若云:"张氏《词选》欲推尊词体,故奉飞卿为大师,而谓其接迹风骚,悬为极轨。以说经家法,深解温词,实则论人论世全不相符。"⑤王国维亦有"固哉,皋文之为词也"⑥的批评。正如夏

---

① 谢章铤:《赌棋山庄词话续编》卷一,《词话丛编》,中华书局,1986年,第3486页。
② 谢章铤:《赌棋山庄词话续编》卷一,《词话丛编》,第3486页。
③ 谢章铤:《张惠言〈词选〉跋》,《赌棋山庄文集》卷二。
④ 谢章铤:《课余续录》,《赌棋山庄全集》卷四。
⑤ 李冰若:《栩庄漫记》,《花间集评注》引。
⑥ 王国维:《人间词话》,《词话丛编》,中华书局,1986年,第4261页。

承焘先生所论："茗柯一派皖南传,高论然疑二百年。辛苦开宗难起信,虞翻易象满词篇。"①

　　张惠言是一位具有里程碑意义的词学家,其《词选》影响巨大,"《词选》出,常州词格为之一变,故嘉庆以后,与雍乾间判若两途也"②,常州词派主盟词坛,词史翻开了新的一页。张氏提出的"意内言外",体现了当时人们对词体特性认识的最高水平,其"比兴寄托"的强调,实际上指明了以后词学发展的道路。其"缒幽凿险""微言大义"的解词方法,在常州词派中得到了继承发扬和补救,周济、宋翔凤均提出了"仁者见仁,智者见智"的见解,此与后继之谭献的"作者之用心未必然,而读者之用心何必不然"相互呼应,构成了常州词派读者接受理论。探研张惠言的词学思想和理论,从一个方面考察,可以看出张惠言实际的思想理论高度与后世追随者的"追赠"并不完全一致,后世词学家出于隆尊渊祖的心理和现实强化的需要,不免有所夸饰和拔高,有"还原"的必要;从另一个方面考察,对张惠言的研究也有因客观文献不足或主观认识欠缺而产生的肤浅和缺陷。

（原载《文学与文化》2010 年第 1 期）

---

① 夏承焘:《瞿髯论词绝句》,《夏承焘集》第二册,浙江古籍出版社,1997 年。
② 谢章铤:《赌棋山庄词话续编》卷三引张曜孙语,《词话丛编》,中华书局,1986 年,第 3523 页。

朱祖谋与现代词学 *

陈水云

在晚清词坛，其声名最著者，为"清末四大词人"，他们是王鹏运、朱祖谋、郑文焯、况周颐。"洎王、朱、郑、况四家比肩崛起，词学益盛。朱、况二老，晚岁尤严四声，词之格律，遂有定程。七百年之坠响，至是绝而复续，岂不伟哉！"① "清末四大词人"，以王鹏运年最长，进入词坛亦最早，朱祖谋、郑文焯、况周颐三人，与王氏或为师友，或为同僚，或为同乡，在学习填词的过程中或多或少得到过王氏的指授，王氏去世亦即 1905 年之前，他当为"四大词人"之首。然而，自王氏在扬州病逝后，从1905 年到 1931 年，朱祖谋则毫无疑问是清末民初词坛的关键性人物，或称其为"有清二百六十余年词坛之殿军"②，或谓其"打破浙派、常州派一偏之见，取精用宏，卓然自成一家"③，"集清季词学之大成"④。在过去，比较多地注重其承前的历史地位，往往忽略了其启后的历史作用。朱祖谋对于现代词学而言，他的影响，是他对现代词学研究人才的培养，正如曾大兴所说"二十八年词坛领袖"⑤。

一　民初词坛领袖

朱祖谋是 1896 年开始学为词的，引导其走上填词之路的是王鹏运。他说："予

作者简介：陈水云(1964—)，男，武汉大学文学院教授。

* 本论文为教育部社科基金项目"中国词学从传统到现代转型"（项目号：09YJA751069）的阶段性成果。

① 邵瑞彭：《周词订律序》，《词学季刊》第 3 卷第 1 号。

② 王易：《词曲史》，东方出版中心，1996 年，第 421 页。

③ 唐圭璋：《朱祖谋治词经历及其影响》，《江海学刊》1982 年第 2 期。

④ 叶恭绰：《广箧中词》卷二，浙江古籍出版社，1998 年。

⑤ 曾大兴：《词学的星空》，河北人民出版社，2009 年，第 244 页。

素不解倚声,岁丙申,重至京师,王幼霞给事时举词社,强邀同作。"①这个词社名叫
"咫村词社",其时王鹏运在京师,为江西道监察御史,寓居校场头条胡同万青藜宅
旁,参加社集的有王鹏运、张仲炘、王以慜、华辉、黄桂清、夏孙桐、易顺鼎、郑文焯、
朱祖谋等②。朱祖谋与王鹏运本是旧识,光绪三年(1877)在开封已结交,但他们在
填词上的遇合却是在丙申(1896)之后的事。这一年,朱祖谋丁母忧服阕还京,为侍
读学士。"半塘官给谏时,言官有一聚会在嵩云庵,专为刺探风闻而设,半塘亦拉古
丈入会。会友多谈词者,古丈见猎心喜,亦试填小令数阕,半塘见之,以为可学,嘱
专看宋词,勿看本朝词。"③到光绪二十四年(1898),王鹏运举为"咫村词社",朱祖
谋亦因之被邀入社。次年,王鹏运又约其共校梦窗词,语以源流正变之故,同时还
举办了"校梦龛词社",参加者有张次珊、裴韵珊、王梦湘等。光绪二十六年(1900)
七月,八国联军进犯北京,朱祖谋移居王鹏运之四印斋,他们和刘福姚一起"每夕
拈短调,各赋词一两阕,以自陶写",后辑为《庚子秋词》二卷。光绪二十七年(1901)
后,两人先后出京,一年后再遇于沪上,王鹏运将《半塘定稿》交由彊村删订。光绪
三十年(1904)六月,王鹏运病逝于苏州,时任广东学政的朱祖谋,在广州为其刻印
了《半塘定稿》。

　　在王鹏运去世后,朱祖谋成了清末民初的词坛领袖。1905年,他以修墓为名,
辞去广东学政,先是暂居沪上,次年起受江苏巡抚程德全之聘,出任江苏法政学堂
监督,并正式定居苏州"听枫园"。其时,郑文焯正居住在苏州孝义坊"通德里",朱
祖谋的"听枫园"即郑氏为其所选定。"郑氏与朱氏同住苏州,朝夕过从,谈词不倦,
即偶然小别,亦书札往还,论词无虚日。"④同时,朱祖谋在上海亦有住所,据《郑孝
胥日记》记载,1906年8月至12月,朱祖谋几乎都在上海活动,从1912年起移居
至沪上德裕里,在晚年更是以上海为其主要活动中心。⑤从1911年起,况周颐亦正
式定居上海,先居梅福里,后迁东有恒路。"时朱彊村侍郎即居德裕里,衡宇相望,
过从甚频,酬唱之乐,时复得之。"⑥应该说,"晚清三大词人"齐聚苏沪,是清末词坛
的一大盛事,然而,很不幸的是,在1904年的时候,况周颐已与郑文焯交恶,事情

---

① 朱祖谋:《彊村词原序后记》,徐珂:《近词丛话》,载唐圭璋编《词话丛编》,中华书局,1986年,第4228
页。

② 参见万柳:《咫村词社考论》,《东北师范大学学报》(哲学社会科学版)2010年第4期。

③ 张尔田:《与榆生言彊村遗事书》,《词学季刊》创刊号。

④ 唐圭璋:《词学论丛》,上海古籍出版社,1986年,第1023页。

⑤ 陈运彰:《我所认识的朱古微先生》,《人之初》1945年第1期。

⑥ 赵尊岳:《蕙风词史》,《词学季刊》第1卷第4号。

的起因是况周颐在这一年结集的《玉梅词》。这是况周颐为怀念其妾桐娟而作的一部词集,王鹏运谓"是词淫艳不可刻也",郑文焯更是称"其言浸不可闻",这引起了况周颐极大的反感和不满,在《玉梅词后序》中极诋郑文焯,称其为"某名士老于苏州者",又在《二云词序》中说指斥其《玉梅词》"涉淫艳"者实乃"伧父"。赵尊岳《蕙风词史》云:"《玉梅后词》成,叔问尝窃议之。先生大不悦,其于词跋有云,为伧父所诃,盖指叔问。"曾大兴先生分析说,郑、朱、况三人当中,只有朱祖谋两边都说得上话,所谓"周旋于郑、况诸子间,折衷至当",所以,郑、况两人都十分亲近和追捧他,于是他的号召力就越来越大,稳稳当当地做了王鹏运之后的词坛领袖,一直做到1931 年 12 月 30 日去世为止。①

辛亥革命前后,上海和天津成了当时士大夫流寓避处之地。上海因是各国租界比较集中的地方,这里交通便利,信息灵通,思想开放,生活也相对优裕,因而在辛亥革命后成为许多逊清遗老"流寓"的首选城市。一时间来到这里避处的有沈曾植、冯煦、赵熙、冯幵、梁鼎芬、樊增祥、陈三立、李瑞清等,他们在这里优游以处,诗酒酬和,藉以抒其故国旧君之感。王国维说:"辛亥以后,通都小邑,桴鼓时鸣,恒不可以居。于是趋海滨者,如水之赴壑,而避世避地之贤,亦往往而在。……夫人非桑梓之地,出非游宦之所,内则无父老子弟谈宴之乐,外则乏名山大川奇伟之观,惟友朋文字之往复,差便于居乡。然当春秋佳日,命俦啸侣,促坐分笺,壹握为笑,伤时怨生,追往悲来之意,往往见于言表。"②在辛亥革命前后的上海,涌现出许多由这些逊清遗老组织的文社,如淞社系由刘承干、周庆云主持,重要成员有缪荃孙、吴庆坻、徐珂、王国维、张尔田、潘飞声、郑文焯等。超社、逸社则系沈曾植发起成立,参加者有冯煦、樊增祥、梁鼎芬、吴庆坻、朱祖谋、杨锺羲等。在这些文社所组织的社集或倡和活动里,大家都公推朱祖谋为社长,朱祖谋自然成为他们公认的词坛领袖。

有意思的是,朱祖谋这样一位具有浓厚保守倾向的"逊清遗老",反被许多拥有强烈排满思想的南社词人尊为词学"导师"。如姚锡钧说:"余不谙倚声,某年谒朱彊村先生,间语及之,而苦其律度。先生曰:词之功,不徒事此也。先生以严治声律,宗主坛坫,顾其言如此。盖审乎初学畏难,将望而却步,用诱而进之,匪独善易者不言易而已。"③又庞树柏说:"己酉(1909)二月,谒沤尹师于吴门听枫园,甫接颜范,备承奖诱,并出所刻《梦窗四稿》、《半塘定稿》及自著《彊村词》三种见贻,嗣以

---

① 曾大兴:《词学的星空》,河北人民出版社,2009 年,第 244 页。
② 王国维:《彊村校词图序》,《彊村丛书》,上海古籍出版社,1989 年,第 8732–8755 页。
③ 《姚鹓雏文集 诗词卷》,上海古籍出版社,2009 年,第 183 页。

拙稿就正师,则绳检不少,贷余今日之得稍知倚声途径者,皆师之力也。"①1915 年 2 月,庞树柏、王蕴章、陈匪石等,在上海组织发起"春音词社",便一致推举朱祖谋为春音词社"社长",词社以"春音"为名亦为朱祖谋所拟定。王蕴章《梅魂菊影室词话》说:"近与虞山庞檗子、秣陵陈倦鹤有词社之举,请归安朱古微先生为社长。古微先生欣然承诺,且取然灯之语,以'春音'二字名社。第一集集于古渝轩,入社者有杭县徐仲可、通州白中垒、吴县吴瞿安、南浔吴梦坡、吴江叶楚伧诸人。酒酣,各以命题请。古微先生笑曰:'去年见况夔生与仲可有《游日人六三园赏樱花》唱和之词,去年之樱花堪赏,今年之樱花何如? 即以此为题,调限《花犯》可乎? '时中日交涉正亟也,众皆称善。……第二集檗子所得河东君妆镜拓本命题,调限《眉妩》。第三集梦坡值社,假座于双清别墅,携旧藏宋徽宗琴,为鼓一再行,即拈风入松调,属同人共赋。名园雅集,裙屐风流。傍晚同游周氏学圃,复止于梦坡之晨风炉,尽竟日之欢而别。翌日,梦坡首赋七律一章纪之。同社诸子,各有和作。"据考,春音词社共有十七次社集,每次皆有社题或主题活动,前后历时长达三年之久。②

朱祖谋不仅对民初遗民及南社词人有影响,就是对年轻的现代词人亦时时提携,像吴梅、叶恭绰、杨铁夫、刘永济、夏承焘、龙榆生等都曾得到过朱祖谋的直接指授。1910 年,吴梅开始与朱祖谋结识,"时朱古微、郑叔问诸先生客天下,先生过从甚密,其《读近人词集》第四首,盖为先生作也"③。吴梅亦自述云:"是年访古微丈于听枫园,庭菊盛开,倚此就教,过承奖掖,良用惭奋。"④1927 年,杨铁夫到上海拜会朱祖谋,"呈所作,无褒语,止以多读梦窗词为勖","归而读之,如入迷楼,如航断港,茫无所得,质诸师,师曰'再读之'。又一年,似稍有悟矣,又质诸师,师曰:'似矣,犹未是也,再读之。'如是者又一年,似所悟又有进矣。师于是微指其中顺逆、提顿、转折之所在,并示以步趋之所宜从"。⑤1929 年,叶恭绰倡议成立《清词钞》编纂处,并推定朱祖谋为总纂,同时广约南北专家,分主选政,兼及海内藏家所有清人词集,并由叶恭绰汇送到朱祖谋处由其鉴定。叶恭绰后来追述说:"其始同人分任初选,而余任复选,而终决于朱先生。朱先生一一为之审择,且有增益。"⑥还有夏承焘、刘永济,前者与朱祖谋"通了八九回信,见了三四次面",后者早年在沪上游历

① 庞树柏:《裛香簃词话》,《民国词话丛编》(第二册),社会科学文献出版社,2020 年,第 148–149 页。

② 杨柏岭:《春音词社考》,《词学》第十八辑,华东师范大学出版社,2007 年。

③ 王卫民:《吴梅年谱》(修订稿),《吴梅评传》,河北教育出版社,2002 年,第 260 页。

④ 王卫民编《吴梅全集》"日记卷",河北教育出版社,2002 年,第 10 页。

⑤ 杨铁夫:《吴梦窗词选笺释自序(选本第一版原序)》,《吴梦窗词笺释》,广东人民出版社,1992 年,第 10 页。

⑥ 叶恭绰:《全清词钞》,中华书局,1982 年,第 2069 页。

时曾拜况周颐为师,并与朱祖谋有所接触,朱氏曾赞其所作"能用方笔"。至于龙榆生,更是被朱祖谋视作自己衣钵的传人,在临终前还把自己的"校词双砚"和未刊词稿交给了他。龙榆生后来毕生从事词学研究,不能不说是有"词学传人"这个精神动力在作支撑的。"朱氏平生对后辈辛勤之教诲,期望之殷切,使人感奋兴起,努力不懈,因以推动词学之发展。"①

二 现代词坛的"梦窗热"

朱祖谋对现代词坛最大的影响,是掀起了一股推尊梦窗的"热潮"。吴文英在南宋词史上有极重要的地位,他与姜夔一起分别开以"疏""密"两派,诚如张祥龄所说:"词至白石,疏宕极矣,梦窗辈起以密丽争之;至梦窗而密丽又尽矣,白云以疏宕争之。"②但是,其用词富丽、章法繁复、好用僻典也招来张炎的非议,称其词"如七宝楼台,眩人耳目,碎拆下来,不成片断"③。元明时期,词学中衰,梦窗亦湮没不闻;到清代,词学走向"中兴",梦窗逐渐受人关注。如浙派,或称"梦窗之密,玉田之疏,必兼之乃工"(李良年)④,或谓"梦窗词以绵丽为尚,笔意幽邃,与周美成、姜尧章并为词学之正宗"(杜文澜)⑤。到常州派周济那里,更把吴文英作为由南转北的关键性词人,吴文英与王沂孙、辛弃疾、周邦彦一起成为"领袖一代"的四大家。但把吴文英推上词史顶峰之位的是王鹏运和朱祖谋。王鹏运谓:"梦窗以空灵奇幻之笔,运沉博绝丽之才,几如韩文杜诗,无一字无来历。"⑥朱祖谋也说:"君特以隽上之才,举博丽之典,审音拈韵,习谙古谐,故其为词也,沉邃缜密,脉络井井,缒幽抉潜,开径自学,学者非造次所能陈其义趣。"⑦不但如此,朱祖谋还通过校勘《梦窗四稿》和编选《宋词三百首》来达到抬高吴文英的目的。他一生曾四校《梦窗词》,前后历时二十余年。"先生复萃精力于此,再三覆校,勒为定本,由是梦窗一集,几为词家之玉律金科。"⑧由他编选的《宋词三百首》是20世纪最具影响力的宋词选

①《江海学刊》1982年第2期。
② 张祥龄:《词论》,《词话丛编》,中华书局,1986年,第4211页。
③ 张炎:《词源》,《词话丛编》,中华书局,1986年,第259页。
④ 曹贞吉:《秋锦山房词序》,《清名家词》第四卷,上海书店出版社,1982年,89页。
⑤ 杜文澜:《重刊吴梦窗词稿序》,《梦窗词汇校笺释集评》,浙江古籍出版社,2014年,第808页。
⑥ 王鹏运:《校本梦窗甲乙丙丁稿跋》,《四印斋所刻词》,上海古籍出版社,1989年,第890页。
⑦ 朱祖谋:《梦窗集跋》,《彊村丛书》,上海古籍出版社,1989年,第4395页。
⑧ 龙榆生:《晚近词风之转变》,《龙榆生词学论文集》,上海古籍出版社,1997年,第381页。

本。据王兆鹏先生考证，朱祖谋对《宋词三百首》的选目做过三次删增改动①，现在一般多以 1924 年刊刻的《宋词三百首》为原刻本。在这部选本里，入选量超过 10 首的是吴文英（25 首）、周邦彦（22 首）、姜夔（17 首）、晏几道（15 首）、柳永（13 首）、辛弃疾（12 首）、贺铸（11 首）、晏殊（10 首）、苏轼（10 首），其中以吴文英之作所选为最多，这说明朱祖谋之取向就在吴文英的"幽邃密丽"。而他自己的创作也是以追攀梦窗为旨归，吴梅说："盖先生得半塘翁词学，平生所诣，接步梦窗。"②王鹏运说："世之人知学梦窗，知尊梦窗，皆所谓但学兰亭面者，六百年来真得髓者，非公更有谁耶？"③胡先骕说："盖梦窗胸襟自有过人处，非枉抛心力作词人者可比，而百世下，但知其琢句之工，但知学其面目，故终碌碌。独彊村侍郎为能知之，为能学之，得其潜气内转之秘，而尽去其饾饤滞晦之短，遂为一世宗工矣！"④

　　由于朱祖谋特有的领袖地位，他的审美偏嗜也自然而然地影响到他的追随者。这些追随者首先是春音词社的社友，如庞树柏、成舍我、闻宥、陈匪石、王蕴章、叶中冷等，在《南社》所刊社友词选里便载有他们步和梦窗韵的作品，如叶中冷《占绛唇》（原用梦窗韵）、《燕归梁》（用忍庵韵梦窗体）、《莺啼序》（寒雨夜游石城，向夕微霁，用梦窗韵），庞树柏《莺啼序》（壬子三月，劫后过吴阊，感赋步梦窗韵）、《霜腴花》（秋晚泛棹枫桥和梦窗自度曲韵）、《西子妆》（西湖春泛和梦窗韵）、《生查子》（过秋社偶题用梦窗秋社韵）、《霜叶飞》（挽沈职公母夫人赵节孝用梦窗韵），黄人《霜腴花》（重过安定君宅和梦窗自度曲韵）（四首），陈匪石《水龙吟》（蛇莓山公园中峭壁悬瀑，潴为清池，全屿自来水源也，用梦窗惠山酌泉韵）、《瑞龙吟》（用梦窗韵与中冷中垒联句）、《倦寻芳》（甲寅元夕和梦窗韵）、《水龙吟》（寿汪符生丈六十，用梦窗寿梅津韵），吴梅《霜腴花》（步梦窗韵）等。他们对梦窗词亦予以较高评价，成舍我初学词有"风定庭红叶纤愁"之句，有誉之者谓"此可以抗手梦窗也"，他的回答是："梦恐无此笨句，要惟笨人有之耳。"大约是自忖自己学梦窗而未能至也。他认为梦窗之长即在"涩"之一字，"涩即棘练之简称，而梦窗则专以棘练见长者也"，如"黄蜂频扑秋千索，有当时纤手香凝"，"断红若到西湖底，揽翠澜，总是愁

---

① 王兆鹏：《〈宋词三百首〉版本源流考》，《湖北师范学院学报》2006 年第 1 期。

② 吴梅：《宋词三百首笺注序》，唐圭璋《宋词三百首笺注》，上海古籍出版社，1979 年，第 1 页。

③ 王鹏运：《致朱祖谋》，《中国近代文学大系·书信日记集之一》，上海书店出版社，2012 年，第 104 页。

④ 胡先骕：《评朱古微彊村乐府》，《学衡》第 10 期。

鱼"等句,"皆想入非非,非率尔操觚者所能做到"。① 自张炎以来,词坛一直存在着尊白石抑梦窗的倾向,到清代浙派崛起,这一倾向得到更进一步的发展。不过,在陈匪石看来,世人所谓梦窗病之"涩",是对梦窗词的一种极大误解:"盖涩由气滞,梦窗之气深入骨里,弥满行间,沉着而不浮,凝聚而不散,深厚而不浅薄,绝无丝毫滞相。"比较而言,白石与梦窗皆善练气,但白石之练气在字句之外,人易见之,而梦窗之气潜气内转,伏于字句中,人不得而见之也。"此所以知白石者较多,知梦窗者较少。"② 持类似看法的还有闻野鹤,他说,世人之尊白石"清空"而抑梦窗"质实",实质上是以面目相判,而非探本之论也。"石帚天分孤高,洞晓声律,其学自宜迈人。所谓清空者,犹不过其面目耳。若梦窗则作词浑厚,遣辞周密,若天孙锦裳,异光曜日,无丝缕俗韵,特学者每以蕴意深邃为憾,于是有以凝滞诮之者矣。要之皆非本也。"③

在当时,推尊梦窗之最力者则有陈洵和杨铁夫。早在 1917 年,朱祖谋已有《梦窗词集小笺》之举,大体上依查为仁、厉鹗《绝妙好词笺》之体例,但是这一笺本却存在"略而不详"之弊,陈洵和杨铁夫则在朱氏笺本基础上前进了一大步。

陈洵(1870—1942),字述叔,号海绡,广东新会人。他自述年三十始学而为词,读《宋四家词选》而服膺周济之主张,后在创作实践中摸索出一条"由周希吴"的治词路径。陈洵本是僻处岭南的一介儒生,一个很偶然的机会让朱祖谋读到他的几首词,认为其深得梦窗词之骨格风神,于是致书索取词稿并手选百余首为之刊刻,还向中山大学国文系主任伍叔傥推荐陈洵出任词学教授。他与朱祖谋的结缘实乃同宗梦窗而起,正如龙榆生所说:"彊村、海绡两先生之同主梦窗,纯以宗趣相同,遂心赏神交,契若针芥也。"④ 朱祖谋曾手批《沧海遗音》本《海绡词》曰:"神骨俱静,此真能火传梦窗者。"⑤ 又致信陈洵称:"公学梦窗,可称得髓,胜处在神骨俱静,非躁心人所能窥见万一者,此事固关性分尔。"⑥ 正是在朱祖谋的鼓励和促成下,陈洵开始谋划撰写《海绡说词》,以示其"推演周、吴"之旨。《海绡说词》分"通论""宋吴文英梦窗词""宋周邦彦片玉词""宋辛弃疾稼轩词"四部分。在"通论"部分,他提出

---

① 成舍我:《天问庐词话》,《词话丛编续编》,人民文学出版社,2010 年,第 2292–2293 页。

② 陈匪石:《旧时月色斋词谭》,《宋词举》,江苏古籍出版社,2002 年,第 219 页。

③ 闻野鹤:《惆簃词话》,《词话丛编续编》,第 2317 页。

④ 龙榆生:《陈海绡先生之词学》,《龙榆生词学论文集》,第 481 页。

⑤ 朱祖谋:《彊村老人评词》,唐圭璋编《词话丛编》,第 4379 页。

⑥ 朱祖谋:《致陈述叔书札》,转自刘斯翰《海绡词笺注》,上海古籍出版社,2002 年,第 499 页。

"贵留"之论，"词笔莫妙于留，盖能留则不尽而有余味"，接着指出两宋词人中唯梦窗最合"贵留"这一点，高明者看梦窗当看其"贵留"之处："以涩求梦窗，不如以留求梦窗。见为涩者，以用事下语处求之；见为留者，以命意运笔中得之也。以涩求梦窗，即免于晦，亦不过极意研练丽密止矣，是学梦窗，适得草窗。以留求梦窗，则穷高极深，一步一境。沈伯时谓梦窗深得清真之妙，盖于此得之。"① 一部《海绡说词》实际上就是其深研苦习梦窗词的独到心得，因此，在"宋吴文英梦窗词"部分，他不惜笔墨详尽地解说《梦窗词》的篇章结构、运笔用意、离合顺逆、潜气内转等"内质之美"②，这实际上是在理论上提升了梦窗词的学术内涵和审美意蕴。龙榆生还提到他在中山大学讲论词学，"专主清真、梦窗，分析不厌求详"，"其聪颖特殊子弟，能领悟而以填词自见者，颇不乏人"。③

杨铁夫（1869—1943），名玉衔，字懿生，号铁夫，以号行，广东香山人。其学为词是在民国十一年（1922）任教香岛（香港）期间，而他与朱祖谋的遇合则是在十年后（1932）旋居上海时期。"铁夫旋居上海，常出入于中山同乡小榄人甘翰臣先生之别业'非园'。时至非园客有朱彊村、王病山、陈伯严、曾农髯，皆当代诗词大家，铁夫为朱先生在督粤时所取之士，复师事之，屡呈所作，多得奖勉，示以多读《梦窗词》。"④ 在朱祖谋的指点下，并得陈洵《海绡说词》之启发，他渐渐领悟到梦窗之家法。"于是所谓顺逆提顿转折诸法，触处逢源，知梦窗诸词，无不脉络贯通，前后照应，法密而意串，语卓而律精，而玉田七宝楼台之说，真矮人观剧矣。"⑤ 杨铁夫对于梦窗词，可谓投入极大之心力，"曩岁客浙东，梦窗故乡也。穷搜极访其旧闻，不少倦。……比年讲学梁溪，疏抉益勤，一灯煮虑，冥写晨书，每获一解，辄以相示。只义未安，不惮十易，必提笔四顾，踌躇满志而后已"。其笺释之作屡刊屡考，一稿笺词167首，二稿笺词204首，三稿则笺全集（340首）："盖梦窗之精华毕萃于此，余对梦窗之心得亦抉发无遗矣。"夏承焘为之评曰："钩稽愈广，用思益密，往往于辞义之外，得其悬解"，其笺释辞义，或据史书，或依地志，"凡此皆互证旁通，使原词精蕴，挹之愈出，较彊村之笺为尤进矣"。⑥ 钱钟联亦有言曰："笺诗难，笺词尤难，

---

① 陈洵：《海绡说词》，唐圭璋编《词话丛编》，第4840–4841页。

② 周茜：《映梦窗零乱碧：吴文英及其词研究》，广东教育出版社，2006年，第266页。

③ 龙榆生：《陈海绡先生之词学》，《龙榆生词学论文集》，第481页。

④ 杨正绳：《岭南词人杨铁夫及其家世》，《中山文史》第43辑，1998年，第58–59页。

⑤ 杨铁夫：《吴梦窗词笺释自序（选本第一版原序）》，《吴梦窗词笺释》，广东人民出版社，1992年，第10–11页。

⑥ 夏承焘：《杨铁夫梦窗词笺释序》，《词学季刊》第3卷第1期。

笺梦窗之词尤难","盖梦窗一生,其流闻轶事,见于说部志乘,传诸今而足以征信者,云中鳞爪而已,非博证旁通,以意逆志则其本事奚以明,其难一也。梦窗之词,如其所谓'檀栾金碧,婀娜蓬莱',然人巧极而真宰通,千拗万折,潜气内转,非沉浸咀含,与梦窗精灵相感,则其悬解何由得?其难二也。故非熟谙天水旧事者,不足以笺梦窗;非词人之致力深而析心细者,亦不足以笺梦窗。盖两者合之之为难,博闻者不必皆词人,词人不皆善说词。噫!不有铁夫,孰为千载之子云?"①

其实,在朱祖谋的影响下,当时致力于梦窗词笺释的还有吴梅和夏承焘。1930年12月,大约是在读过朱氏笺本后,夏承焘有意为朱氏匡疏正谬,并得到彊村之允可,嘱为理董其《梦窗小笺》,朱氏去后,他将自己的零散考证汇为《梦窗词集后笺》(载《词学季刊》创刊号)。1931年秋,吴梅在中央大学主讲词学,曾以毛扆校本为底本,参以杜文澜、王鹏运、朱祖谋等刊本,精勘汇校,附以己见,成《汇校梦窗词札记》(载《文学遗产增刊》第14辑)。

不仅如此,受朱氏《宋词三百首》影响,当时一些选本也比较多地选录了梦窗词,如龙榆生《唐宋名家词选》38首,陈曾寿《旧月簃词选》15首,陈匪石《宋词举》5首,刘永济《诵帚堪词选》14首,曲滢生《唐宋词选笺》6首,吴遁生《宋词选注》4首,徐声越《唐诗宋词选》9首。如果将这些选本入选数量进行排序的话,我们会发现吴文英词的排序大多数是排在首位的,或是非常靠前的。这也很能说明当时人们对梦窗词的尊奉之意。

三 围绕"尊梦窗"展开的批评和讨论

现代学者吴眉孙认为,在现代词学研究史上,有以朱祖谋为代表的尚文派和以王国维为代表的尚质派②;查猛济则认为应该划分为三大研究流派,一是以朱祖谋为代表的传统派,一是以王国维、胡适为代表的现代派,一是以刘毓盘为代表的兼有上述两种倾向的折衷派。③不过,按我们的理解,现代研究流派实际上可按时代递进关系来划分,在清末民初是朱祖谋的尚文派与王国维的尚质派并峙,在民国时期则是以胡适(1891—1962)、胡云翼(1906—1965)为代表的现代派和以龙榆生(1902—1966)、夏承焘(1900—1986)、唐圭璋(1901—1990)为代表的传统派的

---

① 钱仲联:《梦窗词笺释序》,《国专月刊》第3卷第1期。
② 吴眉孙:《清空质实说》,《同声月刊》第1卷第9期。
③ 查猛济:《刘子庚先生的词学》,《词学季刊》第1卷第3号。

共存,他们在思想和方法上都对清末民初之两派有继承也有发展,因此,他们对于朱祖谋及其追随者的"尊梦窗"亦表现出两种截然不同的态度和立场。

先说以胡适、胡云翼为代表的现代派,他们是一些接受过新学教育或思想熏陶的现代学者,在文学观念上接受的是自西方输入的现代文学观念。他们在文学上持守"白话文学""国民文学"的观念,一部中国文学史实际上就是白话文学的发展演进史。"白话文学就是中国文学的中心部分,中国文学史若去掉了白话文学的进化史,就不成中国文学史了,只可叫做'古文传统史'罢了。……'古文传统史'乃是模仿的文学史,乃是死文学的历史;我们讲的白话文学史乃是创造的文学史,乃是活文学的历史。因此,我说国语文学的进化,在中国近代文学史上,是最重要的中心部分。"[1] "现在我们的文学观念,既然与古人迥然不同,已经抛弃了那种——文以载道和文学复古——谬误的文学见解,那末,我们自然否认'词是末技'这些话,并且认为词在中国文学史上的各种体裁里面,应占一个重要的位置。"[2]在胡适撰写的《白话文学史》"纲目"里,便包含有"晚唐五代的词""北宋的白话词""南宋的白话词"等章节,由他编选的在 1926 年出版的《词选》也是遵循着这样的原则,入选的作品主要是明白浅显、通俗易懂的白话词,对于起自民间的唐五代词以及在北宋广为流行的柳永词和苏轼词多予肯定,而对南宋以后讲究形式雕琢、内容隐晦生涩的格律词派极尽批评之能事,原因就在他们把词从已经脱离音乐"成为一种文学的新体"的发展方向,来了一个逆转,"硬送回到音乐里去"。"吴文英、王沂孙一派的咏物词、古典词,成了正宗,词家所讲究的只是如何能刻画事物,如何能使用古典,如何能调协音律,这一类的词和后世的试贴诗同一路数,于是词的生气完了。"进而,他猛烈地抨击了朱祖谋等人的"尊梦窗":"近年的词人多中梦窗之毒,没有情感,没有意境,只在套语和古典中讨生活。"[3]胡云翼是胡适思想的忠实追随者,对梦窗词更是没有好感,声称到了吴文英那里,"已经是词的劫运到了",他的词最大的一个缺点"就是太讲究用事,太讲求字面了","唯其专在用事与字面上讲求,不注意词的全部的脉络,纵然字面修饰得很好看,字句运用得很巧妙,也还不过是一些破碎的美丽辞句,决不能成功整个的情绪之流的文艺作品"。[4]正如胡适对于朱祖谋的态度一样,胡云翼对于朱祖谋等人的创作亦持严厉批评之

---

① 欧阳哲生编《胡适文集》,北京大学出版社,1998 年,第 150 页。
② 胡云翼:《宋词研究》,刘永翔、李露蕾编《胡云翼说词》,华东师范大学出版社,2004 年,第 7 页。
③ 胡适编:《词选》,河北人民出版社,1998 年,第 316 页。
④ 胡云翼:《宋词研究》,《胡云翼说词》,第 152 页。

态度:"他们只知道不厌其烦地去讲究'词法'和'词律',以竞模古人为能事,故结果,他们的词除了表现一点文字的技巧外,全不能表现一点创造精神,全不能表现作者的个性和情感,只造成一些词匠。"①他如,冯沅君批评梦窗词流于堆砌、晦涩、缺少情致,刘大杰批评梦窗词"词旨晦涩""气格卑弱""缺少血肉和风骨",等等。

然而,在传统派学者看来,现代派对梦窗的攻击有失公允,或谓其"专事隶事修辞,而不注意词之脉络",或谓"词至梦窗为一大厄运","真武断皮相之论矣"!王易说:"比事属辞,为辞赋家正当本领,惟梦窗善于隶事,故其词蕴藉而不刻露;惟其工于修辞,故其词隽洁而不粗率。且梦窗固长于行气者,特其潜气内转,不似苏辛之显,安得遂谓其无脉络邪?"②龙榆生说:"后之论吴词者,毁誉参半,要其造语奇丽,而能以疏宕沉着之笔出之,其虚实兼到之作,诚有如周济所称'奇思壮采,腾天潜渊'者,亦岂容以其有过晦涩处,而一概抹杀之也?"③唐圭璋说:"近日诋之者亦多,不曰堆砌,即曰晦涩,不曰饾饤凌乱,即曰毫无生气,一唱百和,罔救真际,可慨孰甚?……近人反对凝练,反对雕琢,于是梦窗千锤百炼、含意深厚之作,不特不为人所称许,反为人所痛诋,毋亦过欤。……好学深思之士,固当精究梦窗词之底蕴,幸勿随声轻诋也。"④当然,他们也不是将梦窗的优长无限放大,也不是要求大家唯梦窗而是尊,对于清末民初词坛学梦窗之不足,亦有非常清醒的认识和深刻的反思。吴梅说:"近世学梦窗者,几半天下,往往未撷精华,先蹈晦涩。"⑤夏敬观也说:"今之学梦窗者,但能学其涩,而不能知其活。拼凑实字,既非碎锦,而又扞格不通,其弊等于满纸用呼唤字耳。"⑥吴眉孙将当时词坛学梦窗之弊归为三点:"一填涩体,二依四声,三饾饤襞积,土木形骸,毫无妙趣。"⑦龙榆生也有一段文字专门描述晚近词坛学梦窗之弊:"填词必拈僻调,究律必守四声,以言宗尚所先,必唯梦窗是拟。其流弊所极,则一词之成,往往非重检词谱,作者亦几不能句读,四声虽合,而真性已漓。且其人倘非绝顶聪明,而专务揢扯字面,以资涂饰。则所填之词,往往语气不相贯注,又不仅'七宝楼台',徒炫眼目而已!以此言守律,以此言尊吴,则词

① 胡云翼:《中国词史略》,《胡云翼说词》,第389页。

② 王易:《词曲史》,东方出版中心,1996年,第185页。

③ 龙榆生:《中国韵文史》,上海古籍出版社,2002年,第104页。

④ 唐圭璋:《读梦窗词》,《词学论丛》,第982页。

⑤ 蔡嵩云:《乐府指迷笺释》,人民文学出版社,1963年,第92页。

⑥ 夏敬观:《蕙风词话诠评》,《词话丛编》,第4592页。

⑦ 夏承焘:《天风阁词学日记》(二),浙江古籍出版社,1992年,第209页。

学将益沉埋,而梦窗又且为人所诟病,王、朱诸老不若是之隘且拘矣!"①不过,在他们看来,清末民初词坛出现的种种弊端,原因主要在学梦窗者往往仅得其皮毛而遗其精神,模仿其形式上的专拈僻调、雕琢字面、晦涩难懂等,其实这是背离了朱祖谋等尊梦窗之原初意图的,从而也间接地回击了现代派对朱祖谋尊梦窗的批评。

　　值得注意的是,20 世纪 30 至 40 年代的现代派,对梦窗词的得失优劣皆有体认,改变了清末民初尚质派的偏激态度。如胡云翼就认为胡适所谓"词到吴文英可算是一大厄运"之论,"又未免太偏见了,梦窗的词也何尝没有好的吗?"② 当然,他主要是从现代派立场去看梦窗词的,指出:"吴梦窗虽是显著的古典派,但他的词也不只限于雕琢与堆砌,也有描写活泼的作品,也有用白话创作的词……梦窗这一类词,完全脱下了古典的衣裳,成为很清蔚的小词。"③ 冯沅君对于吴文英的小词亦多肯定,认为其长调确有堆砌晦涩的不足,但他的小词却多有佳构,如《风入松》《唐多令》的"疏快",《点绛唇》的"清挺沉着",《思嘉客》的"妍婉华美"等等即是。④ 刘大杰也认为吴文英的词虽有内容晦涩、缺少情感的不足,但其造字炼句之功、音律的和美也体现出较高的艺术成就,不容否定。⑤ 薛砺若认为梦窗词有两大特长:一是能返南宋词的"显露"为北宋词的"浑化",二是最善修辞,"往往平常的语句,一到他手里,便能柔化得无丝毫的生硬,陶溶得无一点渣滓",最后发表意见说:"吾人读吴词时,虽觉其偶尔失之晦涩,但其全部作品,则均为一生心血之所晶成。"⑥ 他对梦窗的肯定,从胡云翼、冯沅君着眼"小词",刘大杰着眼于艺术表达,已转向对其全部作品及其审美价值的认同。由他们撰写的《宋词通论》《中国词史略》皆列有专章论述吴文英的词,称吴文英虽不能说两宋词坛的大家,但也应该算得上是一个很有名的词人。这是现代词学走向成熟的一个重要标志,他们已从胡适尚质派的激进立场转变到现代学术研究的客观立场上来。

四　朱祖谋对现代词学文献学建设的影响

　　虽说在朱祖谋尊梦窗的问题上,现代派与传统派有较大的分歧和争议,但是

---

① 龙榆生:《晚近词风之转变》,《龙榆生词学论文集》,第 385 页。

② 胡云翼:《宋词研究》,《胡云翼说词》,第 50 页。

③ 胡云翼:《词学概论》,《胡云翼说词》,第 150 页。

④ 陆侃如、冯沅君:《中国诗史》,百花文艺出版社,1999 年,第 578 页。

⑤ 刘大杰:《中国文学发展史·中》,复旦大学出版社,2006 年,第 201 页。

⑥ 薛砺若:《宋词通论》,上海书店,1985 年,第 283 页。

对于他校勘唐宋词籍的成就却一致给予极高之评价。胡适说:"王鹏运(临桂人)、朱祖谋(湖州人)一班人提倡词学,翻刻宋元词集,却是很有功的。王氏的《四印斋所刻词》、朱氏的《彊村所刻词》、吴氏的《双照楼词》,都是极可宝贵的材料,从前清初词人所渴想而不易得见的词集,现在都成了通行本了。"① 胡云翼说:"他们对于词的贡献,只在于校刻词集和批评古词两方面。"他在《宋词研究》后面所附"参考书举要"里便列有《四印斋所刻词》和《彊村丛书》,并指出:"这是近人编刻最精的两部词总集,搜刻了许多散佚了的名家,搜刻了许多散佚的词,那些被毛晋《宋名家词》遗漏的作家,有许多搜编入《四印斋词》里面去,那些被《宋名家词》、《四印斋词》遗佚的词,《彊村丛书》又补编了不少。"② 龙榆生说:"所刻《彊村丛书》搜辑唐宋金元词家专集,多至一百七十余种,为词苑之最大结集,凡治中国文学史者,莫不资为宝库,固不独有功于词林而已。"③ 然而,朱祖谋实不仅以一部《彊村丛书》影响现代词坛,而且他还编选有《宋词三百首》,主持过《全清词钞》的编纂工作,在考订、编年、校勘、选本等方面,为现代词学文献学的建设起到了一个"垫基铺路"的作用。

(一)词集校勘。张尔田谈到清代词学有"四盛",一曰守律,二曰守音,三曰尊体,四曰校勘,进而将校勘之功归之于朱祖谋。他认为,词籍丛刻在朱祖谋之前,先有常熟毛氏、无锡侯氏、江都秦氏重在"搜佚",后有圣道斋彭氏、双照楼吴氏志在"传真",而归安朱氏"不惟搜佚也,必核其精;不惟传真也,必求其是"④,也就是说《彊村丛书》的最大特点在于"核精""求是",亦即以精勘细校为其优长。当代学者吴熊和先生将《彊村丛书》在校勘方面的成就归结为八点:尊源流、择善本、别诗词、补遗佚、存本色、订词题、校词律、证本事。⑤ 当然,朱祖谋这些成就的取得则是来自王鹏运的直接指导,沈曾植说:"盖校词之举,鹜翁造其端,而彊村竟其事,志益博而智专,心益勤而业广。"⑥ 龙榆生也说:"光绪间,临桂王鹏运与归安朱彊村先生合校《梦窗词集》,创立五例,藉为程期,于是言词者始有校勘之学,其后《彊村丛

---

① 胡适:《日本译〈中国五十年来之文学〉序》,《胡适古典文学研究论集》,上海古籍出版社,1988年,第168页。

② 胡云翼:《宋词研究》,《胡云翼说词》,第168页。

③ 龙榆生:《词籍介绍·彊村遗书》,《词学季刊》创刊号。

④ 张尔田:《彊村遗书序》,《词学季刊》创刊号。

⑤ 吴熊和:《彊村丛书与词籍校勘》,《唐宋词通论》,上海古籍出版社,2010年,第413页。

⑥ 沈曾植:《彊村校词图序》,《彊村丛书》,上海古籍出版社,1989年,第8730页。

书》出,精审加于毛、王诸本之上,为治词学者所宗。"① 在王鹏运、朱祖谋的影响下,现代词学汇辑校勘词集蔚成风气,如王国维有《唐五代二十一家词辑二十卷》、刘毓盘有《唐五代宋辽金名家词集六十种》、赵万里有《校辑宋金元人词七十三卷》、周泳先有《唐宋金元词钩沉》、赵尊岳有《惜阴堂汇刻明词》、陈乃乾有《清名家词》、唐圭璋有《全宋词》等等。刘毓盘自述自己最初辑刻《唐五代宋辽金名家词集六十种》,就是受到王鹏运、朱祖谋、吴昌绶等人的影响。赵万里《校辑宋金元人词》也是为了弥补上述诸家之遗漏而作的,意在补足诸家所未见及见而未刊者,并广征宋元词籍及宋元说部所引宋元人词"以勘诸家专集","词林辑佚之功,于是灿然大备矣"! 周泳先从事唐宋金元词之钩沉,亦是继赵氏而起,其所辑录则为赵氏书所未及,作者遍检宋金元人集部及诸家选本、类书、笔记、谱录、方志,"得向未为人所知之词集近二十家","其用力之勤,而大有功于词苑也"。②

　　(二)作品笺注。作品笺注始自宋代傅干《注坡词》,其后有曹杓《注清真词》、陈元龙《详注周美成片玉集》,而后代不乏人,在现代则首推朱祖谋笺校的《东坡乐府》。朱氏之笺校本,刊于宣统二年(1910),它以元刻延祐本为主,毛氏汲古阁本著于词后,改传统的分调本为编年本,无从编年者再以调编次,在每首词后附录笺证,或采宋人诗话说部,或录同时交游事迹,因其用功甚勤,在校订、编年、笺证上有创始之功,故被沈曾植推为"七百年来第一善本"。在他的影响下,龙榆生踵其余绪,撰为《东坡乐府笺》,为朱氏刻本《东坡乐府》增为笺注,"考证笺注,精窍详博,靡溢靡遗",有如夏承焘所说"繁征博征,十倍旧编",实为现代东坡词研究的权威注本,也是苏词编年笺注本中最完备的本子。"龙本在朱本的基础上进行工作,对苏词的整理和笺注,起了开辟道路之功,为后代研究苏词者提供了丰富的资料和线索。"③ 当时,影响较大的笺注本还有杨铁夫的《清真词选笺释》《梦窗词选笺释》。前面说过,杨铁夫从事词学研究是得到朱祖谋的直接指导的,他从事周邦彦、吴文英的笺释工作也体现出受朱祖谋直接影响的印迹。"校者校其同异,笺者注其出处,释者解其用意。"④ 特别是梦窗词更是三笺三校,成为现代词学史上笺注梦窗词的标志性成果。还有,唐圭璋《宋词三百首笺注》,"据厉、查《绝妙好词》例,疏通而畅明之,晨夕钞录,多历年所,引书至二百余种",吴梅先生将其优点归纳为

---

　　① 龙榆生:《研究词学之商榷》,《词学季刊》第1卷第4号。
　　② 龙榆生:《唐宋金元词钩沉序》,《唐宋金元词钩沉》,商务印书馆,1937年。
　　③ 唐玲玲:《东坡乐府研究》,巴蜀书社,1993年,第293页。
　　④ 杨铁夫:《清真词选笺释凡例》,昌明书局,1932年。

"三善":一曰"爬梳遗逸,粲然具备",二曰"博收广采,萃于一编",三是汇列宋以后各家之说,较他家尤备。①此外,比较重要的笺注成果还有华钟彦的《花间集注》、陈秋帆的《阳春集笺》、王辉增的《淮海词笺注》等。

(三)选本编纂。选本编纂也是朱祖谋后半生从事词学研究的重要方面,他先后编选有各类选本,如《词莂》(清词选)、《宋词三百首》(宋词选)、《湖州词录》(郡邑词选)、《国朝湖州词录》(断代郡邑词选)、《沧海遗音》(清末民初同人词选)。他的这些选本甄采精良,网罗维备,类型齐全,"为近世编辑词集的工作树立了良好的榜样"②。特别是由他主持编纂的《清词钞》,更是现代词学史上的一大学术事件。其在现代词学史上的重要意义约有二端:一是第一次有意识地对清词进行系统整理,并带有很强烈的保持和抢救文学遗产意识,这也直接影响到当时陈乃乾编辑《清名家词》和当代程千帆主持编纂《全清词》;二是《清词钞》编纂之动议虽最初由叶恭绰提出,但却是藉朱祖谋的词坛领袖身份把南北词人汇集起来,也就是说《清词钞》编纂处的成立,实际上是现代词学同仁在学术研究上协同合作的一大壮举,从而启动了中国现代学术史上一次重要的转型,即由个人喜好转向集体协作、共同提高。

(原载《文学与文化》2012年第1期)

---

① 吴梅:《笺序》,《宋词三百首笺注》,上海古籍出版社,1979年,第3页。

② 谢桃坊:《中国词学史》,巴蜀书社,2002年,第387页。

八十年来的唐诗辑佚及其文学史意义

陈尚君

从 20 世纪 30 年代孙望、王重民、闻一多等前辈开始唐诗辑佚的工作,至今已经接近八十年。有关唐诗辑佚的专著出版了多种,与此相关的考订辨伪、增补辑佚论文为数甚丰,有关的专题研究也多方位展开。笔者近期得暇整理了相关文献的总目,并希望借此对各家辑佚之得失,古籍数字化为唐诗辑佚带来的机遇和挑战,以及唐诗辑佚对于改写文学史之意义,略申所见,以就正于方家。

一

无论用古代的学术原则还是用现代的学术标准来衡量,康熙钦定的《全唐诗》都免不了因袭的干系——当代学者有机会见到胡震亨《唐音统签》全本和季振宜《唐诗》的三种不同的文本,经过认真的必读和分析,确信《全唐诗》只是将胡、季二书拼接合抄成一本书,从小传到校勘记作了粗糙的简化处理,就由十位在籍翰林在一年多时间内处理成现在见到的规模。《全唐诗》编纂期间所作唐诗增补,具有原创意义的其实只有从卷八八二到卷八八八的七卷补遗。但《全唐诗》毕竟是皇帝钦定的权威著作,成书三百多年来在唐诗研究和传播方面发挥了巨大的作用,其影响至今不衰,且至今没有可以取代的著作。对此,真不知应该为前贤的成就感到骄傲,还是为当代学术感到遗憾。

《全唐诗》收诗缺漏,在其成书后不久,朱彝尊著《全唐诗未收书目》就有所指出,只是朱氏所举书目都据宋元书志,并非清代实存书目,即其所论没有任何的实际操作价值。其后二百多年,虽然名儒硕学层出不穷,但居然没有任何一位学

作者简介:陈尚君(1952—),男,复旦大学中文系教授。

者为《全唐诗》做具体的补遗工作。只有远在东瀛的学者市河世宁在编纂日本奈良、平安时期至镰仓以前汉诗为《日本诗纪》的同时，利用日本保存的典籍为《全唐诗》补遗，成《全唐诗逸》三卷，补录128人诗66首又279句。中国学者的唐诗辑佚工作，直到20世纪30年代，始有实际的展开。

从现有资料来看，最初从事唐诗补辑工作的是孙望先生。孙望（1912—1990），原名自强，字止畺，江苏常熟人。他在1932年进入金陵大学学习后，就从事唐诗辑佚工作，到1936年，成《全唐诗补逸初稿》七卷，得诗"二百七十有奇"。此稿当时曾有排印本刊布，在学术圈内形成一定影响，日本学者铃木虎雄称赞该书"于唐诗裨益匪浅，谨为学界庆贺"。闻一多编《全唐诗汇补》《全唐诗续补》二书也曾据以编录唐人佚诗。此稿后经三十多年的增补，到1978年编成《全唐诗补逸》二十卷，共补诗830首又86句。其文献采据，以石刻文献、《永乐大典》和四部群书为大宗，较重要的收获有敦煌存一卷本王梵志诗，宋刊十卷本《张承吉文集》存张祜诗，清刊《麟角集》存王棨诗，清刊《丰溪存稿》存吕从庆诗，《永乐大典》存宋之问、王贞白佚诗等，以及《渤海国志长编》存中日交往诗。其中部分逸诗在1979年第1期《南京师范大学学报》刊发，笔者当时刚开始研究生学业，见到后深受启发，并就阅读中的疑问就教于孙先生，承他工楷详尽致覆，并在定稿中将拙见采入。前辈风范，令我至今感怀。

王重民（1903—1973），字有三，河北高阳人。他于1934年受北平图书馆派遣到英法进行学术考察，又以互换馆员的身份到法国国家图书馆编次法藏敦煌遗书目录，有机会第一手完整接触这部分文献，1938年又赴英阅读伦敦博物院所藏敦煌卷子，先后历时五年，得以完成《补全唐诗》的初稿，复经王仲闻、俞平伯、刘盼遂等校阅，至1963年始刊布于《中华文史论丛》第三辑。在他身后整理遗稿时，又发现多种敦煌遗诗的抄校稿，并陆续予以发表。

闻一多的唐诗辑佚工作在他生前始终没有发表。直到1994年湖北人民出版社出版十二卷本《闻一多全集》第七册收录徐少舟根据北京图书馆藏闻氏手稿整理的《全唐诗汇补》《全唐诗续补》二稿印出，其辑佚工作方为世人所知。两稿总约十五万字，均无序跋，仅《全唐诗汇补》卷首列有引用书目，凡二十八种。闻氏所谓汇考，是将《全唐诗》卷八八二至八八八补遗七卷也作辑佚看待，其体例显然是拟汇录自此以后各家的唐诗辑佚，因而将此七卷及《全唐诗逸》《全唐诗补逸》中诗尽量全部采入。他本人的新得佚诗数量不算太多，但值得注意的是他已经将《翰林学士集》《会稽掇英总集》及敦煌遗书中诗有所采录。二稿显然为未完稿，若积以时日而能最终成编，必有可观。闻氏中年殉国，留下莫大的遗憾。

童养年（1909—2001），江苏睢宁人。原名童寿彭，字药山、药庵，号养年。1939年至1949年在原中央图书馆工作，1949年至1959年在上海华东师范大学图书馆任编目组长，1959年至1988年在安徽大学图书馆工作，直到退休。他利用长期在图书馆工作的便利，日积月累，成《全唐诗续补遗》二十一卷。据作者前言所述，其书名为接续《全唐诗》原有补遗七卷而言，所得凡550家1000多首，其采集文献范围极其广泛，尤以《古今图书集成》和地方文献为大宗，较重要的收获有《秘殿珠林石渠宝笈续编》存李郢自书诗卷存诗三十多首，《严陵集》存施肩吾、贯休等佚诗，《吴越钱氏传芳集》存吴越诸王诗集，《鉴诫录》存晚唐、前蜀大批佚诗等。

1982年，中华书局将王、孙、童三家辑佚稿四种结集为《全唐诗外编》出版，以王重民《补全唐诗》为第一编，以同人《敦煌唐人诗集残卷》为第二编，以孙望《全唐诗补逸》为第三编，以童养年《全唐诗续补遗》为第四编。各编有重复者，则以上述各编为次第，存前而删后；同一诗而出处不同者，则后见者存目。从全书来看，童辑删落较多。

《全唐诗外编》的出版，可以说是我国老一辈学者唐诗辑佚工作的结集，为学者提供了自《全唐诗》成书以后近二百八十年间中国学者辑录唐诗极其可观的收获，并在其后较长时间内，引起许多学者进一步考证唐诗和继续辑佚的兴趣。20世纪80年代以来，围绕该书发表的论文多达数十篇之多，足见其受关注的程度。当然，在肯定前辈辑佚成就的同时，也有必要看到各编都有一些重收误收的情况发生，其中童编问题尤多。

笔者1981年下半年在等待学位论文答辩期间，开始有关《全唐诗》的文献来源和文本订正的工作。由于知道已经有几位前辈完成了有关工作，最初并没有做唐诗辑佚的准备。直到1982年下半年见到新出版的《全唐诗外编》，欣羡前辈采辑丰备的同时，无意中发现在我曾阅读过的典籍中，似乎还有数量可观的唐诗未经采录，其中较大宗的即有《翰林学士集》存唐初佚诗48首（仅孙辑据《武林往哲遗书》录褚遂良3首），《会稽掇英总集》存唐人佚诗80多首。这些不过是我在读书中的无意发现，如果系统加以辑录，应该还会有可观的收获。此前研究生阶段曾从王运熙老师得悉目录书的体例和功用，又因读王梓坤院士在《天津师范大学学报》发表《科学发现纵横谈》的论述，一方面根据《全唐诗》及《外编》确定前人编录唐诗之已用书目，根据唐宋书志了解唐人著述总目及在宋元明三代的流传存逸情况,再据《四库全书总目》和《中国丛书总录》确定唐宋典籍的存世总况;另一方面,则是模仿石油勘探那样先取样确定资源之有无,再在面上铺开,以便做全面的采录。由于追求文献之全备、考订之深入、人事之推敲、真伪之鉴别诸方面都作了超过前人的努力,实际的收获远远超过最初的预想。1985年初完成《全唐诗续拾》初稿,得唐人逸诗2300多首,已经超过《全唐诗外编》的规模。1977年夏,中华书局编辑部在初审后,提出修改意见,并同时约请我修订《全唐诗外编》。这两方面工作历时一年,到1988年秋间交稿,1992年出版时统名为《全唐诗补编》,共三册,其中第一册为原《全唐诗外编》的修订本,孙、童两编都有较大幅度的删削,并在书末附修订说明逐一交代考订意见。后二册则为《全唐诗续拾》。全书收录唐五代佚诗大约6300首,而拙辑即达4600多首。能够有如此丰硕的所得,我以为主要有以下几点原因。(一)在文献搜索范围和复核仔细方面,都较前人有所突破。其中如《文苑英华》《唐诗纪事》《万首唐人绝句》等基本唐诗典籍,在前人无数次工作以后再次利用现代索引手段加以检索,有新的发现。特别关注清中叶以后新见古籍的校核、近代以来新发现文物和典籍的追索,特别关注宋人得见而今已失传的唐代著作在宋元典籍中的遗存情况,特别关注长期被唐诗研究者忽略的一些似乎与唐诗文献没有直接关系的典籍中保存的唐诗文献。(二)重新界定诗文的界限,否定《全唐诗·凡例》认为佛道偈颂赞咒不是歌诗的偏见,将存世佛道二藏中的有关作品作了较彻底的清理。(三)利用了20世纪80年代中期一批学者唐诗辑佚的成果,其中尤以张步云、张靖龙、陶敏、汤华泉、邹志方、陈耀东、刘崇德、孔庆茂诸位采获较丰。我特别赞赏孙望先生在《全唐诗补逸》中对凡给自己工作以提示或启发的友人皆以说明的美德,在拙辑中坚持了这一体例。遗憾的是由于当时条件限制,并没有能够充分利用当时已经发表的成绩。

拙辑《全唐诗补编》出版,可以说是中国学者唐诗辑佚第二阶段成果的总汇。该书出版后,中外书评不少,基本给以积极评价,在此就不多说了。最近十年也陆续有些学者利用古籍检索手段予以纠订,这部分问题容到下节详谈。而本书最大的遗憾,是我的工作主要在上海进行,当时在敦煌文献方面仅能见到一部印得不太清晰的《敦煌宝藏》,因而于敦煌遗诗仅能据较清晰的写卷录一些相对有名作者的诗作,没有能力做完整的整理。

从1988年《全唐诗补编》定稿,至今已经二十多年,中国的学术环境发生了巨大的改变。与唐诗辑佚工作关系密切的,一是敦煌文献文本的完整清晰影印和敦煌文献研究全面展开,二是域外文献和石刻文献大量发现、公布和研究,三是以《四库存目丛书》《续修四库全书》和《再造善本丛书》为代表的大量稀见公私典籍的印行。而最具有革命意义的则是古籍数字化完成古籍文本检索的普及化,使古籍辑佚检索更为便捷,鉴别重出互见更为准确,辨伪考订也可以更为精密科学。

最近二十年间在唐诗辑佚发掘方面最杰出的工作应该首推徐俊《敦煌诗集残卷辑考》(中华书局,2000 年),首次完成了中、英、法、俄及散见敦煌遗诗的辑录,所录诗多达 1800 多首,其中绝大多数为唐五代时期的作品,为《全唐诗》及《补编》未收之诗在千首以上。该书虽然没有采用以人存诗的编次方法,与《全唐诗》系列没有衔接关系,由于尽可能地依据原卷或较清晰的影印卷录文,各卷能注意保存原卷钞写时的面貌,于中外已有研究成果能较充分地吸收,在作品归属和作者考寻方面都尽了很大的努力,达到很高的学术水平。如揭出李季兰上朱泚诗,补录《珠英集》中佚诗,根据文卷钞写起讫认定《补全唐诗》所收胡皓名下误收了另一佚名作者的几首诗,都是很重要的发现。稍感遗憾的是没有能够完成敦煌所存佛赞俗颂体诗歌的整理。稍后出版的张锡厚主编《全敦煌诗》(作家出版社,2006年),局部对徐书有所订补,总体则未有大的突破,且因不择手段地将本来一、二册书可以包含的内容,硬撑到二十册的规模,不仅影响该书的流布,而且也减损了其学术品位。

此外,最近二十年在唐诗文献方面较重要的发现有以下各项。(一)韩国所存旧本《夹注名贤十钞诗》收唐五代三十家七言律诗三百首,其中有百余首佚诗,较重要的有皮日休、曹唐、李雄、韦蟾、吴仁璧等的作品。(二)俄藏敦煌遗书中蔡省风《瑶池新咏》残卷的发现,可以补录李季兰等女诗人的遗作,也让我们了解到这部唐代女诗人选本的大体面貌。(三)长沙窑瓷器题诗的更进一步发现。(四)日本古写本陆续有唐诗佚篇发现,尤以伏见宫存《杂钞》残卷存李端、崔曙、张谓、李颀等佚诗,后来曾编为《风藻饯言集》的圆珍送行诗卷,以及与鉴真东渡有关的几首佚诗,金泽文库藏香严智闲《香严颂》七十六首等,为较重要。(五)一些以往流通较少的古籍中,也有成批佚诗的发现,这里可以举到宋晏殊编《类要》残本、日本存宋刊《庐山记》足本、明刊《锦绣万花谷别集》等。(六)一些宋金元以及韩国人集句诗中保存的唐诗佚句,较零碎。

二

梁启超在《中国近三百年学术史》中谈到清代辑佚书的成就时,指出辑佚书的性质其实就是一种文抄公的工作,只是将散佚的古逸书资料抄在一起,同时也肯定由于许多学者的持续努力,使成百上千种久已亡逸的古籍的零爪片羽得以展现在世人眼前,有些书甚至可以恢复十之七八,实在是功德无量的工作。《四库全书》中的辑佚书约占全部入库图书之六分之一,就是很好的例子。唐人诗文集之唐宋旧本得以保存至今的大约不足 200 种,现在我们可以看到的唐诗作者已经超过 3500 人,就是明清直至当今许多学者努力的结果。

相比起一般典籍辑佚来说,唐诗辑佚的学术难度要高得多。具体来说,一是涉及一代文献的网罗,面广量大,各种典籍引录丰富,筛检不易;二是流布广泛,家喻户诵的同时,文献引录或口耳相传造成的讹误也极其严重;三是唐诗在文学史上地位崇高,历代有意无意的伪托现象也层出不穷,很难作彻底的究诘。胡震亨以毕生精力从事唐诗搜罗辑佚工作,深切认识到唐诗鉴别难的关键,但也没有能力完全解决唐诗互见重出和疑伪诗鉴别的问题。现代学者已经指出《全唐诗》误收唐前或宋后诗逾千首,互见诗六千多首,几乎占了全书的七分之一,追溯源头,大多沿袭据为底本的胡、季二书而误。我指出这一点,无意于贬抑为唐诗搜罗结集作出巨大贡献的前贤,只是要说明,由于唐诗文献本身的复杂性,期待古人旧本或今人新本能够做到鉴别准确、搜罗全备或者说尽善尽美,是所有学者共同的期待,但很难真正实现。

从 1956 年末李嘉言在《光明日报·文学遗产》发表《改编〈全唐诗〉草案》后,有关全部唐诗新编的工作几经曲折。李氏的方案,其实主要是就《全唐诗》已收诗本身的鉴别改编,即便如此,他在如何确认唐诗互见篇目时仍然感到很大困惑,为此而在 20 世纪 60 年代初组织开封师范学院师生做《全唐诗》首句索引。这一工作到 80 年代由改名后的河南大学继续,体例也改为每句索引。等到编成之时,恰值古籍数码检索初兴之际,因此而失去出版的价值,但索引在唐诗鉴别或辑佚方面意义之重要,在此可以得到证明。

我与许多前辈一样,在缺乏科学检索手段的情况下,完全依靠人工检索和记忆来从事唐诗辑佚,虽然也很认真总结《全唐诗》和前辈辑佚中的规律性误失,但仍不能避免重收误收。大致修订本《全唐诗外编》经过出版后的反复考订,问题仍有,比例不算太大。拙辑《全唐诗续拾》现在已知重收误收大致二百多则,虽然仅占全书二十分之一,已很可观。由于用书条件和检索手段的限制,仍留下一些遗憾。敦煌文献没有充分利用,上节已有说明。禅宗灯录、语录中的许多对句都没有收录,因为无法确认其为引用还是自创。宋元类书、地志、诗格、笔记、诗话等类典籍中的引诗,比较注重小家特别是别集在宋元还有保存者的辑佚,许多大、中诗人的诗作是否还可辑补,就无从作精确判断。另外,所见典籍中将唐前或宋后人诗篇误署为唐人作,也不免据以误录。1999 年中华书局出版简体横排本《全唐诗》附录《全唐诗补编》时,已经做过一些删补,还很不彻底。

　20 世纪 90 年代后期开始应用,现在已经很普及的古籍数码检索手段,为中国古代文史研究带来了革命性的变化,在唐诗辑佚方面尤其重要。凡辑佚所得的作品,再经过检索对核,可以很便捷地知道是否为他朝或他人诗误入,避免不必要的误收。近年尹楚彬、金程宇、袁津琥先后据以指出《全唐诗补编》的重收误收情况,在我是十分感谢的。这是科学进步带给我们的幸运。同时,在以往因为无法检索而放弃鉴别的一些唐诗遗存中,也可据以辑出许多以往忽略的作品。比如《全唐诗》卷七九六辑录唐五代无名诗人的佚句,主要依靠唐五代宋初的多种诗格类著作,所得共 101 例。今重加复核,可以发现重复收录者多达 30 多例,而在当时已经利用的《风骚旨格》《炙毂子诗格》《雅道机要》《文彧诗格》《桂林淳大师诗格》等书中,属于佚诗而至今未经辑出者,尚有数十例之多。其他各类典籍中也有类似情况。

　检索当然是重要的手段,但并不能解决所有的问题。还拿《全唐诗补编》来说,我在 20 世纪 80 年代编纂时,对于哪些诗有疑问,大致有数,但苦于无解决手段。现在利用检索手段,大约可以解决十之四五,无法解决的问题仍有很多。即使通过检索得到线索的诗,也需要有鉴别的过程,有时很不容易得出结论。曹汛《从一联逸句的考证看〈全唐诗〉辑佚鉴辨的艰难》(《中国典籍与文化》1999 年第 4期),以南唐王操《白牡丹》诗为例,说明一诗在宋人典籍中引录的纷杂错乱情况,用以证明唐诗辑佚鉴别之艰难,是很好的论述。我还特别要说明,唐诗总体流传过程中的纷繁复杂,情况远比我们所能了解的要曲折迷乱得多。有些我们只能根据一般常识来做判断。比如宋代各种类书、诗注、地志中,大量引录杜甫的诗,许多只是简单标一"杜"字,错讹率很高。即使花很大的气力,从中找到杜集中没有的诗句,也很难相信那就是杜甫的诗。宋人对于杜诗推崇备至,搜罗不遗余力,很难证明南宋的类书编者还有多少特殊资源可以保存杜甫佚诗。有些可能永远也无法究明真相,只能存疑。辑佚者的责任是尽可能地保存珍贵文献,即便遇到确有疑问的作品,从为学者保存研究线索之考虑,也应做相应的保存,但应与可靠的作品有所区隔。

　同时,最近二十年大量稀见古籍善本的影印,海外汉籍的介绍,出土文献的发表,也提供了许多可资辑佚的线索。中国期刊网等网络资源的开发,也让学者可以更充分地利用文献。我在 80 年代做《全唐诗补编》时,曾参考各家发表的论文,在当时似乎已经很充分,近期重新加以追索,还有不少发表在海外或僻见刊物上的文章,到近期才见到。虽然最近二十多年发表的唐诗辑佚文章远多于 80年代,但除金程宇于域外文献中的唐人佚诗有较完整的关照,其他各类新见文献似乎并没有得到充分的开发。许多学者只是满足于偶然得到零碎资料的发表,鉴别也未必周详,甚至有刊布佚诗几乎全部都错的例子。① 就此意义上来说,唐诗辑佚还有做进一步整理的必要。

三

从《全唐诗》成书至今,各家所补唐人佚诗的总数,至今还没有准确的统计。就我所作粗略的估计,在八千首左右。《全唐诗》收诗,康熙序称有 48900 多首,日本学者平冈武夫所作精确统计为 49403 首又 1055 句。如果扣除误收重收的篇目,实际存唐诗在 45000 首左右。辑佚所得超过《全唐诗》存诗书的六分之一,确实是很可观的收获。

毋庸讳言,唐诗辑佚所得,很大一部分是知名度不高的小作家的诗作,文学成就并不高,将他们的作品汇集起来,更多的是备一代文献,为学者各方面的研究起储材备用的需要。就文学史研究来说,我以为可以特别提到以下几点。

甲,重要诗人作品的补充。迄今为止的唐诗辑佚,仅《全唐诗》已收录作者而言,至少有数百位数量不等地补充了作品。如据《古今岁时杂咏》补录杜甫佚诗《寒食夜苏二宅》,大约是南宋杜集定形后补录的唯一一首可靠佚诗。白居易、元稹补充作品数量较可观。别集方面最重要的收获当然是王绩、张祜文集足本的发现。重要作家不少都有批量作品补充,如李郢、赵嘏等。这些已为学者所熟知,在此不作一一说明。

乙,白话诗系列文献的整理。王梵志诗,在传世文献如《云溪友议》《鉴诫录》《梁溪漫志》等书中都有收录,胡震亨《唐音统签》卷九七九《辛签》十七收录二十二首。但《全唐诗》编修时,显然因为政治方面的原因,贬斥这些“本非歌诗之流”,连带胡氏已经收录成编的章咒四卷、偈颂二十四卷,除寒山、拾得七卷外,其他一

---

① 详见焦体检:《全唐诗补遗指瑕——兼与黄震云先生商榷》,《河南教育学院学报》2005 年第 6 期。

并删略不取。王梵志诗在敦煌文献中的大量发现,是 20 世纪唐文学研究方面最重要的收获之一,并由此而带动了唐代白话诗研究的高潮。关于王梵志的生平和时代,至今仍不甚清晰,一些学者认为存世的王梵志诗未必是一人所作,我甚表赞同,因为迄今发现敦煌遗书所保存的几个系列的王梵志诗,彼此并没有交集,而存世文献保存的王梵志诗,与敦煌文献又全无交集。这种现象很难得到合理的解释,似乎可以印证不同文本来自不同作者的推测。关于王梵志的生活年代,学者也有种种推测。我的学生唐雯在做博士论文《晏殊〈类要〉研究》时,发现一则关于王梵志的最早史料:初唐四杰之一卢照邻佚诗《营新龛窟室戏学王梵志》:"试宿泉台里,伴学死人眠。鬼火寒无焰,泥人唤不前。浪取浦为马,徒劳纸作钱。"(《类要》卷三〇《咎征》)卢照邻大约去世于高宗末年至垂拱之间,这一年代比迄今所有各种王梵志诗卷写本和生平记录的年代都要早,《类要》则出宋初文豪晏殊手编,其价值不容置疑。前述胡应麟所编偈颂各卷,已经将当时能见到的唐代僧人偈颂搜罗大备,如收六祖慧能 19 首、牛头法融 13 首、赵州从谂 21 首、长沙景岑 16 首、香严智闲 24 首、洞山良价 19 首、曹山本寂 11 首、云门文偃 16 首、洞山守初 31 首、法眼文益 19 首,以及道世 81 篇,庞蕴约 300 篇,此外还有佛藏以外的船子和尚《拨棹歌》39 首。由于近代以来日、韩所存佛典大大超过中土所存者,故今人之此类诗辑录,无论在数量上还是在录文的质量上,都超过胡氏当年的工作[1],提供了今人研究唐代白话诗的系统数据。

丙,唐代下层社会流行诗的研究。敦煌、吐鲁番写卷中有不少抄书学子抄录的诗作,较早引起关注的如《论语郑氏注》末卜天寿抄诗曾引起郭沫若的重视,以后发现较多,引起较多学者的研究。李正宇《敦煌学郎题记辑注》(刊《敦煌学辑刊》1987 年第 1 期)做了较完备的辑录,达 144 则,其中有录诗约 20 首。徐俊《敦煌学郎诗作者问题考略》(刊《文献》1994 年第 4 期)不赞同一些学者认为这些诗是学郎随兴而作的推测,认为同一首诗既出现在不同时代的各种敦煌卷子中,又出现在吐鲁番文献中,在遥远的长沙窑瓷器题诗中也有类似作品,从而确认学郎只是抄录者而非作者。同人另一篇论文《唐五代长沙窑瓷器题诗校证——以敦煌吐鲁番写本诗歌参校》(刊《唐研究》第四卷,北京大学出版社,1998 年),则从另一立场对相关文献加以校订。近年长沙窑瓷器题诗发表的篇目已经百篇,与敦煌吐鲁番文献可以互证的篇目也更多。这些题诗中属于知名文人所作者数量很少,

---

[1] 少数也有胡氏已录而今辑未录者,如前述牛头法融、洞山守初之作。

大多作者不详。以下参照徐俊二文以及金程宇《新见唐五代出土文物所载诗歌辑校》①,将有关诗歌的关系如下表1:

表 1　相关诗歌关系

序号	长沙窑瓷器题诗	敦煌写卷	吐鲁番文书	《全唐诗》(径引卷数)及其他
1	春水春池满,春时春草生。春人饮春酒,春鸟咔春声。	P.3597:春日春风动,春来春草生。春人饮春酒,春鸟咔春声。又中国书店藏本略同。 三井文库藏103:春日春风动,春来春草生。春人饮春酒,春棒打春牛。		从梁元帝《春日》诗演变而来。
2	有僧长寄书,无信长相忆。莫作瓶落井,一去无消息。			南朝西曲歌《估客乐》:有客数寄书,无信心相忆。莫作瓶落井,一去无消息。
3		S.361:长行穷(信宫)中草,年年愁处生。时亲(侵)珠□□,此事□阶行。		卷一一九崔国辅《长信草》:长信宫中草,年年愁处生。时侵珠履迹,不使玉阶行。
4	主人不相识,独坐对林全(泉)。莫慢愁酤酒,怀中自有钱。			卷一一二贺知章《题袁氏别业》:主人不相识,偶坐为林泉。莫谩愁酤酒,囊中自有钱。 《宝真斋法书赞》卷八录无名氏《青峰诗》前四句近似。
5	自入新峰(丰)市,唯闻旧酒香。抱琴酤一醉,尽日卧弯汤。			卷三一一朱彬《丹阳作》:暂入新丰市,犹闻旧酒香。抱琴酤一醉,尽日卧垂杨。
6	二月春丰酒,红泥小火炉。今朝天色好,能饮一杯无?			卷四四〇白居易《问刘十九》:绿蚁新醅酒,红泥小火炉。晚来天欲雪,能饮一杯无?

---

① 该文收入《稀见唐宋文献辑考》,中华书局,2008年。

序号	长沙窑瓷器题诗	敦煌写卷	吐鲁番文书	《全唐诗》（径引卷数）及其他
7	破镜不重照，落花难上支。行到水穷处，坐看云起时。			后二句为王维《终南别业》句。
8	万里人南去，三秋雁北飞。不知何岁月，得共汝同归。			卷四六韦承庆《南中咏雁》：万里人南去，三秋雁北飞。不知何岁月，得共汝同归。
9	今岁今宵尽，明年明日开。寒随今夜走，春至主人来。			前二句参张说《钦州守岁》："故岁今宵尽，新年明旦来。"
10	鸟飞平芜近远，人随流水东西。白云千里万里，明月前溪后溪。			卷一五〇刘长卿《苕溪酬梁耿别后见寄》中四句。
11	公子□□□□，却将毛遂比常伦。当时不及三千客，今日何如十九人。			高拯《及第后赠试官》：公子求贤未识真，欲将毛遂比常伦。当时不及三千客，今日何如十九人。见《全唐诗》卷二八一。
12		P. 2566：一二三四五六七，万物兹（滋）生于此日。江南鸿雁负霜回，水底鱼儿带冰出。		卷六六三罗隐《京中正月七日立春》：一二三四五六七，万木生芽是今日。远天归雁拂云飞，近水游鱼迸冰出。
13	自从君去后，常守旧时心。洛阳来路远，凡用几黄金。	Д x 2430：自从军（君）去后，常守旧时心。洛阳来路远，凡用几黄金。		
14	念念催年促，由如少水鱼。劝诸行过众，修学至无余。	S. 236 念念催年促，犹如少水鱼。劝诸行过众，劝学至无余。P. 2722：念念摧（催）年促，犹如少水鱼。劝诸礼佛众，修斋至无余。		
15	君生我未生，我生君已老。君恨我生迟，我恨君生早。	S. 2165：身生智未生，智生身已老。身恨智生迟，智恨身生早。（下略）		

序号	长沙窑瓷器题诗	敦煌写卷	吐鲁番文书	《全唐诗》(径引卷数)及其他
16	一日三场战,离家数十年。将军马上坐,将士雪中眠。	日日三长(场)战,离家数十年。将军马上前,百姓霜中恋。		
17	竹林青付付,鸿雁向北飞。今日是假日,早放学郎归。	P.2622:竹林清郁郁,百鸟取天飞。今照(朝)是假日,且放学郎归。	卜天寿写本:写书今日了,先生莫咸池(嫌迟)。明朝是贾(假)日,早放学生归。	
18	天地平如水,王道自然开。家中无学子,官从何处来。	北玉91:高门出贵子,好木出良在(材)。丈夫不学闻(问),观(官)从何处来。天地平如水,王道自然开。家中无学子,官从何处来。	卜天寿写本:高门出己子,好木出良才。交□(儿)学敏(问)去,三公何处来。	
19	夕夕多长夜,一一二更初。田心思远路,门口问征夫。	P.3597:日日昌楼望,山山出没云。田心思远客,问口问贞人。		
20	白玉非为宝,千金我不须,忆念千张纸,心藏万卷书。	P.3441:白玉虽未(为)宝,黄金我未虽。心在千章至(张纸),意在万卷书。P.2622:白玉非为宝,黄金我不□。□竟千张数,心存万卷书。		
21	□起自长呼,何名大丈夫。心中万事有,不□□中无。	P.3578 忽起气肠嘘,何名大丈夫。心□万事有,不那手中无。		
22	自入长信宫,每对孤灯泣。闺门镇不开,梦从何处入。	P.3812:自处长信宫,每向孤灯泣。闺门镇不开,梦从何处入。		
23		P.3189:闻道侧书易,侧书实是难。侧书须侧立,还须侧立看。	卜天寿写本:他道侧书易,我道侧书□。侧书还侧读,还须侧眼□。	

续表

序号	长沙窑瓷器题诗	敦煌写卷	吐鲁番文书	《全唐诗》(径引卷数)及其他
24	借问东园柳,枯来得几年。自无枝叶茂,莫怨太阳偏。			卷八〇二刘采春《啰贡曲》六首其二:借问东园柳,枯来得几年。自无枝叶分,莫怨太阳偏。
25	去岁无田种,今春乏酒财。恐他花鸟笑,伴醉卧池台。			卷八五二张氲《醉吟三首》之一:去岁无田种,今春乏酒材。从他花鸟笑,伴醉卧池台。
26		P. 3322:明招游上远(苑),火急报春知。花须莲(连)夜发,莫伐(待)晓风吹。		卷五则天皇后《腊日宣诏游上苑》:明朝游上苑,火急报春知。花须连夜发,莫待晓风吹。
27	岁岁长为客,年年不在家。见他桃李树,思忆后园花。			《唐摭言》卷一三录僧对张籍言诗引"见他桃李树,忆著后园枝"二句。
28	海鸟浮还没,山云断更连。棹穿波上月,船压水中天。	P. 2622:海鸟无还没,山云收(下缺)		卷七九一贾岛、高丽使《过海联句》:水鸟浮还没,山云断复连。棹穿波底月,船压水中天。
29		P. 3666:直上青山望八都,白云飞尽月轮孤。荒荒宇宙人无数,几个男儿是丈夫。		卷八五八吕岩《绝句》三十二首之十四:独上高楼望八都,黑云散后月还孤。茫茫宇宙人无数,几个男儿是丈夫。《弘治黄州府志》卷七收白居易《东山寺》:直上青霄望八都,白云影里月轮孤。茫茫宇宙人无数,几个男儿是丈夫。《五灯会元》卷二〇尼无著语:茫茫宇宙人无数,几个男儿是丈夫。

　　长沙窑是唐代中后期以出品社会低档瓷器为主的大型作坊,其销售范围几乎涵盖了全部大唐疆域,并远销到南亚、中东、东非和东亚日韩等国。现在发现其有诗器物多达数百件,去其重复尚可得诗百余首。远在西边的敦煌、吐鲁番学童抄书之际随意抄写或凭记忆写出的诗歌,居然有那么多篇与之重复,是很值得关注的文学传播现象。可以很明确地看到,在唐代社会最下层,最日常流传、最家喻户晓的诗歌,其实就是这两批作品所涵盖的范围。我们可以看到,一部分源自六朝诗歌,一部分源自文人创作,多数曾不同程度地为工匠和学童作了更通俗化的处理。比如第6例将白居易很有风韵的诗篇,改写得更为通俗明白;第7例将王

维两句灵动而富有禅趣的诗句,搭上两句很直木的常句,形成似乎民间可以理解而其实不通的诗句。这些诗中表达的劝学、惜时、送别、怀人、思乡、羡官羡富等世俗情趣,也可理解民间对文学需求的一般趣味。李白、杜甫、韩愈、李贺、李商隐等诗,几乎没有进入这个圈子。上述除李白外的几家,甚至在整个敦煌遗书中都没有出现他们的作品,更是值得玩味。从 24 至 29 的六例,今人或曾据以考订其作者,我的看法却恰好相反,恐怕更多的是民间根据世俗流行的诗篇,来附会成名人故事。24 则刘采春诗出《云溪友议》,称"当代才子"所作,采春为歌者。25 则张氲事不见唐代记载,是南宋方见记录的成仙者。则天皇后一则最早见《广卓异记》卷二引《唐书》:"则天天授二年腊,卿相等耻辅女君,欲谋弑。则天诈称花发,请幸上苑,许之。寻疑有异图,乃遣使宣诏曰……(诗略)于是凌晨名花瑞草,布苑而开,群臣咸服其异焉。"其事近于小说,不能视为信史。27 则为僧人举俗传诗以调侃张籍。28 则今知最早见《苕溪渔隐丛话前集》卷一九引《今是堂手录》:

> 高丽使过海,有诗云:"水鸟浮还没,山云断复连。"时贾岛诈为梢人,联下句云:"棹穿波底月,船压水中天。"丽使嘉叹久之,不复言诗矣。

其荒唐附会显而易见。29 则之吕岩、白居易所作者皆后人附会。类似的例子还可以举出一些。如 P.3645《张义潮变文》末有诗云:"孤猿被禁岁年深,放出城南百丈林。渌水任君连臂饮,青山休作断长吟。"抄写时间应在公元 900 年以前。到宋人著《雅言杂载》(《诗话总龟》卷二〇引)、《能改斋漫录》(卷一一),附会为南唐吉水隐士曾庶几作,所幸敦煌文书可以还原真相。再如五代江为临刑作诗:"衙鼓侵人急,西倾日欲斜。黄泉无旅店,今夜宿谁家?"旅日韩国学者金文京撰文指出日本 8 世纪诗集《怀风藻》录大津皇子临终诗作:"金乌临西舍,鼓声催短命。泉路无宾主,此夕谁家向?"唐僧智光《净名玄论略述》引陈后主诗:"鼓声推命役,日光向西斜。泉路无宾主,今夜向谁家?"①二书成书早于江为约二百年,即或江为临刑所赋即为前人诗,或其事本即为好事者所附会,甚至包括大津皇子或陈后主的故事,也不过是据民间流传诗歌附会而来。诗歌的民间传播是非常复杂的问题,敦煌吐鲁番遗诗和长沙窑瓷器题诗所揭示的上述现象,其学术意义远比补录一些作品来得更为重要,应该引起学者更多的关注。

唐诗学建设的一点回顾与思考 *

陈伯海

参加这次盛会（即中国唐代文学学会第十五届年会暨唐代文学国际学术研讨会——编者按），未提交论文，只能就个人从事唐诗学建设的一点做法和想法，做个简要的汇报。

在我的印象中，"唐诗学"这个名称是于 20 世纪 80 年代中叶初始提出来的，我也算积极倡导者之一。为什么那个时候要提出建设"唐诗学"的任务呢？因为自改革开放以来，学术文化的复苏在唐诗研究上率先得到比较明显的反映，一时间空气相对活跃，便产生了大力推进此项研究的意愿，而建设"唐诗学"正是这种意愿的集中表现。"唐诗学"得以成立的依据不外乎这样两个：

首先，我把"唐诗"理解为一种整体性存在，它具有自身独特而不容取代的总体性能，并不仅仅归结为唐代诗人们所写的各篇诗歌的总和。我们知道，"唐诗"一词经常代表着一种诗歌传统，甚至是一种诗歌典范。提高一步讲，它还可以视为我们民族审美心理的结晶和民族文化精神的体现。唐以后的文人士子谈论唐诗，常有"宗唐得古"之说，明清两代在诗歌创作方向上更出现过"宗唐"与"宗宋"的反复争议。而所谓"宗唐得古"或"唐宋之争"，不都是以唐诗为一种传统、一种学习典范来看待的吗？只有承认唐诗的总体质性，才谈得上对这一传统有整体性的把握。故唐诗研究如同古典文学领域内的诗经学、楚辞学、乐府学一样，也是有自己特定的研究对象和研究课题的，值得作为专门的学问加以倡扬。

其次一方面的理由，就是唐诗研究有着丰厚的历史积累，自唐迄今一千多年来从未间断。不仅很多人在从事唐诗研究，还形成了众多的门户、派别，如所谓宗唐、宗宋、宗盛唐、宗晚唐、宗李杜、宗王孟等各种诗学观念并起纷争，在分期、分

作者简介：陈伯海（1935—　），男，上海社会科学院文学所研究员。

* 本论文为上海市社科重大项目"唐诗学建设工程"（批准号：2011DWY001）阶段性成果。

派、体式、流变等问题上亦有深入的探讨。研究的形态则日趋多样化,不光限于理论性概括,选诗、编诗、注释、考证、圈点、评议、论说乃至习作,都成其为对唐诗的特定的研究方式,是唐诗学建设中所当关注的内容。可以说,唐诗学的历史积累绝不亚于古典文学领域内的任何一门分支学科,其涉及方面之广和探究之深,更常居于上游,这也是它有资格成为专门性学问的根据所在。

既已参与唐诗学的倡导,就必须做点实事。从 20 世纪 80 年代中叶到新世纪初的二十年间,我和我的合作者们共同编撰、出版了六种专书。我们的路子主要是选择唐诗研究的历史进程为切入点,从收集历史资料、总结前人经验入手,以进入唐诗学建设。已出的六种书大致可归属为三个类型:

一是目录学著作,有我和朱易安女士合作编写的《唐诗书录》(齐鲁书社 1988 年版),搜采现存有关唐诗的总集、合集、别集和评论资料的书目两千七百余种,一一注明书名、作者(编者)、朝代、卷数、简要内容及各种版本(稀有版本注明馆藏),且以“备考”形式将历代有关此书的著录文字摘要、汇编于后,以便追溯其版本、卷数的沿革并了解前人对它的评述。此书的作用在于探一探唐诗学的家底,可用为研究工作的入门向导。

二是史料学编纂,涉及历代评论唐诗的资料,共编三种,两种偏于宏观性论说,又一种则属微观性评议。偏于宏观的,一本叫《唐诗论评类编》(山东教育出版社 1992 年版),是把历代有关唐诗的论评资料收辑起来,按类分编,这是取法明胡震亨的《唐音癸签》。我觉得《唐音癸签》很有价值,不单因为它汇集了许多资料,还在于它把资料按类编排,这一编排之后,唐诗研究中方方面面的问题得以凸显,唐诗学这门学科的理论构架也就自然地浮现出来了,我们学的便是这个路子。《唐音癸签》是明末编就的,仅三十万字,资料限于明以前,采集亦不甚完备。我们扩大了搜采范围,下延至清末民初,分类也更见细密,共编了一百二十万字。另一本宏观性史料书名为《历代唐诗论评选》(河北大学出版社 2003 年版),是按历史线索编成的,共分唐、宋、金元、明、清五个时段,计 164 个单元。每单元突出一个主题,选录一篇代表性文章为正文,若干篇相关文章作附录,再加一则说明文字。这是仿效郭绍虞先生主编《历代文论选》的体例,以历史上相继出现的话题为贯穿线索,足以使唐诗学的历史演变过程大致显现出来。以上两本资料书,一纵一横,一经一纬,构成了唐诗学基本史料的宏观构架。至于微观方面,主要是浙江教育出版社 1995 年出版的三卷本《唐诗汇评》,选录 498 位唐代诗人的 5000余首诗作(占《全唐诗》总量十分之一,希望能显示它的一个雏形),各缀以历代评论,少的每首几则,多的可达数十乃至上百条,全书共 540 余万字。这些都属于史料学方面。

第三种类型为理论性总结,出了两本书,一本是我个人撰写的《唐诗学引论》(东方出版中心 1988 年初版,2007 年再版),就 "正本""清源""别流""辨体"和"学术史"五个方面阐说了我对唐诗的基本理念,属唐诗学原理的构建。另一本则是我与上海师范大学博士生合作编写的《唐诗学史稿》(河北人民出版社 2004 年版),按历史时段分别勾画出这门学科自唐及清的发展轨迹,而将近百年来的新变放在"余论"部分略作提挈。

以上简略介绍了我和我的同伴们在唐诗学建设上所做的工作,下面还想结合个人的体会,就这门学科的未来前景稍稍做一点展望。新世纪已经来临,在新的形势之下,可以指望唐诗学向着什么样的方向继续前进呢? 我想,前进的路子很多,套一句古人的成说,那就是义理、考据、辞章不可偏废,它们都是学问,当力求并举互通。

先讲考据。我把考据理解得宽泛一些,凡是从历史和文物的实证角度从事文学研究的,我都称之为考据。应该说,考据之学是建设唐诗学的基础学问,因亦成为当代唐诗研究领域里的显学。新时期以来唐诗研究取得的重大成果多在这个方面,包括诗篇的辑佚与注释,作家生平和作品背景的求索,文人集团及其相互关系的认定,唐代社会各项制度、各种机构与唐诗关系的辨析,经济、政治、宗教、文化的消长变迁对文人生活方式及其创作的影响,以及各种相关史料的汇集、编纂等,这些方面都有研究者做了大量的考订工作,卓有成效,有目共睹。考据之学仍大有拓展余地,新世纪里要坚持做下去,做扎实,做深入,一步一个脚印,这都不成问题,用不着我多讲。

我要着重谈的是第二种学问,即辞章之学,这可能是当前唐诗学建设中相对薄弱的环节,亟应提倡。所谓辞章之学,乃指诗歌艺术文本的解析,其实也就是对唐诗意象艺术的领略。我们常说,中国古典诗歌是用意象为中心来构成其艺术系统的。"意象"并不是一个单纯的概念,在诗歌文本里,它可以分解为"意""象""言"三个层面。写诗的过程是"立象以尽意""立言以尽象",读诗的过程则是"寻言以观象""寻象以观意",三个层面环环相扣,组成以"象"为核心的文本结构。要深入了解诗歌艺术,就必须掌握其结构法则。古人论诗,倾向直观式的体验,对诗歌意象及其风韵、神采虽时有敏锐的感受,却不擅长于就文本意象结构作逻辑分析,其感受便多停留于印象阶段。比如宋人严羽曾用"飘逸"二字来形容李白的诗风,我以为用得非常妥帖,比我们常讲的"豪放"为好。豪放的诗人很多,陆游也是豪放,但朱熹批评其诗"一气滚将下去,全无文法",评论稍嫌苛刻,不能说未中要害。李白的诗则不一样,它也豪放,而豪放中又能跌宕往复、摇曳生姿,给人以灵动飘忽的感觉,故非"飘逸"二字莫能传其神理。不过"飘逸"只是在表述我们读李白诗时的感受,究竟怎样形成这种"飘逸"的感受,用传统的印象批评方法是说不清楚的。而若建立起现代辞章之学,从解析"意—象—言"的文本结构入手,看李白如何选用言词以构造诗歌意象,意象与意象之间又如何进行链接、组合,进而考察其意脉运行的方式、体势构建的原理以及诗人自身的情趣、风神如何在其意象艺术经营中得到落实与开显,这样一来,"飘逸"的诗风也许就不那么难以捉摸,而李白的诗歌艺术或可获得某种程度的揭示和理解。像这类有关文本构造法则的探讨,西方形式主义学派、新批评派、结构主义学派等都很热衷,海外汉学家也有拿来应用于中国古典文学研究的,但往往不能完全切合我们的实际。我们应该从自身的文学实践经验入手,提炼出切合古典诗歌意象艺术的原理法则,以促使传统批评向现代辞章之学转化。研究唐诗的目的毕竟是要落脚于领会其诗歌艺术,而历史考证也只有与文本赏析相结合,才能取得相得益彰的效果。这后一方面的建树目前还相对欠缺,希望新世纪里能有一个较大的开拓。

最后来讲义理之学,亦即通常所谓的理论研究。"义理"要在考据和辞章之学的基础之上归纳总结出来,不同于发空论、泛泛而谈。义理研究的根本指向是要确立我们的唐诗观,即对唐诗的总体性能有一基本的把握,而其核心问题亦有两个:

其一可定名为"唐诗何以是",就是要讲清楚唐诗为什么能成其为唐诗,这是建立唐诗观的前提。关于这个问题,前辈学者闻一多先生做了很好的提示。他在《说唐诗》一文中谈道:"一般人爱说唐诗,我却要讲'诗唐',诗唐者,诗的唐朝也,懂得了诗的唐朝,才能欣赏唐朝的诗。"这话说得十分精辟,读后便一直印记在我的脑子里,但直到现在并没能彻底解开谜底。唐朝何以能成为"诗的唐朝"?唐代社会制度和唐人的生活方式何以能帮助激发诗情并造就众多卓越的诗人?又为什么只有唐朝成其为"诗唐",而诗歌也很发达的宋朝却不能称之为"诗宋"?尽管我们今天就唐代社会生活的方方面面做了大量考证,在其对诗歌创作的影响上也有了不少发明,而这些考证和发明如何落实到"诗唐"的总体概念以及"诗唐"与"唐诗"的内在关联上,则似乎仍解得不太透彻和说得不太分明,这应该是一个需要进一步解决的重大理论问题。

　　唐诗观里的第二个核心问题,可以表述为"唐诗如何是",即唐诗是怎样形成并发展起来的。我不打算追问什么是唐诗,这是个很难回答的问题,因为唐诗作为整体存在,它具有多侧面性,从不同角度来看它,会看出不同的性能来,要坐实它是"什么",极容易流于片面。况且唐诗又总是处在不断演变之中,初、盛、中、晚各有区别,后世人心目中的唐诗理念则差异更大,想要给它下一个实体性判断,必然会感觉力不从心。但"如何是"却是可以追问的。唐诗并非自李渊立国之始就已完全确立,早期的唐诗多还处在"六朝余风"的笼罩之下,尚不具备其成熟时的质态与质性。究竟通过什么样的作用、什么样的途径,它演变成了名副其实的唐诗?而在粗具规模以至彬彬大盛之后,它又为何以及如何发生了型态上的转化乃至质性上的蜕变,终于成了非唐之诗? 这些问题学界虽素有研讨,但多还停留于历史过程的一般叙述上,若能将历史考证与文本解析结合起来,使历史的演进透过文本意象结构的变异折射出来,让一部诗史真正成为诗体艺术流变史,则我们对唐诗性能的把握必将更为深入也更为确切。"唐诗如何是"还有另一个含义,便是唐诗在后人心目中如何呈现。唐王朝结束后,唐诗的直接生产是终止了,但其流衍、传播、接受从未停止。而接受的过程实际上是一个再生产的过程,每一个接受者的观念里,都孕有他对唐诗传统的重新理解和重新解释。这些新的理解和解释,往往反映出人们在新历史条件下的不同艺术理念与艺术趣味,但仍然关联着唐诗自身的固有质性。所以考察唐诗在后人心目中"如何是"的演变过程,亦可更进一步了解唐诗意义的历史生成。

　　总之,我以为,只有把唐诗"何以是"和"如何是"这两个题目,放在考据学和辞章学的基础上进行具体研究,再从义理学的角度做出概括,我们对唐诗的整体性存在才会有比较确切的领悟,而唐诗学的建设也才算具备了雏形。当然,雏形仍只是雏形,完善绝无止境,期待一代又一代的唐诗爱好者将这项建设工程不断推向前进。

　　按:本文原系作者在南开大学举办的唐代文学学会第十五届年会上的发言,据录音整理,经作者审阅加工成文。

(原载《文学与文化》2011 年第 3 期)

新世纪以来词学研究的宏观走势

王兆鹏

新世纪以来,大陆词学研究呈现出良好的发展态势。统计 2001—2009 年间的词学研究论著目录可以发现,近几年的成果量逐年上升,作者队伍日益壮大,新生代已经形成,今后词学研究的持续发展具有充足的人才储备。

一 成果总量逐年上升

根据我们目前收集到的论著目录统计,新世纪 9 年间,大陆地区产生的词学研究成果量为 11814 项,相当于 1901—2000 年间词学研究成果总量(22909 项)的一半。不到 10 年,成果总量已达到上世纪百年成果总量的一半,可以想见近几年词学研究的热络。

这几年,词学研究成果量,基本上是逐年增加,呈直线上升趋势,详见表 1。

表 1 2001 年—2009 年与 1991 年—2000 年各年成果量

年度	成果量	年度	成果量
2001	922	1991	844
2002	1114	1992	811
2003	1139	1993	770
2004	1330	1994	735
2005	1339	1995	823
2006	1610	1996	758
2007	1772	1997	926
2008	1683	1998	840
2009	905	1999	865
—	—	2000	940

作者简介:王兆鹏(1959—),男,中南民族大学文学与新闻传播学院教授。

对比 20 世纪最后 10 年,更凸显新世纪词学研究大发展的趋势。20 世纪的最后 10 年,单年成果量基本上是在 900 项以下,自 2002 年突破到 1000 项以上后,逐年上升,2007 年竟高达 1772 项,相当于 20 世纪最后 10 年年均成果量 831 项的两倍多。2008 年的成果量略有下降。由于 2009 年的数据不完整(本文的数据是 2009 年 12 月 30 以前收集的,后续数据未及补充),所以还不能肯定说 2009 年的成果量也是下降。

二　作者队伍的新生代已经形成

20 世纪词学研究的作者(含两岸三地和海外)共 10797 人。本世纪 9 年来,发表过词学研究成果的作者共 7737 人,其中 1697 人在上世纪已经发表过词学研究成果,本世纪新增词学研究作者 6040 人。这是一个相当可观的数字。

本世纪作者中,有 5858 人只发表过 1 项成果,另有 948 人仅发表过 2 项成果。这二者合计 6808 人,可视为词学研究的业余作者(其中虽不乏专家学者,但主要专业方向是在其他领域,在词学研究方面,他们仍然是"业余"的)。业余作者多,反映出词学研究有着广泛的群众基础。

计量文献学中,有个普赖斯定律:在科学研究领域里,有 75%的科学家一生只发表 1 篇论文。

近 9 年,只有 1 项词学研究成果的共 5858 人,占同期作者队伍总人数的 75.7%。这跟普赖斯定律所说的有 75%的科学家一生只发表 1 篇论文,完全相符。

又根据普赖斯定律,一位活跃作者的创作量不低于最高创作量的平方根乘以 0.749。近 9 年词学研究的个人最高成果量为 85 项,根据公式[活跃作者的创作量=0.749 乘以 85 的平方根]计算,产出过 6.9 篇(取整数 7 篇)以上成果的为活跃作者。统计结果显示,产出过 7 篇以上的活跃作者共计 247 人,其成果总量为 3312 项。

这 247 位活跃作者,构成了近 9 年词学研究的基本队伍。这些活跃作者,又可分为两个层级,即多产作者和高产作者。如果把产出了 10 项成果以上的作者视为多产作者,那么这类作者有 124 人;如果把拥有 20 项成果以上的视为高产作者,则有 41 人。

我们再来分析多产作者和高产作者的年龄结构,看看词学作者队伍是年轻化了,还是趋于老化。

41 位高产作者中,20 世纪 20—30 年代出生的仅有两位——叶嘉莹先生和谢桃坊先生。这表明,因年事已高,70 岁以上的学者已逐步淡出学界。

在高产作者群中,40—50 年代出生的五六十岁的学者有 21 人,占 51%。位居前 10 名的高产作者中,有 6 位学者是在这个年龄段。从宏观上看,目前词学研究队伍中,居于主导地位的、创造力最旺盛的是五六十岁的学者群。60—70 年代出生的高产作者有 18 人,略少于上一代学者。

但从 124 位多产作者队伍来看,40—50 年代出生的只有 30 人,占多产作者总人数的 24.2%。而 60—70 年代后出生的有 80 人,占整个多产作者队伍的 64.5%。很显然,五六十岁的学者在人数上已不占优势,其总人数不到 60—70 后学者的一半。数据充分表明,60—70 后的新生代学者已成为词学研究的主力军,词学研究队伍后继有人,令人欣慰。

在 60—70 后的学者群中,成果量特别突出的有刘尊明、陈水云、王晓骊、杨柏岭、彭玉平、胡建次、朱丽霞、路成文、宋秋敏、许伯卿、曹辛华、蔺伯象、李静、刘荣平、欧明俊、谢永芳、张再林诸位,他们都是成果量在 20 项以上的高产作者,发展势头强劲。成果量虽然不一定与学术质量、学术成就成正比,但词学研究的成果量多,至少表明作者对词学研究的热情高、投入多。

而令人敬佩的是,30 年代及以前出生的 70 岁以上的学者还有 13 人继续活跃在词坛,他们宝刀不老。像马兴荣、刘庆云、陈祖美、刘乃昌、徐培均、王水照、吴熊和、薛瑞生等先生,还有高质量的成果问世。他们的坚守,是我们词学界的福气,也是对我们后学的激励。正是因为有了一代代这些不知疲倦、终生为之奋斗的前辈学者,词学研究才能不断发展、不断推进。

我们还要特别表示敬意的,是叶嘉莹先生。她早就年过八十,可最近几年仍然年年有新成果问世。仿照电影界的惯例,咱们词学界应该给叶先生授予"终身成就奖"。还有陶文鹏、刘扬忠、施议对和杨海明四位先生,早就年过六旬,但并没有马放南山,依然是纵笔驰骋,笔耕不辍,近几年的成果总量都在 30 篇以上,位居高产作者队伍的前列。我们也应该向他们表示敬意和感谢。

三 研究对象的基本格局未变

近几年,词学研究的成果量增加了,作者队伍扩大了,但研究对象的基本格局却没有多大改变。先看选题的时代分布。

（一）时代分布

据统计，20世纪的词学研究成果中，研究宋词的最多，占一半以上；其次为清词；再次为唐五代词；金元明词的研究最为薄弱。新世纪以来，这种格局还是没有改观。先看统计表2。

表2　2001年—2009年与20世纪词学研究成果的时代分布

时代	2001年—2009年成果量	百分比	20世纪成果量	百分比
唐五代	1476	13.7%	2885	14.7%
宋	6793	62.9%	11439	58.4%
辽	7	—	—	—
金	150	1.4%	282	1.4%
元	126	1.2%	286	1.4%
明	270	2.5%	490	2.5%
清	1417	13.1%	3326	17.0%
今	556	5.2%	894	4.6%
计	10795	100%	19602	100%

说明：一项成果涉及两个或两个以上断代的，所涉时代均计入1项。如某项成果为《唐宋元明词调研究》，则唐宋元明四代各计1项。

在我们的印象中，随着《全明词》和《全清词·顺康卷》的出版，明清词的研究日益受到关注。但统计数据显示，新世纪重宋唐轻明清的整体格局并没有被打破。近几年，人们关注的热点依然是宋词，其次是唐五代词，然后才是清词。上世纪清词研究的成果总量位列第二，而近几年的清词研究成果总量却下滑至第三。看来，主观印象不如客观数据来得准确。

不过，我们的主观印象也不是毫无依据。如果分年度统计，就可以发现，清词研究的成果量几乎是逐年上升的，见表3。

表3　2001年—2009年各年清词研究成果量

年度	2001	2002	2003	2004	2005	2006	2007	2008	2009
成果量	108	106	116	131	158	181	211	269	137

2001年和2002年的清词研究成果量基本持平，2003年以后就是逐年上升（2009年环比数据低于上年，是由于2009年的数据不完整）。2003年以后清词研

究成果量的上升,与 2002 年《全清词·顺康卷》的出版不无关系。断代总集文献的出版,必然会带动整个断代词人词作的研究。2004 年《全明词》出版后,明词的研究成果量也有明显的增长。

(二)词人分布

20 世纪个体词人研究的格局分布很不平衡。这种失衡的局面,进入新世纪以来,也没有得到改善。先看表 4。

表 4 2001 年—2009 年与 20 世纪被研究的热点词人

词人	2001 年—2009 年成果量	排序	20 世纪成果量	排序
苏轼	1013	1	2075	1
李清照	964	2	1228	3
辛弃疾	630	3	1273	2
柳永	406	4	478	4
李煜	272	5	440	6
纳兰性德	230	6	304	11
姜夔	196	7	397	7
王国维	179	8	700	5
秦观	170	9	337	9
温庭筠	160	10	248	13
周邦彦	143	11	335	10
吴文英	121	12	179	17
陆游	102	13	373	8
朱淑真	101	14	114	24
晏几道	95	15	197	14
欧阳修	86	16	279	12

表 4 显示,词学研究的三大焦点词人,依然是苏轼、李清照和辛弃疾。只是辛弃疾和李清照,位次先后略有变化。在 20 世纪的词学研究格局中,辛弃疾研究的成果量居次席,而近几年李清照研究的成果量跃居第二,辛弃疾退居第三。

从表 4 可见,20 世纪和近几年研究成果量位居前列的十大热点词人,整体格局没有大的变化。苏、辛、李、柳,稳居前四。王国维、李煜、姜夔、秦观稳坐前十。周邦彦在第十和第十一名之间徘徊,起伏不大。可以说,前十名中八人没有多大变化,只有纳兰性德、温庭筠和陆游三人的热度略有升降,纳兰由上世纪的十一名提升至第六,热度略升;温庭筠研究的成果量由上时段的第十三提升至第十;而陆游则由原来的第八降至第十三。升降的幅度都不大。

近几年,有关古今个体词人研究的成果共 7592 项,涉及词人(含当代少量学者)595 人。其中,336 人只有 1 项研究成果,也就是说,595 位进入近年词学研究视野的词人,有一半以上(56.5%)的词人只被研究过 1 次。拥有 10 项以上成果即被研究 10 次以上的词人仅 79 人。而大量的成果集中在少数词人身上。表 4 所列 16 位词人共拥有研究成果 4868 项,占个体词人研究成果总量的 64.1%。

个体词人研究的格局分布明显失衡。李清照一人的研究成果量就占了总成果量的 12.7%。与上世纪相比,李清照研究的成果量增长最快。上世纪李清照研究的成果总量为 1228 项,而 21 世纪不到 10 年,就已经达到了 964 项,年均 96 项,按照这样的发展趋势,到 2012 年,新世纪 12 年的李清照研究成果量就会超过 20 世纪 100 年李清照研究成果的总量。新世纪以来这些研究成果,究竟有多少是创新性的成果,颇令人怀疑。

李清照崇高的词史地位当然不容置疑,但她传存下来的作品毕竟有限,而研究的成果量始终居高不下,一方面表明研究者对她的高度热情和兴趣;但另一方面也会造成大量的重复与浪费。坦率地说,时至今日,在研究方法、理论思维和文献资料没有重大突破的学术语境中,李清照的研究要取得大的进展是相当困难的,这么多的研究成果依然在追逐李清照,无谓的重复和浪费实在不可避免。我们呼吁,词学研究者应该提升创新意识,不要只顾低头拉车,不抬头看路,而要留意学界已有的成果和积累,力避选题和观点的重复。

这几年,个体词人研究的密度变化不大,广度却有较大增扩,即是说,被研究的个体词人有较大幅度的增加。20 世纪完全没有被注意的词人,近几年已开始进入词学研究的视野。参见表 5。

表 5　20 世纪与 2001 年—2009 年被研究的个体词人分布

年代	唐五代	宋	金	元	明	清	今	计(人)
1901—2009	64	301	35	49	106	327	175	1057
1901—2000	55	223	20	36	74	237	98	743
2001—2009	22	181	21	26	57	164	124	595
新增	9	78	15	13	32	90	77	314

统计结果显示,20 世纪词学研究中涉及的个体词人共 743 家,本世纪涉及的词人有 595 家。本世纪新增被研究的个体词人共 314 家,其中唐五代有 9 人,宋代 78 人,金代 15 人,元代 13 人,明代 32 人,清代 90 人,现当代词人和学者 77 人。近几年,进入词学研究视野的清代词人增加最多,这是一个可喜的现

象。

自 20 世纪以来,已被研究的个体词人,唐代有 64 家,宋代有 301 家,金元有 85 家,明代有 106 家,清代有 327 家。宋金元明清时代的词人总数以万计,而 20 世纪以来,进入词学研究视野的个体词人不到 1000 家。也就是说,在现代词学中,被研究的古代词人不到总数的十分之一,个体词人研究还有非常广阔的拓展空间。

同志仍需努力!

(原载《文学与文化》2011 年第 3 期)

文学思想史研究

先秦文学思想史研究之反思 *

沈立岩

对于中国文学思想史研究而言，先秦时期既有特殊的性质和意义，也存在着特殊的问题和疑难。如何准确地把握它的性质和意义，并合理地解决这些问题和疑难，无疑具有前提的性质，但也确实令人颇费踌躇。笔者拟对其中的几个基本问题，如问题的反思和校正、内容的划定和取材、研究的方法和手段等做些初步的思考和分析。因问题复杂，不敢自是，陈述于此以就教于方家。

一　问题视域

真正的研究始于问题，但是问题并不总是显而易见的。况且，"问题"一词通常有两种含义，其一是有待解决的疑难或难题，这个含义在英文中称为"problem"；其二是有待回答的提问或疑问，这个含义在英文中称为"question"。学术研究所关注的"问题"实为上述两种含义的复合，即它首先指实践活动或理论思考中出现的疑难或难题，其次指以恰当的语言形式提出的问题。需要注意的是，两者并非简单的等同关系，一个真正的难题（problem）并不一定能够转化为一个正确的问题（question）。恰恰相反，在难题具体化为问题的时候，很容易出现定位的失误和方向的偏差，以至歧路亡羊甚或缘木求鱼。有人把学术研究的这种独特的问题模式称之为"P-Q模式"。对于先秦文学思想史这一独特研究对象来说，该模式同样不乏启发的意义。

"先秦"一词最早见于《汉书·河间献王传》："献王所得书，皆古文先秦旧书。"颜师古注："先秦，尤言秦先，谓未焚书之前。"今天所称"先秦"通常有广狭不同的

作者简介：沈立岩（1964—　　），男，南开大学文学院教授。

* 本论文为国家社科基金项目"沉默与先秦文学思想"（项目号：17BZW077）的阶段性成果。

两种含义，广义的先秦包括了从远古到秦朝建立前的漫长年代，狭义的先秦通常限指载籍所称的"三代"即夏、商、周时期，甚至仅指有信史可征的商周两代。但是无论选择哪种含义，对于文学思想史研究都提出了一个令人困惑的问题：这个时期究竟有没有真正意义上的文学思想？或者说，区别文学思想与非文学思想的标准是什么？这个标准又如何确定？

这个问题之所以令人困惑，首先在于如下事实：如果"文学思想"至少意味着"关于文学的思想"的话，那么它已经假定了文学的存在。但在先秦时期有无文学这个问题上，仍然存在不同的看法。有人认为，先秦时期尚无今天意义上的文学，因此建议用"杂文学"或"泛文学"之类的术语来称之。显然，这个问题若得不到合理解决，所谓"先秦文学思想"终不免于焉附之嫌。

事实上，现代意义的文学概念出现甚晚。据法国文学社会学家埃斯卡皮的研究，在西方，它起源于 1770 年，最终在 1800 年斯达尔夫人写作《论文学》之时得到认可[①]；在中国，它的出现无疑还要晚些，因为目前使用的"文学"概念是英语 literature 一词的对译。不仅如此，近期的争议使它的含义变得更加漂浮不定。甚至在是否存在文学这种东西以及如何划定文学与非文学的界线上，都有截然不同的意见。其中最为极端的观点认为，文学概念与"杂草"类似：杂草并不指涉任何一种特定的植物，而仅仅表示园林主人出于某种主观好恶意欲清除的东西；文学也是如此，它并不指涉任何确定无疑的属性或实体，而仅仅意味着人们出于某种价值偏好而意欲保留的东西。[②] 当然，"文学是否存在"与"先秦时期有没有真正意义上文学"并不是同一性质或同一逻辑层次的问题，但二者的关联还是显而易见的，因为它们都与文学的界定及其标准有关。

依我的理解，"什么是文学"或"文学是否存在"并不是伪问题，但应该被一种更准确的提问方式所替代，那就是："文学"——不是作为一个确定无疑的实体，而是作为一种观念或思想的建构——何以能够出现？为什么此前它没有出现？致使其出现的历史机缘和社会–文化条件是什么？通过它，人们对现实施加了何种干预——选择、排除和分等？这种干预背后的动机又是什么？这个问题非常复杂，而且超出了本文的范围，不可能在此详加讨论，不过对它略加分疏有助于摆脱"先秦有无文学"之类的理论迷阵，从而将问题导入一个更为清晰和确定的参照

---

① 埃斯卡皮：《文学社会学》，于沛选编，浙江人民出版社，1987 年，第 192 页。

② 特里·伊格尔顿：《文学原理引论》，文化艺术出版社，1987 年，第 11 页。

框架之中。这种新的提问方式的确有些"唯名论"的意味,但它能够有效地悬置那些先入为主的理论定见,从而接近思想史的实际情况,由此我们不必再拿今天的文学概念去古代按图索骥,而是最大限度地接近历史本身,以求触摸到先秦文学思想发生和演变的真实形态。

不仅如此,这种提问方式的改变可能会引起连锁性的变化。由于我们不再将现代意义的文学概念作为先秦文学思想史研究的预设前提, 所以也就不再把先秦时期的各种思想活动简单地视为朝着现代意义的文学概念这一理想目标的定向运动。我们必须承认,中国文学思想史有自己独一无二的演化环境和不可重复的演化过程,正如中国的社会和文化自成一独立的演化单元一样。因此,它与其他民族和地区的文学思想史是不可能完全相同的——当然, 其间必定存在一些共通特点,但是差异仍然无法忽略。例如,《文心雕龙》尽管涉及了很多今天意义上的文学问题,但是仍然不能被简单地等同于"文学理论""文学史"或"文学批评"著作。也许我们会为它的不够纯粹而感到遗憾,但是真正有意义的问题恰恰就在于此。正如不同的语言系统会有不同的分类方法,不同的分类方法表明不同的概念和逻辑规则,而不同的概念和逻辑规则又意味着不同的文化系统(其核心是传统的思想和价值[1])一样,从先秦直到整个中国文学思想史,其独特的概念系统、逻辑结构和文化意义正是《先秦文学思想史》和《中国文学思想史》所要揭示的东西。关注而非忽略这些系统性差异,对于文学思想史这种人文学术研究来说无疑应该是首要的任务。

美国人类学家拉尔夫·林顿认为,任何文化中都存在一种普遍性特质,它为整个文化构造提供形式、内聚力和高度整合的稳定内核;某种普遍的兴趣和偏好支配着这个内核,并由此支配着整个文化结构,一如一个晶体结构围绕着核心点开始其结晶过程。换句话说,一种文化的普遍兴趣和偏好赋予此种文化的全部要素以倾向性。[2] 我们姑且借用这个比喻,以便形象地说明中国文学思想史独特的发生和演化过程。那么,贯穿先秦时期文学活动和文学思想的那个独特内核或核心点是什么呢?或者说,支配先秦时期文学思想与众不同的发生过程和演化方向的普遍兴趣和偏好又是什么呢?要想回答这个问题,关键是要找到这样一个术语或概念, 它既能够说明先秦时人对于文学——或是类文学的东西——的核心属

---

① 克莱德·克鲁克洪:《文化的研究》,《文化与个人》,浙江人民出版社,1986 年,第 5 页。

② Ralph Linton. *The Study of Maan.* Appleton-Century-Crofts, Inc, 1936:p. 442.

性的认识,又足以统摄所有与之相关的文化要素,因而可以揭示那个赋予先秦文化与文学发展以特定方向和内聚力的"晶核"。

循此思路,我们很快就会发现,几乎没有任何其他东西能比"文"这个词语更为恰当而有效了。理由有三:第一,这个概念标示了先秦时期文化发展的核心理念和理想境界,因而占有极高的价值层位;第二,这个概念具有极强的弥散性和渗透力,因此能够涵摄所有与之相关的文化要素;第三,这个概念构成了文学命名的原初形式与核心特质,并对后续的文学演进施加了持久的影响。且此三点均非出于偶然,而皆有深刻的社会-文化和历史成因,因此考察"文"字的含义及演变对于理解先秦文学思想的独特性质和意义将深有裨益。

二　文化禀赋

"文"字在中国语言文字中出现甚早。1984年,在山西襄汾陶寺遗址代号H3403的灰坑中出土一件陶质扁壶残片,其上写有两个软笔朱书文字。对第二字专家有不同的释读,至今尚未取得一致意见,但于第一字各家均无异辞,皆认为应释为"文"字。[1] 据古文字专家判断,该朱书与大汶口文化陶文、殷墟甲骨文和今日通行的汉字属于同一系统。[2]

考古学者冯时据文字构形与甲骨卜辞(《甲骨文合集》33243、33242)将此二字隶定为"文邑"。又据传世文献中三代都城皆称为"邑",谓此"文邑"当指夏代都城。又据殷铜器铭文见有"文夏"之称(《殷周金文集成》3312),结合文献记载(《国语·周语下》、《急就章》注引《风俗通》、《元和姓纂》),谓此"文夏"当为氏名,正承夏后之氏而来,而其中"文"字则与世传禹名"文命"关联密切。其说云:"《大戴礼记·五帝德》引孔子曰:'高阳之孙,鲧之子也,曰文命。'相同内容又见于《帝系》。二戴礼的编纂虽在西汉中期,但其所据资料则为《汉书·艺文志》所录《记》百三十一篇及《明堂阴阳》等五种,这些孔门后学的研礼心得于近年出土的战国竹书中已有发现,故其形成时代可直溯先秦。《大戴礼记》以禹名'文命'为孔子所言,这个说法看来并非毫无根据。《史记·夏本纪》:'夏禹,名曰文命。'正承其说。唐陆

① 李健民:《陶寺遗址出土的朱书"文"字扁壶》,《中国社会科学院古代文明研究中心通讯》2001年第1期。

② 高天麟:《发现神秘文字 解码古老文明——山西陶寺遗址朱书"文"字扁壶出土经过及其意义》,《中国社会科学报》2015年6月12日,第B03版。

德明作《经典释文》，也以禹名'文命'为先儒通识。"至于"文命"的含义，冯时认为这一名称或许正是出于后人对夏人文德观念的概括。《礼记·表记》云："夏道尊命，事鬼敬神而远之，近人而忠焉。"孙希旦《礼记集解》解释说："尊命，谓尊上之政教也。远之，谓不以鬼神之道示人也。盖夏承重黎绝地天通之后，惩神人杂揉之敝，故事鬼敬神而远之，而专以人道为教。"由此推想，夏尊文德教命，以人道为教，可能正是"文命"二字的本义所在。①

由此笔者想起，殷墟卜辞中亦尝见"文邑"一词（《殷虚文字甲编》三六一四），唯其所指何地尚无从确定。冯说无论是否正确，至少提示"文"字在商代以前的价值系统中可能已有非同寻常的意味。当然，"文"字在夏代的语用情形难知其详，但在甲骨卜辞中却已屡见不鲜，经考证虽多系人名、地名，但卜辞中见有"贞于文室"之辞（《甲骨文合集》27695），"文武帝""文武丁"的商王庙号亦非仅见（如《甲骨文合集》36168、《殷虚书契前编》1·18·4、28·1、438·2、4·385、《殷虚书契后编》下 4·17、《小屯·殷虚文字甲编》3940、《战后新获甲骨集》2837、《怀特氏所藏甲骨文集》1702 等）。贞卜在殷代洵非小事，至于商王庙号更无轻忽随意之可能，因此说"文"在其时已经开始赋有了价值理想的意味，似乎不是毫无根据的臆测。

追索"文"字意义演变之迹，可以为我们提供先秦时期文化价值生发演进的基本线索，并由此略窥中国文学思想的文化基因。徐中舒对于"文"字有如下解说："象正立之人形，胸部有刻画之纹饰，故以文身之纹为文。《说文》：'文，错画也，象交文。'甲骨文所从之×υ‐ 等形即象人胸前之交文错画。"至于其具体释义，则首列"美也，冠于王名之上以为美称"为其三种含义之一。② 前引冯文亦谓，古"文"字常繁作人形之中复加心形，于金文中最为多见，所象者正是心斋修身之形，反映了夏人以人道为教的朴素思想。史载禹重文德而立纲纪，正是夏兴文教之始。《国语·周语下》记："（单）襄公有疾，召顷公而告之曰：'必善晋周，将得晋国。其行也文，能文则得天地，天地所胙，小而后国。夫敬，文之恭也；忠，文之实也；信，文之孚也；仁，文之爱也；义，文之制也；智，文之舆也；勇，文之帅也；教，文之施也；孝，文之本也；惠，文之慈也；让，文之材也。"尊德是中国文化的突出特质，全部美德皆以"文"字概之，则"文"之为德也大矣！韦《注》以"文"为"德之总名"，是非常正确的。

---

① 冯时：《文邑考》，《考古学报》2008 年第 3 期。
② 徐中舒：《甲骨文字典》，四川辞书出版社，1989 年，第 996 页。

不过，"文"字的道德化解释尚属后起的引申之义，而且这种道德化的含义仅为"文"义之一端。《逸周书·谥法解》既云"道德博厚曰文"，又谓"学勤好问曰文"，即暗示了"文"义的另外一面，即重知识的一面。而尊德与重知这两方面含义，实则均与"文"字的本义有关。《说文》"错画交文"之解，可谓得其环中，因为它蕴含了语义多向衍生的可能。一是花纹、纹饰之义，虽着眼于外在的视觉形象，但同时隐含了向审美经验和道德评价衍生的可能，因为二者均引发愉悦的情感反应，而造成一美善混融的主观体验。商王之以"文"为庙号，周人之以"文人""前文人""文神""文神人"为先人美称，盖皆属此类。二是错画交文与文字形象相类，因而具有向文字乃至文章学术转折引申的潜力。《左传》中即多见以"文"为"文字"的范例，如隐公元年记仲子"生而有文在其手曰'鲁夫人'"，闵二年、昭三十二年皆记成季"及生，有文在其手曰'友'"，昭元年子产言唐叔虞"及生，有文在其手曰'虞'"。文字乃文明时代的主要标志之一，它的产生是人类社会革命性的重大事件，《淮南子·本经训》所谓"天雨粟，鬼夜哭"，只是对其深远影响的一个想象性表述。而积字成句、积句成篇，文献载籍由斯而起，典章制度由斯而明。刘熙《释名·释言语》云："文者，会集众采以成锦绣，会集众字以成辞义，如文绣然也。"正道出了其间的关联。《周易》贲卦彖辞曰："刚柔交错，天文也；文明以止，人文也。观乎天文，以察时变；观乎人文，以化成天下。"则又将天文与人文、文明与文化骈列并举，大大拓展了"文"字的义界，显示了"文"字内涵贯通天人、无远弗届的弥散性和渗透力，透露了中国文化尚文贵文的基本倾向。王弼《注》云："刚柔交错而成文焉，天之文也；止物不以威武而以文明，人之文也。观天之文，则时变可知也。观人之文，则化成可为也。"是以礼乐教化而非武力威慑为文，将此尚文贵文的文化倾向表述得尤为清晰。

一种文化之精神内核，对于生长其中的多数人来说，往往是习焉不察、日用不知的，唯少数识见超卓、长于反思的人，方能探赜索隐、洞幽烛微，将其精深微妙的普遍性特质昭示于众人之前。孔子正是这样的人物。"周监于二代，郁郁乎文哉！吾从周。"（《论语·八佾》）这既是对宗周文化的总体评价，也是对三代文化演进脉络的精准概括，而其核心仍然是一个"文"字，足见其蕴意之深、涵摄之广。司马光《答孔文仲司户书》云："古之所谓文者，乃诗书礼乐之文，升降进退之容，弦歌雅颂之声，非今之所谓文也。"刘勰《文心雕龙·原道》曰："文之为德也大矣，与天地并生者何哉？夫玄黄色杂，方圆体分。日月叠璧，以垂丽天之象；山川焕绮，以铺理地之形：此盖道之文也。仰观吐曜，俯察含章，高卑定位，故两仪既生矣；惟人参之,性灵所钟,是谓三才。为五行之秀,实天地之心。心生而言立,言立而文明,自然之道也。"其《征圣》又云:"远称唐世,则焕乎为盛;近褒周代,则郁哉可从:此政化贵文之征也。郑伯入陈,以文辞为功;宋置折俎,以多文为礼:此事迹贵文之征也。褒美子产,则云'言以足志,文以足言',泛论君子,则云'情欲信,辞欲巧':此修身贵文之征也。"这些论述,将孔子对"文"的认识表述得周至无遗。

无须遍举,仅由上述有限的几例即可看出"文"在先秦思想者心目中的价值和地位,也可以看出"尚文"观念在先秦文化中的弥散性和渗透力,至于该术语与文学的关系,更是显而易见。即便我们今天使用的文学概念受到了西方思想的深刻影响,但考之西方的文学概念,却也经历了与我国类似的演化过程。埃斯卡皮在追溯西方"文学"术语演化过程时特别提醒读者:"应该注意到汉语如同欧洲语言那样,也使用了一个词根'文',其含义为花纹、字形、文字。"而欧洲语言中的"文学"一词源自希腊语,在罗马时代的拉丁语中则有文字、字母、语法和语文学、学问与博学等含义。① 这与先秦及秦汉间常见的"文学"一词用法何其相似乃尔。在此后的欧洲历史中,这个词又相继赋有了文化学术、文人团体及其职业、美文学、文学作品、文学史、文学科学等含义。② 不过现代意义的文学概念显然聚焦在"美文学"这一含义上,尽管对文学的核心性质和标准问题迄今无法形成一致看法,但文学概念的指称明显是以诗歌、小说、戏剧等纯文学体裁为典范样式的,因此,抒情、想象、虚构和审美也成了定义文学的虽不充分但却最为常用的标准。

反观中国,在先秦乃至此后的漫长年代里,除抒情和审美之外,想象和虚构并没有成为定义文学的核心特质。这当然与中西方文学文体演化的历史过程直接相关,但是更重要的原因,应该还在于双方的文化差异。揭示这种差异,无疑是先秦文学思想史的主要任务之一。

三　思想路向

基于上述原因,我以为先秦文学思想史研究的恰当的提问方式不是先秦时期有没有今天意义上的文学思想,而是在先秦这一漫长的历史时期中,华夏先民为中国文学思想的形成和发展提供了哪些思想资源和理论创造的可能性,更具

---

① 埃斯卡皮:《文学社会学》,第190页。
② 埃斯卡皮:《文学社会学》,第190–194页。

体地说,这些早期的思考为后世提供了什么样的概念原型、思维模式、价值倾向以及演进发展的路径和方向。

首先,先秦这一特殊的历史断限决定了其时"文学"和"文学思想"的独特存在方式。先秦时期特定的社会－文化形态,决定了中国早期文学活动可能的动机、形式和功能,也决定了人们对文学活动的可能的体验、认知与评价。我们最好不要简单沿袭过去的说法,即所谓先秦时期的文学尚未达到自觉的意识,因为这种说法是站在一个想象中的终点来回顾遥远的过去,并将复杂曲折且充满了各种偶然性和可能性的历史过程压缩成一条单一的直线。必须强调的是,演化的确存在,进步也同样存在,但是文学史和文学思想史从来都不是一条不断上升的笔直道路。我们不能简单地说,汉赋是楚辞的进化,五言诗是四言诗的进化,正如我们不能说李白是屈原的进化,苏轼是李白的进化一样。因为每一种文体都有其独特的演化过程,有其自身的社会－文化成因,也有其自身的特质、功能和不可替代的价值。而从一种文体到另一种文体,其间的关系常常并不是一对一的传承关系,跨文体、跨门类甚至跨文化的移植始终存在,诗与文、音乐与诗歌、电影与小说以及西方文学与中国文学等即是如此。至于化支流为主流、以复古为通变,也是文学史上屡见不鲜的现象。因此,与其不假反思地用进化观念来框限文学的演化历程,倒不如以语境论和解释学的观点,深入具体的社会－文化环境和文体结构的内部,探明其来龙去脉和活动机制,揭橥其背后的思想内涵,反而更加切实而富有意义。

文学如此,文学思想何独便不如此呢?孔子可能的确没有今天意义上的文学思想,但是这无碍于其兴观群怨之说的深刻与伟大。老庄的思想甚至带有反文学和反文化的色彩,但也同样无碍于其哲思成为最具诗性意味和理论深度的文学思想资源。"摩顶放踵以利天下"的墨家,固然无暇于礼乐的研习和传播,但其独步当时的科技智慧和严谨务实的经验主义取向,却使其对语言的逻辑规则和辩论技巧独具会心。韩非子对"以文乱法"深怀敌意,一心要把全部言语活动禁锢于集权的铁律之下,但其思辨之深刻、寓言之精妙,透露了非同寻常的文学素养,实为文学思想之另类别调。至于那些默默无闻的诗人、歌者、矇瞍、乐师,那些审曲面势以饬五材的百工众匠,以及无数以自己的思虑和劳作为文明的大厦添砖加瓦的平凡百姓,他们的思想尽管微若涓滴,但也可能沉积在文化的遗迹之中,或经思想家的采集、提炼,汇聚成思想的川流。孔子曰:"三人行,必有我师焉。"便是这种思想熔铸的真实写照。因此先秦文学思想之研究,眼光不能只放在有名有姓的思想家身上，而应该放宽眼界，将所有为那个独特的"人文"世界和"文化"精神的营造有所贡献的人与活动包纳进来。

其次，出于独特的社会语境和文化禀赋，先秦时期的文学思想导源于尚文的核心理念，弥散于生活的各个层面。与其说文学和文学思想尚未从其原初的母体中分化出来，倒不如说，是当时的人们尚没有感觉到将文学从混沌的现实中分离出来的必要。社会和文化的普遍兴趣，并没有聚焦在纯粹的审美目的和相应的活动之上。构成后世文学基本形态的许多文体形式尚未充分地分化和发育，相应的辨识、命名和概念化的尝试还没有成为自觉的需要。但是，这并不能被简单地视为审美能力和创造能力贫弱的结果，倒不如说，时人的审美兴趣和感知结构有其异于后世的独特之处。徐复观即认为："礼的最基本意义，可以说是人类行为的艺术化、规范化的统一之物……文质彬彬，正说明孔子依然把规范性与艺术性的谐和统一，作为礼的基本性格。"① 美国学者郝大维与安乐哲也认为，孔子的思想具有美学的性质，他所要建立的，并非"理性"和"逻辑"的秩序，而是美学的秩序，而且"要理解孔子哲学中'乐'的地位，很重要的一点是要懂得，美学的和谐在人们的生活中是无处不在的"，因此，"为了实现人际和社会的和谐，就要把握由礼仪、语言、音乐所构成的美学秩序……礼仪、语言和音乐的功能在于促进美学的秩序"。② 这些都是值得注意的意见。先秦礼乐文明本身就含有极为丰富的艺术和审美因素。熟悉周礼的人，很容易看出礼仪、礼器、礼乐、礼辞相互交织所包含的神话、诗歌、戏剧、美术、音乐等多元的艺术成分，说礼乐活动实质上带有浓重的戏剧化和艺术化的性质，恐怕也非过甚其辞。这里便触及先秦时期的所谓"文化模式"问题。美国人类学家露丝·本尼迪克特曾描述过美洲普韦布洛印第安人祖尼部族对于礼乐仪式令人难以理解的痴迷，及其崇尚节制和中庸之道的生活风格。这种被喻为日神式的生活风格蔑视个性而尊重传统，循规蹈矩而排斥改变，以温文尔雅、雍容大度为理想人格③，读来令人不自觉地联想到周人。礼乐文化的兴趣和重心，明显地落在无所不在的礼仪上，从时间与空间的结构，到其中的人和物、形状和数量、色彩和图像、言语和动作，无不具有特定的象征意义，要求与规则合若符契。礼乐的制度和仪式，就像精神分析所说的情结一样，将生活中的一切元素都吸引过去。所以要正确地理解先秦时期的各种社会文化事象，就必须

① 徐复观：《中国艺术精神》，华东师范大学出版社，2001 年，第 2—3 页。
② 郝大维、安乐哲：《孔子哲学思微》，蒋弋为、李志林译，江苏人民出版社，1996 年，第 215、218 页。
③ 露丝·本尼迪克特：《文化模式》，王炜等译，生活·读书·新知三联书店，1988 年。

置之于礼乐文化的整体结构之中,否则便容易产生移情式的错觉。对于先秦文学思想,也应作如是观。

最后,将先秦文学思想放在礼乐文化的整体结构中加以考察,又必须防止形成新的刻板印象,即将礼乐文化视为静态划一、笼罩一切的铁板。因为礼乐文化也处在生住异灭的变化之中,而且存在着地域的差异。礼乐文化固然可以说是先秦社会的主流文化,但与此同时还存在着不同的亚文化乃至反文化,这一点不仅见于传世文献,考古发现也提供了丰富的材料。例如孔子云:"鲁卫之政,兄弟也。"(《论语·子路》)又说:"齐一变,至于鲁;鲁一变,至于道。"(《论语·雍也》)同为礼乐文化,便有这般同异。又如"诸侯宋鲁,于是观礼"(《左传·襄公十年》),虽为春秋各国所艳称,其礼却有殷周之别。《庄子·德充符》云:"王骀,兀者也,从之游者,与夫子中分鲁。"如果此说尚有虚构成分的话,那么韩非子的"世之显学,儒墨也"(《韩非子·显学》),恐怕便离事实不远了。至于庄子笔下"游方之内"与"游方之外"的儒道殊途(《庄子·大宗师》),"山谷之士""平世之士""朝廷之士""江海之士""导引之士"的分道扬镳(《庄子·刻意》),更为了解战国时代的社会分化和文化冲突留下了想象的空间。20世纪50年代以来,出土文献不断涌现,近年更臻高潮,其中尤以楚地简帛为大宗。透过这些简帛佚籍,我们得以略窥战国时代中原与楚地的文化分野。此外考古遗存的陆续发现和深入分析,也使我们对宗周社会礼乐制度的创制、完善与衰败有了新的认识,对《三礼》中精严整饬的礼乐制度有了富于历史深度的体会。凡此种种皆提示我们,先秦时期的文学思想,是在礼乐文化与各种异质文化的相摩相荡中产生和发展,在社会转折和文化变迁的潮起潮落中积累和沉淀下来的,因此成就了先秦文学思想内在的丰盈和张力。从思想发展的历史连续性来看,先秦时期的思想成果尽管带有滥觞期的素朴和简质,但却与其后的文学思想存在源流本末的联系。这种关系至少体现为以下三种形式:

其一,概念和命题的直接传承关系,如气、象、意、味、风、势、形神、文质、刚柔、比兴、自然、虚静、通变、诗言志、发愤抒情、知人论世、以意逆志等等。在传承过程中,这些概念和命题的含义或有宽窄不同的变化,但其传承的关联甚为明显。值得注意的是,它们不仅是名词术语的沿袭借用,更存在着思维的模式、向度和方法的深层联系。

其二,审美趣味或思想倾向上的内在联系,诸如文约旨丰、意在言外、尚文尚质、典雅自然,以及强调文学的社会政治功能、道德教化功能等等。这种联系虽然不像第一种形式那么直观,但是通常更为深刻而持久。它导致了中国文学和文学思想呈现出一种与众不同的风貌和特质,指示着中国文学的作者群体和文学思想者群体的身份归属和文化认同。

其三,逻辑上的前设与后承关系,如言意观、象意观以及得意忘言、立象尽意、大象无形、大音希声等思想与后世滋味、神韵、意境等审美理想之间隐含的逻辑联系。两者虽有椎轮大辂之别,但是其影响关系是无可否认的。它们同样造成了中国文学和文学思想与众不同的风貌和特质。

综上所述,笔者认为,先秦文学思想史的研究和写作需要摆脱旧有的问题模式和视域,尽可能回到先秦时期社会－文化和历史的语境之中,在其特殊的整体结构和价值倾向中探索文学思想胎息演化的脉络和机理。先秦乃至中国的文学思想有其独特的文化禀赋和演化路向,不能简单地同化于现代意义上的文学思想和进化模式,而同样需要在先秦社会－文化的自身结构和价值倾向中去认识。而这正是人文学术研究的题中应有之义。至于这一问题视域的改变所带来的研究内容和取材范围上的具体变化,以及相应的研究方法与分析工具的变化,将在后续的文章中加以阐述。

（原载《文学与文化》2018 年第 2 期）

"闲情"抒发与中古文学之演进

张峰屹

一 对古代文学核心理念"诗言志"与"诗缘情"的检讨

说到中国文学最悠久古老的理念,当然非"诗言志"莫属,朱自清《诗言志辨》称之为中国文学"开山的纲领"。盖不仅因其立说最早,亦缘其确立了文学的最基本原则。先秦两汉典籍中多有此一观念之记载:

> 诗言志,歌永言。(《尚书·尧典》)
> 诗以言志。(《左传·襄公二十七年》)
> 诗以道志。(《庄子·天下篇》)
> 诗言是其志也。(《荀子·儒效》)
> 诗者,志之所之也。在心为志,发言为诗。情动于中而形于言,言之不足故嗟叹之,嗟叹之不足故永歌之,永歌之不足,不知手之舞之足之蹈之也。(《毛诗大序》)
> 情动于中,故形于声。(《礼记·乐记》)
> 诗,之也,志之所之也。(刘熙《释名》)
> 诗者,所以言人之志意也。(《尚书·尧典》"诗言志"郑玄注)

至于"诗缘情",则首先由陆机在《文赋》中提出("诗缘情而绮靡,赋体物而浏亮")。职是故,现代学人多有分"言志""缘情"为二途者,以为"言志"强调思想意志表达,而"缘情"侧重情感抒发。并且,在不同的历史情境下,对此二种说法各有

作者简介:张峰屹(1962—),男,南开大学文学院教授。

褒贬。

实际上，所谓"诗言志"之"志"，仅从人的内心所蕴或者精神世界之义域而言①，就是涵义较广的概念，不止于理性的"思想意志"一端而已。何谓"志"呢？今人所释读的殷商甲骨文中没有此字；殷周金文书作" "②；郭店楚简书作" "" "" "③；上博战国竹简书作" "" "④；战国纵横家书书作" "⑤；汉代铜器铭文书作" "" "⑥。汉代隶化后则写作" "⑦，与今文书法无异了。写法虽有细微变化，然字体构成则完全一致——上止下心，意谓"止于心"。然则，"止于心"者即为"志"。

再看字书的释义。《尔雅》无"志"字。今存唐前字书，则均释为"意"，例如：

> 志者，意也。从心，之声。（《说文·心部》）
> 志，意也。（《广雅·释诂》）
> 志，之吏切，意也，慕也。（《玉篇·心部》）

然则，"意"又是何义呢？《说文》："意，志也。从心。察言而知意也。从心从音。"以"志""意"互训。但值得注意者，《说文》不仅训"意"为"志"，并且以"察言而知意"的说明，把"意（志）"与"言"紧密联系起来，故云"从心从音"，实有"诗言志"之类意涵。《广雅》没有对"意"字的释义。《玉篇·心部》云："意，于记切，志也，思也。"也是以"志""意"互训。

因此，从字源上看，"志"的涵义，便是"止于心"的东西；而"止于心"者，就不惟理性的"思想意志"而已，亦包含"情感"在内；它可以是思想、理念，也可以是情感、愿望（《玉篇》所谓"慕""思"）。

---

① 志，还有精神义域之外的很多义项。如可释为"誌"，上古无"誌"字，通作"志"。如《左传·襄公二十五年》："志有之：言以足志，文以足言。"杜预注："志，古书也。"《国语·楚语上》："教之故志，使知废兴。"韦昭注："故志，谓所记前世成败之书。"又如，还有"镞箭头"之义。《尔雅》："骨镞不翦羽，谓之志。""志"的这些含义，本文均不论。

② 容庚编《金文编》，中华书局，1985年。

③ 张守中等编《郭店楚简文字编》，文物出版社，2000年。

④ 李守奎、曲冰、孙伟龙编《上海博物馆藏战国楚竹书文字编》，作家出版社，2007年。

⑤ 李正光编《马王堆汉墓帛书竹简》，湖南美术出版社，1988年。

⑥ 徐正考编《汉代铜器铭文文字编》，吉林大学出版社，2005年。

⑦ 《武威汉简》，文物出版社，1964年。

也因此,所谓"诗言志"之"志",是指心中之所思所感,既包括思想意志,也包括情感①。它与陆机所谓"诗缘情"并不是截然对立的。这个理解有很多旁证,仅举两例。《左传·昭公二十五年》:"是故审则宜类,以制六志。"杜预注:"为礼以制好、恶、喜、怒、哀、乐六志,使不过节。"孔颖达疏:"此六志,《礼记》谓之六情。在己为情,情动为志,情志一也。"又,《礼记·曲礼上》:"志不可满,乐不可极。"孔颖达疏:"六情遍睹,在心未见(现)为志。"这两个例子,都是以"情""志"互释。

综上所述,无论"诗言志"还是"诗缘情",都从诗(文学)的发生、本源上,根本性地认定了文学(诗)"抒情述志"的性征。但问题是,"止于心"的思想意志和情感,纷纭复杂且趋向多姿,而传统文论却规定了一个基本的价值取向,那就是要求所抒发的情志一要真诚,二要"正确"。经典的表述就是:

> 子曰:君子进德修业。忠信,所以进德也;修辞立其诚,所以居业也。(《易·乾·文言》)
>
> 发乎情,止乎礼义。发乎情,民之性也;止乎礼义,先王之泽也。(《毛诗大序》)

程明道阐释上揭《易传》之语,有云:"能修省言辞,便是要立诚。若只是修饰言辞为心,只是为伪也。若修其言辞,正为立己之诚意,乃是体当自家敬以直内、义以方外之实事。道之浩浩,何处下手?惟立诚才有可居之处,有可居之处则可以修业也。终日乾乾,大小大事,却只是'忠信所以进德'为实下手处,'修辞立其诚'为实修业处。"(《二程遗书》卷一)这是把"辞诚"与"进德"紧密联系起来了。而何谓"辞诚"呢? 在程明道看来,若完全是言表心声,则"只是为伪";若真正想"立己之诚意",则务须追求修辞合乎道。换言之,所谓"修辞立诚",并不是"我手写我心",而是抒写合于道的真诚。这也就是《诗大序》所谓"发乎情,止乎礼义"了。这个思想,影响至为深远。

总体看来,真诚而且合于礼②,是中国文论史对抒情述志的基本的、原则的、

---

① 可参见闻一多对"诗"与"志"的解释,见《闻一多全集·神话与诗·歌与诗》,生活·读书·新知三联书店,1982年,第184-189页。

② 道家也提倡真诚,如《老子》说"含德之厚,比于赤子"(五十五章),《庄子·渔父》说"真者,精诚之至也。不精不诚,不能动人"等。但是由于道家并不强调以礼义制衡真情,从整个文论史看,他们始终不能获得有力的话语权——尽管在今天看来道家思想更加契合文学应有的特征。

一以贯之的要求。从文学抒情的角度来说,古来对于文学之价值评判,就大都是肯定"为情而造文",反对"为文而造情"(参见《文心雕龙·情采》),也就是要求抒情要真诚。而在"为情而造文"之通行的正统观念中,又特别赞赏那些关乎国计民生的冠冕堂皇的"宏大感情"(如"致君尧舜上,再使风俗淳","惟歌生民病","文章合为时而著,歌诗合为事而作"等),比较轻视个人内心之幽独细微的情感。至于无关痛痒的"闲情"乃至"无情"之抒写,一般都会遭受批评甚至忽视。此种文学思想(或体系性的评价倾向)本身,无可非议,而且可以说是正义的。并且,依照古人之"文学"立场而言,这更是天经地义的——盖古之文学,非是今之文学也。

但是,第一,如果站在今天的立场,从文学特质之角度来看,此种占据绝对优势的文学思想,其实质乃是"社会学"的甚或"政治伦理学"的观念,具有浓重的实用特征,而不是独抒性灵的纯"文学"的观念。

第二,从文学创作实际来看,文学史上固然有许多"为情而造文"的作品,但是同时也有许多"为文而造情"甚至"为文而造文"的作品。

第三,从文学自身的发展进步来看,比较而言,那些抒发"闲情"的作品,对文学之体式、风貌和表达方式的优化推进,乃至于文学观念的进展,可能发生了更多的影响,产生了更大的推动作用。

"文学特质"问题(文学本身究竟应该具备怎样的特征和功用),关乎不同的诉求立场(如纯文学的立场和社会政治的立场)、不同的文化背景(如中国和西方,或是不同地域文化)、历史进程的不同阶段(如古人和今人)、不同的文体(如诗、词、歌、赋、文、小说),甚至不同的媒介(如口头的、纸本的、舞台的、电子媒介的)、不同的认知主体(如文学家和科学家、知识精英和一般民众)等等,变量极多,难分正误对错,是一个极为复杂的问题,本文不能讨论。本文仅就文学的创作实际和文学自身的发展演进两个方面,以中古文学发展为参照①,做一提纲挈领的论述。

如果从文学创作实际(包括创作的实际情状、表现手段的丰富和成熟、文体的开拓和演进等)和文学观念的演进两个维度来考察,中古文学的发展变化,实与抒发"闲情"一类文学创作关系甚大。

---

① 史学家使用"中古"这个概念,有不同义涵(如有指称魏晋至隋唐时期,有指称两汉至唐宋时期等)。本文所谓"中古",是依据中国文学发展之实际的阶段特征,指称汉魏晋南北朝时期。

二 中古文学创作中的抒发"闲情"之风

就在"诗言志"观念盛行之同时,在文学创作实践之中,实际上就存在着不关真情、不关国计民生的文学书写。自西汉中期始,就出现了这样的情状。例如传说之汉武帝时代的《柏梁诗》。其序云:"汉武帝元封三年作柏梁台,诏群臣二千石有能为七言诗,乃得上座。"诗曰:

> 日月星辰和四时(皇帝)。骖驾驷马从梁来(梁孝王武)。郡国士马羽林材(大司马)。总领天下诚难治(丞相石庆)。和抚四夷不易哉(大将军卫青)。刀笔之吏臣执之(御史大夫兒宽)。撞钟伐鼓声中诗(太常周建德)。宗室广大日益滋(宗正刘安国)。周卫交戟禁不时(卫尉路博德)。总领从官柏梁台(光禄勋徐自为)。平理请谳决嫌疑(廷尉杜周)。修饬舆马待驾来(太仆公孙贺)。郡国吏功差次之(大鸿胪壶充国)。乘舆御物主治之(少府王温舒)。陈粟万石扬以箕(大司农张成)。徼道宫下随讨治(执金吾中尉豹)。三辅盗贼天下危(左冯翊盛宣)。盗阻南山为民灾(右扶风李成信)。外家公主不可治(京兆尹)。椒房率更领其材(詹事陈掌)。蛮夷朝贺常舍其①(典属国)。柱枅薄栌相枝持(大匠)。枇杷橘栗桃李梅(太官令)。走狗逐兔张罝罘(上林令)。啮妃女唇甘如饴(郭舍人)。迫窘诘屈几穷哉(东方朔)。(《古文苑》卷八)

这首《柏梁台》联句,《太平御览》卷五九二亦有记载:"汉武帝《柏梁诗》曰:'日月星辰和四时。'梁王曰:'骖驾驷马从梁来。'余群臣各赋一句。"据诗前小序,这是柏梁台建成,汉武帝诏群臣聚会庆贺时的联句。此情此景,当然可以感知到此诗的政治实用意图,但恰如《古文苑》章樵注所言:"群臣各以其职咏一句,无甚理致。"其实际呈现出来的质量,实为聚会中匆促应景之作,游戏文字意味甚浓,并无真意志和真性情。

如果说《柏梁台》联句尚存真伪之问题,那么作为"一代之文学"的汉大赋又如何呢?《史记》《汉书》录载汉大赋作品之时,都要特意写一段文字,用以说明那篇作品的讽谏意义所在。这说明,每一篇汉大赋作品,都有着实际的意旨所指。但

---

① "舍其",文渊阁《四库全书》本作"会期"。

是令人不解的是,既然全文录载,还有特别指点该作品意旨的必要吗? 这其中有个缘由,汉赋大家扬雄讲得很清楚:

> 雄以为赋者,将以风也,必推类而言,极丽靡之辞,闳侈钜衍,竞于使人不能加也。既乃归之于正,然览者已过矣。往时武帝好神仙,相如上《大人赋》欲以风;帝反缥缥有陵云之志。由是言之,赋劝而不止,明矣。(《汉书·扬雄传》)

> 或曰:赋可以讽乎? 曰:讽乎! 讽则已;不已,吾恐不免于劝也。(《法言·吾子》)

原来,大赋本是有着讽谏意图的(所谓"曲终奏雅"),但其实际的效果却是"劝百讽一"甚或"劝而不止"。所以史家才需要特别介绍其创作用意。

何以会出现此种意图与效果相悖的情状?这需要从大赋自身去寻找原因。阅读一篇大赋,体会其整体意味,往往感觉不到它的讽谏意义。或者说,作品的讽谏意义并不明显、不突出,读者常常被它的铺排夸饰、繁辞丽句所吸引。如读枚乘的《七发》,它描写琴的珍贵奇美,曲的高雅动人,饮食的精美绝伦,车马的奇丽高华,冶游的赏心浪漫,田猎的惊心动魄,江涛的气势磅礴,铺采敷文,极尽夸饰之能事。读者早已被这大篇幅的铺写牵住了注意力,却忘记了它们正是"疗疾"的要言妙道。读司马相如的《天子游猎赋》也是如此,读者眩目于东西南北、前后高下、山水石林、野兽美女、猎场宴会、宫殿物产等等的层层铺夸,至于其中的讽谏之语,早已被华丽的描绘挤得无地容身了。此外,大赋的讽谏语,往往采取反言正出的表达方式,不是直谏,而往往写作帝王自醒,立志改行正道。这便使讽谏常常成了颂扬,也冲淡了作者的真实意图。这样,从客观效果看,大赋没有作者真情实感的抒发,也起不到讽谏的作用;它所剩余的,只是逞竞才学和游戏文字了。①

到魏晋南朝时期,诗歌创作成为大宗,而普遍存在着不关真情抒发的逞才游艺之风。只要翻检一下相关的史传、笔记,尤其是总集、别集,即可得到深刻印象。

---

① 详见拙著《西汉文学思想史》第三章第三节,南开大学出版社 2001 年版,台湾商务印书馆 2013 年修订版。

约略言之，这个时期逞才游艺的诗歌，主要在以下四类之中：（一）杂体诗①；（二）宴游诗；（三）拟代诗；（四）宫体诗②。当然，这四类诗歌逞才游艺之表现有所不同：一般地说，杂体诗、宴游诗和宫体诗，逞竞才学、游戏文字的特征比较明显；而拟代诗则往往逞才游艺与言情述志兼而有之。③但总的说来，这四类诗作显然并非郁结在心、不得不发之属，而主要是在某些无关实际社会人生的情境下诗人的逞才游艺欲望——也即并非"为情造文"，而是"为文造文"。值得注意的是，这个时期很多诗人尤其是一些著名诗人和名流雅士，如曹植、傅玄、张华、潘岳、陆机、陶渊明、谢灵运、鲍照、王融、庾信、江淹以及萧衍、萧统、萧纲、萧绎、刘孝绰、庾肩吾、何逊、吴均、徐陵、沈炯、陈叔宝等，都有为数不少的逞才游艺诗作。

中古时期尤其是魏晋南朝时期，文坛涌现抒发"闲情"的逞才游艺的创作潮流，其主要原因盖有三焉：（一）汉初以来日趋浓重的张扬才性的社会文化氛围；（二）中古时期文人多集聚于帝王、权贵之门，经常在聚会的场合进行创作；（三）作诗为文以逞才，是文人寒士得以仕进的一条有效途径④。本文注意的，就是这样的文化、政治氛围和具体创作情境。这种情境下的创作，自然产生两个很值得注意的结果：其一，在帝王、权贵组织聚会赋诗作文的情势下，文士之间必然会争

---

①《艺文类聚》卷五六《杂文部二·诗》，分列联句诗、离合诗、回文诗、建除诗、六甲诗、十二属诗、六府诗、两头纤纤诗、藁砧诗、五杂组诗、四气诗、四色诗、迷字诗、道里名诗、数名诗、郡县名诗、县名诗、州名诗、卦名诗、药名诗、姓名诗、相名诗、鸟名诗、兽名诗、歌曲名诗、龟兆名诗、针穴名诗、将军名诗、宫殿名诗、屋名诗、车名诗、船名诗、树名诗、草名诗、八音诗、口字咏等三十余类，收录汉魏六朝的杂体诗例（汪绍楹校本，上海古籍出版社，1999年。下引此书均据此版本）。晚唐皮日休《杂体诗序》，罗列联句、离合、反复、回文、迭韵、双声、风人、县名、药名、建除、六甲、十二属、卦名、百姓、鸟名、龟兆、口字、两头纤纤、槁砧、五杂组共二十种杂体诗（见《松陵集》卷十，文渊阁《四库全书》本）。可见，所谓"杂体诗"，并非精确的概念，其所包含诗歌之名目，或是以作法称，或是以题材称，或以其他称，没有统一标准。

②学界对宫体诗的界定不一，大抵有广狭二义。狭义的理解，自古有之，如《隋书·经籍志》云"清辞巧制，止乎衽席之间；雕琢蔓藻，思极闺闱之内"，刘肃《大唐新语》卷三（文渊阁《四库全书》本）云"梁简文帝为太子，好作艳诗，境内化之，浸以成俗，谓之宫体"。广义的理解可以曹道衡、沈玉成《南北朝文学史》为代表："宫体诗的特点是：一、声韵、格律，在永明体的基础上踵事增华，要求更为精致；二、风格，由永明体的轻绮而变本加厉为秾丽，下者则流入淫靡；三、内容，较之永明体时期更加狭窄，以艳情、咏物为多，也有不少吟风月、狎池苑的作品。凡是梁代普通以后的诗符合以上特点的，就可以归入宫体诗的范围。"（人民文学出版社，1991年，第241页）如采用广义，则宫体诗与前三类均可能有所交叉。

③需要说明三点：第一，这里所谓四类诗歌，原非严谨之分类，借用惯称，仅为叙述方便；第二，这四类诗歌逞才游艺之具体特征，也因不同时代、不同诗人而有所不同，这里仅就整体倾向而言；第三，说逞才游艺诗歌主要存在于这四类诗歌中，并不意味着这四类诗歌全都是逞才游艺之作。

④参见拙文《逞才游艺与魏晋南朝诗歌及诗学》，《文学评论》2011年第5期。

竞文才以显示一己之才能;其二,频繁的应景创作,苦于真情实感贫乏,必然会在辞藻、声韵、体式等方面用力,带有明显的游艺逞才性质。如此,抒发"闲情"乃至"无情"而纯是"为文造文",便是此种情境下赋诗作文的天然特征。

三　"闲情"抒发与文学艺术表现之进步

综观汉大赋的表现特色,盖有四焉。一是丧失了真情实感。在所有的大赋作品中,找不到充满激情的作者的影子,看不到作者对社会人生的切身感受,感觉不到作者的喜怒哀乐。二是空间的极度排比。不只是方位的排比,也包括段落的排比、句子的排比和词藻的排比。三是以直接而单纯的铺叙摹绘为主要表现手法。《文心雕龙·诠赋》所说"拟诸形容,言务纤密","写物图貌,蔚似雕画",便是极好的概括。四是遣词用语繁难僻涩。①这些特征,使大赋作品呈现出的显著特色,就是逞竞才学和游戏文字。而这恰恰使得汉大赋在文学表现方面,得到了长足的进展。正是枚乘、司马相如、扬雄的这些"无情"的、"为文而文"的创作,不仅确立了大赋这一文体的基本规范,也丰富了它的表现艺术。②

至魏晋南朝,其抒发"闲情"的诗歌创作,对此一时期诗歌总体风貌的形成、表现艺术的进步,乃至中国古典诗歌某些基本特质的形成,都起到了重要作用。下面简述之。

首先,抒发"闲情"之创作与魏晋南朝诗歌的时代风貌。《文心雕龙》之《明诗》《时序》二篇,对建安至刘宋的文学风貌有相当准确的评论。关于建安文学,其所云"慷慨以任气,磊落以使才。造怀指事,不求纤密之巧;驱辞逐貌,惟取昭晰之能"和"观其时文,雅好慷慨,良由世积乱离,风衰俗怨,并志深而笔长,故梗概而多气"两段话,是学者经常引述的。其实,这两段话并非刘勰对整个建安文学的评价。徐公持《魏晋文学史》把建安文学发展细分为三个阶段,并精辟地指出:刘勰的上述评论,"主要指邺城之前时期的建安文学言"。而建安文学的第二阶段,也即邺下文人集团集中活动的时期,其诗歌创作风貌已经发生变化。刘勰所谓"文帝、陈思……王、徐、应、刘……并怜风月,狎池苑,述恩荣,叙酣宴","傲雅觞豆之

---

① 参见简宗梧:《汉赋玮字源流考》,载《汉赋源流与价值之商榷》,文史哲出版社(台湾),1980 年。

② 以上对汉大赋特征的论说,详见拙著《西汉文学思想史》第三章第三节,南开大学出版社 2001 年版,台湾商务印书馆 2013 年修订版。此处不再详说。按:大赋这种"无情"的、"劝而不止"的情状,到了东汉班固创作《两都赋》时才有很大改变,讽谏意志在班固的作品中才表现得比较清晰了。

前,雍容衽席之上,洒笔以成酺歌,和墨以藉谈笑",描述的才是这个阶段的创作状况。这第二阶段,"志深笔长,梗概多气"的诗风已经减弱,出现了较多述宴游、写琐事的诗歌,追求技巧和辞采。①而西晋以后的诗歌风貌,《文心雕龙》的概括就更加清晰明确:西晋诗歌"结藻清英,流韵绮靡",东晋诗歌"溺乎玄风""辞意夷泰",刘宋诗歌"俪采百字之偶,争价一句之奇。情必极貌以写物,辞必穷力而追新"。至于齐、梁诗歌,开始追求平易和谐②,但是并非清水芙蓉,而往往是经营惨淡而归于平易自然的。对仗工巧、声韵和谐、字炼句琢,是齐、梁诗人的普遍追求。③陈代则更有甚之,正如沈德潜说:"梁、陈、隋间人,专工琢句。"(《古诗源》卷一三)

如上可见,魏晋南朝的诗歌创作风貌,不同时段虽有差别和演变,但一以贯之的倾向是注重诗歌的表现形式。所以清人叶燮评论两晋南朝诗家,认为惟有陶潜、谢灵运、谢朓、左思、鲍照能够"各辟境界、开生面",而齐、梁诗人虽然"人人自矜其长,然以数人之作相混一处,不复辨其为谁,千首一律,不知长在何处"(《原诗·外篇下》)。说法虽不免苛刻,不过若从整体概观,从邺下文人集团到梁、陈诗坛,确是时代风貌远比个人风格更为鲜明。此种状况的形成,与这个时期诗人抒发"闲情"的创作情境(环境和动机)有极大关系。

徐公持曾析出邺下文人集团的几种新的创作倾向,其中有"贵游风气"和"群体性"创作活动。"贵游风气"使"描写贵游活动诗赋骤增,成为邺城时期文学中的一大景观";"群体性"创作活动导致"不少作品为应和酬唱交流讨论场合产生,所以今存同题之作很多"。④这两种创作情境,汉代始发其端,而盛行于魏晋南朝期间。曹魏的邺下文人集团,西晋的"金谷雅集""鲁公二十四友",东晋的"兰亭雅集",南朝的"竟陵八友""兰台聚""龙门之游",以及中古时期历朝历代多有天子、王侯热衷招聚文士游艺等,这些文学团体的创作活动,无不带有浓厚的"贵游风气"和"群体性"。而在此种情境下吟诗作文,因其往往缺乏真情实感,题材也受到限制,便会更多去雕琢字句辞藻、逞竞才学,从而淹没文人的个人特色。这正是此一时期文学创作的时代风貌远比个人风格更为鲜明的主要原因。

其次,抒发"闲情"之创作与诗歌表现艺术的进步。魏晋南朝诗歌表现的发展

---

① 以上参见徐公持:《魏晋文学史·三国前期文学发展概况》,人民文学出版社,1999 年。

② 参见葛晓音:《论齐梁文人革新晋宋诗风的功绩》,《汉唐文学的嬗变》,北京大学出版社,1990 年。

③ 参见曹道衡、沈玉成:《南北朝文学史》第一章第三节,人民文学出版社,1991 年。

④ 徐公持:《魏晋文学史·三国前期文学发展概况》。

趋向,是由先秦两汉的诚朴自然持续走向雕琢和作用。明人许学夷概括为五变:汉魏同有"天成之妙",但魏人"体多敷叙,而语多构结,渐见作用之迹",此为一变;至西晋陆机等人,"体渐俳偶,语渐雕刻",此为再变;至刘宋谢灵运等人,则"体尽俳偶,语尽雕刻",此为三变;至南齐谢、沈等人,"声渐入律,语渐绮靡",此为四变;至萧梁简文帝、庾肩吾等人之后,"声尽入律,语尽绮靡",此为五变(参见《诗源辩体》卷四至卷九)。这个论断,在某些具体事项上或有可商,但指出此一时期的诗歌表现不断趋向于追求辞藻、偶对、用事、声律等人工作用,则完全符合事实。

这种诗歌表现趣味之走向,与当时文人的风习及其创作情境关系最为直接。邺下文人集团的"贵游风气",使其时诗人在某种程度上疏离了广阔的现实社会人生,他们的创作题材在很大程度上被限定在斗鸡走马、宴饮游乐以及日常生活的琐细事物(动物、植物、珍玩等)方面。今存曹魏时期的诗歌,这些题材的作品数量很大。此种情形,诚如许多学者所指出的,是其时的政局趋稳、文人生存环境发生变化的大背景所决定的,但对于诗歌作品而言,最切近最直接的关联,则是文人的风尚、创作情境及其所决定的创作题材。因为风尚、情境和题材,在很大程度上会天然地规定诗歌的某些写法趋向。此其一。其二,经常性的群体创作活动,而且往往是高位者喜好倡导、往往在某种限定(如同题)作诗的情境下的群体创作活动,其结果必然是"激发了个人的表现才华欲望,激励他们切磋琢磨、精心创作、一逞文思的积极性"。同时,题材的琐细和无关痛痒,也使此类诗歌"主要以描写精细巧妙见长,逞词使才的色彩很重,甚至令人感到文士们撰写这些作品,是在互相比赛技巧和辞采"①。刘永济所谓"邺下诸子,陪游东阁,从容文酒,酬答往复,辄以吟咏相高"②,说的也是这种情况。由于两晋南朝期间"贵游风气"和"群体性"创作活动一直很兴盛,这种逞才游艺、抒发"闲情"的诗歌就从未间断,而且有不断加强之态势。

抒发"闲情"的诗歌创作,其社会性价值固然不是很大,但从文学本身的发展而言,它对诗歌表现技巧的提高和进步,确实起到了很大作用。"欢愉之辞难工,而穷苦之言易好。"(韩愈《荆潭唱和诗序》)抒发"闲情"的诗歌,因其无关现实社会人生之痛痒,大抵属于"欢愉之辞"。经常在争竞的环境下创作这类"难工"的诗歌,自然会提高诗歌的表现技巧。刘勰所谓"才性异区,文辞(一作文体)繁诡"

① 参见徐公持:《魏晋文学史》,人民文学出版社,第9—10页。

② 刘永济:《十四朝文学要略》,黑龙江人民出版社,1984年,第138页。

(《文心雕龙·体性》),实含有逞竞个人才学致使文学表现辞藻纷纭的意思。钱志熙曾说:"就诗歌艺术的内在因素来讲,抒情、寓理、象征、体物这几种创作方法和与之相应的语言类型,它们在审美价值上没有高低之分,但从创作的技术方面来讲却有难易之别。抒写性的语言,主体性强,在运用上自然的成份较多,对语言表达方面的技术上的要求却反而不太高;而描写性、象征性乃至理语(诗的理语)则相对来说较难把握。"①自邺下文人集团到梁、陈诗人,他们锻炼琢磨诗艺,"描写性、象征性、理语"这些诗歌语言是其重要方面。他们积累了丰厚的艺术经验,也取得了不小的表现成就,实际上极大推动了诗歌表现艺术的进步。

最后,抒发"闲情"之创作与古典诗歌基本特质的形成。古典诗歌在长期的发展过程中,形成了一些比较固定的表现方式和规则,使用典事和讲究声律是其重要的方面。钟嵘批评南朝诗人"文章殆同书钞""辞不贵奇,竞须新事"的风习,反对齐、梁诗人"务为精密,襞积细微,专相凌架"的繁琐声律(见《诗品序》),恰可说明:诗歌到南朝,追求用典和讲究声律,已经成为一时风气。

文学史的事实是:从曹魏邺下诗人开始,诗歌中有意识地运用典故和声律的情形渐次多起来,到齐梁时更加显著(当然,这个过程纠结复杂,典故和声律的运用和发展变化也未必同步)。由此形成了古典诗歌创作的基本规则,因之也就成为古典诗歌的基本特质。以今天所见之史料判断,由于南朝诗歌空前地大力提倡和运用典故、声律,古典诗歌用典、谐律之基本特质的基础,正是这个时期奠定的。何以如此?有一个基本的理由:典故和声律自觉运用于诗歌创作,必当以文士充分的知识积累和对汉语声韵的透彻了解为前提。并且,具备了这样的前提,并不意味着典故和声律会被必然地运用于诗歌创作,这还需要其他复杂的条件(或动因)——抒发"闲情"、逞才游艺的创作情境,无疑是其中重要条件(动因)之一。因为,"饥者歌其食,劳者歌其事"的诗歌,由于其郁结在心不得不发,往往是无暇雕饰、喷薄而出的自然歌唱;只有当内心情感不那么强烈、可发可不发的情况下作诗,才有可能充分顾及辞句的选择、锻炼和声韵的谐调问题。换言之,在"为文造文"、逞才游艺的情境下,在切磋诗艺、为争竞诗才而求新的情境下,才更加可能追求诗歌的用事、谐律。北方大定之后,曹魏邺下文士的生活状态发生了变化,"当时的文士诗人过的是比较安闲的附庸生活"②。而他们的诗歌创作活动,也往

---

① 钱志熙:《魏晋诗歌艺术原论》,北京大学出版社,1993年,第144页。

② 陆侃如、冯沅君:《中国诗史》,作家出版社,1956年,第260页。

往是在"贵游"和"群体"创作的情境下展开。此种情境,正是追求创新表达的极好的心境和创作环境。自邺下到梁、陈,这样的创作情境频繁重现,典故、声律便在诗歌创作中不断得到运用和锻炼,逐渐兴盛,逐渐成熟,遂成为古典诗歌创作的基本特质和规则。

四　"闲情"抒发与文学观念之演进

抒发"闲情"、逞才游艺的创作,与魏晋南朝的某些文学(诗学)观念也有密切关系。择要来看:

首先,是它与论文叙笔的文学观念之关系。在明确的文体意义上区分"文""笔"的史料,最早见于《宋书·颜竣传》颜延之语:"竣得臣笔,测得臣文。"其后萧绎讲得更明白些:"不便为诗如阎纂,善为章奏如伯松,若此之流,泛谓之笔。吟咏风谣,流连哀思者,谓之文。"(《金楼子·立言》)与萧绎同时的刘勰总结南朝文笔观念云:"今之常言,有文有笔,以为无韵者笔也,有韵者文也。……别目两名,自近代耳。"(《文心雕龙·总术》)《文心雕龙》从《明诗》到《书记》这二十篇"论文叙笔"的文体论,前十篇为有韵之"文",后十篇为无韵之"笔"。这说明:在文体意义上明确地把广义的文章区分为"文""笔"二类,普遍习用于南朝。①

南朝时期明确的"文""笔"二分的观念,当然是在前人对文体区分不断细化、认识不断明确的基础上诞生的。谈论不同文体及其写作特点、要求,最晚从汉末就已开始。蔡邕《独断》卷上即有云:"汉天子……其命令一曰策书,二曰制书,三曰诏书,四曰戒书。……凡群臣上书于天子者有四名:一曰章,二曰奏,三曰表,四曰驳议。"(《四库全书》文渊阁本)并对这八种应用文体作出了具体解释。当然,更加接近文学文体意义的文体论,是从曹丕开始的。从曹丕的八体、陆机的十体,到《文心雕龙》的三十四种文体(如果加上其《杂文》《书记》二篇中所列的细目,则共有八十一体)、《文选》的三十七种文体,人们对文体的区分越来越细,越来越明确。这正是南朝"文笔之辨"的思想基础。王运熙、杨明又通过梳理魏晋南朝时期史传(包括个别子书)对文章的著录情况,发现其中实际上已经存在"以有韵、无

---

① 至于"文""笔"各自的具体内涵及其演变、"文""笔"二分的起始时间以及对刘勰、萧绎等人之"文笔"说的具体理解等,学人说法不一。本文不拟纠缠。其解释纷如之状,可略见王运熙、杨明:《魏晋南北朝文学批评史》第二编第二章第一节,上海古籍出版社,1996年。

韵区分文体的做法"，认为"文、笔之分，正是在长期以来这种文体分类的基础上
提出来的"。①

进一步说，汉末以来对文体区分的不断细化和明确，其现实基础还是文章创
作实践的丰富多样。罗宗强先生从今存汉代人作品中统计出三十九种文体，并指
出，刘勰所述的三十四种文体，西汉时都已出现。②这就足以说明：正是创作实践
中先已出现千姿百态的作品，文论家才得以归纳其体式类别，进而阐述各体的不
同特征。

本文所关注的是，多样文体的大量涌现，其原因何在？③首先一个事实是，无
论《文心雕龙》的三十四种文体，还是《文选》的三十七种文体，其中多数都属于
"杂文"范畴。罗宗强先生精确地指出："杂文之内各体的出现，显然并非出于实用
之需要，而是文学自身发展的产物：或出于追求新的形式，或甚而出于游戏。"求
新和游戏，往往就是抒发"闲情"、逞才游艺之创作情境的产物。《文心雕龙·杂文》
云：

> 智术之子，博雅之人，藻溢于辞，辞盈乎气。范围文情，故日新殊致。宋
> 玉含才，颇亦负俗，始造《对问》，以申其志。……枚乘摛艳，首制《七发》，腴
> 辞云构，夸丽风骇。……扬雄覃思文阔，业深综述，碎文琐语，肇为《连珠》。
> ……凡此三者，文章之枝派，暇豫之末造也。

所谓"藻溢于辞，辞盈乎气"，便是才智文士以作文为游艺；而"范围文情"的创作
正是文体(兼体式、体貌二义)"日新殊致"的重要原因。宋玉始造《对问》、枚乘首
制《七发》、扬雄肇为《连珠》，都不是为着实用，都不是情到极处不得不发，而是
"暇豫之末造"，是"学坚多饱，负文余力，飞靡弄巧"(《文心雕龙·杂文》)的"无情"
的逞才骈辞。正是这种闲暇娱乐的创作，丰富了文体样式。

综上所言，抒发"闲情"、逞才游艺的创作导致文体数量大增，而丰富的文体
创作实践，正是南朝明确区分"文""笔"并进而深入探讨"文""笔"不同表现特征

---

① 王运熙、杨明：《魏晋南北朝文学批评史》，第 189~191 页。

② 罗宗强：《我国古代文体定名的若干问题》，《中山大学学报》2009 年第 3 期。下引罗宗强先生的观
点，均出自此文。

③ 罗宗强先生认为，西汉文体数量大增的原因有二："一是出于政教之需要，一是由于文学自身之发
展。"这是个复杂问题，本文只涉及与论题直接相关的文体现象及其主要原因。

的前提。

其次，抒发"闲情"之创作与重娱乐、尚轻艳文学思潮的关系。重娱乐、尚轻艳，是南朝文学思想的主潮。察《艺文类聚》卷五六《杂文部二·诗》收录的三十余类杂体诗，除柏梁、离合、两头纤纤、藁砧、五杂组五体外，其他各体都是南朝诗人首创。谢灵运、鲍照、何长瑜、谢惠连、王融、范云、沈约、庾肩吾、庾信、萧纲、萧绎、沈炯这些活跃于南朝的诗人，都是杂体诗的重要作手。这便足以说明，南朝诗坛流动着一股浓烈的以作诗为娱乐的风气。萧纲《诫当阳公大心书》所谓"立身之道，与文章异：立身先须谨重，文章且须放荡"（《艺文类聚》卷二三），即鲜明地表述着文学追求娱乐、轻艳的风气。由于这些诗歌大抵是抒发"闲情"，故往往表现为逞才游艺，诗人们更多在雕琢诗歌形式上用力。萧子显《南齐书·文学传论》概述其时诗坛状况：

> 今之文章，作者虽众，总而为论，略有三体。一则启心闲绎，托辞华旷，虽存巧绮，终致迂回，宜登公宴，本非准的。而疏慢阐缓，膏肓之病；典正可采，酷不入情。此体之源，出灵运而成也。次则缉事比类，非对不发，博物可嘉，职成拘制。或全借古语，用申今情，崎岖牵引，直为偶说。唯睹事例，顿失精采。此则傅咸《五经》，应璩指事，虽不全似，可以类从。次则发唱惊挺，操调险急，雕藻淫艳，倾炫心魂。亦犹五色之有红紫，八音之有郑卫。斯鲍照之遗烈也。

萧子显论诗主情尚易，其目的是对齐梁诗风予以拨正。不过，从这段综述中，恰可窥见其时"启心闲绎，托辞华旷""缉事比类，非对不发""操调险急，雕藻淫艳"的作诗风气——概而言之，就是情感贫弱、雕琢辞采声韵，就是崇尚轻艳的诗风。萧绎《金楼子·立言》所谓"至如文者，唯须绮縠纷披，宫征靡曼，唇吻遒会，情灵摇荡"，于主情而外，实亦包含轻艳靡丽的追求。

这一重娱乐、尚轻艳之诗歌观念的产生，原因固然很多（如政局、思想状况、社会风尚等），而最为直接的原因，是其时文人的生活环境和创作情境。实际上，文士安闲愉悦的生活和创作，从曹魏邺下文人集团就已开始，一路走向梁陈，娱乐、轻艳之风愈来愈重。这个时期虽时局动荡，朝代更替比较频繁，但是主流文人的生活有一个重要特点，即以各种不同团体的方式聚集在权贵周围，"贵游风气"和"群体性"创作情境是其时文学活动的常态。《文心雕龙·时序》说邺下文人"傲雅觞豆之前，雍容衽席之上，洒笔以成酣歌，和墨以藉谈笑"，魏末文风"篇体轻澹",西晋"结藻清英,流韵绮靡",东晋"世极迤遭,而辞意夷泰",都直接或间接地反映着此种情境的存续。而至南朝,历朝帝王"诏群臣赋诗"频见,太子、侯王乃至高官"招聚文学之士"风行(南朝各史记载甚多),游戏之风、绮靡之尚较之前朝有过之而无不及。这类史料极多:

> 余与众贤……昼夜游宴,屡迁其坐,或登高临下,或列坐水滨。时琴瑟笙筑,合载车中,道路并作。及住,令与鼓吹递奏。遂各赋诗,以叙中怀。或不能者,罚酒三斗。(石崇《金谷诗序》,《世说新语·品藻》刘孝标注引)

> 自晋宋以来,宰相皆文义自逸,敬容独勤庶务,为世所嗤鄙。时萧琛子巡者,颇有轻薄才,因制卦名、离合等诗以嘲之。(《梁书·何敬容传》)

> 天文以烂然为美,人文以焕乎为贵,是以隆儒雅之大成,游雕虫之小道……宴游西园,祖道清洛,三百载赋,该极连篇;七言致拟,见诸文学;博奕兴咏,并命从游……(刘孝绰《昭明太子集序》)

> (陈后主)以宫人有文学者袁大舍等为女学士。后主每引宾客对贵妃等游宴,则使诸贵人及女学士与狎客共赋新诗,互相赠答。采其尤艳丽者,以为曲词,被以新声。选宫女有容色者以千百数,令习而歌之。(《陈书·后主张贵妃传》)

《陈书·后主本纪》史臣曰:"自魏正始、晋中朝以来,贵臣虽有识治者,皆以文学相处,罕关庶务。朝章大典,方参议焉;文案簿领,咸委小吏。浸以成俗,迄至于陈。后主因循,未遑改革。"综观魏晋南朝诗坛,总的倾向是不断远离现实的社会人生,而流行抒发"闲情"、逞才游艺的优雅娱乐。因此,刘勰所谓"世极迤遭,而辞意夷泰"虽是对东晋文坛的评论,实可用以描述魏晋南朝诗坛的一般情状。而这正是南朝重娱乐、尚轻艳之诗歌观念的温床。

(原载《文学与文化》2015 年第 1 期)

东汉初期文学创作的颂世思潮 *

张峰屹

本文所谓"东汉初期",是指光武帝刘秀建武中到和帝刘肇永元初(即 37 年前后—92 年前后)的五十余年。①这个时期的文学有一个鲜明的创作倾向,就是颂世。与此同时,王充《论衡》也从理论上明确倡导"鸿笔须颂"的文学思想。②限于篇幅,本文仅述论这个时期文学创作的颂世倾向。

一

东汉前期的赋创作,一个最鲜明的特征,便是创作旨意由讽谏劝诫转向颂世论理。

西汉大赋的创作目的,莫不以讽谏劝诫为指归。而到了两汉之际尤其是东汉中兴以后,赋的创作意旨则转向了颂世论理。这一转向途程的发轫者,是扬雄《剧秦美新》。无论这篇文字的文体属性如何认定,其时空交错、多方敷赞王莽新朝深得天意民心的铺张扬厉的行文,总是与大赋相类。③扬雄在两汉之际的文坛拥有极大的影响力,《剧秦美新》的颂扬旨趣,必会交叉感染其时的作赋风向。更重要的,拥戴刘汉复兴是当时上下同趋的普遍社会心理,有扬雄作品的示范和启迪在前,东汉初期文人以赋颂汉便是自然的选择。

这个时期赋坛最耀眼的景观,是"京都赋"的创作。借建都议题颂世,是其时赋作的重要创作旨趣。刘秀建武后期,杜笃(20? —78)上奏《论都赋》(载《后汉

作者简介:张峰屹(1962—　　),男,南开大学文学院教授。

* 本论文为国家社科基金项目"东汉文学思想史"(项目号:14BZW026)的阶段性成果。

① 分期之理由,此处不便申论,拙著《东汉文学思想史》(上海古籍出版社,2021 年)第二章有详述。

② 参见张峰屹:《"气命"论基础上的王充文学思想》,《文学遗产》2020 年第 4 期。

③ 马积高《赋史》即云:"《剧秦美新》实亦赋。"(上海古籍出版社,1987 年,第 91 页)。

书》卷八〇上《杜笃传》)①,首倡返都长安的主张。值得注意的是,这篇阐述京都观念的赋作,是通过颂赞刘汉的光辉历史来表达的——认为刘汉各个时期的辉煌勋绩,莫不根基于西都。赋作历数刘汉"创业于高祖,嗣传于孝惠,德隆于太宗,财衍于孝景,威盛于圣武,政行于宣元,侈极于成哀,祚缺于孝平"的兴衰历史,以为西汉王朝所以"德衰而复盈,道微而复章",国祚不绝,原因就在"皆莫能迁于雍州,而背于咸阳"。

与杜笃同时的崔骃(30?—92)、傅毅(35?—90?)、班固(32—92),纷起创作京都赋②,反对回迁西京。他们表达与杜笃相反的意见,却也是以颂美的方式呈现:盛称洛邑制度之美,阐述"祸败之机不在险"(崔骃《反都赋》)的京都观念。这三篇赋作运思相同,都是从刘秀受命复汉、洛都制度美盛两个方面铺张夸饰,颂扬后汉中兴。至此,前汉赋作"曲终奏雅"的讽喻微言,已经完全消失了。

东汉前期的赋创作,另一个鲜明的特征,是借助谶纬来颂世谀理。上述"京都赋"中,杜笃《论都赋》"(刘邦)斩白蛇,屯黑云③,聚五星于东井④"与"(刘秀)荷天人之符⑤,兼不世之姿。受命于皇上,获助于灵祇⑥……盖夫燔鱼剸蛇,莫之方斯"云云,崔骃《反都赋》"上圣受命,将昭其烈……上贯紫宫,徘徊天阙,握狼弧⑦,蹈参伐"云云,傅毅《洛都赋》"唯汉元之运会,世祖受命而弭乱,体神武之圣姿,握天人之契赞"云云,都是借谶纬颂汉。班固《两都赋》,更是通篇充溢此意:

……是以众庶悦豫,福应尤盛,《白麟》《赤雁》《芝房》《宝鼎》之歌,荐于郊庙⑧;

---

① 陆侃如《中古文学系年》考定《论都赋》作于建武二十年(44)(人民文学出版社,1985年,第68页)。

② 崔骃《反都赋》和傅毅《洛都赋》,均载《艺文类聚》卷六一;班固《两都赋》,载《后汉书》卷四〇《班固传》。

③ 《后汉书》卷八〇上《杜笃传》李贤注:"《前书》高祖斩大蛇,有一老妪夜哭曰:'吾子白帝子,今赤帝子斩之。'故曰白蛇。又吕后曰:'季所居,上常有云气。'"

④ 《汉书》卷二六《天文志》:"汉元年十月,五星聚于东井,以历推之,从岁星也。此高皇帝受命之符也。……五年遂定天下,即帝位。"

⑤ 李贤注:"天人符,谓强华自关中持《赤伏符》也。"

⑥ 李贤注:"皇上,谓天也。《尚书》曰:'唯皇上帝,降衷于下人。'(按见《古文尚书·汤诰》)灵祇,谓滹沱冰及白衣老父等也。"

⑦ 《后汉书》卷八〇上《杜笃传》李贤注:"狼、弧,并星名也。《史记》曰:'天苑东有大星曰天狼,下有四星曰弧。'宋均注:'《演孔图》曰:狼为野将,用兵象也。《合诚图》曰:弧主司兵,兵弩象也。'"

⑧ 《汉书》卷六《武帝纪》:"行幸雍,获白麟,作《白麟之歌》","行幸东海,获赤雁,作《朱雁之歌》","甘泉宫内产芝,九茎连叶,作《芝房歌》","得宝鼎后土祠傍,作《宝鼎之歌》"。

神雀、五凤、甘露、黄龙之瑞，以为年纪①（以上《序》，见《文选》卷一）。……
周以龙兴，秦以虎视。及至大汉受命而都之也，仰寤东井之精，俯协《河图》
之灵。②奉春建策，留侯演成。天人合应，以发皇明。③乃眷西顾，寔唯作京。
……其宫室也，体象乎天地，经纬乎阴阳。据坤灵之正位，放泰紫之圆方。④
（以上《西都赋》）……往者王莽作逆，汉祚中缺。天人致诛，六合相灭。……
故下民号而上愬，上帝怀而降鉴，致命于圣皇。⑤于是圣皇乃握乾符，阐坤
珍，披皇图，稽帝文。⑥赫尔发愤，应若兴云。……秦领九峻，泾渭之川，曷
若四渎五岳，带河泝洛，图书之渊？⑦建章、甘泉，馆御列仙，孰与灵台、明
堂，统和天人？⑧（以上《东都赋》）……（《两都赋》，《后汉书》卷四〇《班固传》）

　　这个时期的其他赋作，如班彪(3—54)的《览海赋》（载《艺文类聚》卷八）和《游居
赋》（一作《冀州赋》，载《艺文类聚》卷二八），杜笃的《众瑞赋》（今仅存残句，见《北
堂书钞》卷一二九，《文选》卷一三谢惠连《雪赋》李善注、卷二〇潘岳《关中诗》李
善注）等，也都有描述各种祥瑞征象赞颂刘汉受命于天，借助谶纬歌颂刘汉中兴
的鲜明内涵。
　　除上述阐发京都观念和以谶纬颂世的赋作之外，这个时期还有其他多样题
材的赋作，如班固的《终南山赋》《竹扇赋》，崔骃的《大将军西征赋》《大将军临洛
观赋》等，也都属于颂世一类。《终南山赋》（载《初学记》卷五、《古文苑》卷五）铺叙

①《汉书》卷八《宣帝纪》"神雀元年"应劭曰："前年，神雀集长乐宫，故改年也"；"五凤元年"应劭曰：
"先者，凤凰五至，因以改元"；又甘露元年诏曰："乃者凤凰至，甘露降，故以名元年"；"黄龙元年"应劭曰：
"先是，黄龙见新丰，因以改元焉。"

②李贤注："高祖至霸上，五星聚于东井。又《河图》曰：'帝刘季，日角戴胜，斗匈龙股，长七尺八寸。昌
光出轸，五星聚井，期之兴，天授图，地出道，予张兵钤刘季起。'东井，秦之分野，明汉当代秦都关中。"

③李贤注："天，谓五星聚东井也。人，谓娄敬等进说也（按，上文'奉春'即指娄敬，娄敬始向刘邦献建
都之策）。皇明，谓高祖也。"

④李贤注："圆象天，方象地。南北为经，东西为纬。扬雄《司空箴》曰：'普彼坤灵，侔天作合。'太紫，谓
太微、紫宫也。刘向《七略》曰：'明堂之制：内有太室，象紫宫。南出明堂，象太微。'《春秋合诚图》曰：'太微，
其星十二，四方。'《史记·天官书》曰：'环之匡卫十二星，藩臣，皆曰紫宫。'是太微方而紫宫圆也。"

⑤李贤注："言上天愍念下人之上愬，故下视四海可以为君者，而致命于光武也。"

⑥李贤注："乾符、坤珍，谓天地符瑞也。皇图、帝文，谓图纬之文也。"

⑦李贤注："《河图》曰：'天有四表，以布精魄。地有四渎，以出图书。'……图书之渊，谓河、洛也。《易
系辞》曰'河出图，洛出书'也。"

⑧李贤注："馆御，谓设台以进御神仙也。《礼含文嘉》曰'礼：天子灵台，以考观天人之际，法阴阳之会'
也。"

春夏之交，天清气和，皇帝驾临终南山，祀仙乞寿。作者祝愿"我皇"景福亿年。《竹扇赋》（载《古文苑》卷五）是一篇宫廷制作，是以咏扇来颂美帝王。章樵解题云："按葛洪《西京杂记》：汉制，天子玉几，夏设羽扇，冬设缯扇。至成帝时，昭阳殿始有九华扇、五明扇及云母、孔雀、翠羽等名。其华饰侈丽，不言可知。孟坚在肃宗朝时，以竹扇供御。盖中兴以来，革去奢靡，崇尚朴素所致。赋而美之，所以彰盛德、养君心也。"而崔骃的《大将军临洛观赋》（载《艺文类聚》卷六三）、《大将军西征赋》（载《艺文类聚》卷五九），虽今存不完，但作意显然：歌颂窦宪的文治武功，进而颂汉。班固、崔骃的这些赋作，颂美大汉的旨趣清晰可见，是东汉初期赋创作中流行颂美主潮的重要表征。

二

赋之外，东汉前期还有很多其他文学性的文类作品，如七、颂、诔、哀、吊、碑、箴、铭等，可惜大多仅存片段、残句，甚至只有存目。其中存留比较完整、可见作意的作品，也不乏歌德颂世的创作。

首先是题目为"颂"的文作。今天可知其名目者有：刘苍《光武受命中兴颂》；班固《高祖颂》《安丰戴侯颂》《神雀颂》《东巡颂》《南巡颂》《窦将军北征颂》；崔骃《汉明帝颂》《四巡颂》《北征颂》；傅毅《显宗颂》《窦将军北征颂》《西征颂》《神雀颂》；贾逵《永平颂》《神雀颂》；杨终《神雀颂》；刘复《汉德颂》。除班固《窦将军北征颂》因收录于《古文苑》（见卷一二，题作《车骑将军窦北征颂》）得以存留全文外，其他诸作都仅存片段、残句甚或题目。这些"颂"类文作，多半是直接颂扬刘汉帝王，称颂刘汉受命于天，承绪上古三代，泽惠百姓，祥瑞频仍，天人和畅。而班固、崔骃、傅毅的三篇《北征颂》（分见《古文苑》卷一二、《太平御览》卷三五一、《艺文类聚》卷五九），则是铺张窦宪北征匈奴之事，专力赞美大汉之神武。其共同作意，是大汉运命得天之助，故能轻松完胜匈奴。与此同时，刻意点染汉皇的仁惠恩德，以彰显大汉"文武炳其并隆，威德兼而两信"的文治武功。

再看其他虽不题为"颂"但实属颂类的文作，主要是铭、碑、诔文。《文心雕龙·铭箴篇》①云："铭者，名也，观器必名焉。正名审用，贵乎慎德。"②又其《诔碑篇》

---

① 本文征引《文心雕龙》，除特别注明者外，均据范文澜：《文心雕龙注》，人民文学出版社，1958年。
② 此条据唐钞本《文心雕龙》。见林其锬、陈凤金：《增订文心雕龙集校合编》，华东师范大学出版社，2011年，第158页。

云："夫属碑之体,资乎史才。其序则传,其文则铭。标序盛德,必见清风之华;昭纪鸿懿,必见峻伟之烈。"《诔碑》又云："诔者,累也,累其德行,旌之不朽也。……诔之为制,盖选言录行,传体而颂文,荣始而哀终。"可见铭、碑、诔文,其主要的作意,便是歌颂传扬传主的功德。

班固仍然是这些文类的主要作手,其《高祖沛泗水亭碑铭》云:

> 皇皇圣汉,兆自沛丰。乾降著符,精感赤龙。承勆流裔,袭唐末风。寸木尺土,无竢斯亭。建号宣基,维以沛公。扬威斩蛇,金精摧伤。涉关陵郊,系获秦王。应门造势,斗璧纳忠。天期乘祚,受爵汉中。勒陈东征,刘擒三秦。灵威神佑,鸿沟是乘。汉军改歌,楚众易心。诔项讨羽,诸夏以康。陈张画策,萧勃翼终。出爵褒贤,列土封功。炎火之德,弥光以明。源清流洁,本盛末荣。叙将十八,赞述股肱。休勋显祚,永永无疆。国宁家安,我君是升。根生叶茂,旧邑是仍。於皇旧亭,苗嗣是承。天之福佑,万年是兴。(《古文苑》卷一三)

这是颂扬刘邦承天受命,起兵灭秦克项,创建大汉。君明圣臣贤能,国宁家安。最后祝福刘汉在"天之福佑"下兴盛万年。

班固的《封燕然山铭》(载《后汉书》卷二三《窦宪传》),是和帝永元元年窦宪北征匈奴获胜,命班固作铭刻石,以勒战功之作。它铺夸窦宪带领"鹰扬之校,螭虎之士",联合"南单于、东乌桓、西戎氏羌侯王君长之群",经历"陵高阙,下鸡鹿,经碛卤,绝大漠"的艰苦奋战,终于"蹑冒顿之区落,焚老上之龙庭",大获全胜。进而赞扬此战的重大政治意义:"上以摅高文之宿愤,光祖宗之玄灵;下以安固后嗣,恢拓境宇,振大汉之天声。兹所谓一劳而久逸,暂费而永宁者也。"充斥全文字里行间的,是大汉德威远著的自信和自豪。

班固还有《十八侯铭》(载《古文苑》卷一三),以四言八句(唯《陈平铭》六句)韵文的典重体式,表彰赞扬刘邦开国功臣萧何、樊哙、张良、周勃、曹参、陈平、张敖、郦商、灌婴、夏侯婴、傅宽、靳歙、王陵、韩信、陈武、虫达、周昌、王吸的丰功伟绩。如其《将军留侯张良铭》云:"赫赫将军,受兵黄石。规图胜负,不出帷幄。命惠瞻仰,安全正朔。国师是封,光荣旧宅。"歌颂张良运筹帷幄,辅助刘邦攻打天下,以及智斗诸吕、稳定惠帝刘盈皇位的功勋。

这个时期的诔文,今存有杜笃和傅毅的三篇作品:杜笃的《大司马吴汉诔》(载《艺文类聚》卷四七),极赞吴汉宁国安民的功勋,和"功成即退""持盈守虚"的德操。称美吴汉可与尧之稷、契,舜之皋陶,商之伊尹,周之吕尚同功,可与日月同曜。傅毅的《明帝诔》(载《艺文类聚》卷一二),全面敷赞明帝诸般仁德勋绩,"冠尧佩舜",可与五帝媲美;"譬如北辰",可与天地同辉。傅毅《北海王诔》(载《艺文类聚》卷四五),赞美刘兴"贵斟不骄,满罔不溢"的美德,及其"抚绥方域,承翼京室"的功勋。

三

今存东汉前期的诗歌,包括乐府诗歌和其他有主名诗歌。据逯钦立《先秦汉魏晋南北朝诗》之辑录①,大抵可明确为此一时期的诗歌如下:

> 《渔阳民为张堪歌》《临淮吏人为朱晖歌》《蜀郡民为廉范歌》《郭乔卿歌》《董少平歌》《凉州民为樊晔歌》《通博南歌》(一名《行者歌》)(以上为乐府《杂歌谣辞》)
> 　马援《武溪深》(一名《武溪深行》),王吉《射乌辞》,白狼王唐菆《莋都夷歌》三章,杜笃《京师上巳篇》,梁鸿《五噫歌》《适吴诗》《思高恢诗》,刘苍《武德舞歌诗》,班固《两都赋》附诗五首、《论功歌诗》二首、《咏史》,崔骃《北巡颂》附歌、《安丰侯诗》《七言诗》《三言诗》,傅毅《迪志诗》《七激》附歌(以上为有主名诗,不含逯书所辑之残句)②

萧涤非《汉魏六朝乐府文学史》述及"东汉民间乐府"时说:"汉乐府之时代,本多不可考。兹所谓东汉民间乐府者,实亦难必其皆东汉作也。"③然则,欲指实哪些无主名的乐府诗章乃作于东汉初期,实更无可能。又其胪述"东汉文人乐府"时所列诗章,属东汉前期者,有马援《武溪深行》、刘苍《武德舞歌》、傅毅《冉冉孤生竹》

---

① 逯钦立辑校《先秦汉魏晋南北朝诗》,中华书局,1983 年。以下简称"逯书"。

② 其中杜笃《京师上巳篇》为误收,应予剔除。《艺文类聚》卷四:"后汉杜笃《祓禊赋》曰:……于是旨酒嘉肴,方丈盈前;浮枣(《书钞》作杯)绛水,酹酒醲川。若乃窈窕淑女,美滕艳姝(《书钞》作妃),戴翡翠,珥明珠,曳离袿,立水涯。微风掩渴,纤縠(《全后汉文》卷二八作縠)低徊,兰苏盼蠁,感动情魂。……"《北堂书钞》卷一三五引录其中"窈窕"以下十四字,题作《京师上巳》。又,《书钞》卷一五五引其"浮杯绛水,酹酒醲川"二句,题作《上巳赋》。逯书失考,乃据《书钞》卷一三五辑录,点断为"窈窕淑女美滕艳,妃戴翡翠珥明珠"二句,并加案语云:"汉人七言,率句句用韵。此'艳'、'珠'不叶,疑非出一章。"(逯书,第 165 页。)

③ 萧涤非:《汉魏六朝乐府文学史》,人民文学出版社,1984 年,第 75 页。

三首。其中所谓傅毅之作,殊可存疑。①

　　基于上述,本文引证东汉前期的颂世诗歌,即以逯书所辑者为基准(唯去除杜笃《京师上巳篇》)。

　　明帝为太子时,曾有乐府歌诗四章。《乐府诗集》卷四〇陆机《日重光行》之题解,引晋人崔豹《古今注》曰:

> 　　《日重光》《月重轮》,群臣为汉明帝作也。明帝为太子,乐人作歌诗四章,以赞太子之德:一曰《日重光》,二曰《月重轮》,三曰《星重辉》,四曰《海重润》。汉末丧乱,后二章亡。旧说云:天子之德,光明如日,规轮如月,众辉如星,沾润如海。太子比德,故日重耳。②

　　唐吴兢《乐府古题要解》卷下"《日重光》《月重轮》"条,与此相同③,盖亦逯自《古今注》。此外,《白孔六帖》卷三七《太子》"《日重光》《月重轮》《山重晖》《海重润》"条,《太平御览》卷四、卷七、卷一四八引录崔豹《古今注》,以及两宋之际叶廷珪《海录碎事》卷一、卷十下,祝穆《古今事文类聚》前集卷二一,谢维新《古今合璧事类备要》后集卷二,王应麟《玉海》卷五九、《小学绀珠》卷四,及宋代无名氏《锦绣万花谷》前集卷九,《翰苑新书》后集上卷五等,都有相同的记述。据《古今注》所述,知晋时尚存《日重光》《月重轮》二章,其后不知何时便全部亡佚了。这四支歌曲,乃是以"天子之德,光明如日,规轮如月,众辉如星,沾润如海","比德"而歌颂时为太子的明帝。

　　章帝也曾自作乐府《灵台十二门诗》。《后汉书·祭祀志中》载:"(章帝元和二年)四月,(东巡之后)还京都。庚申,告至,祠高庙、世祖,各一特牛。又为灵台十二门作诗,各以其月祀而奏之。"又其《礼仪志中》刘昭注引蔡邕《礼乐志》云:"孝章

---

　　① 萧涤非《汉魏六朝乐府文学史》说:"《文心雕龙》云:'《孤竹》一篇,傅毅之辞。'必有所据。"(第106页)但问题是,《冉冉孤生竹》篇为傅毅所作之说,似仅见于《文心雕龙·明诗》,南朝时并无此定说:萧统《文选》收入《古诗十九首》中(李善注:"并云古诗,盖不知作者。或云枚乘,疑不能明也。");徐陵《玉台新咏》也收入《古诗八首》中;钟嵘《诗品》亦无《孤竹》为傅毅所作之说。至《乐府诗集》卷七四录入《杂曲歌辞》,也是标为"古辞"。周振甫《文心雕龙注释》从作品风格辨析,认为"说《冉冉孤生竹》是傅毅作,也不可靠"。(人民文学出版社,1981年,第55页。)

　　② 郭茂倩编《乐府诗集》,中华书局,1979年,第589页。

　　③ 吴兢:《乐府古题要解》,载丁福保辑《历代诗话续编》,中华书局,1983年。

皇帝亲著歌诗四章,列在食举。又制《云台十二门诗》,各以其月祀而奏之。"①这里所说章帝作诗的情况,沈约《宋书》卷一九《乐志一》记述稍详②:

> 章帝元和二年,宗庙乐。故事:食举有《鹿鸣》《承元气》二曲。三年,自作诗四篇:一曰《思齐皇姚》,二曰《六骐骥》,三曰《竭肃雍》,四曰《陟叱根》,合前六曲,以为宗庙食举。加宗庙食举《重来》《上陵》二曲,合八曲,为上陵食举;减宗庙食举《承元气》一曲,加《惟天之命》《天之历数》二曲,合七曲,为殿中御食饭举(疑当作"御饭食举")。又汉太乐食举十三曲:一曰《鹿鸣》,二曰《重来》,三曰《初造》,四曰《侠安》,五曰《归来》,六曰《远期》,七曰《有所思》,八曰《明星》,九曰《清凉》,十曰《涉大海》,十一曰《大置酒》,十二曰《承元气》,十三曰《海淡淡》。

由此可知,蔡邕所谓章帝"亲著歌诗四章",是《思齐皇姚》《六骐骥》《竭肃雍》《陟叱根》四曲;而"又制《云(灵)台十二门诗》"则未见具目。《灵台十二门诗》早已不存;不过从上引史料可知,这是一组宗庙祭祀乐歌,它对应于一年十二个月,"各以其月祀而奏"。其主旨必为颂美刘汉祖先,当可确定。

上述与明章二帝相关的乐府诗歌早已亡佚,今存东汉前期有主名的颂世乐府,只有东平王刘苍的《武德舞歌诗》,是为世祖刘秀庙创作的乐舞歌辞:

> 於穆世庙,肃雍显清。俊义翼翼,秉文之成。越序上帝,骏奔来宁。建立三雍,封禅泰山。章明图谶,放(仿)唐之文。休矣唯德,罔射协同。本支百世,永保厥功。(《后汉书·祭祀志下》刘昭注引《东观书》)

《后汉书》卷四二《光武十王传·东平宪王苍传》云:"是时,中兴三十余年,四方无

---

① 蔡邕《礼乐志》所谓"云台",当作"灵台"。云台是洛阳南宫内的一处宫殿建筑,《后汉书》多有君臣在"南宫云台"日常工作活动的记载(如"马援传""显宗图画建武中名臣列将于云台",李贤注:"云台,在南宫也";《阴识传》附阴兴传"受顾命于云台广室",李贤注:"洛阳南宫有云台广德殿。"),它也不大可能有十二个门。而灵台在南郊,与明堂、辟雍同属一组建筑。《后汉书》卷一下《光武帝纪下》"是岁初起明堂、灵台、辟雍",李贤注:"《汉官仪》曰:'……明堂去平城门(按南宫南门)二里所。天子出,从平城门,先历明堂,乃至郊祀。'又曰:'辟雍去明堂三百步。车驾临辟雍,从北门入。……'《汉宫阁疏》曰:'灵台高三丈,十二门。……'"

② 沈约:《宋书》,中华书局,1974 年。

虞。苍以天下化平，宜修礼乐，乃与公卿共议，定南北郊冠冕车服制度，及光武庙登歌八佾舞数。"①刘苍此歌，当即作于是时。刘苍之奏议有云："光武皇帝受命中兴，拨乱反正。武畅方外，震服百蛮，戎狄奉贡，宇内治平。登封告成，修建三雍。肃穆典祀，功德巍巍，比隆前代。以兵平乱，武功盛大。"（《后汉书·祭祀志下》刘昭注引《东观书》）这首《武德舞歌诗》，就是赞美刘秀复汉之功德，乃是受命上帝，承继唐尧周文之统序；故而贤能咸集，天地人和，国祚昌盛；最后祝愿刘汉江山永驻。诗中"章明图谶，放（仿）唐之文"云云，是借用谶记阐明刘汉政权的正统正当，与时代思潮吻合。

这个时期的乐府民歌，今存七首，其中五首为颂美之作：

桑无附枝，麦穗两岐。张君为政，乐不可支。（《渔阳民为张堪歌》，《后汉书》卷三一《张堪传》）

强直自遂，南阳朱季。吏畏其威，人怀其惠。（《临淮吏人为朱晖歌》，《后汉书》卷四三《朱晖传》）

廉叔度，来何暮？不禁火，民安作。平生无襦今五绔。（《蜀郡民为廉范歌》，《后汉书》卷三一《廉范传》）

厥德仁明郭乔卿，忠正朝廷上下平。（《郭乔卿歌》，《后汉书》卷二六《蔡茂传附郭贺传》）

枹鼓不鸣董少平。（《董少平歌》，《后汉书》卷七七《董宣传》）

这五首歌曲的创作背景，《后汉书》均有清晰记录。关于《渔阳民为张堪歌》，《后汉书》卷三一《张堪传》载，张堪为渔阳太守，"捕击奸猾，赏罚必信，吏民皆乐为用。……开稻田八千余顷，劝民耕种，以致殷富。百姓歌曰云云"。关于《临淮吏人为朱晖歌》，《后汉书》卷四三《朱晖传》载，朱晖（字文季）为临淮太守，"好节概，有所拔用，皆厉行士。其诸报怨，以义犯，率皆为求其理，多得生济；其不义之囚，即时僵仆。吏人畏爱，为之歌曰云云"。关于《蜀郡民为廉范歌》，《后汉书》卷三一《廉范传》载，廉范字叔度，"建初中迁蜀郡太守，其俗尚文辩，好相持短长，范每厉以淳厚，不受偷薄之说。成都民物丰盛，邑宇逼侧。旧制禁民夜作，以防火灾，而更相隐蔽，烧者日属。范乃毁削先令，但严使储水而已。百姓为便，乃歌之曰云云"。关于

---

① 相关史料记载此事，有含糊不明之处，主要是：刘秀庙之乐舞究竟是《武德》还是《大武》？本文不拟纠缠这个问题，只解析刘苍歌诗本身。

《郭乔卿歌》，《后汉书》卷二六《蔡茂传附郭贺传》载，郭贺字乔卿，"建武中为尚书令，在职六年，晓习故事，多所匡益。拜荆州刺史，引见赏赐，恩宠隆异。及到官，有殊政，百姓便之，歌曰云云"。关于《董少平歌》，董宣字少平，史有"强项令"之美称，《后汉书》卷七七《董宣传》载，宣为洛阳令时，"湖阳公主苍头白日杀人，因匿主家，吏不能得。及主出行，而以奴骖乘，宣于夏门亭候之，乃驻车叩马，以刀画地，大言数主之失，叱奴下车，因格杀之。主即还宫诉帝，帝大怒，召宣，欲箠杀之。宣叩头曰：'愿乞一言而死。'帝曰：'欲何言？'宣曰：'陛下圣德中兴，而纵奴杀良人，将何以理天下乎？臣不须箠，请得自杀。'即以头击楹，流血被面。帝令小黄门持之，使宣叩头谢主，宣不从，强使顿之，宣两手据地，终不肯俯。……因敕强项令出。赐钱三十万，宣悉以班诸吏。由是搏击豪强，莫不震栗，京师号为'卧虎'。歌之曰云云"。

这五首乐府民歌，直率表达了民众对利惠民生、正义直行的官吏的歌颂，情感真切质朴，颂美倾向鲜明。

今存东汉前期有主名的徒诗中，颂世之作有王吉、班固、崔骃及白狼王唐菆的作品。

王吉有《射乌辞》。《初学记》卷三〇引《风俗通》曰："按《明帝起居注》曰：东巡泰山，到荥阳，有乌飞鸣乘舆上。虎贲王吉射中之，作辞曰：'乌乌哑哑，引弓射左腋。陛下寿万岁，臣为二千石。'帝赐钱二百万，令亭壁画为乌也。"（又见《太平御览》卷七三六、卷九二〇，《太平寰宇记》卷九及《事类赋》卷一九）这首诗歌粗鄙俗浅不足道，却能得到明帝的极力赞赏，是因为它借助图谶观念歌颂明帝："乌"在上古是与太阳联系在一起的征象①，而"日"又是人间君王的征象。王吉射中明帝乘舆上方飞鸣之乌，其重要的谶验意义是明帝得日、与天合德，是祥瑞吉兆。②因此，王吉才得到赏赐，当地亭壁也多画乌之形象。③

---

① 《山海经·大荒东经》云："汤谷上有扶木，一日方至，一日方出，皆载于乌。"郭璞注："（日）中有三足乌。"清人吴任臣《山海经广注》："案《春秋元命苞》曰：'阳数起于一，成于三。故日中有三足乌。'《灵宪论》曰：'日者阳精之宗，积而成乌，象乌而有三足。'《黄帝占书》：'日中三足乌见，见者有白衣会物，类相感志。凡日无光，则白乌不见；日乌不见，则飞乌隐窜。'"（文渊阁《四库全书》本）按：《后汉书》卷四〇《班固传》李贤注引《春秋元命包》曰："乌者，阳之精。"

② 《古微书》卷九《春秋文耀钩》："太微宫有五帝星座……维星得，则日月光，乌三足，礼义循，物类合。"（商务印书馆《丛书集成初编》，1939年影印，张海鹏《墨海金壶》本。）

③ 乐史《太平寰宇记》卷九《河南道·郑州》："……至今荥泽亭堡之间犹多画乌，即遗事也。"（中华书局，2000年，第51页。）

班固所作颂诗，今存最多。唐宋类书载录其《汉颂论功歌诗》二章：

因露寝兮产灵芝，象三德兮瑞应图①，延寿命兮光北(《御览》作此)都。配上帝兮象太微，参日月兮扬光辉。(《初学记》卷一五，题作"汉颂论功歌"；《太平御览》卷五七〇，题作"颂论功歌诗灵芝歌"；《玉海》卷一九七，题作"颂汉论功歌诗灵芝歌")

后土化育兮四时行，修灵液养兮元气覆。冬同云兮春霡霂，膏泽洽兮殖嘉谷。(《太平御览》卷一，题作"汉颂论功歌诗"。逯书依《御览》义例，补题为"嘉禾歌")

《灵芝歌》专述灵芝之祥瑞，赞美汉皇德配天地。《嘉禾歌》则歌唱春霡适时而降，嘉禾滋长，预兆丰年；颂天即是颂汉——大汉仁德和洽天人，故四时顺行，天祥地瑞。

班固《两都赋》末，附有歌诗五首：

於昭明堂，明堂孔阳。圣皇宗祀，穆穆煌煌。上帝宴飨，五位时序。谁其配之？世祖光武。②普天率土，各以其职。猗与缉熙，允怀多福。(《明堂诗》)

乃流辟雍，辟雍汤汤。圣皇莅止，造舟为梁。皤皤国老，乃父乃兄。抑抑威仪，孝友光明。③於赫太上，示我汉行。鸿化唯神，永观厥成。(《辟雍诗》)

乃经灵台，灵台既崇。帝勤时登，爰考休征。三光宣精，五行布序。习习祥

---

① 三德，《尚书·洪范》箕子为武王陈"洪范九畴"，其六曰"乂(艾)用三德"，"三德：一曰正直，二曰刚克，三曰柔克"。孔颖达《疏》："既言人主有三德，又说随时而用之。……既言三德张弛、随时而用，又举天地之德，以喻君臣之交。地之德，沈深而柔弱矣，而有刚，能出金石之物也。天之德，高明刚强矣，而有柔，能顺阴阳之气也。以喻臣道虽柔，当执刚以正君；君道虽刚，当执柔以纳臣也。"孙星衍《疏》："此三德，谓天、地、人之道。正直者，《论语》云'人之生也直'，人道也；刚克，天道。柔克，地道。"瑞应图，《古微书》卷九《春秋文耀钩》："太微宫有五帝星座，五帝所行，同道异位。……故天枢得则景星见，甘露零，凤皇翔，朱草生；璇星得则嘉液……摇光得则陵醴出，玄芝生江吐。"故下文云："配上帝兮象太微，参日月兮扬光辉。"

② 李贤注："《前书》曰：'天神贵者太一，太一佐曰五帝。'五位，五帝也。《河图》曰：'苍帝威灵仰，赤帝赤熛怒，黄帝含枢纽，白帝白招矩，黑帝叶光纪。'扬雄《河东赋》曰：'灵祇既飨，五位时序。'谓各依其方而祭之。"

③ 李贤注引《孝经援神契》曰："天子尊事三老，兄事五更。"

风,祁祁甘雨。①百谷溱溱,庶卉蕃芜。屡唯丰年,於皇乐胥。②(《灵台诗》)

岳修贡兮川效珍,吐金景兮歊浮云。宝鼎见兮色纷缊,焕其炳兮被龙文。③登祖庙兮享圣神,昭灵德兮弥亿年。(《宝鼎诗》)

启灵篇兮披瑞图,获白雉兮效素乌。④发皓羽兮奋翅英,容絜朗兮於淳精⑤。章皇德兮侔周成,永延长兮膺天庆。⑥(《白雉诗》)

《两都赋》的主旨,是歌颂东都洛阳的制度之美。而明堂、辟雍、灵台一组建筑,是兼有祭祀、布政、教育等重要功能的重要体制(场所);歌颂明堂、辟雍、灵台,就是歌颂刘汉政权通天得人的仁政。宝鼎、白雉,是意义重大的祥瑞器物,包含得天下、得天瑞的天授君权的政治意义。班固歌咏这些教化制度和祥瑞器物,其深度颂汉的用意十分鲜明。

班固还有一首五言《咏史》诗:"三王德弥薄,唯后用肉刑。太仓令有罪,就递(《文选》作"逮")长安城。自恨身无子,困急独茕茕。小女痛父言,死者不可(《文选》作"复")生。上书诣阙下,思古歌《鸡鸣》。⑦忧心摧折裂,《晨风》扬激(《文选》作"激扬")声。圣汉孝文帝,恻然感至情。百男何愦愦(《文选》作"愤愤"),不如一缇萦!"(《史记》卷一〇五《仓公传》正义,《文选》卷三六王融《永明九年策秀才文》李善注)这首诗颂扬孝女缇萦,更是歌颂文帝的仁政,众所熟知。

崔骃的诗歌,除《北巡颂》附歌外,都仅存残句:

皇皇太上,湛恩笃兮。庶见我王,咸思觊兮。仁爱纷纭,德优渥兮。滂霈群生,泽淋漉兮。惠我无疆,承天祉兮。流衍万昆,长无已兮。(《北巡颂》附

---

① 李贤注:"三光,日、月、星也。宣,布也。精,明也。五行,水、火、金、木、土。布序,谓各顺其性,无谬沴也。习习,和也。……《礼斗威仪》曰:'君政颂平,则祥风至。'宋均注曰:'即景风也。'祁祁,徐也。……《尚书考灵耀》曰'荧惑顺行,甘雨时'也。"

② 李贤注:"《诗·周颂》曰:'绥万邦,屡丰年。'……《诗·小雅》曰:'君子乐胥,受天之祜。'"

③ 《后汉书》卷二《明帝纪》:"(永平六年)二月,王雒山出宝鼎,庐江太守献之。夏四月甲子,诏曰:'昔禹收九牧之金,铸鼎以象物,使人知神奸,不逢恶气。遭德则兴,迁于商周;周德既衰,鼎乃沦亡。祥瑞之降,以应有德。……太常其以祫祭之日,陈鼎于庙,以备器用。'"

④ 李贤注:"灵篇,谓《河》《洛》之书也。《固集》此题篇云'《白雉素乌歌》',故兼言'效素乌。'"按:《后汉书》卷二《明帝纪》:"(永平十一年时)麒麟、白雉、醴泉、嘉禾所在出焉。"

⑤ 李贤注引《春秋元命包》曰:"乌者,阳之精。"

⑥ 李贤注引《孝经援神契》曰:"周成王时,越裳献白雉。"

⑦ 以上二句,《文选》作"上书诣北阙,阙下歌《鸡鸣》"。

歌,《文馆词林》卷三四六①)

戸鸟高翔时来仪,应治归得(德)合望规,啄食棟实饮华池。(《七言诗》残句,《太平御览》卷九一六)

戎马鸣兮金鼓震,壮士激兮忘身命。破(疑当作被)光甲兮跨良马,挥长戟兮廓强弩。(《安丰侯诗》残句,《艺文类聚》卷五九)

屏九皋,咏典文,披五素,軌三坟。(《三言诗》残句,《北堂书钞》卷九七)

《文馆词林》卷三四六载崔骃《北巡颂》序曰:"元和三年正月②,上既毕郊祀之事,乃东巡狩。出河内,经青、兖之郊,回舆冀州,遂礼北岳。圣泽流浃,黎元被德,众瑞并集。乃作颂曰。"这支歌,赞颂章帝仁爱恩德如甘露普降,滋润百姓,与天合德,因而嘉瑞并集,德运长久。其《七言诗》残句,"戸鸟来仪,应治归德"云云,也是歌颂汉皇得天祥瑞。其《安丰侯诗》残句、《三言诗》残句,虽具体含义不明,但义归颂扬当可确定。

白狼王唐菆《莋都夷歌》三章(载《后汉书》卷八六《西南夷传》),其创作时间,当在永平十七年。③诗云:

大汉是治,与天意合。吏译平端,不从我来。闻风向化,所见奇异。多赐缯布,甘美酒食。昌乐肉飞,屈申悉备。蛮夷贫薄,无所报嗣。愿主长寿,子孙昌炽。(《远夷乐德歌》)

蛮夷所处,日入之部。慕义向化,归日出主。圣德深恩,与人富厚。冬多霜雪,夏多和雨。寒温时适,部人多有。涉危历险,不远万里。去俗归德,心归慈母。(《远夷慕德歌》)

荒服之外,土地墝埆。食肉衣皮,不见盐谷。吏译传风,大汉安乐。携负归仁,触冒险陕。高山岐峻,缘崖磻石。木薄发家,百宿到洛。父子同赐,怀抱匹帛。传告种人,长愿臣仆。(《远夷怀德歌》)

---

① 罗国威:《日藏弘仁本文馆词林校证》,中华书局,2001 年,第 107–108 页。

② 《后汉书》卷三《章帝纪》及《后汉纪》《东观汉记》均无章帝于元和三年东巡的记载,而均云时在"元和二年"初。《太平御览》卷五三七引录崔骃《北巡颂》序,文字与《文馆词林》大同,唯叙时亦作"元和二年正月"。盖《文馆词林》刻误矣。

③ 《后汉书》卷二《明帝纪》:"是岁(永平十七年),甘露仍降,树枝内附,芝草生殿前,神雀五色翔集京师。西南夷哀牢、儋耳、僬侥、盘木、白狼、动黏诸种,前后慕义贡献;西域诸国遣子入侍。"

《后汉书》卷八六《南蛮西南夷传·莋都夷》载:"永平中,益州刺史梁国朱辅好立功名,慷慨有大略。在州数岁,宣示汉德,威怀远夷,自汶山以西,前世所不至、正朔所未加白狼、盘木、唐菆等百余国……举种奉贡,称为臣仆。辅上疏曰:'……今白狼王唐菆等慕化归义,作诗三章。……远夷之语,辞意难正。……有犍为郡掾田恭与之习狎,颇晓其言。臣辄令讯其风俗,译其辞语。今遣从事史李陵与恭护送诣阙,并上其乐诗……'帝嘉之,事下史官,录其歌焉。"这三首诗歌,文字典雅,达意得体,可能与田恭的翻译有关。前两首,"大汉是治,与天意合","蛮夷所处,日入之部;慕义向化,归日出主","冬多霜雪,夏多和雨;寒温时适,部人多有"云云,歌颂刘汉王朝德合天地、如日之升,且恩泽普施、天地和洽。后一首,"携负归仁,触冒险陕……传告种人,长愿臣仆"云云,是甘愿归附"安乐大汉"的表白。

四

本文胪述东汉前期各体文学创作,已清晰可见:歌德颂世的创作倾向流行于这个时期的文坛。而史籍中尚多有此类记述:

> (刘京)数上诗赋颂德,(明)帝嘉美,下之史官。(《后汉书》卷四二《光武十王传·琅邪孝王京传》)
>
> (永平)十五年春,行幸东平。……帝以所作《光武本纪》示(刘)苍,苍因上《光武受命中兴颂》,帝甚善之。(《后汉书》卷四二《光武十王传·东平宪王苍传》)
>
> 明帝永平十七年,神雀五色翔集京师。……帝召贾逵,敕兰台给笔札,使作《神雀颂》。(吴树平《东观汉记校注》卷一五《贾逵传》;《后汉书》卷三六《贾逵传》)
>
> 永平中,神雀群集,孝明诏上《神爵颂》。百官颂上,文皆比瓦石。唯班固、贾逵、傅毅、杨终、侯讽五颂金玉,孝明览焉。(王充《论衡·佚文篇》)
>
> 建初中,肃宗博召文学之士,以毅为兰台令史,拜郎中,与班固、贾逵共典校书。毅追美孝明皇帝功德最盛,而庙颂未立,乃依《清庙》作《显宗颂》十篇奏之。(《后汉书》卷八〇上《傅毅传》)
>
> (章)帝东巡狩,凤皇黄龙并集。(杨)终赞颂嘉瑞,上《述祖宗鸿业》,凡十

五章。(《后汉书》卷四八《杨终传》)

这些史料提到的诗文作品,今虽均已不存,但足可佐证其时文学创作中的颂世论理之风。

东汉前期文学创作的颂世风潮,具有重要的文学思想史意义。简而言之,盖有三焉:

其一,这是一种史无前例的文学创作思潮。以文学颂世,从《诗经》的三《颂》,到西汉的《安世房中歌》《郊祀歌》,不乏创作实绩;但是在东汉以前,它并不是一种普遍的文学创作倾向。构成东汉之前主流创作倾向的,是《诗经》的"兴观群怨",战国的"诗言志",《楚辞》的"发愤以抒情"(《九章·惜诵》),《毛诗序》的"在心为志,发言为诗",刘安的"情发于中而声应于外"(《淮南子·齐俗训》),司马迁的"发愤著书",刘向的"思然后积,积然后满,满然后发"(《说苑·贵德》),以及西汉辞赋创作中普遍存在的讽谏之风等。这种主流文学创作倾向所呈现的创作意旨,并不是颂扬,而是发抒现实社会人生的真切感受和意志愿望。即使大一统政权和"独尊儒术"思想确立以后,文学创作也还是以"发乎情,止乎礼义"(《毛诗序》)为原则,其基本面仍然是抒情述志,而并未以颂世为导向。到了东汉之初,文学创作转而以颂世为主潮,有其客观原因,那就是灭莽复汉乃民心所向。刘秀集团顺应了民意诉求,复汉后又以仁柔治国,轻刑简赋,赏拔重用儒生士人,赢得了上下一片赞誉。《韩诗外传》有云:"道得则泽流群生,而福归王公。泽流群生则下安而和,福归王公则上尊而荣。百姓皆怀安和之心,而乐戴其上,夫是之谓下治而上通。下治而上通,颂声之所以兴也。"(卷五第三十一章)[1]东汉之初,黜莽复刘的人心民意得偿所愿,又能政通人和,颂世之音一时勃起,便是自然之事了。

其二,颂世需要论理,论理务必求实;摒除虚妄,据实设论,才有说服力。然而东汉初期的颂世诗赋,却在歌颂复汉兴刘的既定事实中,大量加入谶纬的述说,不止颂扬刘秀复汉满足了人心民意的期待,更加渲染其受命于天的重大政治意义。这在当时的知识和思想背景下,显得自然而然。东汉初期的经学,既已开拓了以谶解经甚至经谶互释的格局[2];这个时期的文学创作,也因大量揽入谶纬叙述而呈现出新的风貌,形成求实与玄幻和谐共存的奇妙文风,极具鲜明的时代特

---

① 许维遹校释《韩诗外传集释》,中华书局,1980 年,第 199 页。
② 参见张峰屹:《经谶牵合,以谶释经:东汉经学之思想特征概说》,《文学与文化》2017 年第 2 期。

色。

其三,东汉初期的颂世文风虽有其特定的历史因缘,但是一旦形成一个历史时期的文学风气,那就为后世文学树立了一种典范,成为后世以文学颂世的榜样和根据。东汉中期文学,颂世文风延续并有拓展;到东汉后期仍有赓续,但是在新的社会政治环境下趋于式微——这是东汉一朝颂世文学的演进轨迹。[①]如果放宽视野,从整个中国文学发展史来看,东汉初期开拓的颂世文学思想的影响力,是不容忽视的。

（原载《文学与文化》2020 年第 4 期）

---

① 关于此节,拙著《东汉文学思想史》有详述。

"闲情"背后的隐情
——兼论鼎革后李渔的复杂心态

陈　洪

一

李渔的人生,是古代中国三千年间读书人中独一无二的"另类";李渔的代表作《闲情偶寄》,是三千年间独一无二的一部奇书。

但是,对李渔评价,无论其生前还是身后,都是扬之九天贬之九地。他的同时代人中,朋友们把他比作白居易,比作袁中郎,称其为"福慧之人","清超迈俗,是陶处士后身","前有杜陵,后有坡公,得翁鼎足",夸赞其"海内文人无不奉为宗匠"。瞧不起的人,则称之为"极龌龊""性淫亵",攻击他"不齿于士林"。而自从鲁迅把他当作"帮闲"文人的代表之后,上个世纪的后半叶"帮闲"几乎成为了李渔摘不掉的铁帽子。

进入新世纪,由于大环境的变化,评价标准一度发生了根本性改变。这个时期先后出版了四五种李渔的传记(名称各异),都对其人生道路,尤其是商业性活动给予了程度不同的肯定。对他的文学作品,也更多地看到"娱乐性"的正面价值。对于李渔的多方面才能,研究者也大多表达出敬意,甚至赞叹。

应该说,这一转变是学术研究趋于客观、平实的表现,新的评价大多是站得住脚,具有说服力的。但是,在有的方面,传统的思维仍保持着较大的惯性,影响研究者的视野。当然,也就给进一步的研究留出了空间。

例如,对于《闲情偶寄》的全面考察。

作者简介:陈洪(1948—　　),男,南开大学文学院教授。

《闲情偶寄》是李渔的重要著作。李渔颇看重这部书,他在给礼部尚书龚鼎孳的信中说:

> 庙堂智虑,百无一能;泉石经纶,则绰有余裕。惜乎不得自展,而人又不能用之,他年赍志以没,俾造化虚生此人,亦古今一大恨事。故不得已而著为《闲情偶寄》一书,托之空言,稍舒蓄积。①

把此书与人生价值紧紧联系到一起。而他的好朋友余怀为《闲情偶寄》作序,盛赞此书为“大勋业、真文章”,高度评价道:

> 今李子《偶寄》一书,事在耳目之内,思出风云之表,前人所欲发而未竟发者,李子尽发之;今人所欲言而不能言者,李子尽言之。其言近,其旨远,其取情多而用物闳。谬谬乎,缅缅乎,汶者读之旷,儇者读之通,悲者读之愉,拙者读之巧,愁者读之忭且舞,病者读之霍然兴。此非李子偶寄之书,而天下雅人韵士家弦户诵之书也。②

称作“思出风云之表”“言近旨远”的大著作,又预想其传播效果,断定其对于各类读者的巨大影响,乃至于可以“愁者忭且舞,病者霍然兴”,不仅中土“家弦户诵”,而且将要远播海外。

那么,什么样的内容、怎样的文章使他们有如此期许呢?

不妨先来看看当代研究者对于这部书的评介。陆元虎《鲁迅谈李渔及其他》:

> 李渔的戏剧美学著作《闲情偶寄》成就最为突出。③

叶辉《李渔:誉满天下,谤满天下的文化巨匠》:

> 他贡献最大的是戏曲理论专著《闲情偶寄》,这是我国导演学的奠基之作,被称为世界上第一部导演学著作。④

---

① 李渔:《与龚芝麓大宗伯》,《李渔全集》第一册,浙江古籍出版社,2013年,第137页。
② 余怀:《闲情偶寄序》,《李渔全集》第三册,浙江古籍出版社,2013年,第1页。
③ 陆元虎:《鲁迅谈李渔及其他》,《上海鲁迅研究》,上海社会科学出版社,2004年,第331页。
④ 叶辉:《李渔:誉满天下,谤满天下的文化巨匠》,《观察与思考》2011年第6期。

把《闲情偶寄》看作"戏曲理论专著""戏剧美学著作",这种观点有相当的代表性。很多研究李渔的学者,或是研究文学批评史的学者,或是研究清代文学的学者,对于《闲情偶寄》,阅读的兴趣往往停留在前三卷,即"词曲部"与"声容部"。而对于后面的三卷则以小道、小技视之,很少有仔细、深入阅读的,更不要说研究了。

一般来说,这种态度也还算得正常,因为后面涉及的都是形而下的"俗事",特别是饮馔、养生、花木之类,与文学,与思想,似乎都没有多大的关系。"术业有专攻",囿于自己研究领域而未越雷池,也算是一种常态。

但是,这种判断错了。《闲情偶寄》的后三卷不只是简单的衣食住行的"说明文"汇编,而是包含了相当多的精神层面的内容,也有文笔相当不错的散文小品。李渔的朋友们盛赞这部书,与这方面内容是有关系的。发掘其内涵,对于更准确地认识、定位李渔的一生,特别是认识、评价他复杂的人格与品质,都具有特别的价值。

二

李渔有《赠许茗车》诗,略云:

> 担簦戴笠游寰中,阿谁不知湖上翁。誉者渐多识者寡,金云曲与元人同。近之则方汤若士,《四梦》以来重建帜。询其所以同前人,众口莫能举一字。许子才高能识吾,穷幽晰微遗其粗。……只今迢遥赴内擢,犹将笠翁书卷随征途。向也读书人未遇,萍踪瞥向燕都聚。华衮先来觅布衣,词章雅作通名具。两人相对菊花天,秋风飒飒生寒烟。把酒酣歌继以泣,天生我辈今徒然。知己相逢苦不早,怜才未睹容颜好。头颅白尽余枯骸,佳会难频来日少。君负奇才有令名,少年食禄非躬耕。……君非他人吾益友,汝南月旦出君手。君荣我亦叨余荣,管鲍千年同不朽。①

许茗车本人就此评论道:"今天下谁不知笠翁,然有未尽知者。笠翁岂易知哉! 止

---

① 李渔:《赠许茗车》,《李渔全集》第二册,浙江古籍出版社,2013 年,第 46–47 页。

以词曲知笠翁,即不知笠翁者也!"

玩味笠翁的赠诗,主要抒发了三个方面的情感:一是对许某情谊的感动,特别是身为"华衮"——朝廷官员,却能放下架子"先来觅布衣";二是感叹举世对本人片面的认识:"誉者渐多识者寡"。这种片面既是只看到自己作为剧作者的成就,也表现为对自己的创新与个性的漠视。第三是称赞许某为难得的"知己",对自己的成就、为人有可贵的全面、准确的认识——"汝南月旦",汉末汝南人许劭定期评价当代人物,极具权威性。而许茗车上述"知笠翁"与否的评论便是对此的回应。值得注意的是,被引为"知己"的许茗车不仅从李渔作品中认识笠翁其人,而且是与其"两人相对菊花天","把酒酬歌继以泣"的,也就是说曾经痛饮畅谈,肝胆相照的。所以,笠翁才能许为"管鲍"之交,赞为"千年不朽"。那么,许茗车所讲的"笠翁岂易知哉",究竟指何而言呢?

显然,他是排除了从李渔发表的戏剧作品中"尽知"的可能的——"止以词曲知笠翁,即不知笠翁者也"。

可能他也觉得自己所讲的"尽知"有些模糊,所以后面又补充了两条批语:"我亦不解何以故,当问圯桥纳履人。""黄石只履中间有十部火雷金经。"① "圯桥纳履"是用的张良遇黄石公的典故,自比张良,而把李渔比作黄石公。这个比喻初看有些不伦,李渔怎么能比作仙人黄石公呢?但细想来,许某也并非率然戏说。表面一层的理由可能是由李渔的名号联想——李渔原名仙侣,字谪凡。深入一层,当与李渔对他倾吐肝胆后的认识有关。也就是说,他认为李渔不是一个普通的文学家、戏剧家,而是一个见识超凡的人,对他的帮助是在"王者师"层面之上的。

这样的认识与当时多数人对李渔的印象大不相同。这样的认识是否有道理,有依据呢?如果我们更仔细地研读《闲情偶寄》,便会得出肯定的结论了。

李渔把这部书定名为"闲情",在《凡例》中一再声明编撰的动机是"点缀太平",是为盛世效"粉藻之力"。开篇第一节就赫然列出"戒讽刺"的标题,很有点"莫谈国事"的味道。不过,这种表态与《红楼梦》卷首的表态十分相似,当与特定的时代背景有关。不仅不能全信,甚至恰恰要从反面来理解。

《闲情偶寄》的"饮馔部"后是"种植部"。"衣食住行","食"后的"种植"似乎应该是指导私家庭院中居住环境的布置,也是"闲情"的一部分。但仔细读来,却会发现不少隐在"闲"后的文字,发现"闲情"背后还有"隐情"。

---

① 许茗车:《〈赠许茗车〉批语》,《李渔全集》第二册,第47页。

如在"牡丹"一条下面,既没有讲如何种植牡丹的技术,也没有介绍牡丹品种之类的知识,而是大发议论道:

> 牡丹得王于群花,予初不服是论,谓其色其香,去芍药有几?择其绝胜者与角雌雄,正未知鹿死谁手。及睹《事物纪原》,谓武后冬月游后苑,花俱开而牡丹独迟,遂贬洛阳。因大悟曰:"强项若此,得贬固宜,然不加九五之尊,奚洗八千之辱乎"(韩诗"夕贬潮阳路八千。")……是花皆有正面,有反面,有侧面,正面宜向阳,此种花通义也。然他种或能委曲,独牡丹不肯通融,处以南面即生,俾之他向则死。此其肮脏不回之本性,人主不能屈之,谁能屈之?予尝执此语同人,有迂其说者。予曰:"匪特士民之家,即以帝王之尊,欲植此花,亦不能不循此例。"同人诘予曰:"有所本乎?"予曰:"有本。吾家太白诗云:'名花倾国两相欢,常得君王带笑看。解释春风无限恨,沉香亭北倚栏杆。'倚栏杆者向北,则花非南面而何?"同人笑而是之。①

古代文化中,历来有"比德"的传统,如以松柏比节操,以菊花比隐逸等。对于牡丹,一般视之为富贵之花,清高之士多敬而远之。李渔恰恰相反,大加赞赏其品格:"肮脏不回之本性,人主不能屈之"——指牡丹在武则天面前强项的传说。他甚至由此联想到韩愈的命运,赞美牡丹顶撞皇帝,不为权势所屈,是为受辱的士人争了一口气。显然,这种讲法十分牵强。李渔自己也意识到了,所以自己设计了质疑与驳诘。这里借题发挥的意味是相当明显的。

而在"李"一条下面,同样大发议论:

> 李是吾家果,花亦吾家花,当以私爱嬖之,然不敢也。唐有天下,此树未闻得封。天子未尝私庇,况庶人乎?以公道论之可已。与桃齐名,同作花中领袖,然而桃色可变,李色不可变也。"邦有道,不变塞焉,强哉矫!邦无道,至死不变,强哉矫!"自有此花以来,未闻稍易其色。始终一操,涅而不缁,是诚吾家物也。至有稍变其色,冒为一宗,而此类不收,仍加一字以示别者,则郁李是也。李树较桃为耐久,逾三十年始老,枝虽枯而子仍不细,以得于天者独厚,又能甘淡守素,未尝以色媚人也。若仙李之盘根,则又与灵椿比寿。我

---

①《李渔全集》第三册,第227页。

欲绳武而不能，以著述永年而已矣。①

如果说赞美"牡丹"还有些泛泛的话，这段对李树的歌颂就带有强烈的自我言志的色彩。李渔开篇劈头就声明"李是吾家果，花亦吾家花"，把下文对李树的评价与自我评价联系起来。他给了李树很高赞誉——首先是"始终一操，涅而不淄"，是就节操上的表现而言。"涅而不淄"，着眼的是身处污浊而内心清白。为了歌颂李树，他不惜把桃树拿来做反衬，然后还强调，如此节操"诚吾家物也"。至于这种高尚节操的具体表现，李渔进一步概括为"甘淡守素，未尝以色媚人"。其针对性相当明显了。李渔在鼎革之后绝意仕进，其动机始终是一个争议的话题。其实，这段话正是对此的说明、声明。在当时的背景下，是否与新朝合作可能事关生死，李渔只能这样作个表态，只能把自己的表态"藏"到"闲情"的树丛之中。

李渔既然把自己的"隐情"深深地埋藏到"闲情"里面，那就无怪乎大多数人只见其"闲"，未见其"隐"了。同时代人是如此，后代人更是如此。目光如炬的鲁迅尚且只见"帮闲"，遑论他人。李渔对此是深深的不平了。他同样借题发挥，用植物来自我"比德"。这方面，他选择了冬青：

> 冬青一树，有松柏之实而不居其名，有梅竹之节而不矜其节，殆"身隐焉文"之流亚欤？然谈傲霜砺雪之姿者，从未闻一人齿及。是之推不言禄，而禄亦不及。予窃忿之，当易其名为"不求人知树"。②

这一番抱不平慷慨陈词，激烈动情，很难想象一个"闲人""帮闲"会为了一种植物的"名分"如此大动肝火。"身隐焉文""不求人知"，显然不是谈论树木的用语。联想到清初一段时间里，颇有一些士人因高调张扬"气节"而得享大名，在一定的圈子里获得尊重，李渔这一番话的所指就容易理解了（同时的金圣叹也有类似的议论，下文当言及）。而"窃忿之"所流露的复杂心态也就昭然了。

借冬青而发牢骚，这个"情结"看来在李渔的心中十分强固，以致他又以诗的形式再次加以表达：

---

① 《李渔全集》第三册，第 230 页。
② 《李渔全集》第三册，第 264–265 页。

冬青寒不凋,名难松柏齐。幽兰非瑞草,与芝常并提。草木亦有命,同类分高低。歇后作宰相,郑五当自嗤。功高不封侯,李广嗟数奇。人亦同草木,贵贱任品题。不似幽兰幸,甘为冬青遗。承恩既略貌,慎勿夸蛾眉。①

"甘为冬青遗"——甘心像冬青一样没有美名,这里的主语自是诗人自己无疑。李渔托物言志之意在此毫不掩饰了。而所言之志,便是"岁寒不凋","傲霜砺雪"之"姿"、之"节"了。

鼎革之后,是否参与新朝举办的科考,是摆在每一个汉族读书人面前的大难题。答案是各式各样的。开始的时候,观望者居多,随着时间的流淌,新朝根基越来越巩固,观望者便越来越少。《清稗类钞》中有这样一段讽刺文字:"明末诸生入本朝,有抗节不就试者,后文宗按临出示,'山林隐逸有志进取,一体收录',诸生乃相率而至。或为诗以嘲之曰:'一队夷齐下首阳,几年观望好凄凉。早知薇蕨终难饱,悔杀无端谏武王。'及进院,以桌凳限于额,仍驱之出。人即以前韵为诗曰:'失节夷齐下首阳,院门推出更凄凉。从今决意还山去,薇蕨堪嗟已吃光。'"这一段又见于顾公燮的《丹午笔记》,文字稍有异同。顾为乾隆时人,可见这一讽刺文字传播之广远。"一队夷齐",极言曾以遗民自居的人为数众多;"几年观望",描摹出这些人的矛盾姿态;"下首阳",揭示出多数人的最终选择。在这样的背景下,李渔的坚持不科考、不仕进,是需要相当的定力的。而且,他的选择还承受着被误解的压力,无怪乎急于向许茗车这样的"知己"倾诉,急于在"闲情"的字缝里反复表白。

这段文字有一句值得特别注意:"山林隐逸有志进取,一体收录。"这实际是给汉族知识分子一个"下台阶"的机会,也是异族入主后笼络人心的应有之义。及时转向,当然是利益驱使;坚持"隐逸",一则是"良心",二则是"名声"。清初的三四十年间,朝廷和"遗民"们的博弈始终未停,据《清史稿》:

> 世祖定鼎中原,顺治初元,遣官微访遗贤,车轺络绎。吏部详察履历,确核才品,促令来京。并行抚、按,境内隐逸、贤良,逐一启荐,以凭征擢。……嗣以廷臣所举,类多明季旧吏废员,未有肥遁隐逸逃名之士。诏"自今严责举主,得人者优加进贤之赏,舛谬者严行连坐之罚。荐章止以履历上闻,才

---

① 《李渔全集》第二册,第19—20页。

品所宜，听朝廷裁夺。倘以赀郎杂流及黜革青衿、投闲武弁，妄充隐逸，各有所归；若畏避连坐，缄默不举，治以蔽贤罪。"

十三年……复诏各省举奏地方人才，给事中梁铉言："皇上寤寐求才，诏举山林隐逸，应聘之士，自不乏人。然采访未确，有负盛举。如江南举吕阳，授监司，未几以赃败……吕阳等岂其抱匡济之才，不过为梯荣之藉耳。山林者何？谓远于朝市也。隐逸者何？谓异于趋竞也。必得其人，乃当其位。请饬详加采访。"疏入，报闻。

顺、康间，海内大师宿儒，以名节相高。或廷臣交章论荐，疆吏备礼敦促，坚卧不起。如孙奇逢、李颙、黄宗羲辈，天子知不可致，为叹息不置，仅命督、抚抄录著书送京师。康熙九年，孝康皇后升祔礼成，颁诏天下，命有司举才品优长、山林隐逸之士。自后历朝推恩之典，虽如例行，实应者寡。[①]

朝廷一再征召，坚持不应，是有很大风险的。像孙奇逢、黄宗羲等极少数人，一是名气很大，二是生活无后顾忧，所以能成为朝廷所需要的开明的点缀。而率尔放弃"名节"，既有良心、舆论的压力，还有首鼠两端可能面临的尴尬——"院门推出更凄凉"。于是，李渔选择了一条变通之路：文化产业，自娱自养。这条路是前无古人的，在当时也是独一无二的。对自己的变通性选择，他同样在《闲情偶寄》中"藏"进了几笔，如：

葱、蒜、韭三物，菜味之至重者也。菜能芬人齿颊者，香椿头是也。菜能秽人齿颊及肠胃者，葱、蒜、韭是也。椿头明知其香而食者颇少，葱蒜韭尽识其臭而嗜之者众，其故何欤？以椿头之味虽香而淡，不若葱蒜韭之气甚而浓。浓则为时所争尚，甘受其秽而不辞；淡则为世所共遗，自荐其香而弗受。吾于软食一道，悟善身处世之难，一生绝三物不食，亦未尝多食香椿，殆所谓"夷、惠之间"。[②]

吃不吃葱、姜、蒜，完全是个饮食习惯，这里竟然变成了颇具"原则性"的人生选择。香椿，本在人们的饮食中只是偏门小道——一年之中唯初春半月间尝个新鲜

---

① 《清史稿》卷一百零九，中华书局，1976 年，第 3182 页。
② 《李渔全集》第三册，第 209 页。

而已。这里却也成了一种价值选择——精英、小众的象征。而李渔的结论是"夷、惠之间",既不"随大流",也不"高大上",而是在二者之间的设计一条自己的人生道路。

这条道路就是:不合作,不抗拒;不求高尚之名。

《闲情偶寄》中,借题发挥,委屈表达这一人生选择的,还有"桃""菊""山茶""芍药"等篇,其中隐显程度不一。而唯其为"隐情",故不尽显、不遍及,正是苦心所在也。

三

李渔的不合作绝非简单地为明王朝"守节"。

清兵下江南,是伴随着血与火的。这一点,李渔感同身受。

清兵初下江南,由于朱明王朝衰朽已久,而南明小朝廷又腐败混乱,所以在江南几乎没有遭遇像样的抵抗,应天、苏州都是传檄而定。但随着剃发令的颁布,异族入主之痛开始显现,各种反抗此起彼伏,嘉定、金华是其中最为激烈的地方,也是清兵屠戮最为残酷的地方。而金华便是李渔的家乡,李渔也目睹了这一血腥的惨剧。

顺治三年,金华人朱大典据城抗清,坚守多日后城破。朱大典与部属、家人皆慷慨赴死。清军为泄愤而残暴屠城,三天内残杀平民五六万人。李渔目睹了这场惨剧的全过程,并将悲愤之情化作多首诗作,如《婺城行　吊胡仲衍中翰》:

> 婺城攻陷西南角,三日人头如雨落。轻则鸿毛重泰山,志士谁能不沟壑。胡君妻子泣如洗,我独破涕为之喜。既喜君能殉国危,复喜君能死知己。生刍一束人如玉,人百其身不可赎。与子交浅情独深,愿言为子杀青竹。[1]

《婺城乱后感怀》:

> 重入休文治,纷纷见未经。骨中寻故友,灰里认居停。地欲成沧海,天疑陨婺星。可怜松化石,竟作砺刀硎。[2]

---

[1]《李渔全集》第二册,第 32 页。
[2]《李渔全集》第二册,第 72–73 页。

《婺城乱后感怀》:

> 荒城极目费长吁,不道重来尚有予。大索旅餐惟麦食,遍租僧舍少蓬居。故交止剩双溪月,幻泡犹存一片墟。有土无民谁播种,孑遗翻为国踌躇。①

"三日人头如雨落""骨中寻故友,灰里认居停""故交止剩双溪月,幻泡犹存一片墟",其中多少血泪! 当事人对此评论道:"悲愤苍凉,似少陵天宝归来诸作。"(王安节评)这样的遭遇,这样的情感,不是轻易能够忘记的。何况伴随而来的还有精神上的打击。反抗不成,剃发令无可阻挡。当时有"留头不留发,留发不留头"之说,今天人看来会觉得奇怪——不就是几根头发吗,何至于赔上性命? 但是,在汉民族的文化传统里,有一条根深蒂固又至高无上的训诫,就是《孝经·开宗明义章》从孔子口中讲出的:

> 身体发肤,受之父母,不敢毁伤,孝之始也。②

这一训诫经历代统治者高倡"孝道"的放大,便有了天经地义的意义。伴随着剑与火而来的剃发令无疑是对"征服"的标识化,另一面也变成了汉族,尤其是汉族读书人"屈辱"的标识化。对此,李渔《丙戌除夜》诗中慨叹:

> 秃尽狂奴发,来耕慕上田。屋留兵燹后,身活战场边。几处烽烟熄,谁家骨肉全。借人聊慰己,且过太平年。③

这是屠城后,逃归乡下所作。劈头一句"秃尽狂奴发,来耕慕上田",把心中的屈辱、怨愤淋漓尽致表现出来。而"秃尽""狂奴"又有多种解读、联想的可能,于是成为日后被禁毁的导火索。结尾两句,"太平年"云云,自是无奈之语,亦是反讽之语。在某种程度上,也隐隐预示了李渔在后半生的道路选择,以及采取的生存策略。

---

① 《李渔全集》第二册,第 124 页。
② 《十三经注疏》下册,中华书局,1980 年,第 2545 页。
③ 《李渔全集》第二册,第 74 页。

剃发之事在李渔的心灵留下了难以愈合的创伤，他在日后多次以诗文表达这种痛苦，如另一首《剃发》诗：

> 晓起初闻茉莉香，指拈几朵缀芬芳。遍寻无复簪花处，一笑揉残委道旁。[①]

又如《丁亥守岁》：

> 著述年来少，应惭没世称。岂无身后句，难向目前誉。骨立先成鹤，头髡已类僧。每逢除夕酒，感慨易为增。[②]

"骨立先成鹤，头髡已类僧""遍寻无复簪花处，一笑揉残委道旁"，这是典型的李渔风格，可以称作"含泪的幽默"。"一笑揉残"，十分形象生动地传达出复杂、矛盾的心态。"揉残"的动作中有痛苦，有决绝；"一笑"的神态中，有无奈，有自嘲。

在李渔的诗集中，吟咏惨剧的作品占了相当大的比重，如《吊书四首》《挽季海涛先生》《清明前一日》《乙酉除夕》《过某氏荒居题壁》《花非花四首》等。这些，显然是分析李渔后半生人生态度所不能忽略的，也是可以和上述《闲情偶寄》中寄托的"隐情"相互发明的。

随着时间的流逝，新政权逐渐稳固，心中的血痕也逐渐淡化，汉人对于清廷的态度也逐渐发生了变化。这首先是因为大局已定，无可奈何。诚如"花非花，是人血。泪中倾，恨时泄。鹧鸪声里一春寒，杜鹃枝上三更热"所表达的，悲痛终化为了感伤。其次，当铁蹄声渐远，鼎革后的统治成为常态，对大多数人来讲，吏治的状态是最现实的，是关乎切身利益的。康熙的前中期，政治较为清明，能吏廉吏颇不乏人，这也导致了民众态度的转变。李渔同样经历这一过程。

他在康熙十三年前后写得《赠孙雪崖使君》云：

> 纷纷戎马践嘉禾，只羡桐乡乐事多。民昔无襦今有袴，官惟浩叹此长歌。虚堂讼少门栖鹤，廉吏诗馋字换鹅。与客对酣千日酒，不知何地有干戈。[③]

---

① 《李渔全集》第二册，第 255 页。
② 《李渔全集》第二册，第 78 页。
③ 《李渔全集》第二册，第 185 页。

他歌颂对方虽然不能排除取悦当道的因素,但是所着眼的"民昔无襦今有袴""虚堂讼少",毕竟是从民生的角度,也应该有一定的写实性(有趣的是,稍早些的金圣叹,对清廷的态度与李渔相近,也曾以廉范的"襦袴"典故称颂仕清的地方官)。

约略同时的《赠臬宪郭生洲先生》有一篇长序,言赠诗缘起云:

> 予别武林十载,甲寅复至。当路诸公皆属旧好,惟臬宪未经谋面,虽深仰止之诚,其如綮戟森然,望而生畏。又值羽檄纷驰之际,岂我辈执经问字之时,有听其辽阔而已。诣料先生刻意怜才,不分治乱,闻予至止,渴欲下交,遂属醛宪李含馨先生招至焉。才炙耿光,欢如凤契。以韦布见礼于公卿,又非偃武修文之日,生平特达之知,自王汤谷按君而后又一人也。诗以志幸。①

他所感动的是对方礼贤下士的态度——"刻意怜才","以韦布见礼于公卿",于是赋诗:

> 四方不尽羽书来,束阁猛然为我开。食不遑分犹揖客,此何时也尚怜才。公门岂患无桃李,私好翻宜及草莱。只愧竖儒双鬓色,秋深难以副培栽。②

这些都是李渔对清王朝情感、态度转变的契机。

显然,此时的李渔对新的王朝的态度与金华屠城之时已经大为不同。但是,他却不是轻易自我否定之人,何况这些清官廉吏也只是一部分而已,异族入主的屈辱感不是能够完全烟消云散的。于是,李渔的思想感情便呈现出矛盾的状态。被动接受与消极疏离并存的情况需要一个自我正当化的说明,因而就有了前面所引的《闲情偶寄》中"夷、惠之间"的自我定位、自我说明。

李渔对于自己的这一定位、说明很得意,以至又特意写到诗作中,如《西溪探梅同诸游侣》:

> 去花犹十里,香气已迎人。身到亦如是,不缘近益芬。芝兰有其质,体用岐然分。此居夷惠间,入室香犹闻。学兰得其似,难为世所珍。何如师梅花,

---

① 《李渔全集》第二册,第183页。
② 《李渔全集》第二册,第183页。

智愚同相亲。①

其诗文中类似的表态不少，如《伊园十便之灌园便》：

　　筑成小圃近方塘，果易生成菜易长。抱瓮太痴机太巧，从中酌取灌园方。②

"抱瓮太痴机太巧"，活用《庄子》典故。介于"痴"与"巧"之间，旨趣与"夷、惠之间"类同。又如《杏园芳·书所见》：

　　见人太觉逢迎，避人太觉无情。酌留半面示惺惺，极公平。佳人心性皆如此，不教至美空生。往来无日不留青，即公评。③

"逢迎""避人"是矛盾的态度，如何自处呢？"半面"。虽说是"书所见"，其实流露的是自己的处世的态度。

　　显然，这与《闲情偶寄》中表达的"不合作，不抗拒"态度若合符契。

四

　　这样的态度是当时历史条件下很自然的一种选择，我们不妨把视野稍微扩大一些，看一看文坛上类似的人物秉持的态度，以及其表现的形式。

　　这方面，最有可比性的是金圣叹。金圣叹与李笠翁，可谓清初文坛双子星座，彼此间又有较为密切的精神上的联系。这种可比性具体在五个方面。（一）时代与地域相近。两个人都生活在明末清初，金圣叹长李渔三岁。金圣叹生活在苏州，李渔则生活在金华、杭州、南京，属于同一个大文化圈。（二）二人都绝意仕进，一生不曾在科举上着力。这种情况在读书人中并不多见。（三）二人都是在通俗文学方面做出了卓越的成绩：金圣叹批点、改写的"第五才子书""第六才子书"成为三百年间最为流行的通俗读物；李渔创作的大量剧本、小说也为他赢得了巨大的社会

---

①《李渔全集》第二册，第7-8页。

②《李渔全集》第二册，第243页。

③《李渔全集》第二册，第37页。

名声;两个人分别代表了中国古代小说理论与戏剧理论的最高水平。(四)两个人都被社会主流,被道学家们所不齿,所攻击,作品都遭到了被禁毁的命运。(五)金圣叹成名较早,李渔受到他的多方面影响,又在金氏成就之上有所突破,有所超越。

关于李渔受到金圣叹的影响,最明显的是《闲情偶寄》中讨论了金氏戏剧批评的优劣得失,其略云:

> 施耐庵之《水浒》,王实甫之《西厢》,世人尽作戏文小说看,金圣叹特标其名曰"五才子书""六才子书"者,其意何居? 盖愤天下之小视其道,不知为古今来绝大文章,故作此等惊人语以标其目。噫! 知言哉! ①

> 读金圣叹所评《西厢记》,能令千古才人心死。……自有《西厢》以迄于今,四百余载,推《西厢》为填词第一者,不知几千万人,而能历指其所以为第一之故者,独出一金圣叹。是作《西厢》者之心,四百余年未死,而今死矣。不特作《西厢》者心死,凡千古上下操觚立言者之心,无不死矣。人患不为王实甫耳,焉知数百年后,不复有金圣叹其人哉!

> 圣叹之评《西厢》,可谓晰毛辨发,穷幽极微,无复有遗议于其间矣。然以予论之,圣叹所评,乃文人把玩之《西厢》,非优人搬弄之《西厢》也。文字之三昧,圣叹已得之;优人搬弄之三昧,圣叹犹有待焉。……圣叹之评《西厢》,其长在密,其短在拘,拘即密之已甚者也。无一句一字不逆溯其源而求命意之所在,是则密矣,然亦知作者于此有出于有心,有不必尽出于有心者乎? 心之所至,笔亦至焉,是人之所能为也;若夫笔之所至,心亦至焉,则人不能尽主之矣。且有心不欲然,而笔使之然,若有鬼物主持其间者,此等文字,尚可谓之有意乎哉? ②

这里对金氏的评价是相当高的。对于金氏文学批评的分析、评价也是相当公允,相当高明的。特别有趣的是,他评价金圣叹所用的语言,如"令作者心死""心之所至"云云,都带有鲜明的金圣叹风格的印记。而李渔写作这些话之时,距离金圣叹被官府处决还不过十余年,所以是需要一些勇气的。

---

① 《李渔全集》第三册,第20页。
② 《李渔全集》第三册,第55-56页。

李渔受金圣叹的影响还可以举出一些例子，如金圣叹青年时代一度热衷于扶乩，曾为文学世家叶绍袁家多次招魂，其经过载于文坛领袖钱谦益的著作《初学集》，所编《列朝诗集小传》，叶绍袁所编《午梦堂集》之中，这都是当时影响很大的书籍。李渔也对扶乩表现出浓厚的兴趣，他有《召仙》绝句："今古才人总在天，诗魂不死便成仙。他年若许归灵社，愿执诸君款段鞭。"诗前有说明性文字：

> 辛亥之夏，吕祖降乩于寿民佟方伯之寄园，正在判事，予忽过之，方伯曰："文人至矣，大仙何以教之？"吕祖判云："笠翁岂止文人，真慧人也。正欲与之畅意盘桓，或旗鼓相当，未可知耳。可先倡一韵，吾当和之。"予即倡是绝。吕祖和云："闻说阴阳有二天，诗魔除去是神仙。相期若肯归灵窟，命汝金门执玉鞭。"和毕，复赠予一绝云："潇洒文心慧自通，无端笔下起长虹。波平云散停毫处，万里秋江一笠翁。"疾扫如风，扶乩者手腕几脱。真异事也！①

借扶乩的形式宣扬自己不同凡俗的才华，正是金圣叹当年的路数——称泐大师附体，佛道两家的神祇集于一身。李渔的表演同样是借助所谓"吕祖"来称赞自己，并写到诗中，编入集中，广为传播。他的朋友们纷纷凑趣，王茂衍评为："冰雪无尘，宛然仙气。"顾赤方评为："真文人，即真仙人。太白、长吉、笠翁，各有仙级。"尤展成云："真仙句也。"看来笠翁的目的达到了。

这种对金圣叹的追慕、仿效还表现到写作的一些细节，如李渔有游戏之作《西子半身像》："半纸天香满幅温，捧心余态尚堪扪。丹青不是无完笔，写到纤腰已断魂。"这其实是趣味不高的恶谑，但李渔很得意，又把它移用到剧本中。如果我们拿来金氏的《半截美人》，就会看到思路、语言明显的相似。

指出这些，为的是进一步指出这两位文坛巨擘的可比性。

金圣叹所在的苏州，也经过清兵的屠城，只是程度不及金华惨烈。这种带血的伤痕同样写到了金圣叹的诗中，如《兵战》：

> 兵战兹初试，凶危敢道过。旧人书里失，新哭巷中多。天子宜长寿，将军厌宝戈。定当逢此日，黔首竟如何？②

---

① 《李渔全集》第二册，第259页。

② 《金圣叹全集》第二册，凤凰出版社，2008年，第1163页。

剃发令下达后，苏州秀才陆世钥倡义反抗，焚烧了抚、按、府、县等五座衙门，结果导致了清兵屠城，由盘门直杀到饮马桥。金圣叹诗中的"新哭巷中多"当与此次屠城有关。金圣叹此后迁居到郊区(这也与李渔相同)，他描写当时的处境道："夫寇从南来，斯北避可也。寇自北至，斯南避可也。乃今南北西东，寇来无向，然则不免移家入舟，团团摇转，终食之顷濒死数十。此其仓皇窘迫，固非未经乱人之所梦见也。"因此，他在相当长的时间里对清兵的暴行及清政权确有怨愤、不满，这种不满的基点是他自身以及民众受到的压迫、损害。但其不满的表现是较为曲折隐蔽的，而非直接对抗。另外，这种不满与消极对抗并非为朱明王朝"守节"，这是他与那些从事反清复明的遗老遗少明显不同的地方。

金圣叹社会政治思想的核心是"民为贵"，对已亡之明及新兴之清，他都用这同一把尺子来衡量，以定臧否。这在长诗《下车行》中表现得很明显，诗云：

> 君不见，今年春风至今吹不休，百花合沓生长洲。……父老引领垂素发，传呼妇女观诸侯。……"阊阖遗黎去四方，东南岂是无良畴。虎冠飞择遍诸县，县县大杖殷血流。……我从都门闻，恶卧通夜忧。小臣无廉隅，得非大臣羞！……且得饘粥聊汝生，灵雨一至驱耕牛。十年疮痍果苏息，然后便宜无不求。"嗟乎下车第一章，仁君之言何宽柔。照临万万沟中人，朗如晶壶悬素秋。儿童合掌妇女拜，三年有成我能讴。白太傅、韦苏州，千秋万岁，肸蚃与俦。①

此诗乃顺治九年为秦世祯按吴事作。秦世祯，《清史稿》卷二百四十有传："秦世祯，汉军正蓝旗人……八年，甄别台员，列一等，寻命巡按江南。世祯察淮扬各郡蠹役害民，严治其罪。"他按吴三年，主要政绩之一是惩办贪官污吏。关于当时吴地吏治情况，《苏州府志》记载甚详："巡抚土国宝以下江南功再莅吴，贪纵骪法。其吏沈碧江……索富民财，不遂者辄指为盗，周内之，远近震恐。"常熟知县瞿四达、嘉定知县隋登云，"凡获盗，令指富人为窝党，逮系狱，入财即释"，"漕卒骄横，每米一石索加银二三钱"。圣叹诗中"虎冠飞择遍诸县，县县大杖殷血流"，正是这种情况的写照。秦世祯按吴后，弹劾土国宝，杖毙沈碧江，法办瞿、隋，"诸冤滥久系者系清出之，自是民得安枕"。"方农时，半月无雨，人以为忧。世祯一日雪

---

① 《金圣叹全集》第二册，第1249页。

数囚,雨大降,民呼为'御史雨'"①。圣叹诗中所云"十年疮痍果苏息""灵雨一至驱畔牛",皆非泛泛之词。他这首诗对秦某实是颂扬备至,竟以白太傅(香山)、韦苏州(应物)相期许。而这个秦某人为旗人且不论,本身乃清廷能吏,在对付郑成功等抗清力量时颇有手段。可见,金圣叹此时对官吏的评判,已不存在"故国""新朝"之畛域,而是采取了封建时代通行的标准——廉或贪。至于诗中"虎冠""疮痍"云云,与颂秦之词为同一问题之两面。正由于"虎冠""疮痍"竟至十年,所以顺治前期,金圣叹对清政权的基本态度是不满、抵触的。但这种抵触也只是表现为"不合作"——"绝意仕进","不抵抗"——仅仅诗文中发发牢骚而已。

金圣叹为自己的一首诗所写的按语云:

> 昔陶潜自言时制文章自娱,颇示其志。身此词岂非先神庙末年耶?处士不幸,丁晋宋之间;身亦遭变革。欲哭不敢,诗即何罪?不能寄他人,将独与同志者一见也。①

"欲哭不敢,诗即何罪",道尽这种"不合作不抵抗"的内心纠结。诗为《上元词》,是怀旧之作,本身并无违碍内容。而从按语看,当作于清初数年间。按语中很可注意的一点,是他把自己与陶渊明所作的比较。他认为自己与陶令有数端相似:同处在王朝兴衰更替的乱世,同有悲愤而难诉,同于无可奈何之下以文自娱。在人们心目中,金圣叹狂放玩世,似乎和淡泊沉潜的陶渊明了不相涉。殊不知,金圣叹所仰慕的古人,"六才子"以外,首推陶令。一部薄薄的《沉吟楼诗选》中,以陶令自比之作就有十五首。不仅以陶自喻,且相期许于友人,如赠王斫山:"孤松底下青篱竹,五柳边头白板门。一个先生方醉卧,四围黄菊并无言。"此前后诗中凡"孤松""五柳""桃源"字样甚多,皆为慕陶心理的流露。金氏鼓吹"六才子",主要着眼于其"才";而他仰慕陶渊明,原因却有多端:既有对身世、时运感慨之情的寄托,又是为自身寻一精神依托,还包含着对隐逸生活模式的向往。而这些原因归结到一起,是基于对清朝新政权的抵触情绪——这些诗集中作于顺治前期五六年间。

与此适成对照的,是金圣叹对急于谄事新朝者的讥刺。如《村妇艳》:"西施尽住黄金屋,泥壁蓬窗独剩依。"又如拟杜之《湘夫人祠》。杜之原作为:"肃肃湘妃庙,空墙碧水春。虫书玉佩藓,燕舞翠帷尘。晚泊登汀树,微馨借渚蘋。苍梧恨不

①《金圣叹全集》第二册,第1195页。

尽,染泪在丛筠。"据《杜臆》,此以湘妃思舜寄托思君之意。无论是否如此,老杜之诗为正面作品,为同情赞美湘妃挚情贞节则无疑。金圣叹全反其意,其作为:

> 缘江水神庙,云是舜夫人。姊妹复何在?虫蛇全与亲。寒帷俨然坐,偷眼碧江春。未必思公子,虚传泪满筠。①

诗有题注:"刺亡国诸臣。"老杜原作着意于"思"与"节",圣叹也便在这两方面作文章,但全由反面落笔,化庄严为可笑。写"节",看是"俨然坐",实则"虫蛇全与亲";而已堕落犹嫌不足,还更"偷眼碧江春"。写"思",则尽属"虚传"而已。这首讽刺之作,虽为刺某几个人物而作,却十分生动地写出了在易代之际,多数读书人的尴尬处境与矛盾心态。一边是良知与操守,一边是生计与富贵,"偷眼碧江春",极生动地写出前者的虚伪和后者的诱惑。

死节不值得,仕清损人格,抵抗无出路——剩下的路似乎只有做"逸民"之一途了。

金圣叹有两首题画诗,所题同为"陶渊明抚孤松图",画面取《归去来辞》中"抚孤松而盘桓"之意。二诗分别为:

> 后土栽培存此树,上天谪堕有斯人。不曾误受秦封号,且喜终为晋逸民。三径岁寒唯有雪,六年眼泪未逢春。爱君我欲同君住,一样疏狂两个身。②

> 先生已去莲花国,遗墨今留大德房。高节清风如在眼,何须虎贲似中郎。③

诗中意旨表述颇巧妙:慕松者渊明,慕渊明者圣叹,一则以显,一则以隐。陶渊明在《归去来辞》中多次写松,皆隐喻己之节操。圣叹二诗亦着眼于此。"不曾误受秦封号",反用"五大夫松"之典,实指陶未仕刘宋。"何须虎贲似中郎",用蔡邕欲为董卓死节之典,作陶"高节清风"的反衬。二诗写不受秦封、不为董死,看似咏陶,实为表达自己的现实抉择,也就是第一首诗中明白标出的"逸民"。

---

① 《金圣叹全集》第二册,第1170页。
② 《金圣叹全集》第二册,第1222页。
③ 《金圣叹全集》第二册,第1207页。

　　金圣叹有《赠许升年》，描写"逸民"生活："便有桃源最深处，那知秦汉事何如。"桃花源是陶渊明的理想国，也是隐逸情调的集中表现。金圣叹甚喜此篇，诗中屡用"桃源"之典，如"曾点行春春服好，陶潜饮酒酒人亲。沉冥便是桃源里，何用狺狺更问津"，"桃花水深深千尺，由是不洗尘心客"等等。用在此处，既申明自己洁身自好，又表达了不问时事的决心。

　　这样的心境也为其他"逸民"所共有。与金圣叹年龄相近的张岱在《陶庵梦忆序》中自述："陶庵国破家亡，无所归止，披发入山，骎骎为野人。……鸡鸣枕上，夜气方回，因想余生平，繁华靡丽，过眼皆空，五十年来总成一梦。今当黍熟黄粱，车旅蚁穴，当作如何消受？"同样选择了"逸民"之路，同样反思既往，又同样归于失望与空虚。其实，随着清政权逐渐站稳脚跟，街市恢复了往昔的太平，支撑"逸民"精神的道义之柱随之消弱、动摇，妥协与转向是迟早的事。即使如黄宗羲、顾炎武那样积极抗清的斗士，也不再反对子侄辈入仕新朝。故"逸民"们在苦闷之后，"一队夷齐下首阳"也就难以避免了。

　　但金圣叹、李渔没有很快转向，是因为他们选择了另类安顿心灵的道路。对于金圣叹，这就是文学评点。在中国文学批评史上，终身以文学批评为事业的，只有金圣叹一人。他把自己如此选择的心理动因写到《第六才子书西厢记》的两篇序言中，一名为《恸哭古人》，一名为《留赠后人》。两个题目都很别致，给风流香艳的《西厢记》冠以感慨悲凉的序，这仍是金圣叹好作惊人语的老习惯。但序言却非肤浅的惊人哗众之词，而是饱经沧桑的智者对人生最根本的问题的认真反思。这两篇序言在李渔的文章中也留下了痕迹。

　　李渔的选择是同类的，但具体做法大不相同，这就是文化产业的经营。自组剧团演出，编写、出版畅销书等，既实现了自己暗自选定的"不合作不抵抗"的处世原则，也解决了一家人的生计问题。当然，他俩的选择在当时都是相当"另类"的，因此不为"正人君子"（或自命"正人君子"）所理解，所认可。金圣叹被攻击为"邪鬼"，李渔被谩骂为"龌龊"。这都在他们各自心灵中留下了阴影，也都促使他们以不同的方式来申明，来辩解。在李渔，便是《闲情偶寄》上述的种种借题发挥之词，特别是"李色不可变""不求人知""甘为冬青""夷、惠之间"等语，都表现出他在负面社会舆论面前内心深沉的不平。而他虽然明白"身隐焉文"的道理，但对于自己的名声、社会的评价其实还是不能忘情的，各种方式的自我表白、辩解恰恰显示出内心的纠结。

五

李渔为自己设计的"不合作、不抵抗"的道路,既为世人误解,而他又不能明言,于是只好借助于文学作品,把真实的自我(或者说是"自认为的真实自我")通过借题发挥包装后表达出来;同时也把不被理解之苦闷,用文学的手法加以抒发。

如前所述,《闲情偶寄》中隐到闲情后面的"肮脏不回""甘淡守素""傲霜砺雪"的自我表白都是这种心态的流露。而除此之外,他的其他文学作品往往也有此表露。如诗歌《谒岳武穆王墓》:

> 忠心尽瘁矢无他,万死甘心奈屈何?三字狱成千古恨,从来谤语不须多。①

歌颂岳飞,这本身就有民族情绪的因素。而诗中"谤语不须多"却有几分别扭。因为"莫须有"三个字是牵强的罪名,和通常的"谤语"所指明显不同。李渔被社会负面舆论困扰,那些负面舆论正是名副其实的"谤语"。最后一句显然是为自己感叹。

类似的情况也表现到他对文天祥事迹的书写中。李渔编撰《古今史略》,从盘古传说编到明末。几千年的史实压缩到很小的篇幅,文字的精简可想而知。如元成宗,在位十三年,记事仅十一个字;元泰定帝在位五年,记事十五个字。而记文天祥个人则用了近七百字,其中全文抄录了《正气歌》,以及《过金陵》诗,仰慕之情灼然可见。他对文天祥坚持操守,在牢狱中三年不变其节特别加以赞誉:"千锤之铁,百炼之钢,较尸浮海上之十万余人,犹觉忠纯而义至。"认为坚守立场不变,比起慷慨赴死更为难能,更为可贵。这种比较以及做出的抑扬评价,似乎都大可不必,但如果联系到他在《闲情偶寄》中反复申明的"李树不改其色""冬青高洁不冀人知"一类态度,这里借题发挥的痕迹还是不难看出的。

这种借题发挥、申明已志的创作态度表现到他的叙事文学作品里,便是塑造出一系列的人物形象,其中或多或少呈现出作者本人的影子,使得小说具有明显的自我指涉的色彩。

---

① 《李渔全集》第二册,第272页。

例如《三与楼》中,写了一个名叫虞素臣的高士,绝意功名,寄情诗酒,平生"只喜欢构造园亭",对于建筑、设计"定要穷精极雅"。生活在其中,焚名香,读《黄庭》,正是李渔理想的人生。所以,孙楷第指出:"文中虞素臣,即是笠翁自寓。

《闻过楼》中则写了一个顾呆叟,恬淡寡欲,远离功名,到城外"结了几间茅屋,买了几亩薄田"。小说中描写他居处的环境:"数椽茅屋,外观最朴而内实精工,不竟是农家结构;一带梅窗,远视极粗而近多美丽,有似乎墨客经营。若非陶处士之新居,定是林山人之别业。"这样的人生情趣、审美追求,完全是李渔本人的投影。陶渊明、林和靖,都是李渔企慕的前贤。顾呆叟居处的花竹、池沼、疏窗,几乎就是李渔伊山别业的摹本。

而在《奉先楼》中,则寄寓了他上述应对时局的基本态度。李渔借小说中人物之口,反复讨论"当下殉节"与"忍辱存孤"的选择问题。先是舒秀才与舒娘子讨论,然后又把问题提到宗祠中"集体评议"。讨论的"模板"则是"赵氏孤儿"中程婴与公孙杵臼不同选择的评价。当然,最后的结论都倾向了"忍辱存孤"。小说又为"忍辱存孤"的舒娘子设计了功德圆满、皆大欢喜的结局,显示出作者的鲜明立场。①

《生我楼》说得更加直截:

词云:千年劫,偏自我生逢。国破家亡身又辱,不教一事不成空。极狠是天公!

论人于丧乱之世,要与寻常的论法不同,略其迹而原其心。苟有寸长可取,留心世教者,就不忍一概置之。古语云:"立法不可不严,行法不可不恕。"古人既有诛心之法,今人就该有原心之条。迹似忠良而心同奸佞,既蒙贬斥于《春秋》;身居异地而心系所天,宜见褒扬于末世。诚以古人所重,在此不在彼也。

此段议论,与后面所说之事不甚相关,为甚么叙作引子?只因前后二楼都是说被掳之事,要使观者稍抑其心,勿施责备之论耳。从来鼎革之世,有一番乱离,就有一番会合。乱离是桩苦事,反有因此得福,不是逢所未逢,就是遇所欲遇者。造物之巧于作缘,往往如此。②

---

① 这个情节其实十分牵强,但富有戏剧性。于是被金庸移用到《射雕英雄传》中,"将军"变成了完颜洪烈,舒娘子变成了包惜弱。这个情节几乎成为了《射雕英雄传》全书展开故事的基础,甚至影响到另一本《神雕侠侣》。

② 李渔:《十二楼》,人民文学出版社,1986年,第213–214页。

"国破家亡身又辱",这里说的是某个不知姓名的女性被掳失身,但无名无姓,又与下面的故事无关,显然是借题发挥。而下文又把这个"辱"扩展到"从来鼎革之世",这就和自身的命运联系到了一起。前文已经提到,儒家传统中有"身体发肤受之父母"的信条,剃发正是莫大的"辱身"。这段议论正是对奇耻大辱面前的怯懦作出的自我正当化的开释。

同时代的另一部小说《金云翘》中,也是写了一个失身的女性,然"身辱心不辱"。其中议论道:

> 身免矣,而心辱焉,贞而淫矣;身辱矣,而心免焉,淫而贞矣。此中名教,惟可告天,只堪尽性,实有难为涂名饰行者道也。故磨不磷,涅不缁,而污泥生不染之莲。①

> 大凡女子之贞节,有以不失身为贞节者,亦有以辱身为贞节者,盖有常有变也。夫人之辱身,是遭变而行孝也。虽屈于污泥而不染。较之古今贞女,不敢多让。②

与笠翁作品相互印证,其中的情感意蕴与写作心态就更加清晰了。

这种以小说的形式表现自我,是清代小说与明代小说的一个重要不同;特别是自我指涉的成分,清代小说远远多于明人作品,如《聊斋志异》,如《红楼梦》《儒林外史》等,而李渔则是肇其端者。

(原载《文学与文化》2017 年第 4 期)

---

① 青心才人:《金云翘》,春风文艺出版社,1985 年,第 1 页。
② 青心才人:《金云翘》,第 208 页。

从"纯文学"观念到"大文学"思想

——兼谈中国文学思想史研究的古今会通 *

张　毅

　　文学思想史研究的是历来人们对文学性质的看法,对"文学"的不懈思考成为会通古今的关键。回顾具南开大学特色的中国文学思想史研究,由中国文学批评史和古代文学史学科综合发展而来,在尝试从研究中国文学批评的概念和理论范畴寻求突破的同时,受现代"纯文学"观念影响,偏重于从作家创作实践和文学作品的审美判断中总结提炼出文学观,与文学理论批评相印证和比较。又主张以士人心态的探讨为纽带,尽可能地"还原"古代文学思想的本来面目,由此形成具有新学科性质的学术理念和研究方法。当然,中国文学思想史作为新兴学科,有一个不断发展完善的过程,随着研究的深入和拓展,一些问题也随之产生。诸如"历史还原"是方法还是目的,或者只是对原著或作品的正确解读?为什么要以"文学性"衡量古代的文学文体,以及如何处理不同时代文学思想之间存在的差异?能否以中国传统的"文"论为基础,进行文、史、哲交叉学科的综合研究而回归文学本体,以古今会通的"大文学"思想,统领文献、文体、文心、文本和文艺等方面的研究。在实现中华民族文化复兴的过程中,商量旧学,培养新知,以期达到极高明而道中庸、致广大而尽精微的境界。

一

　　罗宗强先生是南开中国文学思想史学科的开创者、奠基人,他的开山之作

　　作者简介:张毅(1957—　),男,南开大学大学文学院教授。

　　* 本论文为国家社科基金重大项目"近世书画文学文献整理和研究"(项目号:19ZDA275)的阶段性成果。

《隋唐五代文学思想史》，提供了受"纯文学"观念影响进行这方面研究的典范。他还明确了文学思想的研究内容，说明文学思想史作为一个独立学科与中国文学理论批评史和文学史的联系与区别，以及历史还原和士人心态研究在这门学科里的重要地位。

南开大学的中国文学思想史研究，可追溯到 20 世纪 80 年代，那时，作为北方高校唯一的博士点学科，南开大学中文系的中国文学批评史专业面临着如何发展的问题。在经历了半个多世纪的发展后，中国文学批评作为"史"的构架基本定型，资料的收集整理也取得了很多成果，重要概念研究成为进一步发展的突破口，成为由文学理论范畴研究转向文学思想研究的滥觞。在 1980 年初召开的第一届中国古代文学理论研讨会上，王达津先生提交的论文是《古代文论中有关形象思维的几个概念》，在这篇文章里，达津先生选择"体气""体性""体势""兴趣""意兴""形似""神似"等古文论重要概念加以阐释。如关于"体势"，他以为"体"是文章的体态风貌，而诗文中曲折顿挫种种的生动意象就是"势"。"体势"一词，有人说出自《孙子兵法》论形势，似乎过于狭窄；达津先生广引晋顾恺之的《画云台山记》、南北朝宋王微的《论画》、晋索靖的《草书状》、虞和的《上明帝论书表》、刘勰的《文心雕龙·定势》，以及杜甫的《题王宰山水图》《寄高使君岑长史三十韵》《观公孙大娘弟子舞剑器行》等诗歌作品，意在说明："作家的审美感贯穿在作势中，势虽依从本体，但事物和情境是运动变化的，动静、惨舒、明暗、向背、远近、深浅，都须要生动逼真的表现，而境界的悲壮、静穆、雄伟、和谐等也都要在势中体现。欧阳询《书法论》认为写字'相背相反，各有体势'，就是这个意思。势代表具体作品中矛盾、冲突、变化、发展，因而'体势'也是中国古代文论中涉及形象思维的一个重要概念。"[①] 该文的特点是以现代文艺理论的"形象思维"为焦点，就古代文论中某些与此相关的重要概念，广引古代的画论、书论和文论，并结合诗歌作品加以阐释。所谓"形象思维"，与"纯文学"一样，属于源于西方的现代文论观念，强调的是作家创作思维特点和文学作品的审美特质。

罗宗强先生本来也是打算研究古代文论的常用概念的，他说："一九七九年冬，因为有感于我国古代文论中一些基本概念的内涵和外延都不易确切理解，便想来做一点释义的工作，考其原始，释其内涵，辨其演变。于是选了二十来个常用

---

① 王达津：《古代文论中有关形象思维的几个概念》，载《古代文学理论研究》第五辑，上海古籍出版社，1981 年，第 161 页。

的概念,如兴寄、兴象、意象、意境、气、风骨、势、体、调、神韵等等,多方收集资料,仔细辨认思索。但深入下去之后,便发现这实在是一件不自量力的工作。其中遇到的一个问题,就是这些基本概念的产生,都和一定时期的创作风貌、文学思想潮流有关。不弄清文学创作的历史发展,不弄清文学思想潮流的演变,就不可能确切解释这些基本概念为什么产生以及它们产生的最初含义是什么。"① 因此,他终止了这一工作,转而研究文学思想史,并从自己比较熟悉的隋唐五代开始。这就是《隋唐五代文学思想史》撰著的由来。

可以说,20 世纪 80 年代,南开的中国文学思想史研究,是为了解决中国文学批评史研究中存在的问题而起步的。在评论当时出版的《中国文学理论批评史》时,罗宗强先生说:"三十年来,在我们的文学理论批评史的研究中出现过这样一些现象:我国古代文学理论批评史上丰富的思想材料、杰出的理论建树,仅仅被当作现代文学概论的一些现成概念的注脚,也就是文学概论的基本观点,加上古代文论的语录。用这种方法,当然无法正确认识我国古代文学思想的独特体系,不可能批判继承这样一份具有民族文化鲜明特征的文学理论遗产。"于是如何清理古代文论的基本概念,也就成了当务之急。因"古典文论中一些重要的基本概念,是在大量的文学艺术创作实践的基础上概括出来的。文学艺术中的民族特色,上升为理论,最初往往就概括在这些重要的基本概念里。例如,'风骨'、'势'、'神韵'、'味'等等,几乎为我国一切艺术品种所共有。它们正体现着我国文艺的民族特色。弄清这些概念的确切内涵,对于认识我们的文艺的民族独创性,很有帮助。同时,这些概念作为我国古代文学思想体系的组成部分,也有其自身的特色,如可感不可感、形象、传神,而内涵又往往缺乏严格的规定性,等等。弄清它自身的特点,对了解我国古代文学思想的民族独创性,也是很必要的"。罗先生认为,敏泽的《中国文学理论批评史》重视对我国古代文论固有概念的探讨,这是值得充分肯定的;但该书沿用了以往文学批评史著作惯用的以时间为序、以人物为纲的体例,因此带来一些问题,应当而且可以改进。他说:

　　长期以来,中国文学批评史的编写大多采用这种以朝断代以人立章的体例。这种体例,从史的角度说,优点是使历代主要批评家的文学思想一一毕陈,给人一个清晰的印象,便于了解各个时期有代表性的文学理论。但这种体例也有它的局限。首先,由于它以批评家和批评论著为线索,涉及的往往只是有名的批评家和批评论著,而忽略了不大出名的批评家和批评著作。再次,采用上述体例,常常只是停留在文学理论本身的研究上,而忽略了产生这种理论的基础——文学创作倾向。不是把文学理论和文学创作实践放在一起来研究,从创作倾向反映出来的文学思潮,来认识某一种文学理论产生的确切原因、内容与价值。对于理论与创作的关系,通常的处理方法只是把创作放在时代背景里,而理论则单独论述。最后,也就是最主要的一点,是采用上述体例的最大限制,是它只便于介绍批评家和批评专著,而不便于很好地总结文学思想的发展规律。①

就中国文学思想史研究的萌芽而言,该书评有两点值得注意:一是评论对象虽为文学理论批评史著作,评论者念念不忘的却是文学思想、文学思潮和文学思想的发展规律;二是明确提出应该把文学理论批评,与文学创作所反映出来的文学思想放在一起来研究。也就是说,应该将文学批评史所注重的理论探讨与属于文学史的作家作品研究有机地结合起来,把一个时期文学创作中反映出来的文学观念,与这一时期的文学理论批评相印证、补充,相互发明。这一研究设想在《隋唐五代文学思想史》里得到了很好的实现。

理论批评与创作实际相印证,前辈学人似已有所注意。如20世纪20年代,范文澜先生于南开大学开设《文心雕龙》课,在其以讲稿为基础撰成的《文心雕龙注》里,收录了不少刘勰所评论作家的作品,可与其理论批评对照阅读。程千帆先生也曾主张,我们不但要研究"文学理论",还应当研究"文学的理论"。一般的文学批评史著作多将文学创作作为背景加以介绍,而罗宗强先生文学思想史研究最具创新性的部分,在于以敏锐的审美感受力和缜密的思辨力,从文学创作及其作品中概括提炼出文学思想,补充和完善理论批评之不足。比如关于李商隐的文学观,复旦的《隋唐五代文学批评史》在详细梳理了其诗文评资料后总结说:"在理论批评方面,我们看到,他既重视、钦佩李贺、杜牧的日常抒情写景之作,更推崇贾谊、李白、杜甫等关怀国事民生的篇章,还肯定了宋玉假托巫山神女寄托讽喻的辞赋。可见在内容题材方面,他要求有裨于政治教化,但也重视抒发日常生

---

① 罗宗强:《评〈中国文学理论批评史〉——兼论中国文学批评史研究中的一些问题》,《中国社会科学》1982年第3期。

活中的个人情怀,取径较为宽阔。"①李商隐虽有诗文须有助于政治教化的言论,但未必是他心里的真实想法。通过对李商隐诗歌作品的审美分析,罗宗强先生指出其诗歌创作有三个方面的特征:一是追求朦胧情思与朦胧意境的美;二是追求一种细美幽约的美;三是感情表达方式的多层次和迂回曲折,而感情基调则是凄艳而不轻佻。结论是:"李商隐在诗歌艺术上的这三个方面的探索追求,都集中反映出唐代诗歌思想发展至此已经产生了巨大的变化,从盛唐的风骨、兴象,到中唐的讽喻与怪奇,到此时的细美幽约,更侧重于追求诗歌表现细腻感情的特征。"② 很显然,罗先生偏重于从诗歌审美创作的角度看问题,认为李商隐诗歌对于细美幽约情感的追求与表达,更能代表从盛唐、中唐到晚唐诗学思想的主导倾向。

　　诗美是一种感受,来自特定的感觉方式和思维方式,诗歌抒情的审美特质,使它在"纯文学"领域占着非常特殊的核心地位。《隋唐五代文学思想史》以具有"纯文学"性质的唐诗作为主要研究对象,细致入微地剖析诗人作品,敏锐感受和描述文学思潮的演变和发展过程,给人耳目一新的感受。傅璇琮先生在提到该书时说:"结合文学创作、风格写文学思想,使我们在书中看到的不仅仅是理论,而且是原来的一些实际情况。"③ 意谓这种文学思想史研究,能更贴近文学的历史真实。后来,傅先生在读了罗先生的新著后又说:"无论是审视近十年的中国文学思想史研究,还是回顾这一时期古典诗歌特别是唐代诗歌的研究,他的著作的问世,总会使人感觉到是在整个研究的进程中划出一道线,明显地标志出研究层次的提高。"④ 傅先生是改革开放以来中国古代文学研究界最具影响力的人物,他对罗宗强先生的推崇,他对年轻人的提携,扩大了南开中国文学思想史研究在学界的影响。

二

　　《隋唐五代文学思想史》在 20 世纪 80 年代中期的出版,标志着独树一帜的中国文学思想史学科研究体系的成立。在受"纯文学"观念影响而以审美的眼光观察和衡量古代文学时,罗宗强先生秉持充分尊重历史的态度,严格地从历史事

---

① 王运熙、杨明:《隋唐五代文学批评史》,上海古籍出版社,1994 年,第 638 页。
② 罗宗强:《隋唐五代文学思想史》,第 371 页。
③ 傅璇琮:《古典文学研究及其方法》,《复旦学报》1987 年第 4 期
④ 傅璇琮:《走向成熟的思考——读罗宗强〈玄学与魏晋士人心态〉》,《文学遗产》1991 年第 2 期。

实出发来思考问题、分析问题,在研究中决不以预设的理论为准绳,而是以大量历史文献和原始资料为依据,做忠于文学实际的认真研究。他用理论批评与创作实际相结合的方法,根据特定时期社会文化环境中士人的心态、生活情趣和审美取向,探讨文学思想演变的轨迹,力图将历史上每一种文学思想产生发展的过程客观立体地呈现出来。他把这种研究称为"历史还原"。

对于罗先生讲的"历史还原",结合对《隋唐五代文学思想史》的学习,我开始是从方法论的角度加以理解的。1993 年,应《传统文化与现代化》杂志的邀请,我写了一篇书评,从"中国文学思想史的学科建设""'还原'方法的程序和内容""新的学术价值观"三个方面,说明《隋唐五代文学思想史》在新学科建设中的重要意义。对于文学思想史研究的"还原"方法,亦分三层加以说明:

(1)建立在考据实证基础上的历史还原。这要求把研究对象置于特定的时间和历史环境中加以考查,不但要知道某种文学观点和理论主张是由谁提出来的,还得弄清楚这种观点和主张是在什么时候,以及在什么样的创作背景之下说出来的。探讨它出现和消失的原因,理清文学思想演变的线索。这种历史还原的工作包括史料的排比选择,作品年代和作家生平的考证等许多需下笨功夫的史实清理工作。

(2)以审美鉴赏和士人心态分析为中心的思想还原。如果说历史还原是文学思想研究的基础工作的话,那么思想还原则是文学思想研究中最重要而又最困难的一环。所谓"思想还原",在于透视一家一派文学思想形成的来龙去脉,使其理路更加明晰而有条理。中国古代文学思想不同于其它思想形态(如哲学思想、政治思想)的地方,正在于它是建立在作家和批评家艺术创作经验和审美体验基础之上,带有感性直观的性质,常常不够明晰而缺乏条理。即便那些能自成一说的理论批评,也只有放到当时大量创作中反映出来的文学思潮的发展演变过程中,才能真正说明其内容及价值。这一切,使得文学思想的还原离不开对作家作品的审美鉴赏和艺术分析。《隋唐五代文学思想史》的一个显著特色,即在于审美体验和艺术分析的新鲜与细致。

(3)理论重建工作。文学思想史研究无疑是一门理论性很强的学科,在《隋唐五代文学思想史》中,可以看到著者在历史还原和思想还原的基础上,对这一时期各个阶段文学思想的特色、内容、价值及演变规律作系统的理论把握,挖掘出隐藏在原有思想和理论范畴表面结构底下的深层意蕴,用明快的逻辑语言表现出来。①

　　这是一篇表彰《隋唐五代文学思想史》的书评,以为罗先生除了从以社会发展为背景的社会思潮和文化传统来考察文学思想的一般演变过程外,还深入到具体的文学现象中做特殊的研究,深入古人心灵与之对话,以见识独特而又意味深远的高层次观点,重新体验和发现古代文学思想中对于人的存在和人性发展有影响的种种文化心理因素;将具有科学倾向的社会历史研究与具有审美性质的人文心态研究融合在一起,开拓出文史哲贯通的学术发展新路,突破了以往分门别类研究的学科规范,体现了学术发展到一定阶段后对新的综合的要求。这种文学思想史,在研究对象、材料取舍的标准、解决问题的方式等关系到学科建设和发展的重要方面,已经不同于以往文学批评史学科的学术传统,建立起了新的学科规范,成为一门特色鲜明的新学科。

　　由于理解的不同,我把"历史还原"限定在需要阅读大量一手文献资料的史实清理方面,是一种处理文献的考据实证方法;而同门左东岭教授则认为指的是中国文学思想史的研究目的。他在这方面的思考持久而深入,而且发表了成系列的论文。② 他的最终结论为:

　　　　中国文学思想史研究是中国学者自己独立创建的理论方法与学科体系,它以还原中国古代文学观念的真实历史内涵为研究目的,以理论批评与创作实践相结合为基本学术方法,以文人心态研究作为连接文学思想与社会历史环境的中间纽带,以总结中国优秀文学思想的传统与增强民族自信为基本学术宗旨,从而形成了中国特色与中国气派的研究体系,为中国理论话语的建设做出了自己的贡献。③

把"历史还原"作为中国文学思想史研究的目的,可以在罗宗强先生的相关论著

　　① 张毅:《中国文学思想史研究的新探索——评〈隋唐五代文学思想史〉》,《传统文化与现代化》1993年第4期。

　　② 主要有:《中国文学思想史的学术理念与研究方法——罗宗强先生学术思想述论》,《文学评论》2004年第3期;《国学与古代文学思想研究》,《江西社会科学》2011年第3期;《中国文学思想史研究方法的再思考》,《中国人民大学学报》2014年第4期;《中国古代文学思想阐释中的历史意识》,《首都师范大学学报》2015年第6期;《中国文学思想史研究的文体意识》,《文学评论》2018年第2期;等等。

　　③ 左东岭:《建立具有中国特色的文学思想史研究体系》,《文学遗产》2019年第4期。

里找到根据。诸如:"有时候,对于历史的真切描述本身就是研究目的。"① "有时候,复原古文论的历史面貌,也可视为研究的目的。"② "学术研究的一个重要目的就是求真……从文化传承的角度,弄清古文论的本来面目,也可以说是研究目的。"③ 特别是,罗先生在《宋代文学思想史·序》里强调:"如果说,在古代文学思想史的研究中有什么大忌的话,那么,我以为,把古代文学思想现代化就是大忌。把古代文学思想现代化,结果一定会把古代文学思想史弄得面目全非,从而完全失去它'史'的价值。古代文学思想史研究的第一位的工作,应该是古代文学思想的尽可能的复原。复原古代文学思想的面貌,才有可能进一步对它作出评价,论略是非。这一步如果做不好,那么一切议论都是毫无意义的。我把这一步的工作称之为历史还原。"④ 根据以上言论,东岭教授认为:罗宗强先生将"历史还原"作为中国文学思想史研究的第一要义,可以说中国文学思想史的所有方法与程序,均是为了实现此一目的而进行的,如果失去此一目的,便不是真正意义上的文学思想史的研究。

历史还原是为了追求历史的真实,但文学思想史研究所追求的历史真实,与文学史追求的一样,只能是相对意义上的真实,要绝对真实地反映其全貌,几乎没有可能。罗宗强先生在谈到文学史写作时说:"我们不可能完全还原历史的本来面貌,这已经是众所周知的史学常识,是研究者的共识。我把这样一个老观点重提出来,是想从中国文学史的实际出发,来谈论我们究竟能在何种程度上真实地描述文学史。一个朝代、一年、甚至一个事件,当时有着怎么样复杂的过程,而留下来的往往只是寥寥的几笔。这寥寥的几笔,又几经选择、润饰,必不可免地带着倾向性,并非历史的本来面目。何况,更大量的人和事,并没有留下任何的踪迹。我们所说的文学史,充其量也只是从我们的角度、我们眼中的文学的历史。"⑤ 也就是说,我们现在看到的历史,其实是写出来的历史,这种文字记录的历史,与真实发生的历史,其间已有相当的距离。况且"时移世异,古今不同。此种不同表现在各个方面,如社会生活环境不同,处于商品社会,处于面临全球化的环境中,思想观念、生活方式、生活情趣、价值准则,都已经发生了很大的变化,要完全回

---

① 罗宗强:《四十年古代文学理论研究的反思》,《文学遗产》1989 年第 4 期。

② 罗宗强:《近百年中国古代文论之研究》,《文学评论》1997 年第 2 期。

③ 罗宗强:《古文论研究杂识》,《文艺研究》1999 年第 3 期。

④ 罗宗强:《宋代文学思想史·序》,中华书局,1995 年,第 7 页

⑤ 罗宗强:《文学史编写问题随想》,《文学遗产》1999 年第 4 期。

到古代的传统中去,照搬古代文学思想的理论体系、批评术语,是不可能的。在这一意义上说,我们无法照搬传统"①。中国文学思想史虽主要以古人的文学思想为研究对象,但在阐释过程中不可避免地带着今人文学观念的因素;从这个角度看,要完全恢复古代文学思想的历史原貌,几乎是做不到的。

我想,罗宗强先生明知不可为而为之,在研究中国文学思想史时强调历史还原,乃是在"反思"或总结古文论研究中存在的问题,力图纠正我国学界长期形成的急功近利的学风,以及今人对古代文论概念的曲解。其建立中国文学思想史学科的初心,是为了更真实地发掘、认识和表达中国古人的文学观念与历史演变过程,至于历史能否还原、如何还原,乃是一个历史哲学中长期争议的问题,是可以探讨的问题。过去了的历史真能还原吗?中国文学研究是否应当回归古代文史哲不分的文化传统里? 答案当然是否定的。罗先生说:"我国古代文、史、哲、经等等是不分科的,都称为'文'。分科是现代学术发展的一种共同趋势,各科之间当然有交叉,但是研究的侧重点自是不同。我们当然不可能回到古代去,取消文学一科的独立存在。那么,我们以什么样的标准,区分文学与非文学呢?我们研究古代文学,强调历史还原,意在于尽量复原历史的真实情境,并不等于说回到古代不分科、将一切'文'都称为文学的状态,我们研究的毕竟还是文学。"② 尽管说要尽可能地还原历史,但对"文学"的情有独钟,毕竟已溢于言表。

三

如果说在"历史还原"的看法上,罗宗强先生有不同的表述;那么,在坚持文学独立性和审美问题上则是始终如一。重视文学性,重视文学的审美特质,可以归结到对人的个性、情感和精神自由的尊重,这无疑是现代"纯文学"观里最有价值的思想。我们应该兼备世界眼光和中国立场,坚持现代人重视文学性和审美力的价值标准,用实事求是的科学精神衡量中国古文论和古代文学,以不问东西、会通古今的"大文学"思想,将研究落实细化于文献、文体、文心、文本和文艺等诸多方面。

文学的性质是什么? 这是文学史和文学思想史研究者无法圆满回答而又必

---

① 罗宗强:《工具角色与回归自我——中国古代文学思想的当代价值认同问题》,《文学评论》2007年第5期。

② 罗宗强:《我国古代文体定名的若干问题》,《中山大学学报》(社会科学版)2009年第3期。

须面对的问题,每当社会文化发展到对现存的文学观、价值观产生冲击的转折关口,这个问题就会凸显在研究者面前。20世纪80年代,继"形象思维"之后,有关于"纯文学"的讨论,那是一个强调实践是检验真理标准的年代。那时人们对"纯文学"的追求,可以从现代化或现代性的角度加以理解。首先,"纯文学"观念蕴含着现代化的思维方式和学术理念,在西方近现代的人文学科中,知识、审美和伦理分属知、情、意三大精神领域,各有自主的独立空间。现代学术发展奉行分门别类的并列原则,文学的纯粹性,在于它在审美领域才能充分发挥想象力的创造作用,不能也不必去取代知识和伦理的功能;同样,科学知识和政教伦理也不应该干涉或取消文学的独立性。其次,追求文学自主性和独立性的"纯文学",是"五四"新文化运动现代性一个不可缺少、却一再被边缘化的方向。主张"纯文学"者,多以提倡"平民文学""人的文学"为说辞,以表现人情、人性、人道主义理想为文学的核心内容。如钱谷融先生在《论"文学是人学"》里说:"在文学领域内,既然一切都决定于怎样描写人、怎样对待人,那么,作家的对人的看法,作家的美学理想和人道主义精神,就是作家世界观中起决定作用的部分了。"[1]他认为"文学是人学"中的"人",不是指整个人类之"人",也不是某一整个阶级之人,而是具体的、个别的人;因此,把文学与一般社会科学等同起来,是违反文学的性质、特点的。为摆脱庸俗文艺社会学的功利束缚,让文学从政治意识形态的附庸地位解放出来,有学者一直坚持"五四"新文学的现代性,主张文学应当有自己的审美独立性,拒绝向功利意识强烈的非文学传统妥协。

罗宗强先生属于坚持文学独立和审美现代性的学者,他将文学思想史研究的重心,由一般的理论批评转向文学作品的审美分析,转向文学思潮的辨认和把握,这需要敏锐的审美感受能力,不像理论批评那样,只要在材料梳理的基础上进行理性归纳就可得出结论。他说:"对于文学思潮发展的敏锐感受,在很大程度上,要求具备审美的能力。一个作家、一个流派的创作,美在哪里,反映了什么样新的审美趣味,乃是文学思想中最为核心的问题。如果这一点都把握不到,那写出来的就不会是文学思想史,而是一般意义上的思想史。如果把一篇美的作品疏漏过去,而把一篇并不美的作品拿来分析,并且把它说得头头是道,那就会把文学思想史的面貌写走样了。"[2]这是在强调审美能力的重要性,以为文学思想史

---

[1] 钱谷融:《论"文学是人学"》,人民文学出版社,1981年,第11页。

[2] 罗宗强:《我与中国古代文学思想史》,载《学林春秋三编》,朝华出版社,1999年,第124页。

研究者,若不能感受文学创作显示出的审美倾向,不能把握作家独特的艺术个性及其作品风格,就难以把握文学思想发展的主潮与大势。

文学的本质特征是审美的,面对审美对象,研究者不能无动于衷,无论是对诗人具体作品的解读,还是对文学流派以及某一时期的文学思潮的体认,都需要敏锐的审美能力。这种研究理念的形成,既是现代"纯文学"观影响古代文学思想史研究的体现,也与罗宗强先生本人的性格和学术个性有关。21世纪初,罗先生在接受访谈时说:

> 我是个重感情的人,爱激动,爱感慨。我较早受到古诗词的熏陶,十五六岁时就爱写诗,和一些好朋友,常在一起写一些感伤的诗,有这么一个善感的气质。我读古代的诗歌、古代的散文,对感情浓郁的作品很容易引起共鸣,有一种生命的感发和激动。所谓审美感受,恐怕主要是对古代作品的那种感情的共鸣,我注意在书中把那种感情的共鸣传达出来,这可能就是我在研究过程中要把个人的感情注入到里面去的原因。
>
> 从写《隋唐五代文学思想史》,到写完《玄学与魏晋士人心态》,中间有将近十年的时间,我在研究过程中注意两个最基本的方面:一个是真诚地面对历史,尽量做历史还原的工作;再就是对作家的衡量以人性作为标准,看其在作品中如何真实表现他的性情、他的个性,如何表述他的人生感悟,当然,也看他艺术表现的特色与成就。从这些来推测他在创作中的崇尚,来理解他的文学观念。
>
> 文学思想的最为基本的东西是文学,面对大量的文学现象,就有一个审美感受的问题。要有审美能力,才能分辨优劣,才能分辨审美趋向的细微变化。……搞文学研究,若没有敏锐的审美能力,没有感情的共鸣,只靠纯理性的分析是不行的。文学不是哲学,也不是历史。现在研究文学的人,有的光搞史料清理,或者光搞历史背景研究,历史背景的种种问题,当然对于全面了解当时的文学有必要,但是研究完这些问题以后,一定要回到文学上来。假如不回到文学本身,那就不是文学研究,而是历史学研究、社会学研究或别的什么研究。①

---

① 罗宗强、张毅:《"自强不息,易;任自然,难。心向往之,而力不能至"——罗宗强先生访谈录》,《文艺研究》2004年第3期。

一是追求真实的历史还原,二是关注人之性情、个性的士人心态研究,还有回到文学本身的审美判断。这三方面的学术追求,体现的是一种兼顾历史文化、现代观念和未来发展的"大文学"思想,可落实在以"文"论统领的文献、文体、文心、文本和文艺研究中。

首先,"文献"资料的搜集整理和正确解读,这是中国文学思想史研究"历史还原"的最基本工作。因为"我国的古代文论,一个论点的提出,一个理论范畴的出现,常有着甚为复杂的原因。特别是一种文学思想的出现,原因就更为复杂,有时不仅牵连到文学自身,且亦牵连到其他的种种因素,如政治环境、社会思潮、宗教、其他艺术门类的情形,这些复杂的因素的影响,仅靠形式逻辑的归纳法,就不易说清楚了。它需要借助于演绎、比较、或者理证法,对文学观念产生的原因及其发展演变,作理论的细微分析,再进行判断。甚至对于某种文学理论现象或者文学思潮的历史原貌的客观描述,也是如此。"① 以详尽的文献收集整理为基础,文学思想史研究才能少一些附会,而多一些历史感。如欲研究某一时期的文学思想,最好采取竭泽而渔的办法,通读这一时期的存世文献,形成对这一时期社会历史的真实体验,设想当时文人生活的种种情状和心态,作为正确解读文献的基础。如罗宗强先生所说:"这样做的工作量是很大的。往往需要通读一个时期的差不多所有存世之作,和作者们的生平材料,才能形成其时文坛风貌的大致轮廓;需要阅读所能得到的各种各样的史料,辨别思索,才能对该时期的种种重要事件有一个大体的了解。在实际工作中,常常是这样的:为了弄清一个时期的文学思想,往往翻遍存世的能够找到的所有典籍,结果用得上的材料则百不得一,甚至千不得一。这样的研究方法,当然是很笨拙,无疑也是很艰辛的,而且朝代距今越近,困难也就越大,盖存世典籍浩如烟海故。"② 中国文学思想史研究,由于是中国文学批评史与中国文学史的跨界研究,两方面都要兼顾,无形中极大地增加了文献的阅读量。

相对于文献资料的收集整理,如何正确解读文献,才是中国文学思想史研究的真正难点所在。罗宗强先生说:"提出历史还原的最基本工作,是原著的解读。原著的解读不单是辞语的训释问题,还涉及对于原著的义理的理解;涉及对于文

① 罗宗强、邓国光:《近百年中国古代文论之研究》,《文学评论》1997 年第 2 期。
② 罗宗强:《宋代文学思想史·序》,第 9 页。

化背景的了解;涉及到历史段落感等问题。……文学史写作的历史还原问题,也与此相类似。不过应更加强调史料的清理。做到存世资料网罗殆尽;然后辨伪、解读。"① 如此说,历史还原是建立在文献收集和史料清理基础上,对原著和作品的正确解读。就中国文学思想史研究而言,这包括文学批评史理论著作及其重要范畴的阐释,文学史作家心态研究及其作品的审美解读两个部分,既要理解作者的本意(intention),也要说明作品的本义(meaning)。用现代文学观念附会古代文论,对其概念范畴做主观臆测的强制性解读,固然易误入歧途;但完全以传统的考证训诂方式注解古文论,或为了避免掺杂己见而以古注古,亦非正道坦途。古代文论作为文学思想的理论形态,仅靠传统的文字训诂方法,难以正确解读其思想蕴含,还需要借助于逻辑严密的理论阐释。否则,虽然古文论词语或概念的原初含义考释出来了,却仍然难以深入阐明其思想文化蕴含。罗先生认为:"要对古文论的范畴作确切的解读,必须借助于现代科学训练起来的严密的理论思维能力,不仅仅是运用现代的文学理论观念。观念的更新不等于说用现代文学理论观念去解读古文论,因为现代文学理论观念与古文论范畴不一定都能对应。而是说用严密的理论思维能力,去辨析、判断,用现代的明晰的逻辑和语言,去说明古文论的含义和实质所在。"② 换言之,建立在文献资料归纳基础上的考证训诂,不足以说明古文论及其范畴的意义与价值,难以揭示文学观念演变的原因,必须借助经现代科学训练的理论思辨能力,才能用清晰的逻辑和语言对其做出严谨的解说。

还有对古代文学作品的正确解读。文学作品是文学思想的感性形态,对它的解读也不能限于词字的训诂,而要以敏锐的审美感受力为基础,进行深入的理解和把握。程千帆先生说过:"我认为,文学活动,无论是创作还是批评研究,其最原始的和最基本的思维活动应当是感性的,而不是理性的,是'感'字当头,而不是'知'字当头。作为一个客观存在的文艺作品,当你首先接触它的时候,感到喜不喜欢总是第一位的,而认为好不好以及探究为什么好为什么不好则是第二位的。由感动而理解,由理解而判断,是研究文学的一个完整的过程,恐怕不能把感动这个环节取消掉。"③ 由感动而理解和判断,乃解读文学作品的正确步骤。罗先生

---

① 罗宗强:《文学史编写问题随想》,《文学遗产》1999 年第 4 期。

② 罗宗强:《古文论研究杂识》,《文艺研究》1999 年第 3 期。

③ 程千帆:《学诗答问》,《文史知识》1986 年第 4 期。

说:"什么叫正确解读作品?此一点往往被理解为辞语与事典的训释。其实这样理解是不全面的。能不能真实贴切地解读作品,还包括对于作品的总体把握,如审美感受、艺术追求、艺术技巧的特点等等。文学的特殊性决定这些把握的重要。我们常常看到这样的情形:一首很好的诗、一篇很好的散文,被解得味同嚼蜡,关键就在于研究者缺乏艺术的感受力。他当然也就不可能把作品的面貌真实地介绍给读者。"①在对文学作品的总体把握中,总结作家在文体选择、创作技法的探求、风格韵味情趣的追求等方面的表现,与其理论批评主张做对照和比较,才能更全面地描述文学思想的本来面貌。

其次,"文体"辨析是古代文学和文学思想研究必须解决的问题。现代文学以诗歌、散文、小说和戏曲为主要文类,这些都属于"纯文学"的范围;但中国古代文学的文体分类比这复杂得多,如南朝梁刘勰的《文心雕龙》将文体分为三十四种,明代徐师曾的《文体明辨序说》把文体分为一百六十四种,其中绝大部分属于与文学关系不大的实用文体。以今人的科学眼光来看,古代的文体定名存在着一体多名、杂乱无章,以及体裁、体制、语体不分的层级混淆问题;而且越到后来越繁琐细碎,以至有"鸟体""兽体""药名体"之类的文体名称出现。除了应厘清古代文体定名中的问题外,如何区分文学文体与非文学文体,如何看待体裁、文类与体貌、风格的关系,成为古代文学和文学思想史研究必须面对的问题。古代文体中,诗、词、骚、赋、乐府、曲和小说等文类属于文学的范围,向来没有异议,问题是古代也归入"文"的子书、史书、章、表、奏、议之类,是否也可以算作文学?罗宗强先生说:"我国古代文、史、哲、经等等是不分科的,都称为'文'。分科是现代学术发展的一种共同趋势,各科之间当然有交叉,但是研究的侧重点自是不同。我们当然不可能回到古代去,取消文学一科的独立存在。那么,我们以什么样的标准,区分文学与非文学呢?我们研究古代文学,强调历史还原,意在于尽量复原历史的真实情境,并不等于说回到古代不分科、将一切'文'都称为文学的状态,我们研究的毕竟还是文学。"②他认为文体研究应该以说明我国古代文学的本土特色为主,以便了解我国文学的原生态面貌,而不是要否定文学的独立性。曾枣庄先生从发展的角度看待这个问题,他说:"中国古典文学的文体大体上可以分为文学性的、非文学性的和两可性的三大类。文学类指诗歌、小说、戏剧以及辞赋、赠序、杂记、哀祭、楹联等,非文学类文体包括诏令、奏议、公牍、祈祷等应用文体,两可

---

① 罗宗强:《文学史编写问题随想》,《文学遗产》1999 年第 4 期。

② 罗宗强:《我国古代文体定名的若干问题》,《中山大学学报》(社会科学版)2009 年第 3 期。

性文体指书启、序跋、论说、箴铭、颂赞、传状、碑志等类。从文学、非文学角度划分文体类别是可能的,但不是绝对的。任何非文学文体都含有不少文学名篇,任何文学类文体也非篇篇都是文学作品。实际上任何文体都是两可的,都可能有文学作品和非文学作品。决定其是否属于文学,是作品本身,而不是文体。"①他以为,"文学类文体"首先是指中西方都认为属于文学作品的诗歌、小说、戏剧,中国古代的辞赋、赠序、杂记、哀祭、楹联等类,也多属于文学类作品;"非文学类文体"包括诏令、奏议、公牍、祈祷等应用文体,总体看这类文体算不上文学作品,但其中也有文学名篇,不可一概而论,何况还存在"破体为文"的现象。

　　我们可以用"文学性"来区别"文学类文体"与"非文学类文体"。文学是人类情感经验和审美判断的产物,包括形象鲜明的知觉印象、感情充沛的创造性想象、审美观照中的灵感等,这是古今中外文学都具有的性质。从文艺复兴到20世纪,西方的文论家多根据作家的创作经验来谈论文学性,确立了文学乃"想象性写作"的定义,把形象性、情感性、创造性和审美作为文学的本质特性。在中国古代,刘勰的《文心雕龙》创作论,讲神与物游的"神思",谈情与气谐的"风骨",讲形文、声文和情文兼备的"情采",都属于对文学性的描述。《文心雕龙》文体论,在论体裁、文类时,还涉及体貌和风格。文体辨析,除了分别体裁、文类外,更重要的是体貌的描写和风格的辨析,后者与古代文学和文学思想史的研究联系更为紧密,也更显重要。如在《文心雕龙·体性》里,刘勰认为与作家情性相关的才、性、学、习,决定着文章的体貌,他说:"若总其归涂,则数穷八体:一曰典雅,二曰远奥,三曰精约,四曰显附,五曰繁缛,六曰壮丽,七曰新奇,八曰轻靡。"②用"八体"概括文章由情辞事义等因素构成的不同体貌特征,涉及文体风格问题。再如严羽《沧浪诗话·诗体》说:"以时而论,则有建安体、黄初体、正始体、太康体、元嘉体、永明体、齐梁体、南北朝体、唐初体、盛唐体、大历体、元和体、晚唐体、元祐体、江西宗派体。以人而论,则有苏李体、曹刘体、陶体、谢体、徐庾体、沈宋体、陈拾遗体、王杨卢骆体、张曲江体、少陵体、太白体、高达夫体……"③以"体"指某一时期文学创作的总体风貌,或是指作家个性表现在作品里的风格特征。还可以用"体"来指称文学流派,如宋初的西崑体,明中后期的公安体、竟陵体等。这些文体的体貌类型在文学发展过程中是如何形成的,对文学思潮的兴起有何影响?"体"在中

<hr />

① 曾枣庄:《中国古典文学的尊体与破体》,《清华大学学报》(哲学社会科学版)2009年第1期。

② 范文澜:《文心雕龙注》(下册),人民文学出版社,1978年,第505页。

③ 郭绍虞:《沧浪诗话校释》,人民文学出版社,1983年,第52—59页。

国古代文论中向来有体裁与体貌两种含义，"体"貌的理论表述，如体性、体势、体格等，与文学创作中以时代、个人和流派称名的"体"，究竟有什么样的关系？这些都是古代文学和文学思想史研究需要认真考虑的问题。

还有"文心""文本"和"文艺"。"文心"即刘勰《文心雕龙》创作论讲的"为文之用心"，是士人心态研究的重点，但士人心态研究的范围并不限于此，还包括政局、社会思潮和人生境遇的影响研究。将士人心态作为文学思想史的重要研究关节，打通文学、史学、哲学进行交叉学科的综合研究，以便对中国古代理论批评家和作家的文学思想进行全面立体的探讨，是"大文学"思想的重要特色。中国的文化传统是文史哲不分的，就士人心态研究而言，需要弄清各种影响士人生态和心态的社会历史背景，诸如当时文人生活的社会政治环境，文人与儒、释、道三教及社会思潮的关系，文人在琴棋书画方面的艺术修养，学术思想的变迁与文人、文学的关系，等等。士人心态研究需要深厚的国学根底，涉及经、史、子、集四部之学；但是，其种种史的考证研究、哲的义理研究，应该服务于对作家"为文之用心"的探讨，要回到文学的"文本"上来，回到审美艺术上来。所谓"文本"，系从西方传入的现代文学概念，意在切断作家与作品的联系，以为作品本身就是一独立自足的"文本"。这一文学概念传入中国后，进一步衍生出以文学为本的观念。罗宗强先生说："我国古代文学的最为主要的艺术上的贡献是什么，一种文学现象、一个作家、一部作品的艺术上的成就到底在什么地方，哪些是我们的文学传统的主流，哪些是我们可以把它看作文学作品的，哪些应该把它剔除在文学作品之外，一种文学文体为何产生，如何演变，一种文体与另一种文体存在着何种联系，每一种文体有没有它自身体式上的相对稳定的要求，以及作品本身构成的一系列的'如何'。……在文学文本的研究上，除了不是非常成功的引进西方文学文本研究的一些方法之外，我们用的还是非常传统的、或者经近代国学大师们改进了的传统的方法。我们继续用这类方法研究下去，当然也会有一步步深化的可能，但是在总体面貌上要有新的认识恐怕就不容易做到。"① 罗先生之所以在士人心态研究中提倡文史哲多学科交叉，而又要求回到以文学为本位，原因恐在于随着文学在现实社会生活中的日益边沿化，人们似乎正在逐渐忘记文学之所以为文学的审美特质了。文学研究者或是缺乏审美能力，或是虽具感性的审美判断能力，却说不出何以好，何以不好。人们对作品艺术性的解读，基本上还在沿用传统方

---

① 罗宗强：《目的、态度、方法——关于古代文学研究的一点感想》，《天津社会科学》2002 年第 5 期。

法,因此常给人以陈旧之感。

回归文学本位,并不意味着要回归"纯文学"观念。"纯文学"只是文学创作所追求的一种理想境界,在现实社会生活里,文学不是被政治化和意识形态化,就是被商业化和娱乐化,实际上一直没有"纯粹"过。对文学特质的追求,对文学独立性的辩护,是"文学性"的不同表述,关注的是文学的丰富情感、自由想象(包括虚构和夸张)、审美判断力(包括直觉、灵感),以及情采风骨的个性化表达,这些都是人的全面发展不可或缺的元素。我们的高尚情操,我们的想象力,我们的创造性灵感,均有赖于通过阅读优秀文学作品培养。中国文学以诗为大宗,由于诗歌具有鲜明的文学性,诗情、诗意和诗境的有无,可以作为判定其他文体或文类文学价值的重要尺度。文体和修辞是文章学的主干内容,有人主张让古代文学研究回归文章学,但某种诗的体裁不等于诗,文体不是诗。即使专讲修辞,也分"消极修辞"与"积极修辞"两类,前者指运用常规的词语进行表达,追求明白、精确和平妥,故所用语言是概念的、抽象的普通语言;而后者指感性的、具体的和特殊的文学语言,多运用超常规的词语和艺术技巧进行表达。如陈望道先生所说:"消极手法是抽象的、概念的,对于语辞常以意义为主。唯恐意义的理解上有隔阂,对于因时代、因地域、因团体而生的差异,常常设法使它减除。……但积极修辞却经常崇重所谓音乐的、绘画的要素,对于语辞的声音、形体本身,也有强烈的爱好。走到极端,甚至为了声音的统一或变化,形体的整齐或调匀,破坏了文法的完整,同时带累了意义的明晰。"①唐代近体诗的声律之美,李商隐诗的朦胧幽约之美,就是文学创作积极修辞的结果。自宋代以后,中国文人多具有"琴棋书画"的文艺素养,以至"诗中有画""画中有诗",诗文与音乐、书法、绘画等各类艺术融通。从审美的角度看,它们也往往成为共同的研究对象,而且在理论批评中还使用一些相同的概念和范畴。尽管文学有其作为语言艺术自身的特殊性,音乐、绘画、书法也有各自的艺术语言作为媒介,但它们在抒情写意和审美追求方面有太多的相同之处。研究古代的文学和文学思想,应该坚持"文学性"标准,回到"文学"本位的审美立场,重视文学特有的语言艺术和表达方式,而不能回到文史哲不分的混沌状态。一方面,在价值选择与叙述上以"文学性"强、艺术性高的作品为主,以免丧失文学思想史学科的文艺属性;另一方面,也要照顾中国早期文学原生态的复杂情况,正视古代文学文体和修辞的多样性,否则难以全面展示中国文学思想的历史面貌。

---

① 陈望道:《修辞学发凡》,上海教育出版社,1979年,第50页。

"大文学"思想是对文学特质和文化建设进行深入思考的结晶。从写作《隋唐五代文学思想史》开始,罗宗强先生对"文学"与"文化"的思考就一直没有停止过。他说:"文学是什么呢?它是一个永恒不变的概念,还是一个历史的概念?是一个严格规范的概念,还是一个弹性的概念?从它的形态看,从创作的动因看,从它的社会角色看,它的特质是什么?文学的社会角色,与它的功能是不是同一个概念?它的功能是自在的,还是受外界诸因素决定的?在现代科技迅猛发展的今天,它的功能与存在价值有没有受到影响?应该如何给它定位?它的社会的角色,从不同的层面看,有没有不同,如从政权的层面看,从社区的层面看,从接受者的层面看,有没有区别?左右文学的构成因素是什么,文学批评的标准等等,还可以提出一系列问题。"他认为:"要建立有中国特色的文学理论,还有一个主观条件的问题。要担负建立此种理论的人,至少必须对古代文学、古代文论有深入的了解;对国内外文学理论的研究进展了如指掌;对我国当代文学创作实际、对当前的社会文化状况和需要有所研究。而我们现在从事这三个领域研究的人,大多独立于本领域之内,兼通者较为罕见。一种新的理论的建立,不是单靠技术操作所能办到的,它是对创造者学术水准的全面要求。……他们中的一些人,必当能达到中西兼通、有扎实的国学根底、有高度的理论素养、有自己的学术思想的学术境界。"① 如此说,中国文学思想史研究,是为了更好地了解传统文化,更正确地吸收传统思想文化的精华。只有同时具备世界眼光和深厚的传统文化素养,才能在复兴中华文化的伟业中,建立具有中国特色的文学理论。

中国文学思想史属于学科交叉的综合研究,古今中外的包容胸怀,科学严谨的清明理性和有崇高理想的人文精神,是我们在研究中应当具备的素养。要坚持做有思想的学问,避免因历史文献材料的琐碎芜杂,遮蔽了人文研究的问题意识和现实关怀。新时代的中国文学思想史研究,除了在学术上要有不断精进的问题意识外,还要有人文关怀,诸如国家要富强,人民要幸福,文化要复兴。中华文化的复兴,绝非简单的"复古"和回到过去,而是浴火重生的凤凰涅槃,先清除传统文化的糟粕("五四"的意义在此),再借鉴、吸收、消化西方现代文化的精髓(改革开放的必要性在此),才能完成民族文化重建的工作,这或许需要几代人的努力。一切都会成为过去,只有思想和精神可以薪火相传。

(原载《文学与文化》2020 年第 1 期)

---

① 罗宗强:《古文论研究杂识》,《文艺研究》1999 年第 3 期。

宗教与文学研究

印度古代与佛教中龙的传说、形象与描述

湛　如

一　古代印度文献中"龙"的传说

古代中国与古代印度同为世界四大文明古国，有着悠久的历史与绚烂的文化。其中，中国人常自称是"龙的传人"。《周易·乾》中有："飞龙在天，利见大人。"可见"龙"在中国文化中的尊贵、重要地位。

而在古印度，"龙"所指的含义不同，地位也不高，并且从考古发现[①]与文字记载的角度考察，"印度龙"出现的时间晚于"中国龙"。"龙"对应的梵语是 Nāga。在梵文中，Nāga 是"龙"的意思，并无"王"或者"龙王"的含义。但在汉语语境中，"龙"常被理解为中国古典文化中"真龙天子"的"龙"；而印度文献中的"龙"(Nāga)，为了加以区别，一般汉译为"龙王"。本文所讨论的印度的"龙"与"龙王"都对应着梵语 Nāga 一词。根据印度古代传说与典籍的记载，印度"龙"住在地狱，与蛇近似，但并不是蛇。

印度古代婆罗门教最著名的法典《摩奴法典》第一卷第 37 节写道："他们创造了夜叉(Yakchas)，罗刹(Rākchas)，吸血鬼(Pisatchas)，天界乐师(Gandharbas)，天界舞女(Asparas)，阿修罗(Asouras)，龙王(Nāgas)，蛇神(Sarpas)，神鸟

作者简介：湛如，(1968—　)男，北京大学外国语学院教授。

[①] 根据目前的考古发现，"印度龙"的最早考古材料是公元前 1 世纪的壁画《龙王及其家族》(阿旃陀第 10 窟)和纪元前后的《龙族向菩提树礼拜》(阿旃陀第 9 窟)。而根据目前的考古发现，中国龙的考古物可以追溯到距今六千年以上的仰韶文化第四层下出土的四组用蚌壳摆砌的龙虎动物图案，以及距今四千余年的在内蒙古翁牛特旗三星他拉村出土的"红山文化"玉龙。"印度龙"的出现时间晚于"中国龙"。

(Souparnas)以及祖灵的各氏族。"①

上文可见,龙王与蛇神并不属于一类。在同书同一页的注释中写道:"Nāgas②是人面、蛇尾、蛇长颈的半神,以跋修基(Vāsouki)为王,住地狱中。"③

印度两大史诗之一的《罗摩衍那》同样也记载龙王(Naga)居住在阴间:"粗胳膊!你走到阴间,把那些龙王战胜;婆苏吉和陀刹伽,商佉、阇底败在你手中。"④

在《罗摩衍那》的《战斗篇》中,还有这样的描述:

> 我从来没有看到什么人,能够飞跃大海天堑;除非是金翅鸟和飞神,还有就是哈奴曼。罗波那保卫着楞伽城,谁也无法把它来进攻。天神、檀那婆、夜叉没法去,乾达婆、龙王、罗刹也不行。⑤

古代印度传说里,龙或者龙王(Nāga)的形象是人面、蛇尾、蛇长颈的半神。⑥它们并不住在海里,甚至都不能飞跃大海。地位并无特殊尊崇,或者准确地说,地位并不高。因为根据《摩奴法典》的记载,在"这些万能者,创造了其他七位摩奴,诸神及住所,以及神通广大的大仙们"⑦之后,才创造出"神鸟""龙王""蛇神"等。我们可以看出,印度古代龙王的地位低于摩奴、诸神以及大仙,只是与"神鸟""蛇神"并列;有关龙王的描述记载不多,其艺术形象比较单薄。

二 印度佛教经典中"龙"的形象

公元前 6 世纪前后,乔达摩·悉达多太子诞生。在他生活的时代,印度传统婆

---

① 迭朗善译,马雪良转译《摩奴法典》,商务印书馆,1982 年,第 13 页。笔者注:上文的梵文国际通用拉丁转写应为:夜叉(Yaksas),罗刹(Raksas),吸血鬼(Piśāca),天界乐师(Gandharva),天界舞女(Asparas),阿修罗(Asuras),龙王(Nāga),蛇神(Sarpa),神鸟(Suparṇa)。

② Nāgas 是一些西方学者根据英语语法,在梵文 Nāga 词尾加上 s,表示复数的含义。传统梵文语法中,Nāga 的复数形式应该是 Nāgāḥ。

③ 迭朗善译,马雪良转译《摩奴法典》,第 13 页。

④《罗摩衍那(六上)》,《季羡林文集》第二十二卷,江西教育出版社,1995 年,第 44 页。

⑤《罗摩衍那(六上)》,《季羡林文集》第二十二卷,第 1 页。

⑥ Nāga 特别指在地狱中居住的叫做 bhogaratī 一城的人面蛇身的半神族的名称。[日] 荻原云来编:《梵和大辞典》,台北新文丰出版公司,1988 年,第 664 页,Nāga 词条。

⑦ 迭朗善译,马雪良转译《摩奴法典》,第 12 页。

罗门教思想体系已经确立,成为统治阶层的意识形态。但是,在这个当时的主流思想意识形态以外,还存在着其他思潮。这些思潮在当时又被称为"沙门思潮",主要存在于婆罗门教比较薄弱的印度东部地区。佛教,就是当时诸多沙门思潮中最著名、影响力最广的一支。佛教的根本教义既有反对印度传统婆罗门教"吠陀天启""祭祀万能"与"婆罗门至上"的核心理论,又吸收了婆罗门教的"轮回转世""业报"等思想要素。同时,佛教还对一些婆罗门教义或者印度传统神灵加以加工改造,比如以佛教的教义重新阐释一些现象,或者将古代印度的一些传统神灵收编为佛教的护法,附以深厚的佛教色彩。"天龙八部",即为有力例证之一。

天龙八部都是印度古代传说中的"非人"。"非人"是形貌似人,而实际不是人的众生,包括八种神道怪物,因为"天众"及"龙众"最为重要,所以称为"天龙八部"。八部者,一天众,二龙众,三夜叉,四乾达婆,五阿修罗,六迦楼罗,七紧那罗,八摩呼罗迦。

佛经《起世因本经》等都有记载:"阎浮洲中,唯除阿耨达多龙王,其余诸龙,游戏乐时,有热风来,吹彼等身,即失天色,现蛇形色,有如是苦。"[1]

上段佛经引文中的"阿耨达多"是梵文的音译,其梵文原文是 anuttara。从语法上分析,an 为否定前缀,是"无"的意思;uttara 是"上"的意思。所以,这个词合起来意为"没有比它更高的了",笔者译为:"无上""最胜"。可以看出,佛教不仅继承了古代印度传说中龙具"蛇形"的说法,还加入了新的成分,即阿耨达多龙王,或者说是无上最胜龙王,不会"失天色,现蛇形色"。原因是其带头皈依佛祖,侍奉如来:

> 当佛下时,阿耨达多龙王与无量种色龙子其数五百,及无量百千龙王,放无量香云雨无量香雨,侍从如来。[2]

查阅《梵和大辞典》,Nāga 一词解释为:龙;象;不来。[3]现代学者所编写的《梵和大辞典》中,Nāga 一词实出自《一切经音义》的"那伽"条:"那伽:梵语有三义。一云龙;二云象;三云不来。《孔雀经》名佛为那伽,由佛不更来生死故者也。"[4]

---

① 达摩笈多译《起世因本经》,《大正新修大藏经》第 1 册,第 368 页。

② 那连提耶舍译《佛说德护长者经》,《大正新修大藏经》第 14 册,第 845 页。

③ 荻原云来编《梵和大辞典》,第 664 页,Nāga 词条。

④ 慧琳撰《一切经音义》,《大正新修大藏经》第 54 册,第 641 页。

《孔雀经》到底为何经,笔者并未查到。但是根据佛教的义理,上段话还是可以理解的。佛陀创立佛教,其终极目标就是除烦恼,得解脱。而达到解脱的条件则是"我生已尽,梵行已立,所作已办,不受后有"。①

所以,皈依了佛教、并且成为佛教护法的龙,成为最胜的龙王,自然也会遵循佛教的价值观,即断除"失天色,现蛇形色"的烦恼,不复生死往来于世间。这就是佛教赋予龙王"不来"以及阿耨达多龙王不"失天色,现蛇形色"的含义。

那么,"象"的含义又该如何理解呢?

(一)龙象

公元 2 世纪左右龙树菩萨所著《大智度论》中,对"龙"(Nāga)是这样解释的:"那伽,或名龙,或名象。是五千阿罗汉,诸无数阿罗汉中最大力,是以故言如龙,如象。水行中龙力大,陆行中象力大。"②此外,中国古代佛教徒编写的佛经音义注释《一切经音义》也提到:"那伽:此译云龙,或云象也。言其大力,故以喻焉也。"③

通过《一切经音义》的记述,我们知道,那伽(即梵语 Nāga 的音译)应该是龙,有的译法称其为象,是为了比喻其"大力"。

龙,是古代印度传说中的神灵。虽然在文献中可以找到其名称、形象概述与居住地点,但对其具体特征却无记载。但是,象却是南亚次大陆常见的动物,在佛陀时代就早已就被人驯服,成为坐骑④或者编为象军,成为印度古代四种最常规的军队之一。⑤象的力大无穷对于当时的印度人一定并不陌生,并且佛经中亦有记载,如"假使雪山中,所有大力象,其数足满百,金宝庄校身,其体甚殊大,其行极迅疾……"⑥当龙成为佛教的护法以后,对龙仅仅有简单的名称、形象概述显然变得不够用了。于是,在佛经中首次出现了"龙象"这一名词,并通过这个新构建的名词,将现实中人所皆知的大象的神力赋予到了传说中的、人们并未见过的

---

① 参见"已得解脱生解脱智:生死已尽,梵行已立,所作已办,不受后有"(佛陀耶舍共竺佛念译:《佛说长阿含经》卷第二《游行经》,《大正新修大藏经》第 1 册,第 12 页)。

② 龙树造,鸠摩罗什译《大智度论》,《大正新修大藏经》第 25 册,第 81 页。

③ 慧琳撰《一切经音义》,《大正新修大藏经》第 54 册,第 358 页。

④ 参见"阿阇世王白佛言:'世尊!如今人乘象、马车,……今诸沙门现在所修,现得果报不?'"(佛陀耶舍共竺佛念译:《佛说长阿含经》卷第十七《沙门果经》,《大正新修大藏经》第 1 册,第 108 页。)

⑤ 参见"过去世时,有一士夫出王舍城,于拘絺罗池侧正坐思惟——世间思惟。当思惟时,见四种军——象军、马军、车军、步军,无量无数,皆悉入于一藕孔中"(求那跋陀罗译:《杂阿含经》卷第十六,《大正新修大藏经》第 2 册,第 109 页)。

⑥ 失译《别译杂阿含经》卷第九,《大正新修大藏经》第 2 册,第 440 页。

龙的身上,笔者认为这是符合逻辑的。此外,"大象"无论在古代印度梵语,还是现在印度所使用的印地语中,两千多年以来都是 Ganesha 一词,并不使用 Nāga。这从另一个侧面告诉我们,龙象并不是大象,而是龙,是指犹如大象一般力大无穷的龙。

(二)九龙吐水

公元前 6 世纪前后,佛陀诞生于释迦族的迦毗罗卫城。据佛经《中尼迦耶》的第一二三经《未曾有法经》的记载:

> 菩萨①出母胎,毫无污迹,不受水污,不受液污,不受血污,不受任何污,洁净无垢。正如摩尼宝珠放在迦尸布上,珠不污布,布不污珠。原因在于两者皆纯洁。菩萨出母胎就是这样,毫无污迹,不受水污,不受液污,不受血污,不受任何污,纯洁无垢。菩萨出母胎,空中涌两泉,一凉一温,浇灌菩萨与母亲。②

可以看出,早期关于佛陀诞生的记载中,并无九龙吐水的典故。③为了表示菩萨(即乔达摩·悉达多太子)出生时没有受到污染,经文以摩尼宝珠做比喻。摩尼宝珠的梵语是 cintāmaṇi。在佛经中,摩尼宝珠又被称为如意珠、如意宝珠。这个摩尼宝珠的"摩尼",梵文是 maṇi,是珠、宝珠的意思。所以说摩尼即是宝珠,是一切珠宝的总称。它深藏于大海龙宫,纯洁无邪,能满足人们的一切愿望。可作为直接证据的有《贤愚经》卷八《大施抒海品》所叙寻珠故事、《生经》以及《佛说大意经》等记载。因为上述佛经中的摩尼宝珠仅为龙王所拥有,获得摩尼宝珠必须经过龙王,摩尼宝珠总是伴随着龙王一同出现,所以在用摩尼宝珠比喻菩萨的出生纯洁之后,古代印度人民又将与摩尼宝珠相伴随的龙王加入到佛诞故事中,并将"空中涌两泉,一凉一温,浇灌菩萨与母亲"创作加工改变为九龙吐水这一美丽传说。

---

① 笔者注:此处的菩萨即指还未得觉悟的释迦摩尼佛,即乔达摩·悉达多太子。

② 郭良鋆:《佛陀与原始佛教思想》,中国社会科学出版社,1997 年,第 28 页。

③ 相类的记述还可见僧伽提婆译:《中阿含经》第一二三经《未曾有法经》,《大正新修大藏经》第 1 册,第 470 页;阇那崛多译:《佛本行集经》,《大正新修大藏经》第 3 册,第 687 页。在上述佛陀诞生的故事中,都没有九龙吐水的情节。根据《佛本行集经》演绎的释迦牟尼(太子)出生、离家、成佛故事所编写的敦煌变文《太子成道经一卷》中出现了"九龙吐水"的情节。关于"九龙吐水"情节在佛诞故事中较晚出现的论述,还可参见胥洪泉:《读〈太子成道经〉三题》,《西南师范大学学报》(人文社会科学版)2004 年第 6 期。

笔者认为这是很有可能的。无论如何，九龙吐水的故事既丰富了印度龙的形象，也为佛陀诞生的传说添加了一道绚丽的色彩。

三 结 语

中印两国文明中，龙的地位大不相同。中国"龙"的地位尊贵，被视作最高神圣物的代表，是帝王、皇室的象征，如"真龙天子""飞龙在天"。而印度传说中的"龙"则本是人面、蛇尾、蛇长颈的半神，与"神鸟""蛇神""天界舞女"并列。但是，佛教出现之后，将古代印度传说中的"天""龙"等都吸收进来，编为"天龙八部"，成为佛教的重要护法。随着佛教的兴盛，印度"龙"的特征与传说也越来越丰富多样，如龙象、九龙吐水等都极大地丰富了印度"龙"的艺术具象。其中，佛经中佛陀诞生的故事最初本无"九龙吐水"的情节，它很可能是受到了佛经中常见的向龙王寻摩尼宝珠故事的影响，在较晚期被添加到佛陀诞生故事中的。此外，龙象并不是大象，而是龙，是指犹如大象一般力大无穷的龙。"龙象"这一概念也是在佛教兴起后产生与发展起来的。

（原载《文学与文化》2013 年第 1 期）

佛教写经、刻经与中国书法艺术

孙昌武

佛教对于中国书法艺术发展作出巨大贡献。陈垣曾指出：

> 诗文杂学之外，释门所尚者，厥为书法。①

中国佛教发展和鼎盛时期在东晋至唐代，这也正是中国书法艺术成就最为辉煌的时期。而无论对于书法艺术的创新和提升，还是对于推动书法在群众间的普及，佛教都发挥了重大作用。

众所周知，历代僧人中能书、善书者众多。许理和在他的名著《佛教征服中国》里曾说，"一俟佛法和僧人开始影响有教养的上层社会的生活，这种技术或艺术自然就会在寺院中流传"②。他指的是佛教开始在思想文化领域发挥重大影响的晋、宋时期的情况。中国书法艺术到唐代发展到高峰，这一时期佛门出现一批大书家。叶昌炽指出：

> 然综论有唐一代，工行书者，缁流为盛。上溯智永，下迄无可。二百余年，衣钵相传不绝。③

这里提到的智永，初唐人，王羲之七世孙，山阴永欣寺僧人，真、行、草书均"妙得家法"，生前身后甚有高名。他曾手写《真草千字文》八百余本，分送诸寺，今仍有

作者简介：孙昌武（1937—　），男，南开大学文学院教授。

① 陈垣：《明季滇黔佛教考》，中华书局，1989 年，第 110 页。

② 许理和：《佛教征服中国》，李四龙、裴勇等译，江苏人民出版社，1998 年，第 208 页。

③ 叶昌炽：《语石　语石异同评》卷一，柯昌泗评，中华书局，1994 年，第 23 页。

数种墨迹传世。启功咏智永千字文题诗说：

> 砚臼磨穿笔作堆，千文真面海东回。分明流水空山境，无数花林烂漫开。

这里所咏是日本所藏墨迹本，注释说："非独智永面目于斯可睹，即以研求六朝隋唐书艺递嬗之迹，烟幕不受枣石遮障者，舍此又将奚求乎？"①智永《千字文》如"流水空山"的简净，又内涵"花林"葱茏的蓬勃生机，至今仍被当作学书范本。唐太宗偏爱二王书法，僧怀仁集王羲之为《圣教序》，用"书圣"文字摹写帝王鸿文，表扬佛法，三者合一，是行书楷模。《宣和书谱》论草书则说：

> 隋得释智永，唐得张颠、释怀素、亚栖辈二十人。②

今人谢稚柳也说：

> 唐代新兴的草书，自"张旭三杯草圣传"，接着是"以狂继颠"的怀素，千百年来为后学所宗仰，奉为典范。③

张旭、怀素以及后来的高闲、亚栖、贯休等创造了草书艺术的又一高峰。

关于佛门习书，宋姑苏景德寺法云《务学十门》里专列为一门：

> 不工书无以传。书者，如也，叙事如人之意，防现生之忘失，须缮写而编录，欲后代以流传，宜躬书以成集，则使教风不坠，道久弥芳。故释氏经律，结集贝多；孔子《诗》、《书》，删定竹简。若不工书，事难成就。④

这里总结书法的意义，肯定"工书"乃是成就佛事的关键。宋、元以来，佛门里善书者史不绝书。如明初名僧梵琦，善行、草；释德祥，书宗晋人，颇为可观；释克新，能

---

① 启功：《论书绝句一百首》，《启功丛稿·艺论卷》，中华书局，1997年，第14页。
②《宣和书谱》卷一三《草书叙论》。
③ 谢稚柳：《唐怀素〈论书帖〉与〈小草千文〉》，《中国古代书画研究十论》，复旦大学出版社，2004年，第56页。
④《缁门警训》卷一，《大正藏》第四十八卷，第1046页上–中。

古隶;释静慧,正书师虞永兴,甚得其法;明末"四高僧"中憨山德清多才多艺,诗文具佳,书法亦颇为可观,启功论书绝句评论憨山德清和另一位善书法的破山海明:

憨山清后破山明,五百年来见几曾。笔法晋唐原莫二,当机文董不如僧。

有注文解释说:

明世佛子,不乏精通外学者,八法道中,吾推清、明二老。憨山悬笔作圣教序体,传世之迹,亦以盈寸行书为多。观其行笔之际,每有摇曳不稳处,此正袍袖宽博,腕不贴案所致。而疏宕之处,倍饶逸趣。破山多大书行草,往往单幅中书诗二句。不以顿挫为工,不作姿媚之势,而其工其势,正在其中。冥心用笔,又十分刻意所不能及者。①

明清之际著名诗僧如担当、大错,画僧如石涛、渐江、朱耷均善书。担当曾在董其昌门下二十年,追摹不遗余力。他也特工草书,有诗《与索书者三首》,其一曰:

为人挥洒最殷勤,是纸皆为百练裙。笔底有光余万丈,峥嵘高过斗间文。②

由此可见他创作意趣之高远。朱耷行草学钟、王,楷书学欧阳询,结体端庄,笔画兼得圆润、刚劲,布局参差,颇得超逸奇特情趣,张庚评论说"有晋唐风格"③。石涛本以善画著名,擅长行楷,参以隶体,运笔圆熟,朴散有致。近代佛门习书亦为风气,颇有能者。佼佼者如弘一法师,多才多艺,亦工书,嗜篆刻。他自说出家之后,诸艺皆废,唯书写不辍,传世精品如《清凉歌》五首、小楷写经《阿弥陀经》、大幅题榜新昌"天然胜竟"等,均精工可观。前引启功所说僧人"袍袖宽博"致使行笔"摇曳不稳",陈垣另有看法:

---

① 启功:《论书绝句一百首》,《启功丛稿·艺论卷》,中华书局,1997 年,第 89—90 页。
② 担当:《担当诗文全集》,余嘉华、杨开达点校,云南人民出版社、云南美术出版社,2003 年,第 365 页。
③《国朝画征录》。

和尚袍袖宽博,写字时右手提起笔来,左手还要去拢起右手袍袖,所以写出的字,绝无扶墙摸壁的死点画,而多具有疏散的风格。和尚又无须应科举考试,不用练习那种规规矩矩的小楷。如果写出自成格局的字,必然常常具有出人意表的艺术效果。①

"僧派"或"僧体"成为书法中的一派,对之历来褒贬不一。但作为一种独具创意的风格,在书法史上是有一定地位和贡献的。

上述僧人书法乃是佛门所谓"外学"之一,同于文人士大夫的雅事、清玩。从整体看,还属于整个中国书法艺术的支脉。佛门对于书法艺术作出独特贡献,值得特别提出表扬的,还有源远流长的写经和刻经(碑版、摩崖、雕刻、印刷雕版等)。

鸠摩罗什所出《大品般若》最后,佛陀咐嘱流通说:

> 须菩提,诸菩萨摩诃萨若欲学六波罗蜜,欲深入诸佛智慧,欲得一切种智,应受持般若波罗蜜,读诵、正忆念、广为他人说,亦书写经卷,供养、尊重、赞叹、香华乃至伎乐。何以故? 般若波罗蜜是过去、未来、现在十方诸佛母,十方诸佛所尊重故。②

北凉昙无谶所出《大集经》亦大力宣扬读诵、书写经典功德:

> 释迦如来灭度之后,随有是经流布之处,若有听受、持读、诵说、书写经卷,乃至一偈一句一字,而其国主一切恶事即得消灭;所有树木、谷米、药草,四大天王降施甘露而以益之;国土王法悉得增长;邻国恶王勤求和同,各各自生喜心慈心;一切诸天、佛弟子者悉来拥护。如是国土、王子、夫人及诸大臣,各各生于慈愍之心;谷米丰熟,食之无病;亦无斗讼,兵革不起;无诸恶兽及恶风雨;远离一切过去恶业。若诸众生有女业者,现受、生受及以后受,即能令灭除五逆罪;谤方等经及以圣人,犯四重禁一阐提辈,其余恶业如须弥

---

① 启功:《溥心畬先生南渡前的艺术生涯》,《启功丛稿·题跋卷》,中华书局,1997年,第66页。
②《摩诃般若波罗蜜经》卷二十七《法尚品》,《大正藏》第八卷,第423页下。

山,悉能远离,增长善法,具足诸根身、口、意善,远离恶见,破坏烦恼,修集正道,供养诸佛,具足善法及内外事,令诸众生寿命增长,念慧成就。①

基于这样的观念,在中国重视典籍的文化环境中,诵读、书写经卷乃成为佛门供养法宝的主要形式,而书写经典更是传播教法的主要手段之一,因此历代信徒怀着无限虔敬的信仰心来从事,有力地推动了研练书法的风气及其在群众间的普及。

今存佛教书法最早实物,是上世纪初日本大谷探险队在新疆土峪沟石窟发现的佛经抄本竺法护译《诸佛要集经》残卷(藏旅顺博物馆)。卷末题记称:

　　□康二年正月廿二日月支沙门法护手执□□口授聂成远和上弟子沙门竺法首笔□□今此经布流十分载佩弘化速成□□元康六年三月十八日写已②

这段记述表明,元康二年(292)由竺法护翻译的《诸法要集经》,四年后即已有人书写。这个抄卷体近楷书,结构严谨,笔划工整,已显示较高书艺水平。这件实物确切反映了中国佛教早期的抄经风气。

有意识做功德的写经在晋代已经流行。如东晋居士谢敷已"手写《首楞严经》,当在都白马寺中,寺为灾火所延,什物余经,并成煨尽,而此经止烧纸头界外而已"③。而数万卷敦煌写本则提供了众多世代写经大量实物。据现有编号,五六万件敦煌写卷中佛典抄本约占全部的85%,汉文的又占其中的90%,所写经典达400余种④。带有题记"年代最早的是一件戒本(S.797),时间为建初元年(386或405年);最晚的是列宁格勒所藏编号为M.1696(Φ.32A)的一件写本,时间为公元1002年"⑤。大规模写经风气出现在北魏。据《释迦方志》记载:太祖道武帝

① 《大方等大集经》卷二十一《宝幢分第九中·陀罗尼品第六》,《大正藏》第十三卷,第150页上-中。
② 西川宁、神田喜一郎监修《六朝写经集》,二玄社,1981年。
③ 《冥祥记》,鲁迅辑《古小说钩沉》,《鲁迅辑录古籍丛编》第一卷,人民文学出版社,1999年,第344页。
④ 郑汝中:《敦煌书法管窥》,《敦煌研究》1991年第4期。
⑤ 藤枝晃:《敦煌写本概述》,徐庆全等译,《敦煌研究》1996年第2期。这是藤枝晃剔除赝品所作的关于有纪年敦煌写本时限的判断。还有把年限提前的其他说法。

"于虞地造十五级塔。又于开泰、定国二寺写一切经,造千金像,三百名僧每月法集"①。这是朝廷组织书写成部经藏,可见当时写经的规模。

南北朝时期从事写经的有僧尼,也有一般文人士大夫。如梁处士刘慧斐,"居于东林寺。又于山北构园一所,号曰离垢园,时人乃谓为离垢先生。慧斐尤明释典,工篆隶,在山手写佛经二千余卷,常所诵者百余卷"②。一般百姓写经,有的是个人做功德,有的受人雇用。如北魏时做到中书侍郎的刘芳,年轻时"昼则佣书,以自资给……芳常为诸僧佣写经论,笔迹称善,卷直以一缣,岁中能入百余匹,如此数十年,赖以颇振。由是与德学大僧,多有还往"③。贵族信徒写经既有物力,又能够集中高水准书手,对于推进这一门艺术的发展助力尤大。以北魏东阳王元荣为例,他是北魏明元帝玄孙,据考最迟至孝昌元年(525)始任瓜州刺史,直到北周取代北魏以后仍留任,曾在敦煌凿造石窟。敦煌写卷北京服 46 号《仁王护国般若波罗蜜多经》写于魏孝庄帝永安三年(530),据姜亮夫考定为元荣所造,题记云:

> 永安三年七月二十三日,佛弟子元□集,为梵释天王……若经一部,合三百部,并前立须乞延年……

又有写于两年后的普泰二年带有题记的三卷,一件是日本中村不折所藏《律藏初分第十四卷经》,尾题为:

> 大代普泰二年,岁次壬子,三月乙丑朔,二十五日乙丑,弟子使持节散骑常侍都督领西诸军事车骑将军开府仪同三司瓜州刺史东阳王元荣……敬造《无量寿经》一百……造《摩诃衍》一部百卷……《内律》五十五卷……造《贤愚》一部……《睹佛三昧》一部……《大云》一部……④

又 P.2143 号卷子,是《大智度论第廿六品释论》题记,所写造经题目与前件同;另一件 S.8926 号是所造《维摩经》百部之一。据推断"负责为东阳王元荣抄经的是

---

① 《释迦方志》卷下,《大正藏》第五十一卷,第 974 页中。
② 《梁书·刘慧斐传》,《梁书》卷五十一,中华书局,1973 年,第 746 页。
③ 《魏书·刘芳传》,《魏书》卷五十五,中华书局,1974 年,第 1219 页。
④ 姜亮夫:《莫高窟年表》,上海古籍出版社,1985 年,第 131–132 页。

一个专门以写经为职业的组织,并有组织与领导者,只有写经者的协调与配合,才能在有限时间里抄完佛经"①。又敦煌写卷 S.996 号是魏太和三年(479)昌黎王冯熙所写《杂阿毗昙心经》卷六,有长篇题记,中云:

> 使持节侍中驸马都尉、羽真、太师、中书监领秘书事、车骑大将军都督诸军事、启府洛州刺史、昌梨王冯晋国,仰感恩遇,撰写十《一切经》,一一经一千四百六十四卷,用答皇施,愿皇帝陛下、太皇太后,德苞九元,明同三曜,振恩阐以熙宁,协淳气而养寿……大代太和三年岁次己未十月己巳廿八日丙申与洛州所书写成迄。②

饶宗颐指出:

> 孝文之喜华化,似得力于母教;而魏氏宫廷佛法复盛,燕之冯氏,与有力焉……冯熙一门显贵,其二女并为孝文皇后;姊即幽皇后,尝出家为尼;妹即废后,为练行尼,终于瑶光寺。③

与史书相印证,"熙为政不能仁厚,而信佛法,自出家财,在诸州镇建佛图精舍,合七十二处,写一十六部一切经。延致名德沙门,日与讲论,精勤不倦,所费亦不赀"④。冯熙在洛阳的写经卷子,流入西陲敦煌而存留至今。

写经作为佛门功德,当然要用工整的楷书,而楷书是后来唐代中国书法成熟期的主要成就。台静农指出:

> 楷书艺术到达最高峰,当然在南北朝的时代,尤其北朝的碑志书与写经书促进楷书艺术的成功为最有力量。当时江南还在追寻钟繇,而钟又不可得……南朝偶有刻石文字,与北朝字体,亦无异致。至于"化圆为方"的今体

----

① 王元君:《六朝书法与文化》,上海书画出版社,2002 年,第 283 页。

② 西川宁、神田喜一郎监修《六朝写经集》,二玄社,1981 年。

③ 饶宗颐:《北魏冯熙与敦煌写经——魏太和写〈杂阿毗昙心经〉跋》,《饶宗颐史学论著选》,上海古籍出版社,1993 年,第 484 页。

④ 《魏书·冯熙传》,《魏书》卷八十三,中华书局,1974 年,第 1819 页。

楷书,即智永一派的楷书,形成于梁、陈、隋三代,今能见到的开皇大业年间的碑志就颇多。①

沃兴华总结抄经楷书发展的三个阶段,即晋宋"横平竖直"的平正期(《晋人写经》、《诸佛要集经》[296]、《大涅槃经》[359]、《十诵比丘戒本》[405]等),经"突出点划和结体"的险绝期(敦煌写卷 S.1996《阿毗昙心经卷第六》[479]、S.1427《成实论卷第十四》[511]、S.2067《华严经》[513]等),于 6 世纪中复归平正,楷书从而走向成熟(S.1318《金刚般若波罗蜜经》[564]、S.635《佛经佛名经卷》等)。②这个演变进程表明写经对于楷书艺术发展的贡献。到唐代,楷体作为朝廷官文书和科举功令文字的标准字体,楷书艺术发展到顶峰。

值得注意的是,南北朝时期南、北书风明显不同。这在写经里也表现得很清楚。如戴蕃豫指出:

> 当夫晋室南渡,中原地带为僭伪诸国所据,魏晋书流皆出仕焉。如属于晋卫瓘、索靖一派之崔氏,传魏钟繇、晋索靖之流之卢氏仕于后赵及前燕,事实班班可考也。自五胡之盛也,其势渐陵江表,故书风亦渐变。昔日之魏晋者(中国正统派)今变而为胡人流矣。前凉之《大云无想经》(343)犹存西晋风;前秦之《譬喻经》(359,中村氏藏)例以竹针式之横画上承晋人之《诸佛要集经》之技巧。西凉所书《十诵比丘戒本》(405,斯坦因氏发掘)之纤劲,《法华经》(411,大谷氏发掘)之丰润,乃至北凉之《优婆塞戒经》(427,大谷氏)破片,皆各具特殊面目,暴露野性之热情也。反之,南朝虽正统所属,其写经仅一《持世经》存,为宋元嘉廿六年书(449),其丰丽之情趣与巧致之技法,殊仿佛法帖中二王之书风也。③

北朝写卷如《佛说菩萨藏经》(457),风格雄奇浑厚,明显具有刻削意趣;而南朝写卷如上述《持世经》(449)、S.81《大般涅槃经》(506)等,则追求表现的清朗俊逸,端庄秀丽。后来隋朝统一,北方统一南方,但在学术上、艺术上却基本上是南方统

---

① 台静农:《智永禅师的书学及其对于后世的影响》,《台静农论文集》,安徽教育出版社,2002 年,第310 页。

② 参阅沃兴华:《中国书法史》,上海古籍出版社,2001 年,第 255-258 页。

③ 戴蕃豫:《中国佛教美术史》,书目文献出版社,1995 年,第 81 页。

一北方。隋、唐书法也是南书占优势。不过南、北书艺交流,包括北方写经取得的成就,对于造成隋唐书法的鼎盛,贡献不容小觑。

　　值得注意的还有经藏的结集,这是佛教发展的需要与成果。在印刷术发明之前,经藏是靠书写流通的。书写成规模的经藏是大工程,需要大量书手,对于书法的普及和提高必然会大有促进。僧祐《出三藏记集·法苑杂录原始集目录序》的《经藏正斋集》里著录有《定林上寺建般若台大云邑造经藏记》《定林上寺太尉临川王(萧宏)造镇经藏记》《建初寺立般若台经藏记》等①,反映当时寺院建设经藏盛况。据《历代三宝记》记载,梁武帝天监十四年(515)于华林园总集释氏经典,又有沙门僧绍编定《众经目录》四卷,三年后经宝唱改定,计得经典 1433 部 3741卷。当时佛典目录编定显然是与经籍结集同时进行的。北方大约在同一时期,北魏孝武帝太昌元年(532)至永熙三年(534)整理皇家经籍,命舍人李廓编撰《魏世众经目录》,计得经籍 427 部 2053 卷。魏收作《齐三部一切经愿文》,其中说到“皇家统天,尊道崇法……金口所宣,总勒缮写,各有三部,合若干卷”②。北周王褒也有为“奉造一切经藏”③所作的《周经藏愿文》。这样,南北方、教内外、公私都在热心加以搜集、整理、保藏经藏,这些辑录起来的庞大文献又要广泛缮写、流通。隋立国后,即“令计口出钱,营造经像。而京师及并州、相州、洛州等诸大都邑之处,并官写一切经,置于寺内;而又别写,藏于秘阁。天下之人,从风而靡,竞相景慕,民间佛经,多于六经数十百倍”④。这是朝廷主持的大规模写经,亦表明佛典流通之广泛。唐贞观九年(635)四月,奉敕于宫苑内写一切经。大总持寺僧智通共使人秘书郎褚遂良等附新译经校定申奏,奉敕施行⑤;龙朔三年(663)正月二十二日,敕令于敬爱道场写一切经典;又“奉麟德元年(664)正月二十六日敕,取履味沙门十人惠概、明玉、神察、道英、昙邃等,并选翘楚,尤闲文义,参覆量校,首末三年,又置官寮,是涂供给,写旧经论七百四十一部二千七百三十一卷,又写大唐三藏法师新译经论七十五部一千三百三十五卷,合新旧八百一十六部四千六十六卷入藏”⑥。后两次是在武则天为了篡权而极力推尊佛教的时候。

---

①《出三藏记集》卷一二,苏晋仁、萧炼子点校,中华书局,1995 年,第 488–489 页。

②《广弘明集》卷二二,《大正藏》第五十二卷,第 257 页上。

③《广弘明集》卷二二,《大正藏》第五十二卷,第 257 页中。

④《隋书·经籍四》,《隋书》卷三十五,中华书局,1973 年,第 1099 页。

⑤ 参阅《大唐东京大敬爱寺一切经论目》卷一,《大正藏》第五十五卷,第 188 页下–第 189 页上。

⑥ 参阅《大唐东京大敬爱寺一切经论目》卷一,《大正藏》第五十五卷,第 181 页上。

唐代宫廷写经,如武则天为父母写《妙法莲华经》达三千部①,可推测当时皇室写经规模之盛大。权贵阶层写经,如天宝七载(748),杨贵妃兄杨铦奉为圣主写一切经五千四十八卷,般若四教天台疏论二千卷俾镇寺等。②中唐时期施行割据的魏博节度使田承嗣因为魏州开元寺"经典旧多残缺,哀彼学徒访问无所,乃写《一切经》两本,并造二楼以贮之"。③五代"释应之……保大中,授文章应制大德,赐紫。元宗喜《楞严经》,敕应之书,镂版既成,上之"④,等等。一般僧侣和平民百姓写经亦十分普遍。著名的如净土大师善导,利用布施所得净财书写《阿弥陀经》数万卷,画《净土变相》三百余壁,近年在吐鲁番和敦煌出土的古写经中发现了善导所书《阿弥陀经》残卷。《法苑珠林》上记载隋释法藏写经传说:

> 隋郿州宝室寺沙门法藏,戒行精淳,为性质直。至隋开皇十三年,于洛交县韦川城造寺一所……兼造一切经,已写八百卷,恐本州岛岛无好手纸笔,故就京城旧月爱寺写。至武德二年闰二月内,身患二十余日……藏师虽写余经,未写《金刚般若》……并造《般若》得一百卷。未经三五日,临欲舍命,具见阿弥陀佛来迎。由经威力,得生西方,不入三途。⑤

这反映的是一位沙门写经。又如"弘文学士张静者,时号笔工,罕有加胜。(终南山僧法诚)乃请至山舍,令受斋戒,洁净自修,口含香汁,身被新服。然静长途写经,不盈五十。诚料其见财,两纸酬其五百。静利其货,竭力写之"⑥。这则是僧人雇用文人书写。又岑参《观楚国寺璋上人写一切经院南有曲池深竹》诗:

> 璋公不出院,群木闭深居。誓写《一切经》,欲向万卷余。挥毫散林鹊,研墨惊池鱼。音翻四句偈,字译五天书……⑦

---

① 参阅启功:《武则天所造经》,《启功丛稿·题跋卷》,中华书局,1997年,第133页。
② 李邕:《五台山清凉寺碑》,《文苑英华》卷八五九,中华书局影印本,1966年,第4536页。
③ 封演:《魏州开元寺新建三门楼碑》,《文苑英华》卷八六三,中华书局影印本,1966年,第4554页。
④《佩文斋书画谱》卷三一。
⑤《法苑珠林》卷一八《敬法篇感应缘》,周叔迦、苏晋仁校注,中华书局,2003年,第601–602页。
⑥《续高僧传》卷二八《唐终南山蓝谷悟真寺释慧超传》,《大正藏》第五十卷,第689页上。
⑦《全唐诗》卷一九八,中华书局,1960年,第2040页。

这是一位和尚凭个人力量发愿写《大藏经》。又同官令虞咸颇知名，开元二十三年（735）春往温县，道左有小草堂，"有人居其中，刺臂血朱和用写《一切经》，其人年且六十，色黄而羸瘠，而书经已数百卷，人有访者必丐焉"①。这是刺血写经，以后虔诚信徒多有仿效的。敦煌文书京辰46号《四分律删补随机羯磨》有题记：

> 午年五月八日，今光明寺僧利济初夏之内为本寺上座金耀写此《羯磨》一卷，莫不研精尽思，庶教流而用之也。至六月三日毕，而复记焉。

这卷经典曾认真书写近一个月；敦煌文书P.2100号《四分律并论要用抄》卷上为沙门明润抄写，题记有"纵有笔墨不如法"的话，则反映了临书态度之郑重谨慎。唐人写经精品技艺不次于那些大书家的传世作品。如敦煌写卷P.2056《阿毗昙毗婆娑卷五》，点画圆润精美，起承转折分明，笔法几近完美无缺。启功论及初唐时期的一卷《妙法莲华经·方便品》，说"此卷笔法骨肉得中，意态飞动，足以抗颜欧、褚"，他进而又说"余平生所见唐人经卷，不可胜计。其颉颃名家碑版者更难指数。而墨迹之笔锋使转，墨华绚烂处，俱碑版中所绝不可见者"②；又有《金刚般若波罗蜜经》残卷一件，他则评之为"书体精妙"，"笔势瘦健"，并题诗为赞曰：

> 虹光字字腾麻纸，六甲西升谁擅美。李家残本此最似，佛力所被离火水。缓步层台见举趾，日百面看益神智。加持手泽不须洗，墨缘欲傲襄阳米。③

从这样的实例，可以推测当时民间书法发达情形及其高度艺术水准。不过大量经卷是写经生或僧众抄写的，难免造成所谓"千人一面，一字万同"的程序化偏向。此外，在当时楷书已趋成熟的情况下，那种带有浓厚隶书意味的"写经体"从发展趋势看则显得有些落伍了。

在中国，书写和摹刻经典本来有久远传统。上古实物有相传是周、秦时代的《石鼓文》。自东汉末雕造熹平石经，到清代康熙年间刊刻《十三经》，儒家经典上石有规模又有文字可考者前后有七种。佛门刻经当然受到儒家经典上石的影响，但又具有特殊意义，取得独特成就，对于书法艺术发展的影响则远较儒家刻经可

---

① 《太平广记》卷一〇〇《屈徒仲任》，中华书局，第667-668页。
② 启功：《唐人写经残卷跋》，《启功丛稿·题跋卷》，中华书局，1997年，第298页。
③ 启功：《唐人写经残卷跋》，《启功丛稿·题跋卷》，第297页。

观。佛教刻石，包括碑版、摩崖、刻经和经幢，至北朝倏而勃兴，蔚为大观，成为书法艺术史上的另一大成就。

书法史上有"北碑南书"之说。这是指北朝盛行凿窟造像，留下大批碑版题记；南方则由隶法发展出楷书、草书、行书，出现一批卓越书家。

佛教碑刻主要是指造像题记和其他各种碑碣。最具代表性的是龙门石窟遗存，共有三千六百方左右。它们镌刻于北魏到唐代，主要是北魏作品，约二千块。其中精品众多，有"古碑林"之称，后人加以拣选，有四品、十品、二十品、三十品、百品以至一千五百品等称谓。①约定俗成称"龙门二十品"②的，都是顶尖之作。留下的刻工名字只有慧成碑的朱义章和孙秋生碑的肖显庆二人，事迹都无从稽考，表明大量作品出于众工之手。这二十件作品除慈香品存慈香窑，其余十九品均在古阳洞。古阳洞窟龛造像主都是随同孝文帝南迁的王公贵戚，因而题记文字大多比较讲究，篇幅长而书法精。其中十四品年代可考。最早的是太和十九年（495）长乐王丘穆陵亮夫人尉迟为亡息牛橛造弥勒像记；最迟的是神龟三年（520）比丘尼慈香、慧政造像记；有三品年代存疑；另三品无纪年③，不过可以肯定镌刻年代大体在上述时限之内④。以"龙门二十品"为代表的北魏碑刻书体就是所谓"魏碑体"。这是一种由汉、晋隶书向隋、唐楷书过渡的书体，其总的特征是结体、用笔在隶、楷之间，字形端正大方，用笔浑朴刚健，兼有沉着凝重和雅致秀丽之美。这在当时是书艺的新创造，对后来书法艺术的发展影响更是广泛而深远。

今存北朝时期的墓志铭和造像碑堪称杰作的不少。墓志铭如《元羽墓志》（501）、《石婉墓志》（508）、《皇甫驎墓志》（515）、《张玄墓志》（531）等，笔意都气象雄浑，刚健凌厉，带有浓重的雕镌意味。造像碑艺术特色突出的，较早的有北魏

---

① 古阳洞北壁有光绪十六年题记曰："光绪庚寅春，长白丰二、文十三住潜溪寺，拓龙门造像记共得千五百品。"

② 关于这二十品包含哪些作品，诸家纪录有出入，命名方式亦多歧异，如有的以发愿人命名，有的以追福对象命名，还有的以发愿人官爵命名，等等。今人宫大中以发愿人命名，按年代顺序，定名为"慧成""尉迟""一弗""元详""解伯达""高太妃""道匠""郑长猷""孙秋生""高树""慧感""侯太妃""马振拜""侯太妃""法生""杨大眼""魏灵藏""元燮""元佑""慈香"等共二十方碑文。参阅宫大中：《谈龙门十二品》，《龙门石窟艺术》，上海人民出版社，1981年，第205—224页。

③ 参阅宫大中：《二十品名称时代尺寸表》，《龙门石窟艺术》，上海人民出版社，1981年，第224页。

④ 其中比丘慧成为亡父始平公造像记，有造于太和十二年（488）或廿二年两说。这关系古阳洞开凿时间：如果能够证明此碑刻于太和十二年，则意味着古阳洞开凿于北魏迁都洛阳之前。

《马鸣寺根法师碑》(523)，"书用侧笔，极尽变化，茂密雄强，结构整然"①；河南嵩山会善寺《中岳嵩阳寺碑铭》(535)，无撰人名，笔法颇含风致，被评为汉后唐前隶书之冠；北齐的《高叡修寺记》(557)，笔法宽宏，结体精美，开唐颜真卿等先河；河北正定著名的隋《龙藏寺碑》(586)，被认为是隋楷第一，"无北魏寒俭之风。此碑不仅字体结构朴拙，用笔沉挚，给人以古拙幽深之感。且自南北朝至唐，在书学的递嬗上亦影响颇大"②。这一时期的作品有些看似不计工拙的率尔之作，但结体奇肆，点画放逸；另有些风格比较拙朴，却体现出相当浓厚的审美意趣。评魏碑有一种说："厚重、生拙和大气是碑版书法的三大特征。"③这三点也可说是北朝碑版的共同特征。作为美学追求，对后来各体书法影响巨大，特别是为隋唐楷书繁荣作了准备。

摩崖著名者有山东泰山石经峪《金刚经》、徂莱山《大般若经》以及邹县"四山摩崖刻石"（尖山大佛岭、铁山、岗山、葛山）、东平白佛山、河北邯郸鼓山南北响堂寺等地作品，皆始于北齐。泰山《金刚经》刻在泰山南麓龙泉山谷石坪上，据近年中、德学者联合实际考察，存 45 行 1390 字④，字径二尺，面积六千平方米，形体宽博疏放，凝重含蓄。"四山摩崖刻石"迄于北周，刻有《匡喆刻经颂》《大集经》《文殊般若经》《摩诃般若波罗蜜经》《如是我闻》《刻经题名》《观无量寿经》等，其中尖山摩崖"文殊般若"四字，字径一米余；"大空王佛"四字，字径二米余；铁山刻经字径则在 40—69 厘米之间。叶昌炽《语石》说："四山摩崖，其字径尺，妥帖力排奡，巨刃摩天扬。"⑤康有为《广艺舟双楫》说："四山摩崖，通隶楷，备方圆，高浑简穆，为擘刻书之极轨也。"⑥这些作品风格接近魏碑，篆、隶、楷意趣交融，和隋、唐以后基本是楷书的摩崖石刻不同。

上述摩崖中已有经文。佛经上石就今存而言，以天保二年(551)阳曲一石为最早。在近年考古调查中，新发现不少，分布在河北、山东、山西等地。例如河北涉县中皇山北齐刻经，包括《十地经》《思益梵天所问经》《佛说盂兰盆经》《妙法莲华经》等，总计十三万余字；河北曲阳县羊平村隋代造摩崖造像经龛内刻有《佛垂般

---

①　杨震方：《碑帖叙录》，上海古籍出版社，1982 年，第 134 页。

②　杨震方：《碑帖叙录》，第 237 页。

③　沃兴华：《插图本中国书法史》，上海古籍出版社，2001 年，第 515 页。

④　山东省石刻艺术博物馆、德国海德堡学术院：《山东泰山经石峪摩崖刻经及周边题刻的考察》，《考古》2009 年第 1 期。

⑤　叶昌炽：《语石 语石异同评》卷四，柯昌泗评，中华书局，1994 年，第 286 页。

⑥　《广艺舟双楫》。

涅般略说教戒经》、《妙法莲华经》的《观世音普门品》等。①有些石窟中,如龙门一些洞窟、河南安阳小南海石窟、四川安岳卧佛院石窟都刻有佛经。卧佛院所刻达七十余部之多。有史料记载说明朝永乐十八年(1420)在开雕南、北藏时明太祖朱棣下令刻制石经一部,安置在大石洞。这部石经是否雕造过,大石洞在何处,如今不得其详。刻经最重要的成就当属房山石经,其雕造与末法观念流行有直接关系。②北齐那连提黎耶舍于天统二年(566)译出集中阐扬末法思想的《大集经月藏分》十卷;八年之后(574)发生周武灭佛,成为雕造石经的机缘。这部石经发踪者是隋唐之际的沙门静琬(?—639)。他继承师傅慧思遗愿,深惧佛法毁灭,遂拟采用传统刻石办法来保存经典。自隋大业末年在今北京市房山县云居山开始刻造石经,到贞观年间刻成《大涅槃经》,唐初刻经兴盛一时,至唐末中绝。辽代圣宗时地方官韩绍芳奏请续刻,得到朝廷支持,遂募集资财,雕造再度大规模地恢复,辽、金成为刻经的又一个兴盛期。元代曾对少数经版进行修理,但工作基本停顿,至17世纪完全停止。这项巨大工程前后持续千余年,参与的僧人、居士、工匠不计其数,又得到历代皇室、贵族、官僚的支持和资助,耗费人力、物力无算。辽、金是少数民族建立的政权,统治者大力尊崇佛教,施助刻经,反映这些民族接受、融入中华传统文化的总趋势。据上世纪实地考核统计,石经山九个洞内和云居寺南塔前地穴中分别藏有石刻经版15061块(其中完好的经石14621块),镌刻佛典千余种、三千五百余卷,另外还有六千八百余则题记,洞外有重要碑铭82通。1987年中国佛教图书文化馆影印出版《房山石经》五十六册。房山石经雕造延续时间长,在书法艺术领域取得多方面成就。

把佛经刻在石柱上,如山西太原晋祠的《华严经》石柱,是刻经的另一种形式。从初唐开始,一种样式独特的经幢开始流行,上面多数刻写陀罗尼经咒,偶有梵文和其他文字的。中、晚唐时期建造经幢风行一时。晚唐毁佛,大批经幢被损毁。从保留部分看,许多都具有文献上或艺术上的价值,此不具述。

这样,在今存古代书法作品中,包括写经、刻经,佛教所创作的或与佛教相关的占有很大一部分,在书法史上占据重要地位。这是佛教留下的珍贵遗产,是佛

---

① 赵超:《古代石刻》,文物出版社,2001年,第206页。详马忠理等:《涉县中皇山北齐佛教摩崖刻经调查》,《文物》1995年第5期;乔修罡、青柏:《平阴发现北朝摩崖刻经》,《中国文物报》1995年7月6日;李建华:《河北曲阳八会寺隋代刻经龛》,《文物》1995年第5期。

② "末法"是对于佛法命运依"时"划分的一种观念,即佛灭后若干世代,进入正法衰颓而僧风浊乱的"末法"时期。关于具体年代,说法不一,一般指佛灭后第三个五百年开始。

教对于中国文化发展的又一重大贡献。

　　文字是记录语言的工具。汉字由于自身特点,其书法与雕塑、绘画、建筑等等一样,成为独特的艺术门类。它不但在中国的发展源远流长、丰富多彩,成为中华民族大家庭各民族的宝贵财富,更流行在东亚汉字文化圈诸国,成为国际间文化交流的纽带。汉字书法作为内涵丰富、形式多样的实用艺术形式,更在民众日常生活的各个领域发挥重大作用。上述各类写经、刻经兼具宗教、审美、文化交流等多方面的意义与价值,是值得珍视、继承和发扬光大的。

(原载《文学与文化》2010 年第 1 期)

附:

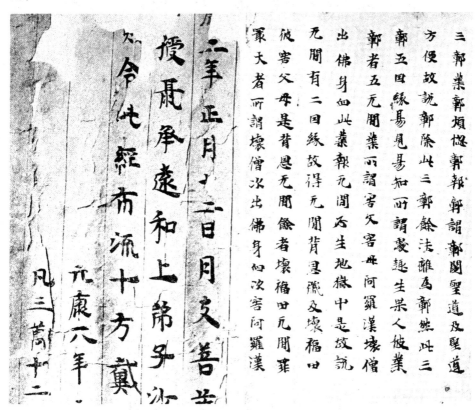

图 1　诸佛要集经,西晋元康六年(296)　　图 2　敦煌 S.996《杂阿毗昙心经卷第六》,
　　　　　　　　　　　　　　　　　　　　　　　　北魏太和三年(479)

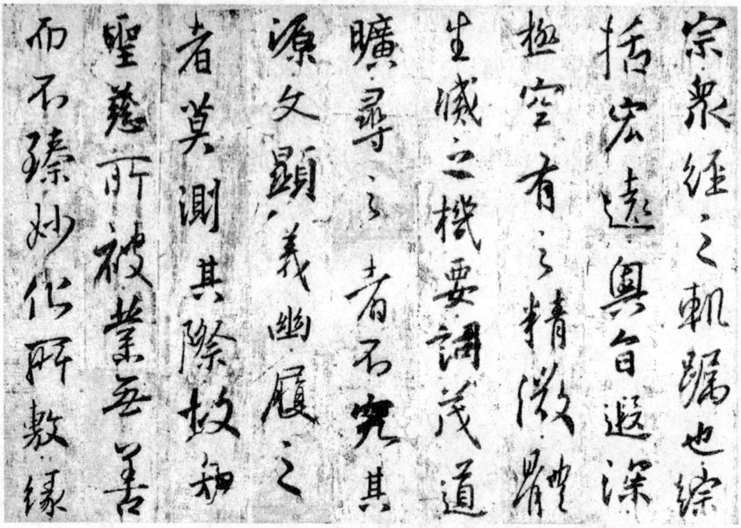

图3　唐《怀仁集王羲之圣教序》(摹本)

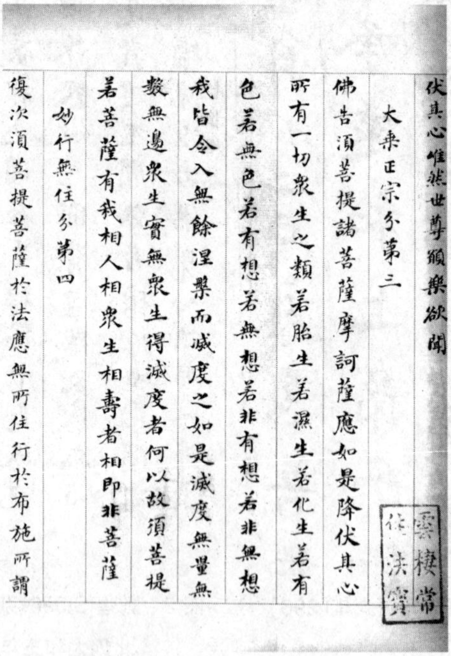

图4　董其昌书《金刚经》

虚构与真实

——论僧肇《临刑偈》及相关故事的来源与影响 *

李小荣

禅宗语录载有一首后秦高僧僧肇(384—414)的《临刑偈》,虽然文字不一(详见后文),却经常被宋以后的禅师作为接引之用的话头,是较有影响的一首偈颂。然考诸史实,它当是唐人的托名之作,在流传过程中,又和另一部僧肇的托名之作《宝藏论》产生了联系。① 而"临刑"之说,则是移植禅宗第二十四祖师子比丘的遇难故事而来。

一 《临刑偈》及相关故事的来源

有关僧肇临刑说偈之事,最早的记载出于北宋释道原景德元年(1004)所编《景德传灯录》卷二十七:

> 僧肇法师遭秦主难,临就刑说偈曰:四大元无主,五阴本来空。将头临白刃,犹似斩春风。(玄沙云:大小肇法师临死犹寱语)②

从编者的夹注可知,最早言及僧肇临刑说偈者是晚唐五代的玄沙师备禅师

作者简介:李小荣(1969—),男,福建师范大学文学院教授。

* 本论文为国家社科基金项目"晋唐佛教文学史"(项目号:11BZW074)的阶段性成果。

① 关于《临刑偈》《宝藏论》都是唐人伪托僧肇之作的研究,具体可参汤用彤《汉魏两晋南北朝佛教史》(北京大学出版社,1997年,第231–235页)与罗伯特·沙夫著,夏志前、夏少伟译《走进中国佛教——解读〈宝藏论〉》(上海古籍出版社,2009年,第29–38页)等。

② 《大正藏》第51册,第435页上–中。

(835—908)。后来宋神宗元丰三年(1080)刊行的《玄沙师备禅师广录》卷三,就直接说是师备举出僧肇之偈作为话头来接引听众,并载师备断语云:"大小肇法师临迁化去,犹寐语在。"① 北宋克勤禅师(1063—1135)根据宋初雪窦重显(980—1052)《颂古百则》为基础编撰的《碧岩录》卷七则说:

> 云门道:"乾坤之内,宇宙之间,中有一宝,秘在形山。"且道云门意在钓竿头,意在灯笼上? 此乃肇法师《宝藏论》数句,云门拈来示众。肇公时于后秦逍遥园造论,写《维摩经》,方知庄老未尽其妙,肇乃礼罗什为师,又参瓦棺寺跋陀婆罗菩萨,从西天二十七祖处传心印来,肇深造其堂奥。肇一日遭难,临刑之时,乞七日假,造《宝藏论》。云门便拈论中四句示众,大意云:如何以无价之宝,隐在阴界之中,论中语言,皆与宗门说话相符合。②

这里的"云门"指的是云门宗创始人文偃禅师(864—949),他与玄沙师备同出于雪峰义存(822—908)门下。虽说二人都记载了僧肇的著作,但侧重点并不相同,即玄沙师备重在以《临刑偈》来接引后学,文偃则重在引用《宝藏论》来启迪弟子。当然,把《宝藏论》与僧肇临终之事联系在一起的,则出于克勤的解释。而克勤的解释,又得到了后人的认同。比如,南宋释正觉(1091—1157)颂古、宋末元初行秀禅师评唱的《万松老人评唱天童觉和尚颂古从容庵录》卷六"第九十二则云门一宝"中,除了复述文偃征引《宝藏论》语句来开示后学一事外,还更详细地交待了僧肇的师承关系:

> 佛果道:罗什乃肇公受业师;瓦官寺佛驮跋陀罗,此云觉贤,乃嗣法师。《无尽灯》列于觉贤法嗣之列,觉贤嗣西竺佛大先,佛大先与达磨同参二十七祖般若多罗。肇临刑之日,乞七日假,造《宝藏论》。③

这里的"佛果",是宋徽宗给克勤之赐号"佛果禅师"的省称。但是,北宋释晓月注《夹科肇论序注》卷一则说:

---

① 《大藏新纂卍续藏经》第73册,第20页中。
② 《大正藏》卷四十八,第193页下-194页上。
③ 《大正藏》卷四十八,第286页下。

什公亡后,遂以《涅槃无名论》,复造《宝藏论》三章,进上秦王。秦王姚兴答旨殷勤,敕令缮写,班诸子侄以为大训。其为时所重也如此。晋义熙十年,终于长安逍遥园,春秋三十有一耳。①

按,细绎晓月之意,他虽然也承认《宝藏论》是僧肇的临终之作,但他并不赞同克勤《宝藏论》是临刑前所作,反而认为姚兴始终是赞赏、信任僧肇的。

晓月禅师的生卒年虽不可详考,不过若据佛国惟白禅师于徽宗建中靖国元年(1101)编成的《建中靖国续灯录》卷七中收有洪州泐潭山晓月禅师之语录这一事实,则知晓月一定卒于1101年之前。遵式(964—1032)《注肇论疏》卷一《目录》则云:"《论序》,慧达述,晓月注。"②而遵式是书又附有南峰西庵于熙宁甲寅(1074)仲春所作之序,由此可知晓月之注当在熙宁七年之前。释契嵩(1007—1072)《镡津文集》卷十二《泐潭双阁铭》(并叙)则谓:"大长老晓月,字公晦,领禅者于泐潭十有五年矣。……嘉祐庚子之仲春毕,其绘事落成,居晋乃因其师遗书,求蒙文而志之,然吾与公晦雅素相德最厚善。"③嘉祐是宋仁宗的年号,庚子即嘉祐五年(1060),则其驻锡泐潭当始于庆历六年(1046)。明《禅林宝训音义》卷一又说释晓月:"得法于琅琊觉禅师,于宋熙宁间,住洪州泐潭宝峰精舍。"④则晓月自庆历六年至熙宁(熙宁共十年,即1068—1077)间将近三十年悉在泐潭山。另外,从契嵩称之为"大长老"的尊重语气推断,晓月甚至年长于契嵩。所以,我们猜测晓月当略早于契嵩,大致活动于11世纪80年代之前。易言之,由于晓月没有将《宝藏论》的写作和僧肇临刑相联系,则知该传说的出现时间应在克勤禅师活动的两宋之际,最早也不会早于11世纪七八十年代。

明末清初钱谦益(1582—1664)纂阅的《紫柏尊者别集》卷四则载有紫柏尊者达观真可禅师(1543—1603)的上堂语录:

师饭毕,说晋肇法师得罪于姚兴,兴欲杀之。肇乞假七日,作一书名《宝藏论》讫。将死时,说偈曰:"四大原非有,五蕴本来空。将头临白刃,一似斩春风。"⑤

①《大藏新纂卍续藏经》第54册,第136页中。
②《大藏新纂卍续藏经》第54册,第140页中。
③《大正藏》卷五十二,第712页上。
④《大藏新纂卍续藏经》第64册,第444页上。
⑤《大藏新纂卍续藏经》第73册,第427页中。

虽然真可所引《临刑偈》的文字与前揭玄沙师有一些差别,但这里有一个要特别注意的地方,即此前的禅宗文献都没有同时记载僧肇既著《宝藏论》又说《临刑偈》者。① 至此,我们可以排出有关僧肇"临刑"传说故事的先后顺序,即:

> 临刑说偈(唐玄沙师备)→临刑著论(宋克勤)→临刑先著论后说偈(明真可)

僧肇犯罪的原因,大都语焉不详,只有清人智证录《慈悲道场水忏法随闻录》卷一给出了具体的解释:

> 肇公赴秦宫请,媵人私逼之。肇不许,媵人赞为沙门谗己,王召,将杀之。肇曰:"姑缓七日,当就死。"王许,肇著论讫,遂赴刃。有"将头临白刃,一似斩春风"之句。为法求延,非邀誉于末劫,为度生计耳。肇公不近女色尚耳,况真以身根研磨不休乎,愿贪者味之。②

但此说属于孤证,因为目前尚未发现其他史料中有秦王宫中侍婢诱惑僧肇不成从而进行陷害的记载,故不可信。不过,这种解释,当是受僧肇之师鸠摩罗什曾被姚主"以妓女十人,逼令受之"以求法嗣③之影响而产生的新传说。其间,作者只是改换了某些叙事元素而已,如在罗什身上,是姚主逼其接受女色;到了僧肇身上,逼迫者则换成了姚主的女婢。从结果看,罗什大师未遭不测;僧肇则因受诬陷而引起皇帝的不满,乃至招来杀身之祸。当然,僧肇不从女婢之逼,当事出有因,因为他身体欠佳。④

至于把《宝藏论》的著作权归于僧肇,至迟是发生在中唐时候的事。美国学者

---

① 按,虽然清世宗雍正皇帝《御选语录》卷一所引《传灯录》中也同时载有僧肇临刑著论说偈之事(参《大藏新纂卍续藏经》第 68 册,第 526 页上),但查考今存各种《传灯录》,悉无相关文字,故疑雍正所引书名有误。

②《大藏新纂卍续藏经》第 74 册,第 666 页中。其中,"赞为"之"赞"当是"谗"之讹。

③ 参慧皎撰,汤用彤校注《高僧传》,中华书局,1992 年,第 53 页。

④《高僧传》卷六即载僧肇答刘遗民书云"贫道劳疾每不佳"(第 250 页),可知肇公体质较差,这也是他英年早逝的原因之一吧。

罗伯特·沙夫通过仔细爬梳,发现宗密在多种著作中引用过《宝藏论》,从而指出"至少到公元九世纪二十年代中期为止,宗密已经把《宝藏论》和僧肇联系在一起了"。① 虽然宗密引文时没有直接说过"僧肇(肇公、肇法师)《宝藏论》"之类的话,但罗伯特的观点还是可信的。这一方面是宗密有时直接引《宝藏论》的实例,如《禅源诸诠集都序》卷一:"《宝藏论》亦云:知有有坏,知无无败。"② 宗密《圆觉经大疏释义钞》卷六:"如有魍魉等者,《宝藏论》文也。"③ 这表明宗密是知道《宝藏论》一书的。另一方面,一些"肇公云"的引文,显然是出于《宝藏论》,如《圆觉经大疏释义钞》卷一曰:"肇公云:守真抱一,不染外物,清虚太一,其何有失?"④ 此引文实出于《宝藏论》卷上《广照空有品》。⑤《圆觉经略疏》卷一曰:"故肇公云:法身隐于形壳之中,真智隐于缘虑之内。"⑥ 此则是对《宝藏论·离微体净品第二》之"若执有身者即有身碍,身碍故即法身隐于形壳之中;若执有心者即有心碍,心碍故即真智隐于念虑之中"⑦ 的摘引。综而言之,宗密心目中已认同了僧肇是《宝藏论》的作者。

但僧肇临刑,特别是临刑说偈的故事,遭到了后世某些人的否定。如明曾凤仪《楞严经宗通》卷六便依据《十六国春秋》指出:"肇法师以晋义熙十年卒于长安,吉祥灭度,无临刑事。"⑧ 雍正皇帝《御选语录》卷一亦云:

> 此偈非肇所作也。肇为鸠摩罗什高弟,秦王姚兴命入逍遥园,助什详定

---

① 参罗伯特·沙夫著,夏志前、夏少伟译《走进中国佛教——解读〈宝藏论〉》,上海古籍出版社,2009年,第33页。又,元人昙噩(1285—1373)《新修科分六学僧传》卷二三说唐人慧苑(673—743?)"少师事贤首法藏禀受《华严》宗指,乃依《宝藏论》丘四种教"(《大藏新纂卍续藏经》第77册,第275页中)。如果此记载成立,则《宝藏论》产生于初唐之时。但据澄观(738—839)《大方广佛华严经疏》卷二云"贤首弟子宛(苑)公依《宝性论》,立四种教"(《大正藏》卷三十五,第510页上—中),则知昙噩"宝藏论"是"宝性论"之讹。《宝性论》即后魏勒那摩提译《究竟一乘宝性论》之略称,该经论述的是如来藏自性清净的教义。其实,贤首法藏大师(643—712)在释《华严》教义时,即已多次征引《宝性论》为依据(具体可参《华严探玄记》卷二、卷十等)。
② 《大正藏》卷四十八,第405页上。
③ 《大藏新纂卍续藏经》第9册,第601页下。
④ 《大藏新纂卍续藏经》第9册,第464页上。
⑤ 《大正藏》卷四十五,第143页上。
⑥ 《大正藏》卷三十九,第533页中。
⑦ 《大正藏》卷四十五,第147页中。
⑧ 《大藏新纂卍续藏经》第16册,第859页中。

经论,尊礼有加。《十六国春秋·僧肇传》云:"以姚秦弘始十六年卒于长安,时晋义熙十年也。"况典刑之人,岂有给假著论之理? 则肇法师之以吉祥灭度,信矣。事既子虚,偈非师作,盖讹传焉。①

无论临刑说偈还是临刑著论,抑或兼而有之,故事的关键要素都在"临刑"二字。既然崔鸿等教外史家都无临刑的记载,则知该故事的产生——至少从前揭诸佛教文献之引文可以发现——当和禅家有关。而在众多禅师的传记中,对僧肇"临刑"说影响最大的莫过于禅宗二十四祖师子比丘的故事了。

关于师子比丘之事,北魏吉迦夜、昙曜译《付法藏因缘传》卷六有云:

> 复有比丘名曰师子,于罽宾国大作佛事。时彼国王名弥罗掘,邪见炽盛,心无敬信,于罽宾国毁坏塔寺,杀害众僧,即以利剑用斩师子,顶中无血,唯乳流出。相付法人,于是便绝。②

此经所述,显然只提供了一个故事梗概,而且师子比丘是排在印度祖祖相传的第二十三位,到他那儿,付法人便断绝了。这种说法,宗密《圆觉经大疏释义钞》卷三也表示了认同,但后者是列师子比丘为禅宗西天二十八祖之二十三祖,云:

> 师子受付嘱,后游行教化。至罽宾国广度众生,化缘将毕,遂令弟子舍那婆斯付法云云。时遇罽宾国王名弥罗掘,邪见炽盛,毁塔坏寺,杀害僧众。尊者告众曰:"王有恶念,诸人可散。"后王问师子:"师所得法,岂非一切空乎?"答曰如是。王曰:"夫证法空,于一切都无所惜,可施我头。"师子曰:"身非我有,何况于头?"言讫,王即斩师子首。断已无回,香乳流地。……
>
> 疏:罽宾已来唯传心地者,舍那婆斯第二十四。罽宾,即师子比丘遇难之处也。罽宾王既毁塔坏寺,杀害众僧,事不异于坑儒,势必焚于经论。由是师子比丘但密以心法潜教婆斯,或隐山林闲僻私语,或变仪式混迹。窃言但示心宗,不传文字。③

---

① 《大藏新纂卍续藏经》第 68 册,第 526 页上。
② 《大正藏》卷五十,第 321 页下。
③ 《大藏新纂卍续藏经》第 9 册,第 532 页上。

宗密对师子比丘传法遇害过程的叙述,较之《付法藏因缘传》更加详实。而且,师子临刑表现出的大无畏精神以及他对空观思想的语言表述,可以说和僧肇之"临刑"表现极其相似。尤其重要的是,宗密记载的师子比丘以"心法相传"于舍那婆斯的授受模式,直接启发了克勤对僧肇师承关系的叙述方式,后者则说僧肇是"从西天二十七祖处传心印"而来。

不过,唐代朱陵沙门智炬(或作慧炬)撰成于贞元十七年(801)的《宝林传》卷五,则把师子比丘列为禅宗西天之二十四祖,这种说法比宗密之说更加流行。而且,后者在叙述师子尊者被杀时有更多的细节,如:

> 王即举利剑断师子首,断已无血,白乳涌出,举高一丈。其王右臂,忽然自落。……尔时北天王,后至七日,当尔命终。①

其中,引文中下划线所表示的内容,同为《付法藏因缘传》《圆觉经大疏释义钞》所无,此当是智炬所增补。而这种增补,直接影响了《碧岩录》《万松老人评唱天童觉和尚颂古从容庵录》等书对僧肇作《宝藏论》的时间描述——"乞七日假",我们以为这就是移植了《宝林传》中北天罽宾国王"七日而终"的时间要素。

唐宋禅宗文献之所以把师子比丘传记中的一些叙事要素移植到僧肇身上,是因为二人有一个根本的相同点,那就是对"空"的深刻把握。隋吉藏大师《净名玄论》卷六载罗什称叹"秦人解空第一者,僧肇其人也"②,而玄沙师备所记僧肇《临刑偈》表达的思想,正是彻底的空观思想,它可以说是对师子比丘回答罽宾国王之语的极好注解。

二　《临刑偈》在后世的影响

自晚唐玄沙师备首引僧肇《临刑偈》后,历代禅师对此偈都有所阐发。为了更清楚地说明它在后世的影响,兹先归纳禅师引用时的两种主要方式:

一曰四句体(含变异体),如表1:

---

① 苏渊雷、高振农选辑《佛藏要籍选刊》第14册,上海古籍出版社,1993年,第49页上。
②《大正藏》卷三十八,第892页上。

表 1 《临刑偈》引用方式之四句体

类别	偈辞	引偈之著作名称
1	四大元无主，五阴本来空。将头临白刃，犹似斩春风	北宋道原撰《景德传灯录》卷二七，北宋智严集《玄沙师备禅师广录》卷三，南宋普济撰《五灯会元》卷六，明通容集《五灯严统》卷一六，明瞿汝稷集《指月录》卷七，明黎眉等编《教外别传》卷一六，清超泳编《五类全书》卷一一九，清雍正皇帝《御选语录》卷一等
2	五阴身非有，四大本来空。将头临白刃，一似斩春风	南宋释彦琪注《证道歌注》
3	五蕴身非有，四大本来空。将头临白刃，一似斩春风	明洪莲编《金刚经注解》卷三①，明韩岩集解《金刚经集解》卷一，清无是道人注解《金刚经如是解》卷一，清行敏述《金刚经如是经义》卷一等
4	四大原非有，五蕴悉皆空。将头临白刃，犹似斩春风	明曾凤仪《楞严经宗通》卷六
5	四大原非有，五蕴本来空。将头临白刃，一似斩春风	钱谦益纂阅《紫柏尊者别集》卷四
6	四大原非有，五蕴本来空。将头临白刃，犹似斩春风	明释通容《费隐禅师语录》卷六
7	四大元无我，五蕴悉皆空。将头临白刃，犹如斩春风	明何道全注《般若心经注解》卷一
8	四大元无我，五蕴本来空。将头临白刃，恰似斩春风	清净符汇集《宗门拈古汇集》卷七，清集云堂编《宗鉴法林》卷八

二曰二句体(含变异体)，如表 2：

表 2 《临刑偈》引用方式之二句体

类别	偈句	引偈之著作名称
1	将头临白刃，犹似斩春风	明真可《紫柏尊者全集》卷一二，明德清《楞严经通议》卷五

---

① 按，洪莲集注时的句式是"肇法师曰……又曰……"(《大藏新纂卍续藏经》第 24 册，第 788 页中)，而所引偈是在"又曰"之后，一般的理解是"又曰"之中的偈颂同为僧肇所作。但据张曜钟等人考证，所谓僧肇注《金刚经》，其实应是谢灵运之注(参氏论《鸠摩罗什译〈金刚般若波罗蜜经〉校释》，佛光人文社会学院硕士论文，2003 年，第 4—11 页)。如果此说不误，则《临刑偈》的著作权当归入谢灵运的名下。然据李艺敏研究，洪莲编《金刚经注解》其实是朱棣《金刚经集注》的另一个版本(参氏论《朱棣〈金刚经集注〉之注家研究》，福建师范大学硕士论文，2010 年，第 39—81 页)。若与朱棣本对比，则发现同一注释中，朱棣本(参上海古籍出版社影印复旦大学藏明永乐内府刻本，1984 年，第 148 页)并没有引是偈，而是将本偈置于"六祖""李文会"注之后(文字与玄沙师备所引稍有区别)，从前后文语境看，它属于"李文会"的注文，是李文会对"肇法师"临刑偈"的引用。

续表

类别	偈句	引偈之著作名称
2	将头临白刃, 一似斩春风	明如观注《金刚经笔记》卷一, 明袾宏辑《往生集》卷一, 明德清《憨山老人梦游集》卷一一, 明一松《楞严经秘录》卷五, 明钱谦益《楞严经疏解蒙钞》卷十, 清刘道开《楞严经贯摄》卷五, 清戒显订阅《沙弥律仪日用合参》卷一
3	将头临白刃, 慧剑斩春风	明乘旹《楞严经讲录》卷六
4	将头迎白刃, 一似斩春风	明夏树芳辑《名公法喜志》卷三
5	将身临白刃, 犹若斩春风	明真鉴《楞严经正脉疏》卷五
6	四大元无我, 五蕴归皆空	南宋道川禅师《金刚经注》卷中
7	头临白刃, 如斩春风	清隆琦《隐元禅师语录》卷一六

两个表格中的下划线部分, 表明的是与玄沙师备所引文字相异之处(其中, 表2类型7显然是把五言句浓缩成了四言句)。但无论差异之多少, 这都从某种意义上说明了《临刑偈》在后世受重视的程度。

　　此外, 还有一种引用形式, 虽然少见, 却也值得注意, 那就是将僧肇临刑之事概括成了一种类似于典故的成语。如宋《慈受怀深禅师广录》卷三载怀深禅师(1077—1132)上堂语录云:

　　　　许多禅和子, 向什么处去也? 莫是行舡由在把梢人么, 莫是聚沫任风吹么, 莫是恰似斩春风么, 总不是这个道理。①

"恰似斩春风", 显然是在概述僧肇临刑作偈之事, 它仅是对原偈末句有小小的改动, 意思则不变(又, 后世引僧肇偈时, 也有同于慈受者, 见表1类型8)。明麦浪姑禅师万历四十八年(1620)说、许元钊录《云门麦浪怀禅师宗门设难》中云:"南岳所以轻安如故, 肇师犹如剑斩清风, 良有以也。"②明曹洞宗高僧释明盂(1599—1665)《三宜盂禅师语录》卷二又云:

---

①《大藏新纂卍续藏经》第73册, 第129页中。
②《大藏新纂卍续藏经》第73册, 第861页中。

> 商韦绪居士捐躯死义，大祥，请上堂。竖拂子云："会么？百尺竿头舍得性命，针锋上也好走马，陆地上也好行船。诸兄弟！你一往底只抱得个不哭孩儿，总不曾经过毒拳毒掌恶棒恶搥，所以临敌而怯，见事而馁。你看他古来豪杰之士，从容就义，杀身成仁，视死如归，不可枚举。更看他肇法师就白刃似斩清风，岩头老一吼等若雷轰，有此等志勇，有如是气骨，方堪绍述吾宗。刀山剑树，纵身游历，镬汤炉炭，自在纵横，韦绪居士果然丈夫。"①

明盂禅师身处明清改朝换代之际，因为十分赞赏商韦绪居士壮烈赴国难的精神，故在其大祥上堂时，把他比作同赴国难的僧肇法师。此处明盂显然是以僧肇、商韦绪为榜样，号召僧人在民族存亡的危急时刻也应有大无畏的精神与勇气，甘于献身来救国救民。

更值得注意的是，本来僧肇临刑故事的生成是受师子比丘传而来，但在宋以后的禅宗公案与语录中，又有以僧肇《临刑偈》之思维模式来描述师子比丘者。如南宋临济宗黄龙派僧人古月道融撰《丛林盛事》卷上曰：

> 鉴咦庵与贤在庵，俱嗣心闻贲。鉴尝颂《罽宾国王斩师子尊者公案》云："尊者何尝得蕴空，罽宾刃下斩春风。桃华雨后恣零落，染得一溪流水红。"丛林争传之。②

此事又见普济编《五灯会元》卷十八《潭州大沩咦庵鉴禅师》：

> 上堂。举罽宾国王问师子尊者蕴空公案，师颂曰："尊者何曾得蕴空，罽宾徒自斩春风。桃华雨后已零落，染得一溪流水红。"③

元代临济宗大慧派禅僧智及禅师（1311—1378）《愚庵智及禅师语录》卷七《颂古》"罽宾国王斩师子尊者"则说："利剑斩春风，虚空展笑容。未明三八九，宿对一重重。"④凡此，表明禅宗故事的创作与流播，是一个互动的过程，即便是本属于

---

① 《嘉兴大藏经》第 27 册，第 11 页下。
② 《大藏新纂卍续藏经》第 86 册，第 695 页下。
③ 《大藏新纂卍续藏经》第 80 册，第 387 页中。
④ 《大藏新纂卍续藏经》第 71 册，第 684 页中。

"流"的作品,有时又会反过来影响"源"作品的演化。

僧肇《临刑偈》除了常被教内人士征引外,也对教外诗人产生了一定的影响,如刘克庄(1187—1269)《辛卯春日》云:"匹如饮甘露,又似斩春风。"① 方一夔(1253—1314)《张丽华》说:"玉树歌残月上弓,谁将白刃斩春风。"② 这里的"斩春风",都可以理解为喻空的典故。

至于后世禅师引用《临刑偈》的目的,主要有三:一是释空,有的重在说明业障之空,如南宋释彦琪注《证道歌注》说肇师之偈"即业障本来空也"③;有的旨在表明尘性空,进而提醒学人要悟入如来藏,明德清(1546—1623)《楞严经通议》卷五即说"古人'将头临白刃,犹似斩春风'者,以悟尘性空,故尘销智圆则本如来藏矣"④;有的是为了解释色空,德清《憨山老人梦游集》卷十一云"且如'将头临白刃,一似斩春风',岂色阴能碍也"⑤;诸如此类,不一而足。二是倡导"生死如一"的人生观,如明一松《楞严经秘录》卷五曰:"肇公所谓将头临白刃,一似斩春风,故云乃至等也。如是之观,则一切大地自为平矣。"⑥ 明通容(1593—1661)《费隐禅师语录》卷六则云:"肇法师了得身心一如,心外无余,所以观生死如泡影,临国难若游戏,真得无生解脱之旨。"⑦ 三是倡导国难之际,应有勇于献身的精神,此点前文已述,不重复。

最后要说的是,本来僧肇临刑仅是一个虚构的传说,但禅师们用它来接引后学时的阐释,则真实不虚。可以说,是它建构了一种由假入真、真假互生的叙述模式,这种模式在禅宗话头、公案中很有代表性,故今后有必要加强研究。

(原载《文学与文化》2011 年第 3 期)

① 《全宋诗》第 58 册,北京大学出版社,1998 年,第 36312 页。
② 《全宋诗》第 67 册,第 42304 页。
③ 《大藏新纂卍续藏经》第 63 册,第 277 页下。
④ 《大藏新纂卍续藏经》第 12 册,第 589 页中。
⑤ 《大藏新纂卍续藏经》第 73 册,第 534 页下。
⑥ 《大藏新纂卍续藏经》第 13 册,第 129 页上。
⑦ 《嘉兴大藏经》第 26 册,第 135 页上。

"中道"精神与宋代士大夫宗教信仰 *

张培锋

一 "中道"精神与三教统合的形成

"中道"首先表现为对于所谓"异端"的辩证认识。《论语·为政》"攻乎异端，斯害也已"一语，成为后世将佛道两教归入"异端"的"理论根据"。实际上，根据《礼记·中庸》"执其两端用其中于民"①的原则，在孔子那里，恰恰是没有什么异端的，"异端"之说本身就有违于中庸"执两端"的主张。

将《大学》《中庸》两篇从《礼记》中提出并列于"四书"的朱熹，出于为推崇儒术而严设儒、道、佛三教界限的考虑，对于孔子"攻乎异端"之语做出与"中庸"思想相违的解释，自然有其用意所在。试看他的《四书章句集注》引述范、程二人的解释："范氏曰：'攻，专治也，故治木石金玉之工曰攻。异端，非圣人之道，而别为一端，如杨墨是也。其率天下至于无父无君，专治而欲精之，为害甚矣！'程子曰：'佛氏之言，比之杨墨，尤为近理，所以其害为尤甚。学者当如淫声美色以远之，不尔，则骎骎然入于其中矣。'"②由于《四书章句集注》在元、明、清三朝的巨大影响，朱熹的解释也成为后世解读"异端"之说的"正宗观点"。与此相似的观点如孔文仲《唐明皇论》所谓："昔梁武帝溺于桑门之学，而台城之祸起，至明皇而又以道家之说败焉，则释、老之学果无益于治，而只以乱天下也。孔子曰：'攻乎异端，斯害也已。'治天下者可不戒哉！"③

作者简介：张培锋（1963—　），男，南开大学文学院教授。

* 本论文为国家社科基金项目"宋代士大夫的宗教信仰与文学研究"（项目号：16BZW063）的阶段性成果。

① 朱熹：《四书章句集注》，中华书局，2011年，第22页。

② 朱熹：《四书章句集注》，第58页。

③ 孔文仲：《舍人集》卷二，《全宋文》，上海辞书出版社，2006年，第81册，第27页。

　　其实,宋儒中对所谓"异端"持不同意见者也大有人在。比如陆九渊就认为:"今世类指佛老为异端。孔子时佛教未传入中国,虽有老子,其说未著,却指哪个为异端?盖异与同对,虽同师尧舜,而所学之端绪与尧舜不同,即是异端,何止佛老哉?有人问吾异端者,吾对曰:'子先理会得同底一端,则凡异此者,皆异端。'"①他对于"异端"的解释即是就理而非就事,较之朱熹等人显然更为通达。他在所作《策问》中,更详尽讨论过"异端"之说的源流,谓:

　　异端之说,自周以前,不见于传记。……《论语》有"攻乎异端,斯害也已"之说,然不知所谓异端者果何所指。至孟子乃始辟杨、墨,辟许行,辟告子,后人指杨、墨等为异端,孟子之书亦不目以异端。不知夫子所谓异端者果何等耶?《论语》有曰:"乡原,德之贼也。"《孟子》亦屡言乡原之害。若乡原者,岂夫子所谓异端耶?果谓此等,则非止乡原而已也,其他亦有可得而推知者乎?……

　　老、庄盖后世所谓异端者。传记所载,老子盖出于夫子之前,然不闻夫子有辟之之说。孟子亦不辟老子,独杨朱之学,考其源流,则出于老氏,然亦不知孟子之辞略不及于老氏,何耶?至扬子始言"老子槌提仁义,绝灭礼乐,吾无取焉耳",然又有取于其言道德。韩愈作《原道》,始力排老子之言道德。佛入中国,在扬子之后。其事与其书入中国始于汉,其道之行乎中国始于梁,至唐而盛。韩愈辟之甚力,而不能胜。王通则又浑三家之学,而无所讥贬。浮屠老氏之教,遂与儒学鼎列于天下,天下奔走而乡之者盖在彼而不在此也。愚民以祸福归乡之者则佛老等,以其道而收罗天下之英杰者,则又不在于老而在于佛。故近世大儒有曰"昔之入人也,因其迷暗,今之入人也,因其高明",谓佛氏之学也。……

　　要之,天下之理,唯一是而已。彼其所以交攻相非,而莫之统一者,无乃未至于一是之地而然耶?抑亦是非固自有定,而惑者不可必其解,蔽者不可必其开,而道之行不行,亦有时与命而然耶?道固非初学之所敢轻议,而标的所在,志愿所向,则亦不可不早辨而素定之也。故愿与诸君熟论而深订之。②

---

①《陆九渊集》,中华书局,1980 年,第 402 页。

②《陆九渊集》,第 288–289 页。

此论力辨佛道两教皆非所谓"异端"。他最后说,"天下之理,唯一是而已",所谓"一"也就是"心"。如果说有"异端"的话,那么违背"一心之道"的理才是"异端"。以佛教而论,"愚民以祸福归乡之",心外求法,这样的"佛教"可称为"异端",但"因其高明"而收罗天下英杰的佛法,就不能称之为"异端",因为佛法高明之处,就在于主"一心"而已。陆九渊对"异端"的这种理解是非常深刻的,也与"心学"的整个理论系统有重要关系。尽管限于儒者身份,在他心中仍然存有"异端"这个概念。

其次,"中道"精神包含是否承认和包容古代宗教特别是佛、道两教中在社会层面影响巨大的"俗谛"的成分。以往学术界习惯将中国古代宗教信仰分为"民间"和"士大夫"两个层面,认为两个阶层有着不同的信仰形态,这种观点是值得商榷的。事实上,宋代所谓"民间"是包含了士大夫阶层在内的,他们在信仰形态上有着大致相同的精神,而士大夫无疑为这种信仰注入了深厚的文化内涵,使之逐渐成为中国传统文化的重要组成部分。在中国古代社会,宗教不仅仅是一种理论,更是一种直接对社会生活产生重要影响的文化习俗。这些文化习俗长期以来大部分被学术界视为宗教的"俗谛"内容,将其划入"民间信仰"中。这其实是完全没有道理的。从宋代的文献看,士大夫在其著述中对于宗教中这些"俗谛"内容是非常重视的,论述甚多。

徐铉《大宋舒州龙门山乾明禅院碑铭并序》谓:"教必有象,待时而行;道无不在,因地而灵。"[1] 四句提纲挈领,将真谛、俗谛二者须并重的观念揭示得相当清晰。按照真谛的说法,大象无形,一旦有象,已成为世俗的东西,但徐铉认为"教必有象",也就是说"象"是教化的一种需要,不可或缺;"道无不在"说的也是真谛的层面,但"因地而灵"则又说不同地域的"道"是有差别的,这是从俗谛层面说的。

杨亿的《处州龙泉县金沙塔院记》则直接用中国传统的"神道设教"之说来说明佛教的流行,即使是佞佛与因果报应等,也仍然具有教化的意义:"此方士庶,佞佛尤谨。毁形变服,竞为苾刍之饰;倾财破产,争修浮屠之舍。含福畏祸,革音迁善。水火或蹈,徽缰罔惧,而怵报应之说,坚信向之心。奸轨用衰,民德归厚。《易》所云'神道设教'者,其是之谓乎!"[2] 事实上,宋代很多士大夫与"民众阶层"一

---

①《骑省集》卷二七,文渊阁四库全书本。
②《武夷新集》卷六,文渊阁四库全书本。

样，他们虔诚信仰建造寺院的福德，也追求这样的福德，这本身就是宗教信仰的重要组成部分。赵汝谈《保寿院记》相当充分地体现出这一点：

夫以此山之胜，建为宝坊净刹，宜其粥鱼斋鼓，倾动一方，而香火寂寥，人迹罕到。大雄氏之宫，鞠为藜藿鼪鼯之墟，院僧或浮寄他舍，数议兴复，阒无应者。永嘉薛君始徙籍钱塘，疏通而喜施，僧闻亟见，具以复院告。属君有悼亡之悲，乃捐钱二百万，俾议兴葺，且以资其室人金氏冥福。……予闻瞿昙之学，本以苦空寂嘿、离物观心，以求所谓圆觉了义，视其身如梦幻泡影，犹且不顾，而况土木色相，变灭俄倾，又幻之尤者，于释氏何有？然世奉佛者，必高敞宏丽如仙宫，化人之居而后已，岂象法之传，欲人先敬信而后可与入道，不如是不足以起其敬信欤？今薛君又以是资福于其室，夫福岂由外铄，得非欲因一念之精，致其敬悫，以求著存，使幽爽不昧，而后福为可致欤？然则庄严梵呗，虽非所以求福，而一念之精，由是以积，则所谓福者，盖不离乎庄严梵呗。此佛之徒所以极其严丽，与薛君之乐于施舍者，其意固出于此欤？①

此文可见当时士大夫竭力出资修建寺院，以资冥福。其中论及佛教的真谛是“以苦空寂嘿”求“圆觉了义”，并不看重“土木色相”，但是世间奉佛之人多崇信寺院的高敞宏丽等，他认为这表明宗教信仰具有“先敬信而后可与入道，不如是不足以起其敬信”的特点，是应该予以肯定的。

王曙《觉城禅院记》从理论上阐明佛教之所以有真俗二谛和顿渐二门之理，认为“权实交映，理事互融”才是佛法“中观”之道，不能偏执一方：

后学以像设者有为也，滞于名相；禅般者无心也，曾是空寂。著空弃相，此既失矣；从无入有，彼何得哉？我佛所以启顿渐之门，示悟修之路。顿则顿悟，言语文字之俱非；渐则渐修，六度万行之不舍。权实交映，理事互融。无一物不是于真如，尽十方皆归于己用。②

① 《全宋文》第289册，第107页。原文录自《咸淳临安志》卷七七。

② 《全宋文》第5册，第395页。原文录自《成都文类》卷三七。

此外，如李之仪的《天禧寺新建法堂记》①一文，明确记载士大夫倡建寺院以求世间福报，称信士南昌魏德宝同其妻王氏看到一建佛寺的机会，说"此地不植福，更将何之"，乃"不计其资，惟成是务"。李之仪特记其言行以表彰。

严逊的《石篆山佛惠寺记》记述自己"读佛书，年体修行，持斋有日矣"，其后有缘"以钱五十万购所居之乡胜地曰石篆山，镵崖刻像"。对于这种非常明确的宗教信仰行为，他解释说："苟不知所戒，则恐种福之地亦长祸根。且地狱天堂，不过一念之间，而报应分明，犹形影声响，人所宜觉知者也。……近岁镇州得古铁塔，其间造塔人名姓一一皆今时人；又今知灵泉县傅奉议耆于长松山，沿梦寻佛像，削土石，上得唐大历年造佛像碑记，亦官姓名。因略记本末，安知千年之后，不睹于此？"②举自己亲见造佛像碑而得善报之事例，可见其信仰的虔诚。

冯世雄《遂州广利禅寺善济塔记》记述当时佛教塔庙信仰的兴盛和普遍，谓："众生历劫迷谬，不能了达，息闻作是，言便去名，彻名去相，舍妄求真。不知名相一如，真妄同体，彻之与去，是犹适越而北辕，非为行之不至，抑又愈远而不可近焉。"③"名相一如，真妄同体"一语代表着士大夫阶层对名相深刻而辩证的体认。

第三，"中道"精神意味着对三教融通、统合的追求。王存之《隆教院重修佛殿记》认为儒、道、佛三教"教异心一"，"释氏殿宇，不问通邑大都，虽遐陬僻左，海滨山峤，皆建以修香火。其取甚廉，其成甚速，其宏丽雄壮，金碧映照，备极工巧甚侈。天下多得而议之，以谓瞿昙本以寂灭为乐，枯槁为心，而其裔从而大之，有若帝王之宅，过矣"。针对这种以佛教之"真谛"反对其"俗谛"的议论，该文论曰："韩昌黎力诋而攻之，是识其二五而不知其十也。崇饰殿宇之意，此在吾儒之所常见，而不少思耳。"这是申明崇饰殿宇所具有的意义，其后举事例说："昔召伯听讼，明于南国，其后人不忍伐甘棠焉。甘棠凡木也，因止召伯憩于其下，至于民之子孙见其木如见召公，思之至也。夫思之既至，钦心乃生，钦心既生，虽雄以土木，绘以丹青，朝夕想像之。……今幸邑有学以养儒士，有宫以安道流，此寺又建，寺以教民为善，使之知有慈悲，则盗贼化为君子，亦有渐矣。"④这是以儒家的理论、事例论证宗教偶像包括寺院建筑等存在之合法性和必要性。这就是用一种理性的态度为那些看似"非理性"的存在辩护。

---

① 《姑溪居士前集》卷三七，文渊阁四库全书本。
② 《全宋文》第 69 册，第 348 页。原文录自《金石苑》。
③ 《全宋文》第 122 册，第 119 页。原文录自《金石苑》。
④ 《全宋文》第 221 册，第 125 页。原文录自明抄本《四明文献考》第 118 页。

上述这些观点正是宋代佛教的主流思想,道教也具有类似之处。众多出家僧人也主张宗教必须真俗二谛并举,特别反对那种"执理废事"的倾向。比如属禅宗云门宗法系的释宗本,据《中吴纪闻》记载:

> 宗本圆照禅师,乃福昌一饭头,懵无所知,每饭熟必礼数十拜,然后持以供僧。一日忽大悟,恣口所言,皆经中语,自此见道甚明。后住灵岩,近山之人遇夜则面其寝室拜之。侍僧以告,遂置大士像于前。人有饭僧者,必告之曰:"汝先养父母,次办官租,如欲供僧,以有余及之。徒众在此,岂无望檀那之施? 须先为其大者。"其它率以是劝人。①

《泊宅编》则记:"圆照禅师宗本常语人曰:'我不劝你出家学佛, 只劝你惜福修行。'"②宗本的言行固然体现佛教信仰的世俗化,但这种世俗化并非意味着佛教的变质,改变了出世法的初衷,而是强调世间法与出世法同时并重。这正是大乘佛教的根本精神所在,只是在宋代体现得更加充分而已。

"中道"精神的实质就是执两端而不偏执、固执,因此具有相当的灵活性,但要真正把握是殊为不易的。正像杨时的妙喻所言:"不知权是不知中。坐于此室,室自有中;移而坐于堂,则向之所谓中者,今不中矣;合堂室而观之,又有堂室之中焉。……《中庸》曰:'君子而时中',盖所谓权也。"③渐法、俗谛等属于"权宜"之法,似乎有事无理,其实在理论上它们较之属于"实法"的真谛也更加难以把握,更容易引起认识的混乱。徐铉《故唐慧悟大禅师墓志铭并序》称慧悟"进不累于轩冕,退不滞于丘樊;务勤身于济众,不养高以绝俗"④,即讲这位禅师能够妥善处理好真、俗、实、权之间的关系。这样一种既有原则又不板滞的处世态度,也正是众多士大夫所向往和追求的,本身就是他们的一种重要信仰。

二　"中道"精神与士大夫对宗教戒律的态度

涉及宗教信仰方面的持戒与自由之间的关系是一个颇难处理的问题。对于

---

① 龚明之:《中吴纪闻》卷二,文渊阁四库全书本。
② 方勺:《泊宅编》卷中,中华书局,1983 年,第 85 页。
③《龟山集》卷十《语录》。参看钱锺书:《管锥编》,中华书局,1986 年,第 208 页。
④《骑省集》卷三十,文渊阁四库全书本。

出家人而言,持戒是其本分,似乎冲突稍小一些。但对于众多在家而又有宗教信仰的人来说,持戒与自由之间的关系就显得相当重要。刘跂《答赵子文书》肯定其信仰佛教相当虔诚,"多入诸山,寻访尊宿";但在如何处理好与"世法"的关系的问题上,从此信中看,赵某似乎出了一些偏差,故刘跂作此长信,其中谈到的一些原则相当重要,也不仅仅限于持戒问题:

> 承子文不复调官,日与家妹斋素参禅,虎儿已令披剃,子文又多入诸山,寻访尊宿。笃好如此,众所赞叹。某学无所得,言不足采,顾谙历稍多,又骨肉之故,不能忘言。子文上有亲慈,下有妻子,诸缘未散,要当随顺,家世门户,要当主管。今留情如此,诸事得无偏废? 一也。古人学道,以弹琴设喻,谓缓则无声,急则断绝,要令身心调适,乃可证入。今改易平常,暴自刻厉,大节急矣,日长月远,何以引久? 二也。……若果能以无意为主,以退步为进,除去执著,身心如一,诚如是,虽不学诸方,何以尚此? 所谓家世门户父母眷属妻子,皆是佛法中事,何常妨阂,区区窃为子文安此。或曰:"闻劝人精进,不闻劝人怠惰。"某曰:古人不云乎,"为破戒人说持戒法,为持戒人说破戒法",故美食非不养气,过饱则患生,毒药非不害性,当用则病除,顾用之如何耳。尚须款见面道。①

刘跂,字斯立,东光人,刘挚之子。能文章,为官拓落,家居避祸,人称学易先生。他坚持三教统合的观念,对于佛道两教采取鲜明的包容态度,见地十分深刻。这篇文字通篇言修道分寸上的把握问题——须协调入世与出世、精进与平常的关系,坚持中道的原则。同时,他强调不能将修道与生活判为两截,"家世门户父母眷属妻子,皆是佛法中事",这才是真修道。刘跂这样不拒佛法的儒者对于宗教的见地,在宋代士大夫中是相当突出的。

士大夫对戒律之认识更重自律,或者可以说,自律本来即是儒门士大夫精神的本质内涵之一。正如朱熹在《与陈同甫》中所说:"愿以愚言思之,绌去义利双行、王霸并用之说,而从事于惩忿窒欲、迁善改过之事,粹然以醇儒之道自律,则当独免于人道之祸,而其所以培壅本根、澄源正本,为异时发挥事业之地者,益光大而高明矣。"自律之道与心性学说完全合一。②宋代之后,佛道两教戒律也逐渐

---

① 《学易集》卷五,文渊阁四库全书本。
② 《晦庵集》卷三十六,文渊阁四库全书本。

由注重外在事相而趋于重视内心自律。佛门道门皆有"心戒"或"无相戒"之说,这应是受到儒教自律精神影响之结果。

自律之根本在于敬畏之心。吕皓之父吕师愈曾陷冤狱,出狱后不久,"还里舍未定,即大书'畏天惧法'四大字于燕坐之左右"。吕皓记其事,作《畏天惧法碑》一文,以显扬这种敬畏之心之宝贵:"天惟显斯,命不易哉?毋曰高高在上,日监在兹,暗室屋漏之中,即十目所视之地也。上帝临汝,敢有二心乎?粤昔治世,禁网疏阔,为吏也宽,为士也肆。上不以文致人,下不以迹自疑。惟知天不可不畏,身不可不修尔,蔑有他虞也。①无独有偶,宋代著名笔记《鹤林玉露》的作者罗大经之父罗茂良也作有《畏说》一文,赖罗大经将其收入自己这部笔记使之得以传世。其文曰:

> 大凡人心不可不知所畏,畏心之存亡,善恶之所由分,君子小人之所由判也。是以古之君子,内则畏父母,畏尊长,《诗》云"岂敢爱之,畏我父母",又曰"岂敢爱之,畏我诸兄"是也。外则畏师友,古语云"凛乎若严师之在侧",《逸诗》曰"岂不欲往,畏我友朋"是也。仰则畏天,俯则畏人,《诗》曰"胡不相畏,不畏于天",又曰"岂敢爱之,畏人之多言"是也。夫惟心有所畏,故非礼不敢为,非义不敢动。一念有愧,则心为之震悼;一事有差,则颜为之忸怩。战兢自持,日寡其过,而不自知其入于君子之域矣。苟惟内不畏父母尊长之严,外不畏朋侪师友之议,仰不畏天,俯不畏人,猖狂妄行,恣其所欲,吾惧其不日而为小人之归也。由是而之,习以成性,居官则不畏三尺,任职则不畏简书,攫金则不畏市人。吁!士而至此,不可以为士矣,仲尼所谓小人之无忌惮者矣。夫人之所以必畏乎彼者,非为彼计也,盖将以防吾心之纵,而自律乎吾身也。是故以天子之尊,且有所畏,《诗》曰"我其夙夜,畏天之威",《书》曰"成王畏相",孰谓士大夫而可不知所畏乎!以圣贤之聪明,且有所畏,《鲁论》曰:"君子有三畏:畏天命,畏大人,畏圣人之言。"孰谓学者而可不知所畏乎!然则畏之时义大矣哉!余每以此自警,且以效切磋于朋友云。②

士大夫有敬畏之心,自然不敢胡作非为,自然举动皆与礼法相符,这种从心地上

---

① 《全宋文》第 287 册,第 266 页。原文录自《云溪稿》。

② 《鹤林玉露》甲编卷三,上海古籍出版社,2012 年,第 27—28 页。

用功而非依靠外在约束的观念,堪称古代士大夫家族世代相传之法宝。欧阳守道在《通荆溪吴运使书》中说:"教者认末为本矣,士亦不自爱也。夫今日之韦布,他日之缙绅士大夫也,未有贫居箪食豆羹见于色,而他日能为清白吏,以与天子牧养小民也;未有交游亲党之间,见便则夺,营求自眩之态日用于师儒之前,而他日能安于命义,难进而易退也;未有居乡不顾细行,礼义廉耻不以自律,而他日置之民上,能以理道化其下,以无诸己者非诸人也;未有其为士,虚弃白日,束书不读,游谈无根,而他日可与临大决议,藉其见识以定可否、为据依也。"① 士大夫之自律,表现在日常生活的一举一动,由小即大,方为真正的教化精神。这种精神也可以用陈淳《奠廖师文》"不同流而合污,常自律以清德"② 一语概括之。

宋代以后,源于儒门的这种家传风范也流波到佛道两教中。如洪乔祖《高峰大师行状》记宋末元初高僧高峰禅师:"念今时学者不能以戒自律,纵有妙语,亦难取信于人,乃有毗尼方便之设焉。"③ 这里表述得相当清楚:戒本是用以自律的,但对于中下根器的人来说,自律难以做到,方有毗尼律条用以约束。戒律中之"戒"为根本,"律"(毗尼)只是方便而设。中国佛教之戒律观念,实为融合小乘律法思想与中国文化中的自律观念而来。

总的来说,宋代士大夫更强调心法、自由或平常心的那一面,这当然与其家世、身份和读书人的通常见地有关。比如李昭玘《敕谥灵慧大师传》便详加记录灵慧大师的种种高妙言论:"若欲问佛,即心是佛;若欲问道,无心是道。心体清净,与虚空等,不可执取,亦无证解,如如自然,乃是真觉大众。此是自身中事,莫认他人语句,努力珍重。"传中记述南山晖律师来访,问灵慧大师说:"大士不破律仪,不持戒法,和俗同尘,何有差别?"师曰:"名有缁俗,心无凡圣。……与物波流,实非有我。今如此言,迷执我见。持戒出家,本求远离,而心有我者,即同凡夫。"④ 灵慧大师与苏轼等士大夫有广泛交游,这与他们修道上的见地相近有很大关系。此外,如《东轩笔录》所记:

> 冯枢密京,熙宁初以端明殿学士帅太原,时王左丞安礼以池州司户参军掌机宜文字,冯雅与相好,因以书诒于王平甫曰:"并门歌舞妙丽,吾闭目不

① 《巽斋文集》卷一,文渊阁四库全书本。
② 《北溪大全集》卷四十九,文渊阁四库全书本。
③ 《高峰大师语录》卷下,《卐续藏》第 70 册,第 699 页上。
④ 《乐静集》卷七,文渊阁四库全书本。

窥,但日与和甫谈禅耳。"平甫答曰:"所谓禅者,直恐明公未达也,盖闭目不
窥已是一重公案。"冯深伏其言。①

王平甫即王安国,这里他认为对于妙丽歌舞"闭目不窥"而一味"谈禅",其实是误
解了禅。盖因身处世间的士大夫不可能完全"闭目不窥",即使有人这样做,也很
可能是自欺欺人,心中存伪更为可怕。再联系广一些,传闻最初大乘佛教自小乘
佛教中分化出来,就是因为对于戒律的理解不同,而中国广泛流传的正是大乘佛
教。宋代士大夫的这些讨论和见解可以印证大乘佛法得以流传于中国的原
因——文化背景才是最为重要的。在很多士大夫看来,完全不顾人类生活的实际
情况,将持戒作为宗教修持的首要之举,显然已经走向偏颇,违背了中道原则,犹
如"闭目不窥"一样,只是又添了一重公案而已。

当然,宋代有一定宗教信仰的士大夫也并非完全排斥持戒,在他们修行的某
个阶段,也曾经持守过一些宗教戒律,但总的来说,即使这些人,持戒似乎也并不
很严格。比如元丰七年,40岁的黄庭坚曾经作《发愿文》,表达皈依佛教的信心和
志愿:

> 今者对佛,发大誓愿,愿从今日尽未来世,不复淫欲,愿从今日尽未来
> 世,不复饮酒,愿从今日尽未来世,不复食肉。设复淫欲,当堕地狱,住火坑
> 中,经无量劫,一切众生,为淫乱故,应受苦报,我皆代受;设复饮酒,当堕地
> 狱,饮洋铜汁,经无量劫,一切众生,为酒颠倒故,应受苦报,我皆代受;设复
> 食肉,当堕地狱,吞热铁丸,经无量劫,一切众生,为杀生故,应受苦报,我皆
> 代受。②

但上述誓愿他是否真的都做到了呢? 胡仔《苕溪渔隐丛话》后集卷三十一对黄庭
坚的学佛有过一段评论:

> 鲁直少喜学佛,遂作《发愿文》:"今日对佛发大誓,愿从今日尽未来世,
> 不复淫欲饮酒食肉"云云,称之可谓有坚忍之志者,但其后悉毁禁戒,无一能

---

① 魏泰:《东轩笔录》卷十二,文渊阁四库全书本。《挥麈录》前录卷三有类似记载。参看钱锺书:《管锥
编》,第33页。
②《豫章黄先生文集》卷二十一,四部丛刊初编本。

行之,于诗句中可见矣。以《酒渴爱江清》作五诗,其一云:"廖侯劝我酒,此亦雅所爱。中年刚制之,常惧作灾怪。连台盘拗倒,故人不相贷。谁能知许事,痛饮且一快。"《嘲小德》云:"中年举儿子,漫种老生涯。学语啭春鸟,涂窗行暮鸦。欲瞠主母惜,稍慧女兄夸。解著《潜夫论》,不妨无外家。"《谢荣绪割獐见贻二首》云:"何处惊腐触祸机,烦公遣骑割鲜肥。秋来多病新开肉,绝饭寒殖得解围。""二十余年枯淡过,病来筋下剧甘肥。果然口腹为灾怪,梦去呼鹰雪打围。"《传》云:"饮食男女,人之大欲存焉。"若戒之则诚难,节之则为易,乃近于人情也。[1]

胡仔在这里对黄庭坚的"发愿"颇有嘲讽之意。他举出黄庭坚自己的几首诗,用来证明其戒酒、戒淫、戒肉等的"发愿"其实并没有落实。另外,《韵语阳秋》卷十九也记:"山谷信佛甚笃,而晚年酷好食蟹,所谓:'寒蒲束缚十六辈,已觉酒兴生江山。'又云:'虽为天上三辰次,未免人间五鼎烹。'乃果于杀如此,何哉?东坡在海南,为杀鸡而作疏,张乖崖之在成都,为刲羊而转经,是岂爱物之仁不能胜口腹之欲耶?"[2]按,胡仔等所举数诗,皆为黄庭坚晚年所作,从中可以看到,晚年的黄庭坚对自己"二十余年枯淡过"的生涯似乎有所改变,又开始食肉、喝酒了。对此,黄庭坚自己并没有刻意掩饰,否则,何来上面的那些诗作呢?黄庭坚这种"言行不一",并不一定证明黄庭坚当初的发愿不是出于真心,而可能表明:晚年的黄庭坚对于学佛有了一些新的认识——无论是处世还是谈艺,他都更倾向于随顺自然。

此外,被后人视为宋代"情痴"之一的秦观,因为欲修真而遣侍妾朝华之事,亦记载于宋代笔记《墨庄漫录》中:

秦少游侍儿朝华,姓边氏,京师人也。元祐癸酉岁纳之,尝为诗云:"天风吹月入栏杆,乌鹊无声子夜阑。织女明星来枕上,了知身不在人间。"时朝华年十九也。后三年,少游欲修真断世缘,遂遣朝华归父母家,资以金帛而嫁之。朝华临别泣不已。少游作诗云:"月雾茫茫晓析悲,玉人挥手断肠时。不须重向灯前泣,百岁终当一别离。"朝华既去二十余日,使其父来云:"不愿嫁,却乞归。"少游怜而复取归。明年,少游出倅钱唐,至淮上,因与道友论

---

① 胡仔:《苕溪渔隐丛话》,人民文学出版社,1962年,第233页。
② 何文焕:《历代诗话》,中华书局,1984年,第641—642页。

议,叹光景之遄。归谓华曰:"汝不去,吾不得修真矣。"亟使人走京师,呼其父来,遣朝华随去,复作诗云:"玉人前去却重来,此度分携更不回。肠断龟山离别处,夕阳孤塔自崔嵬。"时绍圣元年五月十一日。少游尝手书记此事,未几遂窜南荒去。①

秦观两度遣朝华,且说"汝不去,吾不得修真矣",又曾"手书记此事",从中可以看出他内心的痛苦和矛盾。再如,宋代对佛教堪称信仰最为坚定的士大夫之一李纲,也并没有完全持守佛教戒律。李心传《旧闻证误》卷三记:"李纲私藏过于国帑,厚自奉养,侍妾、歌僮,衣服、饮食,极于美丽。每飨客,肴馔必至百品。遇出,厨传数十担。其居福州也,张浚被召,纲赆行一百二十合,合以朱漆镂银装饰,样制如一,皆其宅库所有者。"虽然李心传认为这可能是他人诬陷之词,但李纲生活并不朴素,应该是可以肯定的。他在《和渊明〈归田园居〉六首》中说:"平生爱武林,湖山良可娱。连年兵火作,景物成丘墟。常愿买一廛,筑室湖上居。开轩苍翠间,手植松千株。浮家同志和,来往得自如。樽中酒不空,乐死不愿余。那知今乃尔,此怀坐成虚。已矣何所道,万法皆本无。"②从"樽中酒不空,乐死不愿余"等句可知,信仰佛教的李纲是并不持佛门五戒之一的"不饮酒戒"的。

士大夫对于持戒的态度非常复杂,大体来说,他们认为修行应当持戒,但强调应以"心戒"为根本,至于外在形式可以稍缓。比如,杨时《答胡康侯书》其三说:

> 示谕别后持五戒,益知进学之力也,欣慰欣慰。某窃谓古之善授戒者莫如孔子,善持戒者莫如颜渊。非礼勿视勿听,勿言勿动,持此,则士之所以修身慎行者无遗力矣。持之奈何?曰礼而已,此一言足以蔽之,约而易守也。不窒其源而杜其末流,虽日省之,遇事辄发矣,不可知也。③

对友人能够持五戒,他在信中表示祝贺和欣慰。但笔锋一转,说自古以来善授戒的莫过于孔子,善持戒的莫过于颜回,所谓"非礼勿视勿听,勿言勿动"等语,能够真正持之足矣。似乎仍然认为儒教之说更为高明,实则对中国佛教以小乘戒为主的做法表示不满。又如,李之彦论"茹素"谓:

---

① 张邦基:《墨庄漫录》,中华书局,2002 年,第 89 页。
②《李纲全集》,岳麓书社,2004 年,第 276 页。
③《龟山集》卷二十一,文渊阁四库全书本。

> 世人以茹素为斋戒。岂知圣贤之所谓斋者,齐也,齐其心之所不齐。所谓戒者,戒其非心妄念也。无一日不齐,无一日不戒。今人之每于斗降三八、庚申甲子、本命日茹素,谓之斋戒,不知其平日用心何如也。况在茹素之日,事至吾前,辄趋利徇欲损人害物,不知其茹素何为也。古语两句甚好:"宁可荤口念佛,莫将素口骂人。"①

对于"茹素"者的心态分析得相当透辟。又,周必大《跋欧阳邦基劝戒别录》针对一位士人"滔滔千八百言"的"劝戒"之言,说:"如子之志,虽充栋宇、汗马牛且不能尽,曾是三卷,安得谓之全书?以要言之,'诸恶莫作,众善奉行'两言足矣。上士固不待劝,中士必知所择,下士或思戒焉。"②这些议论都具有相同的精神,也寓含着戒律应以简驭繁,否则难以持守,也徒成形式的观念。

但是对于出家人,很多士大夫认为其应该坚持戒行,他们对于那些严持戒律的僧人也表示敬重。士大夫认为,是否持戒是出家人与在家人应有的界限。宋代禅宗的流行确实产生了一种流弊,苏轼便对禅门流弊做出过相当尖刻的讽刺:"摄衣升坐,问答自若,谓之长老。吾尝究其语矣,大抵务为不可知,设械以应敌,匿形以备败,窘则推堕溷漾中,不可捕捉,如是而已矣。"③真德秀作《跋杨文公真笔〈遗教经〉》谓:"盖自禅教既分,学者往往以为不阶语言文字而佛可得,于是脱略经教,而求其所谓禅者。高则高矣,至其身心颠倒,有不堪点检者,则反不如诵经持律之徒,循循规矩中,犹不至大缪也。……儒释之教,其趣固不同,而为学之序则有不可易者。文公留情佛典,而于此经尤所钦重,至亲写之翰墨,岂非以此为学佛之实地欤?"④对当时禅宗一些门派僧徒流于空谈,"身心颠倒,有不堪点检"的行为提出批评;在他看来,小乘经教有不可替代之处。显然,这也是宋代士大夫的一种中道精神——任何事不可过分、过度,过犹不及。从这些事例都可见出宋代士大夫对于宗教问题的态度确实是非常复杂的。

(原载《文学与文化》2020年第3期)

---

① 陶宗仪《说郛》卷七十三下录李之彦《东谷所见·茹素》,文渊阁四库全书本。

②《文忠集》卷十九,文渊阁四库全书本

③ 苏轼:《中和胜相院记》,《苏轼文集》,中华书局,1986年,第384页。

④《西山先生真文忠公文集》卷三十五,四部丛刊初编本。

文学文献研究

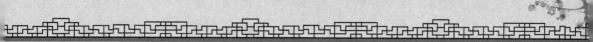

《广陵散》故事考析

李剑国

　　《广陵散》由于与嵇康相涉,无疑是古代最著名的琴曲。然于此曲的来历,其与嵇康的关系,曲名的寓意,此曲的流传等问题,古来一直众说纷纭,莫衷一是,《广陵散》乃成千古之谜。昔年戴明扬作《广陵散考》①,曾对这些问题考证辨析,戴考引用文献资料极为丰富,其主要观点是:《广陵散》早已有之,非嵇康所造,嵇康仅习之而已,因而关于嵇康制作此曲的寓意在于讽刺司马氏篡魏也就成谬说,嵇康被杀后《广陵散》没有亡绝,一直流传至明清。其他许多研究者也对这支著名古曲发表过种种意见。确实,《广陵散》之谜是很吸引人的,但恐怕千载之下谁也弄不清楚了,因此笔者并不想涉足过深,我所关注的是晋唐小说及其他文献记录的涉及嵇康和《广陵散》的许多故事。《广陵散考》也引用了一部分②,但戴氏谓此等"皆附会鬼神之说,而益加鄙俗,兹不具录"③,或是用来证明晋后"《广陵散》实未尝绝"④。但从小说角度看,其实这些"鄙俗"故事或许较《广陵散》本身更有意味,它们都是古人对嵇康的琴艺及命运,对《广陵散》的来历及其价值的演绎。本文试图把这些故事梳理清楚,并加以考析,在考辨阐释中,也涉及对上述诸问题的个人理解,所见浅陋,聊充一家之言耳。

　　作者简介:李剑国(1943—　　),男,南开大学文学院教授。

　　①《广陵散考》附于戴氏《嵇康集校注》后,人民文学出版社,1962 年

　　②计有《晋书》本传、《水经注》、《灵异志》、《灵鬼志》、《大周正乐》、《异苑》、《广博物志》引《真仙通鉴》、《太平御览》引《世说》、《灯下闲谈》、《太平广记》引《耳目记》。

　　③《广陵散考》三《嵇康之受广陵散》,《嵇康集校注》,第 448–449 页。

　　④《广陵散考》六《晋后广陵散之流传》,《嵇康集校注》,第 454 页。

一 六朝嵇康《广陵散》故事的两种类型

嵇康《广陵散》故事,集中在东晋南北朝。主要有两种类型,一是古人授《广陵散》,一是嵇康授《广陵散》,其中的古人和嵇康都是鬼。这是非常特别的鬼故事,和习见的鬼作祟、人鬼恋之类母题完全不同,而自具深意焉。

先说古人之鬼授《广陵散》,可称作 A 型,包括两个亚型,即 Aa 型和 Ab 型。

嵇康与鬼,最早出现于东晋裴启《语林》[①],共两个故事,兹据鲁迅辑本引录如下:

> 嵇中散夜灯火下弹琴,忽有一人,面甚小,斯须转大,遂长丈余。黑单衣,皂带。嵇视之既熟,吹火灭,曰:"吾耻与魑魅争光。"[②]

> 嵇中散夜弹琴,忽有一鬼着械来,叹其手快,曰:"君一弦不调。"中散与琴调之,声更清婉。问其名,不对,疑是蔡邕伯喈。伯喈将亡,亦被桎梏。[③]

前事含义,盖言嵇康弹琴入其境界,从容淡定,不怕鬼魅。耻与魑魅争光,似乎包

---

①《隋书·经籍志》小说家类《燕丹子》下附注:"梁有《青史子》一卷。又……《语林》十卷,东晋处士裴启撰,亡。"可知此书亡于梁后、隋前。佚文所存甚尟。古之辑本有《五朝小说·魏晋小說》《重编说郛》(卷五九)、《玉函山房辑佚书》《汉学堂丛书》等本。鲁迅《古小说钩沉》有辑本,又有周楞伽辑注《裴启语林》(文化艺术出版社,1988 年)。《世说新语·文学篇》:"裴郎作《语林》,始出,大为远近所传,时流年少,无不传写。"刘孝标注引《裴氏家传》:"裴荣,字荣期,河东(按:治今山西运城市夏县西北)人。父穆,丰城令。荣期少有风姿才气,好论古今人物。撰《语林》数卷,号曰《裴子》。"注又云:"檀道鸾谓裴松之,以为启作《语林》,荣傥别名启乎?"裴启著《语林》之事,刘宋檀道鸾《续晋阳秋》有记,《世说新语·轻诋篇》注引云:"晋隆和中,河东裴启撰汉魏以来迄于今时,言语应对之可称者,谓之《语林》。时人多好其事,文遂流行。"隆和乃东晋哀帝年号,凡一年,即 362 年。东晋大臣谢安(320—385)因其记载自己的言论失实予以排斥,"于此《语林》遂废"(《世说新语·轻诋篇》)。此书之撰,始于隆和中,但就佚文看,多有隆和后事,表明隆和后裴启一直在继续写作,并未因谢安的不满而停止。参见李剑国、陈洪主编《中国小说通史·先唐卷》,高等教育出版社,2007 年,第 243—244 页。

②据《艺文类聚》卷四四、《北堂书钞》卷一〇九、《六帖》卷一四、《太平御览》卷五七七又卷八七𦈕亦引。按:刘敬叔《异苑》卷六亦载此事。今本《异苑》乃明人辑本,非原书,此条乃滥取《语林》或《灵鬼志》以充。参见拙著《唐前志怪小说史》(重修订本),人民文学出版社,2011 年,第 500—504 页。

③据《太平御览》卷六四四。

含着羞与邪恶势力为伍的正直品格。后事中的鬼是汉末名士蔡邕(133—192)，著名琴家，曾制焦尾琴，作过《琴赋》《琴操》①，《永乐琴书集成》卷一四把他列入《历代弹琴圣贤》中。晚年受太尉董卓器重，仕至左中郎将，封高阳乡侯。献帝初平三年(192)董卓被诛，他表示同情，遂被王允下狱，死于狱中。这个故事写蔡邕帮嵇康调弦，虽是显示嵇康弹琴手快而琴艺欠精，但本意乃是表现嵇康得琴圣蔡邕真传，自然琴艺高超绝伦。

蔡邕教琴还没有涉及《广陵散》，与《语林》大致同时可能略晚出现的荀氏《灵鬼志》则有记载②，兹据《太平广记》卷三一七所引抄录于下：

> 嵇康灯下弹琴，忽有一人，长丈余，着黑单衣，革带。康熟视之，乃吹火灭之，曰："耻与魑魅争光。"
>
> 尝行，去洛数十里，有亭名月华，投此亭，由来杀人。中散心神萧散，了无惧意。至一更，操琴先作诸弄，雅声逸奏，空中称善。中散抚琴而呼之："君是何人？"答云："身是古(按：谈本原作故，据明沈与文野竹斋钞本、清孙潜校本改)人，幽没于此。闻君弹琴，音曲清和，昔所好，故来听耳。身不幸非理就终，形体残毁，不宜接见君子。然爱君之琴，要当相见，君弗怪恶之。君可更作数曲。"中散复为抚琴，击节，曰："夜已久，何不来也？形骸之间，复何足计？"乃手擎其头，曰："闻君奏琴，不觉心开神悟，恍若暂生。"遂与共论音声之趣，辞甚清辩。谓中散曰："君试以琴见与。"乃弹《广陵散》，便从受之，果悉得。中散先所受引，殊不及。与中散誓，不得教人。天明，语中散："相与虽一遇于今夕，可以远同千载。于此长绝，不胜怅然！"

前一节全同《语林》，可能采自裴书，以下所叙嵇康在月华亭遇古人授《广陵散》之事则为新出，从此《广陵散》便进入嵇康故事之中。与此事相似的还见于隋许善心、崔赜合撰的《灵异记》③，《事类赋注》卷一一、《太平御览》卷五七九、《永

① 蔡邕《琴赋》《琴操》不见著录，前者见《艺文类聚》卷四四等引，后者见《文选》卷一五张衡《归田赋》、卷一八马融《长笛赋》、卷二一卢谌《览古诗》、卷五五陆机《演连珠》注等引。

②《隋书·经籍志》杂传类著录《灵鬼志》三卷，荀氏撰，《旧唐书·经籍志》杂传类、《新唐书·艺文志》小说家类同。荀氏，不详何人，此书当作于东晋末期安帝之时。《古小说钩沉》有辑本。参见拙著《唐前志怪小说史》(重修订本)，第438、442页。

③《灵异记》十卷，见《北史》卷八三《文苑·许善心传》、《隋书》卷五八《许善心传》及《隋书·经籍志》著录，已佚。参见《唐前志怪小说史》，第632–633页。

乐琴书集成》卷一七亦并有引,作《灵异志》。《永乐琴书集成》引文最备,兹引录如下:

> 嵇中散神情高迈,任心游憩,行西南山。山去洛十里,有亭,名华阳。投暮过宿,夜无人,独在亭中。此亭由来杀人,宿者多凶。至一更中操琴,先作诸弄。而闻空中称善声。中散抚琴而呼之曰:"君何以不来?"此人便云:"身是古人,幽没于此数千年矣。闻君弹琴,音韵清和,故来听尔。而就中残毁,不宜接见君子。"向夜,仿佛渐见,以手持其头,遂与中散共论音声,其词清辩。谓中散曰:"君试过琴见与。"中散以琴授之。既弹,悉作众曲,亦不出常,唯《广陵散》绝伦。中散才从授之,半夕悉得。谓中散不得教他人,又不得言其姓名也。[①]

鲁迅将《事类赋注》《御览》所引与《广记》所引《灵鬼志》缀合在一起,以为《灵异志》乃《灵鬼志》之误,然二者文不尽同,亭名亦异,当各据所闻而记。但二者实际是同一个故事,在东晋南北朝流传很广。《晋书》卷四九《嵇康传》载:"初,康尝游乎洛西,暮宿华阳亭,引琴而弹。夜分,忽有客诣之,称是古人,与康共谈音律,辞致清辩。因索琴弹之,而为《广陵散》,声调绝伦,遂以授康,仍誓不传人,亦不言其姓字。"分明也正是这个故事。又白居易《六帖》卷九云:"嵇康夜宿华(按:当脱阳字)亭弹琴,夜半,有客诣之,共谈音律,辞致清辩。谓《广陵散》调绝伦,遂授康,仍誓不得传。康撰《高士传》[②]。"《六帖》所引是摘录,但看得出,也与《灵鬼志》《灵异志》属同一故事。《水经注·洧水》云:"司马彪曰:'华阳,亭名,在密县。'嵇叔夜常采药于山泽,学琴于古人,即此亭也。"密县(今河南密县东南),在洛阳东南,相距一二百里,并非十里,若月华亭是华阳亭之误,也不是去洛数十里。这一点用不着深究,要之,嵇康这个遇古人故事就发生在离洛阳不远的亭里。《水经注》的记载是嵇康在山泽采药,而不是在亭里弹琴,表明这个故事在流传中有不同的口传版本。[③]

---

① 《永乐琴书集成》,明成祖敕撰,台北新文丰出版公司影印明内府写本,1983 年,第四册,第 1530–1540 页。

② 《隋志》杂传类著录《圣贤高士传赞》三卷,注:"嵇康撰,周续之注。"

③ 北宋乐史《太平寰宇记》卷六三《冀州·阜城县》:"华阳亭,即嵇康学琴于此。"又将华阳亭挪至阜城县,即今河北阜城县东古城。

以上两个故事是 A 型故事的第一个亚型,即 Aa 型。这个故事的显著特点是以亭为故事展开地点,从叙事结构角度看是形成一种亭结构——叙事由亭、宿客、鬼怪三个要素构成。汉魏实行亭制度,亭是在县的领属之下设立的以治安管理为主的一种行政机构,同时兼有住宿功能。置于乡村者为乡亭,置于城市者为都亭。所谓月华亭或华阳亭,就是乡亭,嵇康夜间投亭住宿,正是亭的一个作用,即"行旅宿食之所馆也"①。故事说此亭"由来杀人","宿者多凶"。杀人的不是盗贼,也不是常常为非作歹的亭长,而是鬼。在亭故事中有一个常见母题,就是亭鬼杀人,或是女鬼诉冤不得愤而杀宿客,或是鬼怪在亭中作祟害人。②此故事借用习见的亭结构叙事模式,也制造亭鬼杀人的悬疑,但讲述的却是别一样的故事,只因宿客是琴道名家嵇康,只因鬼也是古之琴学高人,遂将人鬼的对立关系转化成琴家交流琴艺的知音关系和师徒关系。另一点须注意的是,传授者是几千年前的"古人",他"非理就终,形体残毁",是位受迫害者,遭遇同嵇康一样,这就使得二人不仅惺惺相惜,而且同病相怜,传授《广陵散》就有了基础。这个平时杀宿客出气的古人不再可怕,唤起读者的是对他的同情和敬仰。嵇康闻名于世的《广陵散》就是得于这样一位远古琴学大师的亲传,《广陵散》本身也就充满神秘感。

第二个亚型亦即 Ab 型,见刘宋人刘敬叔《异苑》卷七:

> 　嵇康字叔夜,谯国人也。少尝昼寝,梦人身长丈余,自称:"黄帝伶人,骸骨在公舍东三里林中,为人发露,乞为葬埋,当厚相报。"康至其处,果有白骨,胫长三尺。遂收葬之。其夜,复梦长人来,授以《广陵散曲》。及觉,抚琴而作,其声正妙,都不遗忘。高贵乡公时,康为中散大夫,后为钟会所谮,司马文王诛之。③

与 Aa 型不同的是,这个故事不仅所授人物是黄帝伶人,而且他之所以传授《广

---

① 应劭撰:《风俗通义校释》,吴树平校释,天津人民出版社,1980 年,第 404 页。

② 参见李剑国、张玉莲:《汉魏六朝志怪小说中的亭故事》,《南开学报》2008 年第 3 期。

③ 又见敦煌斯二〇七二号《佚类书·占梦》引《异苑》,黄永武主编《敦煌宝藏》第二辑第十五册(台北新文丰出版公司印行,1981 年,第 693 页);明陈耀文《天中记》卷四二引《异苑》。按:《异苑》今本与《天中记》同,当辑自《天中记》。《佚类书》引云:"嵇康少时,白日梦见丈夫,身长一丈,曰:'我是黄帝时伶人,骸骨在君舍东,令(按:疑为今字)荐露。能为葬埋,当求厚报。'康觉后求骨,果见白骨,胫长一尺余,遂收葬之。至其夜,梦此人来,受《广陵散》。"

陵散》是为了报恩。鬼求人迁葬骸骨而报恩,也是一个母题,此类故事很多。和亭鬼杀人母题一样,都是利用现成的叙事模式编织故事。其效果可能更好,既表现了嵇康的义气,又表现了《广陵散》的来历不凡,授者是黄帝伶人,来头更大。

这个故事到宋代还在流传,不过发生了变异。南宋施宿等撰《嘉泰会稽志》卷一八《拾遗》载:

> 白塔,在会稽县东,俗号八仙冢。华氏《考古》云:"嵇叔夜过越,宿传舍,遇古伶官之魄,得《广陵散》。曲终,自指其葬处。穴今犹存。"①

南宋张淏《宝庆会稽续志》卷七《拾遗》亦载:

> 八仙冢,在会稽县五云门外东四十五里,地名白塔。嵇叔夜过越,宿传舍,遇古伶官之魄,而得《广陵散》,其声商,丝缓似宫,臣偪君、晋谋魏之象也。其名《广陵散》,离散播越,永嘉南迁之兆也。曲终,指其葬处。至今窟穴犹在。②

故事由无名之处搬到了越地,这是有缘故的。《晋书》卷四九《嵇康传》载:"嵇康,字叔夜,谯国人铚也。其先姓奚,会稽上虞人,以避怨徙焉。铚有嵇山,家于其侧,因而命氏。"他本是会稽上虞县人,长大后是否回过会稽不得而知,《嵇康集》没有提供有关信息。所宿传舍即官办招待所,仍和亭差不多。张淏所记加入对《广陵散》的解释,全用唐人韩皋之说,而韩说多难成立,前人多有辨。③

---

① 《嘉泰会稽志》,《宋元方志丛刊》影印清嘉庆十三年刻本,中华书局,1990 年,第 7056 页。

② 《宝庆会稽续志》,《宋元方志丛刊》影印清嘉庆十三年刻本,第 7178 页。

③ 《旧唐书》卷一二九《韩皋传》:"皋生知音律,尝观弹琴,至《止息》,叹曰:'妙哉!嵇生之为是曲也,其当晋、魏之际乎!其音主商,商为秋声。秋也者,天将摇落肃杀,其岁之晏乎!又晋乘金运,商金声,此所以知魏之季而晋将代也。慢其商弦,与宫同音,是臣夺君之义也。所以知司马氏之将篡也。司马懿受魏明帝顾后嗣,反有篡夺之心,自诛曹爽,逆节弥露。王陵都督扬州,谋立荆王彪,册丘俭、文钦、著葛诞,前后相继为扬州都督,咸有匡复魏室之谋,皆为懿父子所杀。叔夜以扬州故广陵之地,彼四人者,皆魏室文武大臣,咸败散广陵,《散》言魏氏散亡自广陵始也。《止息》者,晋虽暴兴,终止息于此也。其哀愤躁蹙、憯痛迫胁之旨,尽在于是矣。永嘉之乱,其应乎!叔夜撰此,将贻后代之知音者,且避晋、魏之祸,所以托之神鬼也。"《新唐书》卷一二六《韩皋传》亦载。按此出于唐卢言《卢氏杂说》,见《太平广记》卷二〇三引(作《卢氏杂记》)。晚唐无名氏《大唐传载》亦载,《唐语林》卷三《识鉴》采之。韩皋之说解释《广陵散》创作背景 (接下页)

再说第二类,即嵇康之鬼授《广陵散》,称作 B 型。只有一个故事,见于刘宋刘义庆《幽明录》,《太平广记》卷三二四引云:

> 会稽贺思令,善弹琴。尝夜在月中坐,临风抚奏。忽有一人,形器甚伟,着械,有惨色,至其中庭称善。便与共语,自云是嵇中散,谓贺云:"卿下手极快,但于古法未合。"因授以《广陵散》。贺因得之,于今不绝。

《太平御览》卷五七九、卷八八四引作《世说》,文同。①《永乐琴书集成》卷一七亦载,无出处。

这个故事与《语林》蔡邕传嵇康琴法极其相似,可能是前一故事的演变。教琴者由蔡邕变为嵇康,并加入《广陵散》,便使得这个故事具备了特别的意义。而且嵇康之鬼的出现是在老家会稽,明不忘旧也。或者说,会稽人有意让嵇康把《广陵散》传授给会稽人,以表现会稽人对他的乡土情分。嵇康身着枷锁,分明表示了他被下狱并处死的不幸结局。至于为何作此处理,下文再谈。

二 《广陵散》故事意义解析

以上就是嵇康《广陵散》A、B 两型的故事。韩皋说嵇康为"避晋、魏之祸,所以托之神鬼",以为所谓神鬼传授《广陵散》都是嵇康本人的托辞。明人陈耀文说,这

(接上页)及含义,宋人有赞同者,如北宋张方平《乐全集》卷四《广陵散》:"《广陵散》,妙哉嵇公其旨深,谁知此是亡国音。商声慢大宫声微,强臣专命王室卑。……义师三自广陵起,功皆不成竟夷戮。《广陵散》,宣诛凌,景诛俭,文诛诞。《广陵散》,晋室昌,魏室亡。"朱长文《琴史》卷四:"盖《广陵》之作,叔夜寓深意于其间,故其将死,犹恨不传。后之人虽粗得其音,而不知其意,更历千载而后得韩皋,可以无憾矣。"朱熹《朱子语类》卷二五:"如人传嵇康作《广陵散操》,当魏末晋初,其怒晋欲夺魏,慢了商弦,令與宫弦相似(注:宫为君,商为臣),是臣陵君之象。其声愤躁急,如人闹相似,便可见音节也。"但更多的是反驳,大抵谓魏时扬州治寿春,与广陵不相涉。见刘攽《中山诗话》、何薳《春渚纪闻》卷八《辨广陵散》、郑兴裔《郑忠肃奏议遗集》卷下《广陵散辨》、王楙《野客丛书》卷一六《广陵》、欧阳忞《舆地广记》卷二〇《淮南东路·扬州》、王应麟《困学纪闻》卷五《仪礼》等。沈括《梦溪笔谈》卷五《乐律一》云:"散自是曲名,如操、弄、掺、淡、序、引之类。"戴明扬《广陵散考》考证韩皋谬误,凡有四项。第二项言"散为曲名非拜散之义",第三项言"魏之扬州非故广陵之地"。见《嵇康集校注》,第 451–453 页。王德埙《琴曲〈广陵散〉流变初考》则支持韩皋之说,见《中央音乐学院学报》1985 年第 4 期,第 21–22 页。

① 按:今本《世说新语》及注无此。《太平御览》等类书引《世说》常为《幽明录》文,盖缘皆出刘义庆而误也。

些故事"各家并载,又岂可谓《散》自广陵,托之鬼神耶? 皋诡辞以欺人,而史氏载之于传,岂聆音察理者耶?"①其实故事的创造者应当是琴艺爱好者和嵇康的崇拜者。这些故事是荒诞的,但不能视之为"鄙俗"和"唯心主义"②而忽视了其中的潜在意义。仔细分析,可以得出三点,就是六朝人对《广陵散》的价值评判,对《广陵散》作者的认定,对《广陵散》是否失传的看法。

第一点,故事表明人们对《广陵散》的崇拜心理。

这一点好理解,古人欣赏《广陵散》,充分肯定它的艺术价值,才会把它看作是数千年前上古时代的琴曲,是黄帝的宫廷琴曲。事实上,古代琴艺爱好者们尽管从没有亲聆过古曲《广陵散》,但凭着历史记忆,仍是对它满怀崇拜之情,认为它是最美最伟大的琴曲。唐人顾况就说过"众乐,琴之臣妾也;《广陵散》,曲之师长也"(《顾华阳集》卷下《王氏广陵散记》),将琴和《广陵散》奉为至尊。

第二点,《广陵散》为嵇康所制。

关于《广陵散》是否为嵇康所制,古来有不同说法。嵇康《琴赋》提到《广陵散》:"若次其曲引所宜,则《广陵》、《止息》、《东武》、《太山》、《飞龙》、《鹿鸣》、《鵾鸡》、《游弦》。"(《文选》卷一八)李善注:"《广陵》等曲,今并犹存,未详所起。应璩《与刘孔才书》曰:'听《广陵》之清散。'傅玄《琴赋》曰:'马融谭思于《止息》。'魏武帝乐府有《东武吟》,曹植有《太山梁甫吟》。左思《齐都赋》注曰:'《东武》、《太山》,皆齐之土风谣歌讴吟之曲名也。然引应及傅者,明古有此曲,转以相证耳。非嵇康之言,出于此也,佗皆类此。"

首先说明一下"广陵止息"是一曲还是二曲,五臣注《文选》吕延济注曰:"八者并曲名。"当作两支琴曲。苏东坡不同意,《东坡志林》卷五说:"中散作《广陵散》,一名《止息》,此特一曲尔。"他骂"五臣注《文选》盖荒陋愚儒也"。之前韩皋也说是一曲,主此说者颇多。《宋书·戴颙传》云:"其三调《游弦》、《广陵》、《止息》之流,皆与世异。"乃视为二调,戴明扬主二曲之说。这个问题实际已经弄不清楚,不去管它。应璩汉末人,比嵇康早,他已经提到《广陵散》。晋初潘岳《笙赋》:"辍张女之哀弹,流《广陵》之名散。"孙该《琵琶赋》:"《淮南》、《广陵》、《郢中》、《激楚》。"也都提到《广陵散》,故而李善称"明古有此曲",宋末王应麟云"《广陵散》、《止息》皆

①《天中记》卷四二。

② 王德埙《历代"广陵散"众说综论》说:"但此后更有人附会神怪之说,如《灵异志》、《灵鬼志》、《大周正乐》、《广博物志》等等,纯系编造,为《广陵散》研究中的唯心主义流派。"(《星海音乐学院学报》1988 年第 2 期,第 44 页。)

古曲,非叔夜始撰也"①。明人陈耀文也曾表示疑问,说:"故知琴曲之名其来旧矣,可云稽所撰曲耶?"②后世研究者许多人持这种说法,如杨宗稷就很明确地说《广陵散》"决非康作,亦非康独有"③,王世襄也说,"嵇康自己所做的《琴赋》,以赞许的口气推荐此曲,更说明不可能是他本人的作品"④。但这里有个问题不好解释,就是何以嵇康在临刑前说"《广陵散》于今绝矣"?(详后)

依我的揣测,嵇康前确实已有古琴曲《广陵》,但恐怕是佚曲,只存其名不闻其声,应、潘、孙等人只是知道有这个古曲而已。成玉㶟《琴论》曾说:"蔡邕、嵇中散、柳文畅等,皆规模古意为新曲。"(《永乐琴书集成》卷一〇)嵇康《广陵散》便是借其旧题制作新声,从此才有了真正的《广陵散》。因此,《广陵散》就是嵇康作的。

看看上边引用的几个故事,"古人"、伶人向嵇康传授《广陵散》,正说明当时并没有此曲;故事乃是假托古人的传授神化《广陵散》,并肯定其出嵇康之手。在他们看来,嵇康是伟大的琴家,《广陵散》是伟大的琴曲,《广陵散》不出于嵇康是不可思议的。⑤

既然《广陵散》是嵇康袭用佚曲《广陵散》之名所作,这也就说明了《广陵散》的曲名其实和广陵毫无关系。古琴曲多以地名为名,如《东武》《太山》《淮南》《郢中》等皆是,《广陵散》亦复如此,其初始含义已不可考。韩皋解释《广陵散》的微言大义,实属臆测。

第三点,嵇康亡而《广陵散》绝。

关于嵇康被杀,《晋书》本传载:"康将刑东市,太学生三千人请以为师,弗许。康顾视日影,索琴弹之,曰:'昔袁孝尼尝从吾学《广陵散》,吾每靳固之,《广陵散》于今绝矣。'时年四十,海内之士莫不痛之,帝寻悟而恨焉。"此盖据《嵇康别传》,

---

① 《困学纪闻》卷五《仪礼》。

② 《天中记》卷四二。

③ 《广陵散考》引近人杨宗稷《琴镜续广陵散谱》跋,《嵇康集校注》,第451页。

④ 王世襄:《古琴名曲〈广陵散〉》,《人民音乐》1956年第4期,第19页。

⑤ 关于嵇康《广陵散》还有一说,北宋朱长文《琴史》卷三《杜夔》云:"杜夔,字公良,河南人。邃于声律,聪思过人,丝竹八音,靡所不能。为魏太乐令,绍复先代古乐,皆自夔始。帝尝对宾客,欲使吹笙鼓琴,夔有难色。帝怒,以他事黜之。或云夔妙于《广陵散》,嵇康就其子孟求得此声。"或云之说出自刘潜《琴议》,南宋何蓬《春渚纪闻》卷八《辨广陵散》引曰:"又刘潜《琴议》称杜夔妙于《广陵散》,嵇中散就其子猛求得此声。"其子作猛,与孟异。郑兴裔《郑忠肃奏议遗集》卷下《广陵散辨》亦引,文同。按刘潜(484—550),《梁书》卷四一有传,字孝仪,官终明威将军、豫章内史。《琴议》不见著录。刘潜之说当出于传闻,盖杜夔崇拜者所为。

《三国志》卷二一《魏书·王粲传》裴松之注引曰："康临终之言曰：'袁孝尼尝从吾学《广陵散》，吾每固之不与，《广陵散》于今绝矣。'"《文选》卷一六向秀《思旧赋》李善注引曰："临终曰：'袁尼尝从吾学《广陵散》，吾每靳固之，不与，《广陵散》于今绝矣，就死，命也。'"又《世说新语·雅量》载："嵇中散临刑东市，神气不变，索琴弹之，奏《广陵散》。曲终曰：'袁孝尼尝请学此散，吾靳固不与，《广陵散》于今绝矣。'"《太平御览》卷五七九引《竹林七贤传》曰："嵇康临死，顾视日影，索琴弹之，曰：'袁孝尼尝从吾学《广陵散》，吾靳惜，固不与，《广陵散》于是绝矣。'"所记皆同。

也有不同的记载。《三国志·王粲传》注引《魏氏春秋》曰："康临刑自若，援琴而鼓，既而叹曰：'雅音于是绝矣。'时人莫不哀之。"《世说新语·雅量》注引《文士传》曰："于是录康闭狱。临死而兄弟亲族，咸与共别。康颜色不变，问其兄曰：'向以琴来不邪？'兄曰：'以来。'康取调之，为《太平引》。曲成，叹曰：'《太平引》于今绝也。'"一作雅音，一作《太平引》。干宝《晋纪》也作《广陵散》，五臣注《文选·思旧赋》云："干宝《晋纪》云：'《广陵散》于今绝矣。'"按干宝乃两晋间著名史学家，《晋纪》号称"良史"，其说当可信。①

嵇康《广陵散》之绝，因为他不肯传袁孝尼。袁孝尼名準。《世说新语·文学》注引《袁氏世纪》曰："準字孝尼，陈郡阳夏人。父涣，魏郎中令。準忠信居正，不耻下问，唯恐人不胜已也。世事多险，故恬退不敢求进。著书十万余言。"又引荀绰《兖州记》曰："準有隽才，泰始中位给事中。"朱长文《琴史》卷四载："袁準，字孝尼，陈郡人。少好琴，未尝一日彻去。尝学《广陵散》于嵇叔夜，叔夜靳而不传，临终悔之。官至给事中。或传孝尼乃叔夜之甥，尝窃传其曲，谓之《止息》。然据叔夜《琴赋》，已有《广陵止息》，岂自古已立此名，而叔夜、孝尼复润色之耶？"《永乐琴书集成》卷一四亦载，文同。又卷一二《曲调下·止息》引《琴书》曰："嵇康作《广陵散》，本四十拍，不传于世。康甥袁孝尼，能琴，每从康求，康靳惜之，不许。后康静夜鼓琴，弹《广陵散》，孝尼窃从户外听之，至乱声小息。康疑其有人，推琴而止，出户，果见孝尼，深以为恨。孝尼止得三十三拍焉，余七拍竟不得，故有《止息》。"称袁孝尼窃得《广陵散》三十三拍，末《止息》七拍未得。按所谓袁孝尼窃琴，只是一个传说，乃由嵇康不传他《广陵散》而作逆向生发。《崇文总目》乐类著录《广陵止息谱》一卷，释云："唐吕渭撰。晋中散大夫嵇康作琴调《广陵散》，说者以魏氏散亡自广陵始，晋虽暴兴，

---

① 《广陵散考》引徐昂《畏垒笔记》云："临命而作《太平引》，恐无是理，当以干令升《晋纪》作《广陵散》为正。"(《嵇康集校注》，第447页)

终止息于此。康避魏晋之祸,托之于鬼神。河东司户参军李良辅云:'袁孝尼窃听而写其声,后绝其传。良辅传之于洛阳僧思古,思古传于长安张老,张老遂著此谱,总三十三拍,至渭又增为三十六拍。'"《新唐书·艺文志》乐类著录李良辅《广陵止息谱》一卷。朱长文说的"或传"大概就是指李良辅。而李良辅所说自相矛盾,既言袁孝尼所写后绝其传,他又何以得而传之?这分明是自编的鬼话,无非是想证明他造的《广陵止息谱》是嵇、袁的真传,以欺世惑人。

《广陵散》故事鲜明地肯定了嵇康对《广陵散》的著作权,而且"古人"特地"与中散誓,不得教人"。这不仅赋予《广陵散》以神圣感、神秘感,实际也是曲折地反映出嵇康对《广陵散》的宝惜之情。或许此曲太过高雅不凡,非高才者难以措手,故不肯轻易传人。

《广陵散》的失传终究是可惜的,所以才有《幽明录》那个故事。这个故事应是由嵇康死前发出的遗憾而生发,所以让他身带枷锁面有惨色地把《广陵散》传给会稽贺思令。"贺因得之,于今不绝。"这是人们在想象中寻找安慰,希望《广陵散》能够流传下去,同时也反映出,嵇康死后《广陵散》还在,如李善所说,"《广陵》等曲,今并犹存"。但,此《散》非彼《散》,徒有其名耳!

戴明扬引用了那么多的材料证明《广陵散》未曾灭绝。[1] 要找材料还多得很,比如谢灵运诗《道路忆山中》云:"凄凄《明月》吹,恻恻《广陵散》。"[2]庾信《夜听捣衣》:"声烦《广陵散》,杵急《渔阳掺》。"[3]李白《自溧水道哭王炎三首》其三:"一罢《广陵散》,鸣琴更不开。"[4] 如果说这些诗句可能是用典未必是实指的话,那么唐人崔令钦《教坊记》曲名中著录的《广陵散》、李良辅的《广陵止息谱》以及《宋史·艺文志》乐类著录的《琴调广陵散谱》等则都是实实在在的。嵇康之后的《广陵散》其实都是伪作和仿作,这一点无可怀疑。郑樵《通志》卷四九《乐略·三十六杂曲·广陵散》注云:"嵇康死后,此曲遂绝,往往后人本旧名而别出新声也。"洵为不刊之论。

---

① 持此说者甚多,如王世襄《古琴名曲〈广陵散〉》也认为"嵇康死后《广陵散》便失传了却非事实",并说:"从发展情况来看我们可以相信《广陵散》是由短而长,经过多次的丰富发展,才达到明代《神奇秘谱》所刊印的四十五段的规模。所以我们可以肯定《广陵散》在嵇康死后不但并未失传,相反的是被历代的音乐家添注了新的生命。"(《人民音乐》1956 年第 4 期,第 20 页)王德埙《琴曲〈广陵散〉流变初考》谓:"嵇康死后,嵇氏《广陵散》不可能绝响。"一个重要论据就是"'竹林'中人多为有修养的音乐家,他们不可能任其绝响"(《中央音乐学院学报》1985 年第 12 期,第 20—21 页)。

② 《文选》卷二六。

③ 《庾开府集》卷四。

④ 《李太白集》卷二五。

就拿南宋以后流行的《广陵散谱》来说，据楼钥《攻媿集》卷五《谢文思许尚之石函广陵散谱》诗末所记此谱拍名云："正声第一拍名《取韩相》，第十三拍名《别姊》。又一本，序五拍，亦有名，第一拍名《井里》。《史记·刺客传》：聂政，轵深井里人也，刺杀韩相侠累，有姊曰荣。韩皋知叔夜之托于神授以避祸，而不知名拍以聂政事，又以见古有此曲也。"

元耶律楚材《湛然居士集》卷一一《弹广陵散终日而成因赋诗五十韵并序》引中议大夫张崇《广陵散谱序》亦云："验于琴谱，有《井里》、《别姊》、《辞乡》、《报义》、《取韩相》、《投剑》之类，皆刺客聂政为严仲子刺杀韩相侠累之事，特无与扬州事相近者。意者叔夜以《广陵》名曲，微见其意，而终畏晋祸，其序其声，假聂之事为名耳。"此《广陵散谱》乃演聂政事，与嵇康之作风马牛不相及。按《永乐琴书集成》卷一二《曲调下》载有《许友操》，俗名《聂政刺韩相》，又有《报亲曲》，俗名《聂政刺韩王》。前曲释义全采《史记·刺客列传》之说，又引《琴史》曰："聂政尝遇仙人，教以鼓琴。琴成入韩，其事与《史记·聂政传》大异。"所云"其事"，实际就是《报亲曲》本事，略云聂政父为韩王治剑过期而被杀，聂政怀忿欲报。入太山遇师学琴多年，漆身吞炭，变音改容，置剑琴中入韩。王召之鼓琴，聂政于琴中取剑刺杀韩王。恐人识之，遂剟目剥面。韩大夫暴尸于市，悬千金求识者，聂政姊来认弟，然后大呼天，伏尸而死。它与《聂政刺韩相》不同，非为严仲子刺韩相侠累，而是自报亲仇，故曰《报亲曲》。宋元流行的所谓《广陵散谱》，显然也是《聂政刺韩相》的题材。蔡邕《琴操》卷下《聂政刺韩王曲》云："聂政刺韩王者，聂政之所作也。"聂政作自然不可信，但可以看出《聂政刺韩王曲》与《广陵散》毫不相干。琴曲研究者们大都根据后世流传的《广陵散谱》的段目，将《广陵散》与《聂政刺韩王曲》联系起来，认为《广陵散》表现的就是聂政刺韩王。其实这些晚出的所谓《广陵散》，乃是将《报亲曲》之类的琴曲，冒充为《广陵散》而已。

南宋刘克庄诗云："悲哉《广陵散》，旧谱有谁寻。"[①]曲终人亡，《广陵散》渺不可寻矣！

三　唐五代涉及《广陵散》的小说故事

唐五代小说常将《广陵散》当作一个叙事元素纳入小说中，如晚唐无名氏传

---

① 《文选》卷二四《赠秀才入军五首》其四。

奇《冥音录》讲述崔氏女见亡姨讚奴教筝，授人间十曲，中有《广陵散》，正商调，二十八迭。讚奴是阴司教坊伎，这使人联想到《教坊记》中的《广陵散》。她以此曲教外甥女，说明唐人看重此曲。元稹《莺莺传》写张生与崔莺莺临别前莺莺鼓琴曲《霓裳羽衣序》，"不数声，哀音怨乱，不复知其是曲也，左右皆歔欷"，明嘉靖伯玉翁抄本《类说》卷二六《异闻集·传奇》莺莺所鼓琴曲则作《广陵散》，当更切合此情此景。

戴孚《广异记》记载一个故事，说李元恭外孙女崔氏容色殊丽，被一狐精所惑。狐精请人教她经史、书法、弹琴。小说写道："复引一人至，云：'善弹琴，言姓胡，是隋时阳翟县博士。'悉教诸曲，备尽其妙，及他名曲，不可胜纪。自云亦善《广陵散》，比屡见嵇中散，不使授人。"（《太平广记》卷四四九）此胡姓教琴者自称近日屡见嵇中散，分明也是狐精。狐鬼同为阴物，故此狐得以屡见嵇中散。他虽善《广陵散》但却未教崔氏，因为嵇中散不使授人。有趣的是，这正也是"古人"对嵇康的嘱咐。

另外一些故事则是讲述真实人物精通《广陵散》。顾况《王氏广陵散记》记了个王女的故事，称："众乐，琴之臣妾也；《广陵散》，曲之师长也。琅琊王淹兄女，未筓，忽弹此曲。不从地出，不从天降，如有宗师存焉。曲有《日宫散》、《月宫散》、《归云引》、《华岳引》。意者虚寂之中，有宰察之神司其妙，有以授王女。于戏！天地鄙吝而绝，神明偶恍而授，中散没而王女生（一作传），其间寂寥五六百年。"小小王女忽然间弹《广陵散》，顾况以为神授，这其实仍还是神鬼传授嵇康的套路。

我们无法考证这位王姓女娃娃的真相，五代刘崇远《耳目记》所记王中散（《太平广记》卷二〇三引，《永乐琴书集成》卷一七亦引），则是沽名钓誉之徒。故事说唐末前翰林待诏王敬傲，善琴。一次和李山甫、李处士一起弹琴饮酒，王生弹一曲，非寻常之品调。山甫问曰："向来所操者何曲？他处未之有也。"王生曰："某家习正音，奕世传受。自由德、顺以来，待诏金门之下，凡四世矣。其常所操弄，人众共知，唯嵇中散所受伶伦之曲，人皆谓绝于洛阳东市，而不知有传者。余得自先人，名之曰《广陵散》也。"小说写道："山甫早疑其音韵殆似神工，又见王生之说，即知古之《广陵散》，或传于世矣。"嵇中散所受伶伦之曲，即是《异苑》所记黄帝伶人传授《广陵散》的故事。王敬傲自称所弹是《广陵散》，且称得自先人，无非是假嵇康《广陵散》自高身价。此后人称"王中散"，和嵇中散相匹对，沽名钓誉之术可说是奏效了。

五代无名氏《灯下闲谈》卷上《坠井得道》，讲述嵇康后身的故事。略云青社李老世业医术,善鼓琴,自言得嵇康之妙。一日误坠大枯井,入大唐玄都,见一道士,乃是大唐玄都王者抱朴子。李老奏《广陵散》曲,道士闻曰:"尔之制也?"李曰:"晋嵇叔夜感鬼神所传。"道士曰:"感鬼神非也,此自构神思也。尔以业障,不暇忆故事,叔夜即尔前身。"道士命侍者酌石髓饮之,遂悉能记起前身往事。后来李老在道士点拨下成仙。元道士赵道一《历世真仙体道通鉴》卷四四《李老》采入这个故事。这个故事置于仙洞遇仙的传统模式中,通过仙人抱朴子——显然是影射东晋葛洪——的指引,善鼓琴的李老得以成仙,而李老作为嵇康后身,实际表现嵇康固有的仙性。嵇康写过《高士传》,本人也确实是位高士。而且他好神仙,《晋书》本传说:"长好老庄……常修养性服食之事。弹琴咏诗,自足于怀。以为神仙禀之自然,非积学所得,至于导养得理,则安期、彭祖之伦可及,乃著《养生论》。"他弹琴,"目送归鸿,手挥五弦,俯仰自得,游心泰玄"①,进入超然之境,未尝不是导养手段。梁陶弘景《真诰》卷六《甄命授》载,太上真人对弹琴者说:"学道亦然,执心调适,亦如弹琴,道可得矣。"琴可通道,这样,嵇康凭着他的高洁,他的道家信仰,他的琴学尤其是他的《广陵散》,便获得道教的青睐。故事特别提出《广陵散》,其中关于《广陵散》的对话,意在表明《广陵散》并非鬼神所授,而是自创。这就否定了旧说,强调了《广陵散》是嵇康"神思"的产物。"神思"二字大可玩味,《广陵散》实是仙品,《琴书》就说嵇康才高性逸,制《四弄》云:"侧有仙声,不谢伯喈。"(《永乐琴书集成》卷一二引)《四弄》尚如此,遑论《广陵》,自然嵇康也就堪入神仙行列。

　　《真仙通鉴》卷三四《嵇康》,则直接把嵇康作为仙人列入。其中说"葬后开棺,空不见尸",结末引《记纂渊海》(按南宋潘自牧编纂)云:"南海太守鲍靓,通灵士也,东海徐宁师之。宁夜闻静室有琴声,怪其妙而问焉,靓曰:'嵇叔夜。'宁曰:'嵇临命东市,何得在此?'靓曰:'叔夜虽已终,而实尸解也。'"嵇康被杀实是尸解,东市受刑不过是尸解的一种形式,所以棺中无尸,肉身已经升天成仙了。

　　有意味的是《真仙通鉴》也在这里记载了《广陵散》的来历,兹引录如下:

　　　　嵇康,字叔夜。向北山从道士孙登学琴,登不教之,曰:"子有逸郡之才,必当戮于市。"康遂别去。登乃冲升,康向南行,至会稽王伯通家求宿。伯通造得一馆,未得三年,每夜有人宿者,不至天明即死。伯通见此凶,遂尝闭之。至是,康留宿馆中。一更后,乃取琴弹。二更时,见有八鬼,从后馆出。康惧

---

①《后村集》卷一一《挽赵漕简叔二首》其二。

之,微祝"乾元亨利贞"三遍,乃问鬼曰:"王伯通造得此馆,成来三年,每夜有人宿者死,总是汝八鬼杀之。"鬼曰:"我非杀人鬼,是舜时掌乐官,兄弟八人,号曰伶伦。舜受佞臣之言,枉杀我兄弟,在此处埋。主人王伯通造馆不知,向我上筑墙,压我闷我。见有人宿者,出拟告之,彼见我等自惧而死,即非我等杀之。今愿先生与主人说,取我等骸骨,迁别处埋葬。期半年,主人封为本郡太守。今赏先生一《广陵曲》,天下妙绝。"康闻知大悦,遂以琴与鬼。鬼弹一遍,康即能弹。弹至夜深,伯通向宅中,忽闻琴声美丽,乃披衣起,坐听琴音。深怪之,乃问康,康答曰:"主人馆中杀人鬼,我今见之矣。"伯通曰:"何以见之?"康具言其事。明日,伯通使人掘地,果见八具骸骨,遂别造棺,就高洁处迁埋。后晋文帝时,伯通果为太守。康为中散大夫,帝令康北面受诏,教宫人曲,康不肯教。帝后听佞臣之言,杀康于市中,康遂抱琴而死。葬后开棺,空不见尸。

赵道一《真仙通鉴》都是根据已有资料编纂而成,《嵇康》就是如此。王伯通馆故事在《大周正乐》中也有记载,《太平御览》卷五七九引曰:

嵇康,字叔夜,有迈俗之志,为中散大夫。或传晋人,非也。常宿王伯通馆,忽有八人,云:"吾有兄弟为乐人,不胜羁旅。今授君《广陵散》。"甚妙,今代莫测。

《大周正乐》后周窦俨撰,《旧五代史》卷一一八《周世宗纪》载:显德五年"十一月丁未朔,诏翰林学士窦俨集文学之士撰集《大周通礼》、《大周正乐》"。《宋史·艺文志》乐类著录《大周正乐》八十八卷,注:"五代周窦俨订论。"《御览》所引极为简略。颇疑唐五代人记有这个故事,而为《大周正乐》和《真仙通鉴》所取。

对比六朝嵇康《广陵散》AB 两型故事,这个故事属于 A 型,即古人之鬼向嵇康传授《广陵散》。从故事母题上看,它既含有亭(也包括馆驿、凶宅等)鬼杀人的母题,也包含鬼求人迁葬骸骨而报恩的母题,就是说它综合了前述 A 型故事的两个亚型即 a、b 型。传授者是舜的乐官,和黄帝伶人类似,但演为兄弟八人。八人共授,更强调了《广陵散》的神圣性。八兄弟被枉杀,这则与"非理就终,形体残毁",被斩首的"古人"相似,不同的是它交待了被枉杀的原因,就是舜受佞臣之言。如果联系嵇康被杀起因于锺会向司马昭进谗言的话,那么这个细节也别具意味。故事还说康为中散大夫,帝令康教宫人曲,康不肯教,这也是老故事已有的意思。故事发生在嵇康老家会稽,又和 B 型故事相合。要之,这个故事包含了六朝嵇康《广陵散》故事的所有元素,具有集大成性质。

和《灯下闲谈》的嵇康后身故事不同,它又重拾《广陵散》鬼神所授的老题目,但并不是否定嵇康《广陵散》的"自构神思",仍还是要突出《广陵散》的神圣性、非人间性、不可超越性和不可传授性。"鬼神能告《广陵散》,才智无如大厦倾。"① 嵇康"大厦"倾覆,乃有鬼神之出。在六朝之后的数百年,鬼神亦已沉寂。这个故事欲使久已堙没的老故事复活,唤起人们对嵇康《广陵散》的沉痛的和仰慕的亲切记忆。

(原载《文学与文化》2013 年第 4 期)

---

① 宋晁说之《景迁生集》卷九《抚古》。

出土文献与唐代韦氏文学家族研究 *

胡可先

唐代望族,京兆韦氏、杜氏最为显赫,有"城南韦杜,去天尺五"之俗谚。①韦氏作为文学世家,源远流长。西汉初期韦孟所作的《讽谏诗》,讽刺楚元王刘戊的荒淫无道,又作《在邹诗》,赞美邹鲁尊孔崇礼之风,受到刘飈的称颂。自唐以后,更趋繁盛。《旧唐书·韦述传》云:"议者云自唐已来,氏族之盛,无逾于韦氏。其孝友词学,承庆、嗣立为最;明于音律,则万石为最;达于礼仪,则叔夏为最;史才博识,以述为最。"②近年出土了唐代小逍遥公房的韦承庆、韦济、韦希损墓志,与小逍遥公房近支的逍遥公房的中唐大诗人韦应物墓志也于最近出土,堪称近百年来唐代新出土文献的重要收获。故本文以韦承庆、韦济、韦应物墓志为基础,结合传世文献与出土文献情况,对韦氏小逍遥公房、逍遥公房族系的家族文学加以勾勒,以见唐代文学家族与家族文学之一斑。

一　新出墓志与韦氏族系研究

(一)韦氏家族墓志的出土情况

《韦承庆墓志》新出土《大唐故黄门侍郎兼修国史赠礼部尚书上柱国扶阳县

作者简介:胡可先(1960—　),男,浙江大学中国语言文学系教授。

* 本论文为国家社科基金项目"唐代的文学家族与家族文学"(项目号:10BZW029)的阶段性成果。

① 杜甫《赠韦七赞善》诗:"乡里衣冠不乏贤,杜陵韦曲未央前。尔家最近魁三象,时论同归尺五天。"注:"俚语曰:'城南韦杜,去天尺五。'"(《杜诗详注》卷二三,第2064–2065页)[宋]程大昌《雍录》卷七:"语谓'城南韦杜,去天尺五',以其迫近帝都也。"(中华书局,2002年,第155页)又:"韦曲在明德门外,韦后家在此,盖皇子陂之西也,所谓'城南韦杜,去天尺五'者也。"(第157页)

② 《旧唐书》卷一○二,中华书局,1975年,第3185页。邓名世《古今姓氏书辩证》卷二四:"隋唐都京兆,杜氏、韦氏皆以衣冠名位显,故当时语曰:'城南韦杜,去天尺五。'二家各名其乡,谓之'杜曲''韦曲'。自汉至唐,未尝不为大族。"(江西人民出版社,2006年,第359页)

开国子韦府君(承庆)墓志铭并序》,题署:"秘书少监兼修国史兼判刑部侍郎上柱国朝阳县开国子岑羲撰,中书舍人郑愔制铭。"①墓志撰者岑羲,与大诗人岑参是兄弟,也是盛唐时期的著名诗人。新旧《唐书》都有传记。墓志制铭者郑愔也是著名文人。《全唐诗》收其诗一卷。岑羲在《韦承庆墓志》中称道郑愔云:"中书舍人郑愔,□簧学圃,藻绘词场,古之曹刘,当代迁固,式图懿业,庶光泉壤。"②

《韦济墓志》新出土《大唐故正议大夫行仪王傅上柱国奉明县开国子赐紫金鱼袋京兆韦府君(济)墓志铭并序》,题署:"族叔银青光禄大夫行工部侍郎述撰,外甥扶风郡参军裴叔猷书。"③韦述是唐代著名的史学家,在玄宗朝亦以词学受到张说的器重。其诗文及史学著作都有传世。新旧《唐书》亦有其传记。裴叔猷,《新唐书·宰相世系表》裴氏:"叔猷,均州刺史。"④乃邕管经略史裴行立伯父。其余事迹无考。

《韦希损墓志》新出土《大唐故朝议郎京兆府功曹上柱国韦君墓志铭并序》,墓主即韦希损,志载其所作《偃松篇》曰:"大厦已成无所用,唯将献寿答尧心。"⑤按,墓志所收《偃松篇》,《全唐诗》不载,陈尚君《全唐诗续拾》卷九收入。

《韦应物墓志》韦应物是中唐时期的大诗人,其族系属于逍遥公一系。近年出土有关其家族的四方墓志,更具有珍贵的价值:其一丘丹撰《唐故尚书左司郎中苏州刺史京兆韦君(应物)墓志铭并序》,其二韦应物撰《故夫人河南元氏墓志

---

① 墓志拓片图版及录文载于陈忠凯《唐韦承庆及继母王婉两方墓志铭文释读》(《出土文献研究》第七辑,上海古籍出版社,2005 年,第 343 页),并云:"拓片呈方形,高 92、宽 94 厘米。志文楷书四十八行,满行四十七字,志文有限格。志石四侧饰牡丹神兽纹。志石四边稍有残损。"又载陕西省社会科学院、陕西省文物局编《陕西碑石精华》(三秦出版社,2006 年,第 90 页),并云:"陕西西安市出土,石现藏西安市文物保护考古所,陕西省古籍整理办公室藏拓。志、盖正方形,志、盖边长均 94 厘米。志四刹饰以缠枝花纹,盖四杀饰以青龙、白虎、朱雀、玄武图案。盖文五行,满行五字,篆书'大唐故银青光禄大夫行黄门侍郎赠礼部尚书韦府君墓志铭';志文 47 行,满行 47 字,楷书。岑羲撰序,郑愔制铭。"录文又载吴钢《全唐文补遗》第三辑(三秦出版社,1996 年,第 37 页);又收入周绍良、赵超《唐代墓志汇编续集》(上海古籍出版社,2001 年,第 420 页)。

② 《出土文献研究》第七辑,上海古籍出版社,2005 年,第 346 页。

③ 墓志拓片图版载于吴钢:《隋唐五代墓志汇编》陕西卷第四册,天津古籍出版社,1991 年。录文又收入《唐代墓志汇编续集》,第 654 页。有关韦济墓志的大概情况,李阳《唐韦济墓志考略》(《碑林集刊》第六辑,陕西人民美术出版社,2000 年,第 51–54 页)一文有介绍。志呈正方形,拓片长、宽均为 73 厘米,志文 37 行,行 36 字,正书,阴刻。志石四侧线刻十二生肖图案。

④ 《新唐书》卷七一上,第 2200 页。

⑤ 周绍良:《唐代墓志汇编》,上海古籍出版社,1992 年,第 1219 页。

铭》,其三杨敬之撰《唐故监察御史里行河东节度判官赐绯鱼袋韦府君(庆复)墓志》,其四韦退之撰《唐故河东节度判官监察御史京兆韦府君夫人闻喜县太君(裴棣)玄堂志》。①

(二)世系研究

以上出土的墓志,都是著名的诗人墓志,这些墓志为韦氏家族的世系研究提供了不可多得的第一手资料,与世系相关的诗人婚姻状况,也在墓志中有较为详细的反映。从家族与文学的关系考虑,韦应物家族的一组墓志,具有特殊的意义。首先,这组墓志提供了韦应物世系的重要材料。丘丹撰《韦应物墓志》云:

> 君讳应物,字义博,京兆杜陵人也。其先高阳之孙,昌意之子,别封豕韦氏。汉初有韦孟者,孙贤为邹鲁大儒,累迁代蔡义为丞相。子玄成,学习父业,又代于定国为丞相。弈世继位,家于杜陵。后十七代至逍遥公夐,抗迹丘园,周明帝屡降玄缠之礼,竟不能屈,以全黄绮之志。公弟郧公孝宽,名著周随,爵位崇显,备于国史。逍遥公有子六人,俱为尚书。五子世冲,民部尚书、义丰公,则君之五代祖。皇刑部尚书兼御史大夫、黄门侍郎、扶阳公[挺],君之高祖。皇尚书左仆射、同中书门下三品待价,[君]之曾祖。皇梁州都督令仪,君之烈祖。皇宣州司法参军銮,君之烈考。君司法之第三子也。……嗣子庆复启举有时,方遂从夫人之礼。

韦应物撰《元蘋墓志》云:

> 有唐京兆韦氏,曾祖金紫光禄大夫、尚书右仆射、同中书门下三品、扶阳郡开国公讳待价,祖银青光禄大夫、梁州都督、袭扶阳公讳令仪,父宣州司法参军讳銮,乃生小子前京兆府功曹参军曰应物。

---

① 四方墓志刊载于《文汇报》2007年11月4日第8版。“《韦应物墓志》,贞元十二年(796),丘丹撰,楷书30行,满行30字。青石质,46×46㎝。”墓志的拓片图版见于《纪念西安碑林九百二十周年华诞国际学术研讨会论文集》,文物出版社,2008年,第311-314页。《元蘋墓志》拓片图版又载于《书法丛刊》2007年第6期,第40-44页。又,陕西人民出版社2009年出版单行本《唐韦应物暨妻元蘋墓志》。韦应物家族四方墓志出土问世的过程,马骥:《唐韦应物书〈元蘋墓志〉》云:“今年八月,在友人处见到唐代杰出诗人韦应物一家四张墓志拓片,分别是:韦应物墓志(贞元十二年)、妻元蘋墓志(大历十一年)、子韦庆复墓志(元和四年)及韦应复妻裴棣墓志(会昌六年)。据说,这四方墓志于今年稍早时候出自西安市长安区韦曲东北原上。”(《书法丛刊》2007年第6期,第38页)

杨敬之撰《韦庆复墓志》云：

> 皇朝梁州都督君讳令仪,生宣州司法参军讳銮,司法府君生左司郎中、苏州刺史讳应物,郎中府君娶河南元氏而生公。公讳庆复,字茂孙。

以《韦应物墓志》与传世文献参证,韦应物世系的记载有四处不同:其一,韦应物五代祖韦世冲。《韦应物墓志》载:"逍遥公有子六人,俱为尚书。五子世冲,民部尚书、义丰公,则君之五代祖。"《新唐书·宰相世系表》四云:"敻字敬远,后周逍遥公,号逍遥公房。八子:世康、洸、瓘、颐、仁基、艺、冲、约。"① "冲字世冲,隋户部尚书、义丰公。"② 则逍遥公有六子与八子之别。又史籍为"冲,字世冲",墓志为"世冲",则推知韦冲当时以字行,而入唐避唐太宗李世民讳,又称其名。其二,韦应物的高祖韦挺,志文云:"皇刑部尚书兼御史大夫、黄门侍郎、扶阳公(挺),君之高祖。"《新唐书·宰相世系表》四上:"挺,象州刺史。"③ 据史籍记载,韦挺曾官刑部尚书,又因居官失职而被贬象州刺史。故墓志称其最高官,而《新表》著录其终官,二者体例不同。其三,韦应物的祖父韦令仪,《新唐书·宰相世系表》四上:"令仪,宗正少卿。"④《元和姓纂》卷二:"令仪,司门郎中、梁州都督。"⑤ 宗正少卿,从四品上。司门郎中,从五品上。与梁州都督悬殊甚大。韦应物夫人《元蘋墓志》载:"祖银青光禄大夫、梁州都督,袭扶阳公讳令仪。"《韦应物墓志》:"皇梁州都督令仪,君之烈祖。"再考吕温《唐故银青光禄大夫京兆尹兼御史大夫上柱国赠吏部尚书京兆韦公(武)神道碑铭并序》:"曾祖皇朝金紫光禄大夫、尚书左右仆射、同中书门下三品讳侍价。……祖银青光禄大夫、梁州都督讳令仪。"⑥ 知墓志所载正确。其四,韦应物的父亲韦銮,《元和姓纂》与《新唐书·宰相世系表》均未载其官职,而韦应物、元蘋、韦庆复三方墓志均称韦銮官"宣州司法参军",可补史料之阙。

因为韦氏著房为逍遥公房,是北周逍遥公韦敻之后,故而《韦应物墓志》与

---

① 《新唐书》卷七四上,第 3073 页。

② 《新唐书》卷七四上,第 3082 页。

③ 《新唐书》卷七四上,第 3082 页。

④ 《新唐书》卷七四上,第 3082 页。

⑤ 林宝:《元和姓纂》卷二,中华书局,1994 年,第 138 页。

⑥ 《唐文拾遗》卷二七,第 134 页。

《韦济墓志》均述及逍遥公。《韦济墓志》云："君讳济,字济,京兆杜陵人,纳言、博昌公之孙,中书令、逍遥孝公第三子也。"逍遥孝公就是韦嗣立,可见此房人物,官高位隆者即可袭封为逍遥公。

(三)婚姻研究

唐代门阀士族虽逐渐衰落,但高门大姓矜阀阅、重门第的社会风尚并没有消减。在士族传承的过程中,婚姻是非常重要的环节,故韦氏墓志在这方面的记载颇为慎重。①与韦氏联姻者大多是当时的高门大姓,陈尚君称:"韦应物出生于京兆韦氏逍遥公房,是唐代最为显赫的士族之一。北周以来这个家族世代显宦,势倾中外,记载很丰富,墓志可以补充一些细节。墓志中比较珍贵的记载,是女性文学素养及其在家庭教育中所担负的传承文化的责任。韦庆复墓志分别摘录了志主伯姊和夫人的哀词,是唐墓志中体例特殊的写法,可以见出两位女子的文学才华。元蘋曾为五岁的女儿'手教书札,口授《千文》',韦退之则自述能够'以明经换进士第,受业皆不出门内',即他的教育完全来自其母亲裴棣。"②不仅如此,夫人元氏的族系也甚为显赫:"魏昭成皇帝之后,有尚舍奉御延祚,祚生简州别驾、赠太子宾客平叔,叔生尚书吏部员外郎挹。夫人吏部之长女。"③《韦庆复墓志》又称:"夫人故河南令河东裴君澡女。"《唐故河东节度判官监察御史京兆韦府君夫人闻喜县太君玄堂志》则云:"太君讳棣,裴氏之先食邑于绛,以家为姓。烈祖以德行济美于晋,其闻不绝。以至国朝又以儒家显,至于怀州刺史讳恂。怀州生司门员外讳育,司门生河南县令讳澡,河南府君娶赵郡李氏而生太君。未五岁而失所恃,河南府君再娶同郡薛氏。"可见当时士族的婚姻状况,韦氏与元氏、裴氏、薛氏互为婚姻。

韦承庆为其继母王婉撰写的墓志云:"先姊崔夫人,早年弃背。"知承庆之父韦仁约,先娶崔氏夫人,崔氏卒后,又娶王婉。崔氏、王氏都是唐代的望族。《新唐书·柳冲传》载柳芳论氏族曰:"过江则为'侨姓',王、谢、袁、萧为大;东南则为'吴姓',朱、张、顾、陆为大;山东则为'郡姓',王、崔、卢、李、郑为大;关中亦号'郡姓',韦、裴、柳、薛、杨、杜首之;代北则为'虏姓',元、长孙、宇文、于、陆、源、窦首

---

① 有关唐代士族婚姻的情况,可参阅李浩:《唐代关中士族与文学研究》附论一《墓志所见唐代裴氏婚姻关系》,中华书局,2008 年,第 229–244 页;王伟:《唐代京兆韦氏家族文学研究》,西北大学博士学位论文,2009 年,第 104–118 页。

② 陈尚君:《韦应物一家墓志的学术价值》,《文汇报》2007 年 11 月 4 日第 8 版。

③ 韦应物:《元蘋墓志》,《文汇报》2007 年 11 月 4 日第 8 版。

之。"①因此,从丘丹所撰的《韦应物墓志》及韦承庆所撰的《王婉墓志》看来,唐代士族之间互为婚姻的情况是很突出的。

与婚姻相关的,还有韦承庆的前后母关系。《旧唐书·韦承庆传》记载了一件特殊的事情:"嗣立,承庆异母弟也。母王氏,遇承庆甚严,每有杖罚,嗣立必解衣请代,母不听,辄私自杖,母察知之,渐加恩贷,议者比晋人王祥、王览。"②而《王婉墓志》所述则大不相同:"前夫人子承庆,八岁偏罚,十岁便为夫人所养。抚存训奖,慈爱兼隆。学宦婚娶,并夫人所成立。常谓所生子嗣立、淑等曰:'时俗妇人,罕有明识。前妻之子,多被憎嫌。孝己、伯奇,即人也。此吾之所深诫,亦尔辈所明知。昆季友于,骨肉深至。既称同气,何限异生。宜识我心,倍加敦睦。幼事长以敬,长抚幼以仁。使外无闲言,则吾无忧矣。'"有关这一矛盾,陈忠凯先生是这样解释的:"韦承庆的那段话中专门以'时俗妇人'为诫,应当不是无的放矢。而由此亦可略知,当时的'时俗',可能有不少后母不待见前妻子女的事情发生,因而对像王婉这样的改变态度的人,就利用写墓志铭文的机会,把它专门记上一笔。韦承庆能亲自为继母撰写墓志,并且在志文中用不少文字记述继母处理非生子女的关系,也确实表现了他以孝为上的宽厚胸怀。史书上说他'事继母以孝闻',当非虚妄之说。"③韦承庆之所以这样叙述,也是因为唐代士族注重女性在家族中的影响,从这里也可以看出这些士族仍然有以孝传家的良好风尚。这与《韦应物墓志》对于女性的称扬是一致的。至于《旧唐书》的记载,为突出韦嗣立的孝悌廉让,又以承庆对比,以表现对前妻之子的偏罚,可能是不恰当的。而墓志记载的这一事实,对考察唐代贵族女性在家庭教育中的作用,具有重要的认识意义。

二 韦承庆、韦济文学专论

韦济是韦承庆之侄,他们都是有诗歌存世的诗人,但他们的文学成就一直没有受到文学史研究者的重视,而其墓志的出土,无疑为我们衡定他们的文学地位提供了新的材料,使我们认识到,他们的文学成就对于韦氏家族文学风气的形成,以及对当时文学的发展,起着一定的推动作用。

---

① 《新唐书》卷一九九,第5677–5678页。

② 《旧唐书》卷八八,第2865页。

③ 陈忠凯:《唐韦承庆及继母王婉两方墓志铭文释读》,《出土文献研究》第七辑,第355页。

(一)韦承庆的文学成就

韦承庆少年就擅长文学,后以进士及第,文名益盛。墓志称:"加以采摭坟史,网罗词艺。研精义窟,与荀孟而连衡;高步翰林,共扬班而方驾。年甫廿有三,太学进士,对策高第。邓林一枝,方膺大厦之构;昆山片玉,郁为连城之宝。自是价重天下,声高海内。"又《韦承庆墓志》由岑羲撰序,郑愔制铭,韦承庆继母《王婉墓志》由韦承庆撰序,李峤制铭。李峤、岑羲、郑愔都是当时著名的文学家,诗文兼擅。这两篇墓志,文体典雅古奥,多骈俪之语,代表当时流行的文风,可以推知韦承庆在当时文坛具有较高的地位。

韦承庆之诗,《全唐诗》卷四六存七首。其《南中咏雁》诗云:"万里人南去,三春雁北飞。不知何岁月,得与尔同归。"①俞陛云《诗境浅说》续编评曰:"孤客远行,难乎为别。所别者况味同气。此作不事研炼,清空如话,弥见天真。"②又《凌朝浮江旅思》诗云:"天晴上初日,春水送孤舟。山远疑无树,潮平似不流。岸花开且落,江鸟没还浮。羁望伤千里,长歌遣四愁。"③清黄叔灿《唐诗笺注》评曰:"'山远'二句,眼前景无人道得,真名句也。'岸花'一联,妙在'且'字、'还'字,是孤舟闲望情致。末句跟第二句来,'春水送孤舟'已有'愁'字在。"④即使是应制诗,也达到了"雅而典"的境界,如《寒食应制》诗云:"凤城春色晚,龙禁早晖通。旧火收槐燧,余寒入桂宫。莺啼正隐叶,鸡斗始开笼。蔼蔼瑶山满,仙歌始乐风。"⑤清谭宗《近体秋阳》评曰:"雅而典,'收'字健老,'入'字爽腻。……颇怪生新,然熟味之,要自不乏意致。"⑥

韦承庆之文,《全唐文》卷一八八收其《灵台赋》《枯井赋》《明堂灾极谏疏》《上东宫启》《重上直言谏东宫启》五篇。新出土韦承庆所撰写的墓志亦有五篇:《唐故右金吾卫胄曹参军沈君(齐文)墓志铭》,题署:"朝散大夫秋官员外郎韦承庆撰。"⑦《大周故纳言博昌县开国男韦府君夫人琅耶郡君王氏墓志铭》,题署:"孤子前凤

---

①《全唐诗》卷四六,第557页。

② 俞陛云:《诗境浅说》续编,上海书店,1984年,第3页。

③《全唐诗》卷四六,第557页。

④ 陈伯海:《唐诗汇评》,浙江教育出版社,1995年,第51页引。

⑤《全唐诗》卷四六,第557页。

⑥ 陈伯海:《唐诗汇评》,第51页引。

⑦ 周绍良:《唐代墓志汇编》,第771页。

阁舍人承庆撰序。"①《大周故朝散大夫行洛州陆浑县令韦府君(愔)墓志铭》,题署:"□□□□舍人承庆撰。"《大周故镇军大将军行左金吾卫大将军赠幽州都督上柱国柳城郡开国公高公(质)墓志铭并序》,题署:"朝议大夫、行凤阁舍人韦承庆撰。"②《唐故纳言上轻车都尉博昌县开国男韦府君墓志铭》,题署:"孤子前朝议大夫行春官员外郎承庆撰序。"③

韦承庆在当时颇有文名,《旧唐书·韦承庆传》称:"弱冠举进士,补雍王府参军。府中文翰,皆出于承庆,辞藻之美,擅于一时。"④《新唐书·韦承庆传》云:"长安中,拜凤阁侍郎、同凤阁鸾台平章事。张易之诛,承庆以素附离,免冠待罪。时议草赦令,咸推承庆,召使为之,无桡色误辞,援笔而就,众叹其壮。然以累犹流岭表。"⑤然其文因过速,也会带来一些缺陷:"累迁凤阁舍人,掌天官选。属文敏无留思,虽大诏令,未尝著稿。失大臣意,出为沂州刺史。"⑥

(二)韦济的文学成就

(1)韦济的著述

《韦济墓志》叙述其应举时所作的试策为皇帝称道情况:"初以弘文明经拜太常寺奉礼郎,迁鄠县尉,秩满,调补鄄城令。入谢之日,有恩诏:新授令长者,一切亲加策试。君文理清丽,特简上心,褒然高标,独为称首。超授醴泉令。"此事史书亦有所记载,《旧唐书·韦济传》云:"早以辞翰闻。开元初,补鄄城令。时有人密奏玄宗曰:'今岁吏部选叙太滥,县令非材,全不简择。'及县令谢官日,引入殿庭,问安人策一道,试者二百余人,独济策第一,或有不书纸者。擢济为醴泉令,二十余人还旧官,四五十人放归习读,侍郎卢从愿、李朝隐贬为刺史。"⑦

韦济之诗,《全唐诗》卷二五五收其《奉和圣制次琼岳应制》一首。《旧唐书·韦济传》称:"累岁转太原尹。制《先德诗》四章,述祖、父之行,辞致高雅。"⑧

韦济之文,《唐文拾遗》卷一八收其《白鹿泉神君祠碑》一篇。《宝刻丛编》卷六

---

① 周绍良、赵超:《唐代墓志汇编续集》,第349页。

② 吴钢:《全唐文补遗·千唐志斋新藏专辑》,三秦出版社,2006年,第79页。

③ 陕西省社会科学院、陕西省文物局编:《陕西碑石精华》,第76页。

④《旧唐书》卷八八,第2862—2865页。

⑤《新唐书》卷一一六,第4230页。

⑥《新唐书》卷一一六,第4229页。

⑦《旧唐书》卷八八,第2874页。

⑧《旧唐书》卷八八,第2874页。

引《诸道石刻录》："《唐白鹿泉神君祠碑》,唐韦济撰,裴抗分书,开元二十四年三月立,在获鹿。"①韦济所撰墓志,近年出土二篇:《大唐故常州无锡县令柳府君夫人韦氏墓志铭并序》,题署:"堂弟、屯田员外郎韦济撰文"②;《唐故彭城县君刘氏墓志铭并序》,题署:"朝散大夫守京兆少尹韦济撰"③,这是韦济妻刘氏墓志,对我们了解韦济的事迹具有很大的帮助。

(2)墓志所述的文人交游

《韦济墓志》叙述所与交往者多是著名文人:"君风韵高朗,方轨前贤,觞咏言谈,超然出众。其所游者,若吴郡陆景融、范阳张均、彭城刘昇、陇西李昇期、京兆田宾庭、陇西李道邃、己之族子岵、河东裴侨卿、范阳卢僎等,皆一时之彦也。右得意于登临之际,或忘言于姻娅之间。风期一交,岁寒无改。加以疏财重义,至行过人。"从墓志看出,这批文人对于韦济的文学创作具有一定的影响,尽管传世文献中没有留下诸人与韦济关系的痕迹,但我们对这些文人的事迹稍加勾勒,也有助于了解韦济的文学成就。

墓志所述的文人中,有诗文传世者共五位:其一是张均,盛唐名相张说之子,与其兄垍"俱能文,说在中书,兄弟已掌纶翰之任"④。《全唐诗》卷九〇收其诗七首,《全唐文》卷四〇八收其文一篇。其二是刘昇,徐州彭城人。景云中,授右武卫骑曹参军。开元中,累迁中书舍人、太子右庶子。"昇能文,善草隶。"⑤《全唐诗》卷一〇八存诗一首。其三是李岵,太宗第三子吴王恪之孙。代宗时官至黄门侍郎、同中书门下平章事。《全唐诗》卷二一五收其《剑池》诗一首,《全唐文》卷三七二收其《请宥陷贼官僚奏》一篇。其四是卢僎,吏部尚书卢从愿三从父,自闻喜尉为学士,历汝州长史,终吏部员外郎。著有《卢公家范》一卷。《全唐诗》卷九九收其诗十四首。其五是李昇期,开元五年(717)中文史兼优科。官至亳州刺史、给事中。《全唐文》卷四〇二收其《对自比管仲判》一篇。

其他四位文人虽无诗文传世,但在当时也颇有影响。陆景融,苏州吴人。历官大理正、荥阳郡太守、河南尹、兵部侍郎、左右丞、工部尚书、东都留守、襄阳郡太守、陈留郡太守,并兼采访使。"景融长七尺,美姿质,宽中而厚外。博学,工笔

① 陈思:《宝刻丛编》卷六,《丛书集成初编》本,第146–147页。

②《全唐文补遗·千唐志斋新藏专辑》,第143页。

③ 周绍良、赵超:《唐代墓志汇编续集》,第550页。

④《旧唐书》卷九七,第3057页。

⑤《新唐书》卷一〇六,第4055页。

札。"①田宾庭,雍州长安人,开元中官至光禄卿。新、旧《唐书》附《田仁会传》。李道邃,范阳王李蔼子,中兴初,封戴国公,以恭默知守,修山东婚姻故事,频任清列。天宝中为右丞,大理、宗正二卿,卒。新、旧《唐书》有传。裴侨卿,开元中郑县尉,又为起居郎,著有《微言注集》二卷。事迹散见《新唐书·宰相世系表》及《艺文志》。

(3)墓志未及的诗人交游

韦济与盛唐大诗人杜甫、王维、高适都有交往,这是韦济重文的重要表现。但他们的交往,《韦济墓志》中没有提及,故有进一步考证的必要。

杜甫有《奉寄河南韦尹丈人》诗,原注:"甫故庐在偃师,承韦公频有访问。"诗云:"有客传河尹,逢人问孔融。青囊仍隐逸,章甫尚西东。鼎食分门户,词场继国风。"②韦济为尚书左丞时,杜甫又有赠诗《赠韦左丞丈济》,末云:"老骥思千里,饥鹰待一呼。君能微感激,亦足慰榛芜。"③《奉赠韦左丞丈二十二韵》中有一段叙述自己的抱负:"甫昔少年日,早充观国宾。读书破万卷,下笔如有神。赋料扬雄敌,诗看子建亲。李邕求识面,王翰愿为邻。自谓颇挺出,立登要路津。致君尧舜上,再使风俗淳。"④明人王嗣奭《杜臆》卷一云:"韦丞知己,故通篇都作真语。如'读书破万卷'云云,大胆说出,绝无谦让。至于'致君尧舜,再淳风俗',真有此稷、契之比,非口给语。"⑤韦济频访杜甫故庐,杜甫又对韦济说出真心话与知心话,故知其二人交谊尤为深厚。

王维有《韦侍郎山居》诗云:"幸忝君子顾,遂陪尘外踪。闲花满岩谷,瀑水映杉松。啼鸟忽临涧,归云时抱峰。良游盛簪绂,继迹多夔龙。讵枉青门道,故闻长乐钟。清晨去朝谒,车马何从容。"⑥韦侍郎即韦济,诗约作于开元二十五年(737)春。其时王维多与韦济兄弟交游,王维另有《同卢拾遗韦给事东山别业二十韵给事首春休沐维已陪游及乎是行亦预闻命会无车马不果斯诺》诗,韦给事即韦济之兄韦恒。诗有"侍郎文昌宫,给事东掖垣"句⑦,侍郎即韦济。其时王维为右拾遗,韦

① 《新唐书》卷一一六,第 4238 页。

② 仇兆鳌:《杜诗详注》卷一,中华书局 1979 年版,第 68 页。

③ 仇兆鳌:《杜诗详注》卷一,第 73 页。

④ 仇兆鳌:《杜诗详注》卷一,第 74 页。

⑤ 王嗣奭:《杜臆》卷一,上海古籍出版社,1983 年,第 11 页。

⑥ 陈铁民:《王维集校注》卷二,中华书局,2001 年,第 124–125 页。

⑦ 陈铁民:《王维集校注》卷二,第 119 页。

济为户部侍郎,韦恒为给事中,故相互游览。

高适有《真定即事奉赠韦使君二十八韵》诗,韦使君即韦济,开元二十一年(733)至二十四年(734)为恒州刺史。高适此诗即作于开元二十二年(734),此时"既无产业,又无官职,处境甚落魄。北上求出路,虽得地方官吏招待,然无甚结果"①。

三　韦氏家族的文学成就

(一)唐代韦氏家族的文学概况

韦氏先世与后裔大多擅长文学,我们先根据韦承庆与韦济墓志,参以《元和姓纂》与《新唐书·宰相世系表》将韦氏小逍遥公房族系与文学直接相关者,列一简表,然后再根据简表,对韦氏家族的文学人物加以叙述。

表1　韦氏小逍遥公房族系表

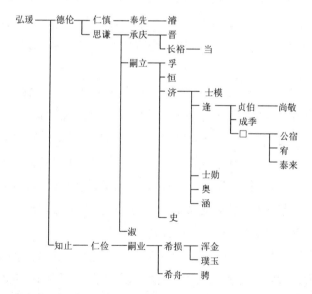

韦思谦　本名仁约,字思谦,以音类则天父讳,故以字称。②郑州阳武人,其先自京兆南徙,家于襄阳。举进士,补应城令,擢监察御史,累迁右司郎中。永淳初,

---

① 周勋初:《高适年谱》,上海古籍出版社,1980年,第19页。

② 按韦思谦本名仁约,新旧《唐书》韦思谦传均同。《元和姓纂》卷二韦氏:"德伦,任邱令;生仁慎、仁约。"(《元和姓纂》卷二,第182页)《韦承庆墓志》称"父约",盖省去一字。

历尚书左丞、御史大夫。则天垂拱初，赐爵博昌县男，迁凤阁鸾台三品。永昌元年（689）卒。新、旧《唐书》有传。韦承庆撰有墓志铭。①《全唐文》卷一八六收韦仁约《劾张叡册回护褚遂良断判不当奏》一篇。

韦嗣立　字延构，韦承庆异母弟。少举进士，历官与承庆互有交错。承庆解凤阁舍人，即拜嗣立为凤阁舍人。迁秋官侍郎，三迁凤阁侍郎、同凤阁鸾台平章事。长安中带本官检校汴州刺史。无几，承庆入知政事，嗣立转成均祭酒，兼检校魏州刺史，又徙洺州刺史，寻坐承庆左授饶州长史，征为太仆少卿，兼掌吏部选事。神龙二年（706），为相州刺史。及承庆卒，代为黄门侍郎，转太府卿，加修义馆学士。景龙三年（709），转兵部尚书、同中书门下三品。睿宗即位，拜中书令，旬日出为许州刺史。开元初入为国子祭酒。为宪司所劾，左迁岳州别驾。久之，迁陈州刺史。开元七年卒。新、旧《唐书》有传，张说为其撰墓志铭。韦嗣立诗文俱擅，《全唐诗》卷九一收录其诗八首，《全唐文》卷二三六收其文四篇，《唐文拾遗》卷一六补其文一篇。

韦恒　韦嗣立子。开元初为砀山令，为政宽惠，人吏爱之。擢拜监察御史，历度支左司等员外、太常少卿、给事中。二十九年（741），为陇右道河西黜陟使。出为陈留太守，未行而卒。新、旧《唐书》有传。《全唐文》卷三三〇收韦恒《对习星历判》一篇。

韦贞伯　韦济孙，韦逢子。贞元二年（786）为蓝田令，三年（787）五月迁舒州刺史，九年（793）为御史中丞，官至给事中。事迹散见《元和姓纂》卷二、《唐会要》卷七四、《册府元龟》卷七〇一、《全唐文》卷三九李翱撰《独孤朗墓志》。

韦述　撰写《韦济墓志》时题："族叔银青光禄大夫行工部侍郎述撰。"则其与韦济为同一族系。然《元和姓纂》与《新唐书·宰相世系表》都没有韦述的记载，其具体世系待考。韦述为唐代著名的文史学家，其事迹已见上文所述。《全唐诗》卷一〇八收其诗四首，《全唐文》卷三〇二收其文九篇。②

韦希损　据新出土墓志，韦希损，字又损，京兆杜陵人也。起家国子生擢第，补梁州城固主簿，历渭南、蓝田二县尉。诏除京兆府功曹，士叹后时也。尝应制和蔡孚《偃松篇》曰："大厦已成无所用，唯将献寿答尧心。"③按，墓志所收《偃松

---

① 吴钢：《隋唐五代墓志汇编》陕西卷第三册，天津古籍出版社，1991年，第107页；陕西省社会科学院、陕西省文物局：《陕西碑石精华》，第76页。

② 封演撰，赵贞信校注《封氏闻见记校注》卷一〇，中华书局，2005年，第94—95页。

③ 周绍良：《唐代墓志汇编》，第1219页。

篇》，《全唐诗》不载，陈尚君《全唐诗续拾》卷九收入。

（二）唐代韦氏家族文学的士族风尚

从上面的叙述可以看出，韦氏家族中有诗文存世的作者共有八人，其中韦承庆与韦济墓志近年出土，使我们对他们的事迹与文学有了更为深层的了解，故上文作了专门论述。二人之外，韦氏小逍遥公房有诗文存世的文学人物还有韦思谦、韦嗣立、韦恒、韦贞伯、韦述、韦希损六人。他们的成就与地位虽不完全一样，但同样构成了以家族为纽带的文学群体，并成为唐代文学史的重要组成部分。同时，韦氏作为唐代士族的典型，其文学表现出明显的士族风尚。

1. 学行与创作的一致。韦氏一族的文学人物，首先是重视砥砺自己的学行。如韦嗣立最为时人称道者有两个方面：第一是学行甚高。"嗣立、承庆俱以学行齐名。长寿中，嗣立代承庆为凤阁舍人；长安三年，承庆代嗣立为天官侍郎，顷之又代嗣立知政事；及承庆卒，嗣立又代为黄门侍郎，前后四职相代。又父子三人，皆至宰相。有唐已来，莫与为比。"①第二是文章著名。"营别第骊山鹦鹉谷，帝临幸，命从官赋诗，制序冠篇，赐况优备，因封嗣立逍遥公，名所居曰清虚原幽栖谷。"②

2. 文学与学术的融合。韦氏一族，除了出现不少著名的文学人物外，还产生了著名的学者，在他们身上，体现了士大夫、学者与文学家融于一体的特点，这以韦述最为典型。《唐才子传》卷二《卢象传》云："同仕有韦述，为桑泉尉。时诏求逸书，命述等编校于朝元殿。后为翰林学士，有诗名，今亦传焉。"③其作史学著作，亦颇善于叙事，晁公武《郡斋读书志》云："《集贤注记》二卷。右唐韦述撰。述在集贤四十年。天宝丙申，撰院中故事，修撰书史之次及孝明学士名氏。颇善叙事。"④韦述的著述精神也是值得称道的，唐封演《封氏闻见记》云："著作郎孔至，二十传儒学，撰《百家类例》，品第海内族姓，以燕公张说为近代新门，不入百家之数。驸马张垍，燕公之子也，盛承宠眷。见至所撰，谓弟埱曰：'多事汉，天下族姓何关尔事，而妄为升降！'埱素与至善，以兄言告之。时工部侍郎韦述，谙练士族，举朝共推。每商榷姻亲，咸就咨访。至书初成，以呈韦公，韦公以为可行也。及闻垍言，至惧，将追改之，以情告韦。韦曰：'孔至休矣！大丈夫奋笔将为千载楷则，奈何以一

①《旧唐书》卷八八，第 2873—2874 页。

②《新唐书》卷一一六，第 4233 页。

③ 傅璇琮主编《唐才子传校笺》卷二，中华书局，1987 年，第 243 页。

④ 孙猛：《郡斋读书志校证》卷七，上海古籍出版社，1990 年，第 317 页。

言而自动摇。有死而已,胡可改也!'遂不复改。"

3. 应制与交往。韦氏属于高门望族,身为官员者不少,有的甚至是高官或京官,故而能置身于宫廷的环境,并常与著名文人和士大夫交往,有时还能接近皇帝,作一些应制诗。韦嗣立现存诗八首,其中有三首是应制诗:《上巳日祓禊渭滨应制》《奉和初春幸太平公主南庄应制》《奉和九日幸临渭亭登高应制得深字》。韦述现存诗四首中也有《奉和圣制送张说上集贤学士赐宴赋得华字》诗。韦济仅存的一首诗即是《奉和圣制次琼岳应制》。《韦希损墓志》称其"尝应制和蔡孚《偃松篇》曰:'大厦已成无所用,唯将献寿答尧心'",也是一首应制诗。今考《太平御览》记载:"蔡孚赋《偃松篇》,玄宗赐和,御书刻石记之,公卿咸和焉。"①又《古今事文类聚》别集卷五《玄宗和诗》条:"开元初,蔡孚赋东海龙兴观《偃松篇》,玄宗赐和,御书刻石记之。"②知蔡孚先作《偃松篇》,唐玄宗赐和,随后群臣应制。然玄宗之《偃松诗》,今已不存。张说有《遥同蔡起居偃松篇》,又新出土卢照邻之弟《卢照己墓志》有"时圣制《平胡诗》《偃松诗》二章,词臣毕和,君感音进和。上深叹美,赐物四十段"③,说明蔡孚《偃松篇》的相互应制应和,在当时朝廷上下产生了广泛的影响。可见应制诗在韦氏家族诗人的诗作中占了很大的比重。

交往方面,韦承庆与韦济的交往已见前述。韦恒与大诗人王维颇有交往,王维有《韦给事山居》诗④,又有《同卢拾遗韦给事东山别业二十韵给事首春休沐维已陪游及乎是行亦预闻命会无车马不果斯诺》诗,韦给事即韦恒。诗有"侍郎文昌宫,给事东掖垣"句⑤,知其与韦恒、韦济兄弟交好。诗中的"东山别业"是韦氏家族的主要居所,更是韦氏家族文人绾结政治与文学的重要基地,在这里,韦氏家族的重要诗人创作了辉煌的唐诗篇章,在初盛唐的诗坛上占有一席地位。"从景龙三年到天宝七年,近五十年的时间,东山别业一直是韦嗣立家族政治地位的象征,也是韦氏家族文学发展的见证。"⑥

---

① 李昉:《太平御览》卷九五三,中华书局,1960年,第4233页。

② 祝穆:《古今事文类聚》别集卷五,四库全书本,第927册,第574页。

③ 赵力光:《西安碑林博物馆新藏墓志汇编》,线装书局,2007年,第286页。

④ 顾起经注:"按韦给事即韦嗣立子恒也,嗣立有骊山别第,谓之东山别业,即给事山居也。"(《王维集校注》卷二,第117页)

⑤ 陈铁民:《王维集校注》卷二,第119页。

⑥ 王伟:《唐代京兆韦氏家族与文学研究》,西北大学博士生学位论文,2009年,第157页。

四　韦应物家族墓志的再探讨

韦应物家族的四方墓志，是最近出土的最为重要的唐代诗人墓志，也是近百年来唐代石刻文献最重要的收获之一。刚一出土，就引起了学术界的重视，2007年10月24日至26日，在西安举行的"纪念西安碑林920周年华诞国际学术研讨会"上，首次披露了这一组墓志，引起与会者的重视。在墓志公布于《文汇报》的同时，陈尚君、马骥等撰写了一组文章，对其价值进行了衡定与论证。①本文则就韦应物家族墓志的撰者与韦诗评价两个方面，再作进一步申述。

（一）墓志撰者

韦氏四方墓志的撰者，都是当时著名的人物。韦应物墓志题撰者："守尚书祠部员外郎骑都尉赐绯鱼袋吴兴丘丹撰。"按，丘丹是唐代著名的诗人，并且也是文学世家。《元和姓纂》卷五："邱俊居吴兴乌程。松江太守邱灵鞠生迟，梁永嘉太守。五代孙仲昇，唐武临尉。宋西卿侯邱道让，亦俊后。七代孙悦，岐王傅，昭文学。右常侍邱为，吴郡人；弟丹，仓部员外。"②《郎官石柱题名考》仓部员外郎、祠部员外郎均有丘丹题名。《全唐诗》卷三〇七《丘丹小传》："丘丹，苏州嘉兴人，诸暨令，历尚书郎，隐临平山，与韦应物、鲍防、吕渭诸牧守往还，存诗十一首。"③其与韦应物赠还诗有：《和韦使君秋夜见寄》《奉酬韦苏州使君》《和韦使君听江笛送陈侍御》、《奉酬韦使君送归山之作》《奉酬重送归山》。而韦应物诗则有：《秋夜寄丘二十二员外》《赠丘员外二首》《复理西斋寄丘员外》《送丘员外还山》《重送丘二十二还临平山居》《送丘员外归山居》。丘丹贞元十二年（796）撰志时官职为"守尚书祠部员外郎骑都尉赐绯鱼袋"，亦可补《郎官石柱题名考》之缺。

《故夫人河南元氏墓志铭》，题署："朝请郎前京兆府功曹参军韦应物撰并书。"元氏葬于大历丙辰，即大历十一年，其时韦应物在京兆府功曹参军任上。傅

---

① 陈尚君《韦应物一家墓志的学术价值》、马骥《新发现的唐韦应物夫妇及子韦庆复夫妇墓志简考》，均载《文汇报》2007年11月4日第8版。陈尚君文指出了这组墓志价值的三个方面：一是提供了韦应物生平的基本线索；二是韦妻元蘋墓志，为韦应物亲自撰文并书写，抒写了对于亡妻的深切悼念，且留下了诗人的书迹；三是提供了唐代士族文化传承的珍贵个案。马骥文系论述了五个方面：（1）关于韦应物的世系；（2）关于韦应物的身世；（3）关于韦应物的夫人；（4）韦应物的儿子韦庆复；（5）关于丘丹及其对韦诗的述评。

② 林宝：《元和姓纂》卷五，第707页。

③《全唐诗》卷三〇七，第3480页。

璇琮先生《韦应物系年考证》以韦应物大历九年至大历十二年为京兆府功曹①,与墓志题署吻合。《元蘋墓志》的出土,更值得珍视的一个方面是我们对于韦应物的书法有了更进一步了解。马骥先生说:"特别值得珍视的是,元蘋的墓志志文是韦应物亲自书写的,让我们首次欣赏到诗人工整自然、端庄凝重和带有明显魏碑风格的楷书作品。……诗人为唐代士族出身,其父又是知名画家,从小受到良好教育,而书翰之道又是必不可少的基本训练。我们从墓志文字的用笔和结体中可以看得非常清楚。"②

《唐故监察御史里行河东节度判官赐绯鱼袋韦府君墓志》,题署:"外生前乡贡进士杨敬之撰。"杨敬之是唐代著名的文学家,并在科举与文学两方面,都取得了极大的成功。《新唐书·杨敬之传》:"敬之字茂孝,元和初,擢进士第,平判入等,迁右卫胄曹参军。累迁屯田、户部二郎中。坐李宗闵党,贬连州刺史。文宗尚儒术,以宰相郑覃兼国子祭酒,俄以敬之代。未几,兼太常少卿。是日,二子戎、戴登科,时号'杨家三喜'。转大理卿,检校工部尚书,兼祭酒,卒。敬之尝为《华山赋》示韩愈,愈称之,士林一时传布,李德裕尤咨赏。敬之爱士类,得其文章,孜孜玩讽,人以为癖。雅爱项斯为诗,所至称之,繇是擢上第。"③据清徐松《登科记考》卷一七,元和二年进士科:"杨敬之,《新书·杨凭传》:'敬之元和初擢进士第,平判入等。'柳宗元《与杨京兆凭书》童宗说注:'杨凌子敬之,字茂孝,常为《华山赋》,韩愈称之。中元和二年进士。'"④此志撰于元和四年(809),称"前乡贡进士",则是及第后尚未释褐之时,已露出文学才华。杨氏自称关西杨震的后代,为名门之后,是颇有声名的文学家族,因此韦、杨相互为姻亲,也是唐代士族风尚的一种表现。

《唐故河东节度判官监察御史京兆韦府君夫人闻喜县太君玄堂志》,题署:"孤子将仕郎前监察御史里行退之奉述。"韦退之是韦应物之孙,《新唐书·宰相世系表》四上有著录,但未署官职,此称其为"监察御史里行",是会昌六年(846)撰志时的官职,可补史书不足。又其在墓志中自述:"小子以明经换进士第,受业皆不出门内。"也可补《登科记考》之缺。

(二)诗文评价

丘丹所撰《韦应物墓志》云:"所著诗词、议论、铭颂、记序,凡六百余篇行于当

① 傅璇琮:《唐代诗人丛考》,中华书局,1980年,第288–291页。

② 马骥:《唐韦应物书元蘋墓志》,《书法丛刊》2007年第6期,第39页。

③ 《新唐书》卷一六〇,第4971–4972页。

④ 徐松:《登科记考》卷一七,中华书局,1984年,第621页。

时。""公诗原于曹刘,参于鲍谢,加以变态,意凌丹霄,忽造佳境,别开户牖。"这一评价的内涵有两个主要方面:

其一是韦应物对诗文各体多所擅长。现存的《韦应物集》存诗尚有六百余首,其文则大多失传,仅《全唐文》卷三七五收其《冰赋》一篇。陶敏、王友胜所撰的《韦应物集校注》,仅辑得其《大唐故东平郡钜野县令顿丘李府君墓志铭并序》一篇。今新出土韦应物所撰《故夫人河南元氏墓志铭》就弥足珍贵了。①这篇墓志,最感人之处,在于抒写真情,且通过两个方面表现:一是其女儿的感受:"又可悲者,有小女年始五岁,以其惠淑,偏所恩爱,尝手教书札,口授《千文》。见余哀泣,亦复涕咽。试问知有所失,益不能胜。天乎忍此,夺去如弃。"二是韦应物自己的感受:"余年过强仕,晚而易伤。每望昏入门,寒席无主,手泽衣腻,尚识平生,香奁粉囊,犹置故处,器用百物,不忍复视。又况生处贫约,殁无第宅,永以为负。日月行迈,云及大葬,虽百世之后,同归其穴,而先往之痛,玄泉一闭。"历代研究者对于韦诗颇为重视,而对韦文则知之甚少,今所见虽仅有两篇,难以窥见韦文之全豹,但也在一定程度上补充了这一领域的空白。陈尚君云:"抒写了对于亡妻的深切悼念,且留下了诗人的书迹。在韦应物诗集中,有十九首悼亡诗,历来为学者所重视,认为是潘岳《悼亡诗》以后最真切的追忆亡妻的作品。但存世文献中没有关于韦妻家世生平以及与其婚姻始末的具体记载。元蘋墓志以平实细腻的文笔写出妻亡后的悲痛心情,是唐人墓志中难得的抒情佳作,与其悼亡诸诗颇可印证,可以进一步解读的内容很丰富。"②马骥云:"志文格式打破常规,用大段篇幅来表达对夫人怀念和悲痛之情,共约七百字的志文,就有四百字用来悼亡,其中一些词句感人至深。……由此使人联想到《韦应物诗集》中,有历来为学者所重视的悼亡诗十九首,感情诚挚感人。如《伤逝》诗中云:'念我室中人,逝去亦不回。结发二十载,宾敬如始来。'志文与悼亡诗可相互印证,是唐人墓志中难得的抒情佳作。"③

其二是论述了韦应物的诗歌渊源。"'原于曹刘'之'曹刘',当指三国时期的曹植和刘桢,二人皆为建安作家中成就最高者。曹植为曹操之子。刘桢,字公干,东平宁阳人,建安中为曹操军谋祭酒掾,建安二十二年卒,有集四卷。后人常'曹

---

① 韦应物佚文,笔者尚见拓片《随故永嘉郡松阳县令宇文府君墓志铭并序》,末署:"朝请郎、行河南府洛阳丞韦应物撰并书,□永泰元年、岁次乙巳、十月丁酉朔、十三日己酉迁记。"亦颇资于韦应物生平之考证。

② 陈尚君:《韦应物一家墓志的学术价值》,《文汇报》2007年11月4日第8版。

③ 马骥:《唐韦应物书元蘋墓志》,《书法丛刊》2007年第6期,第39页。

刘'并称。刘勰《文心雕龙·比兴》：'至于扬班之伦，曹刘以下，图状山川，影写云物。''参于鲍谢'之'鲍谢'，是指南朝刘宋时期的代表诗人鲍照和谢灵运。鲍谢二人皆为'元嘉三大家'中人，在中国文学史上皆有定评，不赘。丘丹的评价，对于我们现今研究韦诗艺术风格的形成，无疑有着非常重要的价值。"①韦应物墓志中的"原于曹刘，参于鲍谢"这一表述，实则是说其诗主要渊源于汉魏，又有融会晋宋的长处。这一方面，前人也有一定的认识，且表现出三种趋向：

第一，渊源于汉魏。唐人李肇《唐国史补》称："韦应物立性高洁，鲜食寡欲，所居焚香扫地而坐。其为诗驰骤建安以还，各得其风韵。"②明人陆时雍《唐诗镜》评《西郊燕集》诗："此诗气格加遒，便可追踪邺下。"③张谦宜在《绹斋诗谈》中评《郡斋雅集》诗："莽苍中森秀郁郁，便近汉魏。"④

第二，渊源于晋宋。宋人包恢《敝帚稿略》言："唐称韦、柳有晋、宋高风，而柳实学陶者。"⑤元人倪瓒在《谢仲野诗序》中言："韦柳冲淡萧散，皆得陶之旨趣，下此是王摩诘矣。"⑥清人叶矫然《龙性堂诗话》云："韦诗古澹见致，本之陶令，人所知也。集中实有蓝本大谢者，或不之觉，特为拈出。……则依依晋宋诸公佳致。"⑦

第三，渊源于汉魏晋宋。这一方面，唐人也已有所认识，孟郊《赠苏州韦郎中使君》诗："谢客吟一声，霜落群听清。文含元气柔，鼓动万物轻。嘉木依性植，曲枝亦不生。尘埃徐庾词，金玉曹刘名。章句作雅正，江山益鲜明。萍蘋一浪草，菰蒲片池荣。曾是康乐咏，如今寡其英。顾惟菲薄质，亦愿将此并。"⑧孟郊指出韦应物摄取曹(曹植)刘(刘桢)、徐(徐陵)庾(信)和谢灵运之长而融化之。明人顾璘批点《唐音》言："韦公古诗当独步唐室，以其得汉魏之质也，其下者亦在晋宋之间。"⑨清人林昌彝《海天琴思续录》称："汉魏晋人诗气息渊永，风骨醇茂，唐人诗拟之惟苏州。"⑩

① 马骥：《新发现的唐韦应物夫妇及子韦庆复夫妇墓志简考》，《文汇报》2007 年 11 月 4 日第 8 版。

② 李肇：《唐国史补》卷下，上海古籍出版社，1979 年，第 55 页。

③ 陆时雍：《唐诗镜》，《四库全书》本，第 1411 册，第 690 页。

④ 张谦宜：《绹斋诗谈》卷五，《清诗话续编》本，上海古籍出版社，1983 年，第 850 页。

⑤ 包恢：《敝帚稿略》卷二，民国宜秋馆校刊本，第 2A 页。

⑥ 倪瓒：《清閟阁全集》卷一〇，《摛藻堂四库全书荟要》本，第 3B 页。

⑦ 叶矫然：《龙性堂诗话续集》，《清诗话续编》本，上海古籍出版社，1983 年，第 1008 页。

⑧ 孟郊：《孟东野诗集》卷六，人民文学出版社，1959 年，第 99 页。

⑨ 顾璘评点《唐音评注》，河北大学出版社，2006 年，第 150 页。

⑩ 林昌彝：《海天琴思续录》，上海古籍出版社，1983 年，第 135 页。

　　韦应物墓志中丘丹的评价,说明韦诗是转益多师的,其高处在追溯汉魏,并非模拟六朝。更重要的是,他在曹、刘、鲍、谢的基础上,"加以变态,意凌九霄,忽造佳境,别开户牖",这样才使得自己在诗坛上独树一帜。墓志评韦诗仅寥寥数语,却将其渊源、风格,与其推动诗坛风气转变的作用,都作了精当的概括,无疑对我们现在研究唐代诗歌史具有很大的启迪意义。此外,墓志中评论韦应物诗者,还有一则,可供参考:《唐代墓志汇编》咸通〇二一《唐故处州刺史赵府君(璜)墓志》:"先君韦氏之出,堂舅苏州刺史应物,道义相契,篇什相知,舅甥之善,世少比。佐盐铁府,官至监察御史里行。"①

　　唯韦应物墓志中称其"参于鲍谢",也就是说在一定程度上受到鲍照和谢灵运的影响。而韦诗与鲍诗的传承关系,一直没有受到世研究者的重视,故这里拟作申论。韦应物墓志之所以评述韦应物"参于鲍谢",主要有两个方面因素,一是鲍照和谢灵运在当时齐名,具有很高的诗坛地位,故而以之比拟韦应物;二是就山水诗而言,韦应物与鲍照、谢灵运也有共通之处。至于韦应物实受陶渊明的影响较大,而墓志中并没有提及,盖因为陶渊明在唐代以前,地位与影响并没有像鲍谢二人那样受到人们尊崇。

　　先就第一方面看,"鲍谢"都是元嘉诗坛领袖。当时"元嘉三大家",即指鲍照、谢灵运和颜延之。他们的诗风虽不尽相同,但在描写山川景物与讲究清新华美方面,亦有一致之处。《诗人玉屑》卷一二《评鲍谢诸诗》:"为诗欲词格清美,当看鲍照、谢灵运。"②后人也往往将"鲍谢"并称,如杜甫《遣兴》诗:"赋诗何必多,往往凌鲍谢。"韩愈《荐士》诗:"逶迤抵晋宋,气象日凋耗。中间数鲍谢,比近最清奥。"鲍照和谢灵运各有特长。清人方东树《昭昧詹言》不仅将其并称,而较其异同:"鲍、谢两雄并峙,难分优劣。谢之本领,名理境界,肃穆沉重,似稍胜之,然俊逸活泼亦不逮明远。作诗文者,能寻求作者未尽之长,引而仲之,以益吾短,于鲍、谢两家尤宜,观之杜公可见。又明远诗似有不亮之句及冗剩语,康乐无之。"③

　　再从第二方面看,韦应物对鲍照也有承袭之处。其一是山水诗的继承。鲍照在晋宋之际"庄老告退,山水方滋"的诗坛背景之下,也是一位著名的山水诗人。钟嵘《诗品》云:"宋参军鲍照,其源出于二张,善制形状写物之同。得景阳之淑诡,含茂先之靡嫚。骨节强于谢混,驱迈疾于颜延。总四家而擅美,跨两代而孤出。"④

---

①　周绍良:《唐代墓志汇编》,第 2393—2394 页。

②　魏庆之:《诗人玉屑》卷一二,上海古籍出版社,1978 年,第 250 页。

③　魏庆之:《诗人玉屑》卷一二,第 250 页。

④　陈延杰:《诗品注》卷下,人民文学出版社,1961 年,第 47 页。

其中称其"善制形状写物之同",主要是就其山水诗而言。只是与陶相比,在平淡之中加上了奇崛的特点;与谢相比,在状物之外加上了瑰丽的风格。这与韦应物诗自有相通之处。其二是平淡风格以外的诗歌,韦应物和鲍照一致的地方更多。如鲍照的诗风奇崛俊逸,这方面的代表诗作如《拟行路难》是人所共知的。而韦应物的诗如《寄畅当》:"寇贼起东山,英俊方未闲。闻君新应募,籍籍动京关。出身文翰场,高步不可攀。青袍未及解,白羽插腰间。昔为琼树枝,今有风霜颜。丈夫当为国,破敌如摧山。何必事州府,坐使鬓毛斑。"①《送冯著受李广州署为录事》:"郁郁杨柳枝,萧萧征马悲。送君灞陵岸,纠郡南海湄。名在翰墨场,群公正追随。如何从此去,千里万里期。大海吞东南,横岭隔地维。建邦临日域,温燠御四时。百国共臻奏,珍奇献京师。富豪虞兴戎,绳墨不易持。州伯荷天宠,还当翊丹墀。子为门下生,终始岂见遗。所愿酌贪泉,心不为磷缁。上将玩国士,下以报渴饥。"②其俊逸的情调和凌厉的气势,足以和鲍照的名篇媲美。

(原载《文学与文化》2012 年第 3 期)

---

① 陶敏、王友胜:《韦应物集校注》卷三,上海古籍出版社,1998 年,第 163-164 页。

② 陶敏、王友胜:《韦应物集校注》卷四,第 215 页。

《四库全书总目》明初闽诗人别集提要举正 *

何宗美

张之洞《輶轩语》曰："将《四库全书总目提要》读一过，即略知学问门径矣。"①但就是这样一部被当为"治学门径"的要著，迄今为止仍存在诸多未经考辨的问题。笔者近期专力于《四库全书总目》明人别集提要之订误，发现在明人别集提要中问题尤显突出，且罕为后人所辨证。以明初闽诗人别集提要五种为例，几乎无一篇无纰漏，一些对于以乾嘉学者之杰出代表著称于世的四库馆臣来说本不该有的"低级错误"或"硬伤"偶亦有之。由于《总目》的权威性，它一直被高频引用，事实上未经切实辨证的引用往往反起了以讹传讹的作用。为此，本文对《总目》明初闽中蓝仁、蓝智、林鸿、王恭等重要诗人的诗文别集提要专作考订，去伪存真，正本清源，并希望借此引起学界对这部"权威"之作的审视。

一 蓝仁《蓝山集》提要

原文：《明史·艺文志》载仁集六卷，朱彝尊作《诗综》时，犹及见之。今外间绝少传本，杭世骏言吴焯家有之，(语详《蓝涧集》条下)然吴氏藏书今进入书局者未见此本，其存佚不可知。恐遂湮没，谨从《永乐大典》中采掇裒辑，得诗五百余篇，仍厘为六卷，以符原目，著之于录焉。②

今订：蓝仁之集见载者，《国史经籍志》谓"《蓝静之集》六卷"③，《徐氏红雨楼

作者简介：何宗美(1963—)，男，西南大学文学院教授。

* 本论文为国家社科基金重点项目 "《四库全书总目提要》的官学约束与学术缺失研究"(项目号：11AZW006)的阶段性成果。

① 司马朝军：《輶轩语详注》，华东师范大学出版社，2010年，第139页。

② 纪昀等：《钦定四库全书总目》卷一六九，中华书局，1997年，第2272页。

③ 焦竑：《国史经籍志》卷五，中华书局，1985年，第277页。

书目》谓"崇安蓝仁静之《蓝山集》"①,《千顷堂书目》谓"《蓝山集》六卷……集有蒋易、张榘二序"②,《明史》谓"《蓝仁诗集》六卷"③,朱彝尊《静志居诗话》谓"有《蓝山集》……惜其著作罕传矣"④,又说"《蓝山》、《蓝涧》二集,选家误有参错。今据明初雕本刊正"⑤。看来,《蓝山集》并没有"湮没"。《总目》所提杭世骏语,见《榕城诗话》,在《蓝涧集》提要中有引。杭氏曰:"《二蓝集》闽人无知者。何氏《闽书》:'蓝仁有《蓝山集》,蓝智有《蓝涧集》。'竹垞尝辑入《诗综》中,以为十子之先,闽中诗派实其昆友倡之。集本合刻。吴明经焯尝于吴门买得《蓝山集》,是洪武时刊,有蒋易、张榘二序,与竹垞言吻合。而《蓝涧集》究不可购,惟和辑《风雅》时,二蓝阙焉,则此集之亡久矣。"⑥后被清人辑入《全闽诗话》中。⑦据《明别集版本志》,国家图书馆、南京图书馆和重庆图书馆都藏有明嘉靖刻本《蓝山先生诗集》六卷。⑧今以重庆图书馆所藏嘉靖本来看,就比四库本多出一百多首诗。⑨可见,杭世骏所谓"此集之亡久矣"的说法,仅仅是限于他当时的眼界而言,四库馆臣受其影响,便得出了"其存佚不可知"的结论,实则不然。

二 蓝智《蓝涧集》提要

(1)原文:其字诸书皆作明之,而《永乐大典》独题性之,当时去明初未远,必有所据,疑作明之者误也。⑩

今订:《总目》以为蓝智字明之疑为误,仅仅依据《永乐大典》"去明初未远"来判断,这种方法是很不可靠的。今观宋禧《过崇安县留赠税使夏文敬》一诗有小序曰:"今年秋七月,予有闽中之行。廿三日入分水关,其暮抵崇安县驿而宿。明旦遇税使夏文敬于县郭中,文敬益都人,年未三十,既问予姓,而笑曰:'畴昔之夜,梦

① 徐㶿:《徐氏红雨楼书目》,上海古籍出版社,2005年,第382页。
② 黄虞稷:《千顷堂书目》卷一七,上海古籍出版社,2001年,第456页。
③ 张廷玉等:《明史》卷九九,中华书局,2000年,第1637页。
④ 朱彝尊:《静志居诗话》卷四,人民文学出版社,1990年,第90页。
⑤ 朱彝尊:《静志居诗话》卷四,第104页。
⑥ 杭世骏:《榕城诗话》卷中,福建人民出版社,2012年,第17页。
⑦ 郑方坤:《全闽诗话》卷六,福建人民出版社,2006年,第292页。
⑧ 崔建英:《明别集版本志》,中华书局,2006年,第496页。
⑨ 按,笔者学生吴文庆博士曾赴重庆图书馆查核,并抄录。又,陆心源《仪顾堂书目题跋汇编》卷一三《原本蓝山蓝涧集跋》:"此本从明刻本抄出,《蓝山集》多得诗一百五十余首。"(中华书局,2009年,第189页)
⑩ 纪昀等:《钦定四库全书总目》卷一六九,第2272页。

造蓝明之先生之庐,先生不见,见一人状貌若吾子者,在其门外官道上,吾问曰子何姓,曰姓宋,其梦若是。吾与子虽并生于世,而南北之居相去数千里而远,且生平素不相闻,何夜之所梦,旦之所见,其容其姓其邂逅之地,无一之不有征耶?是可异也。'予闻其语,亦有乐于中,乃赋七字八句诗一首以赠之。"①此言及崇安蓝明之即蓝智。又,刘炳《七夕对月,怀蓝明之、黄彦美、蒋师文先生》②,也提到"蓝明之",而另一人"蒋师文"恰是给蓝智之兄蓝仁之《蓝山集》作序的蒋易。宋禧、刘炳都是蓝智同时代的人,其中刘炳与蓝智有很深的交情。他们以"明之"称蓝智,是蓝智字明之的最有力的佐证。后来,《笔精》《列朝诗集小传》《静志居诗话》《全闽诗话》《明史》《福建通志》等皆作"字明之",是渊源有自的。

　　但这不能证明"字性之"的说法就一定是错误的。今据蓝智之友云松樵者为蓝智《书怀十首示小儿泽》所作跋语,称"友人蓝性之"③,则《永乐大典》题曰"性之"亦不为无据。不过,此或为四库馆臣擅自所改。如原文如此,则结论应该是:蓝智,字明之,一字性之。而"明之"改为"性之",或当避明朝国号之讳的缘故。

　　(2)原文:《明史·文苑传》附载《陶宗仪传》末,称洪武十年,以荐授广西按察司佥事,著廉声。志乘均失载其事迹。考集中有《书怀》诗十首,乃在粤时所作,以寄其子,云松樵者张榘为之跋,称其持身廉正,处事平允,三载始终无失。则史言著廉声者,当必有据。《刘彦昺集》有《挽蓝氏昆季诗》云"桂林持节还,高风振林谷",则晚年又尝谢事归里矣。④

　　今订:蓝智任广西按察司佥事,《笔精》载为"永乐中"⑤,《明史》载为洪武十年(1377)⑥,《广西通志》载为"洪武间任"⑦,诸家说法不一。《总目》以为"志乘均失载其事迹",并引录蓝智《书怀诗》及诗后跋语有所考据。但遗憾的是,《总目》误把作跋的云松樵者当成了蓝智之子,而蓝智诗题中明明提及其子名"泽",跋语的落款也明明称蓝智为"友人",这说明馆臣根本就没有认真读蓝智的诗和云松樵者的跋。另外,跋中对蓝智出任的时间有详载,也被馆臣所忽略。现录跋文如下:

---

　①　宋禧:《庸庵集》卷六,文渊阁《四库全书》第1222册,台湾商务印书馆,1986年,第430页。

　②　史简编《鄱阳五家集》卷一三,文渊阁《四库全书》第1476册,第458页。

　③　蓝智:《蓝涧集》卷一,《胡仲子集》外十种,上海古籍出版社,1991年,第845页。

　④　纪昀等:《钦定四库全书总目》卷一六九,第2272页。按,"以寄其子,云松樵者张榘为之跋",原标点为"以寄其子云松,樵者张榘为之跋",误。

　⑤　徐𤊹:《笔精》卷四,福建人民出版社,1997年,第111页。

　⑥　张廷玉等:《明史》卷二八五,第4896页。

　⑦　金鉷等:《广西通志》卷五三,文渊阁《四库全书》第566册,第539页。

"右友人蓝性之所作《书怀十诗》也。性之天赋淳美,学行超诣,尤长于诗。庚戌秋,以才贤荐授广西金宪。筮仕之初,即膺重选,非素有抱负者孰能当此任耶?性之持身廉正,处事平允,于今三载,始终无失,于吾道有光矣。今观是诗,述其平生力学之由、田园之趣,不以家事萦心,付之令子,惟以致君泽民为念,不远数千里,作此诗令其官属楷书以寄其子,忠孝之道两尽之矣。为其子者,诚能体此,熟玩服膺,以为训戒,庶几不负乃父愿望之深意,使人见之,莫不曰:'性之幸哉有子!'岂不韪欤? 尚其勉之。壬子季冬望日,云松樵者书。"①庚戌为洪武三年(1370),是蓝智出任广西金宪的确切时间。壬子为洪武五年(1372),是蓝智作《书怀诗》并寄其子的时间,当时他已在任三年。蓝智另有一诗《癸丑元夕柳州见梅忆泽》:"忽见繁花乱客愁,东风寂寞古龙州。故园稺子无消息,坐对寒江月满楼。"②此诗作于癸丑即洪武六年(1373),写的是作者思念其子蓝泽。此前寄诗而不得回音,故有此念。与《书怀诗》恰前后关联。同时,这也证实洪武六年作者正在广西任官,《笔精》和《明史》所载皆为错误,《总目》的疑惑也就有了解答。

(3)原文:智集原目已不可考。观焦竑《经籍志》所载,惟有《蓝静之集》,而《蓝涧集》独未之及。是明之中叶已有散佚,近亦未见传本……惟《永乐大典》各韵中所收尚夥,蒐辑哀缀,共得古今体三百余首。虽篇什不及《蓝山集》之富,而大略已见。谨以类编次,厘为六卷。俾其兄弟著作,均不致泯没于后世云。③

今订:《明史·艺文志》载有"《蓝智诗集》六卷"④,《静志居诗话》载有"明初雕本"⑤,《千顷堂书目》载有"蓝智《蓝涧集》六卷"⑥,《福建通志》载"蓝智《蓝涧集》"而未及卷数。⑦据《明别集版本志》,《蓝涧诗集》六卷,为明嘉靖五年(1526)重刻本,有张昶、张榘、蒋易三序,今藏于国家图书馆,另有清抄本藏于北大图书馆⑧。由此可见,《总目》"明之中叶已有散佚,近亦未见传本""泯没于后世"云云,并不足信。

---

① 蓝智:《蓝涧集》卷一,《胡仲子集》外十种,上海古籍出版社,1991年,第845页。
② 蓝智:《蓝涧集》卷六,《胡仲子集》外十种,第880页。
③ 纪昀等:《钦定四库全书总目》卷一六九,第2272页。
④ 张廷玉等:《明史》卷九九,第1637页。
⑤ 朱彝尊:《静志居诗话》卷四,第104页。
⑥ 黄虞稷:《千顷堂书目》卷一七,第456页。
⑦ 郝玉麟等:《福建通志》卷六八,文渊阁《四库全书》第530册,第444页。
⑧ 崔建英:《明别集版本志》,中华书局,2006年,第497–498页。

三　林鸿《鸣盛集》提要

(1)原文:明初,闽中善诗者有长乐陈亮、高廷礼,闽县王恭、唐泰、郑定、王褒、周元,永福王偁,侯官黄元,而鸿为之冠。号"十才子"。①

今订:"闽中十子"籍贯,《明史》所载与《总目》有异。《文苑传》林鸿本传载:"林鸿,字子羽,福清人……闽中善诗者,称十才子,鸿为之冠。十才子者,闽郑定,侯官王褒、唐泰,长乐高棅、王恭、陈亮,永福王偁及鸿弟子周玄、黄玄,时人目为二玄者也。"②又附载:"黄玄,字玄之,将乐人。闻鸿弃官归,遂携妻子居闽县。……周玄,字微之,闽县人。"③ 对照观之,有王恭、唐泰、王褒、黄玄(元)四人的籍贯,二书所载不一。考其出处,《总目》之说当源自《闽中十子诗》,该集有编者袁表所撰《闽中十子传》,于十子者皆详其籍里④,四库馆臣在《闽中十子诗》提要中取其说,叙曰:"闽中十子者,一曰福清林鸿,有《膳部集》;一曰长乐陈亮,有《储玉斋集》;一曰长乐高廷礼,有《木天清气集》、《啸台集》;一曰闽县王恭,有《白云樵唱》、《凤台清啸》、《草泽狂歌》诸集;一曰闽县唐泰,诗轶不传,散见《善鸣集》中;一曰闽县郑定,有《澹斋集》;一曰永福王偁,有《虚舟集》;一曰闽县王褒,有《养静集》;一曰闽县周元,有《宜秋集》,一曰侯官黄元,其集名不传。"⑤《鸣盛集》提要所叙十子籍贯与此相同,说明《总目》所本乃《闽中十子传》。

但《闽中十子诗》的编纂在《明史》之前,《明史》何以不沿袭其说必有其道理。朱彝尊《曝书亭集》卷六三《林鸿传》载:"林鸿,字子羽,福清人……闽中善诗者数,十才子鸿为之冠。十才子者,闽郑定,侯官王褒、唐泰,长乐高棅、王恭、陈亮,永福王偁及鸿弟子周玄、黄玄,时人目为二玄者也。"⑥朱彝尊曾参与纂修《明史》,今观《明史》与《曝书亭集》两篇《林鸿传》前前后后完全一致,知《明史》之传实出朱彝尊之手。不过,在《明诗综》中,唐泰为"福州闽县人",王褒"闽县人",王恭"闽县人",黄玄"侯官人"⑦,又与《曝书亭集》所载完全不同。这说明,朱彝尊对

---

① 纪昀等:《钦定四库全书总目》卷一六九,第2274页。

② 张廷玉等:《明史》卷二八六,第4903页。

③ 张廷玉等:《明史》卷二八六,第4904页。

④ 袁表、马荧:《闽中十子诗》卷首,福建人民出版社,2005年,第1—4页。

⑤ 纪昀等:《钦定四库全书总目》卷一八九,第2640页。

⑥ 朱彝尊:《曝书亭全集》,吉林文史出版社,2009年,第628页。

⑦ 朱彝尊:《明诗综》卷一○,中华书局,2007年,第421、422、429、435页。

闽中十子中这四人籍贯的说法本身存在矛盾,如按《明诗综》的说法则与《闽中十子诗》和《总目》的说法无异。《明诗综》受到钱谦益《列朝诗集》的影响,在《列朝诗集》中,唐泰、王褒、王恭皆"闽县人"①,黄玄为"侯官人",又说"其初为将乐人"②,《明诗综》基本上沿袭其说。

虽然《明诗综》较之同为朱彝尊所撰的《林鸿传》成书时间在后,但《林鸿传》作为朱氏纂修《明史》所撰篇目之一,写作上必当更重史实之考核,所以唐泰等人籍贯的异说亦必有原始材料可据。比如,王恭籍贯为长乐,就有同为明初的闽人林志《高漫士墓铭》明载:"闽三山林膳部鸿,独倡鸣唐诗,其徒黄元、周元继之以闻,先生与皆山王恭起长乐,颉颃齐名,至今闽中推诗人。"③又,与王恭同时同郡同官的林环《白云樵唱集序》亦云:"余家居时,闻吾闽之长乐有王先生恭者以诗鸣……来京师,获与长乐人士通籍于朝者交"④,乃王恭为长乐人之又一佐证。唐泰等其他数人的情况或亦类此,只是有待发现最原始可靠的材料以作考证。

(2)原文:此本为成化初鸿郡人温州知府邵铜所编,末有铜跋,称览其旧稿,慨然兴思,因详加校勘,补其阙略。然如张红桥"唱和诗词"事之有无不可知,即才人放佚,容或有之,决无存诸本集之理。此必铜撼小说妄增之。《梦游仙记》一首,疑亦寓言红桥之事,观其名目乃袭元稹《梦游春》诗,可以意会,铜亦附之简末,殊为无识。叶盛《水东日记》载铜天顺中为御史,以言事忤权奸,左迁知县。则其人亦铮铮者,或平生以气节自励,文章体例非所素娴欤!⑤

今订:邵铜《鸣盛集后序》作于成化三年,曰:"余自出守东瓯,每于听政之暇,览其旧稿,慨然兴思,因详加校勘,补其阙略,缮写成编,乃捐己俸,召工镂梓以传。"⑥序中未涉张红桥其人其事,其中有关诗作是否为邵铜"补"人,亦无记载。《词苑丛谈》引《闲情集》载张红桥与林鸿事曰:"张红桥,闽县良家女。常曰,欲得才如李青莲者事之。福清林鸿投诗称意,遂侍巾栉。鸿有金陵之游,作《念奴娇》词留别云:'钟情太甚,任笑吾到老,也无休歇。月露烟云都是恨,况与玉人离别!软语丁宁,柔情婉恋,镕尽肝肠铁。岐亭把酒,水流花谢时节。应念翠袖笼香,玉壶温

---

① 钱谦益:《明朝诗集》第4册,中华书局,2007年,第2061、2318、2295页。

② 钱谦益:《明朝诗集》第4册,第2045页。

③ 黄宗羲:《明文海》卷四二九,上海古籍出版社,1994年,第168页。

④ 王恭:《白云樵唱集》卷首,《鸣盛集》外八种,上海古籍出版社,1991年,第84页。

⑤ 纪昀等:《钦定四库全书总目》卷一六九,第2274页。

⑥ 林鸿:《鸣盛集》卷末,上海古籍出版社,1991年,第82页。

酒,夜夜银屏月。蓄喜含嗔多少态,海岳誓盟都设。此去何之?碧云春树,晚翠千
千叠。图作羁思,归来细与伊说。'红桥次韵以答之云:'凤凰山下,恨声声玉漏,今
宵易歇。三叠《阳关》歌未竟,哑哑栖乌催别。含怨吞声,两行清泪,渍透千重铁。柔
情一缕,不知多少根节。还忆浴罢描眉,梦回携手,踏碎花间月,谩道胸前怀荳蔻,
今日总成虚设。桃叶津头,莫愁湖畔,远树云烟叠。寒灯旅邸,荧荧与谁闲说!'后
红桥竟以念鸿而死,遗稿中有《蝶恋花》半阕云:'记得红桥西畔路,郎马来时,系
在垂杨树。漠漠梨云和梦度,锦屏翠幕留春住。'"①朱彝尊《明诗综》载张红桥"红
桥闽县人,膳部林鸿外室",并收录其诗《遗林鸿》一首:"一南一北似飘蓬,妾意君
心恨不同。他日归来也无益,夜台应少系书鸿。"②林鸿《鸣盛集》有《挽红桥》
诗③,另有《咏怀》十二首亦为咏红桥之作④,《玉漏迟》词自注曰:"记红桥故人春
游。"⑤这说明林鸿与张红桥事并非小说家的杜撰,邵铜在整理《鸣盛集》时不可
能任意删除相关作品,如果删除了反倒是邵铜的错,四库馆臣的苛求完全没有道
理。《总目》引叶盛《水东日记》所载邵铜遭贬事见于该书卷一七⑥,但"其人亦铮
铮者"未必就一定"文章体例非所素娴",二者之间不存在任何必然的逻辑。另,
《梦游仙记》今不见于四库本《鸣盛集》,或为馆臣所删。幸邵铜刻本今尚传世,中
山大学图书馆有藏⑦,可待核校之。

四　王恭《白云樵唱集》提要

(1)原文:恭字安中,闽县人。⑧

今订:王恭为长乐人,前已在《鸣盛集》提要据林志《高漫士墓铭》、林环《白云
樵唱集序》加以订正。

(2)原文:其诗凡三集:一曰《风台清啸》,乃官翰林以后作。此集及《草泽狂
歌》,则皆未仕以前所作。恭没之后,湮晦不传。成化癸卯南京户部尚书黄镐蒐恭

---

①　徐釚:《词苑丛谈》卷一二,王百里校笺,人民文学出版社,1988年,第660页。
②　朱彝尊:《明诗综》卷八四,第4145页。
③　林鸿:《鸣盛集》卷三,上海古籍出版社,1991年,第56页。
④　林鸿:《鸣盛集》卷四,第71—72页。
⑤　林鸿:《鸣盛集》卷四,第79页。
⑥　叶盛:《水东日记》卷一七,中华书局,1980年,第171页。
⑦　崔建英:《明别集版本志》,第564页。
⑧　纪昀等:《钦定四库全书总目》卷一六九,第2274页。

遗稿,始得此集于吏部郎中长乐黄汝明家。因属汝明编次,分为前后二集。卷首有永乐三年林环旧序,兼为三集而作者。序中所列次第,以此集为首,知其诗在《草泽狂歌》以前。卷末又有永乐中林蕙诸人所作皆山樵者传、赞、辞、说,则刻成之后,续为增入者也。①

今订:林环序自谓作于永乐九年(1411),《总目》谓"永乐三年"有误。序曰:"永乐四年,朝廷方开石渠,广延天下士,先生以荐至,相见于玉堂之署。观其神清体癯,须鬓如雪,葛巾野服,翛然如孤鹤振鹭,知为风尘表物,得造化清气盖多也……无何,果以诗名彻宸听,得翰林典籍。余益信天之所以昌先生之诗者有在,而又信诗果不能穷人也。退直之暇,因得先生合集,观之有所谓《白云樵唱》《草泽狂歌》《风台清啸》,凡若干卷……永乐九年春二月吉旦赐进士及第翰林院修撰莆田林环崇璧序。"②又,曾棨《皆山樵者辞》载:"朝廷大征天下儒硕,兴石渠虎观之事,闽中以恭应诏。余时代匮词林,得与恭相识……事毕告而归,过予言别,作《皆山樵者辞》以送之。"并署撰文时间为"永乐五年龙集丁亥季夏立秋日"。③结合这两段材料,王恭应诏入京是在永乐四年(1406),次年立秋前即告老还乡。林环得见王恭三集是在"退直之假",即王恭居京时期。成化间周瑛《题王皆山白云樵唱后》云:"国初,闽中有十才子,皆以诗鸣,或云皆山即其派也。十才子诗,去今未百年,皆散落无存。而皆山有《风台清啸》《草泽狂歌》《白云樵唱》凡数种,《樵唱》近存。吏部郎中黄君汝明所问多讹舛,大司徒黄公见而叹曰:'贤哲凋谢,声光犹存,吾生长里中,不为表章,何以酬故老?'因以元稿托汝明编次成集,付户部郎中陈君孟明校正之。公将梓行,以吾莆林殿元、长乐东选部尝序先生全集矣,乃自为序,而命瑛题其后……公学博而才赡,官高而力巨,他日博访诸作而类集之,芟繁摘要,取纯去驳,俾成一家书,以训吾党小子,则闽中诗学又不可谓无师承也。"④《总目》关于王恭集刻行情况的叙述,可据此文。但《总目》以《白云樵唱集》在林环序中所列次第为首,即断为写作时间在《草泽狂歌》之前则不一定。以此为例,王恭三集的排序就与林环序不同。又,黄镐《白云樵唱集跋》曰:"右皆山樵者传、赞、辞、说,乃前辈解大绅、王孟扬、曾子棨、林慈、林仲贞诸先生为王皆山先生作也。皆山先生善鸣于诗,遗有《白云樵唱》诗稿,予已为之版行。又得福州举人吴镭以

---

① 纪昀等:《钦定四库全书总目》卷一六九,第2274—2275页。
② 王恭:《白云樵唱集》卷首,《鸣盛集》外八种,上海古籍出版社,1991年,第84—85页。
③ 王恭:《白云樵唱集》附录,《鸣盛集》外八种,第208页。
④ 周瑛:《翠渠摘稿》卷四,《枫山集》外四种,上海古籍出版社,1991年,第789—790页。

此文寄到南京,予重前辈之文章,而益信皆山先生之才之德,足为后学之模范也,遂录此附于《白云樵唱》之后。成化癸卯十有二月后学九仙山人黄镐跋。"①据此,黄镐刻《白云樵唱集》在前,作跋在后(癸卯为成化十九年),故《总目》"成化癸卯,南京户部尚书黄镐蒐恭遗稿,始得此集于吏部郎中长乐黄汝明家。因属汝明编次,分为前后二集"的说法在时间表述上亦属不确。

五　王恭《草泽狂歌》提要

(1)原文:按恭所作三集,《凤台清啸》已不传,故《千顷堂书目》有其名而阙其卷数。范氏天一阁藏本,仅存其《白云樵唱》,而无此集。此集出自秀水汪氏,盖几佚而仅存也。大致与《白云樵唱》相近,而中年所作,情思较深。②

今订:《福建通志》载:"王恭《草泽狂歌》《凤台清啸》《白云樵唱》共三十卷。"③又,《石仓历代诗选》卷二九八:"王安中诗,刻十子集之外,又有《草泽狂歌》一册,徐兴公属予选之附于其后。"④ 又:"林应聘跋云,王典籍《草泽狂歌》,向未登木,徐惟和得自张海城先生,不啻若拱璧,然乃抄录未竟而逝。予藏箧中,不忍阅视,伤人琴之亡也。顷虑散佚,强泪抄成,仍送之绿玉斋,以成惟和之志,盖亦效挂剑徐君云尔。万历壬寅秋七月志尹氏题。"⑤据此则王恭集特别是《草泽狂歌》的存佚情况未尽如《总目》所说。

又,作于永乐五年(1407)的曾棨《皆山樵者辞》,谓"皆山樵者……今年六十余矣"⑥,而四库馆臣在《白云樵唱集》提要中说《草泽狂歌》作于《白云樵唱集》之后,今据《白云樵唱集》卷二《龙龛龙集并序》署"永乐甲申六月十又四日"⑦,则《草泽狂歌》至少作于此年即永乐二年(1404)年后,时王恭年龄在六十年左右,《总目》称"中年所作"有误。要么,《草泽狂歌》写作在《白云樵唱集》之前,这样的话,《总目》在《白云樵唱集》提要所说的"以此集为首"则又不能成立。

(2)原文:《静志居诗话》尝摘举其集中佳句数联,然如"渭水寒流秦塞晚,灞

① 王恭:《白云樵唱集》附录,《鸣盛集》外八种,第208页。
② 纪昀等:《钦定四库全书总目》卷一六九,第2275页。
③ 郝玉麟等:《福建通志》卷六八,文渊阁《四库全书》第530册,第423页。
④ 曹学佺:《石仓历代诗选》卷二九八,文渊阁《四库全书》第1391册,第237页。
⑤ 曹学佺:《石仓历代诗选》卷二九八,文渊阁《四库全书》第1391册,第237页。
⑥ 王恭:《白云樵唱集》附录,《鸣盛集》外八种,第208页。
⑦ 王恭:《白云樵唱集》卷二,《鸣盛集》外八种,第135页。

陵残雨汉原秋"，"樱桐叶上惊新雨，砧杵声中忆故园"，"几处移家惊落叶，一年归梦在孤舟"诸句，皆诗家常语。至"云归独树天边小，雪罢孤峰鸟外青"句，则"小"字形容颇拙，"罢"字节次未明。又"鸟外明河秋一叶，天涯凉月夜千峰"句，尤为疵累。夫昼见飞鸟，不见明河；夜见明河，不见飞鸟，上四字自不相贯。一叶落而知秋，不系乎明河。天河夏月已明，不系乎落叶，下三字亦不相属。盖兴之所到，偶然拈及，不足以尽其所长。读恭诗者，毋执是以"刻舟求剑"可矣。①

今订：《总目》所谓"《静志居诗话》尝摘举其集中佳句数联"见于该书卷三"王恭"条附录，原曰："林衡者云：'皆山善得中唐之韵，如'渭水寒流秦塞晚，灞陵残雨汉原秋'，'他乡见月长为客，别路逢霜半在船'，'鸟外明河秋一叶，天涯凉月夜千峰'，'云归独树天边小，雪罢孤峰鸟外青'，'驿馆夜残明候火，市楼霜晓度寒砧'，'樱桐叶上惊新雨，砧杵声中忆故园'，'几处移家惊落叶，一年归梦在孤舟'，'帆飞楚水舟中饭，梦绕淮树山里行'，均有大历十子遗音。'"②据此可知，"摘其集中佳句"者不是朱彝尊《静志居诗话》，而是该书引林衡者之语，同时林衡者举王恭诗句为例，旨在说明"善得中唐之韵""均有大历十子遗音"的特点。

另，林氏所摘诸联，除"渭水"二句出《草泽狂歌》卷四《送友人流西源》外，"他乡"二句、"鸟外"二句、"云归"二句、"驿馆"二句、"樱桐"二句、"几处"二句、"帆飞"二句分别出自《白云樵唱集》卷三《送别林彦时之建上》《初秋寄清江林崇高先辈》《道人延翠轩》《送林彦时谢得圭之建上》《寄凤池故人锺大》《次韵答黄嗣杰》《送僧试经赴金陵》诸诗。《总目》是在《草泽狂歌》提要而不是在《白云樵唱集》提要来摘录和评价这些诗句，特别是馆臣贬斥的"云归""鸟外"二联皆出《白云樵唱集》，显然颠倒了对象，理当放在《白云樵唱集》提要中更合适。

再者，"云归"二句整首诗《道人延翠轩》曰："山水婵娟扫黛屏，清晖迢递到柴荆。云归独树天边小，雪罢孤峰鸟外青。寒薜带花侵卷幔，野泉流叶近闲庭。浮生只解人间事，未得从师种茯苓。"③细玩全诗，"天边小"之"小"不可轻谓"形容颇拙"，"雪罢"之"罢"也不存在什么"节次未明"问题，馆臣之评恰可借用此诗中"浮生只解人间事"一句来形容。又，"鸟外"二句整首诗《初秋寄清江林崇高先辈》曰："十年沧海寄萍踪，迢递乡山思万重。鸟外明河秋一叶，天涯凉月夜千峰。心知久

---

① 纪昀等：《钦定四库全书总目》卷一六九，第 2275 页。

② 朱彝尊：《静志居诗话》卷三，第 79 页。

③ 王恭：《白云樵唱集》卷三，《鸣盛集》外八种，第 171 页。

别魂应断,生事中年梦亦慵。无限相思何处着,越山仙岛树蒙茸。"①《总目》"夜见明河,不见飞鸟"之责不值一驳,如果其说成立,那曹操"月明星稀,乌鹊南飞。绕树三匝,何枝可依",王维"人闲桂花落,夜静春山空。月出惊山鸟,时鸣春涧中"等名诗不都成了问题? 至于"一叶落而知秋,不系乎明河"云云,亦不过胶柱鼓瑟之评。杜甫《夜二首》其一曰:"城郭悲笳暮,村墟过翼稀。甲兵年数久,赋敛夜深归。暗树依岩落,明河绕塞微。斗斜人更望,月细鹊休飞。"②诗中即有"明河"与"叶落"的物象,且王恭诗题中明言时节为"初秋",这一季节同时见到"明河"和"落叶"是符合事实的。唐戴叔伦《早行寄朱山人放》诗曰:"山晓旅人去,天高秋气悲。明河川上没,芳草露中衰。"③是秋见明河又一例证。可见,《总目》"一叶落而知秋,不系乎明河;天河夏月已明,不系乎落叶,下三字亦不相属"完全是毫无根据的说法。

（原载《文学与文化》2015 年第 2 期）

---

① 王恭:《白云樵唱集》卷三,《鸣盛集》外八种,第 165 页。
② 仇兆鳌:《杜诗详注》卷二〇,中华书局,1979 年,第 1791 页。
③ 蒋寅:《戴叔伦诗集校注》卷一,上海古籍出版社,2010 年,第 2 页。

王国维对《人间词话》手稿的修订略说

彭玉平

影印本《人间词话》手稿①上，王国维留下了许多对词话文字的修订痕迹，既有对单则词话在结构上的调整，也有对数则词话的整合，当然更多的是对原稿文字的增补与删订。这些修订除了少量是纠正笔误、补充表述的完整性之外，有不少涉及对相关理论和批评的调整与斟酌，从中可见其词学思想走向精确性和细密化的进程。

有些修订或为文字纠误，或为补充漏句，或为考虑到行文的细致。这些修订与其词学思想未必有多大关系，但可以见出王国维撰述及修订词话的细密之心。笔误之例，如第 28 则原意是要表达"曲则古不如今，词则今不如古"，但原稿误写为"词则古不如今"，可能行笔至"今"字时，已发觉其误，故将"古"字点化为"今"字，而将"今"字点化为"古"字。这样的情况并不多见，毕竟王国维是颇为谨严之人。有些修订可能是因为某则词话完成后，发现了文气方面有欠顺畅，所以为衔接行文的跳跃性或不完整性而略予补充。如第 1 则先言《诗·蒹葭》最得风人之致，接着言晏殊"昨夜"三句，引词之意尚未结束，即转言两者"一洒落一悲壮"，行文不免跳跃；王国维在晏殊词句后补"意颇近之"一句，则既将前文意思收束完整，又方便下文转出新意。有些是为了行文的细致考虑而做了增补，如第 2 则在引述"衣带"二句后补"欧阳永叔"（按，作者名有误），也是为了明确引句的作者。第 7 则分析《花间集》何以不收录冯延巳之词，王国维自然明白《花间集》乃是蜀地词的汇集，但因为既然收录了南唐张泌之词（按，王国维此判断有误），则冯延巳之词似乎也理当援例收录，王国维猜测其原因"岂文采为功名所掩耶"。这一猜

作者简介：彭玉平(1964—)，男，中山大学中文系教授。

①《王国维〈人间词〉〈人间词话〉手稿》，浙江古籍出版社，2005 年。本文引述手稿文字均出此本，不再——注明。

测虽然未必合理，但王国维在"文采"前加"当时"二字，意图还原《花间集》编纂当时的情形，显然这比泛泛地说文采为功名所掩要更细密了。凡属此类修订，皆无关大局，但见其撰述认真之态度耳。

有的修订是为了调整相关判断的程度，以便评述更具分寸感和合理性。这又可以细分为减弱分寸与增强分寸两类。减弱表述的程度之例，如第3则先言李白"西风残照"二句独有千古，接言范仲淹、夏英公之词"差堪继武"，然接言后者气象"远"不逮。前既言"差堪继武"，此又言"远不逮"，表述明显存有一定的矛盾，王国维删去一"远"字，前后意思就顺畅贯通了。第17则原稿言五代北宋之诗"无复佳者"，这一说法显然是过于绝对了，王国维将此句改为"佳者绝少"，则表述要更契合文学史事实了。加强原来表述的程度之例，如第5则评述南唐中主"菡萏"两句所引发的感受，原稿言"瑟然"有众芳芜秽、美人迟暮之感。"瑟然"虽然契合秋季的景象，但毕竟只是文学化的描写，王国维先将"瑟然"改为"萧然"，这一修改其实并没有多大区别，最后改为"大"，则将兴发感受的程度一下子加大了。第37则论表现于文学中的"完全之美"，原稿是："……然其写之于文学中也，必遗其关系限制之处，或遗其一部。"后将"或遗其一部"删去，原稿确实存在着矛盾，既要求遗其"关系限制之处"，复言"或遗其一部"，则何以表现"完全之美"就变得无从着手了。

当然，修订的价值在于其理论的合理性得到最大程度的展现。如第40则是整体被删除的一则，其实这一则确实有一些表述有欠分寸，如说"题目既误，诗亦自不能佳"，这个因果关系显然是过于绝对了，至于说"中材之士，岂能知此而自振拔者哉"，自然也有出语过头之嫌，王国维将"岂"改为"鲜"，则整个表述就更具合理性了。类似的情况，如第63则分别引用萧统、王绩所评说的两种文学风格，原稿接言"词中惜未有此二种气象"，自然是说得绝对了，王国维将"未有"改为"少"，则既说出了词体与诗赋文体的风格区别问题，又将词体风格中的主流与非主流的关系厘清了。同样如第57则评辛弃疾《贺新郎·送茂嘉十二弟》为"此能品中之最上者"，显然是过于绝对了，王国维将此句改为"此能品而几于神者"，这一修改就留有余地了。

有些表述带有明显的情感色彩，也会影响到理论的合理性。王国维在这种类型的调整中，将笔端带有感情的文字尽量去掉，而代之以相对客观的表述。如第67则引述朱彝尊的话后，原稿是"近人为所欺者大半"，王国维将其修改为"后此词人群奉其说"，就把原先语言中的意气调整为一种客观的陈述。因为理论并非能以意气争胜。第98则原稿为："唐五代北宋之词家，侏儒倡优也，南宋后之词家，鄙儒俗吏也。二者其失相等。然大词人之词，宁失之侏儒倡优，不失之鄙夫俗吏。以鄙夫俗吏较之侏儒倡优更可厌故也。"王国维在修改时不仅将三处"侏儒"删去，而且将一处"鄙儒"改为"鄙夫"，将"俗吏"改为"俗子"。确实，"侏儒"与"鄙儒"的说法不免唐突，既然将侏儒、鄙儒（夫）删去，则原本与"鄙儒"相并列的"俗吏"，也就自然以改成"俗子"更合适了。有些是删掉言语过分的句子。如第29则主要是评述贺铸之词，然接言宋末诸家仅可譬之"腐烂制艺"云云，原属笔端带有倾向性了，可能考虑到出语仓促，故将接下数句全部删除。如此这一则论述贺铸词也就更集中了。王国维在这些地方的斟酌，可以见出其不断调整着自己的分寸感和合理性。

有的修订当是出于表述层次逻辑性的要求，以使理论表述更富有学理。如第49则言境界之大小，原稿诗词错杂而论，经过调整和增删之后，先诗后词，推类而及的思路就更清晰了。而第67则在原稿前添加"词家时代之说，盛于国初"，则可以将以下对朱彝尊、周济之说的援引统率在此句之下，结构上更为严谨。第106则的情形也与此相似，原是直接评说李煜词的。后加入一句："词人者，不失其赤子之心者也。"由这一句领起本则，下面论李煜词的所长所短才能显出其理论本原来。此则后面言及李煜词乃"天真之词"，原稿是对应温庭筠的"人工之词"而言的，王国维在修订时将写成的"温飞"二字圈掉，改为"他人"，则原本是在与温庭筠的对比中显出李煜词的长处，经此修改就变为是在与所有人的比较中得出李煜词的特色，理论的力度自然增强了。再如第81则论写景不隔之例句，原稿有"此中有真意，欲辨已忘言"二句，此本非写景之句，用以说明写景之不隔，不免欠缺说服力。王国维将此二句删去，改"天似穹庐"数句，方与此节主题切合。第100则论词之狂、狷与乡愿，对乡愿之词人的取舍虽然没什么大的变化，仅增加梦窗一人，但原稿是将东坡、稼轩并称为"词中之狂狷也"。则王国维既然借鉴孔子将狂者、狷者、乡愿三者并提的说法，却又将狂、狷合一，未免自乱其例了，再者狂者进取，狷者有所不为，两者之间本来就是有差距的。王国维可能意识到这种表述的混杂，故在修改时将对东坡、稼轩的评价至"狂"而止，另加入"白石，词中之狷也"，再将开头评说乡愿词人的一句置于此则最后，则狂、狷、乡愿的三种等级就呈现得更明确了。第114则言东坡词旷、稼轩词豪，接下忽接"白石之旷在文字而不在胸襟"，则仅接续论东坡一句，稼轩词豪一句便未能煞尾，所以王国维将"白石"一句删去，结构就更紧凑了。而将白石之旷与东坡之旷的区别在下一则集中表述。第 120 则原稿云："诗人必有轻视外物之意,清风明月役之如奴仆;又必有重视外物之意,,故能与花鸟同忧乐。""清风明月"一句的意思虽好,但毕竟与"故能与花鸟同忧乐"的句式不对称,所以王国维将"清风"句改为"故能以奴仆命风月",意思没变,但句子更精致了。王国维在这些地方的修订,可以见出其强调表述的逻辑性以丰富其学理性的用心。

有些出于用语的准确和规范而做的修订,就更值得关注了,因为这涉及专业或理论的特点和内涵。如第 27 则评述苏轼杨花词,原稿作"和均而似首创",后将"首创"改为"元唱"。"首创"的意义容易泛化,不仅限于文学,特别是诗词。而"元唱"则是诗词唱和的常用术语。类似这样的修改,使得其表述的专业性得到了更为充分的提升。第 38 则言文学上之"习惯"会扼杀文学上之"天才",王国维一度将"天才"改为"诗人",复将"诗人"再改回"天才"。这一修改当然表明了在王国维的语境中,"天才"与"诗人"是一对可以互换的概念,但因为要对应社会上之"善人",所以用"天才"更能表现出文学才能卓绝的意思,而"诗人"不过是一种文学身份的认同而已。第 117 则论出入说,原是从"词人"的角度立论的,但稍后王国维改为"诗人",因为"出入说"的理论其实不限于词之一体,而是涵盖所有文学形式。王国维语境中的"诗人"正是带有指代"文学家"的意义,所以这一字之改,便无形中大力拓宽了理论的表达空间。王国维惯用概念对举的方式以论词,如造境与写境、有我之境与无我之境等,皆是其例。所以王国维对第 78 则的修改,一方面可见其概念的使用习惯, 另一方面也透露出其概念的若干内涵。此则开头便是:"问真与隔之别,曰:渊明之诗真,韦柳则稍隔矣;东坡之诗真,山谷则稍隔矣。""真"与"隔"在内涵上自然可以形成对应,但在话语上毕竟缺少相同的逻辑基础。王国维将"真"改为"不隔",则"隔"与"不隔"的对举就很自如地融入到王国维的词学体系中去。当然原稿以"真"为"不隔"的基本内涵,也在这种修改中留下了痕迹。

有些修订涉及理论的微调。如第 11 则评述辛弃疾词"俊伟幽咽",原稿接下云:"白石、梦窗宁能道其只字耶?"后修改为:"宁梦窗辈龌龊小生所可语耶?"虽然评述梦窗的语言更凌厉了,但将白石删去,却是其理论的微妙之处。因为王国维虽然屡屡批评白石,但对其"格"却一直是持肯定态度的。其实这一则的开头也正是"南宋词人,白石有格而无情"一句,如果在此则最后将白石全部抹杀,则与开头所述形成了某种悖论。再如第 23 则,列举宋末"肤浅"词人名单,"中仙"(王沂孙)原列其中,但王国维稍后将其圈去,或许与王国维很少具体评论王沂孙之词有关,故将其名字删去,也当是为了使针对目标更为稳定。因为王国维对南宋词人的态度其实很有分寸的,这些删笔可以见出其谨慎之心态。第82则引述元好问"池塘春草"论诗绝句后,原稿作:"美成、白石、梦窗当不乐闻此语。"后将"美成、白石"二人删去,增加"玉田辈"三字,矛头更集中,也与全书的主要批评对象更为一致。第87则原本是评述刘基之词"风骨甚高,亦有境界",但后来以"文文山"替代刘基。这是因为刘基的词虽然在明初堪称出色,但如果以"风骨"相评,确乎有些勉强,而文天祥的词则无愧此评。王国维在修订中对词人的调整,实际上也是对其理论内涵的调整。

有些修订将原本笼统、模糊的表述变得具体而清晰了,对于调整其理论内涵具有重要意义。如第31则提出境界说,原稿是"有境界则不期工而自工",这种表述带有太大的不确定性。譬如,从什么角度来考量是否"工"?"工"的具体标准是什么?在这样的表述中都是阙如的。王国维将其修订为"有境界则自成高格,自有名句",则一方面提出了格调与句子的考量角度问题,同时将格调之"高"与句子之有"名"作为具体的标准,境界说的内涵因此而变得可以捉摸了。再如第70则论彊村词学梦窗而情味更胜,誉为学人之词的极则。但只有一个判断,却未能说出彊村何以超越梦窗,王国维加入"盖有庐陵之高华,而济以白石之疏越者"一句,则不仅交代了"情味"的内涵所在,也将反超梦窗的原因约略说明了。

王国维的有些修订可能也带有将西方理论渊源隐性化的意图在内。譬如第33则论有我之境与无我之境,原稿在此则后面概括为"此即主观诗与客观诗之所由分也"。王国维稍后将此句删除,主观上或有隐没西学痕迹的意思。但从另外一个角度来说,王国维关于有我之境与无我之境的理论与西方理论之间如果没有渊源关系,至少也是可以彼此相通的,王国维这删去的一笔,为我们追溯其理论的内涵提供了一个值得注意的方向。第78则论不隔,原稿是:"语语可以直观,便是不隔。"王国维在修订时将前句改为"语语都在目前",也当是出于类似的考虑。

从以上对王国维留存在手稿上的修订痕迹所做的分析来看,无论是句式的对称性、话语的准确性,还是立说的分寸感及学理的严密性,修订后的文字确实比原稿更为合理,更具逻辑性,也更具理论张力。但同时我们也必须看到,当王国维将手稿的一部分刊发于《国粹学报》之时,其实对文字又做了新的修订。只是这次修订没有在手稿上留下痕迹而已。所以仅仅看到手稿上的修订,而不注意《国粹学报》初刊本对修订文字的再修订,也是不完整的。试对勘如下二则:

　　纳兰容若以自然之眼观物,以自然之笔写情。此由初入中原,未染汉人风气,故能真切如此。后此如《冰蚕词》便无余味。同时朱、陈、王、顾诸家,便有文胜质史之弊。(手稿本第 123 则)

　　纳兰容若以自然之眼观物,以自然之舌言情。此由初入中原,未染汉人风气,故能真切如此。北宋以来,一人而已。(初刊本第 52 则)

　　王国维虽然在修订手稿时将有关《冰蚕词》的一句删掉,但结句对清初其他词人的批评是保留了下来的。但在初刊本中,将对与纳兰容若同时人的批评悉数删除,而以"北宋以来,一人而已"作结,不仅将纳兰的地位作了整体提升,而且文字也更精练了。同时用"以自然之舌言情"替代手稿的"以自然之笔写情",文字的表现力也加强了。再如:

　　东坡、稼轩,词中之狂;白石,词中之狷也;梦窗、玉田、西麓、草窗之词,则乡愿而已。(手稿本第 100 则)

　　苏、辛,词中之狂;白石犹不失为狷;若梦窗、梅溪、玉田、草窗、中麓辈,面目不同,同归于乡愿而已。(初刊本第 46 则)

两本相较,除了初刊本"中麓"当为"西麓"之误外,初刊本文字在表述的结构层次上更具逻辑性了。手稿本上的"白石,词中之狷也"改为初刊本上的"白石犹不失为狷",语气的转折更自然了。同时,在"乡愿"的词人中增加"梅溪",也与整部词话的针对性结合得更紧密;而"面目不同,同归于乡愿而已",则强调此则是在"乡愿"这一问题上,诸人具有共同性,但并非面目完全相似。初刊本的文字显然是更为讲究,也更契合情理了。
　　初刊本对手稿的调整,更有涉及理论表述的周密与精确者。如:

　　有我之境,物皆著我之色彩;无我之境,不知何者为我,何者为物。(手稿本第 33 则)

> 有我之境,以我观物,故物皆著我之色彩;无我之境,以物观物,故不知何者为我,何者为物。(初刊本第 3 则)

王国维在修订手稿时虽然将"此即主观诗与客观诗之所由分也"一句删去,但在表述有我之境与无我之境的理论内涵时,几乎没有做文字变动(仅将有我之境一句中"外物"的"外"字删去)。而初刊本为有我之境加"以我观物",为无我之境加"以物观物"。这加上的两句就把有我之境与无我之境中"我"与"物"的关系点得清清楚楚了。而且所谓"主观诗""客观诗"乃是西方诗学术语,而"以我观物""以物观物"乃是出于邵雍原话,则彰显其诗学渊源中的中国元素的意图自然就更充分了。

手稿本第 78 则言隔与不隔之别,手稿原文是:"渊明之诗不隔,韦、柳则稍隔矣。"初刊本第 40 则改作:"陶、谢之诗不隔,延年则稍隔矣。"手稿本是在魏晋的陶渊明与唐代的韦应物、柳宗元之间比较诗人的不隔与稍隔的区别,而初刊本则在相近时代的陶渊明、谢灵运、颜延之三人之间进行比较,从学理上说,这种相近时代诗人之间的比较更具理论的张力。

初刊本有些则是在修改中大力提升了词话的理论水平。试看如下两则:

> 白仁甫《秋夜梧桐雨》剧,奇思壮采,为元曲冠冕。然其词干枯质实,但有稼轩之貌,而神理索然。曲家不能为词,犹词家之不能为诗,读永叔、少游诗可悟。(手稿本第 83 则)

> 白仁甫《秋夜梧桐雨》剧,沈雄悲壮,为元曲冠冕。然所作《天籁词》,粗浅之甚,不足为稼轩奴隶。岂创者易工,而因者难巧欤?抑人各有能有不能也?读者观欧、秦之诗远不如词,足透此中消息。(初刊本第 64 则)

这两则的变化,不仅表现在文字上,更表现在理论提炼上。手稿本着重揭示曲家不能为词、词家不能为诗的基本现象。初刊本仍是在白朴、欧阳修、秦观三人之间论诗词曲之关系,但总结出"创者易工,因者难巧"的文体规律以及文学家"有能有不能"的个体特点。显然这比现象上比勘文学家在文体成就上的高低要更具理论性。

初刊本的语言与手稿修订文字相似,同样追求表述的准确性。如手稿本第 7

则论大家之作的言情、写景、语言特点,原稿结尾是:"持此以衡古今之作者,百不失一。此余所以不免有北宋后无词之叹也。"王国维在手稿修订中除了将"一失"调整为"失一",在"所"后补一"以"字外,未作任何意思上的调整。但在初刊本第56则中,"百不失一"变成了"可无大误","此余"一句被整体删除,王国维对手稿表述的绝对化倾向做了明显的调整,与其对词史的判断也就更见吻合。如说"北宋后无词",就与王国维在其他则中对辛弃疾、纳兰性德词史地位的裁断形成了矛盾。将这一句删去,则全书整个的学理也就更周密了。手稿本第107则说客观之诗人"不可不阅世",初刊本第17则则改为"不可不多阅世",虽只是增加一"多"字,但逻辑性更强了。再如手稿本第35则有"感情亦人心中之一境界"一句,初刊本第6则将"感情"二字细化为"喜怒哀乐"四字。手稿本第41则要求诗人"不为投赠怀古咏史之篇",初刊本第57则将"怀古咏史"四字删去。盖"美刺投赠"或出于功利目的,而"怀古咏史"则是题材特点而已,两者并列不仅在语法上欠顺畅,而且在表述上有参差。手稿本第53则言冯延巳"细雨湿流光"五字能"得"春草之魂,后将"得"字修改为"写"字。而初刊本又将"写"字易为"摄"字,"摄"字的表现力明显在"得"、"写"二字之上,王国维用语之考究可见一斑。

经过调整后,初刊本有些条目明显在理论阐述上更集中。如对勘以下二则:

> 诗中体制以五言古及五、七言绝句为最尊,七古次之,五、七律又次之,五言排律为最下。盖此体于寄兴言情均不相适,殆与骈体文等耳。词中小令如五言古及绝句,长调如五、七律,若长调之《沁园春》等阕,则近于五排矣。(手稿本第55则)

> 近体诗体制,以五、七言绝句为最尊,律诗次之,排律最下。盖此体于寄兴言情,两无所当,殆有均之骈体文耳。词中小令如绝句,长调似律诗,若长调之《百字令》、《沁园春》等,则近于排律矣。(初刊本第59则)

手稿本虽然颇多修订痕迹,但在古诗、绝句、律诗的文体背景之下来考量词体之尊卑的思路并没有改变。初刊本则将古诗剔除在外,仅在近体诗的范围中来立说,整体表述要更精练了。其他诸如将一些版本考订类的文字删除,也有数则。如手稿本第61则分析辛弃疾用《天问》体作送月诗,手稿原稿有一大段对此词版本的考订,初刊本第47则则悉数删除。

　　由王国维在手稿本上的修订,可以见出其语言的斟酌及思想的提炼过程。而由初刊本的相关条目回看王国维留存在手稿本上的修订痕迹,不能不说,无论是理论话语、文字表述的考量,还是理论内涵的调整,初刊本的语言水平和理论张力要更在手稿原稿和修改稿之上的。随着手稿的影印问世,王国维对《词话》文字的修订手迹虽然在在可见,但对勘初刊本,我们还可以明显看出他的第二次文字调整。若追溯王国维词学演进之进程,则不仅要将手稿原稿与修改稿对勘,也要将初刊本与手稿修改稿对勘, 如此才能清晰地反映出王国维词学思想嬗变之轨迹。

(原载《文学与文化》2010 年第 4 期)

文化视角

"秦世不文"的历史背景及秦代文学的发展 *

刘跃进

一 嬴秦统一过程中的文化特征

公元前 247 年,秦庄襄王死,赵政即位,是为秦王政,时年十三岁。[①]翌年,为秦王政元年。吕不韦为相,李斯辞别荀子,西入秦,为吕不韦舍人。[②]从这一年开始到嬴秦统一中国,历时二十六年。又十一年,秦始皇死于沙丘。前后凡三十七年。这里所讨论的,主要就是这段时期内文化与文学的发生、发展及其变化的状况。

从政治军事上说,战国七雄的纷争已经接近尾声。而北部匈奴的强大,逐渐已成秦代边患。秦王嬴政亲政之后,在解决了内政吕不韦的问题之后,然后便开始了大规模的东扩战争,可谓势如破竹:秦王政十七年(前 230)擒韩王安。十八年(前 229),王翦兴兵攻赵,翌年攻取赵地,东阳得赵王迁。赵国由此而亡。十九

作者简介:刘跃进(1958—),男,中国社会科学院文学研究所研究员。

* 本论文为国家社科基金项目重大项目"汉魏六朝集部文献集成研究"(项目号:13&ZD109)的阶段性成果。

① 司马迁《史记·秦始皇本纪》:"秦始皇帝者,秦庄王子也。庄襄王为秦质子于赵,见吕不韦姬,悦而取之,生始皇。以秦昭王四十八年(公元前 259 年)生于邯郸。及生,名为政,姓赵氏。年十三岁,庄襄王死,政代立为秦王。当是之时,秦地已并巴、蜀、汉中,越宛有郢,置南郡矣。北收上郡以东,有河东、太原、上党郡,东至荥阳,灭二周,置三川郡。吕不韦为相,封十万户,号曰文信君。招致宾客游士,欲以并天下。李斯为舍人。"(中华书局,1982 年,第 223 页)

② 司马迁《史记·李斯列传》:"李斯者,楚上蔡人也。……从荀卿学帝王之术。学已成,度楚王不足事,而六国皆弱,无可为建功者,欲西入秦……至秦,会庄襄王卒。李斯乃求为秦相文信侯吕不韦舍人。不韦贤之,任以为郎。"(中华书局,1982 年,第 2539 页)

年(前 228),燕丹子使荆轲刺秦王。燕太子丹派荆轲刺秦王。秦军攻燕,破易水之西。秦王政二十一年(前 226),王贲攻蓟,破燕太子军,攻取燕蓟城,得太子丹首。二十二年(前 225),王贲攻魏大梁,引水灌之。大梁城坏,梁王请降,尽取其地。魏国至此灭亡。二十三年(前 224),秦王派王翦攻取荆,虏荆王。秦王游至郢陈,荆将项燕立昌平君为荆王,楚淮北之地尽入于秦。二十四年(前 223),王翦、蒙武攻取荆,昌平君死,项梁自杀。楚国至此而亡。二十五年(前 222),秦王大发兵,王贲进攻辽东,虏燕王喜,燕国至此而亡。王贲复进攻代,虏代王嘉。王翦悉定荆江南地。降百越之君,置会稽郡。二十六年(前 221),齐王投降。至此,前后十年,六国灭亡,天下一统。

秦王嬴政即帝位后,自称始皇帝,废谥号,分天下三十六郡,并接受齐人关于终始五德的建议,尚水德,以冬十月为岁首,色尚黑,度以六为名。丞相王绾作《议帝号》《议封建》。李斯作《议废封建》,反对分封子弟,以为立国树兵,必将重蹈两周灭亡之覆辙。李斯的思想主张,充分考虑到秦人的文化与历史状况,也顺应了历史发展的趋势。

从思想文化上说,这一时代,各家之说正经历着最后的较量。齐有荀子、邹衍、邹奭。荀子学说的核心是帝王之术,是传统儒家与名家结合的产物。邹衍著有《邹子》四十九篇,《邹子终始》五十六篇,倡言大九州之说。战国四大公子,还有两个,东北有魏国的信陵君无忌,汇集了许多文人,《魏公子》二十一篇,属于兵书类著作。①此外,魏国公子魏牟也活跃一时。根据《汉书·艺文志》诸子略道家著录,有《公子牟》四篇。这又是道家思想作品。南有楚国的春申君,还有楚人的《鹖冠子》大约也成书在这个时期。《汉书·艺文志》诸子略道家类著录《鹖冠子》一篇,班固注:"楚人,居深山,以鹖为冠。"《隋书·经籍志》著录三卷。《文心雕龙·诸子》:"鹖冠绵绵,亟发深言。"可以说,这又是一个风起云涌的时代。

相对于六国思想家而言,秦人的思想文化便显现出强烈的功利性、排他性与过渡性。孔子早就看到秦人的这种不同寻常的特性,《史记·孔子世家》载"孔子曰:秦,国虽小,其志大;处虽辟,行中正。身举五羖,爵之大夫,起累绁之中,与语

---

① 《史记·六国表》及《信陵君传》。《汉书·艺文志》兵书略兵形类著录《魏公子》二十一篇。班固注:"图十卷,名无忌,有列传。"《史记·魏公子列传》:"魏公子无忌者,魏昭王子少子而魏安厘王异母弟也。昭王薨,安厘王即位,封公子为信陵君。"又云:"当是时,公子威振天下,诸侯之客进兵法,公子皆名之,故世俗称魏公子兵法。"《史记集解》:"刘歆《七略》有《魏公子兵法》二十一篇,图七卷。"图录卷数与《汉书·艺文志》略有不同。

三日，授之以政。以此取之，虽王可也，其伯小矣。"①《史记·仲尼弟子列传》又载："孔子既没，子夏居西河教授，为魏文侯师。"②子夏的弟子李悝则是法家的始祖，所著《法经》为中国第一部比较完整的封建法典。故《晋书·刑法志》说："秦汉旧律，其文起自魏文侯师李悝，悝撰次诸国法，著《法经》。"③秦孝公时期的商鞅变法，又悉本李悝。《唐律疏议》卷一载："周衰刑重，战国异制，魏文侯师于里（当作"李"，原本如此）悝，集诸国刑典，造《法经》六篇：一《盗法》，二《贼法》，三《囚法》，四《捕法》，五《杂法》，六《具法》。商鞅传授，改法为律。"④秦人启用商鞅变法以来，"革法明教，而秦人大治"。国家面貌为之一变。从此，法家思想成为了秦国的统治思想。正是依靠这种思想的指导，秦国得以迅速崛起于群雄之中，为日后的统一奠定了坚实的基础。法家思想，崇尚武功，讲求实用，追求一统，这些思想一直被秦人奉为主导思想。这一思想的重要特征就是功利性，崇尚战功，寡义趋利。由此，功利性在秦人那里又演变成一种强烈的排他性。春秋战国以来，百家争鸣的一个基本事实是，各家学说在相互融汇各家思想文化遗产的同时，也在努力倡言与践行自己的主张，自然也会攻击对手。但在秦人那里，这种排他性表现得特别突出，不仅排斥其他学说，甚至那些倡言法家学说的人，也在相互排斥，唯我独尊。⑤

　　这种情形，自然不利于秦人延揽人才，所以在吕不韦当政时期，鉴于先秦诸子百家争鸣，尤其是战国中后期稷下学宫各派学说在争辩中形成的各种活跃思想已经渐趋融合，倡导国家一统的政治理念和理论体系业已逐渐形成共识。所以，在秦王嬴政继立初年，吕不韦以其"仲父"的特殊身份，招集门客，充分吸收中原地区特别是稷下学宫各学派学说而编著《吕氏春秋》，为秦朝的统一营造了充分的舆论氛围。可惜好景不长，吕不韦很快就受到了秦人贵族集团的排挤打击，最后客死异乡。

　　作为荀子弟子、吕不韦部下的李斯，当然对稷下学宫各派的主张了如指掌。但我们有理由相信，看到吕不韦的下场，李斯自然会明白一个基本事实：要想改变秦人的文化政策，必将付出沉重代价。因此，李斯为秦相后，明显地接受了吕不

① 司马迁：《史记·孔子世家》，中华书局，1982年，第1910页。

② 司马迁：《史记·仲尼弟子列传》，中华书局，1982年，第2203页。

③ 房玄龄等：《晋书》，中华书局，1974年，第922页。

④ 长孙无忌：《唐律疏议》，中华书局，1983年，第2页。

⑤ 严耕望：《战国学术地理与人才分布》，《严耕望史学论文选集》，中华书局，2006年，第27页。

韦的教训。《汉书·异姓诸侯王表序》载:"秦既称帝,患周之败,以为起于处士横议,诸侯力争,四夷交侵,以弱见夺。于是削去五等,堕城销刃,箝语烧书,内锄雄俊,外攘胡粤,用壹威权,为万世安。"①嬴秦帝国的这一系列政治文化政策的制定,背后有着鲜明的李斯因素。尽管李斯自己满腹经纶,文章也写得神采飞扬,但却走向另一种极端,一改吕不韦主张,将法家思想推向极端,焚书坑儒②,为刚刚建立的统一帝国强力推行钳制众口的愚民政策。③在这样的背景下,一统局面仅仅维持了十余年,帝国大厦就轰然坍塌。而两汉思想家以及统治阶层积极地从不同的角度总结秦代短命的历史教训,逐渐形成这样一种共识,即外王内霸,将儒道法等学说融为一体,互为表里。中国封建统治思想由此逐渐走向成熟。从这个意义上说,秦人的思想文化,又呈现出明显的过渡性特点。这里的详情及背景资料,我们下文还要论列。但不管怎么说,吕氏所倡导的容纳百家的思想主张,很快就为李斯的愚民政策所取代。

《文心雕龙·诠赋》说:"秦世不文。"这是秦代钳制众口的必然结果。但不可否认,秦人统一中国之后强力推行的车同轨、书同文以及统一度量衡的政策,又对中国文化的发展繁荣奠定了重要的基础。中华民族两千年来形成的强大的向心力,与文化的多元一统密不可分。

我们知道,春秋战国时期,各国文字并不统一。即便是距离很近的诸侯国,文字也不尽相同,譬如山东莱阳发现的莱阳陶壶就与邹、鲁不同;甚至,邹鲁之间,近在咫尺,其陶文与传世鲁器彝铭文字也有差别。秦以小篆为统一字体,丞相李斯的《仓颉篇》,中车府令赵高的《爰历篇》和太史令胡母敬的《博学篇》等文字学著作均以小篆为标准,对于当时文化一统以及汉代文化的发展起到了至为关键的作用。从两汉以来三书流行情况看,李斯、赵高和胡母敬的这三部文字学著作,

---

① 班固:《汉书·异姓诸侯王表序》,中华书局,1962 年,第 364 页。

② 秦始皇三十四年(前 213),李斯作《议烧诗书百家语》,建议:"臣请史官非秦记皆烧之。非博士官所职,天下敢有藏《诗》、《书》、百家语者,悉诣守、尉杂烧之。有敢偶语《诗》《书》者弃市。以古非今者族。吏见知不举者与同罪。令下三十日不烧,黥为城旦。所不去者,医药卜筮种树之书。若欲有学法令,以吏为师。"翌年又下坑儒令。并见《史记·秦始皇本纪》。蒙文通《经学抉原·焚书第二》认为李斯以博士为官学,不立者私学,是秦燔书为私学民间之书,坑儒乃犯禁之儒,不燔博士之藏书。

③ 陆容《菽园杂记》卷一载无名氏《焚书坑诗》曰:"焚书只是要人愚,人未愚时国已墟。惟有一人愚不得,又从黄石授兵书。"《论衡·语增篇》:"燔《诗》《书》,起于淳于越之谏;坑儒士,起自诸生为妖言,见坑者四百六十七人。传增言坑杀儒士,欲绝《诗》《书》,又言尽坑之,此非其实,而又增之。"按《文选·西征赋》引史作四百六十四人。《独异志》作二百四十人。《文选·移书让太常博士书》作四百六十八人。

已经成为当时读书人的基本教材之一。《汉书·艺文志》序称:"汉兴,闾里书师合《苍颉》《爱历》《博学》三篇,断六十字以为一章,凡五十五章,并谓《苍颉篇》。"可见当时就有人将三书合成一书。西汉后期,扬雄据此而成《训纂》。不仅如此,相传秦人程邈还创为隶书,将文字简化,便于普及。这些都是秦人在文化政策方面值得特别书写的一笔。

二 《吕氏春秋》的政治意义

前面提到,吕不韦极力倡导容纳百家的思想主张,自有其特定的历史背景。吕不韦,战国秦相国,阳翟(今河南禹县)人,一说濮阳(今属河南)。据《史记·吕不韦列传》及《战国策·秦策》记载,吕不韦在邯郸经商,听说秦王孙异人(或作子异、子楚)在赵国作人质,认为"此奇货可居",遂西游于秦,说华阳夫人,立异人为嫡嗣,又将自己的宠姬献给异人。当时,这位宠姬已经怀孕。生子,即为秦王政。公元前249年,异人继位,也就是秦王嬴政的父亲庄襄王。三年后,庄襄王死,嬴政继立,任命吕不韦为丞相,封文信侯。食河南洛阳十万户。秦王政元年(前246)为相国,号称仲父,一时权势煊赫,门下士三千人。吕不韦让门客各呈所闻,编为著作,号称《吕氏春秋》。书成之后,吕不韦将其悬于咸阳城门,称能增损一字者予千金。

吕不韦为什么如此重视这部著作?《史记·吕不韦列传》记载得非常清楚:"当是时,魏有信陵君,楚有春申君,赵有平原君,齐有孟尝君,皆下士喜宾客以相倾。吕不韦以秦之强,羞不如,亦招致士,厚遇之,至食客三千人。是时诸侯多辩士,如荀卿之徒,著书布天下。吕不韦乃使其客人人着所闻,集论以为《八览》、《六论》、《十二纪》,二十余万言,以为备天地万物古今之事,号曰《吕氏春秋》。"《十二诸侯年表》也说这部书"上观尚古,删拾《春秋》,集六国时事"。据此表,孟尝君当卒于秦昭王二十四年(前283)以后,平原君卒于秦昭王五十六年(前251),信陵君卒于秦王嬴政四年(前243),春申君卒于秦王嬴政九年(前238)。吕不韦著书前后,战国四大公子还有信陵君和春申君在世。信陵君为魏公子,春申君为楚公子。一南一北,占据文化上的优势,依然对于士人有着莫大的吸引力。吕不韦要想真正实现他灭周以后统一中国的政治雄心,就必须扭转秦人不文的局面,将天下人才笼络到三辅地区。正是这个缘故,《吕氏春秋》编成后,吕不韦将书置于"咸阳市门,悬千金其上,延诸侯游士宾客,有能增损一字者予千金"。编者对于此书的重视程度不难推想。

《吕氏春秋》,又简称《吕览》,见载于《汉书·艺文志》诸子略杂家类,凡二十六篇,注"秦相吕不韦辑智略士作"。今本亦二十六卷,分《八览》《六论》《十二纪》三个部分组成。《八览》又分《有始》《孝行》《慎大》《先识》《审分》《审应》《离俗》《恃君》等八篇,另有子目六十三个;《六论》又分《开春》《慎行》《贵直》《不苟》《似顺》《士容》等六篇,另有子目三十六个;《十二纪》记十二月事,另设子目六十一个,总计一百六十篇,各篇字数也大体相同,确实经过精心的编纂。从现存资料看,《吕氏春秋》似乎并没有被禁毁。在先秦两汉所有传世子书中,没有一部像《吕氏春秋》那样,作者及成书年代非常明晰,很少异议;也没有一部著作像《吕氏春秋》那样,章节安排环环相扣,有条不紊;更没有一部著作能像《吕氏春秋》那样,在当时禁书严厉的政治境遇中和后世辨伪成风的学术环境中还能岿然不动。这真是一个奇迹。也许,《吕氏春秋》对于法家的重视,对于"义兵"的鼓吹,是其免于厄运的一个原因吧? 书是保存下来了,但也仅仅是作为一部杂家著作而已,它秦国历史发展过程中的政治价值和对于秦汉文化发展的影响,确实为世人所忽略了。

吕不韦来自中原,对于战国以来各家学术应当多所了解。他并没有像战国四大公子那样为谋一己之私或一国之利而各有主张。恰恰相反,他充分注意到稷下学宫各派的纷争与融合,对于各种思想,兼收并蓄。因此,《吕氏春秋》在学术方面最值得注意的是对先秦各家学说的汇总。清人汪中《述学补遗·吕氏春秋序》说:"《吕氏春秋》出,则诸子之说兼有之。"清人徐时栋《吕氏春秋杂记序》也有类似的说法:"考其征引神农之教,黄帝之诲,尧之戒,舜之诗,后稷之书,伊尹之说,夏之鼎,商、周之箴,三代以来,礼乐刑政,以至春秋、战国之法令,《易》、《书》、《诗》、《礼》、《孝经》、周公、孔子、曾子、子贡、子思之言,以及夫关、列、老、庄、文子、子华子、季子、李子、魏公子牟、惠施、慎到、宁越、陈骈、孙膑、墨翟、公孙龙之书,上志故记,歌诵谣谚,其攟摭也博,故其言也杂,然而其说多醇而少疵。"按照他们的解说,《史记·吕不韦世家》所谓"备天地万物古今之事",实际上就是汇集群籍,比类成编,客观上起到学术思想史资料类编的作用。正是从这个意义上,梁启超称其为"类书之祖,后世《艺文类聚》、《太平御览》、《永乐大典》等,其编纂之方法及体裁,皆本于此"①。这是很有道理的,因为它几乎涉及到《汉书·艺文志》所收录的绝大部分内容。因此,要想明确界定编者的主导思想为先秦某家应当比较困难,四

---

① 上引诸说并见陈奇猷:《吕氏春秋校释附录·考证资料辑要》,学林出版社,1990年,第1839页。

库馆臣及吕思勉称其本儒家,陈奇猷称其本阴阳家,还有的称其为新道家,似都不确切,因为编者的倾向性并不明显。唯一明确的思想,是不主故常,反对墨守陈规。譬如《察今篇》就通过一些寓言,论述了根据不同时势,采取不同对策的重要性。如:

> 荆人欲袭宋,使人先表澭水。澭水暴益,荆人弗知,循表而夜涉,溺死者千有余人,军惊而坏都舍。向其先表之时可导也,今水已变而益多矣,荆人尚犹循表而导之,此其所以败也。今世之主,法先王之法也,有似于此。其时已与先王之法亏矣,而曰"此先王之法也"而法之以为治,岂不悲哉?故治国无法则乱,守法而弗变则悖,悖乱不可以持国。世易时移,变法宜矣。譬之若良医,病万变,药亦万变。病变而药不变,向之寿民,今为殇子矣。故凡举事必循法以动,变法者因时而化。若此论则无过务矣。

> 楚人有涉江者,其剑自舟中坠于水,遽契其舟曰:"是吾剑之所从坠。"舟止,从其所契者入水求之。舟已行矣,而剑不行,求剑若此,不亦惑乎?以此故法为其国与此同。时已徙矣,而法不徙,以此为治,岂不难哉?有过于江上者,见人方引婴儿而欲投之江中,婴儿啼,人问其故,曰:"此其父善游。"其父虽善游,其子岂遽善游哉?此任物亦必悖矣。荆国之为政,有似于此。

这里,作者两次以荆楚人为例,说明他们未知变法,其为政、为学均"有似于此"。可见以春申君为代表的楚人文化在当时秦人心目中,或者确切地说,在游秦的吕不韦心目中已经失去固有的优势。

当然,吕不韦的主张还不能完全脱落秦人的政治文化传统。《荡兵》倡导"义兵"之说,显然就是为秦人说话:"古圣王有义兵而无有偃兵,兵之所自来者上矣。"秦国以武力横扫中国,吕不韦提供了很好的理论依据。但与此同时,编者对于那些特别偏激的言论也保持着一定的距离,譬如历来被称之为法家的《韩非子·非十二子说》等就没有收录。更值得注意的是,吕不韦还对于士人寄予很高的期望。《孔丛子·居卫》引子思的话说:"今天下诸侯方欲力争,竞招英雄以自辅翼,此乃得士则昌,失士则亡之秋也。"但是,他们没有对于"士"作具体分析。这一点,就与《吕氏春秋》不同。吕不韦对于"士"的重要作用高度重视,但他要求的"士",

绝不是那种朝秦暮楚的游士,而是要讲究精神境界,如《士容论》云:"士不偏不党,柔而坚,虚而实。其状朖然不俦,若失其一。傲小物而志属于大,似无勇而未可恐狼,执故横敢而不可辱害,临患涉难而处义不越,南面称寡而不以侈大。"这表明,经过长时间的战国纷争,人们已经厌倦了那种缺乏是非观念的纷争,而倾向于对国家一统、万众一心的强烈诉求。

说到这里,我们就不能不关注该书的编纂时间了。

《十二纪·序意篇》说:"维秦八年,岁在涒滩,秋,甲子朔,朔之日,良人请问《十二纪》。文信侯曰:尝得学黄帝之所以诲颛顼矣。……凡十二纪者,所以纪治乱存亡也,所以知寿夭吉凶也。"高诱注:"八年,始皇即位之八年也。"这个推断从字面说没有问题,但"岁在涒滩"四字却有异议。根据《尔雅》,太岁在"申"乃称"涒滩",而秦始皇即位之八年为壬戌年。孤立地看,一部著作成于某年,对于著作的内容应当不会有太大的影响。但是《吕氏春秋》的纪年实在蹊跷。"岁在涒滩"明白无误地表明是在庚申年的秋天,这时,《吕氏春秋》已经完成,且在世间流传,所以才会有"良人"的询问。按照吕不韦的生平,他所经历的庚申年,只能是秦王嬴政六年(前241)。那"维秦八年"从何谈起呢?如果从庚申年往前推八年,则是庄襄王二年(前248)。吕不韦为什么把这一年作为秦国纪元开端?其特殊意义何在?原来,就在前一年,东周与诸侯谋秦,秦使相国吕不韦讨伐,尽入其国。两周历史终于结束在秦相国吕不韦手中。在吕不韦看来,终结一朝的历史,同时意味着新朝的开端,这当然是一件非同寻常的历史大事。根据历史纪年成例,秦代东周的第二年即可视为秦据有天下的开始。因此,吕不韦把这一年视为维秦元年,于情于理,都说得过去。①《吕氏春秋》完成的时候,秦王嬴政还是一个十八九岁的青年。这时的吕不韦,是以"仲父"身份为丞相,辅佐幼主,摄政监国。由此来看,《吕氏春秋》的作者确实没有用秦王嬴政的纪元。这里所蕴含的政治意图似乎颇可玩味。

然而,秦国的现实政治要求和历史文化传统,是不会轻易地接受吕不韦这样的政治主张的。从现实政治上说,秦王嬴政不可能容忍吕不韦这种容纳百川的危险做法。更何况,在秦王嬴政的背后,还有着更强大的秦国贵族势力集团,他们也不可能放任吕不韦这种延揽人才政策的实施,因为按照吕不韦所制定的方针政

---

① 如汉高祖刘邦在秦二世三年入秦,秦二世被赵高所杀,意味着秦朝事实上的灭亡。翌年,刘邦即称汉元年。

策,这些贵族集团的利益势必受到侵夺。事实上正是如此。就在吕不韦志得意满地完成《吕氏春秋》不久,秦王嬴政就逐渐剥夺了他的政治权力。先是免去相权,后被迁往蜀地,并在秦王嬴政十二年(前235)被赐死。

三　李斯的无奈选择

就在吕不韦被贬蜀地的这一年,韩国使者郑国访问秦国,向秦王建议修筑水渠。当时的王公大臣认为,这些说客来秦国,唯一的目的就是为本国谋利。修筑水渠虽然对农业有利,却有可能对秦国的政治军事造成不利,秦王接受了大臣的建议,下令驱逐一切逗留在秦国的游士。这一举措本身也可以为我们推测吕不韦悲剧命运提供佐证。作为西游秦国的楚人李斯,原本是吕不韦手下的舍人,自然也在被逐之列。他闻讯后,写下著名的《谏逐客书》。文章从秦缪公求士写起,写到秦孝公用商鞅,秦惠公用张仪,秦昭王用范雎等,反复阐述了客卿游秦给国家带来的各种好处:

> 臣闻吏议逐客,窃以为过矣。昔缪公求士,西取由余于戎,东得百里奚于宛,迎蹇叔于宋,来丕豹、公孙支于晋。此五子者,不产于秦,而缪公用之,并国二十,遂霸西戎。孝公用商鞅之法,移风易俗,民以殷盛,国以富强,百姓乐用,诸侯亲服,获楚、魏之师,举地千里,至今治强。惠王用张仪之计,拔三川之地,西并巴、蜀,北收上郡,南取汉中,包九夷,制鄢、郢,东据成皋之险,割膏腴之壤,遂散六国之从,使之西面事秦,功施到今。昭王得范雎,废穰侯,逐华阳,强公室,杜私门,蚕食诸侯,使秦成帝业。此四君者,皆以客之功。由此观之,客何负于秦哉!向使四君却客而不内,疏士而不用,是使国无富利之实而秦无强大之名也。

文章最后指出,倘若此时逐客,正中其他诸侯国的下怀,既给百姓带来损害,又会增加人们对秦国的仇恨:"夫物不产于秦,可宝者多;士不产于秦,而愿忠者众。今逐客以资敌国,损民以益雠,内自虚而外树怨于诸侯,求国无危,不可得也。"文章列举事实,推理严密,晓以利害,动以情理,秦王被深深打动,于是收回逐客令,恢复李斯的官位。从此,李斯逐渐取代吕不韦,而成为制定秦代文化政策的重要官员。

李斯(? —前208),楚上蔡(今属河南)人。少为郡小吏,见吏舍厕中鼠食不絜,见人犬则惊恐万状,而官府粮仓的老鼠则悠然自得,由此感叹曰:"人之贤不肖譬如鼠矣,在所自处耳!"于是他追寻荀卿学习帝王之术,与韩非同学而自以为不如。学成后,考虑到楚王不足成事,六国又皆柔弱,便向西入秦,为吕不韦舍人。秦王又拜李斯为长史,说秦王东并六国,拜为客卿。公元前221年,秦始皇统一中国后,李斯任丞相,力主废分封、立郡县,焚《诗》《书》、同文书,制定法律,禁止私学。他还曾随秦始皇多次巡游,撰文纪功,书写上石。旧时多谓秦代石刻书法及文字并出李斯之手。如《法书要录》卷三载唐李嗣真《书品后》称李斯小篆"古今妙绝。秦望诸山及皇帝玉玺,犹夫千钧强弩,万石红锺,岂徒学者之宗匠,亦是传国之遗宝"。卷七载张怀瓘《书断》曰:"小篆者,秦始皇丞相李斯所作也,增损大篆,异同籀文,谓之小篆,亦曰秦篆。始皇二十年,始并六国。斯时为廷尉,乃奏罢不合秦文者,于是天下行之。画如铁石,字若飞动,作楷隶之祖,为不易之法。其题铭钟鼎及作符印,至今用之焉。"这是称颂李斯的书法成就。李斯的石刻文章,历来也受到学者的重视。《汉书·艺文志·六艺略》著录《奏事》二十篇,班固注:"秦时大臣奏事,及刻石名山文也。"姚振宗《汉书艺文志条理》认为,"严可均辑《全秦文》有王绾、李斯、公子高、周青臣、淳于越及诸儒生群臣议凡十五篇。李斯《狱中上书》云:'更剋画,平斗斛度量,文章布之天下,以树秦之命。'则刻石名山文,当斯手笔也"。

根据《史记·秦始皇本纪》记载,其石刻文字总共有七处:二十八年峄山刻石、泰山刻石、琅邪刻石;二十九年之罘刻石、东观刻石;三十二年碣石刻石;三十七年会稽刻石。《史记》记载了峄山以外六种的全文。现存实物有二件:一是琅邪石刻,二是泰山石刻,并有较早拓本传世。琅邪石刻存八十四字,前两行为秦始皇刻石残存从臣姓名"五大[夫赵婴]、五大夫杨樛"。后为二世刻辞全文。"臣请具刻诏书金石刻",与《史记》作"臣请具刻诏书刻石"有异。泰山石刻现存九字。峄山刻石有宋太宗淳化四年(993)郑文宝据徐铉的临摹本而重刻的本子,此后流传较广,存世多种。文曰:

> 皇帝立国,维初在昔,嗣世称王。讨伐乱逆,威动四极,武义直方。戎臣奉诏,经时不久,灭六暴强。廿有六年,上荐高号,孝道显明。既献泰成,乃降专惠,亲巡远方。登于绎山,群臣从者,咸思攸长。追念乱世,分土建邦,以开争理。功战日作,流血于野,自泰古始。世无万数,阤及五帝,莫能禁止。乃今

皇帝,壹家天下,兵不复起。灾害灭除,黔首康定,利泽长久。群臣诵略,刻此乐石,以着经纪。

赵明诚《金石录》卷十三:"右《秦峄山刻石》者,郑文宝得其摹本于徐铉,刻石置之长安,此本是也。唐封演《闻见记》载此碑云:'后魏太武帝登山,使人排倒之,然而历代摹拓之,以为楷则。邑人疲于供命,聚薪其下,因野火焚之,由是残缺不堪摩写,然犹求者不已。有县宰取旧文勒于石碑之上,置之县廨。今人间有《峄山碑》者,皆是新刻之本。'而杜甫诗直以为'枣木传刻'者,岂又有别本欤?案《史记·本纪》:'二十八年,始皇东行郡县,上邹峄山,立石,与鲁诸儒生议刻石颂秦德。'而其颂诗不载。其他始皇登名山凡六刻石,《史记》皆具载其词,而独遗此文,何哉?然其文词简古,非秦人不能为也。秦时文字见于今者少,此虽传摩之余,然亦自可贵云。"之罘刻石有《汝帖》本,仅存十四字。会稽刻石有元代重摹本。碣石刻石也有一种摹本传世,但是尚存疑问。东观碣石没有任何资料留存。这些石刻文字,尽管多是官样文章,为秦王朝邀功买好。但是其用语考究,韵律严整,成为了秦代颂美文章的典范。故刘勰《文心雕龙·封禅》:"秦皇铭岱,文自李斯,法家辞气,体乏弘润;然疏而能壮,亦彼时之绝采也。"①

秦始皇三十七年(前210)巡行会稽,少子胡亥、李斯、赵高等随行,行至沙丘而病卒。李斯、赵高秘不发丧,伪作遗诏诛杀公子扶苏、大将蒙恬,并立少子胡亥,是为秦二世皇帝。秦二世信用赵高,诛戮大臣。李斯没有吕不韦的雄厚财力,更没有"仲父"这样的特殊身份,他只能仰人鼻息,曲意逢迎。特别是《史记·李斯列传》所载《上书对二世》,摇唇鼓舌,矫言伪行,所谓谄媚之文,莫此为甚,这也为自己埋下祸根。后来为曾作《上书言赵高》,极尽揭露批驳之能事,然为时已晚,不久即为赵高所陷,以谋逆之罪下狱,作《狱中上书》,正话反说,为自己鸣冤叫屈,然阶下之囚,已无回天之力。二年(前208)被腰斩于咸阳,夷三族。临刑前,对其子说:"吾欲与若复牵黄犬俱出上蔡东门逐狡兔,岂可得乎?"有子李由,为三川守,二年为项梁等杀死(见《汉书·高祖纪》)。李斯之死,标志着辉煌而又短暂的秦朝统治的历史终结,也标志着钳制文化发展的愚民制度的彻底失败。

---

① 刘勰:《文心雕龙·封禅》,周振甫注释,人民文学出版社,1981年,第235页。

四 惊现于世的秦代文学史料

李斯所倡导的愚民政策虽然暂时放缓了秦代文学的发展步伐，但是无法扼杀一个时代文学艺术的生存。道理很简单，任何政策都无法遏制广大人民群众对于美的追求。其实，就是统治阶级，又何偿不需要用文学艺术来点缀他们的生活？晋代王嘉《拾遗记》记载，秦王嬴政青年时代，骞霄国画家烈裔来秦，擅长于画龙点睛之笔。①此虽系小说家言，但是秦代的绘画艺术，史书早有记载。唐代张彦远《历代名画记》云："图画之妙，爱自秦汉，可得而记。降于魏晋，代不乏贤。"秦代画像，据陈直《汉书新证·高后纪》"为吕氏右袒，为刘氏左袒"条考证："凤翔虓脚镇，曾出土秦代大画砖，为两王宴饮图，持杯皆用左手，知秦代尚左，但汉初改为尚右，《周昌传》'左迁'是也。周勃入北军，大呼为刘氏左袒，知仍用秦代习俗。"②据此画像砖考证秦汉习俗，确有意义。此外，根据《重修咸阳县志》和《咸阳文物精华》等资料，咸阳历年出土了很多秦汉时期的画像砖，属于秦代的如驷马图、龙璧图等，就非常生动地再现出秦代的生活画面和浪漫的想象。为了实现其长生不老的梦想，秦始皇又封禅泰山，派遣徐市等数千童男女入海寻找蓬莱、方丈、瀛洲三神山，还过彭城时，还设法出在泗水捞出周鼎而未果。后又南下衡山，浮江至湘山祠。逢大风，几乎败溺，愤怒而不得渡，派遣刑徒三千人皆伐湘山树，赭其山。所有这些，都见载于《史记》《水经注·泗水注》及《太平御览》所引庾穆之《湘洲记》，更是汉代画像石中常见的题材，如山东嘉祥武梁祠左右室画像就有秦始皇升鼎图。所有这些，也都体现了秦人的想象力。

秦代乐器也多有记载。《古今乐录》云："琵琶出于弦鼗。"晋杜挚云："长城之役，弦鼗而鼓之。"③《通志》卷一四四丝五琵琶条："今清乐秦琵琶，俗谓秦汉子。

---

① 王嘉《拾遗记》卷四："始皇元年，骞霄国献刻玉善画名裔。使含丹青以漱地，即成魑魅及诡怪群物之象；刻玉为百兽之形，毛发宛若真矣。皆铭其臆前，记以日月。工人以指画地，长丈直，直如绳墨。方寸之内，画以四渎五岳列国之图。又画为龙凤，骞翥若飞。皆不可点睛，或点之，必飞走也。始皇嗟曰：'刻画之形，何得飞走。'使以淳漆各点两玉虎一眼睛，旬日则失之，不知所在。山泽之人云：'见二白虎，各无一目，相随而行，毛色相似，异于常见者。'至明年，西方献两白虎，各无一目。始皇发槛视之，疑是先所失者，乃刺杀之，检其胸前，果是元年所刻玉虎。迄胡亥之灭，宝剑神物，随时散乱也。"《太平御览》卷七五二、卷八九一及《历代名画记》卷一、卷四并引此事，谓秦王嬴政二年。（中华书局，1981年，第99—100页）

② 陈直：《汉书新证》，天津人民出版社，1979年，第4页。

③ 沈约：《宋书·乐志》引，中华书局，1974年，第556页。

圆体修颈而小,疑是弦鼗之遗制。傅玄云:体圆柄直,柱有十有二。其他皆充上锐下。"又云:"曲项,形制稍大,本出胡中,俗传是汉制。兼似两制者,谓之秦汉,盖谓通用秦汉之法。"又云:"阮咸,亦秦琵琶也。而颈长过于今制,列十有三柱。晋竹林七贤图,阮咸所弹与此类,因谓之阮咸。"常任侠《丝绸之路与西域文化艺术》指出:"根据唐代的文献,可知当时的琵琶,又阮咸(秦琵琶)、曲项及五弦琵琶三种。现在这三种唐代琵琶的实物,都还存在。唐代传给日本,日本的奈良正仓院,历世宝爱周至,保存至今。看这几件珍贵的遗品,形制完美,与《通典》的记载,恰相吻合。""从它的实物与文献略行推断,弦鼗约始于秦代,秦人植基西北,与西北各民族的文化是密切的,在音乐上也互相感受。风俗传播,互相学习,从鼗的打击乐器变成弹奏的弦乐器,就叫弦鼗。到汉代,西域有琵琶输入,因取其名叫秦琵琶。它是由中国乐器为主而演变的。'兼似两制,谓之秦汉。'所以又叫秦汉子。因为爱好这种乐器的有晋竹林七贤的阮咸,又因此从唐初以来,叫阮咸,这是汉民族在音乐上的创造。"①

尤其值得我们重视的是最近几十年出土文献的发掘,为秦代文学研究提供了前所未有的丰富资料。

1975 年 11 月在湖北省云梦县城关镇西侧睡虎地发现古代墓葬,其中 11 号墓出土秦代竹简 1155 支(另残片 80 余片),内容大部分是秦的法律条文和公文程式。墓主据推测是一个叫"喜"的男子,生于秦昭王四十五年(前 262),曾任安陆御史、安陆令史、鄢令史,并曾治狱于鄢,是秦的地方官吏,死于秦始皇三十年(前 217)。②经过整理,有如下内容:《编年纪》(53 枚,类似于"喜"的家谱和墓志的混合物,始于秦昭王元年,终于秦始皇三十年)、《语书》(14 枚)、秦律十八种(201 枚)、效律(60 枚)、《秦律杂抄》(42 枚)、《法律答问》(210 枚)、《封诊式》(98 枚)、《为吏之道》(51 枚)、《日书》甲种(166 枚)、《日书》乙种(257 枚)。其中《语书》《效律》《风诊式》《日书》乙种四种简上原有书题。其他几种书题是整理小组拟定的。前八种编为《睡虎地秦墓竹简》,1978 年文物出版社出版。后又出版精装本,将后两种也收录其中,1990 年出版。其年代大体可以考知。据出版说明:"《编年记》里的年号,在昭王、孝文王和庄王之后是'今元年',即秦王政(始皇)元年,表明《编年记》是秦始皇时期写成的。又如《语书》开头说:'廿年四月丙戌朔丁亥,

---

① 常任侠:《丝绸之路与西域文化艺术》,上海文艺出版社,1981 年。
② 详见《湖北云梦睡虎地十一座秦墓发掘简报》,《文物》1976 年 9 期。

南郡守腾谓县、道啬夫.'以历朔推算是秦王政(始皇)二十年。《语书》文中几处避讳'正'字,改写作'端',也证明它是秦始皇时期的文件。竹简中写得早的,则可能属于战国末期。……《编年纪》止于秦始皇三十年(公元前217年),该年喜是四十六岁。"其中,《为吏之道》近于《荀子·成相篇》。《汉书·艺文志》著有《成相杂》十一篇,《为吏之道》应当是用当时民间流行的成相辞调杂糅而成。这是我们今天能够看到的三晋格调。①关于这篇作品的时代及其意义,以往的文学史研究多有论述,这里就不展开了。而《语书》是秦王嬴政二十年四月初二日南郡守腾向所属各县、道发布的一篇文告,属于地方行政公文。

湖北省云梦县睡虎地发现秦代墓葬除了出土广为世人熟知的《为吏之道》外,还在四号墓发现两件木牍,正反两面都有字迹,是黑夫与惊两人写给衷的家信,其中一件保存较好,另件下半残缺。据专家考证,两信大约作于秦王嬴政二十四年(前223),那年,王翦、蒙武攻取荆,昌平君死,项梁自杀。楚国至此而亡。二月,安陆士兵黑夫和惊给家人发信。由此推断,这封信为秦王政二十三年参与王翦攻陈战役之士兵家信。计先后两信。第一信发于二十四年二月十九日,第二信未记日期,当在三月中。第一封发信者为黑夫与惊二人,皆为安陆人,此时家住"新地城",即今云梦古城。受信者名中,又作衷,当为同母兄弟,即出土木牍之墓主。所谓"新负"即"新妇",当为惊之妻,媛乃其年幼之女儿。信开头首先问"母毋恙也",父当已去世。信中叮嘱新妇"勉力视瞻"之丈人或两老,当指新妇之父母,两亲家当离不远。两信向其母要衣、布与钱。第二信云:"用垣柏钱矣,室弗遗,即死矣。急、急、急。"谓已借用别人之钱,急需要钱,由此可见当时从军士兵之生活情况。②《汉书·艺文志》曾著录有"《秦零陵令信》,难秦相李斯"。但是这篇近于难体、又似书信的文字并没有流传下来。而《黑夫尺牍》《惊尺牍》大约是迄今为止发现的最早的家信了。以往的研究多集中在文字考释以及法律文书方面,这的确是全新的内容。而周凤五《从云梦简牍谈秦国文学》则着重分析了四号墓中《黑夫尺牍》和《惊尺牍》,十一号墓中的《语书》《为吏之道》的内容及形式上的特点,从文学方面作了比较全面的论述,很值得参看。③

1986年在天水市北道区党川乡放马滩一号墓出土460枚秦代竹简。《文物》

---

① 黄盛璋:《云梦秦简辨正》,《考古》1979年1期。

② 参见黄盛璋:《云梦秦墓两封家信中有关历史地理的问题》,《文物》1980年8期。

③ 周凤五:《从云梦简牍谈秦国文学》,台湾中国古典文学研究会主编《古典文学》第七集,学生书局,1985年。

1989 年第 1 期发表简报。后来又编成《天水放马滩秦简》一书已由中华书局出版。有两部分内容:一是《日书》,与湖北云梦睡虎地秦简基本相同。甲种 73 枚,可分为八章,即《乐建》《建除》《亡者》(又称《亡盗》)《人月吉凶》《男女日》《择行日》(又称《禹须行》)《生子》《禁忌》。日书乙种 379 枚,内容方面有二十多篇,除《月建》《建除》《生子》《人月吉凶》《男女日》《亡盗》《禹须行》与甲种相同外,尚有《门忌》《日忌》《月忌》《五种忌》《入官忌》《天官书》《五行书》《律书》《医巫》《占卦》《牝牡月》《昼夜长短表》《四时啻》等十三种。一是纪年文书,或题《墓主记》,说的是一个叫丹的人因伤人而被处死,但三年以后又复生的事情,同时追述了丹过去的简历和不死的原因。简文称:"……三年,丹而复生,丹所以复生者,吾犀武舍人,犀武论其舍人□命者,以丹未当死,因告司命史公孙强。因令白狗(?)穴屈出丹,立墓上三日,因与司命史公孙强北出赵氏,之北地柏丘之上。盈四年,乃闻犬　而人食,其状类益、少糜、墨,四支不用。丹言曰:死者不欲多衣(?)。市人以白茅为富,气鬼受(?)于它而富。丹言:祠墓者毋敢毇。毇,鬼去敬走。……"据李学勤先生考证,这应当是我国目前所见最早期的志怪小说了。[1]这些材料的出现,确实给人一种新奇惊异的感觉。

　　由此我们联想到《燕丹子》。这部著作主要记述燕太子丹刺杀秦王的前因后果:他曾在赵国作人质,与生于赵国的嬴政相结识。嬴政立为秦王后,太子丹又质于秦,因受到冷遇而逃回燕国,暗中派荆轲刺杀秦王。事件导致秦军攻燕,破易水之西。史书的记载大体如上。但是到了秦汉以后,其故事内容逐渐丰富,赋予了更多的小说色彩。《汉书·艺文志》著录有司马相如《荆轲论》五篇,司马相如稍前于司马迁,可见秦汉之际,荆轲刺秦王的故事已在世间广泛流传。司马迁说:"世言荆轲,其称太子丹之命,'天雨粟,马生角'也,太过。"[2]这里所说的"天雨粟,马生角"就见于《燕丹子》记载:"秦王遇之无礼,不得意,欲求归,秦王不听,谬言曰:'令乌白头,马生角,乃可许耳'。丹仰天叹,乌即白头,马生角。"[3]这显然已经带有夸饰的成分。《论衡·语增篇》又载曰:"传语曰:'町町若荆轲之闾'。言荆轲为燕太子刺秦王,后诛轲九族,其后恚恨不已,复夷轲之一里,一里皆灭,故曰町町。此言增之也。夫秦虽无道,无为尽诛荆轲之里。……荆轲之闾何罪于秦而尽诛之?如刺秦王在闾中,不知为谁,尽诛之,可也。荆轲已死,刺者有人,一里之民,何为坐

①　李学勤:《放马滩简中的志怪古诗》,《简帛佚籍与学术史》,江西教育出版社,2001 年,第 167 页。
②　司马迁:《史记·刺客列传》,中华书局,1982 年,第 2538 页。
③　《燕丹子》,中华书局,1985 年,第 3 页。

之?始皇二十年,燕使荆轲刺秦王,秦王觉之,体解轲以徇,不言尽诛其间。彼或时诛轲九族,九族众多,同里而处,诛其九族,一里且尽,好增事者则言町町也。"①可见到了东汉前期,燕丹子故事就不仅仅是乌白头、马生角那样简单了,而是又增加了很多内容,如长虹贯日等情节,就并见于《史记索隐》引东汉后期应劭注及《列士传》等说法。至《燕丹子》出,情节更为丰富。譬如记载燕太子丹厚待荆轲,与之同案而食,同床而寝,甚至拿黄金给荆轲投蛙作乐;荆轲想吃马肝,燕太子丹就杀了心爱的千里马;荆轲称赞弹琴美人的手很美,燕太子丹就剁下美人手等情节,可能是过于离奇,故都不见于史书记载。但是这部著作并未见于《汉书·艺文志》记载,而是首次著录于《隋书·经籍志》子部小说家类,著录,且未署作者姓名。因此,有学者认为此书形成较晚,如《四库全书总目提要》称:"其文实割裂诸书燕丹荆轲事杂缀而成,其可信者已见《史记》,其他多鄙诞不可信。"从这部书的思想倾向来看,作者以燕太子丹为线索,以反暴秦为基本倾向,突出记述了荆轲刺秦王及其失败经过,与《战国策·燕策》《史记·刺客列传》的记载大体相近。因此,清代以来一些学者认为此书是燕太子丹死后其宾客所撰,至少是汉代或以前的作品,也不无道理。作者长于叙事,娴于词令,在虚构之中,塑造了不同类型的人物,给读者留下深刻印象,视之为中国古小说的雏形殆不为过。

　　1989 年云梦龙岗六号秦墓出土了一百五十枚竹简,详见刘信芳、梁柱编《云梦龙岗秦简》。根据该书考证,秦简的时代略晚于睡虎地秦简。其证有三:第一,第271 简"故罪当完城旦。"睡虎地秦简"罪"皆作"辠",而龙岗简则一律作"罪"。《说文》:"秦以辠似皇字,改为罪。"第二,第 256 简"时来朕,黔首其欲弋奥兽者勿禁。"按黔首又多次见于龙岗简。《史记·秦始皇本纪》:二十六年统一中国后,"更名民曰黔首。"而睡虎地简仅见"百姓,"说明是统一之前的作品,而龙岗简则统一后作品。第三,第 263 简有"从皇帝而行及舍禁苑中……"。《史记·秦始皇本纪》:"采上古'帝'位号,号曰皇帝。"②同属于秦的法律文书,是继睡虎地秦简之后又一重要发现,对于研究秦代法律的演变及其相关问题提供了新的资料。其中有这样一段话:"取传书乡部稗官。"(编号 185)这里提到的"稗官"又见《汉书·艺文志》:"小说家者流,盖出于稗官,街谈巷语,道听途说者之所为造也。孔子曰:'虽小道必有可观者焉。致远恐泥,是以君子弗为也。'然亦弗灭也。闾里小知者之所

---

① 张衡:《论衡》卷七,上海人民出版社,1974 年,第 120 页。

② 刘信芳、梁柱:《云梦龙岗秦简》,科学出版社,1991 年,第 30、31 页。

及,亦使缀而不忘,如或一言可采,此亦刍荛狂夫之议也。"注于稗官下引如淳曰:
"细米为稗。街谈巷说,其细碎之言也,王者欲知闾巷风俗,故立稗官使称说之。"
颜注:"稗官,小官。《汉名臣奏》:'唐林请省置吏,公卿大夫都官稗官,各减什三'
是也。"余嘉锡《小说家出于稗官说》以为"如淳以'细米为稗,街谈巷说细碎之言'
释稗官,是谓因其职在称说细碎之言,遂以名其官,不知唐林所言都官稗官,并是
通称,实无此专官也。师古以稗官为小官,深合古训。《周礼》:'宰夫掌小官之戒
令。'注云'小官,士也。'此稗官即士之确证也"。此说已经为今天绝大多数研究
者所认同。但是根据秦简来看,稗官确实是小官,但是并非"无此专官"。《秦律十
八种》也称"令与其稗官分。"所谓"稗官",与《汉书·百官公卿表》中所列"大率十
里一亭,亭有长。十亭一乡,乡有三老、有秩、啬夫、游徼。三老掌教化"是并列而称
的乡里小官。天水放马滩秦简、睡虎地秦简多次出现"小啬夫""大啬夫",是月薪
不过百石的小官吏,设职面很广,上至县府,下至乡府以及县属各单位。大啬夫,
似专指县令、长而说的,小啬夫则是乡政府和仓啬夫、库啬夫、田啬夫等。《史记·
殷本纪》:"舍我啬事而割政。"张守节《史记正义》:"穗曰稼,敛曰啬。"《史记·司马
相如列传》:"让三老孝弟以不教诲之过。"张守节《史记正义》:"《百官表》云:十里
一亭,亭有长。十亭一乡,乡有三老、有秩、啬夫、游徼。三老掌教化,啬夫职听讼、
收赋税,游徼备盗贼。"(并见张衍田辑《正义佚文》)又据李振宏、孙英民《居延汉
简人名编年》"始元年间"诸人名的考察,候长秩比二百石,月奉一千二百,而关啬
夫秩比百石,而月奉七百二十。至于"令史之职,一般应与尉史、候史、啬夫、亭长、
燧长为同一秩级,属百石以下的斗食、佐史之秩,月奉钱是六百"。但是303·4简
有"令史覃嬴始元二年三月乙丑除,未得始元六年九月奉用钱四百口"。303·21
简有"书佐樊奉,始元三年六月丁丑除,未得始元六年八月奉用钱三百六十"。可
见在啬夫以下尚有属令史、书佐一类更低的官吏,月奉在三四百之间。由此说明,
稗官确为乡里小官。

五　传统文学的式微与新文学的曙光

春秋战国之际,秦地的诗歌创作除《诗经·秦风》外,主要就是唐初在陕西凤
翔发现的《石鼓文》。每鼓各刻一百六七十字的四言诗,格调与《诗经》略同。因此,
石鼓文其实是一组诗,内容记载秦国君臣田猎游乐之事。韩愈、韦应物等人加以
考释,但是"辞严义密读难识",因而写下"嗟余好古生苦晚,对此涕泪双滂沱"。现

在仅存 272 字,全部字体为籀文(又称大篆)。其刻石时代,或以为宗周,或以为秦,还有人少数学者认为是北周作品。其中以主宗周说者最多,但是具体考订又有分歧,唐代韦应物则以为是周文王之鼓,如葛立方《韵语阳秋》引韦诗"周文大猎兮岐之阳"。欧阳修《集古录》也本此说,并且以为是宣王时刻诗;唐代张怀瓘、韩愈、窦臮等并以为周宣王时代的作品;宋代程大昌等又认为是周成王时代的作品。马衡《石鼓为秦刻考》①根据文字流变、秦刻遗文等材料,认为其具体时代在秦献公之后,襄公之前。徐宝贵《石鼓文年代考辨》②根据石鼓文的文字形体的特点、石鼓文与《诗经》的语言关系、石鼓文的内容所反映出来的史实等三个大方面,论证石鼓文的绝对年代当在春秋中晚期之际(秦景公时期,即公元前 576 至535 年),也就是《诗经》时代的作品。因为顾炎武《日知录》认为战国已经没有赋诗的风尚,所以,这组诗的年代不可能迟于晚周。此外,《诗经》中的十篇秦风,其中云"游于北园"。据此,韩伟《北园地望及石鼓诗之年代一议》③认为,北园即今凤翔,这对判断石鼓原在地和年代提供了新的线索。石鼓文可以说是秦代文学的前奏,反映了早期秦人的文学风貌。

秦人从西北边陲挺进周原后,多尚武功,无暇文治。秦始皇二十六年(前 221年),齐国最后被秦人所破,齐人作亡国之歌。《资治通鉴》卷六《秦纪》载:"齐人怨王建不早与诸侯合从,听奸人宾客以亡其国,歌之曰:'松耶,柏耶,住建共者客耶!'"如果这也可以称作诗歌的话,大约与秦人略沾一点边。也是这一年,秦人还将周舞《五行舞》更名为《五行》,也见载《汉书·礼乐志》。《宋书·乐志》曰:"及秦焚典籍,《乐经》用亡。……周存六代之乐,至秦唯余《韶》、《武》而已。始皇改周舞曰《五行》,汉高祖改《韶舞》曰《文始》,以示不相袭也。"④《通典·职官七》:"秦奉常属官,有大乐令丞。""少府属官有乐府令丞。"由此而知,秦代已经建立乐府,并且也从事一些歌诗文献的收集与改造的工作。故《汉书·艺文志》著录有"《左冯翊秦歌诗》三篇""《京兆尹秦歌诗》五篇"等,大约就是官府收集而得。

秦代文人的诗歌创作,仅有两处记载:第一条材料见于《汉书·艺文志》,班固在著录《黄公》四篇后有一小注:"名疵,为秦博士,作歌诗,在秦时歌诗中。"杨树达《汉书窥管》引姚振宗考证以为"黄公疵为博士,盖即是时也"。第二条材料见于

---

① 马衡:《石鼓为秦刻考》,《凡将斋金石丛稿》,中华书局,1977 年,第 165 页。

② 徐宝贵:《石鼓文年代考辨》,《国学研究》第四卷,北京大学出版社,1997 年。

③ 韩伟:《北园地望及石鼓诗之年代一议》,《考古与文物》1981 年 4 期。

④ 沈约:《宋书·乐志》,中华书局,1974 年,第 533 页。

《史记·秦始皇本纪》，秦始皇三十六年，令博士作《仙真人诗》，并"传令乐人歌弦之"。《文心雕龙·明诗》所说的"秦皇灭典，亦造仙诗"，大约指的就是这首《仙真人诗》。可惜这些作品均已失传。

秦王嬴政时期的诗歌创作，保存至今的大约只有一首《长城之歌》。战国时期，诸侯列国纷纷修筑长城以抵御外敌。秦始皇统一中国过程中，又使蒙恬北筑长城以抵御匈奴，因地形，用制险塞，起临洮至辽东，延袤万余里。于是渡河，据阳山，逶迤而北。故贾谊《过秦论》说："乃使蒙恬北筑长城而守藩篱，却匈奴七百余里，胡人不敢南下而牧马，士不敢弯弓而报怨。"《水经注》引晋人杨泉《物理论》曰："秦始皇使蒙恬筑长城，死者相属，民歌曰：'生男慎勿举。生女哺用餔。不见长城下。尸骸相支拄。'其冤痛如此矣。"[1]据此推断，这首民歌所反映的是秦时修筑长城的情况。长城的修筑，保卫了国土的安全，但以其工程浩大，也给人民带来沉重的负担。历代有关长城的故事传说、歌谣赋颂，不绝如缕，影响深远。《玉台新咏》载陈琳《饮马长城窟行》："生男慎莫举，生女哺用脯。君独不见长城下，死人骸骨相撑拄。"杜甫《兵车行》："信知生男恶，反是生女好；生女犹得嫁比邻，生男埋没随百草。"无不脱胎于这首民歌。就诗歌形式而言，全诗五言四句，韵律和谐。尽管不能排除有后人加工润色的可能，其对后来五言诗发展的影响似也不可疏忽。

秦代诗歌创作虽然无足称述，但是杂赋创作却时常为人道及。《汉书·艺文志》诗赋略荀卿赋类著录"秦时杂赋九篇"。杂赋类著录《成相杂辞》十一篇，王应麟《汉书艺文志考证》称：《荀子·成相篇》注，盖亦赋之流也。"那么，睡虎地秦简《为吏之道》也应当是这类杂赋创作。这些作品，南北朝时似乎仍有流传，故《文心雕龙·诠赋》说："秦世不文，颇有杂赋。"《汉书·艺文志》诸子类名家下著录《成公生》五篇，班固注："与黄公等同时。"颜师古注："姓成公。刘向云与李斯子由同时。由为三川守，成公游谈不仕。"黄公，即前面提到的黄公疵。说明成公生也是秦始皇时人，《成公生》应当是一部子部类的著作。

秦代后期文章比较著名是秦二世三年(前207)陈馀所作的《与章邯书》。《汉书·陈胜项籍传》："章邯军棘原，羽军漳南，相持未战。秦军数却，二世使人让章邯。章邯恐，使长史欣请事。至咸阳，留司马门三日，赵高不见，有不信之心。长史欣恐，还走，不敢出故道。赵高果使人追之，不及。欣至军，报曰：'事亡可为者，相国赵高颛国主断。今战而胜，高嫉吾功；不胜，不免于死。愿将军熟计之。'陈馀亦

---

① 郦道元：《水经注·河水》，《续古逸丛书》四十三影印《永乐大典》本，江苏广陵古籍刻印社，1994年。

遗章邯书曰:'白起为秦将,南并鄢郢,北阬马服,攻城略地,不可胜计,而卒赐死。蒙恬为秦将,北逐戎人,开榆中地数千里,竟斩阳周。何者? 功多,秦不能封,因以法诛之。今将军为秦将三岁矣,所亡失已十万数,而诸侯并起兹益多。彼赵高素谀日久,今事急,亦恐二世诛之,故欲以法诸将军以塞责,使人更代以脱其祸。将军居外久,多内隙,有功亦诛,亡功亦诛,且天之亡秦,无愚智皆知之。今将军内不能直谏,外为亡国将,孤立而欲长存,岂不哀哉! 将军何不还兵与诸侯为从,南面称孤,庶与身伏斧质,妻子为戮乎? '"

《史记·李斯列传索隐》引姚氏曰:"隐士遗章邯书云:'李斯为二世废十七兄而立今王',则二世是始皇第十八子也。"这是此文的史料价值。不仅如此,文章晓以利害,动以情感,娓娓道来,有相当强的感染力。史载:"章邯狐疑,阴使候始成使羽,欲约。""已盟,章邯见羽流涕,为言赵高。羽乃立章邯为雍王,置军中。"此文为历代文章选评家所重视。《史记集解》:"此书在《善文》中。"案《隋书·经籍志》记载,《善文》五十卷,杜预撰。说明秦代之文除了李斯的作品之外,还有其他文人的文章已作为范文收录文学总集中。明代古文家也多所称引。如《秦文归》辑录此文,末引唐顺之评:"章邯已孤疑矣,而此书正中情事,且简健紧快,尤为独绝。"

由此来看,秦代文学影响于后世者,还不仅仅是李斯的石刻文字,也包括《善文》等文章总集中收录的秦代作品。更重要的是,汉初的思想家,在回顾总结秦朝迅速灭亡的历史经验教训时,总是把李斯的文化激进主张视为其中最重要的原因之一,这也从反面为汉代文化与文学的发展提供了丰富的参照。

(原载《文学与文化》2010 年第 2 期)

唐代人狐婚恋小说文化意蕴管窥 *

关四平

　　唐代小说中的人狐婚恋题材,是唐代士人立足时代文化土壤,汲取传统文化相关元素,经过其审美心理中介整合,以文学形式承载文化思想创造出来的独特文化景观。其中既有释、道等宗教理论的渗透,也有流传久远的"万物有灵"等观念的影响。比如:在庄子的思想中,人与万物皆是自然大化的组成因子,"万物为一"、"齐万物"等思想观念,从哲学层面揭示出人类心目中存在的与万物素有的亲近关系。李剑国先生曾指出:"几乎没有任何一种动物像狐这样被最充分地赋予意味深长的文化含义。""狐是一种象征物,一种神秘的文化符号,一种动人的审美意象。在宗教、民俗和文学中,它曾长久地发挥着特殊的文化功能和艺术功能。"[①]唐代人狐婚恋小说就是这种特殊的文化功能和艺术功能的集中体现。

　　人狐婚恋传说及此种题材小说的产生,首先是基于狐狸在动物中突出的外形美,人们由此展开想象的翅膀而将其幻化为美女也就顺理成章了。吉野裕子就曾指出:"狐在多数的动物中显得特别美丽。……它的眼睛大而清澈,鼻子细而笔挺,显得非常聪颖,如果是人,就使我们想起秀丽的美女。"[②]唐代人狐婚恋小说中的狐女形象就蕴含着这样一种独特的美感,其形象的成功塑造为中国文学画廊增添了一系列美好的女性形象典型,具有着丰厚的文化意蕴与超时空的审美价值。

　　唐代人狐婚恋小说篇幅之长短,内涵之厚薄,艺术之高下,各有不同,本文仅

　　作者简介:关四平(1953—　　),男,哈尔滨师范大学文学院教授。

　　* 本论文为教育部人文社科基金项目"唐代小说仕宦题材研究"(项目号:08JA751007)的阶段性成果。

　　① 李剑国:《中国狐文化》,人民文学出版社,2002年,第1-2页。

　　② 吉野裕子:《神秘的狐狸——阴阳五行与狐崇拜》,井上聪、汪平等译,辽宁教育出版社,1990年,第8页。

择取人狐婚恋的代表性作品论之,力图在学界已有成果的基础上,着重挖掘其文化意蕴,以窥斑知豹耳。

一

从作者主观命意的层面观照,以狐的美反衬人的丑,以狐的重情反衬人的薄情,应是唐代人狐婚恋小说的文化意蕴之一。这以《任氏传》①的表意最为明显。沈既济在卷末评论中明确指出:"虽今妇人,有不如者矣。"这显然是在褒扬狐女任氏之美,以贬斥社会现实中某些"今妇人"之丑。关于沈既济创作《任氏传》的主观命意,卞孝萱先生经过细密考证提出:"他描写雌狐变化为'丽人'任二十娘,对郑六忠贞不二,以讽刺刘晏背叛元载,人不如'妖',正是他亲元载、杨炎而敌视刘晏的立场的表现。"②此观点确实新人耳目,且有史料的考证为据,又有"唐代的文艺作品中,常以男女之爱来比喻政界、科场的知遇"③等诗歌作为旁证。这是从政治官场恩怨层面来透视作家寄寓作品中的文化内涵,有一定参考价值,可为一说。但这仅能视为作者的创作动机之一,若将其扩大,就难免以偏概全,把作品丰富的文化意蕴简单化了。况且这种过于坐实的结论,也有索隐之嫌、牵强之感。有鉴于此,笔者宁愿相信作者白纸黑字的说法,其创作小说主观命意的指向是泛指整个社会上的群体而非某一政客。这样作者的立意才更高,作品的文化意蕴方更深广,审美价值也就更大。李剑国就此篇评论说:"沈既济从审美视点重新审视狐妖,把作祟害人的狐妖转化为文学审美意象,这是文学对宗教的反抗,审美观念对宗教观念的反抗,世俗情感对宗教情感的反抗。"④这种从审美文化层面来把握作者主观命意的看法,既符合作者的创作本旨,又揭示了作品的文化价值,颇具启发性意义。

从小说作品文本中客观蕴含的文化意蕴层面说,其中既包含作者的主观命意,也包括客观效果。作者未必然,读者未必不然,即作者主观上未想到要表达的东西,而在作品描写中实际上已经包含在文本之中了。这就需要研究者将其挖掘出来,以使读者更好地理解作品的丰富意蕴。程国赋在《唐五代小说的文化阐释》

---

① 李时人:《全唐五代小说》,陕西人民出版社,1998年,第535页。
② 卞孝萱:《唐人小说与政治》,鹭江出版社,2003年,第167页。
③ 卞孝萱:《唐人小说与政治》,第163页。
④ 李剑国:《中国狐文化》,人民文学出版社,2002年,第112页。

一书中,论及"唐五代人与异类恋爱小说的文化内涵"时,曾提出一个新的观点,认为:"人与鬼魂、动物、植物精魅(女性)的恋情是文士与妓女生活的间接反映。"①从"间接"二字看,论者似乎并未将之归于作者的主观命意,而是从客观含义的角度探讨的。从这个角度如此概括,也有一定道理,给人以耳目一新之感。但笔者觉得还有些疑问有待斟酌:一是,唐人小说中本来就有描写文士与妓女婚恋的作品,如白行简的《李娃传》、蒋防的《霍小玉传》等,皆是其中的名篇。这两类作品不能混同,其作品的文化意蕴是大不相同的。二是,从唐代人狐婚恋名篇作品的实际描写看,男主人公固然都是文士,但他们与狐女多是正式结合,而且生有子女。如《李黁》②中狐女郑氏与李黁生有一子;《计真》③中狐女李氏与计真生有七子二女。这就和文士与妓女婚恋题材作品大不相同,后者只能是文士的风流韵事,即恋爱可以,成婚生子则难于上青天。《李参军》④虽未写生子,但他是未婚男子,与狐女萧氏是初婚,这更为难能可贵,而且他们结婚时,"见者谓是王妃公主之流,莫不健羡"。这又是妓女所无法比拟的。《任氏传》中狐女任氏虽有"多诱男子偶宿"的经历,与妓女相似,但遇郑六后,再绝无与其他男子的暧昧关系,其坚拒韦崟就是明证。此外,她"愿终己以奉巾栉"的誓言,且此后再不分离,以致于为此而献出生命等表现,更是与妓女不可同日而语的。郑六虽"方有妻室",但他从未把任氏看作妓女,最差也是视之为妾而已,且千方百计想和她在一起而不愿分开。凡此,将人狐婚恋视为"文士与妓女生活的间接反映"似乎不符合作品描写的客观实际。相比之下,《唐五代小说的文化阐释》中所总结的"人与异类恋爱的小说透射出唐代婚恋领域自由、开放的时代气息"⑤,"人与异类恋爱的作品说明唐代贞节观念的淡薄"⑥等文化内涵,则是在作品客观描写基础上的进一步文化透视,其论证较为有力,说服力也更强,笔者同意这些观点,故不再赘言。在此基础上,笔者还拟从作品客观含义的角度再提出这样一个看法:唐代人狐婚恋小说的作者所代表的唐代士林中的佼佼者,往往视狐为人类的朋友,视之为与人同样是有情有义的可平等相待的一类物种,特别是对狐女,更是优待有加。在小说家笔

---

① 程国赋:《唐五代小说的文化阐释》,人民文学出版社,2002 年,第 152 页。

② 李时人:《全唐五代小说》,陕西人民出版社,1998 年,第 511 页。

③ 辑佚本《宣室志》题为《许贞》,《太平广记》卷四五四引《宣室志》则作《计真》。今从《太平广记》与李时人编校本,题为《计真》,文本据李时人编校《全唐五代小说》,第 1698 页。

④ 李时人:《全唐五代小说》,第 493 页。

⑤ 程国赋:《唐五代小说的文化阐释》,第 152 页。

⑥ 程国赋:《唐五代小说的文化阐释》,第 158 页。

下,她们与社会上的女子一样,可以才貌双全,可以与人相恋相爱,可以结婚生子,而其才能与品格往往又超出于社会上某些女子乃至男人之上。

二

从作品的实际描写看,狐女幻化为人以后,从与男主人公相识、相恋、结婚、生子等一系列人生历程看,她们与社会上的女人在外形、生理、感情、生活等各个方面毫无二致。作者浓墨重彩地描写她们作为女人的特征,完全是将其作为人来描写的。不仅如此,作者笔墨间还洋溢着赞美之情,弘扬她们的各种美质。这充分体现了作者平等视之的创作态度,丝毫没有因为她们是"异类"的"狐"而歧视她们。这里隐含着十分难能可贵的文化观念,值得深入探讨。若进而言之,作者不仅在狐女活着时将其当作女人来描写,即使在其死后,作者也能够写出狐女的思想情感、意识心态等方面,仍然与人类相同。比如:《李麋》中的狐女郑氏死后,李麋又娶萧氏为妻。婚后"萧氏常呼李为'野狐婿'"以讽之,这表明萧氏视狐女郑氏为异类的轻蔑态度。"李初无以答",默默承受了这种嘲讽,而狐女郑氏则奋起反击了。她所提出的两个问题,皆是关乎其尊严与平等的问题。第一,她质问李麋:"人神道殊,贤夫人何至数相谩骂?"这就明确地直接地毫不客气地表达了她对萧氏蔑视态度的愤怒心态。郑氏以"神"自言,并未承认自己低于人。这实际上反映了作者的思想观念,在小说文本中给予了狐女以极高的地位与相当的尊重。第二,她特别提出自己所生儿子的社会地位问题,为其子争公平待遇。她义正辞严地指出:"且所生之子远寄人家,其人皆言狐生,不给衣食,岂不念乎?宜早为抚育,九泉无恨也。"可见,当时其子因人们对狐类的歧视而受连累,遭遇了不公平的对待,竟然连衣食都无法保证,因此她挺身而出力争之。最后她又严厉提出,若这两个问题得不到解决,"必将为君之患"。也就是说,必须解决,毫无商量余地。这次抗争收到了显著效果:"萧遂不复敢说其事";"子年十余,甚无恙"。两个问题都圆满解决了。狐女郑氏死后再现的描写,使其形象更完美,更令人肃然起敬。其勇于抗争的行为还包含这样的文化意味:平等的待遇是靠斗争得来的,而忍气吞声只能使对方变本加厉,得寸进尺。郑氏的思维方式与心态,与人完全相同,身虽死,气不泯,留下一子挂怀不已。这与现实生活中流传的前妻通过托梦、借口传言等形式警告后妻善待未成年遗子的故事,何其相似乃尔。这似也可证明作者的思想观念:视狐女为正常人而反对歧视之。

　　此外，作者还从李黁的角度进一步强化这一思想观念。狐女郑氏死时，李黁已亲眼"见牝狐死穴中"，但此后仍"素所钟念者"。这次郑氏魂灵前来，李黁"闻言遽欣然跃起，问：'鬼乎，人乎？'答云：'身即鬼也。'"这说明在李黁心目中，一直视郑氏为人而非视为狐，其生前与死后，并无改变。因此才有此问，才有欣然之态而无惧怕之心。郑氏的回答也说明她自视为人，而不视己为异类，因为在中国传统文化观念中，"人死为鬼"。若将男女主人公的态度与心理等方面互证，可见出作者这种思想观念的一贯性与坚定性。

　　从已幻化为人而又复为狐的转化过程与原因看，作者也从反面证明：往往是人类歧视狐为"异类"的文化观念而导致悲剧结果。联系起来看，其内涵颇耐人寻味。这可与前述观点两相对照，互为表里，正反互证。作者将社会上的人分成两类：一类是视狐女为同类者，如《李参军》中的李参军，《李黁》中的李黁，《任氏传》中的郑六、韦崟，《计真》中的计真等。他们对狐女爱之、敬之，平等待之，即使知道其为狐女后，仍不改初衷，并不视为异类而歧视之。他们是代表着作者观点的奇男子，作者在其身上寄寓着新的文化观念。另一类是视狐女为异类者，如《李参军》中的王颙，《李黁》中的萧氏等。他们对狐女歧视之，嘲讽之，甚至谋害之。王颙视狐女李氏为仇敌，必欲除之而后快。他不顾"同官为僚"的李参军的面子，不听李氏的斥责，决意除之，并且以此为己任，不惜招来牢狱之灾。不仅如此，他还欲斩草除根，不惜以"十万"巨资"于东都取咋狐犬"，终于咬死了李参军狐妻的父亲——萧使君，使萧氏一门无遗类矣。假使无王颙的故意加害，狐女李氏就会与李参军幸福恩爱地生活下去。这并不会给他人带来什么损害。那么，他为何损人不利己地必欲除之而后快呢？这既是他所代表的社会上某些人歧视狐为"异类"的文化观念所致，也揭示出社会上某些人的残酷性与排斥性等人性弱点。这未必是作者有意揭示的问题，但从作品客观效果上还是可以挖出这种文化内涵。本篇中都督陶贞益的断案根据也应注意，他见死去的李氏等"悉是人形"，就"以颙罪重，锢身推勘"；而再验死者"悉是野狐，颙遂见免此难"。这说明陶贞益也是视狐为异类的代表人物之一，与王颙属一类人。比较而言，这类人在社会上应该是大多数。

　　此外，本篇写萧使君与犬的较量也有文化意味存焉。咬杀李参军狐妻的猎狗，见萧使君则"无搏噬迫害之意"。这说明萧使君的修炼程度高于其女儿及众婢，已胜过猎犬的识别能力。而当王颙花十万钱取来东都咋狐犬后，萧使君则"颜色沮丧，举动惶扰，有异于常"。这又说明其道行未能胜过此专门猎狐之犬，是"道高一尺,魔高一丈"。最后在较量中,萧使君现出了"老狐"原型,"为犬咋死",也未能逃脱悲剧结局。这似乎在揭示这样的现实含义,在人狐的较量中,狐处于劣势,狐虽通过修炼可以幻化为人,但其面对的来自人类的伤害是难以逃避的。从作者的感情倾向看,他把同情赋予了萧氏父女一方,读者阅后的感情倾向与作者应该是一致的。这是文本的感染力与作者的倾向性双重作用的结果。

此外,与这种狐难胜犬的悲剧描写相反相承的作品也值得关注。二者的相反在于:有些小说描写了狐能胜犬的结局。二者的相承在于:皆是将同情赋予了狐的一方,而与世俗观念相反,这就超越了传统的思维模式。《姚坤》①一篇写处士姚坤"不求荣达,常以钓鱼自适","以琴尊自怡"。这是开篇对他的为人品位的赞美之辞,初见他高于世俗常人的高格调与高境界。然后重点突出他把猎人以网捕捉的狐兔"收赎而放之"的仁爱之举,"如此活者数百",可见数量之多。从"坤性仁"的评语看,作者对他放狐之善举是赞誉有加的。小说的主体部分写狐狸对姚坤的报答情节。主要写了两件事:一是,恶僧惠沼行凶,将姚坤"投于井中",狐将其救出。狐明确告之为何救他:"我狐也。感君活我子孙不少,故来教君。"然后教以飞升之术,使其飞出井中。从中可见出狐乃知恩图报的有义者。从"我狐之通天者","登天汉,见仙官而礼之"等句中,可看出作者的极力褒扬态度。二是,写狐女夭桃的故事。夭桃主动投于姚坤门下,称"愿侍箕帚"。这也是狐为报答姚坤所采取的善行之一。作者完全是以赞美的笔调写夭桃之美。她有"妖丽冶容"的外貌美,也有"篇什书札,俱能精至"的才能美,且有诗作为证。这与沈既济等小说家的感情倾向是一致的。其不同在于:夭桃见犬后,虽也化为狐,却未被犬杀,而是"跳上犬背抉其目",结果是"犬已毙,狐即不知所之"。从当夜老人告姚坤之语——"报君亦足矣,吾孙亦无恙"——可知夭桃无恙,最终战胜了凶犬。这又写出夭桃勇敢智慧、巾帼胜过须眉的气概。这是前述诸狐女所不具备的美质,令读者刮目相看。狐报答姚坤的这两件事相互关联,前者是救其命,以报活命之恩;后者是予其色,目的在于让其快乐,是锦上添花。可见狐报恩是绝不亏情的义者。姚有仁,狐有义,交相辉映,相得益彰。从狐的初衷看,是让夭桃陪侍姚坤一生,而姚坤"亦念之","惆怅悲惜"等表现,也说明他十分珍惜夭桃。犬的忽然出现破坏了狐的计划,也破坏了姚坤的感情生活,夭桃虽胜此犬而免于一死,但美好的东西还是不可复得,亦是悲剧的另一种形式,其意蕴与前述诸篇还是有相通之处的。

---

① 李时人:《全唐五代小说》,陕西人民出版社,1998年,第1846页。

《薛嬲》①一篇也是写狐胜犬的故事。开篇写"多妖狐，夜则纵横，逢人不忌。嬲举家惊恐"。这是先写人怕狐。有人出主意说"妖狐最惮猎犬"，劝其借犬驱狐。这是一般的规律，也是世俗的看法，无可辩驳，故为薛嬲所采纳。最后狐反而制服了犬的斗争结果大出读者意料之外：

> 三犬皆被羁絷，三狐跨之，奔走庭中，东西南北，靡不如意。及晓，三犬困殆，寝而不食。才暝，复为乘跨，广庭蹴鞠，犬稍留滞。鞭策备至。

这段描写特别有趣，独出心裁，不可多得。狐胜犬并非意料中的搏斗角力，也非你死我活，而是精神胜利。狐驱使犬如坐骑，且乘其蹴鞠，以为游戏，带有戏弄诸犬之意。这比狐制犬于死地更有意味。在犬不能胜狐的情势下，身为骁卫将军的男主人公薛嬲也"无奈何，竟徙焉"。这表明人亦屈服于狐矣。本篇与《姚坤》赞美狐狸的倾向还是有所不同，从"妖狐"的用语看，不无贬意。在具体描写中，虽无明显骂狐字眼，也无赞美之辞。从作者的创作意图说，当是作者耳闻此事，心觉有趣，且与常理有别，因而录之笔端，以志怪异耳。此仍是六朝志怪遗风所及，与"有意为小说"者有别焉，但其蕴含的文化意蕴还是颇耐人寻味的。

三

从继承与发展的源流角度看唐人对狐的态度可知，继承唐前视狐为"妖狐"的观念而形之于小说中者，居多数；如前述视狐为人类朋友而赞之者，实乃凤毛麟角。相比之下，正因为少，就愈加可贵，故特析出论之。仅就《太平广记》卷四四七至卷四五五所收有关"狐"题材的八十三篇作品看，写狐给人恩惠、与人和平相处者，屈指可数，仅居十分之一二。有鉴于此，细致辨别唐人对狐的态度及有关"狐"的文化观念，约略可归结为如下几种形态：

其一，若是狐化为美女与人间男子结合，作者往往赞美狐女，视其为人，不予歧视。《任氏传》《李参军》《李麐》《计真》等篇均属此类。据东晋郭璞《玄中记》中《说狐》一篇所云：

---

① 李时人：《全唐五代小说》，陕西人民出版社，1998 年，第 3123 页。

> 狐五十岁,能变化为妇人。百岁为美女,为神巫,或为丈夫与女人交接。能知千里外事。善蛊魅,使人迷惑失智。千岁即与天通,为天狐。①

按此说法,小说中所写化为美女之狐,当为百岁以上者,其修炼道行已到一定高度。其所列百岁狐诸项中以"为美女"者最美,故小说家取之为文,写出缠绵悱恻的爱情故事,并竭力赞美之。

其二,若是狐化为男子与人间女子结合,作者则贬斥男狐,视其为异类惑人者,严惩不贷。如《徐安》②写的就是男狐与徐安妻子王氏的婚外恋情故事。作者在开篇就写出王氏的美貌:"貌甚美,人颇知之。"看来是名声在外的公认的美人,这也引起了男狐的注意。然后,作者又将王氏置于丈夫外出的独居环境中,以显示婚外恋发生的可能性与合理性。在其寂寞的心态中,忽遇"状甚伟"的美少年,又闻其"可惜芳艳,虚过一生"的挑逗之言,王氏"悦之,遂与之结好,而来去无惮"。这说明王氏是自愿与少年相恋,并非强迫,而且她爱少年的感情程度超过与丈夫的关系。这主要从三方面表现出来:一是,丈夫归来,"妻见之,恩义殊隔"。这说明婚外恋已影响到夫妻感情,大有后来居上的趋势。二是,丈夫归来后,王氏仍然与少年暗中往来,说明感情已战胜了理智。三是,王氏每次约会前要"饰妆静处",说明她十分看重约会,"女为悦己者容"嘛!这表明其感情是发自内心的,已到了难以自抑的程度。从开篇至此的发展线索看,本文所写的人与狐的婚外恋与唐人小说中表现人与人的婚外恋题材亦无实质性差异。但行文至此一转,徐安用计"诈为女子妆饰",奋剑击杀老狐幻化的三少年,作者的立场与倾向就转向赞美徐安一方,褒扬其智慧与勇敢,肯定他用己力维护婚姻的壮举,贬斥三老狐迷惑人妻的行径。这种倾向的产生关键在于狐为男性,属于《玄中记·说狐》中所谓"为丈夫与女人交接"者,有"善蛊魅,使人迷惑失智"的特殊能力。这样一来,王氏的痴情表现中就有了被迷惑失去控制的成分,而爱情则退为次要地位了。作品虽不长,但由于作者采用了巧设悬念的艺术手段,也写得曲折跌宕,很有艺术魅力。文末以"其妻是夕不复妆饰矣"收结,戛然而止,留有余韵。这种结局既可以理解为王氏因狐死而不再受迷惑,恢复了常态,也可以阐释为王氏因狐死而绝望了,已无悦己者在,当然也就不必妆饰了。前者是作者的主观命意,后者则是根据文本

---

① 《太平广记》卷四四七(第五册),王希斌、车承瑞点校,黑龙江人民出版社,1999年,第369页。
② 李时人:《全唐五代小说》,陕西人民出版社,1998年,第1242页。

客观内涵的进一步阐释。有的论者据此认为："妻、女虽然遭受不幸，但丈夫、家庭并没有视之为'不贞'，更没有因此而抛弃她们，夫妻依然是夫妻。"进而以此说明当时"人们比较宽容，并没有因此而嘲笑、歧视她们"。①这也是从客观效果的角度来阐释文本的文化内涵，也给人以启发。若从论证的角度看，这还属于推论，因为作者是以设置悬念收束全篇，夫妻关系以后究竟如何，留给读者去想象补充。这样一来就存在着多种可能性，就看哪种阐释更合情合理了。但是这已不是本小说的表现重点，因为作者贬斥男狐的目的已经达到了。

《杨伯成》②一篇与《徐安》又有所不同。男狐自云吴南鹤，有才有貌，但无德无行。其"身长七尺，容貌甚盛"，可谓美男子。而"文辩无双"，又说明其才华过人。杨伯成不许其求婚，他便"大怒，呼伯成为'老奴'"，公然宣称："我索汝女，何敢有逆？"简直是霸道之极。而"迳脱衣入内，直至女所"，更是无礼之甚。这种内丑与外美形成了鲜明的反差，作者贬抑之意甚明。最后以道士制服之而结束全篇。文末作者明点出："众人方知为狐所魅，精神如睡中。"这说明杨伯成女随男狐而去，并非是因为爱情，不是出于本人意愿，而是被"狐"迷惑所致。文中写对狐的惩罚也相当严厉："以小杖决之一百，流血被地。"这又表明了作者对男狐惑人妻女的痛恨心态。

其三，若是狐化为美女迷惑男人，而非出于爱情，作者则旨在揭露并鞭挞之，以警醒世人。如《僧安通》③所写之狐即是"取髑髅安于其首"，"须臾化作妇人"。然后于道右伺行人迷惑之。过者"悦其都冶"而为所惑，带其随行。为晏通和尚喝破，"遂复形而窜焉"。此狐须借助人的髑髅方能变作妇人，说明其修炼还不到家，而化为妇人的目的是迷惑人，故作者否定之。《张简》④写野狐化为张简之妹，结果惑使张简误杀亲妹，也是为害人间，故惹人憎恨。《上官翼》⑤中的狐女也年轻貌美，"可十三四，姿容绝代"，她与上官翼之子也不能说没有感情，"此子悦之，便尔戏调，即求欢狎"等描写，就是互有好感的证明。但此狐女却不让上官翼之子进食，"儿每进食，魅必夺之杯碗"。这就是害之而非爱之，因此被上官翼以智术毒死，"变作老狐"，"合家欢庆"。作者的倾向也是与上官一家相同，即以除去狐魅为

① 程国赋：《唐五代小说的文化阐释》，人民文学出版社，2002 年，第 161 页。

② 李时人：《全唐五代小说》，陕西人民出版社，1998 年，第 491 页。

③ 李时人：《全唐五代小说》，第 1243 页。

④ 李时人：《全唐五代小说》，第 2921 页。

⑤ 李时人：《全唐五代小说》，第 490 页。

快。这类作品的数量大大多于人狐美好爱情的描写。《任氏传》中狐女说得很明白:"凡某之流,为人恶忌者,非他,为其伤人耳。某则不然。"这是任氏与其他狐的根本区别,道出了狐为人"恶忌"的根本原因。《李苌》①一篇中两种狐的对比,也可证明这样的观点。文中写一狐化为"白裙妇人",将绛州司士李苌十余岁之子"持其头将上墙,人救获免"。这显然是害人之狐。李苌纵犬"获狡狐数头,悬于檐上"。而自称为所获狐之子者又赠李苌符,以禳除为怪之"狐婆","其怪遂绝"。为害之狐,人必除之;助人之狐,人亦可以为友,且与之同桌共饮。好狐可以帮助人杜绝坏狐为患,这说明不能对狐一概而论,好坏对比鲜明,应区别对待。这说明唐人对狐的观念既开放大度,又是非分明。

其四,狐为善者则爱之有加,为恶者则除之务尽。《王瑃》②所写之狐也颇有意味。作者明确指出男主人公王瑃"仪貌甚美,为牝狐所媚"。这说明牝狐是因王瑃貌美而媚之,开篇字里行间明显含有贬狐之意。但接下来文笔一转,写狐女不仅不害人,而且谦恭有礼,因此"人乐见之"。作者也以欣赏的笔调状之,如写她"风姿端丽"的美貌,写她"虽僮幼遇之者,必敛容致敬"的好礼,写她节日时"有赠仪相送"的友好等,皆是含有褒扬之意。这说明其虽为狐,人亦知之,只要不为患而能与人友善,人们还是愿接纳之,并且能与之和睦相处。

《华山客》③所写狐女即是为善者,作者以赞赏的笔调写出其美与善。狐女"年可十七八",正是妙龄,貌美异常,"容色绝代,异香满路"。加之"言词清辨,风韵甚高,固非人世之材",这就写出其内美与外美兼而有之的审美特征。她求男主人公隐士党超元救之,事后以"九天掖金"酬之。这种知恩必报的道德,也是其善的表现之一。最后写狐女成仙升天而去的结局,也是对其最大的褒奖。

《李令绪》④将"有神通"的神女与为害的妖狐对比,以神制狐,褒善贬恶,倾向甚明。店主女儿为妖魅所惑,"历诸医术,无能暂愈"。男主人公李令绪请来神女金花治之,金花"焚香为咒",将为恶之狐"缚至坛中。金花决之一百,流血遍地。遂逐之,其女便愈"。此惩狐方式也有代表性,重罚而不处死,说明唐人惩恶有分寸感,而非以宣泄情绪为快。视狐为恶轻重而酌情处之。因狐迷人而未至死,故亦不制之以死,以其不再为恶为目的。金花之语亦值得注意:"此辈甚多,金花能制之。"

---

① 李时人:《全唐五代小说》,陕西人民出版社,1998 年,第 513 页。

② 李时人:《全唐五代小说》,第 3022 页。

③ 李时人:《全唐五代小说》,第 920 页。

④ 李时人:《全唐五代小说》,第 957 页。

在金花形象中寄寓了惩治害人妖狐的愿望。

《裴少尹》①亦是贬斥为害妖狐的作品。其惩治妖狐的方式颇为独特,乃以狐制狐,让其自相争斗而两败俱伤。男主人公裴少尹之子为狐所迷惑,"医药无及"。先后有自称高氏子、王生与道士三人登门,主动请求医病。此三人皆言此子之病乃妖狐所为,又互相指斥对方为妖狐。最后三人"闭户相斗殴",结果"三狐皆仆地而喘,不能动矣。裴君尽鞭杀之。其子后旬月乃愈矣"。这说明只有除去妖狐,病方能除。此篇对狐的惩罚又与上篇不同,虽也未伤人命,还是置之死地而后快。这与不同作者对狐的观念差异性有关,也是小说作者把握分寸的个性所致,还有妖狐为雄性的因素在焉。

四

由上述唐人对狐的文化观念透视其文化心态,似可由高到低呈现四个层面:一是敬之若神。《朝野佥载》曰:"唐初已来,百姓多事狐神。房中祭祀以乞恩,食饮与人同。事者非一主。当时有谚曰:'无狐魅,不成村。'"②这是唐人敬狐神的重要资料,值得重视。它说明此文化心态自唐初就开始了。这既有别于前代,是唐代的独特文化现象;也影响到后代,余脉不绝。此外,它也说明唐人敬狐神的现实功利性目的,即为"乞恩",希冀狐神保佑赐福于人类。它还说明敬狐神的范围相当广阔,无村不有,遍及全国广大乡村。这就不是偶然的一时的现象,而是反映了唐人普遍的共性的文化心理。上述所析篇章中某些写狐有神通与成仙得道者,可为此资料的论据与证明。

二是待之如人。前述人狐婚恋题材中的狐女形象皆是此类的代表者。这种待之如人的心态,既表现在外形上:以人的形貌状之;也体现在才能上:以人的才能比之;还浸润在感情上:以人的感情拟之;更集中在道德上:以人的善恶评之。这类作品是唐代小说家"比他们的前辈提供了新的东西"③的标志之一,这种文化心态也是大唐文化气象宏阔、空前发达的盛况在小说家心理层面的表现之一。

三是视之为魅。这里所谓"魅",乃"精怪"之意。《辞海》释之为:"魅,鬼魅,精

---

① 李时人:《全唐五代小说》,陕西人民出版社,1998 年,第 1714 页。
②《太平广记》卷四四七(第五册),王希斌、车承瑞点校,黑龙江人民出版社,1999 年,第 374 页。
③《列宁全集》(第二卷),人民出版社,1984 年,第 154 页。

怪。旧时迷信以为物老则成魅。"①按传统文化的说法,物老则成魅,自然狐老亦可成魅。这是将狐魅置于众物的老而成魅规律之中,视为其中之一而已。在唐人小说中,成魅之物甚众,动物老可成魅,除狐外,虎、狼、犬、猿、蛇等比比皆是。植物老也可成魅,花、草、树等皆出人意表。甚至大树还能化为诗人,脱口成诵,诗兴大发,真乃诗歌大国的独有气象所致。此类狐魅在世人心目中当然与待之如人者等而下之矣,但只要是不害人,偶而化为人身,与人较智比能,或戏谑逗趣,人亦能容之,视之为趣事,一笑置之。如《大安和尚》②中的狐女便属此类。她自称"女菩萨",迷惑了武则天,"谓为'真菩萨'"。但在与大安和尚的斗智中败下阵来:"女词屈,变作牝狐,下阶而走,不知所适。"此狐未害人,人亦不害之,一走了之,开智娱心,颇觉有趣。这种文化心理当渊自魏晋六朝时,其志怪小说中所记,多为此类心态的反映。唐人继承之,又加拓展,扬波助澜,遂成大观矣。

四是仇之若敌。这种心态是面对恶狐为害人间,人不得安宁,故恶之,恨之,视若仇敌,必欲置之死地而后快。此种心态亦是承六朝余绪而来,是人与狐关系最为恶劣的一种。前述《裴少尹》等作品即是代表作。此外,如《刘甲》③中"好偷美妇"的老狐,为失妇者痛恨之,"悉杀之",明显宣泄了一种惩治害人者的报复心理。

(原载《文学与文化》2010 年第 2 期)

---

① 《辞海》(第四卷),上海辞书出版社,1999 年,第 5440 页。
② 《太平广记》卷四四七(第五册),王希斌、车承瑞点校,黑龙江人民出版社,1999 年,第 375 页。
③ 李时人:《全唐五代小说》,陕西人民出版社,1998 年,第 3018 页。

吟诵与中古文学活动 *

胡大雷

　　王充称"口出以为言,笔书以为文"①,葛洪《抱朴子·喻蔽》称"发口为言,著纸为书"②,《文心雕龙·总术》称"发口为言,属笔曰翰"③。"言"是一种口头表达,"笔"则是书面表达。语言文字的表达经历了从"言"到"笔",文字未发明前为"言"的表达阶段,吟诵是其高级层次;待文字发明,《尚书序》所谓"古者伏牺氏之王天下也,始画八卦,造书契,以代结绳之政,由是文籍生焉"④,即开始进入"笔"的表达阶段。但在"笔"的表达阶段占主体地位的中古,"言"的高级层次——吟诵——并没有消失,直至当代,仍有弘扬诗词吟诵传统的倡议及研究。⑤ 本文要讨论的是,中古时期,吟诵的机制与功用不仅仅只是诗的"享用"以及传播,而且还涉及文学活动各个方面,比起前代来,吟诵的机制与功用在进一步的强化。此处讨论中古时期吟诵与文学活动的关系,期对当代的吟诵研究提供一点借鉴。

　　吟,吟咏,也是诵读的一种。《庄子·德充符》:"倚树而吟。"成玄英疏:"行则倚树而吟咏。"⑥ 诵,念诵,背诵。《周礼·春官·大司乐》:"以乐语教国子:兴,道,讽,诵,言,语。"郑玄注:"倍文曰讽,以声节之曰诵。"⑦"讽""诵"都有娴熟上口进而

作者简介:胡大雷(1950—　),男,广西师范大学文学院教授。

* 本论文为国家社科基金后期资助项目"言笔之辨与文体学"(项目号:19FZW041)的阶段性成果。

① 王充:《论衡·定贤》,上海人民出版社,1974年,第420页。

② 葛洪:《抱朴子》,《诸子百家丛书》,上海古籍出版社影印本,1990年,第305页。

③ 刘勰撰,詹锳义证《文心雕龙义证》,上海古籍出版社,1989年,第1627–1629页。

④《十三经注疏》,上海古籍出版社,1997年,第113页。

⑤ 如"中华吟诵的抢救、整理与研究"作为2010年度国家社科基金第二批重大招标项目获准立项,南开大学《文学与文化》2012年第2期辟"中华古典诗词吟诵"专栏讨论,等。

⑥ 郭庆藩:《庄子集释》,中华书局,1961年,第222–223页。

⑦《十三经注疏》,上海古籍出版社,1997年,第787页下。

背诵之意。《后汉书·延笃传》:"〔延笃〕少从颍川唐溪典受《左氏传》,旬日能讽之,典深敬焉。"①读,诵读,阅读;理解书文的意义。本要讨论的"吟诵"即包含吟、诵、讽、读,是有节奏的诵读,甚或有背诵。

一 吟诵与经典的学习、记忆、浸润、引用

对于学业而言的"诵"是非常重要的,《礼记·檀弓》载:"大功废业。或曰:'大功,诵可也。'"孔颖达疏:"此一节论遭丧废业之事。大功废业者,业谓所学,习业则身有外营,思虑他事,恐其忘哀,故废业也。诵则在身所为,其事稍静,不虑忘哀,故许其口习业。"②"遭丧"期间,"废业"即别的什么事情都不能做了,但还可以"诵",只举这一个例子就可知人们在生活中是怎样对待"诵"的。

中国古代有"吟诵"传统,刘师培《论文杂记·四》论曰:

> 上古之时,先有语言,后有文字。有声音,然后有点画;有谣谚,然后有诗歌。谣谚二体,皆为韵语。"谣"训"徒歌",歌者永言之谓也。"谚"训"传言",言者直言之谓也。盖古人作诗,循天籁之自然,有音无字,故起源亦甚古。观《列子》所载,有尧时谣,孟子之告齐王,首引夏谚,而《韩非子·六反篇》或引古谚,或引先圣谚,足徵谣谚之作先于诗歌。厥后诗歌继兴,始著文字于竹帛。然当此之时,歌谣而外,复有史篇,大抵皆为韵语。言志者为诗,记事者为史篇。史篇起源,始于仓圣。《周官》之制,太史之职,掌谕书名。而宣王之世,复有史籀作《史篇》,书虽失传,然以李斯《仓颉篇》、史游《急就篇》例之,大抵韵语偶文,便于记诵,举生民日用之字,悉列其中,盖史篇即古代之字典也。又孔子之论学诗也,亦曰"多识于鸟兽草木之名",是诗歌亦不啻古人之文典也。盖古代之时,教曰"声教",故记诵之学大行,而中国词章之体,亦从此而生。③

刘师培称为"记诵"者也就是"吟诵",通过如此的行为,学习经典、记忆经典,进而"享用"经典、浸润于经典,进而以"吟诵"方式引用、应用经典。

---

① 范晔:《后汉书》,中华书局,1963 年,第 2103 页。
② 《十三经注疏》,上海古籍出版社,1997 年,第 1281 页。
③ 陈引驰编校:《刘师培中古文学论集》,中国社会科学出版社,1997 年,第 227 页。

其一，古人的读书，从"读"到"诵"，"诵"多有背诵义，如《世语》载夏侯荣"幼聪惠，七岁能属文，诵书日千言，经目辄识之"①，若"诵"不是背诵，"诵书日千言"那算什么。无名氏《中论序》称徐干"未志乎学，盖已诵文数十万言矣"②，此处的"诵"，都兼有熟读后的朗朗上口、进而背诵之义，而尤在后者。如史载东吴时人阚泽"好学，居贫无资，常为人佣书，以供纸笔，所写既毕，诵读亦遍"③；史载陆倕"少勤学，善属文。于宅内起两间茅屋，杜绝往来，昼夜读书，如此者数载。所读一遍，必诵于口"④，史载沈约"笃志好学，昼夜不倦。母恐其以劳生疾，常遣减油灭火。而昼之所读，夜辄诵之，遂博通群籍，能属文"⑤。这些是说，读就是要读到会背诵。能背诵就是有才华，如《魏略》载，隗禧回答鱼豢的问诗，"说齐、韩、鲁、毛四家义，不复执文，有如讽诵。"⑥有才华者，读的次数少甚至一遍则"诵"，据《益部耆旧杂记》载，杨修把曹操所撰兵书给张松看，张松"宴饮之间一看便阖诵"。⑦

其二，吟诵得多，会有学问大的美誉，甚或在官职的升迁上捷足先登。读、诵，往往又有抽绎的意味，《孟子·万章下》："颂其诗，读其书，不知其人，可乎？"杨伯峻注："此处'读'字涵义，既有诵读之义，亦可有抽绎之义，故译文用'研究'两字。"⑧又有所谓"寻诵"，即寻绎诵读。《后汉书·郑玄传》："玄日夜寻诵，未尝怠倦。"⑨因此，吟诵得多就是学问大，或以此称扬某人，如司马彪《序传》称司马防"雅好《汉书》名臣列传，所讽诵者数十万言"⑩；史称曹植"年十岁馀，诵读诗论及辞赋数十万言，善属文"⑪。又如《典略》载孔融荐荀彧称其"初涉艺文，升堂睹奥；目所一见，辄诵于口"⑫；曹丕自称自己"少诵诗论"⑬；《魏略》称曹植自我表现，

① 陈寿：《三国志·魏书·诸夏侯曹传》注引，中华书局，1971 年，第 273 页。

② 严可均辑《全上古三代秦汉三国六朝文·全三国文》，商务印书馆，1999 年，第 567 页。

③ 陈寿：《三国志·吴书·阚泽传》，中华书局，1971 年，第 1249 页。

④ 姚思廉：《梁书·陆倕传》，中华书局，1973 年，第 401 页。

⑤ 姚思廉：《梁书·沈约传》，中华书局，1973 年，第 233 页。

⑥ 陈寿：《三国志·魏书·王肃传》注引，中华书局，1971 年，第 422 页。

⑦ 陈寿：《三国志·蜀书·先主传》注引，中华书局，1971 年，第 882 页。

⑧ 杨伯峻：《孟子译注》，中华书局，1960 年，第 251 页。

⑨ 范晔：《后汉书》，中华书局，1963 年，第 1107 页。

⑩ 陈寿：《三国志·魏书·司马朗传》注引，中华书局，1971 年，第 466 页。

⑪ 陈寿：《三国志·魏书·陈思王传》，第 557 页。

⑫ 陈寿：《三国志·魏书·荀彧传》注引，第 311 页。

⑬ 李昉等辑《太平御览》，中华书局影印本，1960 年，第 447 页上。

"诵俳优小说数千言讫,谓淳曰:'邯郸生何如邪?'"①诵读得多也是一种本事,可能会在任官任职上得到某种优先,如《史记》载西汉公孙弘上书,称"治礼次治掌故,以文学礼义为官","先用诵多者"②;《后汉书》载东汉周防"年十六,仕郡小吏"时,"世祖巡狩汝南,召掾史试经,防尤能诵读,拜为守丞"③。

其三,吟诵以表达生活体验。吟诵所达到的目的是个体生命对传统的记忆,是个体生命在传统中的浸润;倒过来,吟诵在心的某些东西总有一天要吟诵出来,或表示个体生命的某种精神修养,或表达个体生活的某些体验、感受。如《世说新语·文学》载:

> 郑玄家奴婢皆读书。尝使一婢。不称旨,将挞之。方自陈说,玄怒,使人曳着泥中。须臾,复有一婢来,问曰:"胡为乎泥中?"答曰:"薄言往愬,逢彼之怒。"④

二者均出自《诗经·邶风》,前者为《式微》,后者为《柏舟》。又如《世说新语·言语》载以吟诵他人诗句抒情的事例:

> 初,荧惑入太微,寻废海西,简文登阼,复入太微,帝恶之。时郗超为中书在直。引超入曰:"天命修短,故非所计,政当无复近日事不?"超曰:"大司马方将外固封疆,内镇社稷,必无若此之虑。臣为陛下以百口保之。"帝因诵庾仲初诗曰:"志士痛朝危,忠臣哀主辱。"声甚凄厉。⑤

又如《世说新语·言语》载二人以吟诵《诗经》中语句相让的趣事:

> 简文作抚军时,尝与桓宣武俱入朝,更相让在前。宣武不得已而先之,因曰:"伯也执殳,为王前驱。"简文曰:"所谓'无小无大,从公于迈。'"⑥

---

① 陈寿:《三国志·魏书·王卫二刘傅传》注引,第603页。
② 司马迁:《史记·儒林列传》,中华书局,1959年,第3119页。
③ 范晔:《后汉书·儒林·周防传》,中华书局,1963年,第2560页。
④ 刘义庆著,刘孝标注,余嘉锡笺疏《世说新语笺疏》,中华书局,2007年,第228页。
⑤ 刘义庆著,刘孝标注,余嘉锡笺疏《世说新语笺疏》,第140-141页。
⑥ 刘义庆著,刘孝标注,余嘉锡笺疏《世说新语笺疏》,第138页。

前者为《卫风·伯兮》，后者为《鲁颂·泮宫》。又如《南史·谢晦传》：

> 武帝闻咸阳沦没，欲复北伐，晦谏以士马疲惫，乃止。于是登城北望，慨然不悦，乃命群僚诵诗，晦咏王粲诗曰："南登霸陵岸，回首望长安，悟彼下泉人，喟然伤心肝。"①

又如《魏书·李彪传》载李彪在南齐主面前吟诵阮籍诗：

> 彪将还，赜亲谓曰："卿前使还日，赋阮诗云'但愿长闲暇，后岁复来游'，果如今日。卿此还也，复有来理否？"彪答言："使臣请重赋阮诗曰'宴衍清都中，一去永矣哉'。"②

又如《梁书·贺琛传》载梁武帝"口授敕责"贺琛常常诵经典之文表达自己的不满，所谓"或诵《离骚》'荡荡其无人，遂不御乎千里'；或诵《老子》'知我者希，则我贵矣'"云云。③

其四，吟诵或是一种专门技艺。如《汉书·王褒传》载：

> 宣帝时修武帝故事，讲论六艺群书，博尽奇异之好，征能为《楚辞》九江被公，召见诵读。④

宣帝时《楚辞》的诵读几近失传，故能诵读《楚辞》已是一种本事、技能。当然，这种本事、技能是从其前辈那儿承袭下来的。

二　吟诵与文学作品的欣赏

吟诵又是一种理解，书读百遍，其义自见。中古文人谈到自己对优秀诗歌作

---

① 李延寿：《南史》，中华书局，1975 年，第 522 页。
② 魏收：《魏书》，中华书局，1974 年，第 1390 页。
③ 姚思廉：《梁书》，中华书局，1973 年，第 546 页。
④ 班固：《汉书》，中华书局，1962 年，第 2821 页。

品的欣赏,往往要说到是反复的吟诵,既是加深理解,又是加深欣赏、反复欣赏。如卞兰《赞述太子赋并上赋表》:

> 太子所行,晏然休著,皆群下所常吟咏。①

杨修《答临淄王笺》:

> 损辱嘉命,蔚矣其文。诵读反覆,虽讽雅颂,不复过此。②

《梁书·王筠传》:

> 尚书令沈约,当世辞宗,每见(王)筠文,咨嗟吟咏,以为不逮也。③

《颜氏家训·文章》:

> 刘孝绰当时既有重名,无所与让;唯服谢朓,常以谢诗置几案间,动静辄讽味。简文爱陶渊明文,亦复如此。④

以上这些都有这样的意思,即只有好的作品才值得"吟颂""吟咏""诵读""讽味",甚而反复为之;那么,"吟颂""吟咏""诵读""讽味"就是一种欣赏过程。甚而从语言表达来看,"吟诵"还往往与欣赏一类的语词并列在一起,如《续汉书》称孔融"及高谈教令,盈溢官曹,辞气温雅,可玩而诵"⑤。陈琳《答东阿王笺》中这样说:

> 昨加恩辱命,并示《龟赋》,披览粲然。……音义既远,清辞妙句,焱绝焕炳。……载欢载笑,欲罢不能。谨韫椟玩耽,以为吟颂。⑥

---

① 严可均辑《全上古三代秦汉三国六朝文·全三国文》,第 311 页。
② 严可均辑《全上古三代秦汉三国六朝文·全后汉文》,第 528 页。
③ 姚思廉:《梁书》,中华书局,1973 年,第 484 页。
④ 王利器撰《颜氏家训集解》(增补本),中华书局,1993 年,第 298 页。
⑤ 陈寿:《三国志·魏书·崔琰传》注引,第 371 页。
⑥ 严可均辑《全上古三代秦汉三国六朝文·全后汉文》,第 926-927 页。

有时是从"听"来表述以吟诵欣赏作品。卞兰《赞述太子赋并上赋表》：

> 窃见所作《典论》，及诸赋颂，逸句烂然，沈思泉涌，华藻云浮，听之忘味，奉读无倦。[1]

曹植《与吴季重书》：

> 得所来讯，文采委曲，晔若春荣，浏若清风，申咏反覆，旷若复面。其诸贤所著文章，想还所治，复申咏之也。可令憙事小吏，讽而诵之。[2]

曹植《答诏示平原公主诔表》：

> 奉诏并见圣思所作《故平原公主诔》，文义相扶，章章殊兴，句句感切，哀动神明，痛贯天地。楚王臣彪等闻臣为读，莫不挥涕。[3]

《金楼子·自序》：

> 吾小时，夏日夕中，下绛纱蚊绹，中有银瓯一枚，贮山阴甜酒。卧读有时至晓，率以为常。又经病疮，肘膝烂尽。比以来三十余载，泛玩众书万余矣。自余年十四，苦眼疾沈痼，比来转暗，不复能自读书。三十六年来，恒令左右唱之。[4]

当作品到了别人诵读自己听的程度，那就更是好作品，更值得欣赏了。有时，作品的欣赏是一定要吟诵的，因为有音韵问题，如《梁书·王筠传》载：

> （沈）约制《郊居赋》，构思积时，犹未都毕，乃要（王）筠示其草，筠读至"雌霓（五激反）连踡"，约抚掌欣抃曰："仆尝恐人呼为霓（五鸡反）。"次至"坠

---

[1] 严可均辑《全上古三代秦汉三国六朝文·全三国文》，第 310 页。
[2] 严可均辑《全上古三代秦汉三国六朝文·全三国文》，第 160 页。
[3] 严可均辑《全上古三代秦汉三国六朝文·全三国文》，第 153 页。
[4] 萧绎撰、许逸民校笺《金楼子校笺》，中华书局，2011 年，第 1357 页。

石碰星",及"冰悬坎而带坻"。筠皆击节称赞。约曰:"知音者希,真赏殆绝,所以相要,政在此数句耳。"①

这是让别人吟诵自己的作品,只有吟诵,才能知道读者是否为是否"知音"。

三 诵读与诗文创作、传播

《毛诗序》云:

> 诗者,志之所之也。在心为志,发言为诗。情动于中,而形于言。言之不足,故嗟叹之;嗟叹之不足,故永歌之;永歌之不足,不知手之舞之,足之蹈之也。②

诗就"言"的表达而言,或"嗟叹之"进而"永歌之",诗的创作要以诵读出之,这是传统。中古时代,作品的撰作或有直接为"言"之"口出"的遗风,这就是所谓口授其辞。如《汉书·游侠·陈遵传》载:

> 王莽素奇遵材,在位多称誉者,由是起为河南太守。既至官,当遣从史西,召善书吏十人于前,治私书谢京师故人。(陈)遵冯几,口占书吏,且省官事,书数百封,亲疏各有意,河南大惊。③

中古口占、口授以成公文的事例很多,此处不述,单述以吟诵撰作诗文之例。著名的如曹植七步诗的故事,《世说新语·文学》载:

> 文帝尝令东阿王七步中作诗,不成者行大法。应声便为诗曰:"煮豆持作羹,漉菽以为汁。其在釜下然,豆在釜中泣。本是同根生,相煎何太急?"帝深有惭色。④

---

① 姚思廉:《梁书》,中华书局,1973 年,第 485 页。
②《十三经注疏》,上海古籍出版社,1997 年,第 269 页下–270 页上。
③ 刘义庆著,刘孝标注,余嘉锡笺疏《世说新语笺疏》,第 288–289 页。
④ 班固:《汉书》,中华书局,1962 年,第 3711 页。

《宋书·沈庆之传》：

> 上尝欢饮，普令群臣赋诗，庆之手不知书，眼不识字，上逼令作诗，庆之曰："臣不知书，请口授师伯。"上即令颜师伯执笔，庆之口授之曰："微命值多幸，得逢时运昌。朽老筋力尽，徒步还南岗。辞荣此圣世，何愧张子房。"上甚悦，众坐称其辞意之美。①

《魏书·元飗传》：

> 后幸代都，次于上党之铜鞮山。路旁有大松树十数根。时高祖进伞，遂行而赋诗，令人示飗曰："吾始作此诗，虽不七步，亦不言远。汝可作之，比至吾所，令就之也。"时飗去帝十余步，遂且行且作，未至帝所而就。诗曰："问松林，松林经几冬？山川何如昔，风云与古同？"高祖大笑曰："汝此诗亦调责吾耳。"②

《晋书·文苑·袁宏传》：

> 袁宏，字彦伯，侍中猷之孙也。父勖，临汝令。宏有逸才，文章绝美，曾为咏史诗，是其风情所寄。少孤贫，以运租自业。谢尚时镇牛渚，秋夜乘月，率尔与左右微服泛江。会宏在舫中讽咏，声既清会，辞又藻拔，遂驻听久之，遣问焉。答云："是袁临汝郎诵诗。"即其咏史之作也。③

他是在吟诵自己创作的诗，这才引出知音的欣赏。《梁书·徐勉传》载徐勉云：

> 及翰飞东朝，参伍盛列，其所游往，皆一时才俊，赋诗颂咏，终日忘疲。④

---

① 沈约：《宋书》，中华书局，1974 年，第 2003 页。
② 魏收：《魏书》，中华书局，1974 年，第 572 页。
③ 房玄龄：《晋书》，中华书局，1974 年，第 2391 页。
④ 姚思廉：《梁书》，中华书局，1973 年，第 386–387 页。

称"赋诗"要"颂咏"的，即是此意。

中古时代多有文学聚会，此时诗多有吟诵而出。如王羲之组织的兰亭聚会，其《临河叙》曰：

> 永和九年，岁在癸丑，暮春之初，会於会稽山阴之兰亭，修禊是事也。群贤毕至，少长咸集，此地有崇山峻岭，茂林修竹。又有清流激湍，映带左右。引以为流觞曲水，列坐其次。是日也，天朗气清，惠风和畅，娱目骋怀，信可乐也。虽无丝竹管弦之盛，一觞一咏，亦足以畅叙幽情矣。①

所谓"一觞一咏"，即一边饮酒，一边吟诗。又《世说新语·言语》载：

> 谢太傅寒雪日内集，与儿女讲论文义。俄而雪骤，公欣然曰："白雪纷纷何所似？"兄子胡儿曰："撒盐空中差可拟。"兄女曰："未若柳絮因风起。"公大笑乐。②

有时，吟诵是始终伴随着作者的创作过程的，曹植《与丁敬礼书》载：

> 顷不相闻，覆相声音，亦为怪。故乘兴为书，含欣而秉笔，大笑而吐辞，亦欢之极也。④

他说自己是边"口出"（"大笑而吐辞"）边"笔书"（"含欣而秉笔"）来写信的。《世说新语·文学》载：

> 桓玄尝登江陵城南楼云："我今欲为王孝伯作诔。"因吟啸良久，随而下笔。一坐之间，诔以之成。④

"吟啸"是撰作前的准备，所"吟啸"者，实际上就是诔文中的语辞。

---

① 严可均辑《全上古三代秦汉三国六朝文·全晋文》，第 258 页。
② 刘义庆著，刘孝标注，余嘉锡笺疏《世说新语笺疏》，第 155 页。
③ 严可均辑《全上古三代秦汉三国六朝文·全三国文》，第 161 页。
④ 刘义庆著，刘孝标注，余嘉锡笺疏《世说新语笺疏》，第 328 页。

有时,作品创作是一人吟诵、一人"笔书"的,如《世说新语·文学》载:

> 乐令善于清言,而不长于手笔。将让河南尹,请潘岳为表。潘曰:"可作耳。要当得君意。"乐为述己所以为让,标位二百许语,潘直取错综,便成名笔。时人咸云:"若乐不假潘之文,潘不取乐之旨,则无以成斯矣。"①

西晋时乐广善吟诵而不善著文,要请人代笔;代笔者说,那我把你吟诵的话语"错综"而成文吧。又,吟诵与"笔书"结合以撰作作品,更多地出现在翻译上,如僧叡《大品经序》载鸠摩罗什翻译佛经:

> 法师手执胡本,口宣秦言,两释异音,交辩文旨。②

前人总结创作过程,往往强调吟诵的作用,如陆机《文赋》所说的由"思风发于胸臆,言泉流于唇齿"到"文徽徽以溢目,音泠泠而盈耳"的整个创作过程。又如刘勰《文心雕龙·神思》说:

> 文之思也,其神远矣。故寂然凝虑,思接千载;悄焉动容,视通万里;吟咏之间,吐纳珠玉之声;眉睫之前,卷舒风云之色:其思理之致乎!③

"吟咏之间,吐纳珠玉之声"是作品创作的必须。作家们也往往强调吟诵的"齿舌间得利"对自己创作才华的促发,《晋书·殷仲堪传》载:

> 仲堪能清言,善属文,每云三日不读《道德论》,便觉舌本间强。④

殷仲堪称吟诵《道德论》,才使"清言""属文"十分便利。又《世说新语·文学》载:

---

① 刘义庆著,刘孝标注,余嘉锡笺疏《世说新语笺疏》,第 299 页。
② 释僧佑撰《出三藏记集》,中华书局,1995 年,第 292 页。
③ 刘勰撰,詹锳义证《文心雕龙义证》,上海古籍出版社,1989 年,第 975 页。
④ 房玄龄:《晋书》,中华书局,1974 年,第 2192 页。

桓宣武北征,袁虎时从,被责免官。会须露布文,唤袁倚马前令作。手不
辍笔,俄得七纸,殊可观。东亭在侧,极叹其才。袁虎云:"当令齿舌间得
利。"①

袁虎的话是说:文章写得快,是因为已在口头多有所诵,所谓"齿舌间得利"。

四 吟诵引发文学改革

从发音上说,人们会感觉有些人的吟诵好听,如《晋书·谢安传》载:

安本能为洛下书生咏,有鼻疾,故其音浊,名流爱其咏而弗能及,或手掩
鼻以斅之。②

《世说新语·雅量》载,谢安曾以"洛生咏""讽"嵇康诗作"浩浩洪流"③。但"洛生
咏"毕竟是方音,于是就有方音"折衷"为"普通话",《颜氏家训·音辞》:

音韵锋出,各有土风,递相非笑,指马之谕,未知孰是。共以帝王都邑,
参校方俗,考核古今,为之折衷。摧而量之,独金陵与洛下耳。④

而就方音来说,区别最大的莫过于异域,如吟咏佛教经典的梵音,《异苑》载:

陈思王曹植字子建,尝登鱼山,临东阿,忽闻岩岫有诵经声,清通深亮,
连谷流响,肃然有灵气,不觉敛衽祗敬,便有终焉之志,即效而则之。今之梵
唱,皆植依拟所造。一云:陈思王游山,忽闻空里诵经声,清远道亮,解音者则
而写之,为神仙声。道士效之,作步虚声也。⑤

---

① 刘义庆著,刘孝标注,余嘉锡笺疏《世说新语笺疏》,第 323 页。
② 房玄龄:《晋书》,中华书局,1974 年,第 2076—2077 页。
③ 刘义庆著,刘孝标注,余嘉锡笺疏《世说新语笺疏》,第 437 页。
④ 王利器撰《颜氏家训集解》(增补本),中华书局,1993 年,第 529 页。
⑤ 刘敬叔撰,范宁校点《异苑》,中华书局,1996 年,第 48 页。

又如《世说新语·言语》载"道壹道人好整饰音辞"①。

假如说曹植时代对诵经声的"效而则之"及"道士效之,作步虚声也"只是传说而已,那么,《高僧传·释僧辩传》所载就是历史的真实:

> 永明七年二月十九日,司徒竟陵文宣王梦于佛前咏维摩一契,同声发而觉,即起至佛堂中,还如梦中法,更咏古维摩一契,便觉声韵流好,有工恒日。明旦即集京师善声沙门龙光、普知、新安、道兴、多宝、慧忍、天保、超胜及僧辩等,集第作声。②

南齐竟陵王萧子良就因为梦中的"佛前咏维摩一契,同声发而觉,即起至佛堂中,还如梦中法,更咏古维摩一契,便觉声韵流好,有工恒日",召集审音定声,想让这种"声韵流好"有法可依。当人们对吟诵的"清通深亮""清远遒亮"产生有意识的追求时,文学变革已悄然来临。在讲究吟诵的社会风气下,人们的"善诵书,背文讽说,音韵清辩"④,是受到夸赞的。人们或认为,南齐时诗歌讲求音律和谐的"永明体",就是这样兴起的。沈约《宋书·谢灵运传论》讲到"永明体"的基本规则:

> 夫五色相宣,八音协畅,由乎玄黄律吕,各适物宜。欲使宫羽相变,低昂互节,若前有浮声,则后须切响。一简之内,音韵尽殊;两句之中,轻重悉异。④

钟嵘称永明体"王元长创其首,谢朓、沈约扬其波"⑤,沈约又说"作五言诗,善用四声,则讽咏而流靡"⑥,"梁高祖重陈郡谢朓诗,常曰:'不读谢诗三日,觉口臭。'"⑦谢朓自己也说,"好诗圆美流转如弹丸"⑧,沈约《伤谢朓》以"调与金石谐"

① 刘义庆著,刘孝标注,余嘉锡笺疏《世说新语笺疏》,第 173 页。

② 释慧皎撰,汤用彤校注《高僧传》,中华书局,1992 年,第 503 页。

③ 姚思廉:《梁书·周舍传》,中华书局,1973 年,第 375 页。

④ 沈约:《宋书》,中华书局,1974 年,第 1779 页。

⑤ 钟嵘著,曹旭集注《诗品集注》,上海古籍出版社,1994 年,第 340 页。

⑥ 弘法大师撰,王利器校注《文镜秘府论·天卷·四声论》,中国社会科学出版社,1983 年,第 102 页。

⑦ 李昉等编《太平广记》引《谈薮》,中华书局,1961 年,第 1483 页。

⑧ 李延寿:《南史·王筠传》,中华书局,1975 年,第 609 页。

来夸赞他的诗①,这些都是从吟诵角度称说"善用四声"的效果。这就是由吟诵而起步的中国古代诗歌格律化的形成。

　　通过以上分析,于是我们知道吟诵成为中古文学活动的必须,吟诵无所不在,贯穿着整个文学活动的始终:既是文学欣赏与理解的步骤,又是文学创作的伴随;既是文学聚会的中心活动,又是文学聚会成果的展示;既是一种美的欣赏与享受,又是美的创造的动力;既是文学接受,又是文学传播。如此完整地把握吟诵,或许对今日提倡诗文吟诵有完整的认识。

　　　　　　　　　　　　　　　　　　　　　　　(原载《文学与文化》2012 年第 4 期)

---

① 逯钦立辑校《先秦汉魏晋南北朝诗》,中华书局,1983 年,第 1653 页。

南北朝隋代散乐与戏剧关系札论

钱志熙

汉魏六朝时期的百戏、散乐与戏剧的关系，一直受到学者们的重视。从多种情形来看，百戏、散乐，都可以说是中国古典戏剧的直接渊源。关于这个问题，周贻白先生《中国戏剧史长编》论之颇详。本文主要是在前人的基础上考证文献所载的蕴藏在魏晋南北朝百戏、散乐中的戏剧成分。首先论述百戏、散乐与戏剧的基本关系，并在此基础上着重考察隋唐七部乐中的"礼毕"即"文康乐"的戏剧性质；以就教于音乐史与戏剧史研究者。

一 "乐""戏""戏场"

中国古代戏剧最初的母体，是被称为"乐"的集歌、乐、舞、戏为一体的综合的艺术系统。"乐"在中国古代是一切娱乐艺术的总称，这里面自然也包括了戏剧艺术。所以，戏剧史的研究，应该将"乐"与"乐府"整体地纳入其中。尤其是对作为中国古代戏剧艺术发展的重要阶段的汉魏六朝时期的戏剧的研究，要摆脱参照后世的成熟形态的戏剧来寻找个别的戏剧事实的方法，而是从乐与乐府艺术的整体中研究这个时期戏剧艺术的发展情况。对此，笔者在《汉代乐府与戏剧》一文中已经有所论述。[1]

在中国古代，"戏"与"戏场""看戏"等词，都是在散乐、百戏时代就已经出现的词语。"戏"字的出现不须论，汉代已有"百戏""秘戏""设戏作乐"等词的比较频繁的使用。[2]"戏场"二字出现应该在南北朝后期，隋薛道衡有《和许给事善心戏

场转韵诗》：

> 京洛重新年，复属月轮圆。云间璧独转，空里镜孤悬。万方皆集会，百戏
> 尽来前。临衢车不绝，夹道阁相连。惊鸿出洛水，翔鹤下伊川。艳质回风雪，
> 笙歌韵管弦。佳丽俨成行，相携入戏场。衣类何平叔，人同张子房。高高城里
> 髻，峨峨楼上妆。罗裙飞孔雀，绮带垂鸳鸯。月映班姬扇，风飘韩寿香。竟夕
> 鱼负灯，彻夜龙衔烛。戏笑无穷已，歌咏还相续。羌笛陇头吟，胡舞龟兹曲。
> 假面饰金银，盛服摇珠玉。宵深戏未阑，兢为人所难。卧驱飞玉勒，立骑转银
> 鞍。纵横既跃剑，挥霍复跳丸。抑扬百兽舞，盘珊五禽戏。狻猊弄斑足，巨象
> 垂长鼻。青羊跪复跳，白马回旋骑。忽睹罗浮起，俄看郁昌至。峰岭既崔嵬，
> 林丛亦青翠。麋鹿下腾倚，猴猿或蹲跂。金徒列旧刻，玉律动新灰。甲莫垂陌
> 柳，残花散苑梅。繁星渐寥落，斜月相徘徊。王孙犹劳戏，公子未归来。共酌
> 琼酥酒，同倾鹦鹉杯。普天逢圣日，兆庶喜康哉！①

这首诗形象地展示了南北朝隋时期东都百戏歌舞的演出场面，是戏剧史研究的
重要史料。这其中除各类杂技之外，还有"戏笑无穷已，歌咏还相续"这样的戏弄
和歌舞戏，"假面饰金银，盛服摇珠玉"这样的扮演人物的假面戏。这里"戏场"是
一个开放性的都市演出大舞台。薛诗所描写的可能是隋炀帝时每岁正月京都的
大型的百戏散乐表演的情景。许善心《戏场转韵诗》没有留下来。《隋书·音乐志
下》：

> 始齐武平中，有鱼龙曼衍、俳优、朱儒、山车、巨象、拔井、种瓜、杀马、剥
> 驴等，奇怪异端，百有余物，名为百戏。周时，郑译有宠于宣帝，奏征齐散乐
> 人，并会京师为之。盖秦角抵之流也。开皇初，并放遣之。及大业初年，突厥
> 染干来朝，炀帝欲夸之，总追四方散乐，大集东都。初于芳华苑积翠池侧，帝
> 帷宫女观之。有舍利先来，戏于场内，须史跳跃，激水满衢，鼋鼍龟鳖，水人
> 虫鱼，遍覆于地。又有大鲸鱼，喷雾翳日，倏忽化成黄龙，长七八丈，耸踊而
> 出，名曰"黄龙变"。又以绳系两柱，相去十丈，遣二倡女，对舞绳上，相逢切
> 肩而过，歌舞不辍。又为夏育扛鼎，取车轮石臼大瓷器等，各于掌上而跳弄

---

① 《先秦汉魏晋南北朝诗·隋诗》卷四，逯钦立辑校，中华书局，1983 年，第 2685 页。

之。并二人戴竿,其上有舞,忽然腾透而换易之。又有神鼇负山,幻人吐火,千变万化,旷古莫俦。染干大骇之。自是皆于太常教习。每岁正月,万国来朝,留至十五日,于端门外,建国门内,绵亘八里,列为戏场。百官起棚夹路,从昏达旦,以纵观之。于晦而罢。伎人皆衣锦绣缯綵,其歌舞者,多为妇人服,鸣环佩,饰以花髦者,殆三万人。

以下详细记录隋朝正月东都演出散乐的场面。其中所说的"绵亘八里,列为戏场",正是许善心所咏的"戏场"。又《资治通鉴》卷一百八十一"隋纪五·炀帝大业六年"载:"帝以诸蕃酋长毕集洛阳,丁丑,于端门街盛陈百戏,戏场周围五千步,执丝竹者万八千人,声闻数十里。自昏至旦,灯火光烛天地,终月而罢,所废巨万。自是岁以为常。"史家称炀帝时"百戏之盛,振古无比"[1],对于炀帝时代大规模的散乐演出的戏剧史意义,学者们有不同的看法。王国维引《隋书音乐志》上述文字,并云"薛道衡《和许给事善心戏场转韵诗》所咏略同。虽侈靡跨于汉代,然视张衡之赋西京,李尤之赋平乐观,其言固未有大异也"[2]。刘景晨则认为,"这种场面,在当时开前古未有之盛,也就是后世戏曲发达的先导了"[3]。这里尤其是"其歌舞者,多为妇人服"这一点最值得注意,后世的戏剧的以男演女正出于此,周贻白先生认为隋朝散乐"歌舞者多为妇人服,自为前代遗风"[4],可见以男人演女角色的戏剧表演传统渊源极为久远。

"看戏"一词的出现也很早,传为东晋干宝所著的《搜神记》即有此词:

> 吴余杭县南有上湖,湖中央作塘,有一人乘马看戏,将三四人至岑村饮酒。[5]

这里的"看戏",可能只是可能是看游戏、看着玩的意思,不一定是看百戏。《真诰》卷十八《握真辅第二》:

① 《隋书·音乐志下》,中华书局,1974 年,第 381 页。
② 王国维:《宋元戏曲史》,岳麓书社《旧籍新刊》本,1998 年,第 6 页。
③ 刘景晨:《中国文学变迁史略(一九二一年十二月)》第六篇《隋唐五代的文学》,载卢礼阳、李化康编注《刘景晨集》卷上,上海社会科学院出版社,2006 年,第 19 页。
④ 周贻白:《中国戏剧史长编》,上海戏剧出版社,2004 年,第 31 页。
⑤ 干宝:《搜神记》卷四,文渊阁《四库全书》子部小说家类。

> 三月十九日夜，梦小掾来在此静中坐，良久自说："小茅山三会水处极可
> 看戏。向从四平山中来，路上见叔父，持火炬满手，欲以作变。①

这里看戏，是指道教的变戏法之类的。"欲以作变"，此"变"与上引《隋书》所载的
百戏之"黄龙变"意义相近。可见这里的"看戏"，与后世看戏剧的意思已比较接
近。又唐张固《幽闲鼓吹》唐宣宗时：

> 驸马郑尚书之弟尝危疾，上使讯之。使回：上问公主视疾否？曰：无。何
> 在？曰：在慈恩寺看戏场。上大怒。②

此处的看戏，则是看百戏、散乐之类。到了宋代，看戏多指看杂剧之类，如杨补之
《蝶恋花》词："对酒不妨同看戏。"③又周密《武林旧事》卷九载宋高宗"幸张府节
次略"侍从人员中，有"看戏祗候八人"。④又朱鉴《诗传遗说》卷一载朱熹语：

> 如矮子看戏相似，他见人道好他也说好。及至问着他那里是好处？他元
> 不曾识。⑤

从上述所引各条可知，"看戏"一词，起于观看百戏，后世俗语中观杂剧、观传奇的
"看戏"一词，正是从看百戏一义直接的演变过来的。总之，从戏、戏场、看戏等词
的历史演变，从一个侧面说明后世的戏剧与汉魏隋唐的百戏散乐在形式与功能
上有着一脉相承的关系。

二 "散乐"与戏剧

"散乐"始于周代，《周礼·春官·宗伯下》："旄人，掌教舞散乐，舞夷乐，凡四方

---

① 《真诰校注》，[日]吉川忠夫、[日]麦谷邦夫编，朱越利译，中国社会科学出版社，2006 年，第 541
页。

② 张固：《幽闲鼓吹》，文渊阁《四库全书》子部小说家类。

③ 杨补之：《逃禅词》，文渊阁《四库全书》集部词曲类。

④ 周密：《武林旧事》卷九，文渊阁《四库全书》史部地理类。

⑤ 朱熹著，朱鉴编《诗传遗说》卷一，文渊阁《四库全书》经部诗类。

之以舞仕者属焉。"散乐是相对朝廷正式的典礼仪式之乐而言,郑玄《周礼》注云:
"'散乐,野人为乐之善者,若今黄门倡。'"这就是说,散乐是来自于民间的宫廷娱乐性的音乐。郭茂倩《乐府诗集》卷五十六《杂舞歌辞·散乐附》"散乐"之名云:
"《周礼》曰:'旄人教舞散乐。'郑康成云:'散乐,野人为乐之善者,若今黄门倡。'即《汉书》所谓黄门名倡丙彊、景武之属是也。汉有黄门鼓吹,天子所以宴群臣,然则雅乐之外,又有宴私之乐焉。《唐书·乐志》曰:'散乐者,非部伍之声,俳优歌舞杂奏。秦汉以来,又有杂伎,其变非一名,谓百戏,亦总谓之散乐。'自是历代相承有之。"①后世学者多认为散乐是指不同于雅乐的杂乐、百戏。康保成的论文认为周代的散乐,是指在"礼乐"(按指与仪式、典礼配合的音乐)之外的乐舞、优戏、杂技等表演形式。②这一看法,是比较准确的。散乐的艺术虽然来自民间,散乐之名却是起因于朝廷的音乐管理上分类之名。汉、晋宫廷中都有散乐、百戏,但周代散乐之名,汉魏以降似不太使用。这从郑康成的解释中也可以看出。散乐再度使用,可能是由于西魏、北周重用《周礼》建立六官制度的原因。王仲荦《北周六典·春官府第九·乐部》载:"掌散乐中士,正二命。掌散乐下士,正一命"一条。③从此直至唐、宋、金、元各代,散乐一直作为宫廷乐舞百戏中来自民间的各种娱乐性的歌舞戏剧的总称。

北朝自周、齐以降,散乐百戏大盛,散乐之名,也多见史籍。上引《隋书·音乐志》炀帝时"总追四方散乐,大集京都"一节,是散乐史上最为著名的一件事。南朝齐梁间的百戏、散乐,则多称"伎"乐,下文要论述到"梁三朝设乐"中俳优、百戏之乐,多称伎。这种杂伎中,有时会出现戏剧的表演形式,如南齐时期的"天台山伎"就是属于此类。《南齐书·乐》在叙述角抵、像形、杂伎一类时,最后说到当时一种特殊的杂伎"天台山伎":

> 永明六年,赤城山云雾开朗,见石桥瀑布,从来所罕睹也。山道士朱僧标以闻,上遣主书董仲民案视,以为神瑞。太乐令郑义泰案孙兴公赋造天台山伎,作莓苔石桥道士扪翠屏之状,寻又省焉。

---

① 郭茂倩:《乐府诗集》,中华书局,1979 年,第 816 页。

② 康保成:《周代的散乐与夷乐》,《中国古代戏曲学术研讨会论文集》,黑龙江大学文学院、黑龙江大学中国古代戏曲与宋金文化研究中心,2006 年,第 1–10 页。

③ 王仲荦:《北周六典》卷四,中华书局 1979 年,第 294 页。

这其实是与张衡《西京赋》中描写的汉代扮演神仙形象"仙戏"是一脉相承的。天台山在孙绰《天台山赋》中已被塑造成仙境。《真诰》载东晋兴宁三年六月二十六日降仙中有桐柏真人王子乔,多论金庭山中事。①沈约南齐时所作的《桐柏山金庭馆记》,也对天台仙境有描述。②所以出现上述传说是不奇怪的。值得注意是这种仙境传说,很快就被扮演。扮演现实中出现的新奇事件,是中国戏剧的一种传统。"天台山伎"因其表现为君主求仙的奢心与娱乐性质,不为正统的礼乐观念容许,不久即从太乐中省去。

伎乐、散乐是后世戏剧的前身。对此前人已经有所论述,如周贻白在具体考证了唐代散乐之后即明确指出:"然则中国戏剧的形成,其为发端于散乐或百戏无疑了。"③任半塘《唐戏弄》第二章《辨体》:"唐代承汉魏遗规,用音乐以部勒歌舞戏弄。戏弄划称散乐,戏剧乃随之而入散乐。故唐人之区别戏剧也以乐。"④其论散乐与戏剧的关系,已经十分明确。北朝的散乐与南朝的伎乐性质完全是一样的,至隋代则汇集南北两朝的散乐、伎乐,成为散乐发展史上的一个总汇点,也促使中国古代戏剧艺术的进一步发展。

在中国古代,不仅文人将自已创作的戏剧称为"乐府",而且宋金元时期,戏剧被称为"散乐",演员也被称为"散乐"或"散乐人"。有关的典籍与史迹中屡可见到,最著名的例子就是山西洪洞县广胜寺明应王殿元泰定元年"大行散乐忠都秀在此作场"的壁画。⑤山西平阳地区万荣县孤山风伯雨师庙元代舞台石柱顶部刻文有"尧都大行散乐人张德好在此作场"字样。⑥元杂剧无名氏《宦门子弟错立身》第一出《鹧鸪天》词"因迷散乐王金榜,致使爹爹赶出门",第二出说白中有"前有东平散乐王金榜来这里作场",第四说白中有"老身幼习伶伦,生居散乐"等语。⑦明人黄正一编辑的类书《事物绀珠》卷十六"音乐部"有"百戏类""散乐类",前者收古代的角抵、百戏及参军戏、代面、五花爨弄等古代百戏,后者所引条目如传奇、戏曲、杂剧、诸宫调等等,则专指宋元以来的戏剧。⑧从渊源来讲,宋元戏剧实

---

① 《真诰校注》第 36 页。

② 《全上古三代秦汉三国六朝文·全梁文》卷二十三,中华书局,1958 年,第 2130 页。

③ 周贻白:《中国戏剧史长编》,上海戏剧出版社,2004 年,第 35 页。

④ 任半塘:《唐戏弄》,上海古籍出版社,1984 年,第 195 页。

⑤ 中国艺术研究院音乐研究所编《中国音乐史图鉴》,人民音乐出版社,1988 年,第 119 页。

⑥ 中国艺术研究院音乐研究所编《中国音乐史图鉴》,第 124 页。

⑦ 王季思主编《全元戏曲》第九卷,人民文学出版社,1999 年,第 182、183、186 页。

⑧ 影印明万历刻本《事物绀珠》卷十六,见《中国古代音乐史料辑要》(第一辑),中华书局,1962 年。

来源于隋唐时代的百戏、散乐。可以说最初的杂剧甚至院本,是被作为百戏、散乐的一种而存在的,混杂于诸艺之间。周贻白先生已经指出这一点:"中国的戏剧,自始即混杂在散乐里面。到唐代,虽已形成另一门类,但仍未脱离乐部。俳优一项,便兼有汉魏六朝递传下来的百戏。宋代的杂剧,虽形式更臻完备而可以单独作弄,但逢百戏杂呈的时候,还是参杂在许多伎艺里面。"①所以当宋元时期戏剧从总杂的综合性演艺体系百戏中独立出来之后,仍然以散乐称之。事实上,这时的散乐已经专指戏剧,戏剧之外杂技、杂耍之类则称"百戏"。所以笼统地说,散乐即百戏,其实对于金元时期来说,是不太准确的。还有可以证明戏剧与乐的密切关系,是东邻日本的情况,日本采用中国的术语,自古以来就称戏剧为"乐",如"能乐""文乐""神乐",而"歌舞伎"之名称,也沿用中国汉魏迄隋唐时期伎乐的名称,如《隋书·音乐志二》载"然吹笛、弹琵琶、五弦及歌舞之伎",《旧唐书·音乐志》载"歌舞之戏,有《大面》《拨头》《踏摇娘》《窟礓子》等戏。"所谓"乐""伎""戏"等概念,在南北朝隋唐时代都是涵义相通的概念。

三　"礼毕""文康乐"考

《隋书·音乐志下》载:"始开皇初定,令置七部乐,一曰国伎,二曰清商伎,三曰高丽伎,四曰天竺伎,五曰安国伎,六曰龟兹伎,七曰文康伎。""及大业中,炀帝乃定清乐、西凉、龟兹、天竺、康国、疏勒、安国、高丽、礼毕以为九部乐。""七部乐"中的"文康伎",到"九部乐"改名"礼毕"。本《志》复云:

> 礼毕者,本出晋太尉庾亮家。亮卒,其伎追思亮,因假为其面,执翳以舞,象其容,取其谥以号之,谓之为文康乐。每奏九部乐终,则陈之,故以礼毕为名。其行曲有《单交路》,舞曲有《散花》。乐器有笛、笙、箫、篪、铃槃、鞞、腰鼓等七种。三悬为一部,工二十二人。

《礼毕》即《文康乐》,唐初于十部乐或九部乐奏毕后,仍作《文康乐》。任半塘以为是歌舞剧,"《隋书·音乐志》所谓九部乐后陈《礼毕》,即《文康乐》。本出自晋,实一歌舞戏也。演庾亮事,而由女伎为之,有化装。"②并云:"曰《礼毕》者,谓九部乐虽

---

① 周贻白:《中国戏剧史》上册,中华书局(上海),1953年,第113页。
② 任半塘:《唐戏弄》,上海古籍出版社,1984年,第123页。

为俗乐,犹是宾嘉燕享所用,不失为冠冕堂皇;若文康之表演,当时已认为猥杂狎亵,难登大雅之堂,但又好之不能舍,遂于名称上别之于礼乐之外,然后尽情耽玩。封建统治者是时已开始在殿庭上公开欣赏戏剧,惟尚不习惯,此乃其一种忸怩作态,欺人自欺而已。《宋书·乐志》'末世之伎,设礼外之观','礼毕'者,正'礼外之观'也,足见此等意识,不始于唐。"①由此可见,"礼毕"一词,与戏剧实有重要的关系。

"礼毕"一词,始于东汉。《后汉书·灵帝纪》:"灵帝于平乐观下起大坛,上建十二丈五彩华盖,高十丈。坛东北复为小坛,复建九重华盖,高九丈,列奇马骑士数万人。天子住大盖下。礼毕,天子躬擐甲,称无上将军,行阵三匝而还。设秘戏以示远人。""礼毕",指正礼已经完成的意思,本来正礼已毕,应该是结束了。但往往此后还有散乐百戏的表演,是属于正礼之外的。所以"礼毕"正是雅俗两乐之分界线,正如上文可见灵帝于礼毕后自称表演行阵之武术,并设秘戏示远人。可见在郊庙祭祀、典礼之场合,在严肃的雅乐、雅舞等规定性的乐舞之外,再设娱乐性的表演,都是在礼毕之后进行的。《宋书·乐志》在叙述汉魏晋正旦行礼及其雅乐歌诗外,复叙汉魏晋三代正旦行礼之外的杂舞百戏:

> 后汉正月旦,天子临德阳殿受朝贺,舍利从西方来,戏于殿前,激水化成比目鱼,跳跃漱水,作雾翳日;毕,又化成黄龙,长八九丈,出水游戏,炫耀日光。以两大丝绳系两柱头,相去数丈,两倡女对舞,行于绳上,相逢切肩而不倾。魏晋讫江左,犹有《夏育扛鼎》《巨象行乳》《神龟抃舞》《背负灵岳》《桂树白雪》《画地成川》之乐焉。晋成帝咸康七年,散骑侍郎顾臻表曰:臣闻圣主制乐,赞扬治道,养以仁义,防其邪淫,上享宗庙,下训黎民。体五行之正音,协八风以陶气。宫声正方而好义,角声坚齐而率礼,弦哥钟鼓金石之作备矣。故通神至化,有率舞之感;易风改俗,致和乐之极。末世之伎,设礼外之观,逆行连倒,头足入筥,皮肤外剥,肝心内摧。敦彼行苇,犹为勿践,矧伊生民,而不恻怆!加以四海朝觐,言观帝庭,耳聆雅颂之声,目睹威仪之序,足以蹋天,头以履地,反两仪之顺,伤彝伦之大。方今夷狄对岸,外御为急,兵食七升,忘身赴难;过泰之戏,日禀五斗。方扫神州,经略中甸,若此之事,不可示远。宜下太常,纂备雅乐,《箫》《韶》九成,惟新于盛运;功德颂声,永著于来

---

① 任半塘:《唐戏弄》,第234页。

叶。此乃《诗》所以"燕及皇天,克昌厥后"者也。杂伎而伤人者,皆宜除之。流简俭之德,迈康哉之咏,清风既行,民应如草,此之谓也。愚管之诚,唯垂采察。"于是除《高絙》《紫鹿》《跋行》《鳖食》及《齐王卷衣》《笮儿》等乐,又减其禀,其后复《高絙》《紫鹿》焉。①

按顾臻所说的"设礼外之观",正是"礼毕"之乐的意思,又谓"过泰之戏,日禀五斗"可见此类伎乐即称为"戏",戏师的俸禄,而且是很高的 。"礼毕"之乐,历代相承,时有增减,其集大成者大概是梁朝"三朝设乐"中的百戏杂伎,《隋书·音乐上》记载梁朝三朝设乐的详细目录,此不赘录。其内容,自"第一,奏《相和五引》"至"十五,设雅歌五曲",都是正式典礼的奏乐,属于雅乐的范围。自第"十六设俳伎"至第"四十六,设变黄龙弄龟伎",都是百戏散乐。其名称多称"伎",以表演为主。此即"礼毕"之乐,其中的"四十四,设寺子导安息孔雀、凤凰、文鹿胡舞登连上云乐歌舞伎"②,与后来隋九部乐中"文康乐"应该有渊源关系,这一点下面还要论述。至"四十七,皇太子起,奏《胤雅》;四十八,众官出,奏俊雅;四十九,皇帝兴,奏《皇雅》",则是最后的"曲终奏雅"。"礼毕"之乐完全是为了娱乐而设的。它作为一种从汉到隋唐相沿的朝廷、宫廷演出制度,不仅是中国古代百戏散乐的主要寄存之所,同时也是戏剧产生的温床。而像"寺子导安息孔雀、凤凰、文鹿胡舞登连上云乐歌舞伎"这样的假面、歌、舞相结合的"歌舞伎",当是南北朝后期散乐中新发展出来的高级娱乐节目,正是早期的戏剧艺术。日本的戏剧或称为"乐",如"能乐",或称伎,如"歌舞伎",正是采用中国隋唐时代的宫廷伎乐、歌舞伎的名目。近期的戏剧史家比较多地重视民间祭祀对戏剧形成的作用,这当然是对的。但除此之外,宫廷、朝堂以娱乐为主要功能的礼毕散乐的演奏制度,是古代戏剧形成的另一重要场所。由最初的"礼毕"设俳优戏乐,至隋时之直称戏剧性表演文康乐为"礼毕"。可见"礼毕"二字在当时,殆成为正礼雅乐之余的戏乐的代名词。上引康保成的论文,认为周代散乐,是指"礼乐"体系之外的乐舞及优戏、杂技等表演形式,这从汉魏六朝设"礼毕之乐"的制度也可以得到印证。换言之,礼毕之乐,亦即散乐。由此窥见宫廷产生戏剧的重要的娱乐机制,即在设"礼毕之乐"这一环节上。

---

① 《宋书·乐一》,《宋书》卷十九,中华书局,1974 年,第 564 页。
② "寺子导安息孔雀、凤凰、文鹿胡舞登连上云乐歌舞伎",陈旸《乐书》卷一百三十八、《册府元龟》卷五百六十、《四库全书》本《隋书》"寺子导"作"寺子遵"。

由上述可见,隋"礼毕"乐之名,正是沿承后汉以来"设礼毕之乐""礼外之观"的实际与名称而来,至隋代成为一个正式的乐部之名。关于隋代"礼毕乐"即"文康乐",在研究上有两个难以解决的问题。一是隋代的"文康乐"与东晋庾亮家伎的演出究竟有何种关系。周贻白认为"文康乐",虽然装扮人物出场,但不是一种故事表演,只是作为一个舞蹈节目。并且,"其来源虽起于《文康乐》,但与追思庾亮的原意相去已远。"①董每戡充分肯定文康乐的戏剧性质,但认为它来源于梁代的《上云乐》中文康老胡故事的扮演,与庾文康只是名字偶合而已,两者之不存在渊源关系,但其所举理由多属推测性质。②两家都注意到庾亮家伎演文康事与作为隋代朝廷仪式之余"礼毕之乐"的文康乐的性质相去甚远,但《隋书·音乐志》毕竟是很明确地说"礼毕者,本出自晋太尉庾亮家",如果没有确凿的反面证据,是是难以推翻这一原始记载的。我认为,《隋书·音乐志》所说的"礼毕乐"本出自晋庾亮家伎以假面演庾亮事这个说法,是指这种戏剧形式源于庾亮家,并非指其内容即是演庾亮事。也就是说,这种可以称之为"文康歌舞伎"(董氏语)的假面戏剧的乐种,始于庾亮家伎的创造。后世就将运用这种戏剧表演形式的乐种,称为"文康乐"。不然的话,庾亮一古人,当时其家伎演之,属有亲密感情关系,自然有趣味,后人复演庾亮于宫廷之上,有何趣味?且赫然成一部之乐?关于这一点,颜之推《颜氏家训》其实已经做出较为明确的说明:

> 或问:"俗名傀儡子为郭秃,有故实乎?"答曰:"《风俗通》云:'诸郭皆讳秃',当是前代人有姓郭而病秃者,滑稽戏调,故后人为其象,呼为郭秃,犹文康象庾亮耳。"③

这是关于文康乐在齐隋之际流传情况的极重要的一条材料,足证《隋书·音乐志》所述非诬。当时,"俗呼傀儡子为郭秃",颜之推据应劭《风俗通》,考证认为是因为这种戏剧形式始于郭秃,并用文康乐以庾亮的字来命名这一事情来进一步地解释"俗呼傀儡子为郭秃"这件事。也就是说,"文康乐"跟"傀儡子"一样,都是以一个人名作为一种戏剧的形式的名称。它所演的不一定都是庾亮的故事,但渊源却

---

① 周贻白:《中国戏剧史讲座》,中国戏剧出版社,1958年,第15页。

② 董每戡:《说剧·八 说"礼毕"——"文康乐"》,人民文学出版社,1983年。此据黄天骥、陈寿楠编《董每戡文集(上卷)》,广东高等教育出版社,1999年,第377—387页。

③《颜氏家训集解·书证第十七》,王利器集解,上海古籍出版社,1980年,第454页。

始于庾亮家伎以假面演庾亮事,所以通称"文康乐"。但是历来引颜之推此说,只注意其记载"傀儡子"一事,而对其"犹文康象庾亮耳"这一重要记载的戏剧史价值则未加注意。董每戡即云:"《隋书·音乐志》说礼毕出于晋文康庾亮家,所以叫《文康乐》;颜之推谈傀儡子时也说过'犹文康象庾亮耳'。这些话,恐怕都是未加深究而说出来的设想之辞。其实此文康不一定就是彼文康,因名字相同,招致附会,不是绝无可能之事。"①王利器也认为文康乐来自"上云乐",与庾亮事无关,并引周舍《上云乐·老胡文康辞》、李白《上云乐·老胡文康辞》来证明"颜氏'《文康》象庾亮之说之无稽'。"②其实,我们细究颜延之上述的问答,其解释"俗呼傀儡子为郭秃",倒是一种典型的推测之辞,但说"犹文康象庾亮耳",则未加任何论证,是拿当时人熟悉一件事来解释和比拟。也就是说文康乐原本于庾亮家伎以假面演庾亮,是当时人们熟悉的一个戏剧事实。《隋书·音乐志》作者与颜之推,都是在叙述这个当时人熟悉的事实而已。这样看来,不仅"礼毕"一词为戏剧代名词,而且"文康乐",实亦隋唐之际一种戏剧形式的代名词,颜之推之言,已经包含这一重要信息。许云和的论文也认为"文康实际上已是一种表演形式即假为其面而象其容的代名词,说明的是对演员演出造型的一种要求"③。

　　关于文康乐的第二个问题,是其与前述《隋书·音乐志》"梁三朝设乐"中的第四十四的"寺子导安息孔雀、凤凰、文鹿胡舞登连上云乐歌舞伎"的关系。郭茂倩《乐府诗集》"清商曲辞八""《上云乐》又有《老胡文康辞》,周舍作或云范云作。"周舍此诗开头即称"西方老胡,厥名文康"。诗中叙老胡文康自陈身世及经历,充满游仙色彩,与汉乐府《吟叹曲·王子乔》中演员扮演王子乔来寿圣明朝,实为同一类型,都是属于仙戏一类。联系前文所论南齐天台山伎,可见表演神仙题材散乐、杂伎,是汉魏六朝戏剧艺术的重要部分。这一点值得研究戏剧史者充分重视。那么,隋代"礼毕文康乐"中的"文康乐"与梁上云乐中的"老胡文康辞"究竟有何种关系呢?董每戡认为"礼毕文康乐"即梁代的上云乐。这个说法,从文献记载中也可找到一些佐证。陈旸《乐书》卷一百三十八《舞·上云舞》:"梁三朝乐,设寺子遵安息孔雀、凤凰、文鹿胡舞登连《上云乐》歌舞伎。先作"文康辞",而后为胡舞。舞曲有六:第一,蹋节;第二,胡望;第三,散花;第四,单交路;第五,复交路;第六,脚

---

① 黄天骥、陈寿楠编《董每戡文集(上卷)》,广东高等教育出版社,1999年,第377页。

②《颜氏家训集解·书证第十七》,王利器集解,上海古籍出版社,1980年,第456页。

③ 许云和:《梁三朝乐〈上云乐歌舞伎〉研究》,载同氏《汉魏六朝文学考论》,上海古籍出版社,2006年,第251页。

掷。及次,作《上云乐》、《凤台》、《桐栢》等诸曲。"①许云和《梁三朝乐〈上云乐歌舞伎〉研究》一文据此研究上云乐歌舞伎的伎目结构与演出形式。②这里《上云舞》中"第三《散花》,第四《单交路》",与《隋书》所载《礼毕乐》中的"其行曲有《单交路》,舞曲有《散花》"应该是相同的歌舞曲。可见梁《上云乐·老胡文康辞》与隋"礼毕文康乐"应该是存在着渊源关系的。又《唐书·音乐二》载"隋文帝平陈,得清乐及《文康礼毕曲》",可见隋的文康乐传自陈代,而陈代乐伎又承自梁朝。上面已经说过,梁三朝设乐第四十四的"寺子导安息孔雀、凤凰、文鹿胡舞登连上云乐歌舞伎",其性质正是雅乐演奏之后的百戏散乐的一种,正是所谓"礼毕之乐"。

《上云乐》中的老胡自称文康,不会是与庾亮之名偶合,而是此伎正是用"文康乐"的假面舞蹈的表演方法,所以舞者自称"文康"。亦如汉魏的乐师,多名"延年",如《羽林郎诗》作者辛延年、黄初时朝廷乐师杜延年,其名字都因汉武帝时音乐家李延年而来。因为是扮演胡地异人故事,所以自称此人自称"老胡文康",其理实至明。清人纳兰成德《渌水亭杂识》亦云:"梁时大云之乐,作一老翁演述西域神仙变化之事。"③可见他也认为这是一种戏剧,而非仅单纯的舞蹈。不仅如此,上述《隋书·音乐上》所载的"寺子导安息孔雀、凤凰、文鹿胡舞登连《上云乐》歌舞伎",这里的"文鹿",也很有可能应该是"文康"之误。"文鹿胡舞"应是"文康胡舞",即"文康乐"。如果这个猜想成立,则董每戡等学者认为隋代礼毕乐即文康乐即为梁代的上云乐这一推测,就更接近事实了。至于李白的《上云乐》,则纯粹为拟乐府,题下有"原注:老胡文康辞,或云范云及周舍所作,今拟之。"④此注应该是李白的原注。可见此只是一首拟乐府诗歌,而非戏剧脚本,王利器氏据李白此诗说文康乐"这类俳乐至唐犹盛行",是不妥当的。⑤大抵"文康"从一专门剧目中主人公的名字,演变成某类戏剧、甚至歌舞戏之别称,只在南北朝及隋代时期的一种用法,唐人已不知此中奥秘。关于《隋书》所载礼毕、文康乐的艺术性质及其与晋庾亮家伎演出的关系、与梁代《上云乐》"老胡文康辞"节目的关系,是一个还可以进一步探讨的问题。

---

① 关于陈旸《乐书》所载《上云舞》一条,笔者原来未曾特别关注,此次接受本刊审读者意见,采用此条。特此致谢!
② 许云和:《汉魏六朝文学考论》,上海古籍出版社,2006年,第250页。
③ 纳兰性德:《通志堂集》卷十六,上海古籍出版社,1979年,第627页。
④《李太白全集》卷三,王琦注,中华书局,1977年,第204页。
⑤《颜氏家训集解·书证第十七》,王利器集解,上海古籍出版社,1980年,第456页。

　　隋九部伎,除"文康乐"为假面戏剧外,其他各部并非只有声乐与歌唱,还应该有舞戏的成份。如龟兹乐一部叙云:"炀帝不解音律,略不关怀。有大制艳篇,辞极淫绮。令乐正白明达造新声,创《万岁乐》、《藏钩乐》、《七夕相逢乐》、《投壶乐》、《舞席同心髻》、《玉女行觞》、《神仙留客》、《掷砖续命》、《斗鸡子》、《斗百草》、《泛龙舟》、《还旧宫》、《长乐花》及《十二时》等曲,掩抑摧藏,哀音断绝。帝悦之无已。"按这些乐曲,从题目来看,内容都是动作性很强,不同于一般的抒情叙事歌曲,在表演的时候,应该都是有动作表演的。如《玉女行觞》《神仙留客》《掷砖续命》,如无扮演及动作,又有什么趣味呢? 可见古人的作乐,虽以音乐演奏、歌唱为主体,但舞蹈、及扮演动作和配合,也是随时都可以出现的。本来就不是什么希罕的事情。可以说,汉魏六朝及隋的乐府中,广泛地存在着戏剧的成份。我认为,乐府不仅一种诗歌史,同时也应该是唐前戏剧史的主体。最后,我们应该指出的是,在乐部名称上,隋称诸部为"伎",即七部伎。伎比单纯的乐,更侧重表演,后来日本的"歌舞伎"一称,即演用隋唐乐伎之义。这说明隋代的各部乐,在表演的成份上,较之前朝有很大发展, 也是隋唐之际为中国戏剧艺术发展的重要时期的一个侧证。

(原载《文学与文化》2010 年第 1 期)

宋南渡文化重心偏移东南述论
——兼对两宋政术的历史省察

饶龙隼

早在 11、12 世纪之交,理学开创者程门师徒两度预见,国家的文化重心即将偏移东南。其一,宋神宗元丰二年(1079),杨时从程颢门下学成南归,颢目送之曰"吾道南矣",此实隐开"道南学派"。[1]以后,杨时传罗从彦,罗从彦传李侗,李侗传朱熹。朱熹之后,传詹仪之,再传真德秀;又传黄榦,五传至宋濂。宋濂传方孝孺,自居理学正宗。此即史家构建的宋明理学之传道系统,而这个道学系统主要在东南区域弘传。其二,元符三年(1100)一月,宋徽宗即皇帝位,同年十一月庚午,下诏于明年改元。及建中靖国元年(1101),徽宗召见谢良佐,与语而有意用之。良佐以"上意不诚",乃请任西京竹木场监。有人说:"建中年号与德宗同,不佳。"良佐说:"恐亦不免一播迁!"因此坐口语,下狱废为民。[2]其言在二十五年后,果被靖康之难应验。杨时与谢良佐,均为程门高足。程门师徒所瞩望与所预言的,实隐开文化重心偏移之端绪。

"道南""播迁"之预言,虽为程氏门下一家之说;却是对天下形势的洞察,以及对国家气运的感应。当时宋疆域已显局促:北边有辽和西夏压境,西边有吐蕃诸部盘踞,西南有大理王国称制,东南有汪洋大海阻隔。处于这样的天下大势,道的弘传只能向南,而不可能向东、西、北。至于辽注意礼文之事,修举制度而崇美儒术;但起自松漠而风气刚劲,因使彬彬文治终不可成。[3]也就是出于这样的器局,辽政权才厉行书禁制度:"凡国人著述,惟听刊行于境内,有传于邻境者,罪至

作者简介:饶龙隼(1965—),男,上海大学文学院教授。

[1]《宋史》卷四二十八《道学二·杨时》,中华书局,1985年。
[2]《宋元学案》卷二十四《上蔡学案·监场谢上蔡先生良佐》,中华书局,1986年。
[3]《辽史》卷一百三《文学上·序》,中华书局,1974年。

死。盖国之虚实,不以示敌,用意至深。"①这种书禁政策之推行,使漠方文化不得南传,宋辽的隔绝状态因之加剧,则理学北传更成穷途末路。随着东北女直壮大,大金政权日益南逼,宋朝"播迁"之势渐成,终使文化重心偏移东南。故知,如果专从这个历史境遇来观测,则"道南"适为"播迁"先导。

一　偏局中的文化中心营建

先秦至西晋时期的中国幅员内,南方经济文化总体落后于北方。②此后南方的开发与经济文化发展,得益于三次北方人口大规模南迁:一次是西晋永嘉之乱,二次是中唐安史之乱,三次是北宋靖康之乱。为了躲避北方的战乱,大批人口迁移到南方,促进了南方经济发展。这三次大规模的人口迁徙,使中国经济重心逐步南移:第一步东晋南朝隋以至盛唐,南方经济虽然得到很大发展,但北方经济实力仍胜出南方;第二步中晚唐以至五代北宋,南方经济总量已经超过北方,但南北经济差距还不算太大;第三步南宋以至元明清时期,南方经济总量完全超过北方,且南方经济实力占绝对优势。③宋南渡文化重心偏移东南,就在这个大的背景下展开。

早在北宋文治鼎盛时期,儒学教化已有长足发展。清儒全祖望尝描述之曰:"庆历之际,学统四起。齐、鲁则有士建中、刘颜夹辅泰山而兴;浙东则有明州杨、杜五子,永嘉之儒志、经行二子;浙西则有杭之吴存[师]仁,皆与安定胡学相应;闽中又有章望之、黄晞,亦古灵一辈人也;关中之申、侯二子,实开横渠之先;蜀有宇文止止,实开范正献公之先。筚路蓝缕,用启山林。"④及延至神宗朝前后,南方儒学派系林立:有临川王安石开创的"新学",眉山苏氏父子开创的"蜀学",杨时归闽开创的"道南"学派……各自开宗立派,形成较大声势;虽未能风行独霸天下,却与关学、洛学并驱。这培育了南方的学术土壤,使儒学教化达到相当程度。这样,当靖康之乱爆发后,北方移民络绎南渡,他们如入礼仪之乡、王化之邦,很容易融进侨居地的社会人群,而不必遭遇封闭的地域文化之拒斥,从而为国家文化重心偏移铺平道路。

---

① 《辽史》卷首四库馆臣提要转引沈括《梦溪笔谈》"僧行均《龙龛手鉴》"条下。

② 南方是指中国境内白龙江—秦岭—淮河以南地区,包括巴蜀、荆襄、两广、淮南、江南、闽中等地。

③ 以上参见张家驹:《两宋经济重心南移》,湖北人民出版社,1957年。

④ 《宋元学案》卷六《士刘诸儒学案》。

　　宋廷播迁,不往巴蜀,也不往荆襄,而直指东南①,虽说迫于形势,实亦气运所趋。宣和七年(1125)十二月间,金灭辽国之后大举侵宋,徽宗下诏罪己求谏,并令郡邑率师勤王;是月庚申日,又下诏内禅,太子赵桓即位,是为钦宗皇帝。②靖康二年(1127)三月丁酉日,金人立宰相张邦昌为楚帝,然后胁迫徽、钦二宗北上,北宋政权以此宣告灭亡。乃于当年五月庚寅朔,赵构即帝位于应天府,改元建炎,是为高宗。③延捱至两个月之后,即元年七月乙巳日,帝诏“京师未可往,当巡幸东南”,终于指明南宋朝廷苟全退避的去向。④

　　此后,皇帝、皇室及贵胄,一路向南奔突避难。建炎二年(1128)十二月乙卯日,早已离开南京的太后逃至杭州。⑤次年(1129)二月庚戌朔,因无法控制混乱的局面,乃始听允士民从便避兵,并护卫皇子六宫去杭州;同月壬戌日应王渊之请,高宗得以巡幸驻跸杭州。⑥但当时杭州城局势极为动荡。高宗刚到杭州不久,三月壬午、癸未日间,扈从军诸将联手反叛,杀王渊及内侍百余人,逼帝逊位于皇子魏国公,请隆祐太后垂帘同听政。后因形势逆转,于四月戊申朔,隆祐太后下诏还政,允赵构复皇帝大位。有鉴于杭州局势动荡不安,高宗于五月乙酉日至建康。随后六月庚申日,皇太后还至建康。同月乙亥日,帝诏谕中外:“以迫近防秋,请太后率宗室迎奉神主如江表,百司庶府非军旅之事者,并令从行。朕与辅臣宿将备御寇敌,应接中原。官吏民士家属南去者,有司毋禁。”⑦这一道诏谕实际表明,建康也不适合作都城,朝廷及皇室将继续南迁,官吏士民家属亦将南去。及至九月丙午朔,谍报金兵治舟师,将由海道窥江、浙,宋室君臣更添恐慌。高宗乃一路慌乱南奔,于十月癸未日至杭州;旋即欲逃往浙东,于庚寅日渡浙江;及壬辰日,到达越州;次月癸酉日又逃往明州,并于十二月丙子日到达。明州形势依然峻急,高

---

　　① 建炎元年七月乙巳日,高宗手诏,择日巡幸东南。李纲言:“车驾巡幸之所,关中为上,襄阳次之,建康为下。陛下纵未能行上策,犹当且适襄、邓,示不忘故都,以系天下之心。不然,中原非复我有,车驾还阙无期矣。”帝乃谕两京以还都之意,已而帝意复变(《宋史纪事本末》卷十四《李纲辅政》,中华书局,2015年)。由此可见,高宗不愿巡幸关中,也不愿迁都巴蜀,更不愿避居荆襄,而执意退守东南,选择的是下下策,实出于保命苟安。

　　② 《宋史》卷二十二《徽宗四》。

　　③ 《宋史》卷二十三《钦宗》。

　　④ 《宋史》卷二十四《高宗一》。

　　⑤ 《宋史》卷二十五《高宗二》。

　　⑥ 《宋史》卷二十五《高宗二》。

　　⑦ 以上参见《宋史》卷二十五《高宗二》。

宗乃定议航海避兵,先后到达定海县和昌国县,最后于庚子日移幸温、台。① 这样播迁入穷荒之境,就达至东南的最南端。

由于战线拉得太长,中原侵地又难节制,金兵乃逐步退回江北,并立刘豫为伪齐皇帝,而实际由金朝操控,以便羁縻中原汉人。这给亡命的宋朝廷以喘息机会,高宗君臣乃规划由温州返浙西。建炎四年(1130)正月辛未日,高宗“命臣僚条具兵退之后措置之策、驻跸之所”;同年六月辛未朔,高宗又“诏侍从、台谏、诸将集议驻跸事宜”。筹措驻跸事宜,是为暂且偷安。同年十月辛未日,秦桧自楚州金人军中逃归,于十一月乙巳日入见高宗;绍兴元年(1131)二月辛巳日,秦桧被命为参知政事。秦桧参决朝政,实启偏安端绪。② 绍兴元年三月辛亥日,高宗诏谕将赴行在,盖有定都建康之意;七年(1137)三月辛未日,高宗流亡朝廷移驻建康;并于同年七月乙酉日,诏即建康正社稷之位。③ 但高宗后竟趁巡幸浙西之机,于次年二月癸亥日离开建康,并于戊寅日又临幸临安。④ 高宗之所以弃置建康,还跸临安;大概是因为厌倦久战,思图苟安。

而机会终于来了,在高宗还跸半年后,即绍兴八年(1138)十月丁丑日,金国遣使来通和议。高宗已大为动心,但仍放不下尊严,乃于十一月辛丑日装模作样地下诏曰:“金国遣使入境,欲朕屈己就和,命侍从、台谏详思条奏。”当时,从官张焘等皆言不可,高宗竟不能虚心纳谏;稍后,编修官胡铨上书谏斥和议,也被除名并安置昭州编管。延至十二月戊辰日,国信计议使王伦说,金使“诏谕江南”名不正,似还想为宋朝廷争点面子;但秦桧降骨发痒,禁不住跳出来说,尚未见金朝国书,疑是对南朝封册。秦桧这媚主的话,迎合了苟安心理;高宗虽口拒册封,其实倾心于议和。故不但不听馆职诸臣谏言,反而升用主和议的施廷臣,并于同月丁丑日下诏,为宋金议和定下基调:“金国使来,尽割河南、陕西故地,通好于我,许还梓宫及母兄亲族,余无需索。令尚书省榜谕。”⑤宋金和议的确立,更促成定都临安。从此都城临安,就成苟安象征。

随着定都临安,政治中心移驻,国家文化中心因以入迁,从而加速文化重心转移。早在绍兴四年(1134)九月辛酉日,高宗于临安明堂合祭天地;绍兴五年

---

① 以上参见《宋史》卷二十五《高宗二》。

② 以上参见《宋史》卷二十六《高宗三》。

③ 以上参见《宋史》卷二十八《高宗五》。

④《宋史》卷二十九《高宗六》。

⑤ 以上参见《宋史》卷二十九《高宗六》。

（1135）二月己丑日，又诏即就临安建太庙。当时侍御史张致远言："创建太庙，甚失兴复大计。"殿中侍御史张绚亦言："去年建明堂，今年立太庙，是将以临安为久居之地，不复有意中原。"① 是知，临安定为都城之前，已有礼乐制度建设。而礼乐制度是封建王朝文化建设的核心，因之南渡文化重心偏移东南即以此发端。嗣后，高宗君臣经营偏安朝廷，并完成一系列文化建制。虽说金将兀术不时叛盟，宋朝廷亦有抗战的表示；但为且战且和，总目标是求和。为了实现这样的立国目标，高宗倚任专主和议的秦桧，而降黜不主和议之众臣，甚至和议盟书一旦订立，旋即杀害抗金名将岳飞。② 故而，朝廷不急于奖励将士，而热衷蒐访隐逸之士；不激劝士民抗敌雪耻，而重开科举诱导功名；不苦其心志奋发图强，而用瑞应来伪造太平。当然，也注意复兴常规的文化事业，如创立太学规制及科举试法，诏求天下遗书，编纂官方典章；但规模限于东南一隅，没有化行天下之器局。③

绍兴二十五年（1155）十月丙申日，专主和议的宰相秦桧因病去世，他所把持的朝政有所更正，其子孙党羽也被罢黜清算。但高宗不许改变偏安和议的国是，有进士梁勋乘机伏阙上书言北事，结果被送往千里之外的州军编管。二十六年（1156）三月丙寅日，高宗甚至下严诏警告臣民："讲和之策，断自朕志，秦桧但能赞朕而已，岂以其存亡而渝定议耶？近者无知之辈，鼓倡浮言，以惑众听，至有伪撰诏命，召用旧臣，抗章公车，妄议边事，朕甚骇之。自今有此，当重置典宪。"④ 但求偏安，不起边衅；宁弃中原，不图收复。然则，当初恢复之志，至此大打折扣。

二 困局中的二元政术摇摆

但高宗恭俭仁厚，虽不能拨乱反正，却能继体守文，养成中兴之治。⑤中兴之治，奠定了文化重心偏移的政治基础；继体守文，规划了南宋文化建设的总体格局。而文化建设的主导趋向，就是用道学来缘饰政术。

---

① 《宋史》卷二十七《高宗四》、卷二十八《高宗五》，《宋史纪事本末》卷十四《南迁定都》。

② 以上参见《宋史》卷二十九《高宗六》。

③ 以上参见《宋史》卷三十《高宗七》

④ 《宋史》卷三十一《高宗八》。

⑤ 参见《宋史》卷三十二《高宗九》。中兴，是高宗朝的政治关键词。建炎五年正月己亥朔，下诏改元"绍兴"，即寓"绍祚中兴"之意。绍兴元年五月癸卯日，作"大宋中兴宝"成（《宋史》卷二十六《高宗三》）。绍兴二十年四月癸未日，秦桧上《中兴圣统》（《宋史》卷三十《高宗七》），其余臣工章奏上言，多以"中兴"为说。

宋代政治之于学术,有如中了二重魔咒,总在新学与洛学之间,互相纠缠而此消彼长。神宗熙宁二年(1069)二月庚子日,王安石任参知政事;及甲子日陈升之等创置三司条例,正式开始议行新法。①为了强力推行新法,王安石等结成新党,援用新学来缘饰政术,以打击压倒持异议者。但十六年过后,神宗皇帝驾崩,幼主哲宗即位,太皇太后听政。当时朝政方新,贤德稍稍登进。司马光、吕公著、文彦博、程颢等升用,凡王安石、吕惠卿辈所建新法划革略尽。此即所谓"元祐更化",元祐学术因以昌明。然这光景并未维持长久,程颢未赴任即因病去世;司马光叹衰老而四害未除,薨于元祐元年(1086)九月丙辰朔;吕公著受司马光国事之托,竟也卒于四年(1089)二月甲辰日。②其他如范纯仁、文彦博等,亦因熙丰旧臣重获进用,而陆续被罢黜出朝,转而生起调停之说。③此显示两党政术之制衡,以及新学与洛学之消长。这种争端不论孰是孰非,均极大伤害了国家政体,致使此后列朝的政术总在两者间反复摇摆。

及至绍圣年间,新党媒蘖复用,因起绍述之政,罢黜元祐旧臣,驯致党籍祸兴。④延至高宗南渡,君臣痛定思痛,将祸乱归咎于王安石变法,而褒叙元祐诸臣及其子孙。因之,程氏高明自得之学复兴,元祐政术继承者获登用,尤以李纲、赵鼎等先后拜相,鼓舞主战派的恢复中原之志。但随着秦桧拜相而专主和议,主战派文武众臣又惨遭摧抑。如果说秦桧拜相之初,对洛学人士有所拉拢;则因洛学人士大多反对和议,而又招致偏安朝廷打击排抑。及至秦桧病逝,遭排抑者复官,朝政重起跌宕,治术有所更正。高宗鉴于既往政术摇摆之害,试图破除新学与洛学之对峙,乃于绍兴二十六年(1156)六月乙酉日,颁诏取士毋拘程颐、王安石一家之说。⑤这是希望用多元的学术,来救济政术之二元摇摆。

此举若果真能贯彻落实,南宋政治或有再造之机。但新学与洛学之争端,一直像魔咒难以破除;更因"海陵之祸"破坏和盟,挑战了南宋偏安和议的国是。及孝宗朝实行政治更化,继续清算驱逐秦桧党人,而追复已故主战派重臣恩数,并起用学禀元祐的胡铨等人。其结果,使刚启动的多元政术,又回复二元摇摆状态:

---

　①《宋史》卷十四《神宗一》。

　②《宋史纪事本末》卷十《元祐更化》。

　③ 载称:"熙丰旧臣争起邪说,以撼在位。吕大防、刘挚患之,欲稍引用,以平宿怨,谓之调停。……而议者惑于众说,乃欲招而纳之,与之共事,谓之调停。"(《宋史纪事本末》卷十《元祐更化》)

　④《宋史》卷十八《哲宗二》。

　⑤《宋史》卷三十一《高宗八》。

一方面频繁派遣王之望等人为金国通问使,另一面诏廷臣集议讲和、遣使、礼数等事;一方面重用新学传人汤思退、王之望等人,另一面起用主战派张浚来都督江、淮军马。①不过,孝宗并不甘于偏安,仍怀恢复中原之志。他一边谨边备不轻出师,一边命丞相虞允文治兵,意欲决策亲征,似将卓然有为。为达成这样的政治意图,他尝试两项有效的做法:一是听从侍御使谢廓然乞请,"毋以程颐、王安石之学取士",冀遏止政术二元摇摆之定势②;二是用人不拘党见,左右丞相不专一人,以杜绝党争与擅权。但频更左、右丞相,虽可杜绝阿党专权,却不利于推行政令;一概禁止新学洛学,虽可遏止政术摇摆,却不利于讲明治道;且君子小人并用,必将不便于君子,而助长小人得志;正学、邪说混厕,必然会贬抑正学,而诱导曲学阿私。

而情况堪忧的是,理学家空疏迂阔,新学派近利实用,均不足担当大计。淳熙六年(1179)夏旱,朱熹应诏直言上疏,痛斥近习功利之害。此近习功利之臣,多为新学派余党,其功利卑污之如此,实难匡正君国大政。而理学家之流,动辄援据理道,所论空疏迂阔,未必切合实际。如孝宗初即位,朱熹尝上封事,首言:"帝王之学,必先格物致知,以极夫事物之变,使义理所存纤悉毕照,则自然意诚心正,而可以应天下之务。"隆兴元年(1163)十月辛巳日,朱熹应召入对垂拱殿,又言:"愿博访真儒知此道者,讲而明之,则今日之务,所当为者不得不为,所不当为者不得不止。"③其敷论帝王之学、大学之道,均强调格物致知、意诚心正;而实现修齐治平的途径,竟然是访真儒来讲明之。是将帝王事业,等同儒生清谈;而当时君国大计,有非儒生预知者。

新学派与理学家,除了有上述弊端,更因缺乏包容性,而一味排斥谠言。时有智谋之士陈亮,敷畅事功形势之说,屡陈恢复大计,竟遭时论沮毁。陈亮所上论疏凡五通④,从总体规划恢复大计。陈亮所论,恢弘大度,远超功利实用之浅见,亦与格物穷理者异趣。其书奏上,孝宗震动,召令上殿,将擢用之。近臣曾觌将见亮,欲交结以为利用;陈亮耻之,逾垣而逃。曾觌怀恨而怫然不悦,大臣亦恶其直言无

① 以上参见《宋史》卷三十三《孝宗一》。

② 《宋史》卷三十五《孝宗三》。

③ 以上参见《宋史纪事本末》卷二十《孝宗朝廷议》。

④ 五次上书分别为:隆兴元年十二月,适逢宋与金约和,中外忻忻得苏息,独陈亮以为不可,乃发解至京师,上《中兴论》;淳熙五年正月,陈亮诣阙上书;待命十日,再阙上书;紧接着,又上书;淳熙十五年四月,陈亮复上激刺疏。

讳,乃交沮之,由是不合。然亮愈自信,益励志读书,尝曰:"研穷义理之精微,辨析古今之同异,原心于杪[秒]忽,较理于分寸,以积累为工,以涵养为正,晬面盎背,则于诸儒诚有愧焉。至于堂堂之陈,正正之旗,风雨云雷交发而并至,龙蛇虎豹变现而出没,推倒一世之智勇,开拓万世之心胸,自谓差有一日之长。"此所讥讽之"诸儒",盖指朱熹、吕祖谦辈。由此亦不见容于理学家,及最后一道激刺疏上,使在廷群臣交怒,竟以陈亮为狂怪。①随着陈亮以"狂怪"被排斥,恢复中兴大业更被悬置,朝野上下日益耽于偷安,文化重心愈加沉落东南。

陈亮所上恢弘大度之说论,在偷安朝廷的死水微澜里,只发出瞬息的一声闷响,就淹没在朝政喧嚣之中。以后南宋偏安王朝的政术,仍屈从于二元摇摆之惯性;以至于光宁理度诸朝,政术之争集中表现为:理学家对道学之坚守,及奸党对伪学之禁抑。这使由洛学发展而来的理学,以及由理学推展开来的道学,成为官方意识形态的主导面;而作为对立面的新学,以及绍述新学的新党,乃至新党萌蘖的奸党,则起摧抑刺激之作用。如此,道学崇黜便成为政术争端的焦点,文化重心也就维系在这个焦点上。故于光宗绍熙元年(1190)二月,殿中侍御史刘光祖预言:"近世是非不明,则邪正互攻;公论不立,则私情交起。此固道之消长,时之否泰,而实国家之祸福、社稷之存亡系焉。甚可畏也。……伏冀圣心豁然,永为皇极之主,使是非由此而定,邪正由此而别,公论由此而明,私意由此而熄,道学之讥由此而消,朋党之迹由此而泯,则生灵之幸,社稷之福也。不然,相激相胜,展转反复,为祸无穷,臣实未知税驾之所。"②

刘光祖所言,诚一语中的。接下来的两相交攻,果真是"甚可畏":宁宗庆元元年(1195)六月,为反击对道学考核,朱熹奏疏极言韩侂胄用事窃权,将使"主威下移,求治反乱"。而作为政治报复,韩党兴起伪学之目,因使善类皆不自安;以至次年十一月,籍伪学逆党得罪者,彻底清算理学中人。③结果弄得"十数年间,士气日衰,士论日卑,士风日坏,识者忧之"④。不止是识者忧之,甚至奸党也后怕。宁宗嘉泰二年(1202)二月,其党张孝伯献媚曰:"不弛党禁,恐后不免报复之祸。"韩侂胄亦以为然,乃弛伪学之党禁。而伪学党禁一松弛,道学随即甚嚣尘上。如嘉定四年(1024)十二月,著作郎李道传奏言:"今其禁虽除,而独未尝明示天下以除之之

---

①　以上参见《宋史纪事本末》卷二十《陈亮恢复之议》。

②　《宋史纪事本末》卷二十一《道学崇黜》。

③　《宋史纪事本末》卷二十一《道学崇黜》。

④　《宋史纪事本末》卷二十一《道学崇黜》录李道传语。

说。臣窃谓当世先务，莫要于此。……臣愿陛下特出明诏，崇尚此学，指言前日所禁之误，使天下晓然知圣意所在。"他还捡拾早前胡安国、魏掞之的绪论，请以周敦颐、邵雍、程颢、程颐、张载从祀孔庙，而罢除王安石父子勿祀，以彰圣朝崇儒正学之意。① 李道传的奏请，不为权臣喜好，当时未及施行；但在理、度二朝，以皇帝有崇儒意，均一一得以实施。

尤其是理宗赵昀，对道学崇信备至。淳祐元年（1241）正月甲辰日，诏曰："朕惟孔子之道，自孟轲后不得其传，至我朝周敦颐、张载、程颢、程颐，真见实践，深探圣域，千载绝学始有指归。中兴以来，又得朱熹，精思明辨，折衷融会，使《大学》《论语》《孟子》《中庸》之书，本末洞彻，孔子之道益以大明于世。朕每观五臣论著，启沃良多。"他还御制《道统十三赞》，亲书朱熹《白鹿洞学规》，不惟崇奖理学五臣，更自任道学代言人。反之，对王安石，以其尝放言"天变不足畏，祖宗不足法，人言不足恤"，定为万世罪人。② 如此，道学似可定于独尊，政术不再二元摇摆。但当朝的实际治效并未"日盛岁加"。推其原由，盖因理宗以经筵性命之学来徒资虚谈，而任用权奸史弥远、丁大全、贾似道，未能"圣心豁然，永为皇极之主"；又因兵力未赡，仍从和议之策，延至端平元年（1234）正月，金朝亡而蒙元迅速崛起，非但恢复中原转成绝望，更使江南遭受元兵进逼。然则，南宋朝廷尚且飘摇欲坠，又何谈恢弘道学家政术？

从此，文化重心彻底沉落东南，不再有化行中原的势能。就南宋偏安之政局而言，用道学来缘饰中兴之治，不仅加剧政术二元摇摆，而且养成士民素质巽懦，日益消磨恢复中原之志。故知，不论是元祐学术、洛学、理学，还是去"伪"存"真"之道学，或可用以教世化民，却不足以御敌安邦。更具反讽意味的是，权奸韩侂胄虽轻起兵端，却愿意追封岳飞为鄂王；而朝廷竟然在诛杀韩侂胄，函其首以成行于金之前，先后追复理学保护人赵汝愚和专主议和的秦桧官爵。③这不仅大有亏于国体，更以忠直与奸邪同论；则宋王化不行江北，已是尘埃落定之局；而文化价值之偏颇，亦成不可逆转之势。

（原载《文学与文化》2014 年第 3 期）

---

① 《宋史纪事本末》卷二十一《道学崇黜》。

② 《宋史》卷四十二《理宗二》。

③ 《宋史》卷三十九《宁宗三》。

姚燧文章特色论

查洪德

姚燧是元代最具代表性的文章家。近些年陆续有研究姚燧文章的论文发表，但对其文章成就和特色的认识，似乎还不到位。只有准确把握其文章特色，才能客观评价其文章的成就和价值。

姚燧（1238—1313），字端甫，号牧庵，洛阳（今属河南）人。三岁而孤，由伯父姚枢养育成人。元世祖至元中，许衡为国子祭酒，召燧至京师，后被荐为秦王府文学。未几，授奉议大夫，兼提举陕西、四川、中兴等路学校。至元十七年（1280），除陕西汉中道提刑按察司副使，调山南湖北道，二十四年为翰林直学士，二十七年授大司农丞。成宗元贞元年（1295），以翰林学士召修《世祖实录》。大德五年（1301）拜中奉大夫，江东廉访使，九年拜江西行省参知政事。武宗至大二年（1309）拜荣禄大夫、集贤大学士、翰林学士承旨、知制诰、同修国史。卒谥文。其仕履中不载于史传而见于其他文献的，有监察御史、左丞二职：陶宗仪《辍耕录》卷二《御史举荐》条有"姚文公先生燧为中台监察御史时"之语；陈义高《秋岩诗集》卷上有《夜闻陇西歌有怀牧庵左丞》诗，同书卷下有《得姚牧庵左丞书赋此以答》诗，陈义高与姚燧同时，题中"姚牧庵左丞"指姚燧无疑。姚燧诗文编为《牧庵集》，原本五十卷，后佚，今存三十六卷四库辑本。另著有《国统离合表》若干卷。

自元至清，人们对姚燧的文章都很推崇。"拟诸唐之昌黎、宋之庐陵。"[1] 元末吴善《牧庵集序》将姚燧与司马迁父子、扬雄、班固、韩愈、柳宗元、欧阳修、苏轼等，并称为"一代之宗工"。虽不免推之过当，亦可见他在同时代人心中的崇高地位。清初黄宗羲《明文案序》给姚燧以极高评价，其说被《四库全书总目》称引，说：

作者简介：查洪德（1957— ），男，南开大学文学院教授。
① 顾嗣立：《元诗选》二集《姚燧小传》，中华书局，1987年。

"国初黄宗羲选《明文案》，其序亦云：唐之韩柳，宋之欧曾，金之元好问，元之虞集、姚燧，其文皆非有明一代作者所能及。"此评很有影响。清嘉庆时杨复吉编有《元文选》，其书不传，蒋光煦《东湖丛记》卷二录有其序，序称以姚燧为代表的元代文章"实足嗣响唐宋，卑视有明"①。魏源《元史新编》卷四十七《姚燧传》对姚燧文章作了这样的评价：

> 燧学出许衡，而辞章英挺，则有天授。宋末文士，皆宗欧、苏，其敝也冗沓平易。至燧，始宗韩、柳，以绍秦、汉，不屑欧、苏以下，雄视元初，遂开一代风气。故元代古文，远出南宋之上。②

这些评论都告诉我们，在中国文学史上，姚燧是一个不应该被忽视，更不应该被遗忘的文章家。

姚燧是一个独特的文章家，他的价值就体现在他的独特性。姚燧文章的独特处，可概括为多个方面，如破体求新、正中见奇、以传奇为传记等。"以传奇为传记"已另成文，这里谈"破体求新"与"正中见奇"。

一　破体求新

元代文章家张养浩《牧庵姚文公文集序》评姚燧文章说："盖常人之文，多剽陈袭故，窘趣弗克振拔。惟公才驱气驾，纵横开阖，纪律惟意。"其意是说，姚燧与其他文章家的一大不同，是敢于打破成规，自创新格。对此，清人李祖陶选《金元明八大家文选》在多篇文章的评论中都有具体说明，如评《汴梁庙学记》，言其所写多"非记学正文，正文仅结处一段"，以为如此写法乃"于前贤名作外，另树一帜"；又评《江州庐山太平兴国宫改为九天采访应元保运妙化助顺真君殿碑》说："先生为文，每触类引伸"，"真所谓黄河之水，鱼龙百怪，与泥沙土石而俱下者也"，说那些拘于文体与题目要求者见之，"必舌拆而不能下矣"。③这些评论都指出了姚燧文章的一大特点：唯意所之，不拘文法。他为什么不守文章成法呢？李祖

---

① 蒋光煦：《东湖丛记》卷二《元文选序》，清光绪九年缪氏刻云自在龛丛书本。
② 魏源：《元史新编》卷四十七《姚燧传》，江苏广陵古籍刻印社影印清光绪三十一年湖南邵阳魏氏慎初堂刊本。
③ 李祖陶：《金元明八大家文选·牧庵文选》卷二，清道光乙巳刻本。

陶在《崇阳学记》的文末评中这样解释:"两宋诸先生学记,于化民成俗之道,言之备已。剿袭言之,非陈即腐。作者词必己出,故前汴梁篇,明古制之非,此篇论今职之失,皆所谓崭新日月也。"① 姚燧文章,既不拘于体,也不拘于题,多借题发挥,如《戍守邓州千户杨公神道碑》,文章写碑主的内容很少,而用不少篇幅写碑主之子,李祖陶评:"杨千户事迹无多,只前半幅已尽,因其子有光前烈,不觉兴来,虽并珪(杨千户之子)战功,一齐阑入。重波迭浪,不顾尾大于身。唐宋诸大家,无是格也。"② 更让人惊异的是《浏阳县尉阎君墓志铭》,简直就是一篇奇特的小品文。既不述家世,也不写墓主生平,直以议论为文:作县尉之难与易,"盖尉有难为有利为。江南大县,户动十万,一尉兵额,止于数十,而押纲卫使,恒抽其半,又其身有疾疢、丧婚之请,其直司日不盈三二十辈。盗逐不得,必尉焉罪,小则辍禄,大而夺官,是不谅其力少不足以制奸,而惟责其专印不职也。是其所难。"忠于职守则难为,显示元代官制之弊与官场生态之恶劣:

> 其利为者,必求为盗,罪不抵死,尝墨其肌肉,呈身有司者,署使伺盗,曰:蛇之所涂,蛇能知之。吾使过耳,口不言所旨,使自喻之。彼方困拘罪籍,一朝得交平民出入,惟求图报,虽身为盗,将不避为。况囊囊他盗,颐指富室,惟所便取,坐受其有。盗得其粗,我得其细,择世所共宝不可形迹败者,归之尉。有司核盗不得,依日月则杖尉兵,一杖加一等,三杖而止耳。伺盗特尉权一时宜,密置无迹,何及焉? 尉所辍禄几何? 而伺盗资之,什伯不赀也。盗为伺盗忠臣,伺盗为尉忠臣。

官而为盗,官为盗首,戕害百姓,中饱私囊则易为。不仅如此,尉之为害,更甚于盗,"又其巧者,与邻尉交欢,私要言曰:'吾得盗,必使诬汝县富室,曰尝巢窟焉,曰屡资给焉!幸罗之狱,足吾欲纵之,民惟知德吾耳。汝得盗,亦如是取偿吾县。易地为之,胥相益也。'"官已与盗一体,兵已无须捕盗,于是私下将兵放归,县尉又向其家收佣工之钱。

> 凡是数事,今之尉者,十出其半。又闻一尉始至,子尝借衣尉兵,其无可

---

① 李祖陶:《金元明八大家文选·牧庵文选》卷一,清道光乙巳刻本。
② 李祖陶:《金元明八大家文选·牧庵文选》卷四,清道光乙巳刻本。

知也。比满，积楮缗十五万，岁入稻万石，而不知何术取之也。或曰：是由贼不急其期日，民贷其家，责券数月，子与母俱，无则入其田屋，今垺封君，不思仕矣！呜呼，尉乎！御盗欤？师盗欤？(《牧庵集》卷二十九)

不可思议的是，在姚燧笔下，墓志铭竟然可以这样写。这是历来死守文章体制作法的人不可梦见的。李祖陶《金元明八大家文选·牧庵文选》对此文有绝好评语："读此令人发指，而文则谈笑出之，绝不动气，所以为高。""此一极小题，而于此中分出难为、利为两层，又于各层中细细批驳，如抽茧丝，而文自纡徐有度，毫不伤雅，是真绝特之文。"① 真是一篇妙不可思的奇绝文字。

中国自古重名实之辨，至于文章，又特重法度。古文自唐代韩愈倡导，经宋代诸大家发扬，文章体制及人们对体制的认识，已大体定型。宋及其以后的文章家与文章批评家都重视明辨文体，明人徐师曾作《文体明辨序》，说："夫文章之有体裁，犹宫室之有制度，器皿之有法式也。"② 古文各体的写作，都有定则，如墓志铭："按志者，记也；铭者，名也。古之人有德善功烈可名于世，没则后人为之铸器以铭，而俾传于无穷。……述其人世系、名字、爵里、行治、寿年，卒葬日月，与其子孙之大略。"③ 与姚燧大致同时的卢挚作《文章宗旨》，详论记、叙、碑、铭、行实、跋等文体写法，表现出元初文章家文体意识的成熟且定型。④ 姚燧对此，自应详熟。但他作《浏阳县尉阎君墓志铭》等，却全然不加理会。如何认识姚燧的不守成法呢？他之不守文法，并非不知各种文体写作的一般要求，而是有意破体求新：古文各体，宋诸大家后已有成法，正如李祖陶所言，遵体而作，难免"剿袭言之，非陈即腐"；破体求变，以图展现"崭新日月"，是他文章求新的一种尝试。不守成法，破体求新之文，在其《牧庵集》中多有，《浏阳县尉阎君墓志铭》是极端之例，也是精彩之文。

二　正中见奇

今人或认为元代文章缺乏新意，典雅醇正，甚至指为迂腐。郭预衡先生《中国

---

① 李祖陶：《金元明八大家文选·牧庵文选》卷五，清道光乙巳刻本。
② 黄宗羲：《明文海》卷二百十四。
③ 贺复徵：《文章辨体汇选》卷六百九十八。
④ 陶宗仪：《南村辍耕录》卷之九，中华书局，1959 年标点本。

散文史》就说:"元代文人,实多儒者。""元代散文的基本思想内容,不出濂洛关闽。"① 应该说,这并不符合元代文章的实际。就有元一代文章说,立论不是醇正,而恰恰是驳杂。清人陆世仪批评宋濂:"宋景濂一代儒宗,然其文大半为浮图氏作。自以为淹贯释典,然而学术为不纯矣。不特非孔孟之门墙,抑亦倒韩欧之门户。八大家一脉,宋景濂决其防矣。"② 其实不只宋濂,元代文章家大多如此,甚至将荒诞不经之事写进高文大册,全不管"不语怪力乱神"的圣人垂训。宋濂的老师、金华之学的传人、号称"儒林四杰"之一的黄溍就是如此,我们看他《武昌大洪山崇宁万寿寺记碑》的一段文字:"时久不雨,乡人张武陵具鸡豕,将以致祷。大师见而悲之,谓武陵曰:'雨阳不时,本由心感。害生自利,徒增汝罪。可戒勿杀,而为汝祚。'约以三日必雨。武陵听之。大师探幽履险,得山之北岩,泊然宴坐,运诚默祷。及期,雷雨大作。雨既沾足而止,武陵访求大师于岩中,大师时犹在定,蛛丝幂面。附耳而号,挂体而挃,久之方觉。武陵遂施以其山,为建精舍。太和九年二月二十五日,大师密语于神龙曰:'吾前许以身代牲,辍汝血食,本舍身。可享吾肉。'即引刀断左右足,白液滂流,俨然入灭。双足流镇山门,肉色久而不变。四众哀慕,称之曰'佛足'。"③ 很难想象,这是名儒之文,但在元代确实如此。而姚燧文章立意求正,在元代属少数。所以,立意醇正,成为姚燧文章的一大特点,《元史》"春容盛大"之评,近乎此意。

姚燧不仅为大儒许衡弟子,他本人也"由穷理致知,反躬实践,为世名儒"(《元史》)。作为名儒,他为文力求立意之正。正未必腐,立论之正并不妨碍思想的深刻性,正的立论也不乏惊人之思,姚燧文章可以给我们作出有力证明。姚燧之可贵处,在于能于正中见深,正中见奇,在习以为常中见出常人见不到之理,具有服人的力量;立足常理,却能揭示出习以为常中悖理背礼之处,更让人称奇。如其《王宪副母夫人九十诗后序》一文,是受王宪副请托而作,王宪副母亲九十寿辰,请一帮诗人写了些赞颂、祝福的诗,请姚燧写一篇序,为了更增光彩。姚燧律以正理,发现了这些诗歌的诸多荒唐之处,甚至大悖于理:

> 然反披而覆诵之,犹病其言有矛盾者:既称夫人妇王婉顺矣,当节度君

---

① 郭预衡:《中国散文史》(中),上海古籍出版社,1993 年,第 710、712 页。
② 陆世仪:《思辩录辑要》后集卷十三,《丛书集成初编》本。
③ 黄溍:《黄文献公集》卷十一,《金华丛书》本。

守赵,将以城活斯民,而夫人一言制之,是越闬内而出干戎律也。顾以节度君之雄烈识度,其揆义委质,取必夫人之一言,是举闬外而入稟墙帷也。两庋其道,恐君、夫人之贤,两不为是。笔斯言者,将以是而信来世,非诬人耶?且今之巧于术智者,人犹莫忖其心之何在,况苍苍之高天幽邈,卑人以年,而曰:"吾得之,必由是事而致。"非诬天耶!余之斯言,虽足取愠一世,而世之人以为知言者多矣。诗中或有赞夫人能诵浮屠书者,抑不知为是者,将报德在今欤?其徼福未来乎?以为在今,外宰物而归之浮屠之鬼,迷孰大焉?以其未来乎,既享有于昭昭,又求不可必得于冥冥,觊孰甚焉?(《牧庵集》卷三)

把一帮拍马屁的诗人骂了一通。其意大约有二:一是有人为颂扬夫人,说当年其丈夫有关一城守与降之关键决断,乃决于夫人之一言。姚燧认为,果真如此,那是女人干预外事,非夫人之德,反有悖妇德。丈夫听命于妇人,也有损大丈夫之"雄烈识度"。二是大约有人说夫人九十高寿,乃上天报夫人之德。姚燧说,天意幽邈难知,这话是瞎说。而"赞夫人能诵浮屠书者",意在说明夫人之善良,在姚燧看来,更是荒唐。他从剖析信佛者的心理入手,说信佛者要么愚蠢,要么贪婪。以文章论,此篇或非上佳之作,但它说明,正论未必腐,在姚燧这里,正论之发却多有惊人之笔。

以正论成精彩之文,我们以其《遐观堂记》一文为例。文章紧扣题中"遐观"二字立论,但却变换出意想不到的深情远思。作者从"遐观"即由遐观堂远望所见写起:

> 长安城西二途:西北通咸阳,王公之开府于此,与西、南、北三陆之使,冠盖之去来,樽俎之候饯者所出,行旅之伙,不列也。西南入鄠,抵山,无所适贲,乃令承余,则田夫、樵妇,与城居有墅于郊者所出,斯固已可为倦游而休仕者所托庐矣。二途同出,其相远无几何,而喧寂异然,亦可见利势之在与所无也。鄠途之北,距城不数里,则宣慰张公之别业。规园其中,筑台为堂,崇袤寻丈,纵广十辙,清风之朝,长日之夕,四方胜概,极目千里。凡秦、汉、隋、唐之陵庙池籞,由人力以废兴,可吊而游,可登而览者,在所不取。其高上如华阳、终南、太白、嵯峨、吴岳、岐梁之奇峰绝巘,为三辅之镇,穷古而有者,皆环列乎轩户之外,而卧对之几席之上。

此一节,"遐观"已经有多重含义。目之遐观(远望)所见:长安城西二途(两条路),此二途"喧寂异然,亦可见利势之在与所无也"。此空间之"遐观"。由空间遐观"四方胜概,极目千里。凡秦、汉、隋、唐之陵庙池籞,由人力以废兴,可吊而游,可登而览者",远见历史陈迹,引申至时间之"遐观"。此为两种"遐观"。此段中还隐含了另一"遐观",即人生远见。"长安城西二途"象征着两种生活方式,也是两种不同人生道路(二途),选择"喧"还是选择"寂",显示了人有无"遐观"(远见)。此一层意,只作伏笔,并不揭明,待读至文末,再来回味,恍然而悟,方首肯心许,更叹服作者笔意之深密。此一节三重"遐观"之意,惟空间之遐观为表层和直观,人生远见之"遐观"与时间(历史)之"遐观",一是象征,一是引申,但却是"遐观"的深层义。由"遐观"这两种含义,引导文章进入关于人生与历史的思考,说人面对生死考验,即"遇存亡危急之会",当然应该"守节仗义、杀身成仁",但无谓的牺牲是不值得的。不过,人生未必都会面对生死抉择的考验,所以更多的是要看人能否坚持"道义",作"道义之臣"。"揆道而归义"与"志富贵"就是开头所说的"二途"。在姚燧看来,"揆道而归义"是"遐观"(有远见)者,"志富贵"者反是。但"今之仕者,吾不知孰为道义之臣,能志功名者亦鲜矣。志富贵私身以毒世,卒离尤而蹈祸者,骈首接踵也。是于计功谋利之间,且有不能,况揆道而归义乎哉?""揆道而归义"者少而"志富贵"者多。不能"遐观"即无远见是很危险的,所以出仕为官者"离尤而蹈祸者,骈首接踵也"。第三层"遐观"之意,至此方明。最后,他用一个寓言式的情节结束全文:

> 盖天下之事,观遐则先识,先识则几矣。雉兔之不能搏人,谁不知之?突起道左,或失声辟易,而丧其常守,以其卒然遇之也。使前见于数百步之外,无曰雉兔,虽虎兕之暴,人得以为备,将不患矣。斯不亦吾堂言外之微意乎?(《牧庵集》卷六)

这真是中国散文史上少见的好文章,有深意,有妙趣,真堪击节赏叹。文章宗旨,乃在于揭示其"言外微意",发人深省。立论虽正,议论则常出人意表。这篇文章告诉我们:立论正也一样能写出超绝的好文章。

　　姚燧是一个独特而有成就的文章家,今天的读者对他了解不多,他的价值需要重新发掘和认识。他人格的光辉赢得当时文坛普遍的仰慕与赞颂;他以信史之笔为我们展示出宋元之际的历史图卷;他以学资文,其学者之文颇具特色;在唐宋古文诸大家之后,古文各体体式已基本定型,他尝试突破文体定式,破体为文,以求新变;他以传奇手法写传记,描摹人物性情与风神;作为儒者,他追求文章立论之正,可贵的是,他能在正中见奇,使其文章不乏深致与妙趣。所有这些,都使得他在中国文章史上展示出独特的个性和价值。

（原载《文学与文化》2013 年第 3 期）

明代前期古文辞风变迁初探

邓国光

明代诗文的发展方向,颇受制于文学以外的力量和因素,以朱元璋的规范和干预最为显著。且暂按下残害文士的事实不表,朱元璋对章奏文辞风格的规定,都直接影响以后的文学发展。相比唐、宋较自由宽松的思想生态,明代的诗人墨客便没有这样幸运了。①从明初至明后期茅坤《唐宋八大家文钞》的出现,"唐宋八大家"观念的成型,不是士林门户意气所能为,其中统治意志的支配,极为关键。帝力的影响文场,深刻可见。本文叙论明太祖至明宣宗等明初五主近七十年的文风转变,揭示文学思想的气路,于专制独裁的时刻,统治意志控制文场而致种种扭曲的憾事,已溢出士林所能自主的程度。明代成型的古文谱系,便是典型的例子。

一 从"简古"文风到尊崇韩、柳文

先从文辞风格方面说起。朱元璋在位卅一年,打从洪武二年至廿九年,便下了六度有关章表文辞的御令②,不厌其烦的要求所有上行公文简短浅白,务求以

作者简介:邓国光(1955—   ),男,澳门大学中文系教授。

① 陆容《菽园杂记》(中华书局,1985 年)卷十谓"国初惩元之弊,用重典以新天下,故令行禁止,若风草然"(第 122 页)。陆氏向往唐代,卷 15 说唐人"未闻以诗而致祸者",而且"诗人往往以国事入咏,而朝廷亦不之禁,可谓宽大矣"(第 190 页)。言下不胜感慨。陆容是成化朝名士,这些文字都是有感而发。

② 陈学霖《明太祖文字狱案考疑》以洪武六年谕算起,为 5 次。本文从洪武二年谕算起,则是 6 次。陈氏强调朱元璋"无轨外之意",见《明代人物与传说》,中文大学出版社,1997 年,第 16 页。因观察点不同,本文持论有异。

"简古"的文辞取代讲究辞藻的四六体。①运主势强定文体,务天下士民遵从,前史罕见。其中尤其关键的,是在洪武二年和六年发出的御令,波及文章文体的发展。明人徐学聚《国朝典汇》载:

> 洪武二年三月,上谓学士詹同曰:"古人为文,以明道德,或通世务,如典谟之言,皆明白易知,无深怪险僻之习。至于诸葛亮《出师表》,亦何尝雕刻为文! 而'诚意'溢出,使人感激。近世文士,不穷道德,不达世务,立辞艰深,意实浅近;即使过于相如、扬雄,何裨实用! 自今翰林之文,但取通道理、明世务者,无事浮藻。"②

这段话显示明初文士在朱元璋眼中的低微状况。朱元璋自有一套价值观和标准,亦凭主势要求翰林执行。《国朝典汇》的记述,非凭传闻,是记载在《太祖实录》的③,徐学聚特意录出,显示这段话帝力之重。朱元璋举诸葛亮《出师表》为"诚意"的典范。翌年即洪武三年封既用且疑的刘基为"诚意伯"。把"诚意"贯串于诸葛亮和刘基之间,便透露朱元璋用意所在,而不可用平常的词面义来理解了。这"诚意"无宁指诸葛亮对刘氏的毫无条件的绝对忠诚。朱元璋所谓"道德""世务",其实义归于此;要求文臣取效《出师表》的诚意,已表示对臣下的猜疑不信任。在这种心态下所要求的文风,亦必然流而为颂圣望风的文字。高启因《上梁文》而遭腰斩,以文得奇祸;吴中四杰先后被屠戮④,正缘溢出了这"诚意"的底线。

《太祖实录》载朱元璋于洪武六年的指令:

> 六年九月,庚戌,诏禁四六文辞。先是,上命翰林儒臣择唐、宋名儒表笺可以为法者;翰林诸臣以柳宗元《代柳公绰谢表》及韩愈《贺雨表》进。

---

① 陆容:《菽园杂记》卷十载"当朝表笺,皆有官降定式",而且规定"皆直陈其事,不用四六体"(第 120 页)。

② 徐学聚:《国朝典汇》卷一三一"礼部·文体"条,书目文献出版社影印清初补刻本,1996 年,第 1666 页。

③ 《明太祖实录》卷四十,台北中央研究院史语所校印,1982 年,第 801 页。案:有个别文字差异,录《国朝典汇》而不取《明实录》,表明这段说话已形同国宪。

④ 吴晗:《朱元璋传》(生活·读书·新知三联书店,1965 年)第 7 章第 3 节"文字狱"强调四杰即高启、杨基、张羽、徐贲被杀,"不是巧合,而是有意识的打击"(第 274 页)。因为四人和张士诚有密切的关系,朱元璋总觉得这类人的忠诚有问题。

　　上命中书省臣录二表,颁为天下式。因谕群臣曰:"唐、虞、三代典谟训诰之辞,质实不华,诚可为千万世法。汉、魏之间犹为近古;晋、宋以降,文体日衰,骈俪绮靡,而古法荡然矣! 唐、宋之时,名儒辈出,虽欲变而未能尽变;近代制诰诏章表之类,仍蹈旧习,朕尝厌其雕琢,殊异古法,且使事实为浮文所蔽。自今日诰谕臣下:文辞务为'简古',以革弊习。尔中书宜播告中外臣民,凡表笺奏疏,毋用四六对偶,悉从典雅。"①

朱元璋颁令由大臣推荐的韩愈《贺雨表》和柳宗元的《代柳公绰谢上任表》,为公牍文体的范例;禁用四六骈体,务从质实不华的"简古"。但接下来直至临终前一年,依然多次下令禁止四六骈体。这不免令人生疑。以朱元璋的残忍独裁,天下臣民皆晓然,何致于以不相干的文字形式批逆鳞而自寻死路!

　　其实问题在两篇范文。这两篇作品根本是典型的唐代公牍体,不脱四六骈体的本色,只是篇幅短小,骈偶的特色不太显著而已。由于早已悬为定式,时间长了,若没有提点"简古"方才是主意,单就范文取态,则必然用例式的骈体四言句,套语连篇,跟"简古"完全背道而驰。这就是屡禁不绝的原因所在。

　　臣下何以又专选择韩、柳的公牍文上呈为范本呢? 其实也是为了迎合朱元璋。《实录》所载"翰林儒臣"究为何人?原来是李翀。李翀为什么要选这两篇作品,而放弃其他作家更浅白的文章呢? 其中的实情,在朱元璋的《翰林侍讲学士李翀敕文》中有所透露。朱元璋敕令李翀赴任翰林新职,规诫说:

　　文同韩、柳,勋比房、杜,以昌治化。②

既然帝主如此要求,又怎可以违逆! 于是内廷朱家子弟进学,亦必学"韩、柳"。洪武十二年春,朱元璋巡省内廷学舍,吩咐子弟呈上习作及书法,竟然"其文多韩、柳,书皆孔、孟"③,大为诧异,立即批评子弟所诵的柳宗元《马退山茅亭记》,立意不善,有鼓励荒淫奢侈的作用,强调"见柳子厚之文无益"④。这种因不中意而随时

----

①《明太祖实录》卷八十五,台北中央研究院史语所校印,1982 年,第 3781 页。按:《国朝典汇》录此条,删削太多,故不用。

②《明太祖集》卷八《翰林侍讲学士李翀敕文》,黄山书社,1991 年,第 153 页。

③《明太祖集》卷七《谕幼儒敕》,黄山书社,1991 年,第 13 页。

④《明太祖集》卷七《谕幼儒敕》,第 134 页。

狠批古人的言论,是朱元璋的习性,流露了目空一切的愚昧和狂妄。惟一时激忿之言,并未有下旨禁柳文,则韩、柳依然为天下士所诵习。

黄景昉《国史唯疑》卷二载:

> (永乐中)课督庶吉士严,尝亲为试诵。一日试曾棨等背诵《捕蛇者说》,莫全记者;怒发戍边,旋贷之,令拽大木。棨等以书诉执政,极陈劳苦状,为言其释。
>
> 考国初专诵韩柳文,高庙御制有驳韩《伯夷颂》、柳《马退山事记》,其征也。《罗汝敬传》文以诵书不称旨谪戍,越数日召还;想即前事。①

直至明成祖,竟因士子记诵《捕蛇者说》不全,而处罚廿八人抬拽大木,取代充军,怪诞莫名。赏罚随意,对士子的轻侮,不减太祖。

在帝力的规范下,韩、柳文在明初而独尊,渐成正统。日后复古思潮高扬,文章取径先秦、两汉,跨凌韩、柳,无疑是对正统的反叛;在复古思潮极盛之际,对治复古的茅坤纂《唐宋八大家文钞》。钱谦益在《列传诗传小传》盛称茅坤,说:

> 疾世之为伪秦、汉者,批点唐、宋八大家之文以正之。②

明中叶后正统与复古之间的角力,成为明代文学的特殊现象。朱元璋一意标榜"简古",朱国祯《涌幢小品》不无讽刺地说:

> 国朝诸集,大约流邕者为多。其号称"简古",惟崔仲凫文集盛行,次则桑民怿有集数卷。③

能够达到"简古"要求的,只有崔铣和桑悦,明代诸大国手无一可及。事实上,根据朱元璋所颁示的文例,是没有人包括朱元璋自己可以说得清"简古"的具体意义的。朱国祯却说中关键,明代文集以"流邕"为基本特点。此"流邕"一词可理解为明白易懂的意思,而这方才是朱元璋三令五申的关键处,所谓"韩、柳"、"简古",

---

① 黄景昉:《国史唯疑》卷二,上海古籍出版社,2002 年,第 39 页。
② 钱谦益:《列朝诗集小传》,上海古籍出版社,1983 年,第 405 页。
③ 朱国祯:《涌幢小品》卷十八,文化艺术出版社,1998 年,第 418 页。

不外是面门语而已,但因身居九五之尊,要指点一大群博学的士子,不能过于质直。郎瑛《七修类稿》卷十四载:

> 当朝科场,自洪武三年。(中略)务直述,不尚文藻。①

原因只一:方便朱元璋自己审阅。对公牍和科场文字浅易直述的要求,波及诗文路向;这方面的问题,钦定《明史》避开不叙,而私人所修的史传,则有所表述了。何乔远《名山藏》《臣林记》之"文苑"前序说:

> 高皇帝起畎亩间,少罹孤贱,质学无从。渡江以后,马上诗书兼操,间作,睿思天授,神藻泉流,虽不同于学士大夫字句勤劳,而其见悟,出于臣民之上。雄奇超于翰墨之表,古质奥畅,卓伟英杰,异矣哉!(中略)高帝虽以文章雄视上古,至其授旨臣下,但取明达,无贵棘艰。一时翰墨知遇之臣,无过宋濂学士。濂远沿元季靡缛之遗习,近承圣主不棘不艰之明旨,蔚然而森列,浩乎其平夷,不亦宜乎。②

指出明代开国文臣之首的宋濂,其"平夷"的文风,是遵从朱元璋的指示的结果。入清后的傅维麟,于《明书》之《文学传》更直言无讳地说:

> 文章之制于人主,譬川渎之制于海也。随其材分取,及高高下下,倾折而赴人主之好恶。故齐紫败素也,而贾十倍,上好存焉耳。汉武志凌云,而枚、马作赋;唐玄尚经术,而燕、许应制。何则?利禄之途,人斯往焉,士无贤不肖也。明太祖谕传臣曰:"古人文章,明白易知,而诚意溢出。近世词虽艰深,意实浅近。自今翰林为文,但取通道术、达事务者,无事浮藻。"故明初陶(指陶宗仪)、宋(指宋濂)诸学士文,质直无枝叶。③

"文章之制于人主"一语,吐出明代文学卡在喉头的骨鲠,足见傅氏的切直,与何

---

① 郎瑛:《七修类稿》(上海书店,2001)卷14,国事类之"当朝科场",第138页。
② 何乔远:《名山藏·臣林记》,《续修四库全书》影印崇祯刻本,第425册至427册,史部杂史类,第405页。
③ 傅维麟:《明书》卷一四五,《丛书集成初编》据《畿辅丛书》排印本,第2869页。

乔远颂圣之笔,不啻天壤。明初诗文之浅白,无非迁就和迎合朱元璋①,而非诗文自身发展的自然进路。《明书》指出统治意志操纵利禄之路,天下才士,不论贤否,唯有俯首帖耳,逢迎人主喜好。

二 从"忠诚"到尊崇欧阳

文章之制于人主,不独一时,有明一代莫不受到影响。张岱《石匮书·文苑列传》谓:

> 昔我太祖以马上读书,遂以文章雄视千古,其授旨词臣,但取明达,勿事棘艰。故一时应运而起者,如宋景濂、刘青田皆以平夷条达,黼黻王家,遂为国朝著作之祖。方正学道法政治,寄于文词,但取名通,痛惩雕刷。杨东里总帅揆扉,创为台阁之体,不求赅洽,惟务敷通。相沿百余年,止有倚经之儒,而无擅场之作,实则风气使然也。孝朝以后,文士蔚起,代不乏人。古奥如李空同,蕰藻如何大复,华赡如李西涯,博洽如唐荆川,雄浑如李沧溟,苍茫如王弇州。后自七子之纵横当世,徐文长、袁中郎思以奇颖救之,而失于草率;刘子威、汤若士思以警练救之,而失于浅薄。各家造诣,深浅不同,总之祖训"明达",是其根源。②

张岱以朱元璋平易明白的行文指令来贯讲有明一代文学,显示统治意志于明代文学制约之巨,补充傅维麟《明书》所说的"文章之制于人主"的具体实况。

太祖、成祖朝,"韩、柳"受尊,皆以帝力;及后台阁主文,欧阳修受宠,亦凭主威。黄佐《翰林记》卷十一载:

> (仁宗)又尝与士奇(杨士奇)言欧阳文忠公之文,雍容醇厚,气象近三代,有生不同时之叹;且爱其谏疏明白切直,数举以励群臣。遂命较正重刻,以传廷臣之知文者,各赐一部,时不过三四人而止。恒谓士奇曰:"为文而不

---

① 罗炳绵《明太祖的文字统治术》谓"朱元璋本身修养赶不上",所以多用口语。载吴智利编《明史研究论丛》第2辑,台北太立出版社,1984年,第15页。

② 张岱《石匮书》卷二零二,《续修四库全书》影印南开大学图书馆凤嬉堂稿本及上海图书馆清配抄本,第318册至320册,史部别史类,第88页。

本正道,斯无用之文;为臣而不能正言,斯不忠之臣。欧阳真无忝矣。"故馆
阁文字,自士奇以来,皆宗欧阳体也。①

仁宗朱高炽把朱元璋指点儒臣的语气,学得惟肖惟妙;他选择了欧阳修文为
文治的试剂,强调欧阳修文除明白易懂外,最吃紧的,是欧阳修是"忠"臣的典范。
朱高炽如此点逗,朝臣当下立刻醒寤:太祖"诚意"之诚可非儿嬉! 仁宗表彰欧阳
文,用意一脉相承;从诸葛亮《出师表》至欧阳文忠公所表现无条件的绝对忠诚的
突出,已形成一道精神上的巨大压力,深刻影响大明文人学士。即使至明中叶,复
古的赞助人物胡缵宗编《秦汉文》,以《诅楚文》为首,《出师表》为终,其它是先秦
西汉文,东京不录。② 如此奇怪的组合,潘景郑先生不甚体会在特定时代氛围的
举措,于是以为武侯《表》"立言明道"方是编者去取的标准。其实这一切跟"明道"
与否毫无关系。《诅楚文》是祝辞,祝辞的文体要求是"诚"。③ 其他东汉文不取,唯
孤寡特兀一篇《出师表》,已表明跟文章无关,这明显是呼应太祖的指令。

本文前录太祖的谕令,用徐学聚《国朝典汇》而不取《太祖实录》,因为若只见
于《实录》,不一定见实际的影响力,若录于《典汇》,表示到了明中叶,太祖的说话
还存在分量。复古人物选《秦汉文》而不敢甩掉《出师表》,又以着"诚"的《诅楚文》
首尾相呼应,则充分表明朱元璋御旨威慑力之巨大了。可见,这"诚意""忠臣"之
诚,于明人是十分敏感的,谁敢拿性命作赌! 于是偌大的北京皇廷,当初只得"三
四"人懂得接受御刻《欧阳文忠公集》,经仁宗向杨东里宣明心意后,大家都再不
敢怠慢,一窝蜂"宗欧阳体"了。④ 接下来,"文仿欧阳,诗尚《选》体。宣庙(宣宗朱
瞻基)承之"⑤,又衍为一代文风传递下去了。

明初帝力用于文场,展示强大的导向力。从韩、柳迤然而至欧阳修,取浅易明
白。从《出师表》宕至欧阳文忠公,取其忠诚。这两脉的思想要求,直接制约着诗文

---

① 黄佐:《翰林记》卷十一,《丛书集成初编》据《岭南遗书》点刊本,第 148 页。

② 潘景郑:《着砚堂读书记》"明刻《秦汉文》"条,辽宁教育出版社,2002 年,第 609 页。

③ 见《文心雕龙·祝盟》。

④ 简锦松:《明代文学批评研究》(台北学生书局,1989 年)第 2 章"台阁体"之三,认为宗好欧阳修文,
"固非仅帝力使然,其职业亦有以致之"(第 40 页)。

⑤ 黄瑜:《双槐岁钞》卷四"诗歌纯粹"条,中华书局,1999 年,第 63 页。

的发展路向。唐、宋文学之盛,宽松的气候是极重要的因素。明、清两代的文学气候,之所以无法企及,绷紧的帝力制驭,无处不在的政治审查,极妨碍文学发展。韩、柳、欧、苏的文章谱系之形成,其中明初帝力的因素,不能忽视。

(原载《文学与文化》2010 年第 3 期)

清中后期蒙古族名宦明谊仕履艺文考

陶慕宁

一

明谊,字古渔,号荣斋、兰士,蒙古正黄旗托克托莫特氏,生于清乾隆五十七年(1792)①,殁于同治七年(1868)。嘉庆二十四年(1819)中恩科二甲进士,以兵部主事入宦途,历仕四朝,官至乌里雅苏台将军,享年七十七岁。其殁后,同治帝谕曰:

> 乌里雅苏台将军明谊由部曹简放知府,洊升乌里雅苏台将军,持重老成,克供厥职。前以积劳患病开缺,回旗调理。遽闻溘逝,悼惜殊深。明谊着加恩照将军例赐恤……"寻赐祭葬,予谥勤果。②

慕宁按:明谊所处之时代,实乃清帝国由盛趋衰,江河日下之转捩期,外则列强环伺,边事孔棘;内则苟且因循,左支右绌,已非复盛世景象。明谊生长蒙古贵胄世家,祖策丹,嘉庆十年至十一年(1805—1806),任内阁学士兼礼部侍郎镶黄旗蒙古副都统、盛京工部侍郎、刑部右侍郎、密云副都统等职。③兄明训,吏部右

作者简介:陶慕宁(1951—),男,南开大学文学院教授。

① 明谊生年,中国文献未详,此据俄罗斯巴布科夫《1859—1875 年我在西伯利亚服务的回忆》一书推知。详见吕一燃《清代边疆名臣明谊》,《中国边疆史地研究》1989 年第 4 期。又:江庆柏《清代人物生卒年表》亦定明谊生年为乾隆五十七年。《清代人物生卒年表》,人民文学出版社,2005 年,第 487 页。

② 王钟翰点校《清史列传》,中华书局,1987 年,第 3964 页。

③ 王钟翰点校《清史列传》,第 3964 页,772 号。

侍郎、内务府大臣、副都统。①然策丹、明训皆非科第出身,盖蒙古诸部初附满洲,
以娴于骑射,皆充武职。清廷对蒙古王公贵胄实行羁縻笼络之策,康雍以来,一面
于北部喀尔喀、唐努乌梁海等处用蒙人治蒙,设定边左副将军之任,遣满人笔帖
式监视之。一面以皇室贵族女子嫁与蒙古王公,终清之世,蒙古贵胄尚清朝公主、
郡主者凡数百人。观明谊之祖策丹暨兄明训所任之职,可推知其先世必与清宗室
联姻,且延及后代,遂深膺信任,得拜要职。顾明谊则因出身显赫,生活优裕,以贵
公子之身,渐濡沐汉族之文化,浸淫于经史艺文之学,乃竟弃武修文,专攻举业,
得膺进士之选。此正清中叶游牧种族菁英文化蜕变之显迹。

检《科场条例》:

> 嘉庆十六年(1811)奉上谕:"荣麟等奏弹压副都统策丹之孙明欣、明谊
> 应否回避请?一折。荣麟等既查明定例,两翼副都统之子弟均不?避,自应照
> 例办理,即使伊等另有所见,亦祗应场后条陈,不当于考试之际猝议更改旧
> 章。今头场即准该举子应试,忽谕令其不进二场,成何事体?荣麟等着申饬。
> 明欣、明谊着照例,毋庸回避。钦此。"②

则明谊昆弟二人之入礼闱,举子身份尚遭人质疑。上奏之荣麟,满洲正蓝旗
人,嘉庆十五年为工部右侍郎③,岂其与策丹有隙抑或不谙满蒙八旗子弟入学应
试之定例而阻挠之耶?吾不得而知也。然则,明谊终因此恩科步入仕途,乃兄明欣
则落选,没世无闻。

明谊于道光十四年(1834),升兵部员外郎。十六年充张家口税务监督,十八
年(1838)二月,京察一等,记名以道府用。

三月,授广东琼州知府。明谊　以漠北之贵胄,生长初仕于北京,迁官于张
家口,骤来岭南海峤边鄙之地,而能入乡问俗,体察民风,访求乡宦,倡导德化,进
而补修郡志,光大斯文,诚乃效法儒家之士范,步趋循吏之箴规也。其续修《琼州
府志》序云:

> 琼郡风俗敦朴,在粤东为第一。前观察鸣庭王公记之,其言至详且悉,

---

① 王钟翰点校《清史列传》,第 3961 页。
② 应汇修:《科场条例》卷二十五,咸丰刻本。
③ 赵尔巽等撰《清史稿》,中华书局,1977 年,第 6756 页。

无庸复赘。余曩在京师,尤闻琼郡人文蔚起,代有伟人,心轫慕之。未几,出守斯郡。甫下车,得览名贤旧迹,与都人士游,洵逮所闻矣。独郡志历七十年未修,余甚惜焉。自《周官》"小史掌邦国之志,外史掌四方之志",由是郡皆有志,通于古今。志修而国史之采,靡不由之。劲我国家承平二百年于兹,休养生息,在在钟英毓秀。琼郡尤号才薮,此七十年中,事业之炳炳烺烺足备采择者何限? 脱久而就湮,后将奚述? 斯非郡守事欤? 顾念搜罗人物,意在激扬善类,劝诫一方,分其部署,而运以机杼,非具史家三长,曷克胜任? 余不文,且无公余之暇,盖难其人矣! 适乡宦翰山张方伯读礼于家,以是商之余。余喜曰:"此诚乡先生、乡先达之责也夫!"爰以纂修事即托之方伯。距今二载,稿本告成,而余旋奉命分巡西徼,有甘省之行。勷事者请余数言,以弁其首。余维是举也,得方伯以总其成,有诸绅士以集其益,余将去而聿观厥成,固余心也。抑余犹有望焉,尝见名区英杰挺生,率钟岳渎之灵,其后之克自振拔,得媲美于前者,无论世族寒门,而皆卓卓有可传。琼郡前明海忠介、丘文庄诸前辈,固同以名臣彪炳史册矣,其他载在郡志并未及入志者,亦皆铮铮有声。如余所见,张方伯即其人矣。郡之奇杰踵兴,信未艾也! 志成而抚旧观新,有激劝之道。倘生斯土与守斯郡者争濯磨而求治理,他日人才兴而吏治盛,又非徒风俗之敦朴称第一已也。修志所系,其巨矣哉! 是为序。赐进士出身、钦命甘肃安肃道,现兼广东雷琼兵备道,知琼州府事长白明谊谨序。①

此序虽谦称"不文",而条述缘起,征引《周官》,揭橥大旨,瞩望后贤,文字质实无华,态度典重矜慎,甚副志序体例。以视今之为官牧一方,好为大言以惑众,喜建华厦以炫能者,不亦有清浊高下之判耶。序中所提及之海忠介(瑞)、丘文庄(浚),皆明朝耿介亢直之臣而出于琼郡,名彪史册者,由是亦可觇知明谊为官之抱负也。

明谊于琼州任满三年,道光二十一年(1841)升甘肃安肃道,二十五年(1845)调镇迪道。二十七年(1847)八月,喀什噶尔回民暴乱,卡外布鲁特、安集延回众乘机滋扰②,明谊奉旨驰赴肃州,随陕甘总督布彦泰办理粮台事物③。二十八年擢山西按察使, 旋转甘肃按察使, 二十九年 (1849) 署布政使。又据张集馨自叙年谱——张集馨,江苏仪征人,道光九年(1829)进士。道光三十年(1850)任甘肃布

---

① 明谊修,张岳崧纂《道光琼州府志》第一册,海南出版社,2006 年。

② 参赵尔巽等撰《清史稿》,第 701 页。

③《清史列传》,第 3901 页。

政使,时明谊主甘肃臬司(按察使),二人同僚甚相得。平庆泾道范懋德本系商贾,"由通判部曹,层递迭捐,性情乖谬,目不识丁,声音笑貌,不堪向迩;闻所延幕友,乃系失馆游民,兼作讼师,无人延请,范道以为至宝,奉之如神"①。大学士甘肃总督琦善欲其自行引退,范则恬不知羞,贪墨侵渔,大肆需索。反求张集馨与明谊奏保花翎,"经古渔(明谊)廉访会详,将范并静宁州张若静等一并撤省审办"②。此则日记时间与《清史列传》所载明谊仕履稍有未合,"列传"谓明谊道光二十九年已署甘肃藩台,不当于三十年反掌臬司,疑《清史列传》记载有误。然此日记可为明谊秉公整饬地方吏治之一例,应无疑义。

咸丰三年(1853)三月,赏明谊二等侍卫,充哈密办事大臣。四年十月,赏头等侍卫,充库伦办事大臣。五年(1853),充塔尔巴哈台参赞大臣,六年八月,授镶黄旗蒙古副都统。九年(1859)十月,擢乌里雅苏台将军。十年(1860),"以率属捐助军饷,下部优叙。寻授镶红旗汉军都统"③。明谊自道光二十一年(1841)至同治五年(1866),二十五年间,皆在西北边陲,晚岁更独掌中俄西北部边境之商贸与两国边疆划界之谈判,观《清文献通考》及《东华续录》咸丰、同治两朝所载相关奏折与上谕,可知明谊于国势衰颓,政务侘傺,俄人恃强,掠占边地之际,尚能亲自查勘边界,擘画预防,与俄使据理力争,维持国体,不失疆臣风范。考其所以能在强弱迥殊,外敌凌夷之境,殚精竭虑,据典援经,力争寸土,不失矩度之由,一则盖因其出身漠北游牧氏族,对兹土兹民自有血缘情感之牵系,不能坐视祖宗之领地为俄人鲸吞;二则其自入仕始,即有兵部之历练,复得于张家口监督税务,乃得稍窥军事与经济之门径。迨及中年,则驰骛于琼州、甘肃、哈密、库伦诸边地,于南徼、西陲、北鄙之山川地理、民风物情皆了然如指诸掌,胸襟顾非闭处寰中膏腴地区之八旗子弟所敢望。三则,其自读书问学,究心举业始,即已皈依于儒家士人修齐治平之说,故释褐以来,虽身历多官,皆能廉介奉公,处事得宜。其趣尚涵养亦渐渐融入汉族高层文士之篱壁,甚且登堂入室,自具格局。容下文详述之。

---

① 张集馨自叙年谱原未定名,1981 年中华书局出版杜春和、张秀清整理之原谱,易名为《道咸宦海见闻录》,此段引文见该书,第 126 页。

② 同上,第 126 页。

③《清史列传》,第 3963 页。

二

明谊之诗古文词,罕见著录。然自同时人之别集稗乘中,约略可考知其于诗文书画、音乐词曲皆造诣不浅。祁寯藻《馤觞亭集》载:

> 古渔同年明谊以所藏"董香光书王介甫《金陵怀古》词卷"属题:尝怪孟东野,低头得退之。谁云半山笔,不及大江词。乌巷斜阳地,鸿堂夜雨时。精灵双剑合,孰敢辨雄雌。①

祁寯藻,字春圃,山西寿阳人,嘉庆十九年(1814)进士,咸丰初,拜体仁阁大学士,同治间以大学士衔为礼部尚书,掌枢机数十年。其诗古文词,卓然成家,"提倡朴学,延纳寒素,士林归之"②。同治五年(1866)卒,谥文端。香光乃前明南京礼部尚书、书画大家董其昌之号。祁寯藻此文称明谊为同年,殆自谦之称也,其中进士实早于明谊五载。祁诗格调雄浑,收纵自如,足称上品,由是亦可觇知明谊于诗文书画之雅好。

又据秦祖永《桐阴论画》"李日华神品"条载:

> 李君实日华苍郁秀润,枞翁赏其少变北苑,有出蓝之美。余物色廿余年,绝无所见。甲子春,明谊老收一卷,蹊径颇似,惜无松灵苍浑之致,且墨色呆滞,未能融化,仍为托名赝作无疑也。③

秦祖咏(永),无锡人,光绪中叶著《桐阴论画》,《清史稿·艺术·三》云:"论次一代作者,分三编,评骘较严,称略备焉。……祖咏画亦并有法。"李日华,字君实,嘉兴人,明万历二十年(1592)进士,官至太仆少卿。工书画,有《梅墟先生别录》。《四库全书总目》著录其论书画之作凡三种,为《竹懒画媵》《续画媵》各一卷,《六研斋笔记》四卷,《二笔》四卷,《三笔》四卷,《紫桃轩杂缀》三卷,《又缀》三卷。称其"词旨清隽,其体皆类题跋,盖锦贉玉轴,浏览既久,意与之化,故出笔辄肖之也。其他所

---

① 祁寯藻撰《馤觞亭集》卷三十一,咸丰刻本。
② 赵尔巽等撰《清史稿》卷三百八十五,中华书局,1977 年,第 11678 页。
③ 秦祖永:《桐阴论画二编》上卷,光绪八年朱墨套装刻本。

记杂事,亦楚楚有致。而每一真迹,必备录其题咏跋语、年月姓名,尤足以资考证"①。

慕宁按:以秦祖永之性耽书画,其物色李日华之画作竟二十余年绝无所见,而明谊乃得于晚年收得一卷,祖永所云"甲子春",当是同治二年。此画虽判为赝品,亦可略见明谊之趣尚。

明谊自髫龄即有乐府弦索之好,曾从师修习琵琶、古筝及琴艺,旋以工尺手录弦索十三套曲谱,名之曰《弦索备考》。其序曰:

> 夫弦索十三套乃今之古曲也,琵琶、三弦、胡琴、筝器虽习见,而精之则非易,故玩此者甚稀。余自髫龄即喜丝弦,然苦不能自专,至壮年习十番数套,惟业于鼓,公余之暇,亦曾著《梿悬发明》一册,以承其传。越数载,得遇蒙古音律处赫公。好有同情,艺系家传,琵琶、三弦皆所素习,而于胡琴为最精。余因浼友人兴、宁二公先容,同隆公造诣,求其指法,朝夕肄习。余得其琵琶、胡琴,隆公得其三弦,亦可谓畅然得所欲得矣!而尚于筝有歉念焉,因思古人玩留此器,断不乏习此技之人,盖皆肄之不精,或艺系独得,因秘而不宣耳。何幸有福公酷嗜丝弦,独善于筝,十三曲无不洞明,我同人祥公得受其传。然福、赫二公所授皆指法,并无谱册可寻,余思无谱册,不惟指法失其传,而二公授人之雅意亦因之不着,余遂与隆、祥二公将所习之曲,阴阳节奏、逐指逐字仿琴谱字母一一着明,颜其名曰《弦索备考》,以公同好。其感未尽善,尚望精此技者广为发明,则于弦索大有裨益,而余亦与有光焉。谨序。

> 嘉庆甲戌长夏　荣斋　为光书②

以上文字得自北京友人,中有数处疑有舛讹,然仍可见大略。序作于嘉庆甲戌,为公元 1814 年,乃明谊二十二岁未仕时所撰。序言自幼即喜丝弦,然未能窥其壶奥。及壮年能奏十番鼓,且著《梿悬发明》一书,专论鼓艺。后得遇蒙古音律家赫公,从之习艺,得其琵琶、胡琴绝艺。复恐指法失传,乃与同人隆公、祥公将所习琵琶、胡琴、三弦、筝曲,逐指逐字,一一以工尺着明。分六卷十册,计:"指法,汇谱"卷一(第一册),"琵琶谱"卷二,(第二、三册),"弦子谱"卷三(第四、五册),"胡琴

---

① 永瑢等撰《四库全书总目》,中华书局,1965 年,第 1055 页。
② 明谊撰《弦索备考》,现藏中国艺术研究院图书馆。

谱"卷四(第六、七册),"筝谱"卷五(第八、九册),"工尺谱"卷六(第十册)。其卷二"琵琶谱"完整著录弦索十三套曲名及乐谱:

一、合欢令　二、将军令　三、十六板　四、琴音板　五、清音串　六、平韵串　七、月儿高　八、琴音月儿高　九、普庵咒　十、海青　十一、阳关三迭　十二、松青夜游　十三、舞名马

赖明谊之记录,此18世纪之古曲得以传承至今。中国音乐学院已将《弦索备考》所录若干古曲,复原演奏,广布于四海之内。其衣被于今之好雅乐者,岂浅鲜哉!音乐家谈龙建教授评骘《弦索备考》所录古曲云:"门子与主子合乐,或是主子们自娱自乐,而从来不在公众场合演奏,因此这种音乐所陶冶的那种细腻别致、清新淡雅的情趣,所追求的那种超凡脱俗的意境,是一种典型的文人音乐。"[1]《弦索备考》由先父陶君起于1950年无偿捐献与国家。

　　附记:明谊乃余之高祖,今去其谢世已一百四十六年。《论语·季氏》云:"自大夫出,五世希不失矣。"《礼记·大传》云:"有百世不迁之宗,有五世则迁之宗。"以中国近世政局之簸荡,革命之惨烈,王侯将相之绝种,何俟五代。聊藉斯文以鉴往,并知所从来而已。

附:

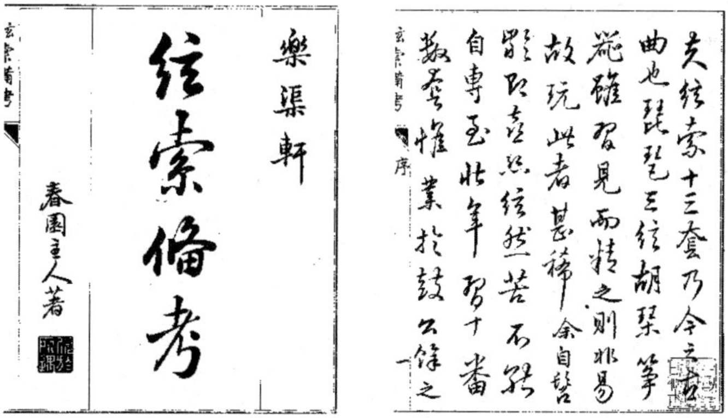

图1　书影

（原载《文学与文化》2015年第2期）

---

[1] 谈龙建:《线索音乐在恭王府的承袭》,清代王府及王府文化国际学术研讨会论文集,2005年。

后　记

在《〈文学与文化〉萃编》的编选过程中，我们得到了入选文章作者的宝贵支持。为此，本刊向各位先生表示由衷的感谢！

需要说明的是：此次编纂成书，在尽量保持原刊面貌的前提下，基于体例统一、规范的要求，我们就若干环节做了微调：一是订正了个别文字以及文献出处；二是整理作者简介，更新部分作者的工作单位或职称信息；三是对排版格式加以必要的调整。

在《文学与文化》杂志编辑部的日常工作以及此次编纂过程中，南开大学文学院任增霞副教授、李广欣副教授以及冯捷音老师付出了辛勤的劳动；南开大学新闻与传播学院副编审田睿以及南开大学出版社责编李骏亦为《〈文学与文化〉萃编》的顺利出版做出贡献。在此一并致谢。

2022 年 2 月 15 日

《文学与文化》简介

中文学术刊物《文学与文化》(季刊)2010 年由南开大学文学院创办,南开大学讲席教授、著名学者陈洪主编,南开大学出版社出版发行。

该刊以文学研究以及文学与文化关系的探讨为主要内容,具有严谨求实的学术品格和跨越古今中外的开阔视野。刊物常年设有"小说与小说批评""文学思想与文化""文学理论与批评""文化研究""诗学与词学""文学与跨文化研究""文学文献"等栏目,数十位国内外知名学者担任期刊编委及栏目主持人。

刊物在学界拥有良好声誉,相当数量的文章被《新华文摘》《高等学校文科学术文摘》及人大复印报刊资料等全文转载或部分摘录。近年来在高等院校中国语言文学学科转载量排名中多项指标进入前列,被国家期刊库(NSSD)、中国知网(CNKI)、超星、万方、维普等数据库收录,入选中国人民大学发布的《复印报刊资料重要转载来源期刊》以及中国社会科学院评价研究院发布的《中国人文社会科学期刊评价报告》(AMI)扩展期刊等。